Honoré de Balzac

Geschichte der Dreizehn

Erzählungen

Deutsch von Victor von Koczian

Diogenes

TITEL DER FRANZÖSISCHEN ORIGINALAUSGABE:
›HISTOIRE DES TREIZE‹

MIT FREUNDLICHER GENEHMIGUNG DER
ROWOHLT VERLAG GMBH, REINBEK BEI HAMBURG
VERÖFFENTLICHT ALS DIOGENES TASCHENBUCH, 1977

100/77/E/I
ISBN 3 257 20459 0

Inhalt

Vorwort 7

Ferragus – Das Haupt der Zerstörer 15
Ferragus

Die Herzogin von Langeais 183
La Duchesse de Langeais

Das Mädchen mit den Goldaugen 377
La Fille aux yeux d'or

VORWORT

☆

ZUR ZEIT DES FRANZÖSISCHEN KAISERREICHS trafen in Paris dreizehn Männer zuſammen, die von gleichen Gefühlen durchdrungen waren. Energiſch genug, ihren gleichgerichteten Ideen treu zu bleiben; rechtſchaffen genug, einander auch dann nicht zu verraten, wenn ſich ihre Intereſſen gelegentlich durchkreuzten; klug genug, die geheiligten Bande ihrer Einigkeit vor aller Welt zu verheimlichen; ſtark genug, ſich über jedes Geſetz hinwegzuſetzen; kühn genug, alles zu wagen — waren ſie auch glücklich genug, jede ihrer Unternehmungen zum Erfolg zu führen. Sie ſcheuten keine Gefahr und kannten keine Furcht. Kein Herrſcher, kein Henker, kein Heiliger — nichts vermochte ſie abzuſchrecken. Sie fragten nicht nach geſellſchaftlichen Vorurteilen, ſondern nahmen einander ſo, wie ſie waren In ihrem Charakter lag unzweifelhaft etwas Verbrecheriſches, zugleich aber auch gar manches von dem, was das Weſen bedeutender Männer bedingt. Und damit dieſer Geſchichte auch die düſtere Poeſie des Geheimniſſes nicht fehle: Jene Männer blieben unbekannt, obgleich ſie die bizarrſten Ideen, die Phantaſie dem Menſchen je eingab, in Wirklichkeit umſetzten und eine Macht entfalteten, ungleich phantaſtiſcher als jene, die einem Manfred, einem Fauſt, einem Melmoth zugeſchrieben wird.

Alle dieſe ſeltſamen Männer ſind ſeither verſchollen. Ihr Bund zerfiel und ſie kehrten friedliebend unter das Joch der bürgerlichen Geſetze zurück, gleich den Mordbrennern, die ihr Leben zumeiſt als Farmer beſchließen. (So mag auch Morgan, dieser Achill unter den Räubern, beim Schein ſeines traulich flackernden Herdes ohne Gewiſſensqual über all die Millionen verfügen, die er aus dem roten Blut der Menſchen im blutroten Schein der Feuersbrünſte gewiſſenlos zuſammengerafft hat.)

Nach dem Tode Napoleons hat ein Zufall, der verſchwiegen bleiben muß, die Schleier von dem merkwürdigen romantiſchen Doppelleben jener Männer gelüftet. Vor kurzem wurde der Verfaſſer ermächtigt, einige ihrer Abenteuer — ſelbſtverſtändlich unter Wahrung gewiſſer Rückſichten — zu erzählen. Er empfing dieſe Ermächtigung von einem der namenloſen Helden, denen die ganze Welt insgeheim unterworfen war — vermutlich deshalb, weil ihn eine gewiſſe Sehnſucht nach Berühmtheit dazu trieb. Der blaſſe, blondhaarige, blauäugige, anſcheinend noch junge Mann, deſſen ſanfte, klare Stimme auf eine weiche Frauenſeele ſchließen ließ, hatte ein recht myſteriöſes Gebaren. Er plauderte liebenswürdig, behauptete nicht weniger als vierzig Jahre zu zählen und mochte den höchſten Geſellſchaftsſchichten angehören. Der Name, den er trug, ſchien angenommen zu ſein. In der Geſellſchaft war ſeine Perſönlichkeit völlig unbekannt. Wer war er? Man weiß es nicht.

Vielleicht hatte der Unbekannte nur den Wunſch, die dem Verfaſſer anvertrauten außerordentlichen Geſchehniſſe von einem andern vorgeführt zu ſehen, um auf dieſe Weiſe all die Gemütserregungen mitzugenießen, die ſie im Herzen der großen Menge hervorrufen müſſen. Ein ähnliches Gefühl dürfte auch Macpherſon bewegt haben, als der Name Oſſian, ſeine

Schöpfung, in alle Sprachen aufgenommen wurde. Sicherlich war dies für den ſchottiſchen Advokaten eines der lebhafteſten und ſeltenſten Hochgefühle, die ſich der Menſch verſchaffen kann.

Dem Verfaſſer ſind die Geſetze der Erzählung zu genau bekannt, als daß er die Grenzen, die ihm in dieſem kurzen Vorworte gezogen ſind, außer acht ließe. Allein er kennt auch die Geſchichte der Dreizehn zur Genüge und weiß, daß er gar nicht imſtande wäre, das Intereſſe, das ſie jedermann einflößt, zu beeinträchtigen. Romane, in denen abgeſchlagene Köpfe rollen, grauenvolle, blutrünſtige Dramen wurden ihm anvertraut. Wenn einer der Leſer an den Schauergeſchichten nicht genug hat, die man dem Publikum ſeit einiger Zeit darbietet, ſo könnte ihm der Verfaſſer eine Unzahl kaltblütiger Scheußlichkeiten und abſonderlicher Familientragödien offenbaren. Er zog jedoch die ſanfteſten Abenteuer vor, nämlich jene, in denen auf Stürme der Leidenſchaften ein ungetrübter Himmel folgt und das Weib in Tugend und Schönheit erſtrahlt. Zur Ehre der Dreizehn begegnet man in ihrem Leben auch ſolchen Abenteuern, und vielleicht wird man eines Tages ihre Geſchichte richtig würdigen und ihnen neben den Flibuſtiern, dieſem ſo merkwürdig energiſchen und, trotz ſeinen Verbrechen, ſo anziehenden Völkchen, den gebührenden Platz zuweiſen.

Der Erzähler einer wahren Begebenheit ſoll vermeiden, ſie in eine Art Zauberſpielzeug umzuwandeln. Er geht einen andern Weg als gewiſſe Romanſchriftſteller, die den Leſer in vier Bänden von einem Kellerloch zum andern führen, um ihm einen völlig vertrockneten Leichnam zu zeigen und ihm, in Form von zwingenden Schlüſſen, zu beweiſen, daß ihn irgendeine geheime Tapetentüre oder ein unter den Dielen eines Fußbodens verſehentlich liegengebliebener Leichnam andauernd in Schrecken hielt. Dies glaubte der Verfaſſer, trotz ſeiner Abneigung gegen Vorreden, voranſtellen zu müſſen.

Ferragus, die erſte Epiſode, iſt mit der Geſchichte der Dreizehn durch unſichtbare Bande verknüpft; doch reicht ſchon die auf natürliche Weiſe errungene Macht jener Männer hin, um gewiſſe übernatürlich ſcheinende Begebenheiten zu erklären. Obgleich ein Erzähler in gewiſſem Sinne anſprechender ſchreiben darf als ein Hiſtoriker, muß er, gleich dieſem, der Wohltat bizarrer Buchtitel entſagen, womit heutzutage ſo wohlfeile Erfolge zu erringen ſind. Der Verfaſſer möchte daher mit kurzen Worten auf die Gründe hinweiſen, die ihn zu einer, auf den erſten Blick recht abſonderlich ſcheinenden Benennung dieſer Erzählung veranlaßt haben.

Ferragus iſt der Name, den ein Haupt der „Zerſtörer" am Tage ſeiner Wahl annahm. Nach altem Brauche ſetzen die Gewählten jene „Zerſtörer"dynaſtie fort, deren Namen ihnen am meiſten zuſagt — wie es die Kardinäle tun, wenn ſie auf den Heiligen Stuhl berufen ſind. So haben die „Zerſtörer" ihren Trempe-la-Soupe IX., Ferragus XXII., Tutanus XIII., Maſche-Fer IV., wie die Kirche ihren Clemens XIV., Gregor IX., Julius II., Alexander VI. hat.

Was aber ſind die „Zerſtörer"? Sie entſtammen den „Bruderſchaften", die ſeinerzeit aus dem großen myſtiſchen Arbeiterbund der Chriſtenheit zum Wiederaufbau des Tempels von Jeruſalem hervorgegangen ſind. Dieſe Bruderſchaften beſtehen im franzöſiſchen Volke noch heute. Ihre Sitten und Gebräuche üben auf weniger aufgeklärte Köpfe eine mächtige

Wirkung aus und könnten zu gewaltigen Unternehmungen dienen, wenn ſich ein hervorragendes Genie ihrer bemächtigen würde. Die Vorausſetzungen dazu ſind in der Tat vorhanden: In allen Städten beſteht für die „Brüder“ ſeit unvordenklichen Zeiten ein „Obdach“, eine Art Unterkunftsheim, das von einer „Mutter“ inſtand gehalten wird. Dieſe, meiſt ein altes Weib, eine halbe Landſtreicherin, die nichts zu verlieren hat und weiß, was im Lande vorgeht, iſt dem Stamme, der ihren Lebensunterhalt beſtreitet, aus Angſt oder Gewohnheit vollkommen ergeben. Kurz, dieſes bunt zuſammengewürfelte, aber in unabänderlichen Bräuchen erſtarrte Volk kann ſeine Augen überall haben, ſeinen Willen überall durchſetzen. Es verſucht gar nicht, ſeine Handlungen zu rechtfertigen, denn ſelbſt der älteſte Bruder ſteht noch in einem Alter, das an Ideale glaubt. Übrigens bekennt ſich die ganze Körperſchaft zu durchaus lauteren, dabei ziemlich geheimnisvollen Grundſätzen, deren Erörterung von allen ihren Anhängern gefliſſentlich vermieden wird. Auch halten die Brüder an ihren Geſetzen mit ſolch leidenſchaftlicher Treue feſt, daß die einzelnen Stämme einander zuweilen blutige Kämpfe liefern, um irgendwelche prinzipiellen Fragen zu verteidigen. Zum Glück für die öffentliche Ordnung der Gegenwart gibt es unter den Zerſtörern auch ſolche, die ehrgeizig ſind. Dann bauen ſie Häuſer, werden reich und treten aus der Bruderſchaft aus.

Es wäre hier noch mancherlei über die zahlreichen Arbeiterſekten, ihre Bräuche und ihre Brüderlichkeit, z. B. über die „Bruderſchaft der Pflicht“ — die Rivalen der „Zerſtörer“ — und ihre mehrfachen Beziehungen zu den Freimaurern zu ſagen. Doch ſoll nur noch erwähnt werden, daß unter der alten Monarchie gar mancher Trempe-la-Soupe gegen ſeinen Willen in königlichen Dienſten ſtand, indem ihm „für hundertundein Jahre“ ein Galeerenplatz zugewieſen ward. Aber auch von dort aus beherrſchte er ſeinen Stamm. Auch dort befragte ihn dieſer um Rat. Und gelang es ihm früher oder ſpäter, die Galeere zu verlaſſen, ſo konnte er ſicher ſein, allerorts Hilfe und Achtung zu finden. Ihr Oberhaupt auf einer Galeere zu wiſſen, gilt für die „Zerſtörer“ als Mißgeſchick, wofür die Vorſehung allein verantwortlich iſt. Nie aber befreit es den treuen Stamm von der Pflicht des Gehorſams gegenüber der von ihm ſelbſt gewählten Macht. Es iſt ein zeitweiliges Exil ihres rechtmäßigen Königs, der darum dennoch immer ihr König bleibt. Dies alſo iſt der romantiſche Zauber, der dem Namen Ferragus und den heutzutage völlig entſchwundenen Zerſtörern anhaftet.

Was nun die Dreizehn betrifft, ſo waren dies durchweg ſtahlharte Männer gleich Lord Byrons Freund Trelawney, der als das Original des „Korſaren“ gilt. Obwohl Fataliſten durch und durch, fehlte es ihnen nicht an Herz und Gemüt. Das hohle Leben, das ſie führten, widerte ſie an. In ihrem Innern erwachten Kräfte, die um ſo jäher wirkten, je länger ſie geſchlummert hatten, und trieben ſie mit aller Macht, ihre Abenteurerluſt in aſiatiſchen Gelüſten zu ertränken. Eines Tages fiel einem der Dreizehn „Das gerettete Venedig“ in die Hände. Er hatte den erleſenen Bund Jaffiers mit Pierre ſchon oft bewundert. Diesmal jedoch erſchloß ihm jenes Buch ganz neue Gedanken: Er erkannte plötzlich die höchst befremdlichen Tugenden all der Menſchen, die das Schickſal aus der geraden Bahn unſerer Geſellſchaftsordnung hinausſchleudert.

Unwillkürlich dachte er an die rechtſchaffene Geſinnung der Zuchthäusler, an die Ehrlichkeit und Treue der Diebe untereinander. Er ermaß die unerhörte Macht, die ſolche Menſchen erringen müßten, wenn ſich ihr ganzes Tun und Denken in einem einzigen Willen zuſammenſchlöſſe. Er fand, daß der Menſch größer ſei als die Menſchen, und daß die Geſellſchaft in ihrer Geſamtheit einigen wenigen untertan ſein ſollte, die ihren Reichtum, ihre ererbten und erworbenen Fähigkeiten mit einem glühenden Fanatismus verbanden, um die vielfältigen einander widerſtrebenden Kräfte der Geſellſchaft zu einer einzigen zu verſchmelzen. Gegen dieſe Kraft wäre alsdann die Geſellſchaft vollkommen wehrlos. Dieſe einzige, unermeßliche Kraft würde jedes Hindernis überwinden, jeden Willen lähmen, jedoch demjenigen, der ſie beſitzt, die diaboliſche Macht aller verleihen. Abſeits von der Geſellſchaft und im Gegenſatz zu ihr eine Welt für ſich zu gründen; jedes Geſetz verachtend und keinen Grundſatz anerkennend, ſich nur dem eigenen Gewiſſen und dem Bewußtſein ihrer Notwendigkeit zu unterwerfen; mit ganzer Hingebung dem Verbündeten zu dienen, wenn er Beiſtand fordert; fremden Willen in jedem Falle unter die eigene Laune zu zwingen; mit unvergleichlicher Sicherheit Rache zu üben; der Menſchheit gegenüber ſtets bewaffnet zu ſein; in dem Glück eines unwandelbaren geheimen Haſſes zu ſchwelgen; inmitten einer verlogenen, kleinlichen Geſellſchaft um einige wenige auserleſene Herzen das traulichste Band zu ſchlingen; das Daſein um einen grandioſen Gedanken zu bereichern, der den bedeutendſten Köpfen der Zeit entgangen war: Dieſes Leben von Räubern in Glacéhandſchuhen, dieſe Religion höchſter Selbſtſucht fanatiſierte dreizehn Männer, die ſolcherart die Geſellſchaft Jeſu, jedoch zugunſten des Teufels, wiedererrichten wollten.

Der erhabene und furchtbare Pakt wurde geſchloſſen. Und merkwürdig, er hatte Beſtand — vielleicht gerade deshalb, weil er ſo unmöglich ſchien! Es gab alſo in Paris dreizehn „Brüder", die einander mit Leib und Seele angehörten. In der Geſellſchaft kannten ſie einander nicht. Wenn ſie indes zu nächtlicher Stunde wie Verſchwörer zuſammenkamen, dann hielten ſie keinen ihrer Gedanken verborgen. Nichts war ihnen unmöglich. Sie verfügten über ein Vermögen, das nur dem des Alten vom Berge vergleichbar iſt. Sie hatten ihre Füße in jedem Salon, ihre Hände in jedem Kaſſenſchrank, ihre Ellenbogen in jeder Straße, ihre Köpfe auf jedem Kiſſen. Ihrer ſkrupelloſen Phantaſie war alles dienſtbar. Niemand befahl ihnen, niemandem waren ſie untertan. Die glühendſten Leidenſchaften, die zwingendſten Umſtände gingen voran; von ihnen allein ließen ſie ſich leiten

Es waren dreizehn ungekrönte Könige — mehr als Könige: Richter und Henker, die keinen Wert darauf legten, in der Geſellſchaft eine Rolle zu ſpielen, weil ſie das ganze Spiel in Händen hielten . . .

Es ſei nun erlaubt, mit der Erzählung der drei Epiſoden zu beginnen, deren pariſeriſcher Duft, deren groteske Gegenſätze den Verfaſſer in der Geſchichte der Dreizehn am meiſten zu feſſeln vermochten.

FERRAGUS, DAS HAUPT DER ZERSTÖRER

IN PARIS GIBT ES STRASSEN, DIE EBENSO entehrt ſind wie ſchändliche Menſchen. Es gibt vornehme adlige Straßen und einfache bürgerliche Straßen. Es gibt junge Straßen, über deren Geſittung ſich die Allgemeinheit noch kein Urteil bilden konnte, und Straßen, die älter ſind als die älteſten Stiftsdamen. Es gibt Straßen, die immer ſauber, und Straßen, die immer ſchmutzig ſind. Es gibt Verbrecherſtraßen, Arbeiterſtraßen, Fabrikſtraßen, Geſchäftsſtraßen. Kurz, die Pariſer Straßen haben menſchliche Eigenſchaften, und ihr Ausſehen ruft in uns gewiſſe Vorſtellungen wach, gegen die wir völlig wehrlos ſind. Es gibt verrufene Straßen, in denen man um keinen Preis, und wieder andre, in denen man fürs Leben gerne wohnen möchte. Manche Straßen, ſo z. B. die Rue Montmartre, haben einen hübſchen Kopf und endigen in einen Fiſchſchwanz. Die Rue de la Paix iſt eine breite, ſchöne Straße, allein ſie erweckt keinen jener anmutig-edlen Gedanken, die den Empfänglichen in der Rue Royale befallen, und es fehlt ihr entſchieden an der erhabenen Majeſtät der Place Vendôme. Wenn ſich des Spaziergängers in den Straßen der Saint-Louis-Inſel eine ſeltſame, nervöſe Traurigkeit bemächtigt, ſo findet dieſe in dem düſtern Ausſehen der Häuſer, in der Abgeſchiedenheit verlaſſener Paläſte allein ihre Erklärung. Jene Inſel iſt das Venedig von Paris. Die Place de la Bourſe iſt geſchwätzig, regſam, feil. Bei Tage iſt dieſer Platz ein

Paris im kleinen. Doch bei Nacht, zumal im Vollmondſchein, wirkt er wie ein orientaliſcher Traum. Iſt die Rue Traverſière-Saint-Honoré nicht abſcheulich? In jedem Winkel ihrer kleinen zweifenſtrigen Hütten hauſen Elend, Laſter und Verbrechen. Die engen, den Nordſtürmen ausgeſetzten Straßen, wohin kaum drei-, viermal im Jahre die Sonne kommt, ſind wahre Mörderſtraßen: Und ſie töten ungeſtraft! Die heutige Gerichtsbarkeit kümmert ſich nicht darum, obwohl Herr Benoiſton de Châteauneuf bewieſen hat, daß die Sterblichkeit in ſolchen Straßen doppelt ſo groß iſt als anderwärts. In früheren Zeiten hätte das Parlament wahrſcheinlich den zuſtändigen Polizeileutnant wiſſen laſſen, „daß dieſe beklagenswerten Zuſtände ſich höchſt unliebſam bemerkbar machen“ . . .

Derartige Beobachtungen erſcheinen außerhalb der Mauern von Paris vielleicht unbegreiflich, zwecklos. Es gibt jedoch Menſchen, die geradezu ein Studium daraus machen, wenn ſie in Paris umherſchlendern; Menſchen, die mit Behagen all die unzähligen Anregungen zu ſammeln verſtehen, die ihnen die Rieſenſtadt zu allen Stunden darbietet. Solchen Menſchen erſcheint Paris als ein ganz ſeltſames Ungeheuer: Hier iſt es eine junge, ſchöne Frau, dort ein altes, häßliches Weib; hier ſtrahlt es im Glanz einer eleganten Modedame, dort ſtarrt der Schmutz geflickter Bettlerlumpen. Und dieſes Ungeheuer iſt ſo vollſtändig, wie es ein Lebeweſen nur ſein kann. Die Speicher — ſein Kopf voll Wiſſen und Genie; die erſten Stockwerke — ſein glücklicher Magen; die Tore und Geſchäftsläden — richtige Füße: Von dort treten alle Spaziergänger, alle Beſchäftigten heraus! Kaum iſt in ſeinem Herzen das Geräuſch des letzten, vom Balle heimkehrenden Wagens verhallt, da regen ſich an den Schranken der Vororte ſeine Glieder ſchon von neuem — das Ungeheuer wird munter. Alle Türen und Tore gähnen und drehen ſich, von dreißigtauſend Menſchen unſichtbar bewegt, in den Angeln, wie die Scheren eines Hummers. Unmerklich werden die Geräuſche ſtärker, die Bewegung teilt ſich immer weiter mit, die Straße redet. Zu Mittag iſt alles lebendig, die Schornſteine rauchen — das Ungeheuer frißt. Dann brüllt es und regt behende ſeine zahlloſen Gliedmaßen. Welch ſchönes Schauſpiel bieteſt du, Paris! Indes, wer deine dunklen Paſſagen nicht kennt, wer deine Lichtſchächte, deine tiefen, ſtillen Sackgaſſen nicht bewunderte, wer dein mitternächtiges Murmeln nicht hörte, der weiß nichts von deiner wahren Poeſie, der ahnt nichts von deinen ſeltſamen gewaltigen Kontraſten. Nur jene wenigen, die nicht gedankenlos einhergehen, genießen ihr Paris. Das Antlitz dieſer Stadt iſt ihrem Gedächtniſſe ſo genau eingeprägt, daß ſie jedes Schloß, jeden Knopf, jedes Fleckchen kennen. Den anderen bleibt Paris immer nur ein ungeheuerliches Wunder, ein wunderliches Ungeheuer, das verblüffende Gewirr von Bewegungen, Maſchinen und Gedanken, der Schauplatz unzähliger Romane, die Stadt der Welt. Jene wenigen aber ſehen in Paris ein fröhliches oder trauriges, ein häßliches oder ſchönes Geſchöpf. Jedes Haus, jeder Menſch iſt ihnen ein Teilchen des Zellgewebes dieſer großen Kurtiſane, deren Herz, deren phantaſtiſche Sitten ſie bis ins kleinſte kennen. Sie erheben den Blick genau bei dieſer oder jener Straßenecke, weil ſie wiſſen, daß er dort am Zifferblatt einer Uhr haften bleibt. Sie raten dem Freunde, der mit ſchmerzlicher Entſagung die leere Tabakdoſe zuklappt: „Geh' durch dieſe Paſſage; dort iſt zur linken Hand ein Tabakladen — gleich neben dem Bäcker, der eine ſehr hübſche Frau hat!"—

Eine Wanderung durch Paris iſt für ſolche Poeten ein recht koſtſpieliger, zeitraubender Luxus. Wer verbrächte nicht gerne wenigſtens ein paar Minuten vor jedem der kleinen Dramen, der maleriſchen Zwiſchenfälle, die ſich zu jeder Tageszeit hier abſpielen? Wen ergötzte nicht das immer von neuem groteske, aus unzähligen bunten Plakaten zuſammengeflickte Gewand dieſer Königin unter den Städten? Wie oft ſchon verließ einer ihrer Verehrer am frühen Morgen ſein Haus, um ins Freie zu wandern, und war zur Mittagsſtunde immer noch nicht über das Zentrum hinausgekommen? Solchen Schwärmern allein gilt dieſe weitſchweifige Einleitung, die ſich übrigens zu einer äußerſt nützlichen und neuartigen Beobachtung zuſammenfaſſen läßt — ſoweit in Paris, wo es nichts Neues gibt, und wo die Gaſſenjungen auf das Denkmal, das morgen enthüllt wird, ſchon heute ihre Namen kritzeln, eine Beobachtung überhaupt neuartig ſein kann.

Ja denn: In Paris gibt es gewiſſe Häuſer und Straßen, die der großen Welt kaum dem Namen nach bekannt ſind, und die eine Frau, wenn ſie zu jener Welt gehört, nicht betreten darf, ohne Gedanken zu erwecken, die ſie grauſam verletzen müſſen. Iſt eine ſolche Frau reich und geht ſie, obwohl ſie ihren eigenen Wagen hat, zu Fuß und verſchleiert durch einen dieſer Hohlwege des Pariſer Geländes, ſo gefährdet ſie ihren guten Ruf. Führt ſic aber der Zufall gar in den Abendſtunden dorthin, ſo wird der Beobachter Vermutungen hegen dürfen, die ſchwerwiegende Folgen nach ſich ziehen. Und iſt eine ſolche Frau endlich noch jung und hübſch, und tritt ſie in ein ſchmutziges, halb verfallenes Haus, wo am Ende eines dunklen, feuchten, übelriechenden Ganges im Schein einer flackernden Öllampe das abſtoßende Geſicht eines alten, verſchlumpten Weibes ſichtbar wird — dann wird, weiß Gott, niemand daran zweifeln können, daß jene Frau mit offenen Augen in ihr Verderben ſtürzt. Sie iſt dem erſten beſten ihrer Bekannten, der ihr in dieſem Großſtadtſumpf begegnet, auf Gnade und Ungnade ausgeliefert. Es gibt aber gewiſſe Straßen, wo ein ſolches Zuſammentreffen zu dem furchtbarſten, blutigſten, modernſten Liebesdrama führen kann. Unglücklicherweiſe wird dieſes Drama, wie das moderne Drama überhaupt, nur von wenigen Perſonen verſtanden werden, weil es die genaue Kenntnis des Schauplatzes vorausſetzt. Indes, wer dürfte ſich rühmen, jemals ganz verſtanden worden zu ſein? — „Wir bleiben unverſtanden bis zu unſerm Tode!“ Dieſe Redensart der Frauen gilt auch für Schriftſteller . . .

Vor etwa dreizehn Jahren führte einer jener Zufälle, die im Leben niemals wiederkehren, einen jungen Mann an einem Februarabend durch die Rue Pagevin, eine der engſten und unwegſamſten Straßen von ganz Paris, an deren Mauern damals kein Plätzchen zu finden war, das unflätige Bilder und Zoten nicht beſudelt hätten. Am Ende der Rue Pagevin angelangt, bog er rechter Hand in die Rue des Vieux-Auguſtins ein. Da gewahrte er plötzlich, daß er, ohne es zu beabſichtigen, wenige Schritte hinter einer Frau einherging, die eine auffallende Ähnlichkeit mit der hübſcheſten Pariſerin zu haben ſchien, nämlich mit jener entzückenden Frau, die er insgeheim liebte. Und hoffnungslos liebte: Sie war verheiratet.

In dieſem Augenblick aber hüpfte ihm das Herz im Leibe. Eine ſchier unerträgliche Glut ſchoß in ſeine Adern, es fuhr ihm kalt über den Rücken, es brauſte und rauſchte in ſeinem Hirne. Er war jung, er liebte, und er kannte ſein Paris. Blitzſchnell erwog er, welchen Schändlichkeiten ſich eine junge, hübſche und elegante Dame ausſetzt, wenn ſie es wagt, zu ſolcher Stunde, in ſolchem Schmutze ſpazierenzugehen.
Die heimliche, hoffnungsloſe Liebe des jungen Mannes mutet um ſo romantiſcher an, als er ein Offizier der königlichen Garden war. Bei der Infanterie wären derartige Gefühle immerhin noch wahrſcheinlicher. Allein er war Kavallerieoffizier und gehörte demnach derjenigen Waffengattung an, die in Frankreich auf ihre Sitten ebenſo eitel iſt wie auf ihre Uniform, und die bei allen ihren Eroberungen nach höchſter Schnelligkeit ſtrebt. Dennoch war ſeine Leidenſchaft echt und wahr. Er liebte jene Frau, weil ſie tugendhaft war. Seiner heimlichen Liebe galten ihre Tugend, ihre Reinheit, ihre zurückhaltende Anmut als die koſtbarſten Schätze. Und dieſe Frau war in der Tat würdig, insgeheim Grund und Urſache aller Handlungen eines jungen Mannes zu ſein. Sie war jener platoniſchen Liebe würdig, der man ſo ſelten begegnet wie blühenden Blumen auf den blutgetränkten Ruinen des Mittelalters — einer Liebe, ſo hoch und rein wie der blaue Himmel; einer Liebe ohne Hoffnung, an der man hängt, weil ſie nie enttäuſchen kann.
Die Nacht bringt in Paris ſeltſame, bizarre, mitunter ganz unbegreifliche Wirkungen hervor. Nur wen es freut, ſie zu beobachten, der weiß, wie phantaſtiſch eine Frauengeſtalt, der man abſichtlich oder zufällig folgt, im nächtlichen Dunkel werden kann. Bald

ſcheint ſie ſchlanker, bald voller, als ſie wirklich iſt. Die Strümpfe erwecken, namentlich wenn ſie nicht zu hell ſind, den ſüßen Glauben an feine Feſſeln und ſchön geſchwungene Beine. In jugendlicher Wolluſt wiegt ſich der Leib, ſelbſt wenn ein Pelz, ein Schal ihn zu verhüllen ſucht. Der flüchtige Lichtſchein, der aus den Läden dringt, die zitternden Strahlen der Straßenlaternen verleihen der Unbekannten einen trügeriſchen Glanz, an dem ſich die Phantaſie entzündet, während die Wahrheit verliſcht. Die Sinne beginnen ſich zu regen, alles gewinnt Farbe und Leben, und damit ein gänzlich verändertes Ausſehen. Der Körper des Weibes verſchönt ſich. Da iſt es mit einem Male kein Weib mehr — nein, ein Irrlicht, ein Dämon beſchleunigt den Schritt des Gebannten und zieht ihn mit magnetiſcher Macht nach dem armſeligen Häuschen hin, wo ihm die Verfolgte, ohne ihn eines Blicks zu würdigen, das Haustor vor der Naſe zuſchlägt. Aber gerade noch zur rechten Zeit fällt durch die Jalouſien eines Schuhmacherladens ein heller Lichtſtrahl auf die entſchwindende Frauengeſtalt und zerſtreut in der Seele des jungen Mannes jeden Zweifel. Ja, „sie" war es! Sie allein war ſo üppig. Sie allein hütete das wunderbare Geheimnis jenes Ganges, der die keuſche Schönheit der entzückendſten, anziehendſten Formen hervorhebt. Dies war der Schal, dies der Seidenhut, den ſie am gleichen Morgen getragen hatte! Und die Schühchen, die grauen Seidenſtrümpfe ſo ſauber, als ſei ſie eben erſt dem Wagen entſtiegen! Oh, er wußte, was an Schätzen und Wundern dieſer Schal verbarg, der ſich ſo zärtlich an ihren Buſen ſchmiegte! Hatte er doch erſt auf dem letzten Balle wieder die ſchneeweißen Schultern bewundert! An der Art, wie eine

Pariſerin auf der Straße die Füße ſetzt und wie ſie ihren Schal trägt, errät ein ſcharfſichtiger Mann das Geheimnis ihres heimlichen Wegs. Es liegt etwas eigentümlich Bebendes, Schwebendes in Gang und Haltung. Sie ſcheint weniger ſchwer zu ſein. Von einem Gedanken getrieben, der ſich im Faltenſpiel ihrer Kleidung verrät, eilt ſie, nein, ſchwebt ſie dahin, wie ein Stern.

Der junge Offizier hatte die Unbekannte an der Ecke der Rue Soly überholt. Sie war juſt in dem Augenblick in den Hausflur getreten, da er ſich nach ihr umwandte, um ihr Geſicht zu ſehen. Mit ein paar Sätzen ſprang er an den Eingang des Hauſes zurück. Noch ſchellte die Klingel über der Glastüre, die eben ins Schloß fiel. Noch erhaſchte er den letzten kriecheriſchen Gruß, den die Pförtnerin, am Fuß der winklichen Treppe ſtehend, dem jungen, ſchönen Weibe nachſandte, das mit ungeduldigen Schritten die Stufen emporſtieg.

„Ungeduldig — warum?“ dachte der junge Mann, während er, langſam rückwärtsſchreitend, über den ſchmalen Fahrdamm ging, um an der Mauer des gegenüberliegenden Hauſes Spalier zu ſtehen. Mit der Achtſamkeit eines Polizeibeamten, der einem Verſchwörer auf der Spur iſt, betrachtete er die Front des häßlichen Bauwerks, das im Augenblick ſo viel Schönheit beherbergte.

Es war eines jener Häuſer, deren Paris nach tauſenden zählt: ein ſchmutzig-brauner, verfallener, ſchmuckloſer Kaſten mit vier dreifenſtrigen Stockwerken. Wohin ging die junge Frau? Laden und Zwiſchenſtock gehörten einem Flickſchuſter. Die Jalouſien des erſten Stockwerks waren herabgelaſſen. Im zweiten Stockwerk lag eines der Fenſter im Dunkel, die beiden andern waren hell erleuchtet. Offenbar gehörten die drei Fenſter zwei Zimmern an, deren Verbindungstüre geſchloſſen war. Ob ſie dorthin ging? Er vernahm den ſchwachen Ton einer Türglocke, der aus dem einfenſtrigen Raume zu dringen ſchien. Richtig: Der Lichtſchein des größeren Zimmers bewegte ſich, und unmittelbar darauf war auch das dritte Fenſter hell erleuchtet! Alsbald zeichnete ſich der unſichere Schatten eines Damenhutes ab. Dann wurde die Türe geſchloſſen, und der einfenſtrige Raum lag wieder im Dunkel wie vorher.

Während der Offizier dieſe Beobachtungen anſtellte, hörte er plötzlich den Ruf: „Vorſicht!“ und erhielt beinahe zugleich einen heftigen Stoß in den Oberarm.

„Können Sie denn nicht achtgeben?“ wetterte ein Handlanger, der mit einem dicken, langen Balken auf den Schultern an ihm vorbeiging.

Jener Arbeiter war ein Mann der Vorſehung, der den Neugierigen warnte: „Was mengſt du dich in Angelegenheiten, die dich nichts angehen? Kümmere dich um deinen Dienſt und laß den Nächſten tun, was ihm Spaß macht!“

Der Offizier kreuzte die Arme und wartete. Reglos ſtarrte er auf die beiden Fenſter. War es ihr greller Schein, der durch das nächtliche Dunkel drang, waren es die zwei Schatten, die unaufhörlich über die Wände glitten, daß ihm die Augen überliefen? Er wandte ſich ab. Unwillkürlich fiel ſein Blick in die Rue des Vieux-Auguſtins, und er gewahrte eine Droſchke, die an einer Stelle hielt, wo weder Laden noch Haustor lag.

Und wieder quälte ihn der Zweifel. „Iſt ſie es — iſt ſie es nicht?“ Wie oft entſcheidet dieſe Frage über

Leben und Tod dessen, der liebt! — Nach zwanzig Minuten — es schien ihm, als habe er ebenso viele Jahre gewartet — wiederholte sich an den drei Fenstern das frühere Spiel. Bald darauf trat die junge Frau aus dem Hausflur, eilte um die Ecke und stieg in die Droschke. Jetzt hatte er sie genau erkannt: Sie war es, die er heimlich liebte! Und dennoch regte sich in seinem Herzen ein letzter leiser Zweifel.

„Das Haus läuft mir nicht fort!" murmelte er, während er hinter der Droschke herjagte, „ich habe immer noch Zeit, es eingehend zu untersuchen." — Die Droschke bog in die Rue de Richelieu und hielt, nächst der Rue de Ménars, vor dem Laden einer Putzmacherin. Die junge Frau stieg aus, ging in den Laden und sandte dem Kutscher durch ein Laufmädchen das schuldige Fahrgeld. Dann ließ sie sich Marabufedern vorlegen. Marabu zu ihrem schwarzen Haar! Sie hielt die Federn an das Köpfchen, um die Wirkung zu prüfen.

„Nichts steht brünetten Damen besser, gnädige Frau!" pries die Putzmacherin, „Brünette haben etwas zu Ausgesprochenes in ihren Linien, und da verleiht ihnen Marabu etwas ungemein Weiches und Lässiges. Kürzlich war die Frau Herzogin von Langeais hier und sagte, Marabu sei hochelegant, und die Damen bekämen durch ihn etwas sehr Romantisches . . ."

„Recht," sagte sie nach kurzem Zögern, „senden Sie mir, bitte, die Federn heute noch zu!" —

Dann verließ sie den Laden und kehrte mit gemächlichen Schritten heim. Als sich die Türe des prächtigen Hauses, wo sie wohnte, hinter ihr geschlossen hatte, irrte ihr junger Verehrer, der ihr in einiger Entfernung gefolgt war, wie trunken durch die Straßen, und er wußte selber nicht, wie es kam, daß er ſich endlich in ſeinem eignen Heime befand. Er warf ſich in einen Lehnſtuhl, ſtützte den Kopf in die Hände und ſtreckte die Füße gegen den Kamin, bis die Sohlen ſeiner beſchmutzten, durchnäßten Schuhe anbrannten. All ſeine Hoffnung war vernichtet und, mit ihr, ſein heiligſter Glaube. Er hatte einen jener Augenblicke erlebt, der den ganzen Charakter eines Menſchen wandelt und das weitere Daſein von der Vorſehung oder vom Verhängnis, von den glücklichen oder unglücklichen Folgen der erſten Tat abhängig macht.

Dieſer junge Mann ſtammte aus guter, wenn auch nicht altadliger Familie. Allein es gibt ihrer heutzutage ſo wenige, daß alle jungen Leute unſtreitig alt ſind. Sein Urgroßvater hatte ehedem das Amt eines Rates des Pariſer Parlaments gekauft, war eine Zeitlang deſſen Präſident geweſen und hatte ſeinen Söhnen ein ſtattliches Vermögen hinterlaſſen, das ihnen ermöglichte, in den Staatsdienſt zu treten und durch einflußreiche Ehen hoffähig zu werden.

Die Revolution hatte die Mitglieder dieſer Familie vertrieben. Nur eine alte, halsſtarrige Witwe, die ſich den Emigranten nicht anſchließen wollte, blieb zurück. Sie wurde ins Gefängnis geworfen und mit dem Tode bedroht, vor dem ſie der neunte Thermidor alsbald rettete. Gegen achtzehnhundertvier ließ ſie ihren Enkel Auguſt de Maulincour, den einzigen Nachkommen der Carbonnon de Maulincour, zurückholen und erzog ihn in der dreifachen Sorgfalt einer Mutter, einer Adligen und einer alten, halsſtarrigen Witwe.

Zur Zeit der Reſtauration kam der achtzehnjährige Jüngling ins Maiſon Rouge. Er folgte den Prinzen nach Gent, wurde Offizier im Gardekorps, verließ es jedoch bald, weil er in der Linie dienen wollte. Mit dreiundzwanzig Jahren wurde er abermals in die königlichen Garden berufen und zum Eskadronskommandeur eines Kavallerieregiments ernannt. Dieſe fabelhafte Stellung hatte er einzig und allein ſeiner Großmutter zu verdanken, die trotz ihrem hohen Alter die Welt, in der ſie lebte, gut durchſchaute.

Dieſe Lebensbeſchreibung paßt, von unbedeutenden Abweichungen abgeſehen, auf alle Familien, die ausgewandert waren, auf alle Witwen und auf alle ſorgfältig erzogenen jungen Männer. Baronin Maulincour hatte den alten Vidame de Pamiers, den vormaligen Komtur des Maltheſerordens, zum Freunde. Zwiſchen ihm und ihr beſtand eine jener ewigen Freundſchaften, die ſich auf ſechzigjährige Beziehungen ſtützen, und die unzerreißbar ſind, weil auf ihrem Grunde ſtets irgendein Herzensgeheimnis ruht, deſſen Romantik kaum in vier Bänden, geſchweige denn in zwanzig Zeilen zu faſſen iſt.

Auguſt de Maulincour gehörte alſo durch ſeine Großmutter und ihren Freund zum Faubourg Saint-Germain. Weniger als zwei Jahrhunderte hatten hingereicht, damit er Gebaren und Geſinnung jener annehme, die ſich rühmen, ihren Stammbaum bis auf Chlodwig zurückzuführen. Der blaſſe, ſchmächtige, ſcheinbar zarte Jüngling war in Wirklichkeit ein mutiger Edelmann, der für ein Ja, für ein Nein vor den ſchwerſten Duellen nicht zurückſchreckte und, obwohl er noch kein Schlachtfeld geſehen hatte, das Band der Ehrenlegion im Knopfloch trug. Dies war einer der größten, doch vielleicht der verzeihlichſte Fehler der Reſtauration, deren Jugend mit der keiner andern Epoche vergleichbar iſt. Zwiſchen Erinnerungen an die Kaiſerzeit und Erinnerungen an die Emigration, zwiſchen alten Traditionen des Hofs und wiſſenſchaftlichen Studien des Bürgertums, zwiſchen Religion und Maskenbällen, zwiſchen zwei politiſchen Glaubensbekenntniſſen — jenen Louis des Achtzehnten, der nur die Gegenwart, und jenen Karls des Zehnten, der zu weit in die Zukunft ſah — hin- und hergeworfen, war dieſe Jugend gezwungen, des Königs Willen zu achten, obgleich der König ſelbſt das Königtum betrog. Dieſe zugleich blinde und hellſehende, in allen Dingen unſichere Jugend ſtand eiferſüchtigen Greiſen gegenüber, die ängſtlich darüber wachten, daß die Staatszügel ihren kraftloſen Händen nicht entglitten, obwohl die Monarchie nur zu retten geweſen wäre, wenn ſie ſich zurückgezogen hätten. So war auch Auguſt de Maulincour ein Opfer der Ideen, die auf Frankreichs Jugend laſteten. Der Vidame de Pamiers, mit ſeinen ſiebenundſechzig Jahren ein ſehr geiſtreicher Mann, der viel geſehen, viel erlebt hatte, ein guter Erzähler, ein galanter Edelmann, bekannte ſich hinſichtlich der Frauen zu den abſcheulichſten Anſichten. Er liebte ſie und verachtete ſie zugleich. Frauenehre, Frauengefühle galten ihm nichts; er hielt ſie für Verſtellung, Gaukelei. Er glaubte nur an ſie, ſolange ſie anweſend waren. Niemals widerſprach er ihnen, wenn er mit ihnen ſprach. Kam jedoch unter Freunden die Rede auf ſie, dann ſtellte das alte Ungeheuer den Grundſatz auf, daß ein junger Mann nichts Beſſeres tun könne, als die Frauen zu betrügen und von einem Liebesabenteuer nach dem andern zu jagen, und nichts Böſeres, als ſich um andre Angelegenheiten, zumal ſolche des Staates, zu bekümmern. Kein Wunder, daß er auch den Enkel ſeiner Freundin zu den Grundſätzen des galanten Zeitalters bekehren wollte. Er predigte ihm Moral auf ſeine eigene Weiſe. Die Witwe hingegen wollte ihrem Enkel die ſchönen Illuſionen des Lebens erhalten. Zärtlich und fromm, ein Muſter an Anmut und, bei aller Sanftmut, mit einer taktvollen Standhaftigkeit begabt, die zuletzt über alles triumphiert, hatte ſie ihn in den beſten Grundſätzen erzogen und ihm all ihr Zartgefühl auf den Weg ins Leben mitgegeben. Dies machte ihn ſchüchtern und empfindlich, aber es bewahrte ihn auch vor der Gefahr, ſich frühzeitig zu verbrauchen. Er blieb keuſch. Seine Schamhaftigkeit ſtieß ſich an Handlungen und Anſchauungen, denen die Geſellſchaft keine Wichtigkeit beimaß. Bald aber ſchämte er ſich ſeiner Empfindlichkeit und ſuchte ſie, im ſtillen leidend, hinter einer vorgetäuſchten Sicherheit zu verbergen. So kam es, daß er im Freundeskreis über Dinge ſpottete, an die er daheim nur mit Bewunderung dachte.

Eine, übrigens recht alltägliche Laune des Schickſals fügte es, daß er, ein Mann ſanfter Schwermut und vergeiſtigter Liebe, zum Gegenſtande ſeiner erſten Leidenſchaft juſt ein Weib erkor, dem deutſche Empfindelei ein Greuel war. An ſich und der Welt verzweifelnd, verdroß es den Verträumten, nicht verſtanden zu werden. Und da jedes Ziel nur um ſo hartnäckiger erſtrebt wird, je ſchwerer es zu erringen iſt, betete er die Frauen weiter an und tat dies mit jener erfinderiſchen Zärtlichkeit, in jener ſamtweichen Katzenart, die das Weib ſeit jeher als ein ihrem Geſchlechte allein zuſtehendes Monopol betrachtet. In der Tat, obgleich die Frauen klagen, von den Männern nicht richtig geliebt zu werden, fühlen ſie für jene, deren Seele der ihrigen ähnelt, recht wenig Neigung. Beſteht doch ihre ganze Überlegenheit darin, im Manne den Glauben zu erwecken, daß er ihnen in der Liebe unterlegen ſei! Sie verzichten daher gerne auf einen Verehrer, der nicht hinreichende Erfahrung beſitzt, um ſie ihres ſorgſam gehüteten Schmucks zu berauben: ihrer ſo entzückenden falſchen Eiferſuchtsqualen, ihres trügeriſchen Hoffens und Harrens, mit einem Worte ihres ſüßen Herzeleids. Nichts widerſpricht ihrer Natur mehr als eine ruhige, vollkommene Liebe. Sie wollen Unruhe, brauchen Erregung. Glück ohne Sturm iſt kein Glück für ſie. Frauenſeelen, die unendlicher, engelgleicher Liebe fähig ſind, gehören zu den Ausnahmen. Wahrhaft große Leidenſchaften ſind ebenſo ſelten wie die Meiſterwerke der Kunſt. Alles andre iſt nur Behelf, vorübergehender Reiz, iſt klein im Vergleich zu jenen und ſchon aus dieſem Grunde verächtlich.

Auf der Suche nach einer Frau, die ihn verſtand — nebenbei bemerkt, die größte Liebestorheit unſres Zeitalters — begegnete Auguſt in den Kreiſen der Börſeaner, die nicht zur Hochfinanz gehörten, alſo in einer vom Faubourg Saint-Germain weit abſtehenden Geſellſchaft, einem wahrhaft vollendeten Weſen. Es war eine jener Frauen, die etwas ſo Achtunggebietendes, ſo Heiliges an ſich haben, daß die Liebe aller Hilfsmittel eines langen vertraulichen Umgangs bedarf, bevor ſie ſich erklärt. Auguſt gab ſich denn ganz der ſüßen Wonne einer rein bewundernden Liebe hin. Wie wäre es möglich, ſeine zahlloſen unterdrückten Wünſche, ſeine zugleich rührende und kraftvolle, tiefe und flüchtige Leidenſchaft in Worte zu faſſen? Sie glich dem Duft, der Wolke, dem Sonnenſtrahl, dem Schatten — allem, was in der Natur in ein- und demſelben Augenblick auftauchen und entſchwinden, zum Leben erwachen und ſterben kann und dennoch in der Seele einen nachhaltigen Eindruck hinterläßt. Ist es nicht höchstes Glück, wenn das Herz noch so jung ist, daß es entbehren kann, was es ersehnt? Ist es nicht höchstes Glück, wenn der Mann in einer Frau mehr als nur das Weib zu finden weiß; wenn er bei der Berührung ihres weißen Handschuhs, bei der Liebkosung ihres duftenden Haars, ja bei einem Wort, bei einem Blick von ihr viel höheren Genuß empfindet, als feurigster Besitz ihm je gewähren könnte? Die Unglücklichen und die Häßlichen, die abgewiesenen Verehrer und die schüchternen Frauen — sie allein kennen den unermeßlichen Schatz, den die Stimme des geliebten Wesens in sich schließt. Welches Entzücken entflammt das schwärmerische Herz beim melodischen Klang einer süßen Stimme! Wieviel Gedanken ruft sie wach! Die Liebe tönt aus der Stimme, bevor noch der Blick sie verrät.

August gehörte zu den glücklicheren Dichtern — zu jenen, die nur fühlen und nicht schreiben. Selig schlürfte er die ersten, erquickenden Wonnen seiner Leidenschaft: Die Geliebte hatte die einschmeichelndste Stimme, die eines Weibes Arglist ersehnen könnte, um den Mann nach Gutdünken zu betören. Sie hatte jene Silberstimme, die das Ohr besänftigt und das Herz erregt, die liebkost und quält, rührt und aufrührt zugleich. Und diese Frau war am dunklen Abend nach der Rue Soly, nächst der Rue Pagevin, gegangen, und ihr flüchtiger Schatten im Innern eines verrufenen Hauses hatte die prächtigste, erhabenste Leidenschaft mit einem Schlag zertrümmert! Die Grundsätze des alten Vidame de Pamiers triumphierten.

„Wenn sie ihren Gatten betrügt, werden wir uns rächen!“ dachte August.

In diesem „Wenn“ lag noch Liebe. Der philosophiſche Zweifel von Descartes iſt eine Höflichkeit, die uns zwingt, die Tugend ſtets zu ehren . . .

Es ſchlug zehn Uhr. Da erinnerte ſich Baron Maulincour, daß „ſie“ bei einem Balle erſcheinen ſollte, zu dem auch er eingeladen war. Schnell kleidete er ſich um und fuhr dahin, wo er die Angebetete zu finden hoffte. Während er ſich mit der Baronin Nucingen unterhielt, ſchweifte ſein Blick verſtohlen umher.

„Sie ſuchen Frau Jules?“ ſagte ſie lächelnd, „die iſt noch nicht da!“

„Guten Abend, meine Liebe!“ erklang hinter ihnen eine Frauenſtimme.

Sie wandten ſich um. Da ſtand Frau Jules in einem weißen Kleide vor ihnen — einfach und vornehm, im Haar dieſelben Marabufedern, die Auguſt im Laden der Putzmacherin vor zwei Stunden in ihren Händen geſehen hatte! Ihre ſüße Liebesſtimme ſchnitt ihm ins Herz. Hätte er nur das geringſte Anrecht beſeſſen, auf dieſe Frau eiferſüchtig zu ſein, er wäre auf ſie zugetreten, um ihr ein Wort, ein einziges Wort zu ſagen: „Rue-Soly.“ Aber er kannte ſie ja kaum, und mochte er ihr den verfänglichen Straßennamen auch tauſendmal ins Ohr flüſtern, ſie hätte ihn wohl immer nur erſtaunt gefragt, was er damit meine.

Schlechten, ſpottluſtigen Menſchen bereitet es vielleicht ein großes Vergnügen, das Geheimnis einer Frau zu kennen. Welche Genugtuung, zu wiſſen, daß ihre Keuſchheit erlogen iſt; daß ſich hinter dem ruhigen Antlitz erregte Gedanken, hinter der ſchönen Stirne ein häßliches Drama verbirgt! Allein es gibt Männer, die ein ſolches Wiſſen wirklich betrübt, und gar manche von denen, die öffentlich darüber lachen, verdammen die Geſellſchaft und verachten eine ſolche Frau, ſobald ſie heimkehren und mit ihrem Gewiſſen allein ſind. In dieſer Lage befand ſich Baron Maulincour gegenüber Frau Jules. Zwiſchen ihm und ihr beſtanden keine andern Beziehungen als jene, die ſich in der Geſellſchaft ergeben, wenn zwei Menſchen im Verlauf eines Winters ſieben- bis achtmal ein paar Worte miteinander wechſeln. Hatte er da ein Recht, Aufklärung zu fordern? Durfte er ſie verurteilen, ohne ihr kundzutun, weſſen er ſie anklagte? —

Frau Jules ſetzte ſich nieder. Während ſie mit ihrer Nachbarin plauderte, ſchien ſie befangen und zerſtreut. Immer wieder ſuchte ihr Blick den Gatten, der, hier und da ſtehenbleibend, durch die Salons ſchlenderte. Ihre Ehe mit dem Makler des Barons Nucingen hatte eine eigenartige Geſchichte:

Fünf Jahre vor ſeiner Vermählung ſtand Jules Demarets bei einem Börſenmakler in Dienſten. Das magere Gehalt eines untergeordneten Beamten war damals ſein einziges Vermögen. Von der Not frühzeitig über den Ernſt des Daſeins belehrt, ſtrebte er mit der Zähigkeit der Ameiſe, die eine Fichtennadel zu ihrem Bau trägt, geradeswegs weiter. Er gehörte zu den Starrköpfen, Beharrlichen, die über Leichen gehen und die Geduld des andern durch die eigene zermürben. Schon als Jüngling hatte er alle republikaniſchen Tugenden armer Leute: Er war mäßig bis zum Geiz und jedem Vergnügen abhold. Er wartete.

Übrigens hatte ihn die Natur mit den unermeßlichen Vorteilen eines angenehmen Äußern beſchenkt: einer ruhigen, reinen Stirne, ſanften aber ausdrucksvollen Zügen, einfachen Manieren. Die einem arbeitsreichen und entſagungsvollen Daſein entſproſſene Beſcheidenheit und Manneswürde, jener echte Herzensadel, der ſich in allen Lebenslagen bewährt, flößten jederman, der ihn kannte, höchste Achtung ein. Inmitten eines rastlos hastenden Großstadtgetriebes lebte er dennoch abgeschieden für sich und trat mit der Gesellschaft nur dann in flüchtige Berührung, wenn er, bei besonders festlichen Gelegenheiten, ein paar Stunden in den Salons seines Brotherrn verbrachte.

Gleich den meisten jungen Menschen, die so lebten wie er, hatte Jules Desmarets Leidenschaften von erstaunlicher Tiefe — Leidenschaften, die zu gewaltig waren, um sich in Nichtigkeiten zu verzehren. Seine geringen Einkünfte zwangen ihn zu ernster, herber Lebensführung, und er bezähmte seine Phantasie durch rastlose Arbeit. War ihm der Rücken über endlosen Zahlenreihen krumm geworden, dann erholte er sich, indem er mit zäher Ausdauer all die Kenntnisse zu erwerben suchte, die heutzutage für jeden unentbehrlich sind, der sich als Kaufmann, als Richter, als Politiker, als Schriftsteller in der Welt behaupten will.

Die einzige Klippe, die derartigen starken Naturen gefährlich wird, ist ihre eigene Rechtschaffenheit. Begegnen sie einem armen Mädchen, so verlieben sie sich unverweilt, heiraten es und verbrauchen ihre ganze Lebenskraft, um sich zwischen Liebe und Elend durchzuschlagen. Ach, der beste Ehrgeiz erlahmt beim Anblick des Haushaltungsbuchs!

An jener Klippe sollte auch Jules Desmarets stranden. Eines Abends sah er im Hause seines Brotherrn ein junges Mädchen von erlesenster Schönheit. Nur die Unglücklichen, die, von aller Hingebung ausgeschlossen, die schönsten Stunden ihrer Jugend in harter Arbeit verrinnen sehen — sie allein kennen den Sturm der Leidenschaft, der in einem einsamen, verkannten

Herzen plötzlich losbrechen kann. Und ſie ſind ihrer Liebe ſo ſicher, ihre Seele drängt mit ſolchem Ungeſtüm nach dem geliebten Weſen, daß ſie in ſeiner Nähe die köſtlichſten Wonnen empfangen, ohne ſelbſt auch nur die geringſte zu bereiten. Dieſe ſcheinbare Regloſigkeit einer Leidenſchaft, die ſo tief iſt, daß ſie längerer Zeit bedarf, um zutage zu treten, mag auf eine gewiſſe Selbſtſucht zurückzuführen ſein. Was aber könnte einem Weibe, das ſolche Leidenſchaft errät, mehr ſchmeicheln als ſie?

Nur in ſeltenen Fällen gelingt es dieſen verſchloſſenen Menſchen, dieſen oft mißverſtandenen und betrogenen Einſiedlern, die köſtlichen Früchte einer Liebe zu ernten, die ihnen ſtets wie eine vom Himmel herabgefallene Blume erſcheint. Zum Glück für Jules Desmarets entflammte das Feuer ſeiner geheimen Leidenſchaft auch in der, deren Lächeln, deren ſüße Stimme es erweckt hatte. Die beiden Menſchen liebten einander mit heiligſter Andacht. Um mit wenigen Worten alles zu ſagen: Wie zwei Kinder, Bruder und Schweſter, Hand in Hand durch eine dichte Menſchenmenge ſchreiten, ſo faßten ſie einander inmitten der Geſellſchaft bei den Händen, ohne ſich ihrer Zuneigung zu ſchämen!

Furchtbare Selbſtſucht hatte das junge Mädchen, wie ſo viele andere, in eine bittere Lage verſetzt: Sie hatte keinen Taufſchein. Nur ein notarielles Schriftſtück beglaubigte ihr Alter und ihren Namen Clémence. Was ſie beſaß, war nicht der Rede wert. Als Jules Desmarets all dies Unglück erfuhr, war er der glücklichſte Mann auf Erden. Wäre die Geliebte einer reichen, angeſehenen Familie entſproſſen, ſo hätte er ihr, den Tod im Herzen, entſagen müſſen. Indes, ſie war ein Kind der Liebe, die traurige Frucht einer ehebrecherischen Leidenschaft. Da ward es ihm nicht schwer, von ihrer Mutter, die in der Welt als ihre Patin galt, die Einwilligung zu erlangen und Clémence zu heiraten.

Mit seiner Hochzeit begann für Jules Desmarets eine Reihe glücklicher Ereignisse. Nach einigen Tagen riet ihm seine Schwiegermutter, ein Maklergeschäft zu kaufen, und versprach ihm, das erforderliche Kapital zu beschaffen. Am gleichen Abend kam er im Salon seines Brotherrn mit einem sehr reichen Kapitalisten zusammen, der ihm einen äußerst vorteilhaften Handel vorschlug und zugleich die Summe lieh, deren er bedurfte. Am nächsten Tage schon war er in der glücklichen Lage, die Stelle seines bisherigen Brotherrn zu kaufen. Nach kaum vier Jahren gehörte er seiner Gesellschaft als einer ihrer wohlhabendsten Teilhaber an. Seine Tüchtigkeit flößte grenzenloses Vertrauen ein. Die angesehensten Persönlichkeiten kamen zu ihm und vermehrten unaufhörlich die Zahl der Kunden, die ihm sein Vorgänger hinterlassen hatte. Der schnelle Aufschwung seines Geschäfts war so wunderbar, daß er ihn dem schier überirdischen Einfluß seiner Schwiegermutter oder eines ihm von der Vorsehung bestimmten Gönners zuschreiben mußte.

Als Clémence nach dreijähriger Ehe die Mutter verlor, hatte ihr Gatte – den man in der Gesellschaft einfach „Herr Jules" nannte, um ihn von seinem Bruder, einem in Paris lebenden Notar, zu unterscheiden – bereits ein Einkommen von zweihunderttausend Franken. Es gab keine zweite Ehe, die sich eines gleich ungestörten Glückes rühmen durfte. Im Verlaufe von fünf Jahren war dieses Glück nur ein einziges Mal vorübergehend getrübt worden, als ein früherer Kamerad des Maklers in einem größeren Kreiſe behauptete, daß das Vermögen des Herrn Jules auf deſſen Gattin zurückzuführen ſei, die es einer hohen, teuer erkauften Protektion verdanke. Der beleidigte Ehemann hatte Genugtuung gefordert und den Verleumder im Duell getötet.

Dieſe wechſelſeitige tiefe Leidenſchaft, die ſogar der Ehe widerſtand, erfreute ſich in der Geſellſchaft, mit Ausnahme einiger mißgünſtiger Frauen, rückhaltloſer Bewunderung. Man empfand für Herrn und Frau Jules die wärmſten Sympathien — vielleicht deshalb, weil nichts erfreulicher iſt als der Anblick glücklicher Menſchen. Allein ſie verweilten niemals lange in den Salons, ſondern ſtrebten, wie zwei verirrte Tauben, ſtets mit Ungeduld nach ihrem trauten Neſte zurück. Dieſes Neſt war übrigens ein ſtattliches, ſchönes Haus in der Rue de Ménars, ein Haus, worin künſtleriſches Empfinden jenen Luxus dämpfte, den die Finanzwelt zu entfalten pflegt. Obwohl dem Ehepaare geſellſchaftliche Verpflichtungen wenig zuſagten, öffneten ſich mitunter ſeine Räume zu prächtigen Empfängen. Jules hatte wohl erkannt, daß es unmöglich ſei, ſich dauernd einer Welt zu entziehen, deren jeder Mann, jede Familie früher oder ſpäter einmal bedarf. Aber er und Clémence ſtanden in dieſer Welt wie Treibhauspflanzen mitten im Sturm.

Aus einem nur zu begreiflichen Zartgefühl hatte Jules ſeiner Gattin ſeinerzeit die Verleumdung und den Tod des Verleumders verſchwiegen. Trotz den furchtbaren Lehren jenes Duells gab es immer noch einige unvorſichtige Frauen, die ihren Freundinnen ins Ohr flüſterten, daß ſich Frau Jules, bei ihrer künſtleriſchen und empfindſamen Veranlagung, bei ihrer damit zuſammenhängenden Vorliebe für einen recht koſtſpieligen Aufwand, zuweilen in Geldverlegenheiten befinden müſſe. Die zwanzigtauſend Franken, die ihr der Gatte als Taſchengeld ausgeſetzt hatte, konnten nach ihren Berechnungen unmöglich hinreichen, um dieſen Aufwand zu decken. Und in der Tat, wer ſie beſuchte, fand ſie zu Hauſe noch eleganter gekleidet als dann, wenn ſie in Geſellſchaft ging. Sie ſchmückte ſich nur ihrem Gatten zuliebe und wollte ihm damit beweiſen, daß er ihr mehr ſei als die Welt. Es war eine reine, echte Liebe, eine blühende Liebe, ſoweit ſie dies, dem Licht der Welt entzogen, ſein kann. Kein Wunder, daß die Verliebtheit des glücklichen Gatten von Tag zu Tag wuchs, daß er ſich nur in der Nähe ſeiner jungen, ſchönen Frau wohlfühlte, und daß ihn, als ſei es ein Krankheitsſymptom, nur eins beunruhigte: Clémence hatte keinerlei Launen.

Es war zweifellos ein Mißgeſchick, ja mehr noch, ein entſchiedenes Unglück für Auguſt de Maulincour, auf eine ſolche Leidenſchaft zu ſtoßen, ſich bis über die Ohren in eine ſolche Frau zu verlieben. Indes, er machte ſich nicht lächerlich und lebte weiter, wie es die Sitten ſeiner Kreiſe forderten. Nur in ſeinen träumeriſchen Mienen ſpiegelte ſich die hehre Liebe, die er im Herzen trug. Selbſt wenn er ein Glas Champagner trank, war ſein Blick umflort, wie der eines Menſchen, den die Hohlheit des Daſeins anwidert oder deſſen Lunge angegriffen iſt.

Lebensüberdruß und hoffnungsloſe Liebe geben in der heutigen Geſellſchaft ein gewiſſes Anſehen. Es mag wohl ſein, daß die Verſuchung, das Herz einer Königin zu brechen, ausſichtsreicher ſcheint als die törichte Leidenſchaft für eine glücklich liebende Frau. Erſtreckt ſich die Eitelkeit der Königin auf ihre Macht, dann führt ſie die Höhe, auf der ſie ſteht, zum ſicheren Fall. Eine treue Bürgersfrau aber iſt unangreifbar wie ein eingerollter Igel oder wie eine Auſter in ihren harten, feſtverſchloſſenen Schalen . . . Der junge Offizier ſtand in unmittelbarer Nähe der heimlich Geliebten, die ſich in dieſem Augenblick ihrer zwiefachen Untreue gewiß nicht bewußt war. Voll majeſtätiſcher Hoheit ſaß ſie ſanft und unſchuldig da, wie das harmloſeſte Weib auf Erden.

„Welch ein Abgrund iſt doch die Menſchennatur!“ dachte er, während ſein Blick zwiſchen Clémence und ihrem Gatten umherſchweifte.

Fröhliche Muſik klang durch die von tauſendfältigem Lichterglanz überfluteten Räume. Es war ein Bankiersball, eines jener protzigen Feſte, das mit ſeiner überladenen Pracht aus gediegenem Golde der vergoldeten Zier in den Salons des Faubourg Saint-Germain zu ſpotten ſuchte, wo ſich die gute Geſellſchaft ſorglos unterhielt, ohne zu ahnen, daß die andre eines Tages auf ihren Nacken ſteigen würde, um ſich auf ihren Thron zu ſchwingen. Welch ein Leichtſinn, hier wie dort! Wer kümmerte ſich dort um den nahe bevorſtehenden Zuſammenbruch der Macht, wer hier um den mit unzweifelhafter Gewißheit darauf folgenden Zuſammenbruch der Banken?

In den goldſchimmernden Empfangsräumen des Barons Nucingen herrſchte die eigenartige Lebhaftigkeit einer Geſellſchaft, die ſich begnügt, unterhaltſam zu ſcheinen, da ſie es nicht ſein kann; einer Geſellſchaft, wo Talent und Dummheit einander begegnen und dieſe für den Geiſt, den ſie nicht faßt und doch empfängt, das einzige wiedergibt, was jenem unfaßbar iſt: ihre Selbſtzufriedenheit. An dieſem Austauſch belebt, in ihm erſchöpft ſich alle Geſellſchaft. Ein ſolches Feſt ähnelt in Paris ſtets einem Feuerwerk:

Geiſt, Koketterie, Vergnügen — alles glitzert und glänzt, ſprüht auf und verliſcht wie Raketen. Tags darauf iſt alles wieder vergeſſen. —

„Von all den Frauen, die hier tanzen, gilt Frau Jules als die unantaſtbarſte; und dieſe Frau geht in die Rue Soly!“ dachte der junge Offizier verzweifelt.

Die Rue Soly war ſeine Krankheit; ihr Name allein zerriß ihm das Herz.

„Die Frauen ſind alſo doch ſo, wie ſie der Vidame ſieht!“

In dieſer Überlegung lag zugleich ein Entſchluß:

„Sie tanzen nicht, gnädige Frau?“ wandte er ſich an Clémence.

„Nun ſtellen Sie ſchon zum drittenmal in dieſem Winter die gleiche Frage an mich!“ erwiderte ſie lächelnd.

„Vielleicht antworteten Sie niemals darauf?“

„Das iſt richtig!“

„Sehen Sie? Ich wußte ja, daß Sie falſch ſind, wie alle Frauen ...“

Frau Jules lachte unaufhörlich weiter.

„Würde ich Ihnen den wahren Grund nennen, ſo erſchiene er Ihnen wohl lächerlich. Allein ich glaube nicht, daß es Falſchheit iſt, wenn man Geheimniſſe für ſich behält, über die ſich die Welt luſtig zu machen pflegt.“

„Die Preisgabe eines Geheimniſſes ſetzt eine Freundſchaft voraus, derer ich offenbar nicht würdig bin. Aber ich kann mir nicht denken, daß Sie andre als edle, achtbare Geheimniſſe haben. Halten Sie mich für fähig, über ſolche zu ſcherzen?“

„Ach,“ verſetzte ſie ernſter werdend, „Sie ſind wie alle andern! Sie verſpotten und verdächtigen unſre reinſten Gefühle! Übrigens habe ich keine Geheimniſſe. Es iſt mein Recht, meinen Gatten vor aller Welt zu lieben. Ich ſage es laut, und ich bin ſtolz darauf, daß ich mit ihm allein tanze. Und wenn Sie ſich darüber luſtig machten, hätte ich eine ſehr ſchlechte Meinung von Ihrem Herzen . . .“

„Wie? Solange Sie verheiratet ſind, tanzten Sie immer nur mit Herrn Jules?“

„Ja, gewiß! Nie habe ich mich auf einen andern Arm geſtützt als auf den ſeinigen. Kein andrer hat mich je berührt als er!“

„Hat Ihnen denn Ihr Arzt nie den Puls gefühlt?“

„Da ſehen Sie, wie Sie ſich über mich luſtig machen!“

„Nein, gnädige Frau, ich bewundere Sie, denn ich verſtehe Sie! Indes, Sie laſſen ſich ſehen, man hört Ihre Stimme — kurz, Sie ſelbſt geben unſrem Ohr und Auge die Erlaubnis, Sie zu bewundern . . .“

„Das eben iſt mein ganzer Kummer,“ unterbrach ſie ihn. „Ach, ich wollte, daß es einer verheirateten Frau möglich wäre, mit ihrem Gatten ſo zu leben, als ſei ſie ſeine Geliebte. Denn dann . . .“

„Denn dann? Warum gingen Sie dann vor wenigen Stunden heimlich in die Rue Soly?“

„Rue Soly, was iſt das?“ fragte ſie ruhig.

Und ſie zuckte mit keiner Wimper, und ſie errötete nicht, und ihre reine, klare Stimme verriet nicht die geringſte Erregung.

„Wie? Sind Sie nicht heute abend in das zweite Stockwerk des Hauſes geſtiegen, das an der Ecke der Rue des Vieux-Auguſtins zur Rue Soly ſteht? Ließen Sie nicht ein paar Schritte weiter Ihre Droſchke halten? Fuhren Sie dann nicht in die Rue de Richelieu zu einer Putzmacherin, wo Sie die Marabufedern kauften, die jetzt Ihr Haar ſchmücken?“

„Ich bin heute abend nicht ausgegangen.“

Während ſie ſo log, tändelte ſie heiter und unbefangen

mit dem Fächer. Wer jedoch das Recht gehabt hätte, die Hand in den Rückenausſchnitt ihres Ballkleids zu führen, der wäre erſchrocken, wie feucht ſich dieſe kühle ſchneeweiße Samthaut mit einem Male anfühlte.

Auguſt de Maulincour erinnerte ſich in dieſem Augenblick der Lehren de Pamiers:

„Dann war es alſo eine Frau, die Ihnen auffallend ähnlich ſieht!" antwortete er mit gläubiger Miene.

„Ich will zu Ihrer Ehre nicht glauben, mein Herr, daß Sie fähig ſind, einer Frau zu folgen, um ihren Geheimniſſen auf die Spur zu kommen. Wären Sie es, dann müßte ich Ihnen ſagen, daß dies abſcheulich, ganz abſcheulich iſt."

Betroffen ſtand der Offizier auf und entfernte ſich. Er lehnte ſich an den Kamin und grübelte. Als er zufällig den Blick emporhob, blieb dieſer an einem Spiegel haften, der an der gegenüberliegenden Wand hing. Da ſah er die geliebte Frau und gewahrte, daß ſie ihn, des ſtummen Verräters an der Wand nicht achtend, mißtrauiſch und voll Entſetzen anſtarrte. Nach einer Weile gab ſie ihrem Gatten ein Zeichen, er eilte zu ihr, bot ihr den Arm und führte ſie durch die Salons. Als ſie an Auguſt de Maulincour vorbeikamen, ſtand dieſer im Geſpräch mit einem ſeiner Freunde und ſagte, als ob er auf eine Frage antwortete, mit erhobener Stimme:

„. . . Dieſe Frau wird heute nacht ſicher nicht gut ſchlafen! . . ."

Sie fuhr zuſammen und warf ihm einen hoheitsvollen, verächtlichen Blick zu. Und ſie ging weiter und wußte nicht, daß dieſer Blick, hätte ihr Gatte ihn aufgefangen, Glück und Leben zweier Menſchen gefährden konnte . . .

Auguſt verbannte den Zorn, der in ihm tobte, ins
tiefſte ſeiner Seele und ſchwor ſich zu, bis zum Kno-
ten dieſes Rätſels vorzudringen. Bevor er das Feſt
verließ, hoffte er Frau Jules noch einmal zu ſehen.
Doch wie er auch ſuchte, ſie war verſchwunden.

Welch eine Offenbarung für den romantiſchen Sinn
eines jungen Mannes, der die Liebe nicht in ihrem
ganzen Umfang ermaß! Clémence erſchien ihm in
einem völlig neuen Lichte. Er bewunderte ſie, er
liebte ſie mit der ganzen Wut der Eiferſucht, mit
den Wahnſinnsqualen der Hoffnung. Gut denn, be-
trog ſie ihren Gatten, dann war ſie eine von vielen,
und er konnte ſich den Wonnen ſeliger Liebe hin-
geben. Seine Phantaſie erſchloß ihm die herrlichſten
Ausſichten auf den Genuß ihres Beſitzes. Kurz, hatte
er einen Engel verloren, ſo fand er dafür die entzük-
kendſte aller Nixen. Während er einſchlief, baute
er zahlloſe Luftſchlöſſer und verſuchte immer wie-
der, das abenteuerliche Unternehmen der Geliebten
mit irgendeiner wohltätigen Abſicht zu rechtfertigen,
an die er ſelbſt nicht glaubte.

Am nächſten Morgen beſchloß er, den Urſachen ihres
Geheimniſſes nachzugehen, um die erſehnte Löſung
des Rätſels zu finden. Ein Roman, nein, ein Drama
hatte begonnen, worin ihm eine Rolle zugedacht
war.

Der Beruf eines Spions iſt ganz ſchön, wenn man
ihn zum eigenen Nutzen und zur Befriedigung einer
Leidenſchaft ausübt. Man genießt dabeidie abwechs-
lungsreichen Freuden eines Verbrecherdaſeins und
bleibt dennoch ein Ehrenmann. Allerdings wird man
Zwiſchenfälle gelaſſen hinnehmen müſſen. Man darf
nicht raſen vor Zorn, nicht berſten vor Ungeduld,
wenn man, auf einen Fingerzeig hin, gegen ein Ziel

loszieht, das man nicht kennt, und muß ſich darauf gefaßt machen, daß man es verfehlt. Man läuft Gefahr, je nach der Jahreszeit vor Hitze zu braten, vor Kälte zu erfrieren oder im Straßenſchmutz zu verſinken. Hier wird man durch die umſtändlichen Fragen eines Müßiggängers aufgehalten, dort ſtößt man in der Eile einen Obſtkorb um und muß, zur Beruhigung eines keifenden Marktweibes und zur Beluſtigung einer gaffenden Menge, die über die Straße rollenden Äpfel aufleſen oder bezahlen. Man läuft kreuz und quer durch Paris, daß einem der Atem vergeht, dann wieder ſteht man ſtundenlang auf der Lauer, bis die Sohlen brennen und die Beine ins Knie ſinken. Es iſt eine fortwährende Jagd, eine Jagd mit allen ihren Zu- und Zwiſchenfällen — kurz, eine Jagd, bei der nur Flinte, Hund und Hifthorn fehlen. Solch ein Leben iſt nur dem eines Spielers vergleichbar. Aber wer wie ein ſprungbereiter Tiger im Hinterhalt liegt, der braucht ein Herz, das von Liebe und Rachedurſt geſchwellt iſt, der braucht eine Seele, die ſich in einer Unzahl von Leidenſchaften und Gefühlen vervielfacht.

Ohne zu bedenken, ob er als Lohn für den unſäglichen Aufwand an Zeit, Liſt und Mühe nicht Rache ernten würde, warf ſich Auguſt de Maulincour dieſem lebenſprühenden, an Leiden und Freuden überreichen Daſein mit wahrer Leidenſchaft in die Arme. Bis zur Unkenntlichkeit verkleidet, ging er von der Rue de Ménars nach der Rue Soly und von der Rue Soly nach der Rue de Ménars, oder er ſtand lauernd an den Eckhäuſern der Rue Pagevin und der Rue des Vieux-Auguſtins auf der Wacht. Dennoch empfand er noch nichts von jener Ungeduld, die das Blut zum Sieden bringt und den Schweiß aus den Poren treibt. Da er annahm, daß

Frau Jules nicht wagen würde, die Stätte, wo er ſie überraſcht hatte, alsbald wieder zu betreten, war ſeine Hoffnung unerſchüttert, und er benutzte die nächſten Tage, um die Geheimniſſe jenes ſeltſamen Hauſes zu ergründen. Als Neuling in ſeinem Fache getraute er ſich nicht, die Portiersfrau oder den Flickſchuſter, der dort wohnte, auszuhorchen, denn er hoffte, Vorſicht und Ungeduld, Liebe und Geheimnis in Einklang bringen zu können. Um den Jagdgrund einer eingehenden Prüfung zu unterziehen, gedachte er, ſich in dem der rätſelhaften Wohnung gegenüberliegenden Hauſe einen geeigneten Beobachtungsſtand zu ſchaffen.

Über dieſem Pläneſchmieden, das den großen Schlag ermöglichen ſollte, war der März ins Land gekommen. Eines Nachmittags gegen vier Uhr verließ der Offizier nach ſtundenlangem erfolgloſem Anſtand ſeinen Jagdgrund und begab ſich nach Hauſe, wo ihn dienſtliche Angelegenheiten erwarteten. Da überraſchte ihn in der Rue Coquillière einer jener Platzregen, wobei die Goſſen blitzſchnell anſchwellen, und jeder in die Pfützen fallende Waſſertropfen große Blaſen bildet. Wer zu Fuß geht, iſt dann genötigt, in einen Laden oder in ein Kaffeehaus zu flüchten (wenn er reich genug iſt, ſolche erzwungene Gaſtfreundſchaft zu bezahlen), oder er rettet ſich in einen Hausflur — das Aſyl der Armen und Schirmloſen.

Warum hat noch keiner unſrer Maler verſucht, die Mienen eines Schwarms von Pariſern, der ſich bei plötzlichem Unwetter in einem feuchten Hausflur zuſammenfindet, mit dem Pinſel feſtzuhalten? Wo fände er ein abwechſlungsreicheres Bild? Da iſt zuerſt der Träumer und Philoſoph: Stillvergnügt beobachtet er die Regenſtreifen, die ausſehen, als ſei der graugrüne Grund des Himmels ſchraffiert, und die weißſchäumenden Waſſerſchauer, die der Sturm wie leuchtenden Staub über die Dächer fegt. Und er lauſcht den eigenartigen Gurgellauten der überſprudelnden Traufröhren und ergötzt ſich, trotz den Beſenſtößen, womit ihn der Hüter des Hauſes traktiert, an den unzähligen wunderbaren Nichtigkeiten, die ihn umgeben; dann der Geſchwätzige, der ſich mit lauter Stimme über das Wetter beklagt und, weil niemand ihm antwortet, mit der Portiersfrau unterhält, wenn ſie ſich auf den Beſenſtiel ſtützt wie der Grenadier auf ſein Gewehr; der Dürftige, der ſeine Lumpen, an die Berührung mit dem Straßenſchmutz gewöhnt, achtlos an den feuchten Wänden ſcheuert; der Gebildete, der die Maueranſchläge buchſtabiert und, wenn er ſie alle geleſen hat, unverdroſſen wieder von vorne beginnt; der Spaßvogel, der die vorbeigehenden, mit Waſſer und Schmutz beſpritzten Frauen auslacht und jenen, die aus den Fenſtern herabſehen, verliebte Blicke zuwirft; der Schweigſame, der die Stockwerke und Fenſter der gegenüberliegenden Häuſer zählt; der Handelsmann mit dem Muſterkoffer, der in unaufhörlichem Selbſtgeſpräch die ſeinem Geſchäfte aus dem Regen erwachſenden Vor- und Nachteile überſchlägt; der Liebenswürdige, der wie eine Granate hereinplatzt und für jeden ein freundliches Wort oder einen höflichen Gruß findet; und endlich der echte Pariſer Bürger, der Mann mit dem Regenſchirm, der Fachmann für Wetterfragen, der dieſen Platzregen natürlich vorausſah, trotz dem Abraten ſeiner warnenden Gattin ſpazieren ging und ſich nun gemächlich auf den Portierſtuhl niederläßt. Jedes Mitglied dieſer zuſammengewürfelten Gemeinde betrachtet, je nach ſeinem Charakter, den Himmel und ſpringt, um ſich nicht ſchmutzig zu machen, auf Zehenſpitzen davon, bevor noch der Regen aufgehört hat; der eine, weil er es eilig hat; der andre, weil er ſich in dem feuchten Hausflur eine lebensgefährliche Erkältung holen könnte; der dritte, weil er ſieht, daß die andern trotz Wind und Wetter wieder unterwegs ſind; der vierte, weil er die Traufe, unter der er ſtehen mußte, für ſchlimmer hält als den Regen. So hat jeder ſeinen beſondern Beweggrund. Zuletzt bleibt nur der Vorſichtige übrig, der ſich nicht früher auf den Weg macht, bevor er inmitten der zerreißenden Wolken ein blaues Fleckchen erſpäht.

Auguſt de Maulincour hatte ſich alſo mit einem ganzen Troß ſolcher Fußgänger in den Flur eines alten Hauſes geflüchtet, deſſen Hof einem rieſigen Schornſteine glich. An ſeinen vier grünlichen, ſalpetrigen Wänden liefen ſo viel Traufröhren herab, daß man ſich bei den Waſſerfällen von Saint-Cloud zu befinden wähnte. Das Waſſer troff von allen Seiten. Schwarz, weiß, blau, grün ſprudelte es aus allen Röhren hervor, fiel klatſchend aufs Pflaſter, ſtrömte in zahlloſen Rinnſalen nach der Straße und nahm auf seinem Weg durch den Hausflur alles mit, was ihm der langgeſtielte Beſen der Portiersfrau zuführte. Die eigenartige Zuſammenſetzung dieſes Kehrichts geſtattete intereſſante Rückſchlüſſe auf Leben und Gewohnheiten der einzelnen Bewohner des Hauſes. Da gab es zerknülltes Papier, verblichene und mißratene Kunſtblumen, Knochen, Abfälle von Gemüſe, Metallen und Kleiderſtoffen, die jeder Beſenſtrich des alten Weibes, deſſen zahnloſer Mund zum Keifen wie geſchaffen ſchien, immer von neuem durcheinander warf. In Gedanken vertieft, ſtarrte Auguſt de Maulincour wie geiſtesabweſend in dieſes alltägliche Bild der regſamen Großſtadt, als ſein Blick plötzlich an einem Manne haften blieb, der eben erſt in den Hausflur getreten war.

Es war, wenigſtens allem Anſcheine nach, ein Bettler, aber nicht der übliche Pariſer Bettler, den Charlet mit ſeiner ſo glücklichen Beobachtungsgabe zuweilen dargeſtellt hat, keines jener originellen, ſchmutzſtarrenden, immer heiſeren, zugleich demütigen und drohenden Geſchöpfe mit roter Schnapsnaſe und zahnloſem Munde, bei denen die Klugheit, die aus ihren Augen leuchtet, ein Widerſinn zu ſein ſcheint. Einige dieſer unverſchämten Strolche haben eine aufgeriſſene, runzlige, mit zahlreichen Adern durchſetzte Geſichtshaut, und ihr ſpärliches, ſchmieriges Haar ſieht aus wie eine aus dem Mülleimer gezogene Perücke. Mit den Malen ihres ausſchweifenden Lebenswandels gebrandmarkt, wirkt ihr Schweigen wie ein Vorwurf. Ihre Haltung erweckt ſchreckliche Gedanken. Zwiſchen Verbrechen und Almoſen geſtellt, kennen ſie keine Gewiſſensbiſſe mehr und ſchleichen, unſchuldig inmitten des Laſters und laſterhaft inmitten der Unſchuld, vorſichtig um das Schafott herum, ohne ihm zu verfallen. Manchmal bringen ſie uns zum Lachen, öfters aber zu ernſtem Nachdenken. Der eine verkörpert die verkümmerte Kultur; er verſteht alles: die Ehre des Zuchthauſes, das Vaterland, die Tugend, aber auch die Argliſt des gemeinen Verbrechens und die Kniffe einer eleganten Miſſetat. Der andre fügt ſich in alles, er iſt ein abgefeimter, aber ſtumpfſinniger Komödiant. Sie alle wandelt zuweilen der Wunſch nach Ordnung und Arbeit an. Allein die Geſellſchaft, die nicht wiſſen will, daß ſich unter Bettlern auch tüchtige Männer, hochbegabte Künſtler befinden können, ſtößt ſie immer wieder in den alten Sumpf zurück. Das unerbittliche Schickſal läßt es nicht zu, daß dieſe Unglücklichen, die unerhörtes Leid zu tragen gewohnt und im Guten und Böſen gleich erhaben ſind, je aus dem Schmutz ihres Daſeins emportauchen. Sie alle haben einen Traum, eine Sehnſucht, ein Glück: Das Spiel, die Lotterie, den Wein.

Nichts von alledem ſtand im Geſichte jenes Menſchen geſchrieben, der dem jungen Offizier gegenüber unbekümmert und ſorglos an der Mauer lehnte. Die bleiernen Züge des langen, hageren, mindeſtens ſechzigjährigen Mannes verrieten tiefe, nüchterne Gedanken. Sein finſterer, ſpöttiſcher Blick ſchien jedes Mitleid im Herzen der Neugierigen erſticken zu wollen. Die ganze Haltung hatte etwas Herausforderndes, als maßte er ſich an, mit jedermann auf gleich und gleich zu ſtehen. Der kahle, faltenreiche Schädel erinnerte entfernt an einen Granitblock. Ein paar dünne graue Haarbüſchel an den Schläfen fielen auf den Kragen ſeines ſchmierigen, bis zum Halſe zugeknöpften Rockes herab. Unter die beiden Augen hatten ſich breite, bläulich-braune Ringe eingegraben. Ein ſeltſames Gemiſch von Melancholie und verächtlichem Spott, von Philoſophie und Wahnſinn bewirkte, daß er zugleich Voltaire und Don Quichotte ähnelte. Offenbar hatte er kein Hemd an. Denn die dunkle zerſchliſſene Halsbinde ließ ſeinen langen, dürren, runzligen Hals ſehen, der von ſchnurdicken Adern durchzogen war. Im Gegenſatz zu ſeinem Geſichte waren die Hände ſauber und gepflegt. Er trug ausgetretene, zerriſſene Schuhe und ausgefranſte, an mehreren Stellen geflickte Beinkleider, die ehemals blau geweſen ſein mochten und durch ihren ſpeckigen Glanz einen widerwärtigen Anblick boten.

Sei es, daß ſeine durchnäßte Kleidung einen üblen Geruch ausſtrömte, ſei es, daß ihm ſelbſt jener ſcharfe ranzige, einfach unbeſchreibliche Geruch anhaftete, der den Wohnungen armer Leute eigentümlich iſt – die Nachbarn dieſes Mannes gaben ihren Platz auf und ließen ihn allein. Hatte der Alte dies wahrgenommen? Träge und ausdruckslos ſchweifte ſein Blick umher, um immer wieder zu dem jungen Offizier zurückzukehren. Es war ein trübſeliger Blick ohne Wärme, der berühmte Blick Talleyrands, ein undurchdringlicher Schleier, hinter dem eine ſtarke Seele mit gefühlvollſter Erregung zugleich die nüchternſten Erwägungen über Menſchen, Dinge und Ereigniſſe verbirgt. Keine Falte in ſeinem Geſichte regte ſich. Mund und Stirne blieben unverändert. Nur ſeine Augenlider ſenkten ſich mit einer edlen, faſt tragiſchen Langſamkeit nieder. In der Bewegung dieſer welken Lider ſpielte ſich ein ganzes Drama ab.

Der Anblick dieſes ſtoiſchen Geſichts erweckte in Auguſt de Maulincour eine jener traumhaften Überlegungen, die mit einer alltäglichen Frage beginnen und damit enden, eine ganze Welt von Gedanken zu begreifen.

Das Unwetter hatte aufgehört. Alsbald ſah Auguſt nur noch die Rückſeite des ſonderbaren Alten, deſſen Mantel den Prellſtein ſtreifte. Im Begriffe fortzugehen, erblickte er zu ſeinen Füßen einen Brief, der offenbar dem Bettler aus der Taſche gefallen war, als dieſer, bevor er den Hausflur verließ, in die Manteltaſche gegriffen und ſein Taſchentuch hervorgeholt hatte. Er hob den Brief auf und eilte nach, um ihn dem Manne zurückzugeben. Unwillkürlich fiel ſein Blick auf die Adreſſe:

An Hern Wolgebohren
Hern Ferraguß
Rue de Grands Auguſtains, Ecke Soli.

Der Brief war ohne Marke, und die Adreſſe, die er trug, veranlaßte den Offizier, von der Rückgabe abzuſtehen. Denn es gibt nur wenige Leidenſchaften, die auf die Dauer nicht zur Unredlichkeit verleiten. Auguſt de Maulincour hatte eine gewiſſe Vorahnung von dem Nutzen ſeines Fundes. Er ſollte ihm das Recht verſchaffen, in das geheimnisvolle Haus einzudringen, denn er zweifelte nicht, daß jener Mann dort wohnte. Unbeſtimmt, wie die erſten Töne der Morgenröte, erwachte in ſeiner Seele ein Verdacht, daß Frau Jules zu dem Bettler in irgendeiner Beziehung ſtehe. Eiferſucht ſcheut vor keinem Verdacht zurück. Der Eiferſüchtige hält alles für möglich. Und weil er dies tut, weil er aus einer Fülle von Vermutungen die wahrſcheinlichſte wählen kann, gerade deshalb kommt er, wie der Richter oder der Detektiv, auf die Wahrheit, nach der er ſucht.

„Iſt der Brief von Clémence? Gehört er dem Bettler?" — Dieſe und eine Unzahl andrer Fragen zugleich wurden von ſeiner beunruhigten Einbildungskraft aufgeworfen. Aber als er ihn zitternd vor Ungeduld öffnete und die erſten Worte geleſen hatte, begann er zu lächeln. Dieſer Brief ſei hier im ganzen Glanz ſeiner eigenartigen Orthographie, in der ganzen Unbeholfenheit ſeines Stils wörtlich wiedergegeben. Nichts wurde geändert. Nichts war wegzulaſſen, wenn nicht der ganze Brief. Nichts war hinzuzufügen als die zu ſeinem Verſtändnis unerläßlichen Interpunktionen, die im Original völlig fehlen — eine Tatſache, die gewiſſen modernen Schriftſtellern zu denken geben und von dem Verſuche abhalten ſollte, große Augenblicke der Leidenſchaft durch ein Syſtem von Punkten zu malen.

Liber Henry,

mit den Schmertzlichſten Opfern habe Ich Mir vorgenohmen, Dir nihmals keinen Brief mer zu Schreiben; aber eine Stime in meinen innern befihlt mir, das Ich Dir Schreiben mus, wie ſchlecht du gegen Mir geweſen biſt. Ich weis vorhinein, das Du mit deiner hartgeſotenen Laſterhafften Sehle dir dengſt, es iſt kein Schade nicht um mich. Dein Hertz iſt taup für jegliches gefül; iſt es auch Taup für die Stime der Natur? Ich mach mir ja nichz draus Henry, aber das Eine Henry, das mus Ich Dir ſchohn ſagen, das du Mir in eine Furcht bare Lage gebracht haſt. Henry Du weiſt, was Ich ales geliten habe wegen meinen erſten Fehltrit; und Du haſt es über dich gebracht, mich wider in daſelbe Unglük hinein zuſtoſen und Mich in meinen Schmertz und Fertsweiflunk alleine gelaſen. Nur weil ich geglaubthabe, das Du Mich libſt und mir achteſt, war mein Unglük ertrehglich, aber Heute kan ich nichtmer weiter Henry. Deinetwegen zu Liebe habe Ich ales aufgegeben, Eltern, Freunde, meine Ehre und Ruf — ales habe ich Dirhingeopfert Henry, und jetz iſt mir nichzmer über gebliben wie die Schande und, Ich ſchähme mich gar nicht zu ſagen, was noch, das Ehlend. Zu meinen Unglük hat nichz weiter gefelt, wie das Ich ſicher weis, das du Mich verachteſt und mich ſogar haſt. Jetz weis Ich es, alſo werde ich den Muht ſchon finden, den ich zu meinen Plahn brauchen thue. Mein Enſchlus ſteth feſt; das ferlankt ſchohn die Ehre von meiner Familje: Ich mache mit mir ſchlus! Henry mache Dir nur keine Gedangen nicht über meinen Plahn. Ich weis, er ist enzeslich, aber bei meinen Zustant bin ich getswungen dazu. Kann Ich den Leben, wenn ich keine Hilfe und one Unterstütsunk bin; one einen Freund, der mich tröhstet? nein. Das schiksaal hat gesprochen Henry, also wird die Ida in Paar Tagen Deine Achtung nimermer nöhtig haben; aber Ich Schwöhre dir, ich habe ein guhtes gewissen, Henry mein Freund, denn Ich werde nih etwas andres mer für Dich sein, Fersprich mir, das du Mir ferzeist, was Ich tuhn wil. War ich Aus Liebe zu dir schlecht, so wird sie mich jetz, wo Ich was Rechtes tuhn wil, auch nicht ferlasen. Mein Hertz ist vol von deinen Bilt; und fergis nimals nicht, das Du Schult bist an meinen Unglük! Aber möhge der Himel Dich nicht davier strafen; auf Kniien bittich Ihm drum, das er Dir verzeit; denn das felte gradenoch zu meinen Kuhmer, das du auch noch Unglüklich werden möchst. Aber obwohl ich in grosen Nöhten bin, wil Ich keine Hilfe nicht von dir. Ich kan es nuhr anehmen, wenn mich Wer libt; aber eine Hilfe aus Mitleiden — nein, so bin ich denn doch nicht; es wer eine Feikheit von mir und eine grösere, wie von Dem, der mir mit seiner Hilfe helfen wolen mechte. Und noch eine Bitte habe ich Henry. Ich weis nicht, wilange Ich noch bei Frau Meynardie noch bleiben darf; tuh mir die Libe ja, und kome nicht hin, bis ich von hier wegbin, denn die beiden letsten Mahl, wo Du bei mir warst, das war für mich entsezlich. Ich wil nichz weiter drüber sagen; aber Henry, Du sagtest, Du hast mich, und dieses Wort hat sich in mein Hertz neingegraben und es ist ganz erstart deswegen. Ach Henry, jetz wo mich ales ferlest, wo ich meinen gantſen Muht zuſamen nemen mus, gib Mir einen alerletſten Beweiß, das du mir noch achteſt: ſchreib mir, Antwort mir, ſage mir, das du Mir noch guht biſt, wen Du mich auch nimermer libſt. Ich brauch wol meine Augen nicht nider zu ſchlagen, wen wir Uns trefen, aber Ich bite Dich nicht, das Wir Uns miteinand ausſprechen ſolen, weil ich mich vor meiner Liebe fürchte und, das ich ſchwach werde, wen Du da biſt. Aber Bitte ſchön, ſchreib mir doch nuhr noch ein eintſiges Wort, es wird Mir Muht geben, damit ich ales leichter ertrahge. Leb wol, du Ahnſtiffter aler meiner Leiden, aber der eintſige Freund, der imerundewig unfergeslich bleiben wird

Deiner

Ida.

Dieſes rührende Bekenntnis von Elend und Entſagung, von betrogener Liebe und armſeligen Freuden, dieſes echt pariſeriſche Gedicht, das ein junges Weib auf den ſchmutzigen Briefbogen geſchrieben hatte, feſſelte eine Zeitlang die Gedanken des erſtaunten Finders, der überlegte, ob jene Ida nicht etwa eine arme Verwandte von Frau Jules ſei. War das abendliche Stelldichein, deſſen Zeuge er zufällig geweſen war, vielleicht nur ein Werk der Nächſtenliebe; ein Verſuch, den Clémence unternommen hatte, um Idas Ehre zu retten? Der alte Bettler — ein Verführer? Dies grenzte ans Wunderbare. Während ſich Auguſt de Maulincour in ein Labyrinth einander widerſtreitender Überlegungen verlor, kam er in die Nähe der Rue Pagevin, wo an der Ecke der Rue des Vieux-Auguſtins eine Droſchke hielt. Seit einigen Wochen erfreuten ſich haltende Droſchken ſtets ſeines beſonderen Intereſſes.

„Sollte ‚Sie' hier ſein?" dachte er, ſeine Schritte beſchleunigend.
Fieberheiß ſchlug ſein Herz. Er eilte an das Eckhaus und ſtieß die Klingeltüre auf, während ihn ein Gefühl der Scham den Blick zu Boden ſenken ließ. War es ihm doch, als flüſterte eine innere Stimme vorwurfsvoll: „Was mengſt du dich in andrer Geheimnis?" . . .
Er ſtieg einige Stufen und befand ſich unmittelbar vor der alten Portiersfrau.
„Wo wohnt Herr Ferragus?" fragte er.
„Kenn' ich nicht!" gab ſie mürriſch zur Antwort.
„Wie, Herr Ferragus wohnt nicht hier?"
„Gibt keinen hier."
„Aber meine liebe, gute . . ."
„Ich bin nicht Ihre ‚liebe, gute' — ich bin Pförtnerin."
„Ja, Frau Pförtnerin, aber — ich habe einen Brief für Herrn Ferragus."
„Ah, wenn der Herr einen Brief hat," verſetzte ſie in völlig verändertem Tone, „dann iſt das was andres. Wollen Sie mich ihn mal ſehen laſſen, Ihren Brief?"
Der Baron reichte ihr den zuſammengefalteten Brief. Argwöhniſch ſah ihn die Alte an. Sie ſchwankte, ob ſie den myſteriöſen Ferragus von dieſem unvorhergeſehenen Ereignis benachrichtigen ſolle. Indes, ſie blieb:
„Gut, gehen Sie nur hinauf, mein Herr! Sie werden ja wiſſen, wohin," ſagte ſie boshaft. Vermutlich glaubte ſie dem Fremden mit dieſen Worten eine Falle zu ſtellen. Er gab jedoch gar keine Antwort, ſondern kletterte langſam auf der winkligen Treppe hinauf und zog an der Türe des zweiten Stockwerks die Klingel.

Sein Inſtinkt ſagte ihm, daß „Sie“ hier ſein müſſe. Der Bettler aus dem Hausflur, „Ferragus“ oder der „Anſtifter“ von Idas Leiden öffnete ſelbſt. Er hatte ſich inzwiſchen das Geſicht gewaſchen und war mit einem geblümten Hausrock und weißen Flanellhoſen bekleidet. An den Füßen trug er hübſche geſtickte Pantoffel. Im Rahmen der Türe, die nach dem zweiten Zimmer führte, ſtand Clémence. Als ſie des jungen Offiziers anſichtig wurde, erblaßte ſie und ſank in einen Stuhl.

„Was fehlt Ihnen, gnädige Frau?“ rief Auguſt und wollte zu ihr ſtürzen.

Da ſtieß ihn der andre mit einer kurzen, heftigen Bewegung in die Bruſt. Er glaubte, den Schlag einer Eiſenſtange zu verſpüren, und taumelte zurück.

„Mein Herr, was wollen Sie hier? Sie ſchleichen ſchon fünf oder ſechs Tage in dieſem Viertel herum. Was haben Sie da zu ſpionieren?“

„Sind Sie Herr Ferragus?“ verſetzte der Baron.

„Nein, mein Herr.“

„So?“ ſagte er gedehnt, „nun, jedenfalls will ich Ihnen den Brief einhändigen, den Sie verloren, als wir beide während des Platzregens im Hausflur warteten.“

Bei dieſen Worten ſtreckte er Ferragus den Brief entgegen, konnte ſich jedoch nicht enthalten, zugleich einen Blick über den Raum zu werfen, wo er empfangen wurde. Das Zimmer war einfach aber hübſch ausgeſtattet. Im Kamin loderten Flammen. Daneben ſtand ein Eßtiſch, der mit einer Sorgfalt gedeckt war, die zu der beſcheidenen Wohnung und zu der dem Anſcheine nach nicht minder beſcheidenen Lebenslage ihres Beſitzers in auffallendem Widerſpruch ſtand. Sein Erſtaunen wuchs, als er, von dem an ſein

Ohr dringenden Schluchzen einer Frauenſtimme abgelenkt, einen Blick in das Nachbarzimmer warf und dort auf einem Divan einen Haufen Goldſtücke liegen ſah.

„Der Brief gehört mir, ich danke Ihnen!“ ſagte der Fremde und gab durch eine Bewegung zu verſtehen, daß er den Baron ſo ſchnell als möglich forthaben wolle.

In ſeiner Leidenſchaft bemerkte Auguſt de Maulincour gar nicht, daß er, während ſein Blick neugierig umherſchweifte, ſelbſt den Gegenſtand eingehender Prüfung bildete. Hätte er nur einen der Baſiliskenblicke aufgefangen, mit denen ihn ſein Gegenüber vernichten zu wollen ſchien, er wäre ſich ſeiner gefährlichen Lage bewußt geworden. Mit ſich allein beſchäftigt, grüßte er ſtumm und kehrte unbekümmert nach Hauſe zurück. Dort ſuchte er nach einem Sinn für die wechſelſeitigen Beziehungen der drei Perſonen Ida, Ferragus und Clémence — eine Aufgabe, die ungefähr jener entſpricht, die wunderlich geformten Holzklötzchen des chineſiſchen Kopfzerbrechers zuſammenzuſetzen, wenn man den Schlüſſel nicht kennt. *Eins* aber war unzweifelhaft: Frau Jules hatte ihn belogen. Sie kam in jenes Haus und hatte ihn dort geſehen. Er beſchloß, ihr am nächſten Tag einen Beſuch zu machen. Sie konnte unmöglich ablehnen, ihn zu empfangen. Er war Mitwiſſer ihres Geheimniſſes geworden, war mit Leib und Seele in dieſes ſeltſame Abenteuer verſtrickt. Schon fühlte er ſich als Tyrann und forderte von Clémence im Geiſte mit aller Energie, daß ſie ihm ihre Geheimniſſe aufdecke. —

Zu jener Zeit herrſchte in Paris die Bauwut. Wenn Paris ein Ungeheuer iſt, dann iſt es entſchieden das verrückteſte Ungeheuer, das ſich denken läßt. Es begeiſtert ſich für alles mögliche und unmögliche. Eines Tages fängt es zu bauen an, wie ein Grandſeigneur, dem das Mauern Spaß macht. Dann wirft es die Maurerkelle weg und wird Soldat: Es zieht die Uniform der Nationalgarden an und exerziert und raucht. Plötzlich wird es des Soldatenſpiels überdrüſſig und wirft Gewehr und Zigarre weg. Dann hat es Sorgen, ſtellt die Zahlungen ein und verkauft auf der Place du Châtelet ſeine Möbel. Indes, ein paar Tage ſpäter ſind die Geſchäfte wieder in Ordnung, es zieht Feſtkleider an und geht tanzen. Geſtern vertilgte es Unmengen von Gerſtenzucker; heute hat es wahnſinnige Zahnſchmerzen und beklebt ſeinen Körper mit Gegenmitteln; morgen friſtet es ſein Daſein mit Bruſtbonbons. Das Ungeheuer hat für jeden Tag, für jeden Monat, für jedes Jahr ſeinen eigenen Wahn. Zu jener Zeit alſo herrſchte in Paris die Bauwut. Jedermann baute etwas, oder aber er demolierte etwas, um nachher zu bauen. Es gab nur äußerſt wenige Straßen, wo keine Gerüſte ſtanden. Faſt überall ſtrebten große Balken und Leitern zum Himmel, die durch eiſerne, von Stockwerk zu Stockwerk in die Mauern eingelaſſene Träger geſtützt und durch quer daraufliegende Bretter untereinander verbunden waren. Zumeiſt fehlte die Plankenwand, die das ſchwankende Gebälk dem Angriff vorüberfahrender Wagen entzieht, jene Einfriedung, wie ſie zum Schutze von Denkmälern errichtet wird — auch dann, wenn die Errichtung des Denkmals ſelbſt unterbleibt. Es liegt etwas Seemänniſches in all den Maſten, Leitern und Seilen, in all dem Rufen und Fluchen der Maurer. Eines dieſer Holzgerüſte erhob ſich auch vor dem Steinbau, der zwölf Schritte von dem Palais Maulincour entfernt errichtet wurde. Als der Baron am nächsten Tage dort im Kabriolett vorbeifuhr, um Frau Jules den beabsichtigten Besuch abzustatten, glitt ein mächtiger Quaderstein, den der Kran soeben hinaufgezogen hatte, aus der Verschnürung und erschlug im Fallen den Diener, der hinten auf dem Wagen saß. Zwei Finger weiter vorne – und der Stein hätte den Schädel des Offiziers zerschmettert. Ein Schrei des Entsetzens gellte auf Gerüst und Straße. Einer der Maurer schien von dem herabfallenden Steine gestreift und lebensgefährlich verletzt worden zu sein; er hielt sich nur mit Mühe an einem Balken fest. Blitzschnell sammelte sich die Menge. Die Bauarbeiter kletterten schreiend und fluchend herab und behaupteten, das Kabriolett habe ihren Kran erschüttert.

Der Diener tot, der Wagen gänzlich zertrümmert — über dieses Tagesereignis brachten die Zeitungen spaltenlange Berichte. August de Maulincour war überzeugt, das Gerüst nicht gestreift zu haben, und erhob Klage. Das Gericht schritt ein. In der Untersuchung wurde festgestellt, daß ein kleiner Junge, mit einer Latte ausgerüstet, die Wache hatte und seiner Pflicht, die Vorübergehenden durch Zuruf zu warnen, nachgekommen sei. Dabei blieb es. Dies war die Entschädigung des Klägers für den getöteten Diener, für den ausgestandenen Schrecken und für die Hautabschürfungen und Quetschwunden, die er bei der Zertrümmerung seines Wagens erlitten hatte. Infolge der Erschütterung seiner Nerven befiel ihn hohes Fieber, das ihn zwang, einige Tage das Bett zu hüten und den Besuch bei Frau Jules zu unterlassen. Zehn Tage nach jenem Ereignisse fuhr er — es war seine erste Spazierfahrt — mit dem reparierten Wagen nach dem Bois de Boulogne. Er trabte die Rue de Bourgogne hinunter und war bis zu dem Kanalgitter gegenüber der Deputiertenkammer gekommen, da brach die Wagenachſe in der Mitte entzwei und die Pferde gingen durch, wobei ſein Schädel der Gefahr, von den oben zueinander ſtrebenden Wagenrädern zermalmt zu werden, nur durch den Widerſtand entging, den ihnen das Verdeck entgegenſetzte. Trotzdem erlitt er eine ſchwere Wunde an der Seite und wurde ſeiner in Tränen aufgelöſten Mutter zum zweitenmal innerhalb zehn Tagen faſt tot heimgebracht.

Dieſer zweite Unfall erweckte einiges Mißtrauen in ihm. Unwillkürlich dachte er an einen Zuſammenhang mit Ferragus und Clémence. Um Klarheit zu erlangen, ließ er ſeinen Wagenbauer rufen und bat ihn, die zerbrochene Achſe, die er in ſeinem Zimmer verwahrt hatte, und insbeſondere ihre Bruchſtellen genau zu prüfen. Dieſe Unterſuchung ergab zweierlei. Erſtens, daß die Achſe nicht aus der Werkſtatt des Wagenbauers hervorgegangen ſein konnte, da dieſer jede ſeiner Achſen vor der Lieferung ſtets mit dem Firmenſtempel verſah. Wann und auf welche Weiſe die von ihm gelieferte mit der zerbrochenen Achſe vertauſcht worden war, wußte er allerdings nicht zu erklären. Zweitens, daß der Achſenbruch durch eine ſogenannte „Kammer" verurſacht worden war, alſo durch eine mit Hilfe von Strohpfröpfen künſtlich herbeigeführte Gußblaſe.

„Wer auf dieſe Art einen Achſenbruch bewirkte," ſchloß der Handwerker nicht ohne Anerkennung, „der muß ein tüchtiger Schlaukopf geweſen ſein. Man würde ſchwören, Herr Baron, der Bruch ſei natürlich . . ." —

Auguſt de Maulincour bat den Wagenbauer, von dieſem Vorkommnis niemandem gegenüber etwas verlauten zu laſſen. Er ſelbſt hielt ſich gewarnt genug. Die beiden Mordverſuche waren mit einer Geſchicklichkeit angezettelt, die auf Feindſeligkeit von gebildeten Leuten ſchließen ließ.

„Das iſt ein Kampf auf Leben und Tod!" ereiferte er ſich, „ein barbariſcher Krieg — ein Krieg mit Überfällen, Tücken und Hinterhalten, der mir im Namen von Frau Jules erklärt wurde. Wem gehört ſie denn an? Und über welche Machtmittel verfügt jener Ferragus?"

Zu dieſen Gedanken geſellte ſich einer, der den tapferen Offizier ſchaudern machte — ein Gedanke, der ihn wehrlos, mutlos fand: Gift! Würde der unheimliche Feind nicht auch nach d i e ſ e m Mittel greifen? Von entſetzlicher Angſt erfüllt, die ſeine augenblickliche Fieberſchwäche und die ihm auferlegte Diät noch vermehrten, ließ er ein altes Weib zu ſich kommen, das ihn von Kindheit an kannte und mit jener faſt mütterlichen Zärtlichkeit an ihm hing, die das trübe Alltagsleben einſamer Frauen wie ein Sonnenſtrahl erhellt.

Ohne die Alte völlig einzuweihen, beauftragte er ſie, die für ihn erforderlichen Lebensmittel ſtets ganz heimlich und an wechſelnden Orten zu kaufen, und er legte ihr dringend ans Herz, ſie dauernd unter Verſchluß zu halten und von dem Beginn der Zubereitung an bis zu dem Zeitpunkt, da ſie in ſeinem Zimmer aufgetragen würden, nicht aus dem Auge zu verlieren. Kurz, er traf peinliche, bis ins kleinſte gehende Vorkehrungen, um ſich gegen jene grauenvolle Todesart zu verſichern. Er lag zu Bett, war allein und krank; er konnte ſich daher den Plänen ſeiner

Verteidigung nach Gutdünken hingeben — der einzigen Sorge, die nichts überſieht und alles erwägt, weil ihr der Selbſterhaltungstrieb hellſeheriſchen Scharfſinn verlieh.

Indes, ſchon zehrte ein andres Gift an ſeinem Leben: die Furcht. So ſehr er ſich dagegen ſträubte, namenloſer Verdacht tauchte alle ſeine Stunden in die düſterſten Farben. Allein die beiden Mordverſuche hatten auch ihr Gutes; ſie lehrten ihn eine der Tugenden, deren man im Spiel weitreichender Lebensintereſſen unaufhörlich bedarf: die Verſtellungskunſt.

Schweigen iſt wenig, iſt nichts. Aber eine Tatſache nicht nur für ſich zu behalten, ſondern, wenn es ſein muß, für ein Menſchenalter aus dem Gedächtnis zu bannen, um eine dreißig Jahre lang genährte Rache zu nehmen, wie es Ali Paſcha tat — dies iſt in einem Lande, wo ſich die Menſchen kaum dreißig Tage lang verſtellen können, eine nur ſelten gepflogene Selbſtzucht. Auguſt de Maulincour lebte nur noch in Gedanken an Clémence. Während er raſtlos auf Mittel ſann, in dem heimlichen Kampf über den unheimlichen Gegner zu triumphieren, wuchs ſeine Leidenſchaft für dieſe Frau, deren vermeintliche Laſter ſie vor ſeinem Sinnen und Trachten noch anziehender geſtalteten als die unbeſtreitbaren Tugenden, die ſie zu ſeinem Abgott geſchaffen hatten.

In dem Wunſche, die feindliche Stellung zu erkunden, hielt es der Kranke für ungefährlich, den alten Vidame in ſein Geheimnis einzuweihen. Der Komtur, ein weltgewandter, ſchlauer Kopf, liebte den jungen Offizier, wie ein Vater die Kinder ſeiner Frau liebt. Nachdem er den Bericht ſeines Schützlings vernommen hatte, lehnte er ſich zurück, und die beiden hielten Rat. Auguſt wies darauf hin, daß in der Zeit, in der ſie lebten, Polizei und Regierung zur Aufdeckung jeglichen Geheimniſſes ſicherlich befähigt ſeien, und daß man ſich, wenn es unbedingt notwendig wäre, auf dieſe mächtigen Hilfskräfte ſtützen könne. Der Greis war jedoch andrer Meinung:

„Die Polizei, liebes Kind, iſt in ſolchen rein perſönlichen Angelegenheiten das ungeſchickteſte, und die Regierung das ſchwächlichſte Mittel, das es gibt. Weder die eine, noch die andre iſt imſtande, auf dem Grund eines Herzens zu leſen. Das einzige, was man billigerweiſe von beiden verlangen kann, iſt die Unterſuchung der Urſachen einer Tat. Und ſelbſt dazu taugen ſie ſchlecht. Es gebricht ihnen an jenem perſönlichen Intereſſe, das nur dem alles offenbart, der es nötig hat, alles zu wiſſen. Allein keine Menſchenmacht wird einen Mörder oder einen Giftmiſcher hindern können, bis zum Herzen eines Fürſten oder zum Magen eines Ehrenmanns zu dringen. Leidenſchaft iſt ſtärker als Macht."

Der Komtur gab ſeinem jungen Freunde den dringenden Rat, nach Italien zu reiſen, ſich von Italien nach Griechenland, von Griechenland nach Syrien, von Syrien nach Indien oder China zu begeben und nicht früher nach Frankreich zurückzukehren, als bis der unheimliche Feind von ſeiner Reue überzeugt und dann vielleicht doch geneigt ſein würde, mit ihm ſeinen Frieden zu ſchließen. Andernfalls aber rate er ihm, zu Hauſe zu bleiben und ſein Zimmer, wo er ſich vor Anſchlägen wohl ſichern könne, nur zu verlaſſen, wenn er jenen Ferragus in aller Sicherheit vernichten könne.

„Man darf mit ſeinem Gegner nur in Berührung treten, um ihm den Schädel einzuſchlagen," ſagte er ernſt.

Endlich versprach der Komtur, alles, was ihm der Himmel an List und Schlauheit zugeteilt habe, im Interesse seines Schützlings zu verwenden, um den Gegner noch eingehender zu erkunden und auf diese Weise, ohne jemanden bloßzustellen, den endgültigen Sieg vorzubereiten.
Im Dienste des Greises stand ein alter Schlaukopf, der boshafteste Affe in Menschengestalt, der sich denken läßt. Verschlagen wie der Teufel, wandlungsfähig wie ein Zuchthäusler, wachsam wie ein Dieb, schlau wie ein Weib — mit einem Worte: ein Genie, das nach der Umschichtung der Gesellschaft aus Mangel an Gelegenheit herabgekommen war, weil das neue Paris für die Figaros des alten keinen Platz mehr ließ. Dieser verschmitzte Kerl hing an seinem Herrn wie an einem höheren Wesen. Und der Vidame war gewitzt genug, den Ersparnissen des ehemaligen Herolds seiner Liebeleien alljährlich einen recht ansehnlichen Betrag hinzuzufügen — eine Aufmerksamkeit, die das natürliche Gefühl der Anhänglichkeit durch die Bande des Eigennutzes stärkte und durch eine Sorgfalt aufgewogen wurde, wie sie die zärtlichste Geliebte für den erkrankten Freund nicht rührender ersinnen kann. Dieser Ruine eines untergegangenen Jahrhunderts, dieser Perle eines alten Dieners, der, von wenigen, leicht zu befriedigenden Leidenschaften abgesehen, vollkommen unbestechlich war, vertrauten sich der Komtur und dessen junger Freund rückhaltlos an.
„Euer Gnaden werden alles verpfuschen!“ sagte das livrierte Genie, als es zum Kriegsrat berufen ward. „Der Herr Baron soll nur ruhig essen, trinken und schlafen und mich machen lassen. Ich nehme alles auf mich!“—

Und in der Tat, als August de Maulincour acht Tage nach dieser Unterredung wieder hergestellt war und mit seiner Großmutter und dem Vidame beim Frühstück saß, trat Justin herein, um Bericht zu erstatten. Nachdem sich die Baronin auf ihr Zimmer zurückgezogen hatte, fing er an, im Tone jener falschen Bescheidenheit, die Leuten seines Schlages eigentümlich ist, zu erzählen:

„Ferragus ist nicht der Name des Mannes, der dem Herrn Baron nachstellt. Dieser Schurke, dieser Unhold heißt Gratien-Henry-Victor-Jean-Joseph Bourignard. Gratien Bourignard war früher ein reicher Bauunternehmer und dabei einer der hübschesten Jungen von Paris. Zuerst war er einfacher Arbeiter, den die Brüder des Ordens der Zerstörer seinerzeit unter dem Namen ‚Ferragus des Dreiundzwanzigsten' zu ihrem Oberhaupte erwählten. Die Polizei müßte das alles eigentlich wissen, wenn sie dazu da wäre, etwas zu wissen. Der Mann wohnt nicht mehr in der Rue des Vieux-Augustins. Er ist ausgezogen und findet bald da bald dort, augenblicklich in der Rue Joquelet, ein vorübergehendes Unterkommen. Frau Jules Desmarets kommt ziemlich häufig zu ihm. Zumeist begleitet sie ihr Gatte, wenn er zur Börse geht, oder sie begleitet ihren Gatten zur Börse. Euer Gnaden wissen in solchen Dingen besser Bescheid als ich und werden mich nicht fragen, ob er seine Frau oder sie ihren Mann begleitet. Aber Frau Desmarets ist so hübsch, daß ich fast auf *sie* wetten würde. Mein Herr Bourignard ist, halten zu Gnaden, ein großer Schäker, der mit allen Weibern anbandelt und auch sonst tut, als wär er ein Edelmann. Übrigens hat er viel Glück im Spiel, verkleidet sich wie ein Schauspieler, verstellt sich, wie er will, und führt das originellste Leben auf der Welt. Ich bin feſt überzeugt, daß er mehrere Wohnungen hat, denn es gelingt ihm, dem, was der Herr Komtur ‚die gerichtlichen Nachforſchungen' nennen, immer wieder zu entwiſchen. Aber wenn Euer Gnaden wünſchen, kann man ſich ſeiner mit Rückſicht auf ſeine Gewohnheiten in Ehren entledigen. Es iſt immer leicht, einen Mann beiſeite zu ſchaffen, der ſich mit Weibern einläßt. Allerdings ſpricht er davon, wieder zu überſiedeln. Dies wäre das Allerneuſte, was ich in Erfahrung bringen konnte. – Haben Euer Gnaden noch einen Auftrag für mich?"

„Ich bin zufrieden mit dir, Juſtin. Tue weiter nichts, bevor ich einen Befehl gebe! Aber hier gib acht auf alles, damit dem Herrn Baron nichts zuſtößt! — Mein liebes Kind," ſchloß er zu Maulincour gewendet, „nimm getroſt dein altes Leben wieder auf und vergiß Frau Desmarets!"

„Nein, nein," verſetzte dieſer hartnäckig, „ich weiche Herrn Gratien Bourignard um keinen Preis der Welt. Er muß ſich mir auf Gnade und Ungnade ergeben — und ebenſo Clémence!" —

Am gleichen Abend ging Auguſt de Maulincour, der in ſeinem Gardekorps vor kurzem einen höheren Dienſtgrad erlangt hatte, in das Élyſée-Bourbon, wohin ihn die Herzogin von Berry zu einem Ballfeſte geladen hatte. Dort war ſicherlich jede Gefahr für ihn ausgeſchloſſen. So dachte er wenigſtens. Und dennoch kehrte er mit einem Ehrenhandel beladen heim, nachdem er ſich vergeblich bemüht hatte, dieſe Angelegenheit auf gütlichem Wege zu ſchlichten.

Einer der Ballgäſte, Marquis de Ronquerolles, hatte die ſtichhaltigſten Gründe, dem Gardeoffizier zu zürnen — Gründe, die in vormaligen zärtlichen Beziehungen zwiſchen dieſem und Gräfin Sérizy,

Ronquerolles Schweſter, gelegen waren. Obwohl die Gräfin deutſche Empfindelei durchaus nicht liebte, war ſie in ihrer erheuchelten Sprödigkeit nur um ſo empfindlicher. Infolge einer jener Schickſalsfügungen, die ſich nicht erklären laſſen, machte Maulincour an jenem Abend einen harmloſen Scherz, den die Gräfin ſehr übelnahm. Ihr Bruder, dem ſie den Vorfall erzählte, war empört und fühlte ſich in ſeiner Perſon beleidigt. Unmittelbar darauf erfolgte zwiſchen den beiden Gegnern in einer Ecke des Ballſaals eine im Flüſtertone geführte Auseinanderſetzung. Als Leute von guter Lebensart vermieden ſie jegliches Aufſehen. Am nächſten Tage jedoch bildete dieſes Ereignis im Faubourg Saint-Honoré, im Faubourg Saint-Germain, ja ſogar im königlichen Schloſſe reichlichen Unterhaltungsſtoff. Die Gräfin wurde warmfühlend verteidigt, alle Schuld auf Maulincour geſchoben. Sehr hochſtehende Perſönlichkeiten griffen ein und ſtellten ſich den beiden Herren als Zeugen zur Verfügung. Auf dem Duellplatz wurden alle erdenklichen Vorſichtsmaßregeln getroffen, damit niemand getötet werde. Als die beiden Gegner einander ſtumm begrüßten, kam es keinem der Beteiligten in den Sinn, an der ehrenhaften Geſinnung des Marquis zu zweifeln, mochte auch einigen von ihnen dieſes Duell, im Hinblick auf ſeine geringfügige Veranlaſſung, einigermaßen mutwillig heraufbeſchworen ſein. Noch weniger fiel es Maulincour ein, in Ronquerolles ein Werkzeug Ferragus, des Zerſtörers, zu vermuten. Trotzdem fühlte er ſich plötzlich von unerklärlichen Vorahnungen getrieben, an ſeinen Gegner eine Frage zu ſtellen:

„Meine Herren,“ ſagte er zu den Zeugen gewandt, „ich ſträube mich durchaus nicht, die Kugel des

Herrn Marquis de Ronquerolles zu empfangen. Doch vorher möchte ich eine Erklärung abgeben: Ich weiß, daß ich unrecht hatte. Und ich bin bereit, ihm jede Genugtuung zu geben, die er fordert, und ihn, wenn er es wünſcht, auch öffentlich um Entſchuldigung zu bitten. Denn ich glaube, daß dies in einer Angelegenheit, wo es ſich um eine Dame handelt, niemals der Ehre eines galanten Mannes Abbruch tun kann. Ich appelliere alſo an ſeine Vernunft und Großmut. Iſt es nicht auch ein wenig unſinnig, ſich zu ſchlagen, wenn das gute Recht dabei unterliegen kann?"
Ronquerolles lehnte schroff ab, die Ehrenangelegenheit auf ſolche Art zu beenden. Da erwachte der Argwohn in Maulincour, und er näherte ſich ſeinem Gegner:
„Gut denn, Herr Marquis," ſagte er mit erhobener Stimme, „geben Sie mir vor dieſen Herren Ihr Wort als Ehrenmann, daß Sie zu dieſem Duell keinen andern Beweggrund haben als den, der allgemein bekannt iſt."
„Mein Herr," erwiderte der Marquis, „wir ſind nicht hierhergekommen, daß Sie Fragen an mich ſtellen!"
Er wandte ſich um und ging an ſeinen Platz. Es war vereinbart worden, daß ſich die beiden Gegner mit einem einmaligen Kugelwechſel zufriedengeben ſollten. Auch ſtanden ſie in ſolcher Entfernung voneinander, daß eine Verwundung ziemlich unwahrſcheinlich, ja faſt unmöglich ſchien. Dennoch ſank der Gardeoffizier, von einer Kugel getroffen, nieder. Sie war zwei Finger unterhalb des Herzens in ſeine Bruſt gedrungen.
„Sie zielen zu gut, mein Herr," ſagte er zu Ronquerolles, der in dem Glauben, ſeinen Gegner töd-

lich verwundet zu haben, eilends herbeikam, „als daß Sie bloß für längst erstorbene Leidenschaften Rache nehmen wollten."

„Damen soll man nicht verdächtigen!" versetzte der Marquis mit teuflischem Lächeln.

Wie war das zu verstehen? Sollte es eine Warnung sein? Maulincour fiel in Ohnmacht. Obzwar seine Wunde nicht lebensgefährlich war, raubte ihm der starke Blutverlust für längere Zeit die Besinnung. — Dank der vereinten Pflege der alten Witwe und des Komturs, dank jener wunderbaren Sorgfalt, die das Geheimnis lebenslanger Erfahrungen bildet, war der Gardeoffizier nach zwei Wochen wieder hergestellt. Da versetzte ihm seine Großmutter eines Morgens einen harten Schlag: Sie gab ihm tiefbekümmert zu verstehen, daß er ihre alten, letzten Tage mit tödlicher Unruhe erfülle, und erzählte dann, sie habe einen nur mit einem F unterzeichneten Brief erhalten, worin die Nachforschungen, zu denen sich ihr Enkel herabgewürdigt hätte, der Reihe nach aufgezählt waren. In diesem Brief würden ihm Handlungen zum Vorwurf gemacht, die eines Ehrenmannes in der Tat unwürdig seien. Er habe, so hieß es darin, ein altes Weib in Diensten, das sich ständig auf dem Droschkenplatz in der Rue de Ménars aufhalte und unter dem Vorwande, den Kutschern aus ihren Fässern Wasser zu verkaufen, den Wegen einer Frau Jules Desmarets nachspüre. Er suche in die Geheimnisse ganz harmloser Menschen zu dringen, obwohl von diesen Geheimnissen das Leben dreier Personen abhänge. Er allein wolle den unbarmherzigen Kampf, der ihn schon dreimal in Lebensgefahr gebracht habe. Sein Schicksal sei unabwendbar: Man habe ihm den Tod geschworen und wolle ihn mit allen erdenklichen Mitteln herbeiführen. Daran könne er ſelbſt dann nichts ändern, wenn er verſpräche, das geheimnisvolle Leben jener drei Perſonen in Hinkunft zu achten, denn es ſei unmöglich, dem Ehrenworte eines Mannes Glauben zu ſchenken, der ſich zum Polizeiſpitzel erniedrige. Und warum? Einzig zu dem Zwecke, das Glück einer unſchuldigen Frau und eines ehrbaren Greiſes zu zerſtören! Aber was in dem Briefe ſtand, war nichts im Vergleich zu den Vorwürfen, die der unglückliche Offizier von ſeiner Großmutter zu hören bekam. Wie konnte er es einer Dame gegenüber an Achtung und Vertrauen fehlen laſſen! Mit welchem Rechte ſpürte er ihr nach! Eine wahre Flut von Gründen und Gegengründen, mit denen ſich alles und nichts beweiſen läßt, ergoß ſich über ihn und veranlaßte ihn zu einem jener Zornesausbrüche, die im Menſchenleben oft zu den entſcheidendſten Handlungen führen:

„Wenn es denn durchaus ein Duell auf Leben und Tod ſein ſoll,“ ſagte er entſchieden, „ſo muß ich trachten, meinen Gegner mit allen verfügbaren Mitteln zu vernichten.“

Alsbald ſuchte der Komtur den Chef der Pariſer Geheimpolizei auf und teilte ihm die Befürchtungen mit, die ſich der ihm naheſtehenden Baronin Maulincour und ihres Enkels bemächtigt hatten. Ohne Frau Desmarets auch nur dem Namen nach zu erwähnen, obgleich ſie ohne Zweifel den Schlüſſel all der rätſelhaften Ereigniſſe bildete, ſprach er von dem Unterfangen eines Unbekannten, der ſich erdreiſte, ſozuſagen unter den Augen der Behörden und dem Geſetz zum Hohne, einem Offizier der königlichen Garden mit dem Tode zu drohen.

Der Mann der öffentlichen Sicherheit und Ordnung

ſchob vor Erſtaunen ſeine grüne Brille auf die Stirne, ſchneuzte ſich umſtändlich und bot dem Vidame eine Tabakpriſe an, was dieſer zur Wahrung ſeiner Würde mit der Begründung ablehnte, daß er nicht ſchnupfe, obwohl ihn der Zuſtand ſeiner Naſe Lügen ſtrafte. Der Chef der Geheimpolizei behauptete, daß es für das Amt, dem er die Ehre habe vorzuſtehen, ein Geheimnis auf die Dauer überhaupt nicht gäbe, und daß er mit Hilfe ſeiner Spürhunde ſicherlich imſtande ſein werde, der Familie Maulincour in kürzeſter Friſt einen ausführlichen Bericht zu erſtatten.

Und in der Tat: Einige Tage ſpäter ſprach er im Palais Maulincour vor und ließ ſich Herrn de Pamiers melden. Die Unterredung, an der auch der wiedergeneſene Gardeoffizier teilnahm, begann damit, daß der Polizeichef den beiden Herren im gewundenen Amtsſtile ſeinen Dank ausdrückte „für den ſo wertvollen Fingerzeig, den der hochgeſchätzte Herr Komtur ihm, als Chef der Geheimpolizei, zu geben die unendliche Güte gehabt hatte". Hierauf eröffnete er ihnen, daß der verdächtige Bourignard ein zu zwanzigjähriger Zwangsarbeit verurteilter Verbrecher ſei, der es fertig gebracht habe, bei dem Transport der Sträflinge von Bicêtre nach Toulon auf ſchier wunderbare Weiſe zu entſpringen. Seit dreizehn Jahren erſchöpfe ſich die Polizei in fruchtloſen Verſuchen, ſeiner wieder habhaft zu werden, da ſie erfahren habe, daß er ſich ganz unbeſorgt in Paris aufhalte. Obwohl er bei zahlreichen dunklen Ränken ganz zweifellos die Hand im Spiele habe, gelänge es ihm immer wieder, dem Arm der Gerechtigkeit zu entſchlüpfen. Kurz, das Leben dieſes Mannes biete eine fortlaufende Kette höchſt merkwürdiger Einzelheiten, doch ſei es nur eine Frage von Stunden, daß er in einem ſeiner zahlreichen Unterſchlupfe verhaftet und den Gerichten übergeben werde. Sollte nämlich Baron Maulincour der ganzen Angelegenheit beſondere Wichtigkeit beilegen, ſo lade er ihn ein, am nächſten Tage um acht Uhr morgens in die Rue Sainte-Foi zu kommen, wo er in einem beſtimmten Hauſe der Verhaftung des Bourignard beiwohnen könne. Im Vertrauen auf den Dienſteifer der Polizei und in der Scheu, die ihr Wirken jedem Pariſer einflößt, ſchenkte es ſich der Gardeoffizier, dieſer Einladung Folge zu leiſten. Drei Tage lang ſuchte er in den Zeitungen nach einem Bericht über die erfolgte Verhaftung, deren Begleitumſtände immerhin hinreichenden Stoff für einige intereſſante Artikel liefern mußten. Da wurde die Beunruhigung, die er empfand, durch folgenden Brief zerſtreut:

Sehr geehrter Herr Baron!

Ich beehre mich, Ihnen ganz ergebenſt anzuzeigen, daß Sie betreffs der in Frage ſtehenden Angelegenheit nunmehr keinerlei Befürchtungen zu hegen brauchen. Der gewiſſe Gratien Bourignard, genannt Ferragus, iſt geſtern in ſeiner Wohnung, Rue Joquelet Nr. 7, eines natürlichen Todes geſtorben. Der Verdacht, den wir hinſichtlich ſeiner Identität hegten, iſt durch die Tatſachen vollkommen widerlegt worden. Auf unſer Betreiben wurde dem Amtsarzte der Polizeipräfektur jener des Magiſtrats beigegeben, und der Chef der Sicherheitspolizei hat alle Vorkehrungen getroffen, um zu einer einwandfreien Gewißheit zu gelangen. Außerdem läßt der Leumund der auf dem Totenſcheine unterfertigten Zeugen, wie auch die Ausſage aller Perſonen, die den obengenannten Bourignard in den letzten Stunden betreut haben, u. a.

die des ſehr ehrwürdigen Herrn Vikars der Kirche „Zur heiligen Verkündigung“ — denn Bourignard iſt als Chriſt geſtorben — keinen wie immer gearteten Zweifel offen.

Genehmigen Sie, ſehr geehrter Herr Baron, usw.

Auguſt de Maulincour, ſeine Großmutter und ſein väterlicher Freund atmeten im Gefühl unbeſchreiblicher Freude erleichtert auf. Die gute alte Dame, die für das Heil ihres Enkels eine neuntägige Andacht verrichtet hatte, ſah ſich endlich erhört. Tränenden Auges umarmte ſie ihren Auguſt voll mütterlicher Zärtlichkeit. Dann verließ ſie ihn, um Gott für dieſes Glück in demütigem Gebete zu danken.

„Nun iſt ja alles wieder gut!“ bemerkte der Komtur, „und du kannſt getroſt zu dem Balle gehen, von dem du ſpracheſt. Ich habe dagegen nichts mehr einzuwenden.“ —

Dieſer Ball war von dem Seinepräfekten gegeben, der auf dem neutralen Boden ſeiner Salons die beiden erſten Geſellſchaftskreiſe zu vereinigen pflegte. Ihn zu beſuchen lockte es den Gardeoffizier um ſo mehr, als ſich auch Clémence dort einfinden ſollte. Er eilte ſuchend durch die feſtlichen Räume, konnte jedoch die Frau, die einen ſo unheilvollen Einfluß auf ſein Leben ausübte, nirgends erblicken. Hierauf betrat er ein noch menſchenleeres Boudoir, wo ein paar kleine Tiſche der Spieler harrten, und überließ ſich der Sturmflut ſeiner Gedanken an die Geliebte.

Da fühlte er ſich plötzlich am Arme gepackt. Er blickte auf und ſtand wie feſtgenagelt einem Manne gegenüber. Es war der Bettler aus der Rue Coquillière, Idas Ferragus, der Mieter aus dem Eckhauſe der Rue Soly, Juſtins Bourignard, der entſprungene Zuchthäusler des Polizeichefs — der Tote des Vortags.

„Kein Wort, keinen Laut, mein Herr!“ flüſterte er drohend.
In ſeinem eleganten Frack, mit den Inſignien des Ordens vom goldenen Vließ und einem Stern an der Bruſt, war er für jedermann unkenntlich. Auch der Gardeoffizier hätte ihn unmöglich erkannt, wenn ihn die Stimme nicht verraten hätte.
„Mein Herr,“ ziſchte Ferragus wie eine Hyäne, „Sie nehmen die Polizei in Anſpruch und rechtfertigen damit meine Mordabſichten. Sie werden ſterben, mein Herr. Es muß ſein! Lieben Sie Frau Jules? Wurden Sie je von ihr geliebt? Mit welchem Recht ſtören Sie ihren Frieden? Warum verunglimpfen Sie ihre Tugend?“
In dieſem Augenblick trat Herr de Marſay, einer von Maulincours näheren Bekannten, in das Boudoir. Als Ferragus ſeiner anſichtig wurde, wollte er ſich ſchnell entfernen, doch der Gardeoffizier hielt ihn am Kragen feſt.
„Kennen Sie dieſen Herrn?“ rief er aus.
Indes, bevor de Marſay darauf erwidern konnte, hatte ſich Ferragus flink befreit und fuhr Maulincour mit beiden Händen in die Haare:
„Braucht man denn unbedingt Blei, um dieſen Schädel zur Vernunft zu bringen?“ ſagte er halb im Scherz, während er den Überraſchten ein paar Male kräftig hin und her zerrte. Dann ließ er von ſeinem Opfer ab und eilte mit höhniſchem Lachen hinweg.
„Nicht perſönlich,“ antwortete nunmehr der Zeuge dieſes grotesken Auftritts, „ich weiß nur, daß er ein reicher Portugieſe iſt und Funcal heißt.“
Kurz entſchloſſen machte ſich der Baron auf die Verfolgung des Enteilenden, konnte ihn aber nicht mehr erreichen. Als er die Vorhalle betrat, ſah er Ferra-

gus mit ſpöttiſchem Lächeln in einer eleganten Equipage ſitzen, die ſich im ſchnellſten Trab entfernte. Maulincour kehrte in den Ballſaal zurück und eilte auf de Marſay zu:

„Hätten Sie die Güte, mir zu ſagen, wo Herr Funcal wohnt?“

„Ich weiß nicht. Aber zweifellos wird es Ihnen hier jemand ſagen können.“

Der Baron wandte ſich mit der gleichen Frage an den Präfekten und erfuhr, daß Graf Funcal in der portugieſiſchen Geſandtſchaft wohne. Gerade in dieſem Augenblick ſah er Clémence im ganzen Glanze ihrer jugendfriſchen Schönheit und Anmut, in der heiteren, lichtſtrahlenden Heiligkeit des unantaſtbaren Weibes an ſich vorübergehen. Dieſer Teufel in Engelsgeſtalt reizte den Offizier, der noch die kalten Finger ſeines Feindes in den Haaren zu ſpüren glaubte, nur noch zu furchtbarem, blindwütigem Haſſe. Er paßte auf einen günſtigen Zeitpunkt, um ſich ihr ungeſtört nähern zu können.

„Gnädige Frau,“ begann er, „es iſt nun das drittemal, daß es mir glückte, den Mordbuben, die Sie gedungen haben, zu entgehen.“

„Was wollen Sie damit ſagen?“ gab ſie errötend zur Antwort. „Ich weiß zwar, daß Ihnen mehrere höchſt beklagenswerte Unfälle zuſtießen, und nahm innigen Anteil daran. Allein was ſollte ich ſonſt damit zu tun haben?“

„Sie wiſſen alſo, daß der Mann aus der Rue Soly ein paar Leute beſtach, die mich ermorden ſollen?“

„Herr Baron!“

„Gnädige Frau, ich werde jetzt nicht mehr allein ſein, wenn ich, nicht über mein Glück, ſondern über mein Blut Rechenſchaft von Ihnen fordere!“

In dieſem Augenblick kam Jules Desmarets heran, dem die Erregung der beiden nicht entging.

„Was ſagten Sie denn eben, Herr Baron?“

„Holen Sie ſich bei mir zu Hauſe Beſcheid, mein Herr, wenn Sie neugierig ſind!“

Und Maulincour ging fort und überließ Clémence, blaß und einer Ohnmacht nahe, ihrem Gatten. —

Es gibt nur wenige Frauen, die nicht mindeſtens einmal im Leben einer unbeſtreitbaren Tatſache wegen einem ſcharfen Verhör ihres Gatten gegenüberſtanden — einer jener unbarmherzig-eindeutigen Fragen, deren erſtes Wort wie der Stahl eines Dolches in das Herz dringt und deren Vorſtellung allein ſchon ſchaudern macht. Daher das Axiom: Jedes Weib lügt. Ob es nun aus Gefälligkeit oder Schuldbewußtſein, aus verzeihlichen, erbärmlichen oder erhabenen Gründen lügt: es hält ſich verpflichtet zu lügen. Dieſe Verpflichtung ſei zugegeben — muß man dann nicht wenigſtens gut zu lügen wiſſen? Nun, in Frankreich lügen die Frauen meiſterhaft. Unſere Sitte lehrt ſie Verſtellung bei jedem Schritt, den ſie gehen, bei jedem Wort, das ſie ſprechen. Dabei iſt die Frau ſo entzückend frech, ſo hübſch, ſo anmutig und — ſo wahr, wenn ſie lügt! Sie allein erkennt die ganze Nützlichkeit der Lüge, die ihr inneres Glück vor den heftigen Stürmen des Geſellſchaftslebens bewahrt, und die ihr ebenſo unentbehrlich iſt wie die Watte, worin ſie ihre Juwelen bettet. Die Lüge wird zur Grundlage, zur Hauptregel ihrer Sprache, und die Wahrheit zu deren Ausnahme. Sie ſind verlogen, wie ſie tugendhaft ſind: aus Laune oder aus Berechnung.

Das Verhalten einer Frau, wenn ſie lügt, entſcheidet ihr Charakter. Die eine lacht, die andre weint, die dritte iſt beleidigt. Haben ſie damit angefangen, für die Huldigungen, an denen ſich ihr Sinn immer wieder von neuem ergötzt, Unempfindlichkeit zu heucheln, ſo hören ſie meiſt damit auf, ſich ſelbſt zu belügen. Wer müßte ihre Ruhe, ihre Überlegenheit nicht bewundern, wenn ſie im Augenblick der Gefahr um das Geheimnis ihrer Liebe erzittern? Wer hätte noch nie die Kunſtfertigkeit, die erſtaunliche Ungezwungenheit ſtudiert, mit der ſie ſich aus jeder Verlegenheit ziehen? Nichts an ihnen iſt erborgter Schein: Der Trug ſchwebt von ihren Lippen, wie vom Himmel der Schnee.

Und mit welchem Scharfſinn entdecken ſie des andern Wahrheit! Welche Schlauheit und Logik bei Erörterung der Herzensfrage! Wieviel Klugheit ſetzt das Weib der Einfalt des Mannes entgegen! Während er wähnt, mit ſeinen Fragen ans Ziel zu kommen, entlockt ſie ihm geſchickt das Geheimnis ſeines eigenen Herzens. Eine Frau ausfragen — heißt dies nicht, ſich ihr ausliefern? Erfährt ſie nicht alles, was man ihr vorenthalten will? Weiß ſie nicht zu ſchweigen, indem ſie ſpricht? Welche Anmaßung, gegen das Weib anzukämpfen! Gegen ein Weſen, das mit Redensarten, wie „Sind Sie aber neugierig!“ „Was geht das Sie an?“ „Warum intereſſiert Sie das?“ „Ach, Sie sind bloß eiferſüchtig!“ „Und wenn ich darauf nicht antworte?“ dem drohenden Dolchſtoß auszuweichen weiß! Gegen ein Weſen, das auf hundertſiebenunddreißigtauſendfache Art „Nein!“ und in unzählbaren Variationen „Ja!“ ſagen kann! Immer noch fehlt es an einem „Lehrbuch vom Ja und Nein“. Aber bedürfte es nicht eines Zwittergenies, um dieſes ſchönſte aller diplomatiſchen, philoſophiſchen, welt- und ſittengeſchichtlichen Werke, dieſes teufliſchſte Werk zu vollenden? Deshalb wird wohl gar nicht erſt verſucht werden, es zu ſchreiben. Und trotzdem iſt dieſes ungeſchriebene das am allermeiſten bekannte und angewandte Lehrbuch der Frau. Wer anders denkt, ſtudiere ihren Gang, ihre Haltung, ihre Poſe, das Unwillkürliche ihrer Lüge! —

Clémence lehnte in der rechten, ihr Gatte in der linken Ecke des Wagens. Nach dem Verlaſſen des Feſtes war der Sturm ihrer Erregung ruhiger Faſſung gewichen. Ihr Gatte hatte nichts geſagt und ſchwieg immer noch. Er ſtarrte durch das Fenſter auf die ſtillen, dunklen Häuſer, an denen ſie vorbeifuhren. Als der Wagen um eine Straßenecke bog, wandte ſich Jules, wie von einem plötzlichen Entſchluß getrieben, zu ihr und ſah ſie prüfend an. In Gedanken verſunken, blickte ſie vor ſich hin.

„Was ſagte eigentlich Baron Maulincour vorhin zu dir, daß es ſolchen Eindruck auf dich machte?“ begann er. „Und warum will er denn, daß ich zu ihm komme, um es zu erfahren?“

„Ach,“ antwortete ſie, „er kann dir nichts anderes ſagen als das, was ich dir jetzt ſage!“

Sie ſchwieg und erwartete mit jener Schlauheit, die des Weibes Tugend immer ein wenig entehrt, eine neue Frage. Doch ihr Gatte wandte ſich wieder dem Fenſter zu und ſetzte ſeine Studien über die Haustore fort. N o c h eine Frage — wäre dies kein Mißtrauen, kein Verdacht? Ein Weib zu verdächtigen, iſt ein Verbrechen an der Liebe! Jules hatte ſchon einen Mann getötet, ohne gegen ſeine Frau den leiſeſten Zweifel zu hegen! Ach, Clémence wußte nicht, was alles an wahrer Leidenſchaft, an tiefen Überlegungen in ſeinem Schweigen enthalten war; genau ſo, wie er von dem grauenvollen Drama nichts wußte, das ihr

Herz bedrückte. Und der Wagen fuhr weiter und weiter durch das ſchweigende Paris und trug zwei Menſchen mit ſich fort, die einander bis zum Wahnſinn liebten und, obgleich ſie an demſelben Seidenkiſſen lehnten, durch einen unermeßlichen Abgrund voneinander getrennt waren . . . .

Wieviel bizarre Auftritte ſpielen ſich nicht in all den eleganten Equipagen ab, die zwiſchen Mitternacht und zwei Uhr morgens von den Bällen heimfahren! Der nächtliche Spaziergänger braucht ſich nur an jene zu halten, deren Fenſterſcheiben blank ſind, deren Laternen nicht allein die Straße, ſondern auch das Wageninnere erhellen — kurz, an die Equipagen der legitimen Liebe, wo die Ehepaare, ohne Furcht, von jemandem geſehen zu werden, miteinander ſtreiten können, weil das Bürgerliche Geſetzbuch dem Manne das Recht gibt, in ſeinem Wagen (und überall) mit ſeiner Frau zu ſchmollen, ſie zu züchtigen, ſie zu umarmen. Wie viele Geheimniſſe enthüllen ſich da all den jungen Herren, die im Wagen zum Balle fuhren und aus irgendwelchem Grunde gezwungen ſind, zu Fuß nach Hauſe zu kommen!

Es war das erſtemal, daß Jules und Clémence, jeder für ſich, in ihren Ecken lehnten. Sonſt pflegte er ſich ſtets ganz dicht an ſie zu ſchmiegen.

„Es iſt recht kalt," ſagte ſie frierend und hüllte ſich feſter in ihren pelzgefütterten Mantel ein.

Desmarets ſchien jedoch nicht zu hören. Er ſtudierte die im nächtlichen Dunkel verſchwimmenden Schilder über den Läden.

„Clémence," ſagte er endlich, „verzeih, wenn ich eine Frage an dich richte!"

Er rückte näher, umſchlang ſie und drückte ſie feſt an ſich.

„Mein Gott," dachte die Arme erſchauernd, „nun ſind wir ſoweit!"
Und um ſeiner Frage zuvorzukommen, fuhr ſie fort: „Alſo, du willſt wiſſen, was Baron Maulincour mit mir ſprach? Ich will es dir ſagen, Jules, allein es geſchieht nicht ohne Schrecken. Mein Gott, können wir beide ein Geheimnis voreinander haben? Seit einer Weile ſehe ich, wie eine ungewiſſe Furcht in dir gegen das Bewußtſein unſrer Liebe ankämpft. Iſt dieſe nicht klar und jene trübe und nebelhaft? Warum bleibſt du nicht bei der Klarheit, die dir gefällt? Wenn ich dir auch alles erzähle, wirſt du immer noch mehr wiſſen wollen! Und dabei weiß ich ſelbſt nicht, was ſich hinter den Worten des Barons verbirgt. Am Ende käme es noch zu einem Duell zwiſchen euch! Es wäre mir viel lieber, wir vergäßen dieſen häßlichen Augenblick! Auf jeden Fall mußt du mir ſchwören, zu warten, bis ſich dieſer abenteuerliche Zwiſchenfall auf natürliche Weiſe erklärt! Baron Maulincour behauptete, daß die drei Unfälle, von denen du erzählen hörteſt, der Quaderſtein, der ſeinen Diener erſchlug, ſein Sturz vom Kabriolett und das Duell wegen Gräfin Sérizy, die Folge einer Verſchwörung wären, die ich gegen ihn angezettelt haben ſoll. Und er drohte, dir zu erklären, welches Intereſſe ich ſeiner Ermordung entgegenbringe. Verſtehſt du etwas von alledem? Meine Verwirrung rührte davon her, daß mich ſeine heftigen Worte, der verſtörte Blick und die verzerrten Züge ungemein erregten. Ich hielt ihn für wahnſinnig. Das iſt alles! Nun — ich wäre kein Weib, wenn ich an ihm nicht wahrgenommen hätte, daß ich ungefähr ſeit Jahresfriſt, wie man ſagt, ſeine ‚Leidenſchaft' geworden bin. Er ſah mich ſtets nur auf Bällen, ſeine Worte

waren bedeutungslos, wie alles, was dort gesprochen wird. Vielleicht will er uns entzweien, damit er mich eines Tages allein und wehrlos findet. Siehst du, nun runzelst du schon die Brauen! Oh, wie hasse ich diese Gesellschaften! Wir sind so glücklich ohne sie! Warum suchen wir sie also immer wieder auf? — Jules, ich beschwöre dich, versprich mir, all dies zu vergessen! Ich bin fest überzeugt, wir erfahren morgen, daß Baron Maulincour wahnsinnig ist!"

„Wie merkwürdig!" dachte Desmarets, als er aus dem Wagen stieg.

Er bot Clémence den Arm, und sie gingen über den mit Marmorsäulen umrahmten Vorhof in ihre Wohnung hinauf. —

☆

Um dem Lauf dieser wahren Geschichte in allen seinen Einzelheiten und Windungen zu folgen, ist es erforderlich, an dieser Stelle einige Geheimnisse der Liebe zu lüften und, nicht lüstern und schamlos, sondern rein und keusch, wie es der edlen Sprache unsres Landes geziemt, in das Schlafzimmer der schönen Clémence einzuschleichen.

Dieses Schlafzimmer war eine geweihte Stätte. Nur Clémence, ihr Gatte und ihre Zofe durften es betreten.

Von all den schönen Vorrechten des Reichtums ist die Freiheit der Gefühle das beneidenswerteste. Glücklich, wer sie in ihrem ganzen Umfang entfalten, durch die Erfüllung ihrer zahllosen Launen befruchten kann; wer sie mit jenem Glanz, der sie stärkt, mit jenem Streben, das sie läutert, mit jener Zärtlichkeit, die sie so anziehend macht, zu umgeben vermag! Ein Mensch, der es verabscheut, seine Mahlzeiten im Grase oder auf ungedecktem Tische einzunehmen;

ein Menſch, der ſich am Anblick eines reich ziſelierten, mit Goldleiſten umrahmten Tiſches erfreut, wo auf ſchneeweißem Damaſt Porzellan von wunderbarer Reinheit, blinkendes Kriſtall und wappengeziertes Silber im Lichte ſchimmernder Kerzen ſpielt und die erleſenſten Wunder der Kochkunſt in ſilbernen Schüſſeln zu fröhlichem Genießen laden — ein ſolcher Menſch muß folgerichtig die Manſarde unter dem Dache, die Griſette auf der Straße aufgeben und Manſarden, Griſetten, Regenſchirme, Gummiſchuhe jenen Leuten überlaſſen, die ihr Eſſen mit Speiſemarken bezahlen. Er muß ferner die Liebe als ein Prinzip erkennen, das ſeine ganze Anmut nur in einem lauſchigen, dem Lärm der Straße unerreichbaren Raume enthüllt. Liebe verlangt nach dem milden Opalſchein einer Alabaſterampel, nach Perſerteppichen und Seidentapeten, wallenden Vorhängen und dichten Jalouſien, nach der flackernden Glut eines Marmorkamins; Liebe verlangt nach Spiegeln für den Liebreiz des weiblichen Körpers, damit dieſer in der endloſen Wiederholung ſeines Bildes ebenſo vielgeſtaltig erſcheine, wie in der Liebe das Weib ſelbſt; Liebe verlangt nach weichen Fellen für die nackten Füße, nach Blumen, die duften ohne zu betäuben, nach Schleiern, deren Feinheit eine Anna von Öſterreich befriedigt hätte, nach ganz niedrigen Diwans und endlich nach einem Bette, das ſich gleich einem Geheimnis nicht ſehen, ſondern nur ahnen läßt.

Frau Jules hatte dies entzückende Programm in Wirklichkeit umgeſetzt. Das war jedoch nicht alles. Keine geſchmackvolle Frau hätte an ihrer Stelle anders gehandelt, wenngleich bei der Zuſammenſtellung eines Wohnraumes etwas Perſönliches mitſpricht, das jeder

Einzelheit einen unnachahmlichen Charakter verleiht. Mehr denn je herrſcht heutzutage der Fanatismus der Perſönlichkeit. Je mehr unſere Geſetze einer unmöglichen Gleichheit zuſtreben, deſto größer wird der Unterſchied in den Sitten. Darum entfernt ſich der Geſchmack der oberen von dem der unteren Schichten im heutigen Frankreich weit mehr als vor dreißig Jahren.

Clémence begriff, wozu ſie ihr Reichtum verpflichtete. Sie hatte alles in ihren Räumen in Harmonie mit jener verſchwenderiſchen Schönheit gebracht, die ſich mit der Liebe ſo wohl verträgt. Das Sprichwort von der „kleinſten Hütte" iſt ein magerer Troſt — er mag dem genügen, der ſich an Schwarzbrot ſättigen muß. Wer aber einmal Feinſchmecker der Liebe geworden iſt, der hört nie auf, die unerreichbaren Schätze ihrer Gaſtronomie zu betrauern. Liebe verabſcheut Arbeit und Elend. Eher ſtirbt ſie, als daß ſie ein kümmerliches Daſein friſtete!

Wenn die Frauen vom Ball heimkommen, werfen die meiſten vor Ungeduld, zu Bett zu gehen, den verwelkten Blumenſtrauß mit den Kleidern von ſich. Sie ſchleudern die Ballſchuhe unter einen Lehnſtuhl, legen die Kämme fort, öffnen die Haarflechten und gehen mit zerzauſtem Haar auf abgetretenen Pantoffeln einher. Was liegt ihnen daran, daß der Gatte die falſchen Stirnlöckchen und all die Spangen und Nadeln ſieht, die das elegante Kunſtwerk ihrer Friſur zuſammenhalten! Es gibt kein Geheimnis mehr, vor dem Gatten fallen alle Schleier! Für ihn bedarf es der Schminke nicht! Der Schnürleib, der tagsüber ängſtlich verborgen wird, bleibt offen liegen, wenn die verſchlafene Zofe vergißt, ihn fortzuſchaffen. Der Reifrock, das mit gummiertem Taffet garnierte Ärmelleibchen, die vom Friſeur gekauften Haare, der Flittertand — alles, was falſch und unecht iſt an der Frau, löſt ſich von ihr los. Disjecta membra poetae – das kunſtvolle Gedicht, das die Schöne erſann, um ſich bewundern zu laſſen, liegt in alle Winkel verſtreut! Der Liebe eines rückſichtslos gähnenden Mannes ſteht dann die Frau gegenüber, wie ſie wirklich iſt. Und auch ſie gähnt und tritt ungepflegt, ohne eine Spur von Eleganz, angetan mit dem gleichen zerknitterten Nachthäubchen, das ſie geſtern trug und morgen wieder tragen wird, an ihn heran:

„Denn, kurz und gut, mein Lieber, wenn du jeden Abend ein friſches Nachthäubchen an mir ſehen und zerdrücken willſt, mußt du eben mein Taſchengeld erhöhen!" —

So iſt das Leben in Wirklichkeit. Für den Gatten iſt die Frau ſtets alt und häßlich, aber ſie putzt ſich und ſchmückt ſich für den andern — für den Rivalen aller Ehemänner, für die Geſellſchaft, für alle jene, die ſie verleumden und herabſetzen!

Ganz anders handelte Frau Jules. Von Amor, der den Selbſterhaltungstrieb der Geſchöpfe teilt, auf den Weg wahrer Liebe geleitet, fand ſie die notwendige Kraft, all die kleinen Pflichten zu erfüllen, in denen keine Frau erlahmen ſollte, weil ſie die Liebe verewigen. Die peinliche Sorgfalt und die Unermüdlichkeit in der Erfüllung jener Pflichten verleihen dem Weibe eine perſönliche Würde, die es bezaubernd kleidet. Sind ſie nicht Schmeicheleien? Ehren ſie nicht das geliebte Weſen in der eigenen Perſon?

Nun denn: Clémence hatte ihrem Gatten den Zutritt in ihr Ankleidezimmer ein für allemal unterſagt. Kam ſie vom Balle heim, ſo zog ſie ſich zurück, legte das Ballkleid ab und trat, für die traulichen Feſte ihres

Herzens traulich geſchmückt, voll Anmut aus ihrem Heiligtum. In ein kokettes, elegantes Nachtgewand gehüllt, die ſchweren Flechten einfach aufgeſteckt, war Clémence eine Frau, die der Liebe ihres Gatten weder Blick noch Berührung verwehrte; eine Frau, die am ſchönſten war, wenn ſie es für ihn allein ſein durfte; eine Frau, die ſich nach ermüdendem Tanze durch ein Bad zu erquicken pflegte, und deren ganze Kunſt darin beſtand, weißer als Muſſeline, friſcher als Blütenduft, bezaubernder und verführeriſcher als die geſchickteſte Kurtiſane zu ſein — kurz, eine zärtlich liebende und darum immer zärtlich geliebte Gattin. Dieſes verſtändnisvolle Erfaſſen des Frauenberufs war ja auch das ganze Geheimnis, das Napoleon an Joſephine feſſelte, wie vor Zeiten Cajus Caligula von Ceſonia, Heinrich der Zweite von Diana von Poitiers beſtrickt worden war. Indes, wenn ſolches Verhalten ſchon einer Frau, die ſieben bis acht Luſtren zählt, ſo reiche Früchte trägt, welche Waffe iſt es erſt in der Hand junger Frauen!

Als Clémence von jenem Ballfeſte heimkehrte, fühlte ſie ſich durch die Unterredung mit Auguſt de Maulincour, der ihr ſolchen Schrecken eingejagt hatte, immer noch außerordentlich beunruhigt, und ſie widmete diesmal ihrer Nachttoilette ganz beſondere Sorgfalt. Sie wollte bezaubernd ſein, und ſie war es auch. Ein weißſeidenes Gürtelband hielt den Batiſt ihres Morgenkleides loſe zuſammen. Das aufgelöſte ſchwarze Haar fiel über den entblößten Hals auf die runden Schultern herab. Die nackten Füße ſteckten in Seidenpantoffeln. Ein parfümiertes Bad verlieh ihr berauſchenden Duft. So trat ſie, im ſicheren Bewußtſein ihrer Reize, mit kleinen, unhörbaren Schritten an ihren Gatten heran. Er hatte einen Hausrock angelegt und lehnte nachdenklich an dem Kamine, dessen Querstange seinem Fuße als Unterstützung diente. Clémence schloß ihm mit ihren kleinen, weichen Händen die Augen und legte ihren Mund so dicht an sein Ohr, daß es unter ihrem warmen Atem erglühte. „Woran denkt mein Herr und Gebieter?" flüsterte sie und biß ihn mit ihren scharfen Perlenzähnen ins Ohrläppchen.

Dann umarmte sie ihn und preßte ihn, um seine häßlichen Gedanken zu verscheuchen, mit gewandter List fest an sich. Ein liebendes Weib ist sich seiner Macht stets bewußt; und je tugendhafter es ist, desto wirksamer ist seine Koketterie.

„An dich!" antwortete er.

„An mich allein?"

„Ja . . ."

„Oh — dies ist ein recht wackliges ‚Ja!' . . ."

Sie gingen zu Bett.

„Kein Zweifel," dachte Clémence, während sie einschlief, „Baron Maulincour geht darauf aus, Unfrieden zu stiften. Jules ist zerstreut, verstimmt und bemüht sich offenbar, mir seine Gedanken vorzuenthalten."

Gegen drei Uhr morgens erweckte sie eine seltsame Unruhe aus herzbedrückendem Schlummer. Sie hatte eine zugleich körperliche und seelische Empfindung der Abwesenheit ihres Gatten. Sie fühlte seinen Arm nicht mehr, auf dem sie seit fünf Jahren ihr Köpfchen zu betten pflegte, jenen starken, nie ermüdenden Arm, in dem sie jede Nacht voll Glück und Frieden schlief. Und eine innere Stimme raunte ihr zu: „Jules leidet, Jules weint . . ." Sie schlug die Augen auf und richtete sich empor: Der Platz neben ihr war leer und kalt! Sie blickte bestürzt um sich und sah Jules vor dem Feuer sitzen. Die Füße ruhten auf dem Kaminvorſatz. Sein Kopf lehnte in einem großen Fauteuil. Über ſeine Wangen rollten Tränen. Die arme Frau ſprang ſchnell aus dem Bette und war mit einem Satze bei ihrem Gatten.

„Jules, was iſt dir? Leideſt du? Sag'! Rede! Sprich zu mir, wenn du mich liebſt!"

Und ſie überhäufte ihn mit zahlloſen zärtlichen Liebesworten. Er ſetzte ſich ihr zu Füßen, umarmte ihre Knie, und küßte ihre bebenden Hände.

„Liebſte Clémence," gab er dann mit tränenerſtickter Stimme zur Antwort, „ich bin ſo unglücklich! Heißt das noch lieben, wenn man der Geliebten mißtraut? Und du biſt meine Geliebte! Ich bete dich an, und dennoch verdächtige ich dich zugleich ... Die Worte, die jener Menſch heute abend zu mir ſprach, trafen mich mitten ins Herz. Sie bringen mich aus der Faſſung, ſo ſehr ich dagegen auch ankämpfe. Es ſteckt irgendein Geheimnis dahinter. Ich ſchäme mich, es zu ſagen, aber deine Erklärungen vermochten nicht, mich zu beruhigen. Die Vernunft ſucht das Dunkel zu durchdringen, doch die Liebe wehrt ihrem erhellenden Lichte und läßt es mich zurückſtoßen. Soll ich noch weiter dein liebes Köpfchen zwiſchen den Händen halten und die Gedanken verdächtigen, die es vor mir birgt? ... Oh, ich glaube dir, ich glaube dir!" rief er lebhaft aus, als ſie, traurig lächelnd, den Mund zum Sprechen öffnete, „sag mir nichts! Mach mir keine Vorwürfe! Das leiſeſte Wort von deinen Lippen wäre mein Tod! Wie ſollteſt du mir auch etwas ſagen, das ich in den letzten drei Stunden nicht mir ſelbſt ſchon geſagt habe? Ja, ſeit drei Stunden ſehe ich dich ſchlafen; ich bewundere deine Schönheit, deine reine, friedliche Stirne. Ich weiß, du teilteſt mir deine Gedanken ſtets mit, nicht wahr? Ich bin allein in deiner

Seele! Oh, wie gut kann ich darin leſen, wenn ich meine Augen in die deinigen verſenke! Und ich weiß, daß dein Leben ſo klar und rein iſt wie dein Blick. Nein, nein, es gibt kein Geheimnis hinter dieſem offenen, kriſtallklaren Blick!“

Er erhob ſich, küßte ſie auf beide Augen und fuhr fort: „Laß mich dir geſtehen, du mein teuerſtes Weſen, daß ſeit fünf Jahren jeder Tag mein Glück nur noch ſteigerte, weil ich dich frei wußte von all jenen natürlichen Banden, die der Liebe ſtets ein wenig Abbruch tun. Du hatteſt weder Vater noch Mutter, weder Bruder noch Schweſter, weder Freund noch Gefährten. Ich ſtand daher in deinem Herzen nicht *unter* oder *über* einer andern Perſon: ich war darin *allein*. Oh, Clémence, laß wieder all die trauten Liebesworte hören, die deine Seele ſchon ſo oft für mich erfand! Grolle mir nicht, tröſte mich — ich bin unglücklich! An meinem Herzen nagt ein häßlicher Verdacht. Sag’, mein Liebling, kann ich da ſo nahe bei dir bleiben? Können zwei Köpfe nebeneinander auf demſelben Kiſſen ruhen, wenn einer allein Unſägliches erleidet? . . . Woran denkſt du denn?“ unterbrach er ſich jäh, als er ihren ernſten, nachdenklichen Blick gewahrte.

„Ich denke an meine Mutter“, antwortete ſie mit Tränen in den Augen. „Ach, Jules, du kannſt das Leid deiner Clémence nicht ermeſſen: Während ich deine Stimme, die ſüßeſte Muſik auf Erden, vernehme, klingen mir die Abſchiedsworte einer ſterbenden Mutter ins Ohr; und ich muß an den feierlichen Druck ihrer kalten Hände denken, während ich die Zärtlichkeit der deinigen fühle und mit Beweiſen deiner unerſchöpflichen Liebe überſchüttet werde . . .“

Sie preßte Jules mit faſt männlicher Kraft an ſich, küßte ſein Haar und bedeckte ſeine Wangen mit einer Flut von Tränen.

„Ach," fuhr ſie überſchwenglich fort, „ich möchte mich für dich in Stücke ſchneiden laſſen! Sag', oh ſage mir, Geliebter, daß ich dich glücklich mache! Daß ich die ſchönſte der Frauen für dich bin! Daß ich dir alle Frauenſchönheit erſetze! Sei überzeugt, daß auch du geliebt wirſt, wie noch kein Mann jemals geliebt ward! Ich weiß nicht, was die Worte ‚Pflicht' und ‚Tugend' bedeuten ſollen — ich liebe dich allein um deinetwillen. Ich bin glücklich, dich zu lieben, und dieſe Liebe wächſt mit jeder Stunde bis zu meinem letzten Atemzug. Ich bin ein bißchen ſtolz auf dieſe Liebe und glaube, es ſei mir beſtimmt, kein andres als dieſes eine Gefühl zu empfinden. Was ich dir jetzt ſagen will, klingt vielleicht entſetzlich: Ich bin froh, kein Kind zu haben, und wünſche mir keins! Ich fühle mehr als Gattin, denn als Mutter. Nun — hegſt du immer noch Befürchtungen? Höre, Geliebter, verſprich mir zu vergeſſen — nicht dieſe Stunde, in der Zweifel und Zärtlichkeit ſich miſchten, ſondern jene, die dich mit Maulincour zuſammenführte! Jules, ich will es! Verſprich mir, ihn nicht zu beſuchen, ihn überhaupt nicht mehr zu ſehen! Ich habe die feſte Überzeugung, daß wir, wenn du in dieſem Irrgarten nur noch einen Schritt weitergehſt, in einen Abgrund ſtürzen, wo ich ſterbe — aber mit deinem Namen auf den Lippen, mit der Liebe zu dir im Herzen ſterbe. Warum ſtellſt du mich in deiner Seele ſo hoch und in Wirklichkeit ſo niedrig? Wie, kannſt du mir nicht ein bißchen des Vertrauens ſchenken, das du denen willig gewährſt, die ein ganzes Vermögen von dir leihen? Das erſtemal, da ſich dir Gelegenheit bietet, mir grenzenloſes Vertrauen zu beweiſen, entthronſt du mich in deinem Herzen! Zwiſchen einen Wahnſinnigen und mich geſtellt, glaubſt du — dem Wahnſinnigen! Oh, Jules . . .“

Sie warf die Locken zurück, die ihr über Stirne und Hals fielen, und ſetzte in herzzerreißendem Tone hinzu:

„Ich habe zuviel geſagt — ein Wort dürfte genügen. Wenn auf deiner Stirne, wenn in deiner Seele auch nur das leichteſte Wölkchen zurückbleibt, merke wohl: Ich ſtürbe daran!“

Schaudernd erblaßte ſie.

„Ich werde jenen Mann töten!“ ſagte ſich Jules innerlich, während er ſeine Frau behutſam ins Bett trug. „Komm, mein Engel,“ fuhr er mit ſanfter Stimme fort, „laß uns in Frieden ſchlafen! Ich habe alles vergeſſen — ich ſchwöre es dir!“

Die ſüßen, noch einmal wiederholten Worte wiegten Clémence alsbald in beglückenden Schlummer.

„Sie hat ganz recht,“ dachte Jules, in ſtille Betrachtung der Geliebten verſunken. „Solch reine Liebe wird durch den geringfügigſten Verdacht beſudelt. Ganz gewiß, ein Welken dieser friſchen, blütenzarten Seele brächte ihr ſicheren Tod!“ —

Wenn über zwei Menſchenſeelen, die gewohnt ſind, jeden Augenblick ihres Lebens in gegenſeitiger Zuneigung auszutauſchen, eine Wolke vorbeiſchwebt, hinterläßt ſie, mag ſie ſich noch ſo ſchnell zerſtreuen, irgendeine Spur. Entweder verſchönt, befruchtet ſie die vorhandene Zuneigung, ſo wie die Erde nach erquickendem Regen ſchöner, fruchtbarer wird; oder aber ſie wirkt gleich fernem Donnerrollen bei wolkenlos-blauem Himmel noch eine Zeitlang nach. Es iſt ausgeſchloſſen, daß ſolche Menſchen unverändert zu ihrem früheren Leben zurückfinden: Ihre Liebe muß unbedingt größer oder kleiner werden, als ſie vorher war.

Beim Frühſtück am andern Morgen lag in den Aufmerkſamkeiten, die Herr und Frau Jules einander erwieſen, eine gewiſſe Geziertheit. Die faſt erzwungene Heiterkeit, die ſich in ihren Blicken ſpiegelte, bewies die Anſtrengung von Menſchen, die eifrig bemüht ſind, ſich ſelbſt zu betrügen. Hatte ſie das Gefühl, einander ſicher zu sein, ruhig ſchlafen laſſen, ſo war mit dem neuen Tage der alte Zweifel in ihm, die alte Furcht in ſeiner Gattin wieder erwacht. War dieſe Befangenheit auf den nächtlichen Auftritt, auf einen Mangel an Glauben zurückzuführen? Sie wußten es ſelbſt nicht. Ihre Liebe war zu rein, als daß der gleichzeitig grauſame und wohltätige Eindruck der verfloſſenen Nacht in ihrer Seele nicht einige Spuren hinterlaſſen hätte. Und weil ſie dieſe Spuren ſo ſchnell als möglich verwiſchen wollten und mit einer gewiſſen Eiferſucht trachteten, einander darin zuvorzukommen, kehrten ihre Gedanken immer wieder zu den erſten Urſachen ihres erſten Mißklangs zurück. Für liebende Seelen hat ſolche Nachdenklichkeit nichts Gramvolles – das Leid iſt noch gar ferne! Allein es liegt eine Art Trauer darin, die ſich nur ſchwer malen läßt. Wenn zwiſchen Seelenregungen und Farben, wie behauptet wird, gewiſſe Wechſelbeziehungen beſtehen; wenn es wahr iſt, daß die Scharlachfarbe auf das Auge den gleichen Eindruck hervorruft, wie Fanfarenmuſik auf das Ohr, dann darf die melancholiſche Stimmung des Ehepaars füglich mit grauen Farbtönen verglichen werden. Dennoch gewährt betrübte Liebe – eine Liebe, der das Gefühl ihres vorübergehend geſtörten Glücks erhalten blieb

— mit ihren Freuden und Leiden ganz ungeahnte Wonnen. Jules lauſchte der Stimme, erſpähte die Blicke ſeiner Frau mit einem Eifer, der ſonſt wohl nur im Feuer erſter Leidenſchaft erglüht. Die Erinnerung an fünf unſagbar glücklich verlebte Jahre, Clémencens Schönheit und die kindliche Reinheit ihrer Liebe löſchten denn alsbald die letzten Spuren ſeines unerträglichen Schmerzes aus.

Eswar Sonntag, alle Geſchäfte ruhten, und die Börſe war geſchloſſen. Das Ehepaar verbrachte daher den Tag in trauter Gemeinſchaft. Feſter denn je ſchloſſen ſie ſich aneinander an, gleich furchtſamen Kindern, die ſich in gefahrdrohenden Augenblicken innig aneinanderdrücken. Nur in einem Leben zu zweit gibt es ſolch vollendet glückliche Tage — Eintagsblumen, dem Zufall entſproſſen, welken ſie ſchnell dahin und haben kein Geſtern und Morgen . . .

Clémence und Jules genoſſen den köſtlichen Tag, als ahnten ſie, daß er der letzte ihres ſonnigen Liebeslebens ſei. Wer wüßte die Macht zu nennen, die den Schritt desSpaziergängers beſchleunigt, ehe derSturm losbricht; jene Macht, die den Sterbenden mit lebensfrohen Plänen erfüllt, daß ſein Antlitz noch ein letztes Mal in Freude und Schönheit widerſtrahlt; jene Macht, die der Mutter unerträgliche Furcht einflößt, wenn der Blick eines Fremdlings allzu eindringlich auf ihrem Kinde haftet? Wir alle ſind an den entſcheidenden Wendepunkten des Lebens ihren Einflüſſen unterworfen, und dennoch blieb ſie namenlos und unerforſcht! Dieſe Macht iſt zweifellos mehr als Ahnung, allein immer noch nicht Hellſeherei. —

Am darauffolgenden Montag mußte Herr Jules wie gewöhnlich zur Börſe. Nie verließ er ſein Haus, ohne

Clémence zu fragen, ob ſie mit ihm fahren wolle. So auch diesmal.

„Nein, ich danke,“ erwiderte ſie, „es iſt zu ſchlechtes Wetter.“

In der Tat, es regnete in Strömen. Gegen halb drei Uhr erſchien Herr Desmarets in den Schranken der Börſe und begab ſich nach Abwicklung ſeiner Geſchäfte in die Kaſſenräume. Als er um etwa vier Uhr die Börſe verließ, trat ihm unverſehens Baron Maulincour in den Weg. Mit fieberhafter, in Rachedurſt und Haß geſtählter Hartnäckigkeit hatte er ihn vor dem Eingang erwartet.

„Mein Herr,“ begann der Offizier, indem er den Makler am Rockärmel feſthielt, „ich habe Ihnen äußerſt wichtige Aufklärungen zu geben. Als Ehrenmann wollte ich nicht zu anonymen Briefen Zuflucht nehmen, ſondern zog eine perſönliche Ausſprache vor. Sie dürfen mir glauben, daß ich mich, ſelbſt wenn ich ein Recht dazu hätte, auf keinen Fall in Eheangelegenheiten miſchen würde. Allein es handelt ſich um mein Leben ...“

„Wenn das, was Sie mir ſagen wollen, meine Gattin betrifft,“ unterbrach ihn Jules, „dann muß ich Sie bitten, zu ſchweigen.“

„Wenn ich ſchwiege, mein Herr, dann könnten Sie Frau Jules demnächſt im Schwurgerichtsſaal neben einem Zuchthäusler auf der Anklagebank ſitzen ſehen. Soll ich alſo ſchweigen?“

Jules erbleichte, ſein ſchönes Geſicht nahm jedoch ſchnell wieder den Ausdruck ſcheinbarer Ruhe an. Er zog den Offizier unter ein Schutzdach des Notbaues der Börſe.

„Mein Herr,“ ſagte er mit einer Stimme, die aus innerſter Erregung verſchleiert klang, „es kommt zwischen uns zu einem Duell auf Leben und Tod, wenn ...“

„Oh, damit bin ich ganz einverstanden,“ rief Maulincour aus, „ich hege für Sie die höchste Achtung! Sie sprechen von Tod, Herr Desmarets? Ohne Zweifel wissen Sie nicht, daß mich Ihre Gattin am letzten Sonnabend vermutlich vergiften ließ? Ja, mein Herr, seit vorgestern geht mit mir etwas ganz Merkwürdiges vor: Meine Haare bewirken im Schädelinnern Fieber und eine tödliche Mattigkeit — ich weiß genau, wer der Mann war, der diese Haare am Sonnabend während des Ballfestes angerührt hat.“

Und er fing an zu erzählen. Unumwunden und ohne das geringste zu verschweigen, sprach er von seiner platonischen Liebe zu Clémence, von den Begebenheiten, mit denen sein Abenteuer begonnen hatte. Jedermann hätte seinem Berichte mit aufmerksamer Teilnahme gelauscht; doch der Makler war, als Clémencens Gatte, wohl berechtigt, darüber mehr zu staunen als irgendein andrer auf der Welt. Seltsam, wie sich hier sein Charakter entfaltete: Er war eher überrascht als betroffen! Zum Richter über eine angebetete Frau berufen, schöpfte er aus seiner Seele die unbeugsame, unbestechliche Rechtschaffenheit des Richters. Allein noch liebte er — er dachte weniger an sein vernichtetes Leben, als an das seiner Gattin; und er hörte nicht den eigenen Schmerz, wohl aber die ferne Stimme, die zu ihm rief: „Clémence kann nicht lügen! Warum sollte sie dich betrügen?“—

„Nun, mein Herr,“ schloß der Gardeoffizier seinen Bericht, „da ich am letzten Sonnabend in Herrn de Funcal zuverlässig jenen Ferragus wiedererkannte, den die Polizei für tot hält, setzte ich ihm unverzüglich einen sehr intelligenten Menschen auf die Fersen.

In meine Wohnung zurückgekehrt, erinnerte ich mich nämlich, dank einem glücklichen Zufalle, des Namens Meynardie, der in Idas Brief erwähnt ist und der mutmaßlichen Geliebten meines Verfolgers zugehört. Mit diesem geringfügigen Fingerzeig versehen, gelang es meinem Vertrauensmanne, über das entsetzliche Abenteuer Klarheit zu gewinnen; denn er ist in der Entdeckung der Wahrheit viel geschickter als die Polizei."

„Ich weiß nicht," antwortete der Makler, „wie ich Ihnen für Ihre vertraulichen Eröffnungen danken soll. Sie stellen mir Zeugen, Beweise in Aussicht — gut, ich warte darauf! Mutvoll will ich in dieser sonderbaren Angelegenheit nach der Wahrheit trachten. Aber Sie gestatten mir zu zweifeln, solange ich nicht Beweise für die Richtigkeit der Tatsachen erlangt habe. Jedenfalls erhalten Sie Genugtuung; denn Sie dürften begreifen, daß wir beide einer solchen bedürfen." —

Jules kam nach Hause.

„Was hast du denn?" fragte ihn Clémence, „du bist blaß zum Erschrecken!"

„Es ist kalt draußen," erwiderte er, während er das Zimmer, wo alles von Liebe, Glück und Frieden zu ihm sprach, mit langsamen Schritten durchmaß.

„Warst du heute nicht fort?" setzte er nach einer Weile scheinbar mechanisch hinzu. Ohne Zweifel hatte ihn das Endglied einer Reihe hellseherischer, von Eifersucht gepeitschter Gedanken zu dieser Frage getrieben.

„Nein," entgegnete sie mit gespielter Aufrichtigkeit. In diesem Augenblick ging Jules an dem Ankleidezimmer seiner Gattin vorbei. Er sah zufällig hinein und erblickte auf dem Samthut, den Clémence vormittags zu tragen pflegte, einige Waſſertropfen. Desmarets war ein heftiger, aber zugleich unendlich zartfühlender Mann. Es widerſtrebte ihm, ſeine Frau Lügen zu ſtrafen und damit in eine Lage zu verſetzen, wo zwiſchen gewiſſen Weſen alles zu Ende ſein muß. Indes dieſe kleinen glitzernden Waſſertropfen erleuchteten ſeine nach Klarheit dürſtenden Gedanken. Er verließ das Zimmer, ſtieg die Treppe hinab und trat in die Portierloge.

„Fouquereau," begann er, nachdem er ſich vergewiſſert hatte, mit ſeinem Portier allein zu ſein, „hundert Taler Rente, wenn du die Wahrheit ſagſt! Sofortige Entlaſſung, wenn du mich belügſt! Nichts, wenn du die Wahrheit ſagteſt und nachher wem immer ausplauderſt, was ich frage und du antworteſt!" Er hielt inne, zog den Portier, um ihn beſſer zu ſehen, ans Fenſter und fuhr fort:

„War die gnädige Frau heute vormittag aus?"

„Die gnädige Frau ging um drei Viertel drei fort, und ich glaube, ſie kam vor einer halben Stunde zurück."

„Iſt das auch wahr?"

„Auf Ehre, gnädiger Herr!"

„Gut, du ſollſt die verſprochene Rente haben. Aber, erinnere dich meiner Bedingung: Wenn du darüber nur ein Wort ſprichſt, verlierſt du alles!"

Jules kehrte zu ſeiner Gattin zurück.

„Clémence," ſagte er ruhig, „ich muß unſere Haushaltsrechnungen ein bißchen in Ordnung bringen. Sei alſo nicht gleich beleidigt, wenn ich einige Fragen an dich richte. Habe ich dir nicht ſeit Jahresbeginn vierzigtauſend Franken gegeben?"

„Mehr —" verſetzte ſie, „ſiebenundvierzig!"

„Und wirſt du Verwendung dafür finden?"

„Aber natürlich!" rief ſie aus. „Zunächſt hatte ich

doch noch mehrere Rechnungen vom Vorjahr zu begleichen."
„Auf diese Weise erfahre ich nichts," dachte Jules, „ich stelle mich ungeschickt an!" —
In diesem Augenblick brachte der Diener einen Brief, den Jules gleichgültig öffnete. Als er jedoch einen Blick auf die Unterschrift geworfen hatte, las er ihn mit gieriger Hast.

Geehrter Herr,

Obwohl ich nicht den Vorzug habe, Sie zu kennen, entschloß ich mich, Ihnen in Ihrem eigenen und in unserm Interesse zu schreiben. Mein Alter und die Angst vor einem Unglück zwingen mich, Sie zu bitten, mit der bedauerlichen Lage, in der sich meine betrübte Familie augenblicklich befindet, einige Nachsicht zu üben.

Seit einigen Tagen gibt uns mein Enkel, August de Maulincour, untrügliche Beweise einer Geisteszerrüttung, und wir fürchten, daß er durch die Hirngespinste, die er den Komtur de Pamiers und mich im Verlaufe seines ersten Anfalls hören ließ, Ihr Glück zu stören versucht. Aus diesem Grunde benachrichtigen wir Sie von seiner hoffentlich noch heilbaren Krankheit, die indes für seine Zukunft und die Ehre der Familie so ernste und schwerwiegende Folgen hat, daß wir auf Ihre unbedingte Verschwiegenheit zählen. Wäre der Komtur oder ich imstande, Sie zu besuchen, so hätte ich vermieden, Ihnen zu schreiben. Doch zweifle ich nicht, daß Sie Nachsicht walten lassen werden, wenn eine Mutter Sie bittet, diesen Brief zu verbrennen.

Empfangen Sie, geehrter Herr, den Ausdruck meiner besondern Hochachtung.

Baronin Maulincour geb. de Rieux.

„Oh, welche Qual!“ stöhnte Jules.
„Aber — was geht denn in dir vor?“ rief Clémence in höchster Bestürzung.
„Nun bin ich so weit gekommen,“ gab er zur Antwort, indem er ihr den Brief hinreichte, „daß ich mich frage, ob nicht du mir diese Nachricht zukommen ließest, um meine Zweifel zu zerstreuen. Ermiß darnach meinen Schmerz!“
„Der Unglückliche!“ seufzte sie und ließ den inhaltsschweren Brief fallen, „obgleich er mir recht viel angetan hat, bedaure ich ihn herzlich!“
„Du weißt, daß ich mit ihm gesprochen habe?“
„Ah, du warst bei ihm?“ entgegnete sie erschrocken, „... trotz deinem Wort?“
„Clémence, unsre Liebe ist in Gefahr, und wir stehen abseits von den gewöhnlichen Gesetzen des Lebens! Lassen wir also kleinliche Bedenken, wenn es um große geht! Bitte, sage mir, warum du heute Vormittag ausgegangen bist! Die Frauen glauben, es sei ihr Recht, mitunter ein bißchen zu lügen. Freuen sie sich doch sogar, dem Manne die Freude, die sie gelegentlich für ihn vorbereiten, zu verheimlichen! Und eben erst hast auch du mir ein Wort für ein andres gegeben: ein ‚Nein‘ für ein ‚Ja‘.“
Er brachte den Hut aus ihrem Ankleidezimmer.
„Sieh mal her!“ fuhr er fort, „ohne dir hier etwa den Othello vorspielen zu wollen — allein dein Hut hat dich verraten. Sind dies nicht Wassertropfen? Nun also: du warst aus und dabei erhielt der Hut ein paar Regentropfen — entweder als du eine Droschke suchtest, oder als du ausstiegst, um einen Besuch zu machen, oder als du nachher wieder einstiegst! Mein Gott, eine Frau kann doch in harmlosester Absicht ihr Haus verlassen, selbst dann, wenn sie dem Gatten

vorher erklärte, ſie bleibe daheim! Es gibt doch ſo zahlreiche Gründe, einen Entſchluß umzuſtoßen! Und iſt es nicht euer Recht, Launen zu haben? Ihr ſeid doch nicht verpflichtet, euch ſelbſt gegenüber ſtandhaft zu bleiben! Du wirſt irgend etwas vergeſſen haben — vielleicht wollteſt du jemandem einen Beſuch abſtatten, eine Gefälligkeit erweiſen, einen Dienſt leiſten, oder du planteſt irgendeine gute Tat? Nichts hindert jedoch eine Frau, dem Gatten zu ſagen, was ſie getan hat! Schämt man ſich je an der Bruſt eines treuen Freundes? Sieh, Clémence, nicht ein eiferſüchtiger Gatte ſpricht zu dir — es iſt der Geliebte, der Freund, der Bruder . . .!"

Er warf ſich leidenſchaftlich ihr zu Füßen.

„Rede, Clémence — nicht, um dich zu rechtfertigen, aber um entſetzliches Leid zu lindern! Ich weiß, daß du fort warſt! Alſo ſag, was tateſt du? Wo gingeſt du hin?"

„Ja, Jules, ich war fort!" geſtand ſie in ſeltſam verändertem Tone, „allein frage nicht weiter! Vertraue mir und warte! Ohne Vertrauen werden deine Zweifel nie verſtummen. Jules, mein Jules, Vertrauen iſt der Liebe höchſte Tugend! Augenblicklich bin ich zu erregt, als daß ich dir antworten könnte; allein ich bin wirklich keine ſcheinheilige Frau, und du weißt, daß ich dich liebe!"

„So bin ich alſo in deinem Herzen nicht der erſte, bin nicht du ſelbſt? . . . Und doch — bei allem, was den Glauben eines Mannes wankend machen und ſeine Eiferſucht erwecken kanr, iſt es mir immer noch lieber, dir, deiner Stimme, deinen Augen zu glauben. Wenn du mich täuſchteſt, verdienteſt du . . ."

„Zehnfachen Tod!" ergänzte ſie.

„Keiner meiner Gedanken bleibt dir verborgen — und du, du ...“

„Oh, ſchweige!“ bat ſie mit trauriger Stimme, „unſer Glück hängt von unſerm Schweigen ab!“

„Nein, ich muß alles wiſſen!“ rief er in heftigem Zorne aus.

In dieſem Augenblick drang vom Vorzimmer her der Lärm eines in erregtem Tone geführten Wortwechſels:

„... Und ich ſage Ihnen, ich werde doch hineingehen!“ kreiſchte eine ſpitzige Frauenſtimme, „laſſen Sie mich! Ich will ſie ſehen und ich werde ſie ſehen!“

Das Ehepaar ſtürzte in den Salon, deſſen gegenüberliegende Türe plötzlich heftig aufgeſtoßen wurde. Unmittelbar darauf trat ein junges Weib herein, dem zwei Dienſtleute des Maklers folgten.

„Gnädiger Herr,“ erklärten ſie erregt, „dieſe Perſon will hereinkommen, obzwar wir's verboten haben. Wir ſagten ihr ſchon, daß die gnädige Frau nicht zuhauſe iſt. Sie gab zur Antwort, ſie wiſſe ſehr wohl, daß die gnädige Frau ausgegangen ſei; aber ſie habe ſie vor einer Weile zurückkommen ſehen. Und ſie drohte uns, ſolange am Haustor zu warten, bis ſie mit der gnädigen Frau geſprochen habe.“

„Geht hinaus!“ befahl Desmarets ſeinen Leuten.

„Was wünſchen Sie, Fräulein?“ wandte er ſich dann an die Unbekannte.

Dieſes „Fräulein“ war ein Frauentypus, dem man nur in Paris begegnet. Derlei Frauen entwickeln ſich in Paris, wie der Straßenſchmutz, wie das Pflaſter, wie das Waſſer der Seine, das mit ſeinen Schlammmaſſen in große Reſervoire geleitet und dort mehrfach filtriert wird, bevor es, rein und klar, in geſchliffenen Kriſtallgläſern ſchimmert. Und es ſind wirklich originelle Geſchöpfe. Der Pinſel des Malers, der Zeichenſtift des Karikaturiſten verſuchten wiederholt, ſie feſtzuhalten. Doch immer wieder entwiſchen ſie der Analyſe, denn ſie ſind in ihrer Vielgeſtaltigkeit unfaßbar – wie die Natur, wie dies phantaſtiſche Paris unfaßbar iſt. Seltſam, ſie hängen nur mit einem Fädchen am Laſter und ſind durch ihren Geſellſchaftskreis dennoch meilenweit von ihm geſchieden. Übrigens zeigen ſie nur einen Charakterzug, der ſie tadelnswert macht: Sie verſchweigen ihre hohen Tugenden und rühmen ſich ihrer tiefen Verworfenheit!

Bücher und Dramen geben den Typus dieſer Frau niemals richtig wieder. Ganz echt iſt ſie nur in ihrer Dachſtube, überall ſonſt wird ſie verleumdet oder poetiſch verklärt. Im Reichtum bleibt ſie eine herabgekommene, in der Armut eine unverſtandene Frau. Wie könnte es auch anders ſein? Sie hat zuviele Laſter und zuviele Tugenden, iſt ſchön und häßlich zugleich. Mag ſie für hohe Ziele begeiſtert jäh entflammen oder mit müdem Lächeln entſagen — ſtets gleicht ihr Antlitz dem der Stadt, die ſie mit zahnloſen Bettlerinnen, Kehrweibern, Waſchfrauen, Portierfrauen und zuweilen mit hochfahrenden Gräfinnen oder vielbewunderten Schauſpielerinnen verſorgt. Hat ſie der Monarchie doch ſogar zwei Nebenköniginnen geſchenkt!

Wer vermöchte ſolchen Proteus zu erfaſſen? Sie iſt das ganze Weib, weniger als das Weib, mehr als das Weib. Der weite Umfang ihres Charakterbildes zwingt den Sittenmaler, ſich auf ein paar Einzelheiten und den Geſamteindruck zu beſchränken.

Eine Griſette war es, die Pariſer Griſette in ihrem vollen Glanze, eine hübſche, jugendfriſche, lebensfrohe Grisette, aber eine Grisette mit Krallen, feurig wie eine Spanierin, kokett wie eine Weltdame, bissig wie eine prüde Engländerin, die ihre ehelichen Rechte geltend macht, dabei freiheitsliebend und zu allem bereit. Eine leibhaftige Löwin war es, dem engen Käfig entsprungen, der einstens ihre Sehnsuchtsträume barg: die trauliche Wohnung mit den roten Wollvorhängen, die Plüschmöbel, das Porzellanservice mit gemalten Blumen, den Teetisch und die Causeuse, den kleinen Mokadeteppich, die Alabasteruhr unter dem Glassturz, die gelben Tapeten, das mollige Federbett; dann die eigene Haushälterin (ehemals eine Grisette gleich ihr, jetzt aber durch einen starken Bartanflug und häßliche Warzen entstellt), und glasierte Früchte in Hülle und Fülle, und geramschte Seidenkleider und Hüte, und Verehrer und Ausflüge — kurz, all die Glückseligkeiten, von denen die kleinen Putzmacherinnen während der Arbeitspause schwärmen, bis auf die eigene Equipage, die in ihrer Phantasie dieselbe Rolle spielt, wie der Marschallstab im Traum des Soldaten.

In der Tat, was andere Grisetten einem greisen Geizhals für eine Stunde im Tag als eine Art Steuer entlocken — diese besaß es, dank oder vielleicht trotz einer tiefen, echten Leidenschaft.

Nun stand die junge Person vor dem Ehepaare. Ihre Füße steckten in so tief ausgeschnittenen Schuhen, daß zwischen dem Teppich und ihren weißen Strümpfen kaum mehr als eine schwache dunkle Linie zu entdecken war. Solches, in der Karikatur so vortrefflich wiedergegebenes Schuhwerk bildet eine besondere Zierde der Pariser Grisette. Allein sie verrät sich dem Auge des Beobachters mehr noch durch die Sorgfalt, womit sie in der Kleidung ihre Formen abzeichnet. Auch das grüne Gewand der Unbekannten klebte förmlich am Körper, und das Bruſttuch ließ den Buſen ahnen, deſſen Schönheit ſich alsbald ganz entblößt den Blicken bot. Denn die beiden Enden des langen Kaſchmirshawls waren nur notdürftig um die Handgelenke geſchlungen, ſo daß er, alſo feſtgehalten, jeden Augenblick zur Erde ſank.

Sie hatte ein feines Geſichtchen mit roſigen Wangen, grauſchimmernde Augen und eine hochgewölbte Stirne. Ein paar große Locken ſtrebten widerſpenſtig unter dem kleinen Hut hervor, der die Fülle ihres glatt nach hinten geſtrichenen Haares kaum zu faſſen vermochte, und fielen über den ſchneeweißen Hals herab.

„Ich heiße Ida, mein Herr!“ fing ſie an, „und wenn dieſe Dame, wo ich hier die Ehre habe, Frau Jules iſt, dann ... dann bin ich hier, weil ich ihr ſagen muß, was ich auf dem Herzen habe. Wiſſen Sie, es iſt ganz abſcheulich, wenn man ſein Glück gemacht hat und in einer eigenen Wohnung ſitzt, wie Sie hier, daß man einem armen Mädchen den Mann fortſchnappen will, mit dem ſie zuſammen lebt. Und er ſpricht ſogar davon, ſein Unrecht gutzumachen und mich vor dem Standesamt zu heiraten! Es gibt doch auf der Welt ſo viele hübſche und junge Männer zum Austoben, nicht wahr, mein Herr? Was braucht man da den meinigen wegzuangeln, der mich glücklich macht, wenn er auch bei Jahren iſt? Freilich, i c h habe ja eine ſo ſchöne Wohnung nicht, ich habe nur meine Liebe! Ich haſſe Geld und ſchöne Männer, ich bin ganz Herz, und ...“

„Erlaube, daß ich nicht weiter zuhöre!“ ſagte da Clémence zu ihrem Gatten und verließ mit ſchnellen Schritten den Salon.

„Dieſe Dame lebt wohl mit Ihnen?“ fuhr die Griſette

fort, „mir ſcheint, da hab' ich einen Schnitzer gemacht ... Na, geſchieht ihr ganz recht! Was geht ſie auch alle Tage zu Herrn Ferragus!"

„Sie irren, Fräulein!" verſetzte Jules, „es iſt ausgeſchloſſen, daß meine Frau ..."

„Ach ſo," unterbrach ſie ihn einigermaßen überraſcht, „Sie ſind alſo verheiratet, Sie zwei beide? Aber das iſt ja dann noch viel abſcheulicher, nicht wahr, mein Herr? Hat ſo 'ne Frau ſchon einmal das Glück, daß einer ſie heiratet, da fängt ſie mit einem andern an! Mein Henri ..."

„Wie, Henri?" rief Jules verwundert und ſchob Ida in den Nachbarraum, damit ſie niemand hören könne.

„Ja doch, Herr Ferragus ...!" erklärte ſie.

„Aber — der iſt doch schon tot!"

„Quatſch! Ich war geſtern abend mit ihm zuſammen bei Franconi, und nachher nahm er mich wieder zu ſich mit — wie ſich's gehört. Übrigens könnten Sie ja durch Ihre Frau Gemahlin das neueſte von ihm erfahren. Sie hat ihn doch heute gegen drei beſucht! Ich weiß es ganz genau; denn ich habe ſie auf der Straße abgepaßt, weil Herr Juſtin ... ein ſehr netter, liebenswürdiger Mann — Sie kennen ihn vielleicht — ſo ein kleiner alter Herr mit vielen Uhranhängſeln, der einen Schnürleib trägt ... alſo Herr Juſtin warnte mich vor einer Frau Jules und ſagte, ſie ſei eine Nebenbuhlerin von mir. Der Name Jules iſt zwar nicht der richtige, aber es iſt ganz bekannt, wer ſo heißt. Entſchuldigen Sie, wenn das vielleicht Ihr Name iſt, aber ſelbſt wenn Frau Jules eine Herzogin wäre ... wiſſen Sie, mein Henri iſt ſo reich, daß er alle ihre Launen befriedigen könnte! Was andere Frauen tun, geht mich nichts an, aber ich muß mein Hab und Gut verteidigen. Und das iſt mein gutes Recht, denn ich liebe meinen Henri! Er ist meine allererste Liebe, und es handelt sich um mein zukünftiges Schicksal! Oh, ich fürchte mich nicht, mein Herr! Ich bin ein anständiges Mädchen und habe noch nie gelogen oder auch nur das geringste gestohlen! Und hätt' ich eine Kaiserin zur Nebenbuhlerin, ich ging auf der Stelle zu ihr hin! Und wenn sie mir meinen Zukünftigen abspenstig macht, bin ich imstand' und bring' sie um — jawohl, mein Herr, da kann sie zehnmal Kaiserin sein oder was! Denn wir Frauen sind alle gleich, wenn wir nur schön sind ..."

„Genug, genug!" wehrte Jules ab, „wo wohnen Sie, Fräulein?"

„Rue de la Corderie-du-Temple, Nummer vierzehn, mein Herr ... Ida Gruget, Korsettmacherin, Ihnen zu dienen, denn wir arbeiten auch viel für Herren ..."

„Und wo wohnt der Mensch, den Sie Ferragus nennen?"

„Aber —," sagte sie und biß sich auf die Lippen, „fürs erste ist das kein ‚Mensch', sondern ein richtiger ‚Herr'; ein Herr, der vielleicht reicher ist als Sie! Aber warum fragen Sie mich nach seiner Adresse? Ihre Frau kennt sie ja! Und er hat mir verboten, sie niemandem zu geben! Ich bin, Gott sei Dank, nicht bei der Beichte, oder auf der Polizei und hänge von keinem ab!"

„Und wenn ich Ihnen zwanzig, dreißig, vierzig tausend Franken biete, daß Sie mir sagen, wo Herr Ferragus wohnt?"

„Nein, nein, nein — daraus wird nichts, mein Freundchen!" entgegnete sie, indem sie diese eigentümliche Antwort mit einer vertraulichen Geste begleitete, „so viel Geld gibt's ja gar nicht, daß ich dies sagen täte! Ich empfehle mich Ihnen bestens, werter Herr! ... Wie komme ich denn da hinaus?" —

Jules war völlig niedergeſchmettert. Der Boden unter ihm geriet ins Wanken und über ihm der Himmel ſtürzte zuſammen. Ida war fortgegangen, ohne daß er deſſen gewahr wurde. Und auch den Diener hörte er nicht, der bald darauf eintrat und meldete:
„Gnädiger Herr, es iſt aufgetragen!" —
Dann ging er geräuſchlos zurück in das Speiſezimmer und wartete mit dem Tafeldecker auf das Erſcheinen der Herrſchaften. Nach etwa einer Viertelſtunde kam die Zofe zu ihnen.
„Die gnädige Frau kommt nicht zu Tiſch!" ſagte ſie wichtig.
„Was iſt denn los, Joſephine?" fragte der Diener.
„Ich weiß nicht," antwortete ſie, „die gnädige Frau liegt zu Bett und weint. Der gnädige Herr hat offenbar eine Liebſchaft in der Stadt, und das iſt in einem recht ungünſtigen Augenblick ans Licht gekommen. Sie verſtehen mich doch? Na, ich möchte nicht dafür einſtehen, daß ſie das überlebt! Ach, ihr Männer ſeid alle ſo ungeſchickt! Anſtatt in ſolcher Zeit doppelt vorſichtig zu ſein, macht ihr Auftritte ..."
„Nein, keine Spur!" entgegnete der Diener leiſe, „im Gegenteil, die gnädige Frau, die iſt ... na, Sie werden mich ſchon verſtehen! ... Wo hätte der Herr auch Zeit, in die Stadt zu gehen! ... Seit fünf Jahren hat er nie anderswo geſchlafen als im Zimmer der gnädigen Frau! Und geht er nicht jeden Tag um zehn Uhr morgens in ſein Arbeitszimmer hinauf und bleibt dort, bis er zu Tiſch gerufen wird? Nein, nein — ſeine Lebensweiſe iſt uns bis auf die Minute bekannt ... Hingegen die gnädige Frau, die faſt täglich um drei Uhr verſchwindet, man weiß nicht, wohin ..."
„Der Herr doch auch!" verſetzte die Zofe, die ſelbſtverſtändlich die Partei ihrer Herrin ergriff.

„Aber, der muß doch zur Börſe gehen! . . . Alſo,“ fuhr er nach einer Weile fort, „jetzt ſagte ich ihm ſchon zum drittenmal, daß angerichtet iſt — aber es iſt gerade ſo, als ob man zu einem Holzklotz ſpräche!“
Da trat Jules in das Speiſezimmer ein.
„Wo iſt die gnädige Frau?“ fragte er.
„Die gnädige Frau hat ſich niedergelegt,“ antwortete die Zofe, „ſie hat Kopfſchmerzen.“
Jules wandte ſich mit ziemlicher Selbſtbeherrſchung zu ſeinen Dienern:
„Ihr könnt abräumen! Ich werde der gnädigen Frau Geſellſchaft leiſten.“
Und er ging zu Clémence und fand ſie in Tränen aufgelöſt. Vergeblich verſuchte ſie, ihr Schluchzen im Taſchentuch zu erſticken.
„Warum weinſt du?“ begann Jules, „du haſt von mir weder Vorwürfe noch Gewalttaten zu befürchten. Weshalb ſollte ich mich auch rächen? Wenn du meiner Liebe nicht Treue wahrſt, ſo geſchieht dies, weil du ihrer nicht würdig biſt . . .“
„Nicht würdig!“ klang es herzzerreißend durch ihr Schluchzen.
„Um dich zu töten,“ fuhr er ungerührt fort, „müßte man leidenſchaftlicher lieben als ich vielleicht; allein ich brächte den Mut dazu nicht auf . . . Eher tötete ich mich ſelbſt und überließe dich deinem — — Glück und deinem — — deinem . . .“
Er vollendete nicht.
„Du dich töten!“ ſchrie Clémence auf und ſtürzte zu ſeinen Füßen nieder, um ſeine Knie zu umklammern.
„Laß mich!“ herrschte er ſie an.
„Nein, nein, Jules!“ jammerte ſie verzweifelt, „wenn du mich nicht mehr liebſt, dann ſterbe ich! . . . Willſt du alles wiſſen?“

„Ja!“
Er preßte ſie heftig an ſich und ſchleppte ſie bis zum Bette. Dann ſetzte er ſich auf den Bettrand, hielt ſie zwiſchen ſeinen Beinen feſt und betrachtete mit kühlem Blick ihr tränenüberſchwemmtes Antlitz.
„Alſo ſprich!“ drängte er.
Abermals fing ſie an zu ſchluchzen:
„Nein, es iſt ein Geheimnis auf Tod und Leben. Wenn ich es verriete, ich . . . nein, ich kann nicht . . . Gnade, Jules!“
„Du hintergehſt mich alſo immer noch?“
„Ach, Jules, glaube, daß ich dich hintergehe, wenn du nicht anders kannſt! Bald ſollſt du alles erfahren . . .“
„Aber — dieſer Ferragus, dieſer Zuchthäusler, den du beſuchſt . . . dieſer Menſch, der ſich durch Verbrechen bereicherte . . . Wenn du ihn nicht liebſt, wenn er dich nicht liebt . . .“
„Oh, Jules!“
„. . . Iſt es vielleicht dein heimlicher Wohltäter — der, dem wir unſer Vermögen zu danken haben, wie behauptet wird?“
„Wer hat dies behauptet?“
„Ein Mann, den ich im Duell erſchoſſen habe.“
„Großer Gott,“ ſtöhnte ſie, „ein Toter ſchon!“
„Und wenn er nicht dein Wohltäter iſt; wenn nicht er dir, ſondern du ihm Geld gibſt — ſag' mir, bitte, iſt er vielleicht dein Bruder?“
„Nun - und wenn er es wäre?“
Er verſchränkte die Arme und überlegte.
„Warum hätteſt du mir dies verſchwiegen?“ fuhr er dann fort. „Du und deine Mutter, ihr beide wolltet mich alſo täuſchen? . . . Aber, wer beſucht denn einen Bruder täglich, oder doch faſt täglich, wie?“

Clémence wurde plötzlich kreideweiß und fiel, wie vom Blitz getroffen, in Ohnmacht.
„Tot!“ rief er entſetzt, „... und wenn ich unrecht hätte?“
Er ſtürzte an die Klingelſchnur, rief die Zofe herbei und brachte Clémence mit ihrer Hilfe zu Bett.
„Ich ſterbe noch daran!“ flüſterte Clémence, als ihr die Beſinnung wiederkehrte.
„Joſephine,“ befahl er, „holen Sie ſofort Herrn Desplain. Nachher gehen Sie zu meinem Bruder, und ſagen Sie, ich ließe ihn bitten, ſo ſchnell als möglich herzukommen.“
„Deinen Bruder — warum?“ fragte Clémence.
Aber ihr Gatte hatte inzwiſchen das Zimmer ſchon verlaſſen. —
Zum erſtenmal ſeit fünf Jahren war Clémence in ihrem Bette allein. Nun ſollte ſie noch den Arzt in ihr geheiligtes Schlafzimmer einlaſſen! Es war ein zwiefaches Leid, das ſie bedrückte.
Desplain fand ihren Zuſtand ungemein beſorgniserregend. Niemals hätte eine ſeeliſche Erſchütterung zu ungelegenerer Zeit kommen können. Er wollte weiter nichts ſagen und verſchob, nachdem er einige Verhaltungsmaßregeln gegeben hatte, ſeine Diagnoſe auf den nächſten Tag. Allein Clémence, deren Herzensintereſſen alle leibliche Fürſorge verdrängten, dachte nicht einen Augenblick daran, die ärztlichen Vorſchriften zu befolgen. Lange nach Mitternacht war ſie immer noch nicht eingeſchlafen. Geſpannt horchte ſie nach dem Nebenzimmer, wo die beiden Brüder ſtundenlang im Flüſtertone miteinander ſprachen. Doch die ſtarke Zwiſchenmauer ließ kein Wort an ihr Ohr gelangen, aus dem ſie den Gegenſtand der Unterredung entnommen hätte.

Als Herr Desmarets, der Notar, das Haus endlich verließ, ermöglichte ihr das nächtliche Schweigen und eine durch die Leidenſchaft außerordentlich geſteigerte Schärfe des Gehörs das eigenartige Geräuſch einer Schreibfeder und der beim Schreiben unvermeidlichen Bewegungen zu vernehmen. Wer gewohnt iſt, des Nachts zu wachen, der kennt die ſeltſamen akuſtiſchen Wirkungen der vollkommenen Stille und weiß, daß, von der gleichen Stätte aus, gewiſſe ſchwache Klanggeräuſche ſehr häufig noch wahrnehmbar ſind, wenn eintöniges, fortgeſetztes Murmeln nicht mehr zu unterſcheiden iſt.

Gegen vier Uhr morgens verſtummte das Geräuſch der Schreibfeder. Zitternd vor Unruhe erhob ſich Clémence. Ohne an ihren Zuſtand zu denken, ſchlich ſie, mit bloßen Füßen, ſchweißgebadet, an die Verbindungstür, die ſie geräuſchlos öffnete. Da erblickte ſie ihren Gatten, der, mit der Feder in der Hand, in ſeinem Lehnſtuhl eingeſchlafen war. Die Kerzen waren tief herabgebrannt und drohten, die Papiermanſchetten des Leuchters zu entzünden. Die arme Frau trat langſam näher und las auf dem geſchloſſenen Briefumſchlag die Worte: „Mein Teſtament".

Sie kniete nieder wie vor einem Grabe und küßte die Hand des Gatten, der jäh erwachte.

„Jules, du mein teuerſter Freund!" rief ſie und blickte ihn mit fieberglänzenden Augen zärtlich an, „ſieh, jedem Verbrecher, der zum Tode verurteilt iſt, gewährt man eine Gnadenfriſt. Dein unſchuldiges Weib bittet dich bloß um zwei Tage! Gib mich für zwei Tage frei und warte! Dann ſterbe ich gerne und — glücklich; denn dann wirſt du mich wenigſtens betrauern!"

„Ja, Clémence, ſie ſeien dir gewährt!"

Als ſie ihm nun, in einem unſagbar rührenden Herzenserguß, dankbar die Hände küßte, zog er ſie an ſich und drückte ihr, innerlich tief beſchämt, daß er dieſer edlen Schönheit immer noch erliege, einen langen Kuß auf die Stirne. —

Am nächſten Morgen begab ſich Jules, der einige Stunden geruht hatte, vor dem Fortgehen ſeiner Gewohnheit getreu in das Zimmer ſeiner Gattin. Clémence ſchlief. Ein warmer Lichtſtrahl glitt durch die oberſten Spalten der Jalouſien und fiel auf ihr bekümmertes Antlitz. Schon hatte der Schmerz ihre Stirne gezeichnet, von den Lippen die friſchen Farben entführt. Ein paar hochrote Flecken auf den krankhaft-blaſſen Wangen, die ſonſt unter dem Spiel der Gefühle dieſer reinen Seele kindlich erglühten, vermochten das Auge des Liebenden nicht zu täuſchen.

„Sie leidet!“ murmelte Jules vor ſich hin, „arme Clémence, möge Gott uns beſchützen!“

Er küßte ſie ſehr ſanft auf die Stirne. Sie erwachte, ſah ihren Gatten und — begriff alles. Ihre Augen füllten ſich mit Tränen. Sie nahm ihn bei der Hand.

„Ich bin unſchuldig!“ ſagte ſie wie im Traume.

„Du wirſt nicht aufſtehen, nicht wahr?“ verſetzte er.

„Nein, ich fühle mich zu ſchwach, um das Bett zu verlaſſen.“

„Sollteſt du deine Abſicht ändern, ſo erwarte jedenfalls meine Rückkehr.“ —

Er ging in die Portierloge.

„Fouquereau, achte genau auf deine Türe! Ich will wiſſen, wer in meinem Hauſe aus- und eingeht.“ — Dann warf er ſich in einen Fiaker, ließ ſich nach dem Palais Maulincour fahren und bat um eine Unterredung mit dem Baron.

„Der Herr Baron iſt krank!“ entgegnete man ihm. Jules nannte ſeinen Namen und beſtand darauf, empfangen zu werden. Und falls ihn der Baron nicht empfangen könne, bäte er die Baronin oder den Vidame, ihn zu empfangen. Nachdem er eine Weile im Salon gewartet hatte, kam die Baronin herein und erklärte ihm, daß ihr Enkel viel zu leidend ſei, um ihn zu empfangen.

„Ich kenne die Natur ſeines Leidens, Frau Baronin!“ gab Jules zur Antwort; „ich kenne ſie aus dem Briefe, den Sie die Güte hatten, mir zu ſchreiben, und ich bitte Sie, zu glauben . . .“

„Aus einem Briefe . . . an Sie, Herr Desmarets? . . . von mir? . . . Aber, ich habe ja überhaupt keinen Brief geſchrieben! . . . Und was läßt man mich darin mitteilen?“

„Da ich beabſichtigte, Ihnen dieſen Brief perſönlich zurückzugeben, glaubte ich, ihn trotz dem ausdrücklichen Befehl, mit dem er ſchließt, aufbewahren zu können. Hier iſt er!“

Die Baronin klingelte und ließ ihre ſcharfen Augengläſer holen. Als ſie dann einen Blick auf den entfalteten Briefbogen geworfen hatte, äußerte ſie höchſtes Erſtaunen:

„Meine Schrift iſt ſo vollendet nachgemacht,“ ſagte ſie, „daß ich ſelbſt mich täuſchen ließe, wenn die Angelegenheit längere Zeit zurückläge. Es iſt richtig, daß mein Enkel erkrankt iſt, allein ſeine Vernunft iſt dabei nicht im geringſten in Mitleidenſchaft gezogen. Offenbar handelt es ſich um einen böswilligen Scherz. Ich begreife nur nicht, welchem Zwecke derlei Unverſchämtheiten dienen ſollen . . . Gehen Sie getroſt zu meinem Enkel hinein! Sie werden ſehen, daß er vollkommen bei Vernunft iſt.“

Und ſie klingelte abermals und ließ den Baron fragen, ob er Herrn Desmarets empfangen könne. Nach einer Weile kam der Diener zurück und brachte zuſtimmenden Beſcheid. Jules ſtieg in das obere Stockwerk und fand Auguſt de Maulincour vor dem Kamin in einem großen Lehnſtuhl ſitzend. Er war zu ſchwach, ſich zu erheben, und begrüßte ihn mit einer matten Handbewegung. Der Vidame de Pamiers leiſtete ihm Geſellſchaft.

„Herr Baron," begann Jules, „ich habe Ihnen etwas ſo Eigenartiges zu ſagen, daß ich mit Ihnen allein zu ſein bitte."

„Oh, Herr Desmarets," verſetzte Auguſt, „der Herr Komtur kennt die ganze Geſchichte. Sie können daher unbeſorgt vor ihm ſprechen."

„Herr Baron," fuhr der Makler in ernſtem Tone fort, „Sie haben mein Glück geſtört . . . und beinahe zerſtört, ohne dazu ein Recht zu haben! Es wird ſich erſt erweiſen, wer von uns beiden eine Genugtuung zu fordern und wer ſie zu geben hat. Bis zu dieſem Augenblick aber ſind Sie verpflichtet, mir auf dem dichtumnebelten Weg, in den Sie mich hineinſtießen, weiterzuhelfen. Der Zweck meines heutigen Beſuchs iſt, von Ihnen zu erfahren, wo jenes geheimnisvolle Weſen gegenwärtig wohnt, das auf unſer Geſchick einen ſo unheilvollen Einfluß ausübt. Es ſcheint im Beſitz übernatürlicher Kräfte zu ſein. Als ich geſtern nach Ihrem Geſtändnis heimkam, empfing ich dieſes Schreiben!" Und er gab ihm den gefälſchten Brief, den der Kranke mit großer Aufmerkſamkeit durchlas.

„Dieſer Ferragus, dieſer Bourignard, dieſer Funcal iſt ein Dämon!" ereiferte ſich Auguſt de Maulincour, „in welch ſchauerliches Labyrinth bin ich geraten? Wohin führt mein Weg?"

Er hielt inne und versank in dumpfes Brüten. Eine Zeitlang ruhten seine Blicke unverwandt auf Jules.
„Ich hatte unrecht, Herr Desmarets," begann er dann wieder, „allein der Tod ist die größte Sühne — und mein Tod ist nahe. Sie können daher alles, was Sie wünschen, von mir fordern; ich stehe Ihnen zur Verfügung!"
„Sie dürften wissen, Herr Baron, wo der Unbekannte wohnt. Ich möchte unbedingt in sein Geheimnis eindringen — und wenn es ein Vermögen kostet! Einem so intelligenten und dabei grausamen Feinde gegenüber ist jeder Augenblick kostbar."
„Justin wird Ihnen alles sagen," erwiderte August hilfsbereit.
Bei diesen Worten fing der Komtur an, auf seinem Sessel hin- und herzurücken.
Der Baron klingelte.
„Justin ist nicht im Hause!" rief de Pamiers mit vielsagender Hast.
„Gut — unsere Leute werden ihn zu finden wissen. Setze sich einer von ihnen auf den Gaul und hole ihn! Justin ist doch in Paris, nicht wahr?"
Der Komtur war sichtlich verwirrt.
„Justin wird nicht kommen . . . er kann nicht kommen," stotterte der Alte, . . . „er ist tot! . . . Ich wollte dir diesen Unglücksfall verschweigen, mein lieber Junge, jedoch . . ."
„Tot?" rief Maulincour bestürzt; „Tot? Wie denn? Wann denn?"
„Gestern in der Nacht. Er ging mit alten Freunden essen und hat sich offenbar betrunken. Seine Freunde, die gleich ihm vom Wein berauscht waren, dürften ihn auf der Straße liegen gelassen haben, und er wurde von einem schweren Lastwagen überfahren . . ."

„Der Zuchthäusler ließ ihn nicht entwischen!" sagte August bitter, „schon sein erster Streich traf ihn zu Tode!... Bei mir war er weniger glücklich — er hat sich viermal bemühen müssen..."

Und wieder versank er in düsteres Schweigen.

„So werde ich demnach nichts erfahren?" stöhnte Jules nach einer langen Pause. „Vielleicht traf Ihren Diener die gerechte Strafe! Überschritt er nicht Ihre Befehle, als er meine Frau bei Ida verleumdete? Damit weckte er dieses Mädchens Eifersucht, die sich gegen uns kehrte."

„Ach, Herr Desmarets — in meinem Zorne hatte ich ihm Ihre Gattin preisgegeben!"

„Herr Baron!" rief Jules aufs höchste beunruhigt.

„Oh, mein Herr," versetzte der Offizier, indem er mit der Hand Schweigen gebot, „jetzt bin ich zu allem bereit! Sie werden nicht mehr ändern, was geschehen ist, und können mir nichts sagen, was mir mein Gewissen nicht schon gesagt hätte. Ich erwarte gerade den berühmtesten Gelehrten der Giftkunde, um von ihm mein Schicksal zu erfahren. Sind die Schmerzen, die mir beschieden sind, allzu groß, dann ist mein Entschluß gefaßt: Ich schieße mir eine Kugel durch den Kopf!"

„Du sprichst wie ein Kind!" bemerkte der Komtur mit Entsetzen, „deine Großmutter stürbe vor Gram!"

„Es gibt also kein Mittel, zu erfahren, in welcher Gegend von Paris dieser rätselhafte Mensch wohnt?" rief Jules in dumpfer Verzweiflung aus.

„Ich glaube," gab der Greis zur Antwort, „von unserm armen Justin vernommen zu haben, daß Herr de Funcal in der portugiesischen oder in der brasilianischen Gesandtschaft wohne. Er sei ein Edelmann, der in beiden Staaten Bürgerrecht genieße. Der Zuchthäusler hingegen ist bereits gestorben und begraben. Doch wer auch immer Ihr Verfolger sein mag, er scheint über ganz außerordentliche Machtmittel zu verfügen. Und solange es Ihnen nicht glückt, ihn zu fassen und zu zerschmettern, werden Sie gut tun, ihn hinter jeder Form zu suchen. Aber seien Sie vorsichtig, werter Herr! Hätte Baron Maulincour meine Ratschläge gewissenhaft befolgt, so wäre all dies nicht geschehen." —

Jules verabschiedete sich mit kühler Höflichkeit. Welchen Weg sollte er nun einschlagen, um an Ferragus heranzukommen? Er wußte es nicht. Bei seiner Heimkehr machte ihm der Portier die Mitteilung, daß Clémence während seiner Abwesenheit fortgewesen sei, um in den auf der gegenüberliegenden Seite der Rue de Ménars befindlichen Briefkasten der Schnellpost einen Brief einzuwerfen. Mit einem Gefühl tiefer Demütigung erkannte Jules, wie schnell Fouquereau seine Sache zu der eigenen machte, und mit welcher Findigkeit er nach Mitteln fahndete, die ihm dienlich sein konnten. Oh, er kannte den Eifer der Dienerschaft und deren eigenartige Fähigkeit, ihre Herrschaften, die sich etwas vergaben, voreinander bloßzustellen! Er hatte die Gefahr, sie in irgendeiner Angelegenheit zum Mitwisser zu machen, richtig eingeschätzt! Allein seine persönliche Würde kam ihm erst zum Bewußtsein, als er sie so tief erniedrigt sah. Welch ein Triumph für den Sklaven, der imstande ist, seinen Herrn zu sich herabzuziehen, wenn er schon nicht imstande ist, sich zu ihm zu erheben! Er wies seinen Portier mit barschen Worten ab und fühlte, daß dies ein Fehler sei. Allein er litt so sehr! Sein bis dahin so gerades, reines Leben wurde ihm zur Qual, zum grenzenlosen Ekel. Er mußte fortan liſtig ſein und lügen. Denn auch Clémence war voller Lug und Trug. In einem Abgrund bitterer Gedanken verloren, blieb er reglos an der Türe ſeines Hauſes ſtehen und überließ ſich verzweifelten Plänen. Er wollte fort aus dieſer furchtbaren Stadt, wollte Frankreich fliehen und auf den Flügeln ſeiner Liebe all die lockenden Trugbilder der Ungewißheit mit ſich tragen. Dann wieder analyſierte er die vielen eigenartigen Zufälle, die ſich, ſeitdem er verheiratet war, ereignet hatten, und er fragte ſich, ob die Verleumdung, für die er ſeinerzeit blutige Genugtuung gefordert hatte, nicht dennoch der Wahrheit entſpräche. Plötzlich entſann er ſich wiederum des Briefes, den Clémence vorhin in den Briefkaſten geworfen hatte. Es war für ihn kein Zweifel, daß dieſer Brief nur an Ferragus gerichtet ſein konnte, und er ſuchte nun nach einem Mittel, die Antwort dieſes Rätſelweſens zu erliſten.

„Aber, wird dieſer Ferragus überhaupt antworten?" fragte er ſich. „Sollte dieſer unglaublich geſchickte, bis ins geringſte durchaus folgerichtig handelnde Menſch, der all unſre Gedanken vorausſieht und erwägt, nicht Mittel anwenden, die mit ſeiner Macht im Einklang ſtehen? Würde er die Antwort nicht durch irgendeinen ſchlauen Schurken ſchicken? Oder durch einen Menſchen, der ein Paket überbringt, ohne zu wiſſen, was es enthält? Oder vielleicht in ein Paar Schuhen, die ein harmloſes Laufmädchen für Clémence abliefert? Wenn dieſe und jener im Einverſtändnis ſind . . .?"

Und er mißtraute allem und jedem. Verzweifelt irrte er auf dem uferloſen Meere der Vorausſetzungen umher. Zwiſchen zahlloſen Richtungen und Möglichkeiten hin und her ſchwankend, hielt er ſich am Ende

bei ſich daheim für ſtärker als überall anderwärts.
Er beſchloß daher, in ſeinem Hauſe zu wachen, wie ein Ameiſenlöwe auf dem Grunde ſeines Sandhaufens.
„Fouquereau," ſagte er leiſe, nachdem er in die Portierloge getreten war, „ich bin für jeden, der mich beſuchen will, ausgegangen. Verſtehſt du? Sollte jemand mit meiner Frau ſprechen oder ihr etwas bringen wollen, dann klingle zweimal kurz hintereinander. Ferner wirſt du mir alle Briefſchaften zeigen, die hierher kommen, gleichgültig, an wen ſie adreſſiert ſind!"
Auf dieſe Weiſe dachte er, den Liſten ſeines Verfolgers zuvorzukommen.
„Und wenn er nun einen ſeiner Schlauköpfe ſchickt," murmelte Jules, während er die Treppe hinaufſtieg, um nach ſeinem im Zwiſchenſtock gelegenen Zimmer zu gelangen, „und nach mir frägt, um zu wiſſen, ob Clémence allein iſt, wird er mich wenigſtens nicht wie einen Dummkopf zum beſten halten können!" —
Er ſtellte ſich in ſeinem Zimmer dicht an eines der nach der Straße gehenden Fenſter und lauerte. Da brachte ihn ſeine Eiferſucht auf den Gedanken einer letzten Liſt: Er beauftragte ſeinen erſten Gehilfen, der ſich zufällig bei ihm eingefunden hatte, an ſeiner Statt und in ſeinem Wagen zur Börſe zu fahren, und gab ihm für einen ihm befreundeten Makler einen Brief mit, worin er ihm die beabſichtigten Geſchäfte auseinanderſetzte und bat, für ihn zu handeln. Die heikelſten Transaktionen verſchob er auf den nächſten Tag und ſpottete der Hauſſe und Baiſſe und aller europäiſchen Staatsſchulden. Welch ſchönes Vorrecht der Liebe! Vor ihr verblaßt, verſchwindet alles: Thron, Altar und — Hauptbuch.
Gegen halb vier, alſo zu einer Zeit, da die Börſe mitten im Kreuzfeuer ihrer Waffen, ‚Report‘, ‚Ultimo‘,

‚Prämie‘ usw., stand, trat Fouquereau mit strahlendem Gesicht in das Arbeitszimmer seines Herrn. „Gnädiger Herr, soeben kam eine alte, aber gut angezogene Frau. Ich glaube, sie wollte spionieren. Sie fragte nach dem gnädigen Herrn und schien ärgerlich, als ich ihr Bescheid gab. Und dann zog sie einen Brief aus der Tasche, den ich der gnädigen Frau überbringen sollte. Hier ist er!“—

In banger Hast erbrach Jules das Siegel des Briefes. Doch alsbald sank er wie vernichtet in den Lehnstuhl: Der Brief war chiffriert!

„Es ist gut, Fouquereau — du kannst gehen!“

Erstaunt über das seltsame Gebaren seines Herrn ging der Portier in seine Loge zurück.

„Dieses Geheimnis ist tiefer als das Meer, wo es am tiefsten ist!“ stöhnte Jules. „Ach ja, das ist Liebe! Nur Liebe ist so scharfsinnig, so erfinderisch, wie der Verfasser dieser Geheimschrift! Mein Gott — ich werde Clémence töten!“—

Da schoß plötzlich ein glücklicher Gedanke mit solcher Stärke in sein Hirn, daß er, wie vom Blitz getroffen, jäh zusammenfuhr. Vor seiner Ehe, in der Zeit eines arbeitsreichen, kümmerlichen Daseins, hatte er sich in der Person eines halben Hellsehers einen wahren Freund geschaffen. Das außerordentliche Zartgefühl, mit dem dieser die Empfindlichkeit des armen, bescheidenen Maklergehilfen geschont; die Achtung, die er ihm gezollt; die erfinderische Geschicklichkeit, mit der er ihn, ohne sein Schamgefühl zu verletzen, auf edelste Art gezwungen hatte, seinen Überfluß zu teilen: All dies befestigte nur noch diese Freundschaft, und als Desmarets zu Reichtum und Ansehen gelangt war, blieb ihm Herr Jaquet auch weiterhin ein treuer Freund.

Jaquet, ein rechtſchaffener, ſittenſtrenger Arbeitsmenſch, hatte im Staatsdienſt, der alle Redlichkeit und Schurkerei zu gleich hoher Vollendung bringt, langſam und ſicher ſeinen Weg gemacht. Er war Beamter im Miniſterium des Äußern und hatte den heikelſten Teil der Archivabteilung unter ſich. Im vertrauten Kreiſe ſeiner Kollegen nannte man ihn den „Glühwurm“, weil er, bei Ausübung des ihm übertragenen Dienſtes, ſein Geiſteslicht oft ſtundenlang über Geheimtelegrammen leuchten ließ, die er entziffern ſollte. Sonſt aber lebte er, wie die meiſten jüngeren Miniſterialbeamten, im Dunkel der Zurückgezogenheit, wo die Kehrſeiten ſeiner höheren bürgerlichen Stellung verſchwanden. Und da er zum Wohle des Vaterlandes ſolcherart ſein Scherflein beitrug, genoß er, wie es im Amtsſtil heißt, allgemein des ihm ſchuldigen Anſehens. Dank ſeinem Freunde Jules hatte er gut geheiratet und dadurch ſeine Stellung noch verbeſſert. Als ſtiller Patriot und wohlbeſtallter Miniſterialbeamter begnügte er ſich, am traulichen Feuer ſeines Kamins über den langſamen Gang der Regierungsmaſchine zu ſeufzen. Übrigens war Jaquet in ſeinem ehelichen Königreich ein milder Herrſcher — der Mann mit dem Regenſchirm, der ſeiner Frau einen unnumerierten Fiaker hielt, ohne ihn ſelbſt jemals zu benutzen. Das Charakterbild dieſes unbewußten Philoſophen bliebe unvollendet, wenn es nicht durch einen ſchönen Zug ergänzt würde: Nie hatte er, der alle Staatsgeheimniſſe kannte und einen Börſenmakler zum Freund beſaß, je daran gedacht, aus ſeiner Stellung Nutzen zu ziehen! Er war ein prächtiger Menſch, erhaben nach Art jenes unbekannten Soldaten, der einſt, zu Tode getroffen, Napoleon mit ſeinem „Halt, wer da?“ rettete.

Der Archivar wohnte im Ministerium. In zehn Minuten befand sich Jules in dessen Kanzlei. Jaquet schob ihm einen Stuhl hin, legte den grünseidenen Lichtschirm bedächtig vor sich auf den Tisch, rieb sich die Hände, nahm eine Prise, reckte sich in die Höhe, daß die Schulterknochen krachten, und sagte:

„Welcher Zufall führt dich hierher, Freund Desmarets? Womit kann ich dir dienen?"

„Lieber Jaquet, ich bedarf deiner zur Enträtselung eines Geheimnisses, von dem Leben und Sterben abhängt!"

„Handelt es sich nicht um Politik?"

„Wenn ich darüber etwas erfahren wollte, wendete ich mich nicht an dich!" antwortete Jules. „Nein, es handelt sich um eine Eheangelegenheit, und ich bitte dich um tiefstes Stillschweigen."

„Claude-Joseph Jaquet ist stumm wie ein Fisch! Kennst du mich denn nicht?" versetzte der Archivar lächelnd; „Verschwiegenheit ist mein Beruf!"

Jules überreichte ihm den Brief und fuhr fort:

„Du mußt mir diesen Brief entziffern! Er ist an meine Frau gerichtet."

„Teufel, Teufel! – Schlimme Sache!" murmelte Jaquet, während er das Schriftstück untersuchte, wie ein Wucherer, dem etwas zum Kaufe angeboten wird; „Aha – das ist ein Gitterbrief! Warte!"

Er ließ Jules allein, kehrte jedoch ziemlich bald zurück.

„Eine Kinderei, mein Lieber!" sagte er dann. „Das ist mit einem alten Gitter geschrieben, dessen sich, noch zur Zeit Choiseuls, der portugiesische Gesandte gelegentlich der Jesuitenausweisung bediente. Komm her, sieh dir das Ding 'mal an!"

Und Jaquet legte ein Pauspapier auf den Brief, das in

regelmäßigen Figuren durchlöchert war, ähnlich den Papierspitzen, womit Bonbonkästchen ausgelegt werden. Jules war nunmehr imstande, die unbedeckt gebliebenen Buchstaben im Zusammenhang zu lesen:

Meine liebe Clémence!

Sei unbesorgt, niemand mehr kann unser Glück in Hinkunft trüben. Dein Gatte wird seine Verdächtigungen aufgeben. Ich kann nicht zu dir kommen. Du mußt, wenn Du auch noch so krank bist, den Mut aufbringen, mich zu besuchen. Die Kraft dazu wirst Du aus Deiner Liebe schöpfen. Dir zuliebe unterzog ich mich einer entsetzlichen Operation, und ich bin außerstande, mich aus dem Bett zu rühren. Gestern abend wurden mir einige Moxa auf den Nacken gelegt, von einer Schulter zur andern, und man mußte sie recht lange wirken lassen. Du verstehst mich wohl? Aber ich dachte an Dich, mein Liebling, und habe daher nicht zu sehr gelitten. Um alle Nachforschungen Maulincours zu vereiteln, verließ ich das schützende Dach der Gesandtschaft und bin nun, sicher vor jeder Verfolgung, bei einer alten Frau, Rue des Enfants-Rouges Nr. 12. Sie heißt Étienne Gruget und ist die Mutter dieser Ida, die mir ihre Albernheiten noch teuer genug bezahlen wird.

Komm' morgen um 9 Uhr vormittag hierher. Ich wohne in einem Zimmer, das man nur auf einer Innentreppe erreicht. Frage nach Herrn Camuset. Auf morgen denn, mein Liebling! Einen Kuß auf Deine weiße Stirne!

Jaquet blickte seinen Freund mit ehrlichem, von echtem Mitgefühl durchdrungenen Entsetzen an.

„Teufel, Teufel!“ sagte er nur; sein in zwei verschiedenen Tonlagen ausgeſtoßenes Lieblingswort klang recht bekümmert.

„Das ſcheint dir wohl klar, nicht wahr?“ bemerkte der Makler. „Und dennoch — im Grunde meines Herzens iſt eine Simme, die zugunſten meiner Frau ſpricht und deutlicher vernehmbar iſt als aller Schmerz und alle Eiferſucht. Ich weiß, daß ich bis morgen die furchtbarſten Qualen zu leiden habe. Morgen jedoch, morgen zwiſchen neun und zehn Uhr, werde ich alles wiſſen und für mein ganzes weiteres Leben glücklich oder unglücklich ſein. Denke an mich, Jaquet!“

„Ich bin morgen um acht Uhr bei dir. Wir gehen zuſammen hin, und ich werde dich, wenn du willſt, auf der Straße erwarten. Möglicherweiſe droht dir Gefahr, und du brauchſt in deiner Nähe einen dir ergebenen Menſchen, der dich beim erſten Wort verſteht, und deſſen du dich zuverläſſig bedienen kannſt. Zähle auf mich!“

„Selbſt wenn du mir helfen ſollſt, einen Mann zu töten?“

„Teufel, Teufel!“ klang es diesmal auf der gleichen Tonlage, „... ich habe Frau und Kinder!“

Jules drückte dem Archivar ſtumm die Hand und ging fort, kam aber gleich darauf wieder zurück.

„Ich vergaß den Brief!“ erklärte er. „Und außerdem: er muß ja wiederum verſiegelt werden!“

„Teufel, Teufel!“ verſetzte der andre; „du haſt ihn geöffnet, ohne einen Abdruck zu nehmen? Nun — zum Glück iſt der Siegellack glatt entzweigebrochen. Geh, laß ihn hier; ich bringe dir ihn secundum scripturam wieder!“

„Wann?“

„Gegen halb fünf!“

„Gut — und ſollte ich bis dahin noch nicht zurück ſein, ſo kannſt du ihn getroſt dem Portier übergeben und ihm ſagen, er möchte ihn meiner Frau hinauftragen!“
„Brauchſt du mich morgen?“
„Nein. Auf Wiederſehen, Jaquet!“ —

☆

Desmarets fuhr auf der Stelle nach der Place de la Rotonde-du-Temple, wo er ſein Kabriolett halten ließ, und ging zu Fuß nach der Rue des Enfants-Rouges. Sorgfältig prüfte er das Haus, worin Frau Étienne Gruget wohnte. In dieſem Hauſe ſollte das dunkle Geheimnis, von dem das Schickſal ſo vieler Menſchen abhing, endlich ſeine Aufklärung finden. Hier war Ferragus, bei dem alle Fäden zuſammenliefen. Hier, in der rätſelhaften Verknüpfung des Maklers und ſeiner Gattin mit dem Unbekannten, lag der gordiſche Knoten dieſes Dramas, dem auch das Schwert nicht fehlen ſollte, das alle Bande löſt . . .
Dieſes Haus gehörte zu jenen Bauwerken, die ſozuſagen aus zuſammengetragenen Stücken errichtet ſind und im Volksmund mit dem treffenden Ausdruck „Ramſchbaracken“ bezeichnet werden. Meiſt ſind es notdürftig abgeteilte, je nach Laune der wechſelnden Eigentümer erweiterte und miteinander verbundene Behauſungen, oder aber ſolche, deren Bau begonnen, unterbrochen, früher oder ſpäter wieder fortgeſetzt und irgendeinmal vollendet wurde. Es ſind Unglückshäuſer, die — gleich manchen Völkern — unter den verſchiedengearteten Launen und Liebhabereien ihrer Dynaſtien zu leiden haben. Weder die Fenſter der einzelnen Stockwerke, noch dieſe untereinander bilden (um der Malerei einen der maleriſchſten Ausdrücke zu entlehnen) ein Enſemble. Alles an

ihnen ſticht läſterlich ab, ſogar die Außenverzierungen. Auf dieſe Weiſe ſind die Ramſchbaracken für die Pariſer Architektur, was die Rumpelkammer für die Wohnung iſt: ein Drunter und Drüber unzuſammengehöriger Dinge. —

In dieſes Haus trat Jules nach längerem Zögern ein. Die Portierloge lag unter dem Eingangstor und beſtand aus einer Art Hühnerſteige, nämlich aus einem Bretterhäuschen auf Rädern, ähnlich jenen, die nächſt den Droſchkenſtandplätzen errichtet ſind.

„Wohnt hier Frau Étienne?“ fragte er die Portierfrau, die an einem Strumpfe ſtrickte.

„Was?“ brummte dieſe und legte den Strickſtrumpf beiſeite, ohne ſich jedoch in ihren eigenen Angelegenheiten ſtören zu laſſen.

In Paris ſteht der einzelne, der in irgendeiner Weiſe zur Phyſiognomie dieſes Ungetüms beiträgt, zu dem Charakter des Ganzen in einer geradezu wunderbaren Harmonie. So auch der Portier, Hauswart oder Schweizer. Welchen Namen dieſer weſentliche Muskel des Pariſer Ungetüms auch trägt — er ſtimmt ſtets mit dem Stadtteil überein, dem er angehört und der, oft genug, in ihm ſeinen ſinnfälligſten Ausdruck findet. Der Portier im Faubourg Saint-Germain iſt ein Tagedieb mit geſtickten Treſſen, der von ſeinen Renten lebt; er hat ſein behagliches Auskommen in der Chauſſée d'Antin; er lieſt ſeine Zeitungen im Börſenviertel; er hat eine Stellung im Faubourg Montmartre. Im Dirnenviertel ſitzt an ſeiner Statt eine ehemalige Dirne; dagegen im Marais du Temple ein grobes, launiſches, aber ſittenſtrenges Weib. —

Dieſes Weib warf einen Blick auf Jules und nahm ein Meſſer, womit ſie umſtändlich den faſt erloſchenen Torf ihres Fußwärmers ſchürte.

„Frau Étienne?“ ſagte ſie nach einer Weile; „das ſoll wohl Frau Étienne Gruget ſein?“

„Ja, natürlich!“ beſtätigte Jules mit beinahe gekränkter Miene.

„Die was Borten macht?“

„Ja!“

„Alſo kommen Sie!“ herrſchte ſie ihn an, während ſie aus ihrem Käfig kletterte.

Dann ergriff ſie kurzerhand ſeinen Arm und führte ihn ans Ende eines engen, langen Ganges, der wie ein Keller gewölbt war.

„Da hinten im Hof, die Treppe!“ fuhr ſie fort, „da müſſen Sie 'rauf! In die zweite Etage, Herr! Sehen Sie das Fenſter dort mit den Nelken? Dort iſt's! Dort wohnt Ihre Frau Étienne!“ —

„Danke beſtens! . . . Glauben Sie, daß ſie allein iſt?“

„Warum ſollt' ſie denn nicht allein ſein? Sie iſt doch Witwe!“ —

Jules ſtieg ſchnell über eine dunkle Treppe, deren Stufen von altem, verhärtetem Schmutz ganz bucklig waren, in das zweite Stockwerk. Dort erblickte er drei Türen, aber keine Nelken. Zum Glück entdeckte er an einer dieſer Türen, nebenbei der ſchmierigſten von allen, die folgenden mit Kreide geſchriebenen Worte: „Ida kommt heute abend 9 Uhr.“

„Hier iſt es!“ ſagte ſich der Makler.

Er zog eine alte, ſchwarze, ganz abgegriffene Klingelſchnur und hörte unmittelbar darauf den gedämpften Ton einer zerſprungenen Glocke und das Kläffen eines aſthmatiſchen Hündchens. Aus der Eigenart dieſer Geräuſche konnte er ſchließen, daß das Innere der Wohnung vollgepfropft war mit Dingen, die jeden Widerhall erſtickten — ein charakteriſtiſches

Merkmal aller Arbeiter- und Kleineleute-Wohnungen, denen es an Luft und Raum gebricht.
Während er wartete, ſuchte er mechaniſch nach den Nelken und fand ſie endlich auf der Außenbrüſtung eines Schiebefenſters, zwiſchen zwei ſtinkenden Abflußröhren. Hier blühten Blumen! Hier, in dieſem zwei Fuß langen, ſechs Zoll breiten „Garten", wuchſen aus winzigen Samenkörnern grünende Halme heran! Dieſe Enge — Inbegriff des ganzen Lebens, ſeiner Schönheit, doch auch ſeines Elends!
Wie aus beſonderer Gnade fiel ein Lichtſtrahl vom Himmel hier herein und ließ neben dem Grün der Fruchtbarkeit die unbeſtimmt-ſchmutzigen, den Pariſer Armenvierteln eigentümlichen Farben deutlich hervortreten. Zahlloſe Zoten ſtarrten von den feuchten Wänden und den einſtens rotgeſtrichenen Türen und beſudelten ſogar das wurmſtichige Treppengeländer und die aus den Fugen gehenden Fenſterrahmen.
Alsbald kündigte das Humpeln und Hüſteln eines alten Weibes, das ſich auf zerlumpten Filzſchuhen mühſam fortſchleppte, Idas Mutter an. Die Alte öffnete die Türe, trat auf den Flur, erhob blinzelnd den Blick und ſagte:
„Aah, Herr Bocquillon! . . . Nicht doch — merkwürdig, wie Sie ihm ähnlich ſind! Sie ſind wohl ſein Bruder, nicht? Was ſteht zu Dienſten? Kommen Sie nur herein, mein Herr!"
Jules folgte der Alten in eine Art Vorraum, wo eine ganze Unmenge von Käfigen, Haus- und Küchengeräten, Öfen, Uhren, Decken, billigen Stichen und altem Eiſen ineinandergeſchachtelt und aufeinandergetürmt war und auf dieſe Weiſe ein groteskes Bild erzeugte, dem auch ein paar Nummern des

„Constitutionnel“ und mehrere kleine, mit Brei und Wasser angefüllte Schüsselchen für Hund und Katzen nicht fehlten.
Jules zögerte; sein Inneres mahnte ihn zur Vorsicht.
„Treten Sie nur ein, mein Herr,“ drängte die Alte, „hier haben Sie's schön warm!“
Er befürchtete, von Ferragus belauscht zu werden, und fragte sich, ob es nicht ratsamer sei, den Handel, den er der Alten vorschlagen wollte, in diesem ersten Raume abzuschließen. Da riß ihn ein Huhn, das auf dem Hängeboden gackerte, aus seinem heimlichen Nachsinnen, und er folgte Idas Mutter entschlossen in das geheiligte Wohnzimmer. Ein kleiner schnaufender Mops begleitete die beiden und kletterte dann mühselig auf ein altes schmutziges Taburett.
Wenn Mutter Gruget behauptet hatte, ihr Besucher würde sich wärmen können, so lag in solcher Versicherung bloß die Eitelkeit verschämter Armut: Ihr Feuertopf barg zwei kümmerliche, in ganz kleine Späne gespaltene Holzscheite. Der Schürhaken lag in der Asche, sein Griff lehnte am Boden. Auf dem Kaminsims stand ein wächserner Heiland unter einer mit schmutzigblauem Papier eingefaßten Glasglocke, die zugleich zur Aufbewahrung von Wolle, Garnspulen und allerlei sonstigem Posamentenzubehör zu dienen schien. Mit neugierigem Interesse prüfte der Makler die ganze Wohnungseinrichtung und bekundete unwillkürlich eine heimliche Genugtuung.
„Also, mein Herr, setzen sich nieder und machen's sich bequem!“
Bei diesen Worten nahm die Alte auf einem gelben Rohrstuhl Platz, den sie anscheinend zu ihrem Hauptquartier erkoren hatte. Er enthielt in seinen zahl-

reichen Schlupfwinkeln ihr Taſchentuch, die Tabaksdoſe, einen Strickſtrumpf, halb ausgeleſenes Gemüſe, Brillen, einen Kalender, angefangene Livreetreſſen, ein ſpeckiges Kartenſpiel und zwei Romanbände. Dies Möbelſtück, in dem die Alte auf dem Strom des Lebens langſam abwärts glitt, ähnelte der allumfaſſenden Reiſetaſche einer Hausfrau, die darin einen kurzen Auszug ihres Haushalts, angefangen vom Bild des Gatten bis zum Meliſſewaſſer für Ohnmachtsanfälle, Bonbons für die Kinder und engliſches Heftpflaſter für Schnittwunden mit ſich zu führen pflegt. Jules prüfte alles, alles. Aufmerkſam betrachtete er das gelbe Geſicht der Alten, ihre grauen, lidloſen Augen, den zahnloſen Mund, die auffallend dunklen Runzeln, ihr fuchsrotes Tüllhäubchen mit den grellroten Rüſchen, den an zahlloſen Stellen durchlöcherten Kattunrock, die zerlumpten Pantoffel, die verbrannten Fußwärmer, endlich den mit allerhand Tellern, Seiden-, Leinen- und Baumwollwaren beladenen Tiſch, in deſſen Mitte eine halbvolle Weinflaſche thronte.

„Dieſes Weib hat irgendeine Leidenſchaft, ein heimliches Laſter — ſie iſt mein!“ ſagte er ſich innerlich. Dann zwinkerte er zum Zeichen des Einverſtändniſſes und fuhr mit erhobener Stimme fort: „Ich komme zu Ihnen, Frau Gruget, weil ich Treſſen beſtellen möchte!“ . . .

Die Alte ſah ihn erwartungsvoll an.

„Ich weiß,“ flüſterte er ſchnell, „daß ein Fremder bei Ihnen wohnt, der ſich Camuſet nennt. Sagen Sie, kann er uns hören? Bedenken Sie, liebe Frau, daß es ſich um Ihr Glück handelt!“

„Sie können getroſt ſprechen, mein Herr,“ verſetzte Mutter Gruget ohne beſonderes Erſtaunen, „ich habe niemanden hier. Aber ſelbſt wenn einer dort oben wäre, könnt' er Sie nicht hören. Ausgeſchloſſen!"

„Die Alte iſt ſchlau wie ein Fuchs!" dachte Jules. „Wir werden uns ſchon einigen können! ... Erſparen Sie ſich die Mühe, mich anzulügen, Frau Gruget!" fuhr er laut fort; „vor allem andern will ich Ihnen ſagen, daß ich Ihnen durchaus nichts Böſes tun will — Ihnen nicht, Ihrem Mieter nicht, der mit ſeiner Moxa zu Bett liegt, und ebenſowenig Ihrer Tochter Ida, die Korſettmacherin iſt und Herrn Ferragus zum Freunde hat. Sie ſehen, ich bin in jeder Beziehung auf dem laufenden! Aber Sie können ganz ruhig ſein — ich bin nicht von der Polizei und verlange nichts, was Ihr Gewiſſen belaſten könnte. Alſo hören Sie: Morgen vormittag zwiſchen neun und zehn kommt eine junge Dame hierher, um mit dem Freund Ihrer Tochter zu plaudern. Ich möchte nun die Möglichkeit haben, alles ſehen und hören zu können, ohne ſelbſt geſehen oder gehört zu werden. Dazu ſollen S i e mir die Mittel liefern, und ich will mich für dieſen Dienſt erkenntlich zeigen, indem ich Ihnen eine einmalige Summe von zweitauſend Franken und eine lebenslängliche Rente von jährlich ſechshundert Franken ausſetze. Mein Notar wird die Urkunde heute abend in Ihrer Gegenwart verfaſſen, und den Betrag, den ich ihm heute übergebe, morgen an Sie aushändigen, ſobald die Unterredung, der ich beiwohnen möchte, vorüber iſt."

„Kann das vielleicht meiner Tochter ſchaden, lieber Herr?" entgegnete ſie mit einem unſteten Katzenblick.

„Durchaus nicht! Es kommt mir übrigens vor, als ob ſich Ihre Tochter Ihnen gegenüber recht ſchlecht aufführte. Wenn ſie von einem ſo reichen, mächtigen Manne, wie Ferragus es iſt, geliebt wird, ſollte es ihr nicht ſchwer fallen, Ihnen ein ſchöneres Daſein zu bereiten, als Sie es anſcheinend führen!"

„Ach, lieber Herr, nicht ein einziges lumpiges Theaterbillett krieg' ich – wo ſie doch ins Ambigu und ins Gaieté gehen kann, ſo oft ſie will! Es iſt ein Skandal! Da hab' ich mein Silber verkauft, damit ich ſie ausbilden laſſe, und eſſe auf meine alten Tage mit Beſtecken aus deutſchem Metall! Und ſie könnte Gold machen, wenn ſie nur wollte! Denn, alles was recht iſt, ſie iſt geſchickt wie eine Fee. Das hat ſie von mir! Glauben Sie, lieber Herr, ſie möchte mir ihre alten Seidenkleider zukommen laſſen? Wo ſie weiß, wie gerne ich Seide trage? Aber nein, gerade nicht! Sie geht ins ‚Cadran bleu', ißt dort für fünfzig Franken pro Perſon, fährt im Wagen ſpazieren wie eine Prinzeſſin und kümmert ſich den Teufel um ihre alte Mutter! Mein Gott in deinem Reich! Wie herzlos doch die jungen Leute ſind, die wir zur Welt gebracht haben! Darauf brauchen wir uns wirklich nichts einzubilden. Und eine Mutter, ſag' ich Ihnen, lieber Herr – Sie glauben gar nicht, was das für eine gute Mutter iſt! Immer hab' ich die Augen zugedrückt über ihren Leichtſinn, hab' ſie in meinem Schoß herumgetragen, hab' mir den Biſſen vom Munde abgeſpart und in ſie hineingeſtopft, was Platz hatte! Aber nein! Das kommt wie der Wind hergeflogen, ſagt ‚Guten Tag, Mutter!' und hui, weg iſt's wieder! Sieh zu, wie du weiterkommſt durchs Leben! Aber warte nur! Eines Tages hat auch ſie Kinder; da wird ſie ja dann ſehen, was man ſich da einbrockt — wenn man ſie trotzdem liebt!"

„Wie? Tut ſie denn nichts für Sie?"

„Oh — nichts? Nein, mein Herr, das will ich nicht ſagen! Nichts — das wäre denn doch zu wenig. Sie zahlt mir die Wohnung und das Holz und gibt mir ſechsunddreißig Franken monatlich ... aber ſoll ich denn auf meine alten Tage noch arbeiten? Zweiundfünfzig Jahre bin ich, und abends tränen mir die Augen! Und dann, warum kommt ſie nicht gerne zu mir? Mache ich ihr denn Schande? Sie ſoll es mir nur gleich ſagen! Ja, ja – und wenn man ſich begraben ließe für die Kinder, ſie haben unſereins im Handumdrehen vergeſſen!"

Sie zog ihr Taſchentuch heraus, wobei ein Lotteriezettel zu Boden fiel. Allein ſie hob ihn auf, ſo ſchnell ſie konnte, und ſtotterte:

„Ah ... mein ... meine Steuerquittung!"

Da wurde ihm die Urſache der weiſen Knickrigkeit, deren ſich Mutter Gruget beklagte, mit einem Schlage klar, und er zweifelte nun nicht mehr, daß ſie in den ihr vorgeſchlagenen Handel einwilligen würde.

„Nun, wie iſt's, Frau Gruget?" ſagte er, „nehmen Sie alſo meinen Vorſchlag an?"

„Sie ſagten doch, mein Herr, zweitauſend Franken bar und ſechshundert lebenslänglich? War's nicht ſo?"

„Ich bin von dieſer Abſicht abgekommen. Ich gebe Ihnen nur dreihundert Franken Lebensrente, weil die Angelegenheit auf dieſe Weiſe meinen Intereſſen zuträglicher iſt, will Ihnen aber dagegen fünftauſend Franken in bar geben. Iſt Ihnen das nicht lieber?"

„Na freilich, mein guter Herr!"

„... Sie ſind dann weniger behindert und können im Fiaker zu Franconi fahren oder in Ihr Théatre de l'Ambigu-Comique – ganz wie es Ihnen beliebt!"

„Ach, wiſſen Sie, aus Franconi mache ich mir nichts; dort wird ja nicht geſprochen! Aber, wenn ich einverſtanden bin, ſo iſt's, weil mein Kind davon Vorteil hat — nichts andres, mein Herr! Endlich muß ich ihr nicht dauernd auf der Tasche liegen! Die Ärmste! Am Ende kann ich ihr ja gar nicht böse sein wegen ihrem bißchen Vergnügen! Sie wissen doch: ‚Jugend hat kein' Tugend!' Und wenn Sie mir versprechen, daß ich dadurch niemand Unrecht tue . . ."

„Niemand!" wiederholte Jules. „Aber . . . ich bin neugierig, wie Sie das anstellen wollen!"

„Ach, ganz einfach, mein Herr: Indem ich Herrn Ferragus heute abend einen kleinen Aufguß von Mohnköpfen gebe. Darauf wird er fest schlafen, der gute Mann! Und er hats auch notwendig, bei seinen Schmerzen – er leidet, daß Gott erbarm'. Aber sagen Sie mir nur, bitte, ich frage Sie, was das für eine dumme Erfindung ist, sich den Rücken ganz zu verbrennen, damit man einen Gesichtsschmerz los wird, der sich ohnehin nur einmal in zwei Jahren einstellt! Um wieder auf unser Geschäft zurückzukommen: Die Frau, die über mir wohnt, ist für zehn Tage aufs Land gefahren und hat mir den Wohnungsschlüssel zurückgelassen. Ihre Wohnung stößt an das Zimmer, wo Ferragus schläft, und wenn man heut' nachts ein Loch in die Scheidemauer macht, könnten Sie dann morgen alles gut sehen und hören. Da bin ich mit einem jungen Schlosser befreundet — ach, das ist ein so netter, liebenswürdiger Mann, und erzählen kann er . . . also ich sage Ihnen, wie ein Engel! . . . Der tut mir sicher den kleinen Gefallen; da brauche ich gar nicht erst lange zu bitten."

„Hier haben Sie hundert Franken für ihn! Und heute abend kommen Sie zu Herrn Desmarets — so heißt der Notar. Ich schreibe Ihnen den Namen und die Adresse auf. Um neun Uhr ist die Urkunde bereit. Aber — Mund halten!"

„Schön, ſchön — wird beſorgt! Und auf Wiederſehen nachher!“ —
Jules kehrte heim. Die Gewißheit, daß er endlich alles erfahren würde, hatte beinahe etwas Beruhigendes für ihn. Als er an der Portierloge vorbeikam, übergab ihm Fouquereau den Brief, deſſen Siegel, dank der Mitwirkung des „Glühwurms“, nunmehr völlig in Ordnung war.
„Nun, wie geht's, Liebling?“ begrüßte er ſeine Frau teilnehmend, trotz allem, was ſie von ihm ſchied. Gewohnheiten des Herzens ſind ſo ſchwer aufzugeben ...
„Ziemlich gut, Jules! Willſt du bei mir eſſen?“ verſetzte ſie kokett.
„Gerne! ... Ach, richtig,“ fuhr er fort, indem er den Brief aus der Taſche zog, „das gab mir Fouquereau für dich mit!“
Die jähe Röte, die über ihre blaſſen Wangen ſchoß, entfachte in ihm den brennendſten Schmerz.
„Iſt's die Freude?“ rief er mit gezwungenem Lachen, „iſt's Erwartung?“
„Oh — es gibt ſo vieles ...“ wich ſie aus und verſenkte ſich in die Betrachtung des Siegels.
„Nun — ich laſſe dich allein!“ ſagte er ruhig und begab ſich in ſein Arbeitszimmer, wo er ſeinem Bruder ſchrieb und ihm ſeine Abſichten wegen Errichtung einer Leibrente für Frau Étienne Gruget kurz auseinanderſetzte. Dann kehrte er zu Clémence zurück, die ihrer Zofe befohlen hatte, den kleinen Tiſch, der für ihn gedeckt wurde, ganz dicht an ihr Bett zu rücken.
Joſephine verließ das Zimmer. Clémence und Jules waren allein.
„Wäre ich außer Bett,“ begann Clémence, „mit

welcher Freude wollte ich dich bedienen! . . . Ach — ſogar auf den Knien!“ fuhr ſie fort und ſtrich mit den blaſſen Händen zärtlich über ſein Haar. „Du teures, edles Herz! Du warſt vorhin ſehr, ſehr lieb zu mir. Mit deinem Vertrauen tateſt du mir *mehr* Gutes als mit ihren Verordnungen alle Ärzte der Welt. Dein weibliches Zartgefühl . . . denn du liebſt, wie nur Frauen lieben . . . ja, es träufelt einen wunderbaren Balſam in meine Seele. Beinahe bin ich ſchon geſund, Jules! . . . Komm' mit deinem Kopf näher heran, damit ich ihn küſſe!“

Er konnte ſich den Genuß, ſie zu umarmen, nicht verſagen. Allein es geſchah mit ſchmerzlichen Gewiſſensbiſſen. Er fühlte ſich ſo klein vor dieſer Frau, die er immer noch für unſchuldig zu halten verſucht war. Auf ihrem Antlitz lag etwas wie traurige Freude: Kummer, von einem Ausdruck keuſchen Hoffens überſtrahlt. Ach, ſie fühlten ſich beide ſo unglücklich, daß ſie gezwungen waren, einander zu täuſchen! Nur eine Liebkoſung noch — und ſie wären dem Leid erlegen und hätten einander alles geſtanden!

„Morgen abend, Clémence?“

„Nein, mein Herr und Gebieter: Morgen mittag ſchon wirſt du alles wiſſen und wirſt vor deinem Weibe niederknien. Ach, nein, du ſollſt dich nicht demütigen — dir iſt alles verziehen! Dich trifft kein Verſchulden. Weißt du, geſtern haſt du mir ordentlich zugeſetzt. Indes, vielleicht wäre mein Leben ohne dieſes Gefühl der Bangigkeit nicht vollſtändig geweſen; es wird der Schatten ſein, durch den der leuchtende Tag meines Glücks erſt recht zur Geltung kommt!“

„Du Zauberin!“ rief Jules in höchſter Leidenſchaft, „und mir allein verbleibt die Qual der Reue!“

„Armer Freund — das Schickſal iſt ſtärker als wir, und ich vermag das meinige nicht zu wenden ... Ich werde morgen ausgehen."

„Um welche Zeit?"

„Um halb zehn."

„Clémence, ich bitte, ſei vorſichtig! Frage erſt Doktor Desplain und den alten Haudry!"

„Ich frage nur mein Herz und meinen Mut."

„Tue, was du tun mußt! Ich laſſe dich frei und komme erſt mittags wieder zu dir."

„Wirſt du mir heute abend nicht ein bißchen Geſellſchaft leiſten? Mir fehlt nichts mehr ..." —

Nach Erledigung der dringendſten Geſchäfte kehrte Jules, von einer unbeſiegbaren Kraft angezogen, zu ſeiner Frau zurück. Seine Leidenſchaft war ſtärker als all ſein Leid. —

Am andern Morgen entwiſchte Jules kurz vor neun Uhr aus dem Hauſe, eilte nach der Rue des Enfants-Rouges und ſtand alsbald vor Mutter Gruget.

„Ah — Sie halten Wort!" lobte die alte Bortenwirkerin, als ſie Desmarets erkannte, „pünktlich wie der Sonnenaufgang! Kommen Sie nur herein, mein Herr! Ich habe eine Taſſe Sahnenkaffee für Sie vorbereitet, falls ..."

Sie ließ den Satz unvollendet, weil ihre Aufmerkſamkeit durch das Verſchließen der Wohnungstüre abgelenkt war. Dann fuhr ſie fort:

„Echte Sahne! Sehen Sie nur, das Töpfchen hier iſt voll Sahne. Man hat ſie in dem Kuhſtall auf dem Marktplatz von Enfants-Rouges vor meinen Augen gemolken!"

„Danke, Frau Gruget ... Nein, nichts ... Führen Sie mich ..."

„Gut, gut, lieber Herr ... Kommen Sie hier ...!"

Und ſie führte ihn in ein über ihrer Wohnung gelegenes Zimmer und wies dort triumphierend auf ein Loch in der Größe eines halben Talers, das ihr Schloſſer während der Nacht hergeſtellt hatte. Dieſe Öffnung fiel in dem von Ferragus bewohnten Nachbarraume mit dem Mittelteile einer ſehr dunklen Roſette zuſammen, die der oberſten Reihe des Tapetenmuſters angehörte. Mit großem Geſchick hatte der Schloſſer eine Stelle gewählt, die hier wie dort oberhalb eines Schrankes lag, ſo daß der während der Arbeit abbröckelnde Mörtel keine Spuren hinterlaſſen hatte, und dieſe eigenartige Schießſcharte bei der geringen Helligkeit der beiden Zimmer kaum wahrnehmbar war. Um die Vorgänge im Nachbarraume verfolgen zu können, war Jules zu einer recht ermüdenden Stellung gezwungen: Er mußte den Schrank erklettern und in gebückter Haltung rittlings auf einem Schemel ſitzen, den die Alte vorſorglich mitgebracht hatte.
„Er iſt mit einem Herrn zuſammen!“ flüſterte ſie ihm ins Ohr, bevor ſie ſich zurückzog.
Jules erblickte von ſeinem Beobachtungsſtande aus in der Tat zwei Männer. Der eine lag, mit dem Rücken nach oben, im Bette. Es war Ferragus, deſſen Schädel er nach der Beſchreibung, die ihm Baron Maulincour gegeben hatte, ſogleich erkannte. Der andre ſtand eben im Begriffe, einen breiten, mit zahlloſen Brandwunden überdeckten Streifen zwiſchen den Schultern des ehemaligen Galeerenſträflings zu verbinden.
„Wann, glaubſt du, bin ich geheilt?“ hörte ihn Jules nach einer geraumen Weile fragen.
„Weiß nicht!“ antwortete der Unbekannte; „allein — um mich ärztlich auszudrücken — ſieben bis acht Verbände wird es ſchon noch dauern!“

„Alſo dann, bis heute abend!“ verſetzte Ferragus und ſtreckte dem andern, der inzwiſchen den ganzen Verband hergeſtellt hatte, ſeine Rechte zum Abſchiedsgruß hin.

„Bis heute abend denn!“ ſagte der andre und drückte ihm herzlich die Hand, „ich wünſchte, ich ſähe dich bald all deiner Schmerzen ledig!“

„Na — die Papiere des Herrn de Funcal bekommen wir morgen wieder zurück, und Henri Bourignard iſt wohl geſtorben. Die beiden unſeligen Briefe, die uns ſo teuer zu ſtehen kommen, ſind nicht mehr. Ich werde alſo wieder etwas geſellſchaftsfähiger — ein Mann unter Männern. Und ich bin wohl ebenſoviel wert wie der Matroſe, den die Fiſche gefreſſen haben. Gott weiß, daß ich es nicht für mich tat, wenn ich mich zum Grafen machte!“

„Armer Gratien! Du — unſer ſtärkſter Kopf, unſer liebſter Bruder! Du biſt das Schoßkind unſrer Schar — du weißt es doch!“

„Auf Wiederſehen! Und überwachet meinen Maulincour nur gut!“

„In dieſer Beziehung ſei unbeſorgt!“ verſetzte der Unbekannte ſchon an der Türe.

„He — Marquis!“ rief Ferragus.

„Was denn?“

„Nach dem geſtrigen Auftritt ſcheint mir Ida zu allem fähig! Iſt ſie ins Waſſer geſprungen, ſo werde ich ſie wahrlich nicht herausfiſchen. Dort wahrt ſie das Geheimnis meines Namens — das einzige, das ſie beſitzt — viel beſſer als hier! Aber gib acht auf ſie! Im Grunde genommen iſt ſie ein gutes Kind.“

„Recht!“ ſagte der andre und ging fort.

Nach zehn Minuten hörte Jules das eigenartige

Rauſchen eines Seidenkleides. Fieberſchaudernd erkannte er den Schritt ſeiner Gattin.

„Vater, mein armer Vater!" ſagte Clémence in teilnahmsvollſtem Tone; „nun – wie geht's? Welch ein Mut!"

„Komm', mein Kind!" verſetzte Ferragus und reichte ihr die Hand.

Sie trat ans Bett und bot ihm die Stirne zum Kuß.

„Arme Kleine!" fuhr er fort, „was haſt du denn? Welch neuer Kummer ..."

„Ach, Kummer nur, Vater? Es geht um Leben und Tod deiner Tochter, die du ſo ſehr liebſt! Wie ich dir geſtern ſchon ſchrieb, iſt es unbedingt notwendig, daß dein erfinderiſcher Kopf nach einem Mittel ſinnt, damit du heute noch mit meinem armen Jules zuſammenkommen kannſt. Wenn du wüßteſt, wie gut er zu mir war — trotz ſeinem, dem Scheine nach ſo begründeten Verdachte! Ach, Vater, meine Liebe iſt mein Leben! Willſt du mich ſterben ſehen? Ich habe ſchon ſo viel gelitten und fühle, daß mein Leben in Gefahr iſt."

„Mein Kind verlieren!" rief Ferragus in höchſter Beſtürzung, „dich verlieren — wegen der Neugierde eines Elenden? Oh, ich ſtecke Paris in Brand! Clémence, du weißt vielleicht, was ein Geliebter iſt, allein du ahnſt nicht, was ein Vater iſt!"

„Vater, ich fürchte mich, wenn du mich ſo anſiehſt! Verſuche nicht, zwei ſo verſchieden geartete Gefühle zu vergleichen! Ich hatte einen Gatten, bevor ich wußte, daß mein Vater lebte!"

„War dein Gatte der erſte, der einen Kuß auf deine Stirne drückte, ſo war ich der erſte, der ſie mit Tränen netzte! ... Doch beruhige dich, mein Kind, und ſprich frei vom Herzen weg! Meine Liebe iſt groß genug, daß ich glücklich bin, wenn ich dich glücklich weiß. Wenn auch dein Vater nichts, faſt nichts in deinem Herzen iſt, ſein Herz erfüllſt du ganz!"

„Mein Gott — zu viel der Liebe iſt in deinen Worten, Vater! Liebte ich dich noch mehr, ſo ſchiene es mir, ich würde Jules beſtehlen. Bedenke doch, wie verzweifelt er iſt! Was ſoll ich ihm in zwei Stunden ſagen?"

„Kind — mußte ich denn erſt auf deinen Brief warten, um dich vor drohendem Unheil zu bewahren? Weißt du denn, was aus all denen wird, die ſich zwiſchen uns ſtellen und unterfangen, an dein Glück zu rühren? Haſt du nie gefühlt, daß eine zweite Vorſehung über dir wacht? Zwölf Männer voll Klugheit und Kraft umgürten dich und dein Leben mit einem unbezwingbaren Wall und ſind für deine Erhaltung zu allem bereit. Hat je ein Vater den Tod gewagt, wie ich, als ich ſehen wollte, wie du laufen lernteſt, oder als ich nachts zu deiner Mutter ſchlich, um dich in deinem Bettchen zu bewundern? Schöpfte je ein Vater allein aus der Erinnerung an kindliche Liebkoſungen die Kraft zu leben, wie ich in einem Augenblick, da jeder Ehrenmann ſich tötet, um ehrloſer Schmach zu entgehen? Ja — dein Vater iſt's! Ich bin's, ich, der nur mit deinem Munde atmet; ich, der nur mit deinen Augen ſieht; ich, der nur mit deinem Herzen fühlt! Und ich ſollte mein einzig Hab und Gut, mein Leben — mein Kind nicht mit Löwenkrallen verteidigen? . . . Seit dem Tode jenes Engels, den du ‚Mutter' nannteſt, habe ich mir nur ein Glück erträumt: dich als meine Tochter anerkennen, dich vor Himmel und Erde in meine Arme ſchließen zu können . . . den Zuchthäusler auszulöſchen . . ."

Die letzten Worte erſtarben auf ſeinen Lippen. Er ſchwieg eine Weile, dann fuhr er leiſe fort:

„Dir einen Gatten zu geben ... Ohne Scheu vor Welt und Menschen die Hand deines Gatten drücken zu dürfen, in deinem Herzen zu leben und, wenn ich dich sehe, jedem sagen zu können: ‚Dies ist mein Kind!'"

„Vater, oh, mein Vater!" schluchzte Clémence.

„Viel, viel Leid hab' ich erfahren, bin kreuz und quer über den ganzen Erdball gehetzt, bis meine Freunde endlich eine neue Haut für mich fanden, in die ich schlüpfen konnte. So werde ich denn in einigen Tagen der portugiesische Graf Funcal sein. Glaube mir, Kind, es gibt in meinem Alter wenige Männer, die sich entschließen, englisch und portugiesisch zu lernen — der Matrose, der Teufelskerl, konnte beides ausgezeichnet sprechen ..."

„Mein lieber Vater!"

„Alles ist reiflich erwogen und vorgesehen. Noch wenige Tage, und Seine Majestät, König Johann der Sechste von Portugal, ist mein Komplize. Du brauchst also nur noch ein bißchen Geduld; dein Vater hatte ihrer so viel! Freilich, für mich war dies so einfach! Was täte ich nicht, um dich für die Hingebung dieser letzten drei Jahre zu belohnen! Mit welch frommer Kindesliebe kamst du zu deinem alten Vater und setztest dein Glück aufs Spiel, um ihn zu trösten!"

„Vater!" wehrte sie ab und küßte ihm die Hände.

„Also, nur noch ein bißchen Mut, Clémence! Wir müssen das unselige Geheimnis wahren bis zum Ende. Jules ist gewiß kein niedrigdenkender Mann. Indes, wissen wir, ob sein Charakter stark genug ist, daß seine Liebe nicht in Verachtung umschlägt für die Tochter eines ..."

„Oh, mein Vater," rief Clémence leidenschaftlich, „wie weißt du im Herzen deines Kindes zu lesen! Ja, ich kenne keine andre Furcht! Dieſer Gedanke macht mich ſchaudern. Allein, bedenke, Vater, daß ich verſprach, ihm in zwei Stunden die Wahrheit zu enthüllen!“

„Nun — ſo ſage ihm, er möchte in die portugieſiſche Geſandtſchaft gehen und deinen Vater, den Grafen Funcal, aufſuchen. Ich werde dort ſein.“

„Und Baron Maulincour, der ihm von Ferragus erzählte? Großer Gott, welch ein Opfer, ihn zu täuſchen, zu belügen!“

„Wem ſagſt du das? Allein nur wenige Tage noch, und es gibt keinen Menſchen mehr, der mich Lügen ſtrafen könnte! Übrigens ... Baron Maulincour ſollte außerſtande ſein, ſich zu erinnern ... Sei vernünftig, mein Kind! Trockne die Tränen und bedenke, daß ...“

Er hielt inne. Denn in dieſem Augenblick drang aus dem Raume, in dem ſich Jules aufhielt, ein gräßlicher Schrei:

„Oh, mein Kind, mein armes Kind!“

Clémence und Ferragus, die dieſen Ausruf infolge der kleinen Maueröffnung deutlich vernahmen, ſahen einander betroffen an.

„Sieh nach, mein Kind, was das bedeuten ſoll!“ flüſterte Ferragus.

Clémence eilte ſchnell die Wendeltreppe hinab, die nach dem Wohnzimmer der Bortenwirkerin führte. Es war leer, die Wohnungstüre ſtand offen. Sie trat auf den Flur, ſprang, da ſie im oberen Stockwerk Schreien und Schluchzen hörte, die Steinſtufen hinauf und ſtand alsbald vor dem verhängnisvollen Zimmer, aus dem erregte Stimmen an ihr Ohr ſchlugen:

„Das ſind Sie mit Ihren verrückten Einfällen! Sie ſind ſchuld an ihrem Selbſtmord!“ rief Frau Gruget in verzweifeltem Zorne.

„Schweigen Sie, Elende!“ entgegnete Jules, indem er verſuchte, ihr mit ſeinem Taſchentuch den Mund zu verſtopfen.

„Hilfe! Mörder!“ raſte ſie.

In dieſem Augenblick trat Clémence herein. Als ſie ihren Gatten erblickte, ſtieß ſie einen Schrei aus und entfloh.

„Wer rettet mein Kind?“ ſchluchzte Mutter Gruget; „Sie, ja Sie, mein Herr, haben ſie umgebracht!“

„Ich — wieſo?“ verſetzte Jules wie geiſtesabweſend; konnte er es doch nicht faſſen, daß ihn Clémence erkannt hatte.

„Da – leſen Sie!“ jammerte die Alte; „gibt es denn eine Lebensrente, die mich darüber tröſten kann?“ —

Libe Muter.

Leben ſie wol Ich vermach Ihnen ales was ich habe und Ich Bitte um vertſeiung fir ale meine Sünden und wegen den Kuhmer das ich mit Mein Leben ſchlußmache. Ich habe Henry gelibt mer als was man liben kan aber er hat mir geſagt Ich bin ſein Unglük und hat mir von Sich geſtohſen. So iſt es aus mit meine eigene Wonung und Ich ſpring ins Waſer. Ich gehe bis hinter Neully damit Man mich nichtamende in die Leichenhale brinkt. Wenn Henry mich nichtmer haſt wo ich doch fir Ihm ins Waſer ſpringe ſo ſol er mich begraben laſen und er ſol mir vertſein. Mein Hertz hat nur fir ihm geſchlagen und ich weis es war unrecht von mir das Ich mich in ſachen miſche die mich nichz angen. Geben Sie nur Acht auf ihm und das Sie ihm imer ſeine Mokka gut verbinden! Was hat der arme kerl ales auſchten müßen! Aber ſofil muht werde Ich zum ertrinken ſchonoch aufbringen als wie er, wie er gebrant wurde. Ich Bitte ſie libe Muter bringen Sie die fertigen Korſetzs zu die Kunden. Leben Sie wol libe Muter und Bitten ſie den liben GOTT fir ire Arme Tochter

Ida.

„Tragen Sie den Brief zu Herrn de Funcal — dem, der nebenan wohnt! Er allein kann Ihr Kind retten, wenn es noch nicht zu ſpät iſt.“ —

Und Jules ſtahl ſich fort, wie ein ertappter Verbrecher. Seine Beine ſchlotterten. Mit ungewohnter Kraft trieb ſein Herz das Blut in die Adern. Die widerſprechendſten Gedanken durchkreuzten ſein Hirn. Dennoch beherrſchte ein einziger all die andern: Er hatte die Frau, die er über alles liebte, ſchmählich hintergangen. Es war ihm unmöglich, die Stimme ſeines Gewiſſens wiederzuerkennen. Klang ſie ihm einſt in den Stunden qualvollſten Zweifels als ein traulicher Mahnruf ſeiner Liebe — heute klagte ſie ihn zorngeſchwellt begangener Freveltat an.

Faſt den ganzen Tag über irrte er in Paris umher und wagte nicht, nach Hauſe zu gehen. In ſeiner Rechtſchaffenheit bangte ihm vor einem Zuſammentreffen mit Clémence, die er ſo ſehr verkannt hatte. Das Gewiſſen richtet um ſo ſtrenger, je reiner es iſt. Die gleiche Tat, die im Leben des einen kaum als Vergehen gilt, erſcheint vor der makelloſen Seele des andern als ungeheuerliches Verbrechen. Welch erhabenen Sinn ſchließt der Begriff „Makelloſigkeit“ doch in ſich ein! Und ſtößt der geringſte Fleck auf dem weißen Kleide der Jungfrau nicht ebenſo ab wie die Lumpen des Bettlers? Ach, dieſe unterſcheiden ſich von jenem nicht mehr als Elend von Schuld! Gott mißt die Reue nicht nach der Tat. Er bedarf ihrer ungeteilt und ganz, ob es nun gilt, einen kleinen Makel oder ein von Anbeginn verfehltes Leben auszulöschen! Derlei Überlegungen lasteten auf Jules mit ihrer ganzen Schwere; denn Leidenschaft urteilt nicht milder als die Gesetze der Gesellschaft. Und sie urteilt dabei viel gerechter: Stützt sie sich doch auf ein ihr eigenes Gewissen, das unfehlbar ist, wie der Instinkt!

Verzweifelt, zermalmt von dem Gefühl begangenen Unrechts und dabei im Innersten der Seele tief beglückt über die erwiesene Unschuld seiner Frau, kehrte Jules endlich nach Hause zurück. Vor Liebe bebend betrat er das Schlafzimmer. Clémence hatte sich niedergelegt. Sie fieberte. Er setzte sich an ihr Bett, küßte ihre Hände und überschwemmte sie mit Tränen.

„Mein Engel," schluchzte er, „sieh — Tränen der Reue!"

„Reue? Worüber?" entgegnete sie.

Matt fiel ihr blasses Antlitz in die Kissen zurück. Sie schloß die Augen und regte sich nicht. Mit dem ganzen Zartgefühl einer Mutter, eines Engels, hielt sie die qualvollsten Schmerzen vor dem Gatten geheim, um ihn nicht zu erschrecken. Das Schweigen währte lange, endlos lange. Jules dachte, Clémence sei eingeschlafen. Er ging leise fort, die Zofe über den Zustand seiner Gattin zu befragen.

„Die gnädige Frau ist halbtot nach Hause gekommen," antwortete Josephine, „wir schickten sogleich um Herrn Doktor Haudry."

„War er schon hier? Was sagte er?"

„Nichts, gnädiger Herr. Er sah recht unzufrieden aus. Bevor er wegging, verbot er, daß irgend jemand ins Schlafzimmer gelassen werde, ausgenommen die Krankenschwester. Und er sagte, er wolle heute abend wiederkommen."

Jules ging leiſe zu Clémence zurück, ſetzte ſich in einen Lehnſtuhl neben das Bett und heftete ſeinen Blick auf die geſchloſſenen Augen der teuren Kranken. Alsbald hob ſie die Lider ein wenig, und zwiſchen den ſchmerzenden Wimpern entfloh ein zärtlicher Liebesblick und drang, frei von allem Vorwurf, aller Bitterkeit, wie ein Feuerſtrahl in des Gatten Herz. In ſtummer Großmut verzieh ſie dem Manne, der wie kein andrer geliebt worden war und ſie dafür zu Tode getroffen hatte. Ja, ſie ahnten beide, daß der Tod ſie umſchwebe. Ihre Blicke vereinten ſich in gleich quälenden Herzensängſten, wie ſie ſich einſt in gleich beſeligender, gleich geteilter Liebe umſchlungen hatten. Ihre Seelen erfüllte keine Frage, ſondern entſetzliche Gewißheit: die gleiche Viſion der Löſung des Knotens, das gleiche Gefühl des unentrinnbaren Verhängniſſes!

Dann ſchloſſen ſich wieder die müden Augen, und Jules glaubte, daß ſeine Frau nun ſchliefe. Nachdem er ſie lange betrachtet hatte, küßte er ſie auf die Stirne und flüſterte:

„Allmächtiger, laß deinen Engel noch bei mir, daß ich mein Unrecht durch immerwährende Anbetung ſühnen kann!“

Clémence öffnete die tränenfeuchten Augen.

„Du tuſt mir weh!“ ſagte ſie mit ſchwacher Stimme.--

Es war ſchon ſpät am Abend, als Doktor Haudry erſchien und den Gatten bat, ſich auf die Dauer ſeines Beſuchs zurückzuziehen. Jules wartete in ſeinem Zimmer auf das Ende der Unterſuchung. Allein, als der Arzt nachher bei ihm eintrat, ſtellte er keinerlei Fragen an ihn. Eine einzige Handbewegung ſagte ihm genug.

„Laſſen Sie zwei meiner Kollegen holen, in die Sie

mehr Vertrauen setzen . . . Ich könnte mich irren . . .“ „Doktor, sagen Sie mir die Wahrheit! Ich bin Mann und weiß sie zu ertragen. Außerdem habe ich das größte Interesse daran, da gewisse Angelegenheiten zu regeln wären . . .“

„Nun — Frau Desmarets ist zu Tode getroffen!“ antwortete Doktor Haudry mit tiefem Ernste. „Es ist eine seelische Erkrankung, die ungemein schnelle Fortschritte macht. Diese kompliziert ihren physischen Zustand, der an und für sich schon gefährlich ist, aber durch eigene Unvorsichtigkeiten noch beeinträchtigt wurde. In der Nacht aufzustehen und barfüßig umherzulaufen! Gegen mein ausdrückliches Verbot das Bett zu verlassen und, gestern zu Fuß, heute im Wagen, Besorgungen zu machen! Sie wollte sich offenbar den Tod holen! Indes — mein Urteil ist nicht unwiderruflich: ihre Jugend, eine erstaunliche Nervenkraft . . . Man müßte alles wagen, um alles zu gewinnen . . . irgend ein heftig wirkendes Mittel . . . aber ich kann die Verantwortung nicht auf mich nehmen, es zu verordnen. Ich würde es nicht einmal anraten; ja, ich würde mich, wenn man meinen Rat einholte, seiner Anwendung sogar widersetzen!“ — Der Arzt empfahl sich, und Jules kehrte in das Krankenzimmer zurück. Elf Tage und elf Nächte blieb er am Bett seiner Frau und duldete nicht, daß ein andrer ihr auch nur den geringsten Dienst erwies. Übermannte ihn der Schlaf, dann beschränkte er sich darauf, den bleischweren Kopf eine kleine Weile auf das Fußende des Bettes zu stützen. Kein Mann hat jemals Eifersucht, Fürsorge und Ehrgeiz der Hingebung weiter getrieben. Unablässig hielt er sie bei der Hand, als könnte er ihr auf diese Weise neues Leben einflößen. Stunden trügerischer Hoffnung wechselten mit Tagen banger Verzweiflung, leichter Besserung folgten schwere Krisen: Es waren all die entsetzlichen Schwankungen des Todes, der zaudert und — trifft. Clémence fand immer wieder die Kraft, den Gatten anzulächeln. Er tat ihr unsäglich leid; denn sie wußte, daß er nun bald allein sein würde. Es war ein zwiefaches Weh: das des Lebens und der Liebe. Indes, während jenes immer mehr erlosch, flammte diese mit jedem Tage stärker empor. Dann kam eine grauenvolle Nacht: das Delirium, das dem Tode junger Menschen zumeist vorangeht. Die Kranke sprach von ihrer glücklichen Ehe, von ihrem Vater, von den Enthüllungen ihrer Mutter auf dem Sterbebette, von den Pflichten, die ihr diese auferlegt hatte. Sie machte dem Tod nicht ihr Leben streitig, wohl aber ihre Liebe, die sie nicht lassen wollte um alles in der Welt. „Lieber Gott," rief sie delirierend, „mach, daß er nicht weiß, wie glücklich ich wäre, wenn er mit mir stürbe!" —

Als die Krise vorüber war, fand Clémence neue Kräfte. Am nächsten Tage wurde sie wieder ruhig und schön. Sie plauderte, sie hoffte wieder und schmückte sich, wie eben Kranke sich schmücken. Dann wollte sie den Tag über allein bleiben und drängte ihren Gatten, auszugehen. Ihr Bitten war so ausdauernd und zähe, daß er ihr willfahrte, wie man den Bitten eines Kindes willfahrt. Übrigens bedurfte Jules einiger Stunden dieses Tages dringend für sich selbst. Er wollte zu Baron Maulincour gehen, um das zwischen ihnen vereinbarte Duell auf Tod und Leben nunmehr zum Austrag zu bringen.

Nicht ohne erhebliche Schwierigkeiten gelangte er bis zu dem Urheber seines namenlosen Unglücks. Indes, als der alte Vidame vernahm, daß es sich um eine Ehrenangelegenheit handle, beugte er ſich den Vorurteilen, die ihn ſein Leben lang beherrſcht hatten, und er führte Herrn Desmarets in das Zimmer ſeines Schützlings. Der Blick des Maklers irrte ſuchend umher und blieb dann in ſtummer Frage an dem des Komthurs haften.

„Ja, ja, Herr Jules — dort ſitzt er!“ ſagte dieſer und deutete mit zitternder Hand auf eine Geſtalt, die vor dem Kamin in einem Lehnſtuhl kauerte.

„Wer? Jules? . . . Jules?“ lallte der Sterbende.

Auguſt de Maulincour hatte die einzige Fähigkeit verloren, die uns am Leben erhält: das Gedächtnis. Bei ſeinem Anblick prallte der Makler ſchaudernd zurück. Wie ſollte er auch in dem bejammernswerten Ding, das nach Boſſuet in keiner Sprache einen Namen trägt, den eleganten jungen Gardeoffizier wiedererkennen! In der Tat, es war ein Leichnam, der dort kauerte. Ein Leichnam mit weißen Haaren, ſtieren, glanzloſen Augen und einem häßlichen Mund, der halb offen ſtand, wie bei Irren oder Wüſtlingen, die infolge ihrer Ausſchweifungen elend zugrundegehen; ein Leichnam, deſſen Knochengerippe unter der abgezehrten, welken, runzligen Haut deutlich zutage trat. Weder auf der Stirne noch in irgendeinem Geſichtszuge zeigte ſich eine Spur von Vernunft. Ebenſo fehlte den fahlen Wangen jeder Anſchein einer Blutzirkulation. Kurz, es war ein in Auflöſung begriffenes, eingegangenes Weſen, ähnlich den Ungeheuern, die man in Muſeen aufbewahrt, wo ſie in mit Alkohol gefüllten Glasgefäßen ſchwimmen.

Jules wähnte, über dieſem entſtellten Antlitz das grauenvolle Haupt von Ferragus zu erblicken, und dieſer bis ans Ende unerſättliche Rachedurſt erſtickte den Haß, den er im Herzen trug. Die unkenntlichen

Trümmer ſeines einſtigen Feindes flößten ihm nur Mitleid ein.
„Das Duell hat bereits ſtattgefunden," bemerkte der Komthur bitter.
„Der Herr Baron hat gar manchem den Tod gegeben!" rief Jules von namenloſem Schmerz ergriffen.
„Auch ſolchen Menſchen, die ihm teuer ſind!" fügte der Greis hinzu; „ſeine Mutter ſtirbt vor Gram, und ich werde ihr wohl bald ins Grab folgen."—
Am darauffolgenden Tage verſchlimmerte ſich Clémencens Zuſtand von Stunde zu Stunde. Noch einmal flammte, ach, nur für eine kleine Weile, ihre Lebenskraft auf. Da zog ſie unter ihrem Bette einen Brief hervor, ſtreckte ihn Jules entgegen und gab ihrem Gatten ein leicht zu verſtehendes Zeichen: Sie wollte in einem letzten Kuß ihr Leben verhauchen. Und als ſie ihn empfangen hatte, fiel ſie in ihr Kiſſen zurück und ſtarb.
Der Makler brach bewußtlos zuſammen und wurde zu ſeinem Bruder getragen. Als er ſich, in ſeinem Wahnſinnsſchmerze, die bitterſten Vorwürfe machte, Clémence am Vortage ihres Todes ſo lange allein gelaſſen zu haben, tröſtete ihn der Notar und klärte ihn auf, daß ſeine Gattin dieſe Trennung ſelbſt dringend gewünſcht hatte, weil ſie nicht wollte, daß er Zeuge der für zartfühlende Seelen ſo furchtbaren Vorbereitungen ſei, derer die Kirche bedarf, wenn ſie dem Sterbenden die letzte Ölung reicht.
„Du hätteſt dem nicht ſtandgehalten," ſchloß der Notar. „Auch ich vermochte dieſen Anblick kaum zu ertragen. Alle deine Leute ſchwammen in Tränen. Clémence war wie eine Heilige. Sie nahm ihre letzten Kräfte zuſammen, um von uns Abſchied zu nehmen, und es war herzzerreißend, ihre ſanfte Stimme zum

letztenmal zu vernehmen. Und als ſie dann die Dienerſchaft für alles Leid, das ſie, wenn auch unbewußt, jemals zugefügt haben könnte, demütig um Vergebung bat, da folgte ein Aufſchluchzen, ein Wehſchrei ..."

„Genug!" ſtöhnte Jules, „oh, genug!" —

Er wollte allein ſein, um die letzten Gedanken der unſäglich geliebten Frau zu leſen, die von aller Welt bewundert worden und nun wie eine Blume dahingegangen war.

Mein einzig Geliebter!

Dies iſt mein Vermächtnis. Warum ſollte man die Schätze des Herzens nicht gleich andern Gütern hinterlaſſen? Iſt meine Liebe nicht all mein Hab und Gut? So will ich mich denn hier nur mit dieſer meiner Liebe befaſſen. Sie war das ganze Vermögen Deiner Clémence und iſt alles, was ſie Dir hinterlaſſen kann.

Ich ſterbe glücklich, Jules, denn noch im Sterben weiß ich mich von Dir geliebt. Die Ärzte werden meinen Tod auf ihre Weiſe erklären; doch nur ich ſelbſt kenne die wahre Urſache. Du ſollſt ſie durch mich erfahren — welches Leid mir dies auch bereiten mag. Dies Herz, das ganz nur Dir gehört, wollte kein Geheimnis mit ſich nehmen, wenn es nun als Opfer unerläßlicher Verſchwiegenheit von Dir ſcheidet.

Geliebter, in tiefſter Abgeſchiedenheit wuchs ich auf. Fern von allen Lügen und Laſtern der Welt erzog mich die liebenswerte Frau, die Du kannteſt. In der Geſellſchaft achtete man ſie — wie jede Frau, deren Lebensführung geſellſchaftlichem Herkommen entſpricht. Ich aber, Jules, ich allein ſchwelgte im Genuß ihrer wunderbaren, engelgleichen Seele. Wie ſollte ich auch nicht die Mutter lieben, die meine Kindheit zu einem einzigen ungetrübten Freudenfeſte geſtaltete? Ja, ich liebte ſie, ich achtete und fürchtete ſie zugleich, ohne daß Achtung und Furcht je mein Herz beſchwerte. Ich war ihr alles — ſie war mein alles. Unbekümmert und reſtlos glücklich, fern der Welt, die uns umbrandete, blieb ich neunzehn Jahre in das teure Bild der Mutter verſenkt, und mein Herz ſchlug nur durch ſie und für ſie. Ich war überaus fromm und ſetzte alles daran, vor Gottes Thron rein dazuſtehen. Ach, welch unſagbare Freude bereitet mir dieſes Geſtändnis. Heute weiß ich, daß ich mit jungfräulichem Herzen zu Dir kam. Als ich zum erſtenmal aus jener tiefen Abgeſchiedenheit heraustrat, zum erſtenmal mein Haar flocht und mit einem Kranz von Mandelblüten ſchmückte; als ich in mädchenhafter Eitelkeit einige Atlasbänder an mein weißes Kleidchen heftete: Glaube mir, Jules, dieſe beſcheidene, unſchuldige Koketterie galt Dir, denn bei meinem Eintritt in die Welt warſt Du, Du Geliebter, der erſte, den ich ſah! Du fielſt mir auf, Dein Antlitz ſtach aus allen übrigen hervor. Und Du gefielſt mir. Deine Stimme, Dein ganzes Weſen flößte mir beglückende Ahnungen ein. Und als Du dann kamſt und mit glühenden Wangen und bebender Stimme zu mir ſprachſt — ach, Jules, jener Augenblick iſt in meiner Erinnerung ſo tief verankert, daß mein Herz heute noch frohlockt, da ich, zum letztenmal, ſeiner gedenke!

Unſre Liebe war zunächſt nur tiefgefühlte Zuneigung, doch alsbald wuchſen unſre ſeligen Ahnungen zur Gewißheit, die uns ſeither unerſchöpfliche Wonnen ſchuf. Von da an ſtand die Mutter in meinem Herzen an zweiter Stelle. Als ich ihr dies geſtand, da lächelte ſie nur, die wunderbare Frau! Dann wurde ich Dein, ganz Dein!

So war mein Leben, mein ganzes Leben, teurer Gatte. Und nun höre, was mir zu ſagen noch übrig bleibt.

Eines Abends, kurz vor ihrem Tode, enthüllte mir die Mutter unter heißen Tränen das Geheimnis ihres Lebens. Als ich vor dem Prieſter, dem ſie beichtete, aus ihrem Munde erfuhr, daß es eine Liebe gebe, die von Welt und Kirche verurteilt wird, da liebte ich Dich nur noch mehr. Gott wird die Sünden einer zärtlich liebenden Seele gewiß nicht allzu ſtrenge richten. Allein meine Mutter, dieſer Engel, konnte ſich nicht entſchließen zu bereuen. Sie war ganz Liebe. Darum betete ich täglich für ſie, ohne ſie zu richten.

Damals lernte ich auch die Urſache ihrer zärtlichen Mutterliebe kennen. Ich erfuhr, daß in Paris ein Mann lebte, deſſen ganze Liebe, deſſen ganzer Lebensinhalt ich war. Und darum liebte er auch Dich; Dein Vermögen war ſein Werk. Allein ich erfuhr noch mehr: daß er einen beſudelten Namen trage, aus der Geſellſchaft verbannt worden ſei und ſich darüber mehr für uns als für ſich ſelbſt unſäglich kränke. Meine Mutter war ſein einziger Troſt, und als ſie ſtarb, verſprach ich, ſie zu erſetzen. Mit der ganzen Glut einer makelloſen Seele ſuchte ich all mein Glück darin, das Leid zu verſüßen, das die letzten Augenblicke meiner Mutter verbitterte, und ich verpflichtete mich, ihr ſtilles Werk der Barmherzigkeit fortzuſetzen.

An dem Bette, worin die Mutter ihr Leben verhauchte, ſah ich den Vater zum erſtenmal. Als er dann ſeine tränenvollen Augen zu mir erhob, fand er in den meinigen all ſeine erloſchenen Hoffnungen wieder. Ich ſchwor ihm – nicht zu lügen, nur zu ſchweigen. Welche Frau hätte dieſes Schweigen gebrochen?

Dies, Geliebter, iſt mein Vergehen, meine Schuld, die ich mit dem Tode ſühne. Ich zweifelte an Dir! Und ich fürchtete mich. Furcht iſt für eine Frau etwas ſo Natürliches — zumal dann, wenn ſie weiß, was ſie verlieren kann! Ich zitterte um meine Liebe. Das Geheimnis meines Vaters ſchien mir ihr Tod zu ſein, und je mehr ich liebte, deſto größer wurde meine Herzensangſt. Ich getraute mich nicht, dem Vater die Gefühle, die mich beſchlichen, zu geſtehen. Dies hieß ihn verwunden — und in ſeiner Lage mußte jede Wunde zehnfach ſchmerzen. Allein ich weiß, er teilte meine Ängſte. Sein wahrhaft väterliches Herz bebte ebenſo um mein Glück, wie ich ſelbſt. Aber das gleiche Zartgefühl, das mich ſtumm machte, ließ auch ihn nicht ſprechen.

Ja, Geliebter, ich fürchtete, daß Du die Tochter des Gratien eines Tages weniger lieben könnteſt als Deine Clémence. Hätte ich Dir, den auch dieſe einzige Falte meines Herzens in ſich ſchloß, ohne dieſes tiefinnere Entſetzen je irgend etwas verborgen? An dem Tage, als jener unglückliche Offizier mit Dir ſprach, war ich gezwungen zu lügen. An jenem Tage erfuhr ich zum zweitenmal in meinem Leben, was Schmerz iſt. Und dieſer Schmerz wuchs unabläſſig bis zu dem Augenblick, da ich von Dir ſcheide.

Was hat die Lage meines Vaters nun noch zu

bedeuten? Du weißt alles! Vermöge der Liebe hätte ich alle Schmerzen ertragen und meine Krankheit überwunden. Indes, ich konnte die Stimme des Zweifels nicht ersticken. Ist es nicht möglich, daß meine Herkunft die Reinheit Deiner Liebe beeinträchtigt? Nichts, nichts ist imstande, meine Furcht zu zerstreuen! Dies, Geliebter, ist die wahre Ursache meines Todes. Ich könnte nicht weiterleben, wenn ich ein Wort, ja, nur einen Blick von Dir zu fürchten hätte. Und mag ein solcher Blick Dir nie entschlüpfen, mag dies Wort ewig ungesprochen bleiben — ich fürchte dennoch, daß es geschieht!

Ich sterbe geliebt — dies ist mein Trost. Ich wußte, daß der Vater und seine Freunde seit vier Jahren fast die ganze Welt in Bewegung setzten, um die Gesellschaft zu belügen. Sie kauften einen Toten, Stand und Ansehen, damit ein Lebender, der für die Welt gestorben war, wieder auflebe und mir seinen Namen gebe. All dies taten sie für Dich — für uns! Wir sollten davon nichts erfahren. Nun bedarf es dieser Lüge wohl nicht mehr. Sie stirbt — mit mir.

Leb wohl denn, Jules, mein Herz ist ganz bei Dir! Ich hätte nicht die Kraft gehabt, Dir all dies zu sagen; nur jene fand ich, Dir zu schreiben. Als ich vorhin beichtete und Gott um Vergebung meiner Sünden bat, gelobte ich, nur noch dem ewigen Herrn des Weltalls zu dienen. Allein, ich konnte der Lockung nicht widerstehen, auch dem zu beichten, der auf der Welt mein alles ist. Ach, wer gönnte mir nicht dieses letzte, kurze Verweilen auf dem Wege zwischen dem Leben, das hinter mir, und dem andern, das vor mir liegt!

Leb wohl, geliebter Jules — ich gehe zu Gott, wo die Liebe ewig wolkenlos iſt und wohin auch Du Dich eines Tages wenden wirſt. Dort, an ſeinem Throne, für immer vereint, werden wir uns lieben können ohne Ende. Nur dieſe Hoffnung tröſtet mich. Bin ich auserſehen, Dir voranzugehen, ſo will ich von dort aus Deinem Leben folgen. Meine Seele umſchwebt, begleitet Dich allerwegen, ſolange Du hienieden weilſt. Führe darum ein frommes Leben, auf daß Du ſicher zu mir kommſt. Du kannſt auf Erden ſoviel Gutes tun! Iſt es für ein leiderfülltes Herz nicht Engelsbotſchaft, ringsum Freude zu verbreiten; etwas zu geben, was man ſelbſt nicht hat? Nimm Dich der Unglücklichen an! Nur auf ihre Tränen, nur auf ihr Lächeln werde ich nicht eiferſüchtig ſein. Welch ſüßer Troſt läge in ſolcher Wohltätigkeit! Lebten wir dann nicht noch zuſammen, wenn Du dem edlen Werke meinen Namen gäbſt? Nach einer Liebe wie der unſern gibt es nur eins noch: Gott! Gott lügt nicht, Gott betrügt nicht. Bete nur ihn an, ich will es! Gedenke ſeiner, wo immer ein Menſch leidet, und unterſtütze die Mühſeligen und Beladenen ſeiner Kirche!

Leb wohl, Du teure Seele, die ich ganz erfüllte, ganz erkannte! Ich weiß, Du wirſt keine andre lieben. In dieſem Bewußtſein, das uns Frauen ſo beglückt, will ich verſcheiden. Dein Herz ſoll mein Grab ſein. Iſt nicht auch mein Leben ſeit jenen Kindertagen, die ich Dir erzählte, in Deinem Herzen verfloſſen? Die Tote kannſt Du nicht daraus vertreiben! Ich bin ſo ſtolz auf dieſes Leben. Du kannteſt mich nur in der Blüte der Jugend und wirſt nun ohne Enttäuſchung, ohne Ernüchterung um mich trauern. Ach, Geliebter, dies ist ein gar glücklicher Tod!

Du, der Du mich stets so gut verstandest, wirst es mir nicht verübeln, wenn ich Dir, obgleich dies zweifellos überflüssig ist, die Erfüllung einer Frauenlaune, eines der Eifersucht entwachsenen Wunsches, besonders empfehle: Ich bitte Dich, verbrenne alles, was uns gehörte, zerstöre unser Zimmer, vernichte alles, was an unsre Liebe erinnern könnte!

Und nun — noch einmal Lebewohl! Das letzte Lebewohl, voll Liebe, wie mein letzter Atemzug, mein letzter Gedanke voll Liebe sein wird.

Als Jules den Brief zu Ende gelesen hatte, verfiel er in eine Raserei, deren Furchtbarkeit nicht wiederzugeben ist. Aller Schmerz ist individuell, seine Wirkungen sind keiner feststehenden Regel unterworfen: Manche Männer verstopfen die Ohren, um nichts mehr zu hören; manche Frauen schließen die Augen, um nichts mehr zu sehen; andre wieder, große, prächtige Seelen, stürzen sich in den Schmerz wie in einen Abgrund hinein. In der Verzweiflung ist alles echt.
Jules entwich aus dem Hause des Notars, weil er die Nacht am Totenbette wachen und die Verklärte bis zum letzten Augenblicke sehen wollte. Mit jener völligen Gleichgültigkeit, die der Mensch nur kennt, wenn er den Gipfel des Unglücks erreicht, ging er durch die Straßen. Wie wurde ihm jetzt alles klar! Wie begriff er den Sinn des asiatischen Gesetzes, nach dem zwei Eheleute einander nicht überleben durften! Er wollte sterben.
Unbehindert kam er nach Hause und ging in den geweihten Raum. Dort sah er seine Clémence, mit

gefalteten Händen, geſcheiteltem und an den Sei-
ten herabfallendem Haar, ſchön wie eine Heilige,
auf dem Totenbette aufgebahrt. Im Scheine flackern-
der Wachskerzen erkannte er einen betenden Prie-
ſter, Joſephine, die im Hintergrunde kniete und wein-
te, ferner nächſt dem Bette zwei Männer. Der eine
war Ferragus. Er ſtand aufrecht und rührte ſich nicht.
Man hätte meinen können, er ſei aus Erz gegoſſen.
Trockenen Auges betrachtete er ſeine tote Tochter;
es ſchien, als habe er Jules gar nicht wahrgenommen.
Der andre war Jaquet — Jaquet, zu dem Clémence
ſtets ſo gut geweſen war, und der für ſie eine jener
ehrfürchtigen Freundſchaften hegte, die das Herz er-
heben, ohne es zu beunruhigen. Solche Freundſchaft
iſt gelinde Leidenſchaft, iſt Liebe ohne ihre Wünſche
und Stürme. Nun war er gekommen, die fromme
Tränenſchuld zu zahlen, Abſchied zu nehmen von
der Frau des Freundes, zum erſtenmal die kalte Stirne
dieſes Weſens zu küſſen, die ihm im Herzen eine
Schweſter geweſen war.

Es herrſchte tiefſte Stille. Dies war nicht der feierlich-
furchtbare Tod, der in der Kirche die Herzen be-
drückt, noch auch der prahlende Tod, der mit lautem
Gepränge durch die Straßen zieht; nein, unter die-
ſem Dache weilte der rührende, der ſtumme Tod,
deſſen einziger Schmuck die Tränen ſind, die niemand
ſieht. Jules ſetzte ſich neben Jaquet und preßte in
namenloſem Schmerze ſeine Hand. Ohne ein Wort
zu ſprechen, blieben die drei Männer bis zum näch-
ſten Morgen beiſammen.

Als bei anbrechendem Tage das Licht der Wachs-
kerzen verblaßte, entſann ſich Jaquet des in dieſem
Raume bevorſtehenden erſchütternden Schauſpiels,
und er bedeutete dem unglücklichen Freunde, ihm

ins Nebenzimmer zu folgen. Da kreuzten Jules und Ferragus den erſten ſchmerzlich-fragenden, prüfenden Blick. In den Augen des Vaters zuckte ein zorniger Blitz.

„Du — du allein haſt ſie getötet!“ drohte dieſer Blick.

„Warum mißtrauteſt du mir?“ ſchienen die Augen des andern vorwurfsvoll zu fragen.

Es war, als ſtänden zwei Tiger einander gegenüber, die das Fruchtloſe eines Kampfes einſehen, wenn ſie mit ſtarrem Blick ihre Kräfte meſſen . . .

„Haſt du für alles geſorgt, Jaquet?“ begann Jules, als die beiden Männer das Zimmer verlaſſen hatten, nach längerem Schweigen.

„Für alles,“ antwortete der Miniſterialbeamte, „aber überall kam mir ein andrer zuvor, der anordnete und bezahlte.“

„Er entreißt mir ſeine Tochter!“ rief der Gatte in einem Anfall der Verzweiflung.

Er ſtürzte in das Zimmer der Verſtorbenen — allein Ferragus war nicht mehr dort. Man hatte Clémence inzwiſchen in einen Bleiſarg gebettet und traf Anſtalten, den Deckel zu verlöten. Entſetzt über dieſen Anblick eilte er zu ſeinem Freunde zurück. Das Pochen der Hämmer, deren ſich die Arbeiter bedienten, trieb ihm neue Tränen in die Augen.

„Jaquet,“ ſprach er, „in dieſer grauſamen Nacht kam mir ein Gedanke, ein einziger Gedanke, aber ein Gedanke, den ich um jeden Preis verwirklichen möchte. Ich will nicht, daß Clémence auf einem Pariſer Friedhof bleibt. Ich will ſie verbrennen laſſen; ihre Aſche ſoll geſammelt und aufbewahrt werden. Sag’ mir kein Wort mehr über dieſe Angelegenheit, aber ſorge dafür, daß ſie zum Erfolg führt. Ich will mich in ihr Zimmer einſchließen, bis ich abreiſe. Du allein darfſt hier eintreten, um über deine Schritte zu berichten. Nun geh — und ſpare nichts!“ —

Man hatte Clémence vor dem Hauptportale auf einem Katafalk aufgebahrt und noch in den Vormittagſtunden nach der Saint-Roch-Kirche übergeführt, deren Inneres ſchwarz ausgeſchlagen war. Die Art des bei ſolchen Trauerfeierlichkeiten entfalteten Luxus hatte zahlreiche Menſchen angelockt; denn in Paris wird alles zum willkommenen Schauſtück — ſelbſt der echteſte Schmerz. Es gibt Leute, die ſich ans Fenſter ſtellen, um zu ſehen, wie ein Sohn weint, der dem Sarg der Mutter folgt; geradeſo, wie es Leute gibt, die von einem möglichſt bequemen Platze aus ſehen wollen, wie ein Kopf unter dem Beil des Henkers fällt. Kein Volk der Erde hat jemals gierigere Augen beſeſſen . . .

Die Neugier der Gaffer war um ſo geſpannter, als auch die ſechs Seitenkapellen vollkommen gleichförmig mit ſchwarzem Tuche ausgeſchlagen waren. In jeder dieſer Kapellen wurde gleichzeitig eine Totenmeſſe geleſen, der nur je zwei Männer in Trauerkleidung beiwohnten. Im Chore des Hauptſchiffs ſaßen nur Jaquet und Notar Desmarets; dann — jenſeits des Umfriedungsgitters -- die Dienerſchaft. Für die neugierig-frommen Müßiggänger hatte ſolcher Aufwand bei ſo wenigen Verwandten etwas Unerklärliches. Der Gatte wollte zu dieſer Trauerfeier keinen Gleichgültigen.

Das Hochamt wurde mit der düſteren Pracht der Totenmeſſen zelebriert. Außer den Vikaren von Saint-Roch waren noch dreizehn Prieſter aus andern Pfarren zugegen. Wohl niemals noch brachte das Dies irae eine tiefere Wirkung hervor. Erſtaunt, erſchüttert lauſchten die Zufallschriſten, die ſich aus Neugierde und Sehnſucht nach nervenſpannenden Erregungen hier eingefunden hatten, den herrlichen Stimmen von acht Sängern, die von den Prieſtern und einem Kinderchore abwechſelnd begleitet wurden. In dieſe Hymne mengten ſich, aus den ſechs Seitenkapellen hervorquellend, je zwölf ſchmerzlichklagende Kinderſtimmen. Von allen Gewölben widerhallte ein einziger Schmerzensſchrei. Dieſe Muſik des Bangens und Entſetzens verriet ein namenloſes, ungekanntes Leid, tiefinnerſte Freundſchaft, die um die Dahingegangene bitterlich trauerte. Niemals und in keiner irdiſchen Religion gaben ſich die Schrecken der Seele vor der niederſchmetternden Majeſtät Gottes mit ſolcher Allgewalt kund. Wie klein und erbärmlich erſcheint ſelbſt das leidenſchaftlichſte Werk des Künſtlers im Vergleich zu dieſer dröhnenden Wehklage! Nein — nichts, nichts kann kämpfen gegen den Geſang, der den menſchlichen Leidenſchaften über das Grab hinaus noch Leben gibt, und ſie erbebend vor den Thron des ewigen, rächenden Gottes führt! Dieſer Hymnus des Todes, der den Wehſchrei der Kindheit mit der ernſten Klage des Mannes vereint, ſchließt das ganze Menſchenleben in ſich: Er erinnert an die Schmerzen der Wiege, an die Leiden des Alters. Seine durch Mark und Bein gehenden Harmonien erſchüttern das kälteſte, unerſchrockenſte Herz. Wer ihn vernimmt, wähnt erſchauernd, Gott ſende erzürnt ſeinen Donner zur Erde.

Die Gewölbe einer Kirche ſind nicht leblos; ſie beben, ſie klagen, ſie drohen — durch die Macht des Widerhalls. Und wenn ſie erzittern, dann iſt es, als ſtänden zahlloſe Tote auf und ſtreckten die Hände flehend zur Höhe. Dann iſt's nicht Vater, Mutter oder Kind, was dort unter dem ſchwarzen Tuche liegt — die

ganzeMenſchheit ſcheint zum Staub zurückzukehren, dem ſie entſtammt! Nie wird ein Menſch den tiefſten Sinn der römiſch-katholiſchen Religion erfaſſen, wenn er den grauſamſten Schmerz nicht kennt: die Trauer um ein unſäglich geliebtes Weſen, das entſeelt auf hohem Katafalke ruht. Nur wer dieſe bis ans Herz greifende Rührung je erfuhr, in dem allein hinterläßt der zermalmende Hymnus der Verzweiflung einen frommen Schauder, ein Gefühl der Ewigkeit. Die Seele ſchwebt mit jeder Strophe näher zum Himmel heran und fühlt ſich erhoben und zugleich bedrückt. Sie hat mit der großen Idee der Unendlichkeit gerungen. Und wenn dann der Geſang verſtummt, herrſcht in der Kirche tiefſtes Schweigen. Niemand ſpricht auch nur ein Wort. Selbſt die Ungläubigen „wiſſen nicht, wie ihnen iſt". Kein andrer als der ſpaniſche Genius konnte für den unerhörteſten Schmerz ſolch unerhörte Majeſtät erſinnen . . .
Als die erſchütternde Feier vorüber war, traten zwölf ſchwarzgekleidete Männer aus den ſechs Seitenkapellen und ſtellten ſich rings um den Sarg, den Hoffnungsgeſang zu hören, den die Kirche zum Troſt der frommen Seele erſchallen läßt, bevor ſie an die Beſtattung der ſterblichen Hülle ſchreitet. Dann ſtieg jeder dieſer Männer in eine ganz ſchwarz ausgeſchlagene Trauerdroſchke, Jaquet und Notar Desmarets nahmen die dreizehnte, und die Dienerſchaft folgte zu Fuß. Eine Stunde ſpäter ſtanden die zwölf Unbekannten auf dem Gipfel des Friedhofs, den der Volksmund Le Père Lachaiſe nennt, an einer Grube, wo im Beiſein einer gaffenden, von allen Seiten des Gottesackers herbeieilenden Menge der Sarg hinabgelaſſen wurde. Dann ſprach der Prieſter ein kurzes Grabgebet, warf ein Häufchen Erde auf die irdiſche

Hülle der Verklärten, und die Totengräber beeilten ſich — nachdem ſie ihr Trinkgeld eingeſteckt hatten — die Grube zuzuſchütten, um zu einer andern zu kommen.

☆

HIER SCHEINT DIESE ERZÄHLUNG ZU ENDE zu ſein. Indes, ſie bliebe vielleicht unvollſtändig, wenn dem Pariſer Leben, deſſen launenhafte Schwankungen hier gezeichnet wurden, eine kurze Skizze des Pariſer Sterbens fehlte. Auch darin läßt ſich Paris mit keiner andern Hauptſtadt vergleichen, und nur wenige Menſchen wiſſen um den Kampf des wahren Schmerzes mit der Ziviliſation, mit den Pariſer Behörden. Ferner erwecken Jules und Ferragus der Dreiundzwanzigſte vielleicht hinreichendes Intereſſe für den weiteren Verlauf ihres ſchickſalreichen Lebens. Und endlich gibt es viele Menſchen, die ſich über alles und jedes Rechenſchaft geben wollen und — wie unſer geiſtreichſter Kritiker einſt ſagte — „gerne wiſſen möchten, durch welchen chemiſchen Vorgang das Öl in Aladins Wunderlampe brennt". — — Als eingefleiſchter Beamter wandte ſich Jaquet um die Erlaubnis, Clémencens Leichnam zu exhumieren und zu verbrennen, ſelbſtverſtändlich an die Behörde. Er ſuchte zunächſt den Polizeipräfekten auf, unter deſſen Schutz die Toten ruhen. Die gewichtige Amtsperſon forderte Vorlage einer Bittſchrift. Man mußte einen geſtempelten Papierbogen kaufen, mußte dem Schmerz eine Amtsform geben, mußte ſich, um den Herzenswunſch eines tiefbetrübten Mannes in Worte zu kleiden, bureaukratiſcher Ausdrucksweiſe bedienen und insbeſondere das Rubrum nicht vergeſſen, das den Gegenſtand der Bitte nüchtern zuſammenfaßte:

Der Unterzeichnete
bittet
um Einäſcherung ſeiner Ehefrau.

Als der Chef der Polizeipräfektur, dem es obliegt, derlei Angelegenheiten an den Staatsrat zu berichten, dieſes Rubrum las, das den „Gegenſtand der Bitte“ ſo verzeichnete, wie er es empfohlen hatte, legte er ſeine Stirne in ernſte Falten und ſprach:
„Das iſt eine ſehr ſchwierige Frage, mein Herr! Mein Rapport kann unmöglich vor einer Woche fertig ſein.“ —
Jaquet fühlte ſich verpflichtet, ſeinem Freunde dieſen Aufſchub mitzuteilen. Da begriff Jules den Sinn der Worte, die er Ferragus vor wenigen Tagen ſagen gehört hatte: Paris in Brand zu ſtecken. Nichts ſchien ihm zweckmäßiger, als dieſe Brutſtätte von Ungeheuern auszurotten.
„Vielleicht“, riet Jules, „ſpricht der Miniſter des Innern ein Machtwort, wenn dein Miniſter ihn dazu beſtimmt!“
Jaquet begab ſich in das Miniſterium des Innern und erbat eine Audienz, die ihm jedoch erſt nach Ablauf von zwei Wochen in Ausſicht geſtellt wurde. Allein er war hartnäckig. Er wanderte von einer Kanzlei zur andern und gelangte endlich an den Privatſekretär des Miniſters des Innern, bei dem ſich der Privatſekretär des Miniſters des Äußern für ihn verwendet hatte. Dank dieſer hohen Protektionen erlangte er für den nächſten Tag eine Privataudienz. Mit ein paar befürwortenden Zeilen ausgerüſtet, die ihm der Selbſtherrſcher alles Äußern für ſeinen „ſehr geſchätzten Herrn Kollegen“ der inneren Angelegen-

heiten mitgegeben hatte, hoffte Jaquet, ſeine eigene im Sturm erledigen zu können. Außerdem bereitete er zur Abwehr etwaiger Einwendungen etliche „Im Falle als . . .“ vor — indes, es blieb alles vergeblich. „Das geht mich nichts an!“ erklärte der Miniſter. „Dieſe Angelegenheit gehört in die Kompetenz des Polizeipräſekten. Nebenbei bemerkt, gibt das Geſetz dem Ehemann kein Eigentumsrecht an dem Körper ſeiner Ehefrau — ebenſowenig, wie ein Vater an dem Körper ſeines Kindes ein ſolches Recht erwerben kann. Das iſt ein ſehr ernſter Fall! Dazu kommt, daß Erwägungen des öffentlichen Wohles mitſprechen, die eingehend geprüſt werden müſſen. Die Intereſſen und wohlerworbenen Rechte der Hauptſtadt könnten darunter leiden. Und endlich könnte ich die Angelegenheit, ſelbſt wenn ſie unmittelbar von mir abhinge, nicht im Handumdrehen entſcheiden. Ich müßte den Rapport des Fachreferenten abwarten, der mir zur Unterlage dient.“

Heutzutage iſt der „Rapport“ den Behörden das, was der Heiligenſchein dem Chriſtentum iſt. Jaquet kannte dieſe Rapportmanie zur Genüge; er hatte nicht erſt auf dieſe Gelegenheit zu warten gebraucht, um unter der Lächerlichkeit des ganzen Bürokratismus zu ſtöhnen. Und er wußte, daß ſeit der Einführung der Rapporte kein Miniſter mehr zu finden war, der es auf ſich genommen hätte, die geringfügigſte Angelegenheit zu entſcheiden, ja auch nur eine Meinung zu äußern, bevor ſie von den Aktenſchmierern, Aktenſchnüfflern und Allerweltsweiſen der Behörden geſichtet und geſiebt, gewogen und zerpflückt worden war.

Jaquet, deſſen Biographie zu ſchreiben eines Plutarch würdig wäre, ſah alsbald ein, daß er ſich in den Mitteln vergriffen hatte und daß die Erledigung ſeiner

Angelegenheit auf geſetzlichem Wege ausgeſchloſſen war. Es ging entſchieden ſchneller, wenn man die Verſtorbene auf ein Gut ihres Gatten brachte. Dort war es dann, unter Mitwirkung eines willfährigen Dorfſchulzen, ein leichtes, den Schmerzenswunſch ſeines Freundes zu ſtillen.

Die Geſetzlichkeit der konſtitutionellen Verfaſſung und Verwaltung führt zu nichts. Sie iſt für die Intereſſen des einzelnen, für Volk und König ein gleich unfruchtbares Ungeheuer. Das Volk vermag ihre mit Blut geſchriebenen Grundſätze immer nur zu buchſtabieren. Nun, der Schaden, den ſolche Geſetzlichkeit nach ſich zieht, wird immer nur friedlicher Natur ſein; beſchränkt ſie ſich doch darauf, die Nation einzuebnen, weiter nichts!

Als Mann der Freiheit dachte Jaquet auf dem Rückwege mit einiger Wehmut an die Wohltaten der Willkürherrſchaft; denn der Menſch beurteilt die Geſetze lediglich von dem Punkte aus, nach dem ſeine Leidenſchaften gerade hinzielen. Er mußte ſich Gewalt antun, um den unglücklichen Freund über das Ergebnis ſeiner Bemühungen zu täuſchen. Dennoch wurde Jules von einem heftigen Fieber ergriffen, das ihn zwang, zwei Tage lang das Bett zu hüten.

Am ſelben Abend erzählte der Miniſter bei einem großen politiſchen Diner von dem verrückten Einfall eines Pariſers, der ſeine Gattin nach Römerart einäſchern laſſen wolle. Eine Zeitlang beſchäftigten ſich dann die Pariſer Klubs mit den antiken Leichenbeſtattungen. Und da die Antike gerade in Mode war, meinten einige Leute, es wäre gar nicht übel, für namhafte Perſönlichkeiten den Scheiterhaufen wiedereinzuführen. Dieſe Anſicht fand ihre Anhänger und Gegner.

Die einen behaupteten, die Zahl der in Betracht kommenden Persönlichkeiten sei mindestens ebenso namhaft wie diese Persönlichkeiten selbst, so daß durch diese Einführung das Brennholz eine merkliche Verteuerung erführe. Bei einem Volke, das sich in allen seinen Entschlüssen so wankelmütig erweise wie die Franzosen, sei klar vorauszusehen, daß sich die Ahnen auf ewiger Wanderschaft befinden und, um den Preis einer idyllisch gelegenen Ruhestätte, regelrechte Wettrennen veranstalten würden. Auch müsse mit der Möglichkeit gerechnet werden, wertvollere Urnen samt ihrem Inhalt an ehrenwerter Asche bei öffentlichen Versteigerungen anzutreffen, wenn Gläubiger, also Leute, denen bekanntlich nichts heilig ist, ihre Pfändung erwirkten.

Die andern entgegneten, daß auf diese Weise weit größere Sicherheit bestünde, für die Vorfahren ein Unterkommen zu finden, denn früher oder später werde der Magistrat gezwungen sein, gegen die Toten, die das Land überwucherten und sich auf und unter dem Boden von La Brie ungebührlich breitmachten, eine Bartholomäusnacht zu veranstalten. Kurz, es entspann sich eine jener geistreichen, aber frivolen Pariser Diskussionen, die nur allzuoft gar tiefe Wunden schlagen. Zum Glück erfuhr Jules nichts von all den Witzen und Spitzen, die sein Leid zur Unterhaltung der Gesellschaft beisteuerte. Der Polizeipräfekt war verletzt, weil Jaquet den Minister in Bewegung gesetzt hatte, um die weise Bedachtsamkeit des hochwohllöblichen Wegeamts auszuschalten, das für Exhumierungen allein zuständig sei. Das Polizeiamt arbeitete an einer scharfen Entgegnung auf die Bittschrift, und wies darin nach, daß die Behörde, sobald ihr eine Bitte vorläge, stets ihre Maßnahmen

ergreife und daß, wenn einmal Maßnahmen ergriffen ſind, die Dinge ihren amtsmäßigen Verlauf nähmen. Überdies ſei die Behörde befugt, jede ihr wichtig erſcheinende Angelegenheit dem Staatsrat zur Entſcheidung zu unterbreiten.
Jaquet, der oft genug erfahren hatte, wie ſchwer auch dieſe Maſchine in Gang zu bringen ſei, gab ſeinem Freunde am zweiten Tage zu verſtehen, daß er auf ſein Vorhaben verzichten ſolle. Es auszuführen, ſei in Paris unmöglich — in einer Stadt, wo das Geſetz ſieben Begräbnisklaſſen vorſieht, wo die Zahl der auf den Trauerfahnen eingeſtickten Silbertränen nach dem Tarif berechnet wird, wo Grabſtellen kaum zu erſchwingen ſind; wo ſich die Kirche jedes Gebet mit ſchwerem Gelde bezahlen läßt; wo die Kirchenverwaltung zur Pfändung ſchreitet, wenn man ſich gegen den Preis auflehnt, den ſie für ein, um die Stimmen einiger kleiner Chorſänger verſtärktes „Dies irae" fordert — mit einem Worte, in einer Stadt, wo der Schmerz zu einem Geſchäfte mit doppelter Buchhaltung wird.
„Schade!" ſagte Jules zu ſeinem Freunde, „ich hatte es mir ſo ſchön gedacht, fern von hier zu ſterben, und hoffte, Clémence noch im Grabe in den Armen zu halten! Wer konnte ahnen, daß der Bürokratismus ſeine Krallen ſelbſt nach unſern Särgen ausſtreckt?" —
Um zu ſehen, ob neben Clémence noch ein Platz für ihn frei ſei, begab er ſich in Begleitung ſeines Freundes nach dem Friedhof. Am Hauptportale ſtanden zahlreiche Männer, die ſich, wie die Fremdenführer an Theater- und Muſeumseingängen, mit großer Zungenfertigkeit erboten, die Herren durch das Labyrinth von Père Lachaiſe zu geleiten. Da ſie beide

nicht wußten, wo Clémence beſtattet war, wandten ſie ſich an den Friedhofspförtner. Denn auch die Toten haben ihren Portier, und es gibt Stunden, in denen ſie Beſuche nicht empfangen. Man müßte alle Polizeivorſchriften umſtoßen, wollte man das Recht erlangen, zu nächtlicher Stunde hierherzukommen, um in ſtiller Einſamkeit an dem Grabe der Geliebten zu trauern und zu weinen. Für den Sommer, für den Winter — für jeden Tag der Woche gibt es eigene Beſuchszeiten.

Von allen Pariſer Portiers iſt der des Père Lachaiſe unſtreitig der glücklichſte. Zunächſt braucht er niemals die Türſchnur zu ziehen — das Tor, das die Toten empfängt, iſt ſtets weit geöffnet. Dann ſteht ihm anſtatt einer Portiersloge ein großes Haus — nein, ein Gebäude in der Größe eines ganzen Miniſteriums zur Verfügung. Allein, es iſt kein Miniſterium, obgleich es — wie dieſes — eine Unzahl von Beamten und Angeſtellten beſchäftigt, und der Miniſter des Totenreichs mit wahrhaft fürſtlichen Einkünften eine ungeheure Macht verbindet: Er entſcheidet vollkommen nach eigenem Gutdünken. Dieſes Gebäude iſt auch kein Geſchäftshaus, obgleich es zahlreiche Büros und Kaſſenräume, ſeine eigene Buchhaltung, ſeine Einnahmen und Ausgaben, ſeinen Reingewinn hat. Und ebenſowenig iſt es ein Muſeum, wenn es auch zahlreiche Denkmäler verwaltet. Kurz — es iſt ein undefinierbares Unding, eine Macht, die von allem etwas hat und nichts iſt, eine Macht, die jenſeits von allem ſteht — wie der Tod, von dem ſie lebt. Dieſe außerordentliche Macht, die ſo ſeltſam, ſo phantaſtiſch iſt wie das Schiff, das ſie im Wappen führt, dieſes vernunftbegabte, tauſendfüßige, unermüdliche Geſchöpf, deſſen Gliedmaßen ſich, tagein, tagaus, in wunderbarer Übereinſtimmung regen, iſt der einzige Pariſer Portier, der den Rang eines hochbeſoldeten, unkündbaren Beamten erreicht hat. Sein Amt iſt übrigens durchaus keine Sinekure. Er läßt niemanden ohne Erlaubnis begraben; er ſchuldet Rechenſchaft über ſeine Toten; er weiſt auf ſeinem unabſehbaren Acker den ſechs Quadratfuß großen Platz zu, wo der Menſch eines Tages alles, was er liebt oder haßt, für immer verſenkt. Ja, am Ende zieht jedes menſchliche Gefühl zu jener bedeutſamen Portiersloge und läßt ſich dort verwalten ... Denn der Hüter des Père Lachaiſe iſt ſehr gewiſſenhaft und führt ein genaues Regiſter über ſeine Toten: Sie liegen in ihren Gräbern und in ſeinen Aktenmappen. Ihm unterſtehen Wächter, Gärtner, Totengräber, Handlanger. — Er iſt eine Perſönlichkeit. Die Hinterbliebenen bekommen ihn im allgemeinen nicht zu ſehen, geſchweige denn zu ſprechen. Er erſcheint nur in ernſten Fällen: Ein Toter, der für einen andern gehalten wird, ein Ermordeter, eine Exhumierung, ein Scheintoter — ſolche Fälle locken ihn aus ſeiner Loge heraus. In ſeinem Salon ſteht die Büſte des regierenden Königs. Vielleicht ſind die Büſten der früheren Kaiſer und Könige in irgendeinem Schrank aufbewahrt, der ſolcherart zu einem kleinen Père Lachaiſe der Revolutionen wird.

Kurz, er iſt — wie ſeine Grabſchrift lauten könnte — „ein Mann des öffentlichen Wohles, ein guter Vater und Gatte". Indes, es ſind an ihm, in Geſtalt von Leichenwagen, ſo viele verſchiedenartige Gefühle vorbeigezogen! Er hat ſo viele Tränen geſehen — echte und falſche! Er hat den Schmerz auf und hinter ſo vielen Geſichtern geleſen! Er hat ſechs Millionen ewige Schmerzen erlebt! Ihm iſt der Schmerz nur mehr ein Stein von vier Fuß Länge, zweiundzwanzig Zoll Breite und elf Linien Dicke.

Die Beileidsbezeigungen gehören entſchieden zu den Mißhelligkeiten ſeiner Stellung. Es gibt keine Mahlzeit, die ihm nicht durch einen Erguß ſeiner „untröſtlichen Teilnahme“, ſeines „tiefſten Mitgefühls“ verſalzen würde. Er iſt gut; er iſt zartfühlend; er hat Verſtändnis für die verſchiedenartigſten Gefühlsäußerungen. Er kann über den Tod eines Roman- oder Dramenhelden die bitterſten Tränen vergießen. Aber ſein Herz wird zu Stein, wenn es ſich um wirkliche Tote handelt. Die Toten ſind ihm nichts als Nummern. Sie richtig einzureihen, den Tod zu organiſieren — das iſt ſein Amt, jahraus, jahrein. Nur zwei-, dreimal in jedem Jahrhundert kommt eine große Zeit für ihn; da iſt er groß zu jeder Stunde, Tag und Nacht; da kommt — — — die Peſt!

Als Jaquet vor dem Beherrſcher des Totenreichs ſtand, ſchien dieſer gerade ziemlich erregt.

„Ich habe befohlen,“ rief er zornig, „die Beete von der Rue Maſſéna bis zur Place Regnaud-de-Saint-Jean-d'Angély zu gießen! Ihr macht ja, was Ihr wollt! Verdammt nochmal! Und noch dazu heute, wo es ſo ſchön iſt! Wenn es den Verwandten einfällt, herauszukommen, halten ſie ſich an mich, machen mir einen Höllenſpektakel und ſchimpfen dann hinter meinem Rücken ...“

„Verzeihen Sie, mein Herr!“ unterbrach ihn Jaquet, „wir wünſchten zu erfahren, wo Frau Jules begraben iſt?“

„Frau Jules — welche?“ entgegnete er. „Wir hatten in den letzten acht Tagen drei Frau Jules! ... Ah,“ ſetzte er, mit einem Blick nach dem Eingangsportale, unvermittelt fort, „da kommt das Leichenbegängnis

von dem Oberſten de Maulincour! Holen Sie ſchnell den Erlaubnisſchein! . . . Ein ſchönes Begräbnis — Donnerwetter! . . . Er iſt ſeiner Großmutter raſch genug nachgefolgt . . . Es gibt Familien, da purzeln ſie nur ſo um die Wette! Ja, ja, dieſe Pariſer haben ein miſerables Blut . . .“
„Mein Herr,“ warf Jaquet ein und zupfte ihn am Ärmel, „es handelt ſich um die Frau des Börſenmaklers Jules Desmarets.“
„Ach richtig, ich weiß ſchon!“ gab der Friedhofspförtner zur Antwort, „das war doch das Begräbnis mit den dreizehn Trauerwagen, wobei in jedem der erſten zwölf nur ein einziger Leidtragender ſaß? Ich erinnere mich ſchon, es fiel mir auf, denn es war ſo komiſch . . .“
„Seien Sie vorſichtig!“ flüſterte ihm Jaquet zu, „Herr Desmarets ſteht hinter mir und könnte Sie hören. Ich finde Ihre Bemerkung unpaſſend!“
„Verzeihen Sie, mein Herr, Sie haben recht! Entſchuldigen Sie nur — ich hielt Sie für Erben . . .“ Er blätterte eine Weile in ſeinem Regiſter und fuhr fort:
„Frau Desmarets liegt Rue de Maréchal-Lefebvre, Allee Nummer vier — zwiſchen der Schauſpielerin Raucourt von der Comédie-Françaiſe und Herrn Moreau-Malvin. Der war ein dicker Schlächter, für den ſoeben ein Grabmal ganz aus weißem Marmor beſtellt wurde. Ich ſage Ihnen, es wird eins der ſchönſten ſein, die auf unſerm Friedhof ſtehen . . .“ „Ganz recht, mein Herr!“ unterbrach Jaquet abermals, „aber damit ſind wir noch nicht weitergekommen. . .“
„Ach, entſchuldigen Sie, bitte!“ verſetzte der andre und ſah ſuchend um ſich, bis er einen in der Nähe ſtehenden Wächter gewahrte; „Jean! Führen Sie die

beiden Herren zu dem Grabe der Frau Jules Desmarets — Sie wissen doch, neben der Schauspielerin Raucourt von der Comédie-Française, dort, wo die Frauenbüste steht!"

Unter der Führung dieses Wächters traten die beiden Freunde die lange Wanderung zu Clémencens Grabe an. Aber noch bevor sie die steile Böschung erreichten, die zu dem neueren, hochgelegenen Teil des Friedhofs führte, hatte Jaquet schon an die zwanzig Unternehmer abgeschüttelt, die mit honigsüßer Anmut ihre Grabgitter, ihre Marmorkreuze und Skulpturen anpriesen.

„Wenn der Herr ‚etwas' machen lassen wollte ... wir könnten mit äußerst niedrigen Preisen entgegenkommen ..."

Jaquet war recht froh, daß er dem Freunde all diese, für ein blutendes Herz so entsetzlichen Reden ersparen konnte.

Sie kamen an die Grabstätte, wo Maurer gerade den Platz für die Tragsteine absteckten, in denen nachher das Grabgitter eingelassen werden sollte. Als Jules den frisch aufgeworfenen Grabhügel gewahrte, lehnte er sich tief ergriffen an die Schulter seines Freundes; nur von Zeit zu Zeit hob er den Blick auf das armselige Stückchen Erde, das die Hülle der Geliebten barg.

„Wie schlecht sie da liegt!" flüsterte er traurig.

„Aber — sie ist nicht da!" versetzte der andre, „sie ist in deiner Erinnerung! — Nun komm, Freund! Meide diesen abscheulichen Ort, wo man die Toten schmückt wie Frauen, wenn sie tanzen gehen."

„Wenn wir sie von hier fortbrächten?" sprach Jules nach einer Weile.

„Wie wäre das möglich?"

„Möglich ist alles!" rief er aus, und setzte dann nachdenklich hinzu: „Hier alſo will ich ruhen — es iſt Platz."

Nur mit Mühe gelang es Jaquet, den Makler von dieſer Stätte fortzuziehen, die durch Bronze- und Eiſengitter ſchachbrettartig in kleine Felder zerfiel. Jedes dieſer zahlloſen Felder ſchmückten Palmen und Blumen. Und die Tränen, die ſie netzten, waren wohl ebenſo kalt wie der Stein, auf dem die Hinterbliebenen Wappen und Trauer einmeißeln ließen. Da gibt es ſchwarzgravierte Sinnſprüche, geſchmackloſe Einfälle, banale und geiſtreiche Abſchiedsworte, fromme Wünſche auf ein Wiederſehen, bei dem ſich allemal nur der eine Teil einfindet, anſpruchsvolle Biographien — leeres Stroh, Flittergold, Plunder! Hier ein Thyrſusſtab, dort Lanzenſpitzen und ägyptiſche Urnen; hier und dort Kanonenrohre; Symbole aller erdenklichen Berufe und in allen Stilarten, mauriſch, griechiſch, gotiſch; mit Buchsbaum eingefaßte Blumenbeete, Urnen, Genien, Tempelniſchen und überall — welke Immortellen und Roſenſtöcke. Welch ſchändliche Komödie! Es iſt ein zweites Paris mit ſeinen Straßen, ſeinen Schildern, ſeinen Induſtrien, ſeinen Paläſten — aber ein mikroſkopiſch verkleinertes, durch den verkehrt gehaltenen Operngucker betrachtetes Paris. Es iſt die auf die geringeren Dimenſionen der Geiſterſchatten reduzierte Menſchheit, an der nichts mehr groß iſt als die Eitelkeit. — Dem Friedhofsausgang zuſtrebend, ſah Jules das unabſehbar lange Tal der Seine zu ſeinen Füßen. Dort, zwiſchen den Hängen von Vaugirard und Meudon, und jenen von Belleville und Montmartre, lag das wirkliche Paris im graublauen Schleier ſeines dunſtigen Odems. Heimlich umfaßte ſein Blick dieſes ungeheure Meer von vierzigtauſend Häuſern, und er deutete auf den Raum zwischen der Vendôme-Säule und der vergoldeten Kuppel des Invalidendoms: „Dort, dort ist sie mir entrissen worden! Dort raubte sie mir die unselige Neugier einer Welt, wo jeder sich drängt und drückt, um zu bedrängen und zu bedrükken!"

☆

AM ABHANGE EINES DER ZAHLREICHEN Hügel, in deren Mitte Paris sich regt und bewegt wie ein Kind in der Wiege, liegt in einer Entfernung von etwa vier Meilen ein bescheidenes Dörfchen an den Ufern der Seine. Auch dort kehrten Tod und Trauer ein, jedoch ohne Begleitung von Fackeln und Wachskerzen, ohne Trauerwagen und Kirchengesang: Frei von allem Pariser Pomp, einfach wie das Leben der Dorfbewohner war auch der Tod.

In den Morgenstunden hatte die Seine an das schlammige, schilfbewachsene Ufer den Leichnam eines jungen Mädchens angeschwemmt. Einige Flößer, die in der Nähe arbeiten sollten, entdeckten ihn, als sie ihr schwankes Fahrzeug bestiegen.

„Sieh mal an!" rief einer, „da gibt's fünfzig Franken Belohnung!"

„Freilich!" versetzte ein andrer.

Sie näherten sich der Toten.

„Ein ganz hübsches Mädchen!" meinte der erste.

„Komm, wir wollen die Anzeige machen!" —

Und die beiden Flößer bedeckten den Leichnam mit ihren Jacken und eilten zu dem Bürgermeister des Dorfes, den sie mit ihrem grausigen Funde in nicht geringe Verlegenheit versetzten. War er doch gezwungen, darüber ein Protokoll zu verfassen.

Die Kunde von dieſem Ereignis verbreitete ſich mit der dem Lande eigentümlichen telegraphiſchen Geſchwindigkeit. Auf dem Dorfe, wo die geſellſchaftlichen Verbindungen keinerlei Unterbrechung erleiden, eilen Gerücht und Verleumdung, Geſchwätz und üble Nachrede, all die Ammenmärchen, wovon ſich die Geſellſchaft ernährt, unmittelbar von Mund zu Mund und ſind im Nu von einem Ende am andern. So ſammelten ſich in der Gemeindeſtube alsbald zahlreiche Leute, die dem Bürgermeiſter bereitwillig aus der Verlegenheit halfen. Sie verwandelten das beabſichtigte Protokoll in einen einfachen Totenſchein. Dank ihrem Bemühen wurde die Mädchenleiche als die der Ida Gruget, Korſettmacherin, wohnhaft Rue de la Corderie-du Temple Nr. 14, zuverläſſig feſtgeſtellt. Die Gerichtspolizei griff ein, worauf die Witwe Gruget, die Mutter der Verſtorbenen, mit dem Abſchiedsbrief ihrer Tochter ausgerüſtet, am Tatorte erſchien. Unbekümmert um das herzbrechende Schluchzen der Mutter konſtatierte der Gerichtsarzt: „Tod durch Erſtickung infolge Eindringens des venöſen Bluts in das Lungenſyſtem“. Damit war alles geſagt, und die Obrigkeit gab um zehn Uhr abends die Erlaubnis zur Beerdigung der Griſette. Der Ortspfarrer verweigerte die Aufbahrung in der Kirche und lehnte ab, für die Selbſtmörderin zu beten. So wurde denn Ida Gruget von einer alten Bäuerin in ein Leichentuch gehüllt und in einen gewöhnlichen Sarg aus Fichtenholz gelegt. Vier Männer trugen ihn auf den Friedhof. Ein paar neugierige Bauernmägde gingen hinter ihm her und plauderten über dieſen Tod mit einer aus Mitleid und Erſtaunen gemiſchten Geſchwätzigkeit. Eine alte Dame war barmherzig genug, die Witwe Gruget zu verhindern, ſich dem traurigen Leichenbegängnis ihrer Tochter anzuſchließen. Ein Mann in dreifacher Stellung, der Glöckner, Küſter und Totengräber der Pfarre, hatte inzwiſchen auf dem Ortsfriedhof ein Grab ausgehoben. Dieſer Friedhof lag, kaum einen halben Morgen groß, hinter der Rundung des Chors der Kirche, die mit ihrem viereckigen Turm und dem ſteilen, durch äußere Strebepfeiler unterſtützten Schieferdache einen recht anſehnlichen, beinahe klaſſiſchen Eindruck hervorrief. Niedrige, halbverfallene Mauern umrahmten ein Feld voller Hügel. Schmucklos reihte ſich einer an den andern. Keine Marmorgrabmäler, keine Palmen und Beſucher — doch ſicherlich Tränen und echte Trauer in der kleinſten Furche.

Nur für Ida Gruget gab es keine Trauer, keine Tränen. Man warf ſie in einen Winkel zwiſchen hohes Gras und Dornengeſtrüpp. So ſchnell es ging, ſenkte man den Sarg in das Grab, und der Totengräber befand ſich auf dem in ſeiner Einfachheit ſo poeſievollen Acker alsbald allein. Während er bei zunehmender Dunkelheit das Grab zuſchaufelte, hielt er von Zeit zu Zeit inne, ſtützte ſich auf die Schaufel und betrachtete nachdenklich die glitzernden Wellen der Seine, die ihm dieſe Leiche zugeführt hatten.

„Armes Mädchen!“ rief eine Stimme durch die nächtliche Stille.

Erſchrocken wandte ſich der Totengräber um und erblickte auf der jenſeits der Friedhofsmauer entlangführenden Straße eine Männergeſtalt.

„Herr, Ihr habt mir Angſt gemacht!“ ſagte er aufatmend.

„Wurde für die Tote, die da begraben wird, eine Meſſe geleſen?“

„Nein, Herr! Der Herr Pfarrer wollte nicht. Die da

ist die erste Person, die hier begraben wird und nicht zur Pfarre gehört. Hier kennt sich ein jeder. Will der Herr ... Nanu — er ist fort!" — — — — — —
Einige Tage waren verstrichen, da erschien im Hause des Maklers ein schwarzgekleideter Mann und stellte, ohne mit Jules sprechen zu wollen, in das Zimmer seiner verstorbenen Frau eine große Porphyrurne. Darauf las man die Inschrift:

INVITA LEGE
CONJUGI MŒRENTI
FILIOLÆ CINERES
RESTITUIT
AMICIS XII JUVANTIBUS
MORIBUNDUS PATER

„Welch ein Mann!" rief Jules tief ergriffen, als er diese Worte gelesen hatte. —
In kurzen acht Tagen hatte der Makler alle Wünsche der geliebten Frau erfüllt und seine eigenen Angelegenheiten in Ordnung gebracht. Er verkaufte sein Geschäft an den Bruder von Martin Faleix und verließ Paris, während die Behörden immer noch darüber stritten, ob es zulässig sei, daß ein Bürger über den Leichnam seiner Ehefrau verfüge.

☆

WER IST AUF DEN PARISER BOULEVARDS, an einer Straßenkreuzung oder unter den Arkaden des Palais Royale, kurz, an irgendeinem vom Zufall bestimmten Orte nicht schon einer Person, sei es Mann oder Frau, begegnet, deren Anblick zahllose wirre Gedanken hervorrief? Sei es, daß die bizarre Gestaltung der Züge ein bewegtes Leben anzeigt; sei es, daß sich Gesicht und Kleidung, Gang und Gesten zu einem höchst abſonderlichen Ganzen zuſammenſchließen; ſei es ein durchdringender Blick oder etwas Ungewohntes, das ſtark und plötzlich erſchüttert — es erweckt das lebhafteſte Intereſſe, ohne daß man imſtande wäre, deſſen Urſachen zu ergründen. Am nächſten Tage entführen andre Gedanken, andre Eindrücke den flüchtigen Traum. Begegnet man dieſer Perſon aber ein zweites Mal am gleichen Orte — ſei es, weil man zur gleichen Stunde dort vorbeikommt, wie z. B. ein Standesbeamter, der täglich ſeine acht Stunden Ehen ſchließt, ſei es auf ausgedehnten Spaziergängen umherirrend, wie jene Leute, die ein Möbelſtück der Pariſer Straßen zu ſein ſcheinen und überall, auf Promenaden, in Reſtaurants, bei Uraufführungen im Theater, als deren ſchönſte Zierde anzutreffen ſind —, dann gewinnt dieſe Perſon über das Gedächtnis des andern volle Gewalt und bleibt darin haften wie der erſte Band eines Romans, deſſen Schluß man nicht kennt. Man wäre verſucht, den Unbekannten anzuſprechen und zu fragen: „Wer ſind Sie? — Warum gehen Sie hier ſpazieren? — Mit welchem Rechte tragen Sie dieſen gefältelten Kragen, dieſen Stock mit Elfenbeinknopf, dieſe unmoderne Weste?“ oder „Warum tragen Sie noch die Stutzerhalsbinde aus der Revolutionszeit?“

Von dieſen zwecklos, ziellos herumirrenden Geſchöpfen gehören die einen zu der Art der Götzenbilder. Sie ſagen der Seele nichts; ſie ſind einfach da — niemand weiß, warum. Sie gleichen den Geſichtern, deren ſich Bildhauer als Typus bedienen, wenn ſie „Handel und Gewerbe“ oder „Die vier Jahreszeiten“ darſtellen. Andre wieder, ehemalige Anwälte, Kaufleute und Generäle, gehen einher, als ſeien ſie aufgehalten worden. Sie gleichen den halbentwurzelten

Bäumen am Ufer des Fluſſes; nie nehmen ſie teil an dem Sturm von Paris und an dem lebensfrohen Treiben der Menge. Man weiß nicht, ob vergeſſen wurde, ſie zu begraben, oder ob ſie dem Sarge entwiſcht ſind. Sie befinden ſich in einem beinahe foſſilen Zuſtand.
Einer dieſer Pariſer Melmoths hatte ſich ſeit einigen Tagen unter die ehrbaren, vernünftigen Leute gemengt, die bei ſchönem Wetter den Raum zwiſchen dem Südgitter des Jardin du Luxembourg und dem Nordgitter des Obſervatoriums bevölkern. Dieſer Raum iſt farblos, nüchtern, ohne Eigenart. In der Tat, dort iſt Paris nicht mehr Paris und iſt doch immer noch Paris. Jener Ort hat gleichzeitig von allem etwas an ſich: von einem Platze, von der Straße, vom Boulevard, von der Feſtung, von den Anlagen und Alleen, von der Landſtraße, von der Provinz, von der Hauptſtadt — und iſt doch nichts von alledem; er iſt eine Einöde. Rings um dieſes namenloſe Etwas erheben ſich das Findelhaus, die Bourbe, die Spitäler von Val-de-Grâce und Cochin, das Kapuzinerkloſter, das Greiſenheim La Rochefoucauld, die Taubſtummenanſtalt — kurz, jedes Laſter, jedes Elend von Paris hat hier ſein Aſyl. Und damit dieſer philanthropiſchen Gegend nichts fehle, gründeten die Karmeliter ein neues Kloſter, Herr de Chateaubriand errichtete das Lazarett Marie-Thérèse, und die Wiſſenſchaft gibt ſich in Ruhe dem Studium von Flut und Ebbe, Länge und Breite hin. Glockengeläute gemahnt hier ohne Unterlaß an die großen Augenblicke des Menſchenlebens: an die Mutter, die entbindet; an das Kind, das geboren wird; an das Laſter, das verreckt; an den Arbeiter, der ſtirbt; an die Jungfrau, die betet; an den Greis, der friert; an den Gelehrten, der ſich

irrt. — Zwei Schritte davon entfernt liegt der Friedhof Mont-Parnaſſe, zu dem Stunde für Stunde die armſeligen Leichenbegängniſſe aus dem Stadtviertel von Saint-Marceau ziehen. Dieſes Gelände, von dem aus man Paris beherrſcht, war von alten, grauhaarigen Kugelſpielern erworben worden, die ſich hier an dem harmloſen Spiel der Vorfahren erfreuten. Es waren einfache, wackere Leute, deren biedere Züge nur mit jenen ihrer teilnahmsfrohen Zuſchauer verglichen werden können.

Der Mann, der ſeit einigen Tagen Bewohner dieſes öden Stadtteils geworden war, ſah dem Kugelſpiele mit andauerndem Intereſſe zu und konnte ſicherlich für das auffallendſte Geſchöpf dieſer Gruppe von Menſchen betrachtet werden, die — wenn es erlaubt iſt, den Pariſer zoologiſch einzureihen — der Gattung der Mollusken anzugehören ſchien. Die Zielkugel, jene kleine Kugel, die als Ziel dient und demnach das Weſen des Spiels begründet, erweckte ſein innigſtes Intereſſe. Stand ſie ſtill, ſo lehnte er ſich an einen Baum. Er verfolgte die durch die Luft fliegenden oder auf der Erde dahinrollenden Kugeln mit derſelben Aufmerkſamkeit, die ein Hund für die Geſten ſeines Herrn äußert. Man hätte ihn für den phantaſtiſchen Genius der Zielkugel halten können. Nie ſagte er auch nur ein Wort, und die Kugelſpieler kümmerten ſich nicht um die Urſachen ſeines beharrlichen Schweigens. Einige dieſer ſeltſamen Menſchen hielten ihn für taubſtumm. Sollte gelegentlich über die Entfernung der einzelnen Kugeln von der Zielkugel entſchieden werden, ſo galt der Spazierſtock des Unbekannten als das unfehlbare Maß. Die Spieler holten ihn dann aus den kalten Greiſenhänden, ohne mit einem Worte oder auch nur einer liebenswürdigen Geſte darum zu bitten. Das Herleihen des Stockes ſchien wie eine auf ihm laſtende Servitut, in die er ſtillſchweigend eingewilligt hatte. Kam ein Platzregen, ſo blieb er als Sklave der Zielkugel und Wächter der begonnenen Spielpartie zurück. Ebenſowenig wie der Regen überraſchte ihn Sonnenſchein — er ſtand, wie die Kugelſpieler, als Mittelding zwiſchen dem Pariſer, der die geringſte, und dem Tier, das die höchſte Vernunft beſitzt. Blaß und verwelkt, ungepflegt und zerſtreut, kam er meiſt barhäuptig und ließ das gebleichte Haar und den viereckigen bräunlichen nackten Schädel ſehen, ähnlich dem Knie, das die Hoſe eines Bettlers durchſtößt. Sein Mund ſtand ſtets halb offen, ſein Gang war ohne rechten Halt. Er lächelte niemals, ſein ſtarrer Blick ſchweifte gedankenlos ins Leere oder war zur Erde geſenkt, als ſuchte er irgend etwas. Gegen vier Uhr kam ein altes Weib und nahm ihn mit ſich — niemand wußte, wohin. Sie ſchleppte ihn am Arme fort, wie eine Bauernmagd die widerſpenſtige Ziege von der Weide zieht, wenn es Zeit iſt, in den Stall zurückzukehren. Es war ſchrecklich, dieſen Greis zu ſehen. —

Als Jules Desmarets am Nachmittage, allein in einer Reiſekaleſche ſitzend, von der Rue de l'Est her auf das Gelände des Obſervatoriums gefahren kam, ſtand der Greis gerade an den Baum gelehnt und ließ ſich, unbekümmert um das Lärmen der friedlich beunruhigten Spieler, ſeinen Stock fortnehmen. Jules glaubte dieſes welke Antlitz zu erkennen. Er wollte anhalten laſſen, doch ſein Wagen blieb gerade ſtehen, weil der Poſtillon, von einigen Karren eingeſchloſſen, die unruhigen Kugelſpieler nicht ſtören und um Durchfahrt bitten wollte. Er hatte zuviel Reſpekt vor Unruhen, der Poſtillon . . .

„Er ist es!" flüsterte Jules vor sich hin; „wie sehr hat er sie geliebt!"
In jenen menschlichen Trümmern hatte er endlich Ferragus, den Dreiundzwanzigsten, erkannt — das Haupt der Zerstörer. Erschüttert starrte er ihn an.
Dann wandte er sich ab und rief:
„Vorwärts, Postillon!"

☆

DIE HERZOGIN VON LANGEAIS

☆

AUF EINER INSEL DES MITTELMEERES LIEGT eine ſpaniſche Stadt, in der ſich ein Kloſter der Barfüßigen Karmeliterinnen befindet. Dort haben ſich die Regeln des Ordens der heiligen Thereſia noch in urſprünglicher Strenge erhalten, wie dies der Glaubensreinheit ſeiner erlauchten Stifterin gebührt. Wohl waren die Klöſter der Halbinſel und des Kontinents von den Stürmen der Franzöſiſchen Revolution und der Napoleoniſchen Feldzüge zerſtört und verwüſtet worden; jene Inſel aber ſtand dauernd unter dem Schutze der engliſchen Marine, ſo daß das reiche Kloſter mit ſeinen friedliebenden Bewohnern von allen Unruhen und Plünderungen verſchont blieb.

Das Getöſe, das die erſten fünfzehn Jahre des neunzehnten Jahrhunderts durchbrauſte, brach ſich an dieſem unweit der Küſte Andaluſiens gelegenen Felſen. Und wäre der Name des Kaiſers wirklich bis zu den in fromme Andacht verſunkenen Nonnen gedrungen, ſo iſt es recht zweifelhaft, ob ſie das phantaſtiſche Gepränge ſeines Ruhms, die ſtrahlende Majeſtät ſeines meteorgleichen Lebens begriffen hätten.

Zahlloſe Denkſchriften der katholiſchen Welt preiſen dies Aſyl unerſchütterlicher Kloſterzucht. Kein Wunder, daß die lautere Erhaltung der Ordensregeln aus den fernſten Winkeln Europas betrübte Frauen anzog, deren Seele ſich, von allen irdiſchen Feſſeln gelöſt, im Schoße Gottes nach einem langſamen Selbſtmord ſehnten. Überdies gab es keinen Ort, der den

Forderungen des Kloſterlebens nach völliger Loslöſung von irdiſchen Dingen beſſer entſprochen hätte. Man ſieht zwar auch auf dem Feſtlande eine große Anzahl ſolcher Bauten, die ihrer Beſtimmung in erſtaunlicher Weiſe gerecht werden. Zuweilen ſind ſie in entlegene Täler eingebettet, zuweilen hängen ſie an ſchroffen Bergwänden oder am Rande von Abgründen. Überall ſuchte der Menſch die Poeſie des Unendlichen, den erhabenen Schauer der Ruhe. Überall wollte er Gott möglichſt nahe ſein. Auf Bergesgipfeln, in tiefen Schluchten, auf ſteilen Klippen — überall hat er ihm nachgeſpürt, überall hat er ihn gefunden. Aber nirgends als auf jenem halb europäiſchen, halb afrikaniſchen Felsblock verband ſich ſo vieles, ſo verſchiedenartiges zu einer einzigen Harmonie, um die Seele zu erheben, ihre lebhafteſten, ſchmerzvollſten Eindrücke auszulöſchen, des Lebens Leid und Sorgen in ein ſtilles Grab zu betten.

Am äußerſten Rande der Inſel erbaut, krönt das Kloſter den mächtigen Felſen, der infolge gewaltiger Erſchütterungen des Erdballs auf der Meeresſeite glatt abgebrochen iſt und durchwegs die scharfen Schneiden ſeiner vom Waſſer zernagten, unzugänglichen Steinplatten zeigt. Gefährliche Sandbänke, mit denen die blinkenden Wogen des Mittelmeers ihr Spiel treiben, ziehen ſich weit hinaus und ſchützen die Inſelſtadt vor jedem Angriffe. Man iſt daher nur vom Meere aus imſtande, das große, viereckige Bauwerk in ſeiner Geſamtheit zu überblicken. Verdankt es ſeine Entſtehung der Freigebigkeit einer ſpaniſchen Familie, ſo richten ſich Form, Höhe und Zugänge peinlich genau nach klöſterlichen Vorſchriften. Von der Stadt aus verwehrt die Kirche den Blick auf das gediegene Kloſtergebäude, deſſen mächtige

Flieſendächer den Einwirkungen von Wind, Sonne und Regen ſchier unüberwindlichen Widerſtand entgegenzuſetzen ſcheinen. Dieſe Kirche mit ihrer kühnen, ſtilvollen Faſſade verleiht dem Seeſtädtchen etwas ungemein Reizvolles, ja Erhabenes. Die dicht Amaneinandergedrängten Dächer, die gleich einem Amphitheater den kleinen Hafen umgürten, darüber die Kirche mit ihrem prächtigen Portale, mit ihren gotiſchen Triglyphen und Kreuzblumen, mit ihren gen Himmel ragenden Türmen: Iſt es nicht, zumal in Spanien, wie ein Symbol der allbeherrſchenden Religion, die dem Menſchen Mittel und Ziel des Daſeins unablässig vor Augen hält?

Nun verſetze man ſolche Landſchaft unter den glühenden Himmel des Mittelmeers, ſchmücke ſie mit Palmen und verkrüppelten, aber zähen Bäumchen, deren grünes Laubgewoge mit dem ſtarren Rankenwerk der Skulpturen zuſammenfließt! Wie die Brandung der ſaphirblauen See die Riffe bleicht! Lauben und Terraſſen vor jedem Hauſe, deſſen Bewohner ſich allabendlich unter den Baumwipfeln ihrer Gärtchen am Dufte der Blumen ergötzen. Im Hafen einige Segler. Dann die Erhabenheit der anbrechenden Nacht auf freiem Meere, erfüllt vom myſtiſchen Klang der Orgel, von fernen Meßgeſängen und feierlichem Glockengeläute. Überall lebendige Ruhe, ruhendes Leben.

Das Innere der Kirche teilte ſich in drei geheimnisvoll-düſtere Schiffe. Da ſich die Windsbraut der Errichtung ſeitlicher Schwibbögen widerſetzt hatte, fehlten hier die ſonſt in Kathedralen üblichen Seitenkapellen, und die auf mächtige Strebepfeiler geſtützten Längsmauern zeigten von außen ein eintöniges, durch keine Fenſteröffnung unterbrochenes Grau.

Haupt- und Seitenſchiffe empfingen demnach ihr Licht einzig und allein durch die Glasmalereien der Roſette über dem Portale, deſſen kunſtvolles Rankenwerk der Gotik entlehnt ſchien.

Der überwiegende Teil des Innenraums war den Stadtbewohnern vorbehalten, wenn ſie hieherkamen, um dem Gottesdienſt beizuwohnen. Vor dem Chore befand ſich ein Eiſengitter, dahinter ein faltenreicher, brauner Vorhang, der in der Mitte gerafft war, ſo daß die Andächtigen nur Prieſter und Altar ſehen konnten. Mehrere Pfeiler trennten das Gitter in gleiche Abſchnitte und bildeten zugleich die Unterſtützung der Orgelempore. Dieſer Anordnung entſprach auf der Rückſeite eine Galerie, deren geſchnitzte Säulchen mit der Ornamentik der Kirche übereinſtimmten. Einem Neugierigen, der es gewagt hätte, dieſe ſchmale Baluſtrade zu erklimmen, wäre es infolgedeſſen unmöglich geweſen, im Innern des Chors mehr zu ſehen als die Glasmalereien der hohen achteckigen Fenſter, die an den Wänden rings um den Hauptaltar emporragten. —

Die franzöſiſche Expedition nach Spanien, die zur Wiederherſtellung der Autorität König Ferdinands des Siebenten unternommen worden war, hatte ihr Werk mit der Einnahme von Cadiz gekrönt. Auch nach der Inſelſtadt waren Truppen entſendet worden, um die Anerkennung der königlichen Gewalt durchzuſetzen. Ihr Kommandant, ein franzöſiſcher General, verlängerte nach Durchführung dieſes Befehls ſeinen Aufenthalt auf der Inſel, einzig zu dem Zwecke, das Kloſter zu beſichtigen, und er fand Mittel und Wege, ſich dort einzuführen.

Das Unternehmen war entſchieden gewagt. Aber einen leidenſchaftlichen Mann, der Romane erlebte, anſtatt ſie zu ſchreiben, einen Mann, deſſen ganzes Daſein ſozuſagen einem blühenden Reigen lebender Gedichte glich, einen Mann der Tat alſo, mußte ein ſolches ſchier unausführbares Unternehmen ungemein reizen. Auf geradem Wege hätten ſich ihm die Pforten des Frauenkloſters wohl nicht erſchloſſen. Kaum der Papſt oder der ſpaniſche Fürſterzbiſchof hätten dies zugegeben. So blieben nur Liſt und Gewalt als Auswege offen. Hieß dies nicht, im Falle der geringſten Unvorſichtigkeit ſeine ganze Soldatenlaufbahn aufs Spiel ſetzen, ohne das Ziel zu erreichen? Noch war der Herzog von Angoulême in Spanien. Mochte der Generaliſſimus einem beliebten Offizier jedes Vergehen nachſehen: dieſes einzige hätte vor ſeinen Augen keine Gnade gefunden.

Der General hatte ſeine Entſendung nach der Inſelſtadt erbeten, um eine in ſeinem Innern brennende Neugierde zu befriedigen. Niemals iſt Neugierde hoffnungsloſer geweſen. Aber dieſer letzte Verſuch war ihm Gewiſſensſache. Das Haus der Karmeliterinnen war das einzige ſpaniſche Kloſter, das ſich ſeinen Nachforſchungen bisher entzogen hatte. Als er an der Inſelſtadt entlangſegelte, erwachte in ſeiner Seele eine hoffnungsvolle Ahnung. Und dann, kaum eine Stunde ſpäter, war es ihm, als dürfe er — obwohl er bisher nicht einmal die Tracht einer Nonne erblickt und von dem Kloſter nur die Umfaſſungsmauern geſehen, nur den Geſang der Litaneien gehört hatte — dieſe Wahrnehmungen für ein günſtiges Zeichen nehmen. Und wie ſchwach auch ſeine unter ſo ſeltſamen Umſtänden wiedererwachten Hoffnungen in ſeinem Herzen glimmten — niemals empfand er die Qualen der Neugierde heftiger als in dieſer zweifelsſchweren Stunde. Für das Menſchenherz gibt es nichts Geringfügiges: Es übertreibt alles, vergrößert alles ins Unermeßliche. Es wirft die Zerstörung eines vierzehnjährigen Kaiserreichs und die eines Damenhandschuhs auf eine Wage, und — fast immer wiegt der Handschuh schwerer als das Reich. Dies die Tatsachen in ihrer einfachsten Form. Erst nach den Tatsachen kommen die Beweggründe.

Eine Stunde nach der Landung des Generals war die königliche Autorität auf der Insel wiederhergestellt. Einige verfassungstreue Spanier, die nach der Einnahme von Cadiz nächtlicherweile hierher geflüchtet waren, schifften sich auf einem Segler, den sie mit Erlaubnis des Generals gechartert hatten, nach London ein; es gab demnach keinen Widerstand, keine „Reaktion", die zu überwinden gewesen wäre.

Diese kleine insulare Restauration des Königtums ging nicht ohne Gottesdienst ab, dem die beiden Kompanien des Expeditionskorps beiwohnen sollten. In Unkenntnis der strengen Zucht, der die Barfüßigen Karmeliterinnen unterworfen waren, hoffte der General, in der Kirche einige Aufklärungen über die Nonnen zu erhalten, die im Inselkloster lebten und deren eine ihm vielleicht teurer war als Leben und Ehre. Seine Erwartungen sollten jedoch zunächst grausam enttäuscht werden. Das Hochamt wurde zwar mit größter Prachtentfaltung zelebriert. Im Hinblick auf den feierlichen Anlaß waren sogar die Vorhänge, die den Chor sonst verbargen, weit geöffnet und ließen herrliche Gemälde und kostbare Reliquien sehen, in deren Edelsteingefunkel die unzähligen silbernen und goldenen Votivbilder verblaßten, die, von gnadeheischenden Seeleuten gestiftet, an den Pfeilern des Hauptschiffes hingen. Die Nonnen aber hatten sich auf die Orgelempore geflüchtet. Dennoch entſpann ſich, während das Hochamt ſeinen Fortgang nahm, das feſſelndſte Drama, das jemals eines Mannes Herz höher ſchlagen ließ.

Die Nonne an der Orgel erregte durch ihr ausdrucksvolles Spiel eine ſo lebhafte Bewunderung, daß es keinem der Soldaten leid tat, zur Meſſe gekommen zu ſein. Die Offiziere waren hingeriſſen von dem Kunſtgenuß, und ſelbſt der einfache Mann fand ſichtlichen Gefallen daran. Nur der General blieb äußerlich ruhig und kühl. Die Empfindungen aber, die das wunderbare Orgelſpiel in ſeinem Innern auslöſte, gehören zu jenen ſeltenen Dingen, deren Ausdruck dem Worte verwehrt iſt. Ähnlich wie Gott, Tod, Ewigkeit laſſen ſie ſich nur nach den wenigen Berührungspunkten ermeſſen, die ſie mit den Menſchen gemein haben.

War es Zufall, war es Abſicht, daß ſich die Muſik auf Roſſini beſchränkte, dem es, wie keinem, gelungen iſt, menſchliche Leidenſchaft in Töne umzuſetzen? Von den Schöpfungen, die wir ſeinem Genius danken, und deren Zahl und Umfang eines Tages ſicherlich tiefſte Ehrfurcht erwecken wird, hatte die Nonne offenbar die Partitur des „Moſé" am meiſten angezogen. Vielleicht deshalb, weil darin das Gefühl frommer Andacht ſeinen allerſtärkſten Ausdruck findet. Hier waren einander zwei Seelen begegnet — die des genialen, von aller Welt anerkannten Tonſetzers und jene der empfindſamen, in namenloſer Abgeſchiedenheit muſizierenden Nonne —, die von der gleichen Intuition ergriffen ſchienen. Dies war wenigſtens die Meinung zweier kunſtliebender Offiziere, die ſich, ſeitdem ſie in Spanien weilten, immer nur nach dem Théâtre Favart zurückgeſehnt hatten.

Es kam das Tedeum. Schon in den präludierenden

Akkorden verriet ſich ein unerwarteter Stimmungsumſchwung der Orgelſpielerin. Offenbar erregte der Triumph des Allerchriſtlichſten Königs in ihrem Herzensgrunde freudigſten Jubel. Kein Zweifel, die Hände, die ſich hier regten, lenkte ein Franzoſenherz. Wie eine Lichtgarbe brach das Gefühl heißer Vaterlandsliebe hervor und mengte in die ernſten Weiſen der Kirchenmuſik leiſe Anklänge an unſre ſchönſten Volkslieder. Eine Spanierin hätte in dieſe ſinnige Huldigung der ſiegreichen Waffen gewiß nicht annähernd ſolche Glut gelegt. Durch ihr Zartgefühl hatte die Nonne ihre Heimat verraten.

„Merkſt du's?" flüſterte ein Soldat ſeinem Nachbar ins Ohr, „auch hier iſt Frankreich!"

„Überall!" erwiderte der andre voll Stolz.—

Der General hatte die Kirche inzwiſchen verlaſſen. Es war ihm unmöglich geweſen, weiter zuzuhören. Trog ihn ein Wahn? Bargen jene düſtern Mauern wirklich die unſäglich geliebte Frau, die in den Schoß der Kirche geflüchtet war, um den raſtloſen, mit großem Scharfſinn und weitreichenden Machtmitteln angeſtellten Nachforſchungen beherzter Männer zu entgehen? Eine leiſe Erinnerung ſtieg aus ſeinem zweifelsſchweren Herzen empor; die Erinnerung an eine wunderſüß melancholiſche Weiſe, „Fleuve du Tage", die ihm die geliebte Frau vor Jahren in Paris ſo gerne vorgeſpielt hatte. Wie kam er darauf? Hatte er recht gehört? War nicht eben jetzt, vor wenigen Minuten, mitten im Triumphgebrauſe der Orgel, die zarte franzöſiſche Romanze gleich einer traurigen Klage wieder an ſein Ohr gedrungen? Wie ein Sturm raſte es durch ſeine Seele. War es möglich? Nach fünf Jahren unſtillbarer Leidenſchaft, die bei jedem Griff ins Leere immer nur höher emporloderte, nach fünf Jahren fruchtloſen Suchens und endloſer Qual ſollte er hoffen dürfen, längſtverlorene Liebe wiederzufinden, mit einem heimlichen, flüchtigen Blick zu neuem Leben zu wecken?

Wer von uns hat nicht mindeſtens einmal im Leben ſeine Schriften durchwühlt, in allen Winkeln ſeines Heimes nach einem verlorenen Gegenſtande geſucht? Wer von uns hat nicht, in quälendem Wechſel zwiſchen Hoffnung und Verzweiflung, die Kräfte ſeines widerſpenſtigen Erinnerungsvermögens nutzlos vertan? Welch unſagbarer Genuß, wenn ſich nach tagelangem Suchen der verloren geglaubte Gegenſtand endlich wiederfand! Nun denn: Man ſetze an Stelle jenes kurzen Ärgerniſſes eine Leidenſchaft, nein, eine Art Wut, die ſich über den Zeitraum von fünf Jahren ſpannt; ſetze an Stelle jenes alltäglichen Nichts eine Frau, ein Herz, eine Liebe, und verlege dieſe Liebe in die höchſten Regionen des Gefühls; denke ſich als Suchenden einen leidenſchaftsglühenden Mann, einen jener Männer, deren Löwenherz, deren Stiernacken jedermann angſtvolle Ehrfurcht einflößt, — vielleicht verſteht man dann, warum der General das Gotteshaus ſo ungeſtüm verließ, warum er ihm juſt in dem Augenblicke entfloh, als in das Vorſpiel zum Tedeum eine alte Romanze klang, der er einſt, unter dem goldenen Deckengebälke eines Pariſer Salons, ach ſo gerne gelauſcht hatte.

Er ſtieg die ſteile Straße hinab, die von der Kirche nach der Stadt führte, und blieb erſt ſtehen, bis kein Orgelton mehr an ſein Ohr drang. Unfähig, an andres zu denken als an ſeine Liebe, deren vulkanartiger Ausbruch ihm ins Herz brannte, kam es ihm kaum zum Bewußtſein, daß die zum Gottesdienſt befohle-

nen Truppen an ihm vorbeimarſchierten, um in ihre
Quartiere zu gelangen. In der herabflutenden Men-
ſchenmenge tauchten der Stadtgouverneur und der
Ortsrichter auf, die ihn mit eigentümlicher Befangen-
heit grüßten. Er trat auf ſie zu und erklärte ihnen,
daß ihn ein plötzliches Unwohlſein gezwungen habe,
die Kirche vorzeitig zu verlaſſen; nun aber habe er
ſich an der friſchen Luft wieder erholt und ſei eben
im Begriffe, an die Spitze ſeiner Soldaten zu eilen.
Auf dem Heimwege fiel ihm ein, er könne dieſen,
zuerſt ohne jeden Hintergedanken geäußerten Vor-
wand benutzen, um ein längeres Verweilen auf der
Inſel zu rechtfertigen. In ſeinem Quartiere angekom-
men, legte er ſich daher ſogleich zu Bett und ließ den
Gouverneur wiſſen, daß eine Verſchlimmerung ſeines
Unwohlſeins eingetreten ſei, die ihn zu ſeinem gro-
ßen Bedauern verhindere, an dem Feſtmahle teilzu-
nehmen, das die Honoratioren der Stadt den franzö-
ſiſchen Offizieren zu Ehren veranſtalteten. Gleich-
zeitig ſandte er ſeinem Vorgeſetzten die Meldung,
daß eine vorübergehende Erkrankung ihn zwänge,
das Kommando über die ihm unterſtellten Truppen an
einen ſeiner Oberſten abzugeben. Durch dieſe eben-
ſo einfache, wie gebräuchliche Liſt hoffte er, die für
die Ausführung ſeiner Pläne erforderliche Zeit zu
gewinnen. Noch am ſelben Abend gab er vor, ſich
wieder wohler zu fühlen, und erkundigte ſich ange-
legentlich nach dem Beginn der Andachtsübungen
in der Kloſterkirche — ein Intereſſe, das bei einem
katholiſchen und monarchiſch geſinnten Manne, na-
mentlich in Spanien, niemand wundernehmen konnte.
Am nächſten Tage ſchon begab ſich der General in
das Kloſter, um der Veſper beizuwohnen. Er fand
die Kirche öde und menſchenleer. Die Bewohner

des Seeſtädtchens waren, trotz ihrer Frömmigkeit, nach dem Hafen gezogen, wo um dieſe Zeit die Truppen zur Rückkehr nach Frankreich eingeſchifft wurden. Dem General kam die andächtige Stille des Gotteshauſes ſehr gelegen. Er huſtete laut, ſchritt geräuſchvoll nach vorne, daß die hohen Gewölbe vom Klang ſeiner Sporen widerhallten – kurz, er tat alles, um ſich bemerkbar zu machen. Möglicherweiſe hatten die Nonnen den Abmarſch der Truppen erfahren; dann ſollten ſie, beſonders aber die Orgelſpielerin, nun auch wiſſen, daß ein Franzoſe auf der Inſel zurückblieb. Wurde dieſe ſo ſeltſam mitgeteilte Nachricht vernommen, verſtanden? Der General glaubte dies. War es ihm doch, als trüge die Orgel mit dem Vorſpiele zum Magnifikat die Antwort zu ihm: Auf tönenden Flügeln flatterte ihm die Seele der Nonne entgegen. Immer mächtiger brauſte, dröhnte die Orgel. Die gewaltigen Tonwellen drohten das Gewölbe zu ſprengen. In dieſem Brauſen und Dröhnen lag jedoch nichts von der frommen Begeiſterung einer Seele, die vor Gottes ewigem Strahlenkranze anbetend niederſinkt. Hier offenbarte ſich vielmehr ein vom Glück faſt bedrücktes Herz, das vor dem Auflodern einer vergänglichen Liebe ängſtlich zurückſchaudert. Geläutert im reinen Glauben an Gott, war dieſe Liebe einmal noch emporgeſtiegen aus dem Grabe, in das ſich leidgequälte Frauen verſenken, um dereinſt als himmliſche Bräute wieder aufzuerſtehen. –

Die Orgel iſt unſtreitig das prächtigſte, gewaltigſte und kühnſte der Inſtrumente, die Menſchengeiſt geſchaffen hat. Unter den Händen eines Künſtlers wird ſie zu einem ganzen Orcheſter, das jeden muſikaliſchen Gedanken zum Ausdruck zu bringen vermag. Iſt ſie nicht wie ein Piedestal, von dem aus sich die Seele in den Äther schwingt, um die Unendlichkeit, die Himmel und Erde trennt, im Fluge zu verbinden? Wer nur einmal dieses vielstimmigen Chores gigantische Harmonien vernommen hat, der begreift, daß sie allein imstande sind, die unermeßliche Entfernung zwischen dem knienden Menschen und seinem, hinter den Goldstrahlen des Allerheiligsten verborgenen Gotte zu überbrücken. Ihre unvergleichliche, unerschöpfliche Ausdrucksfähigkeit macht sie zum inbrünstigen Mittler unsrer Gebete, unsrer Hoffnungen, unsrer Reue, unsres Glaubens. Vom Genius der Andacht geboren, wirken sie im stillen Dämmer der Kirche wie ein Schleier, durch den der Gottheit leuchtende Attribute hindurchschimmern.

Seltsam, dem Spiel der Nonne fehlte die Größe, der feierliche Ernst, der dem Magnifikate entsprochen hätte. Anmutige, fast heitere Melodien schwebten in lebhaften Rhythmen dahin, wie Weihrauch auf dem Altare der Liebe. Klang da nicht eben noch das Liebeslied einer Koloratursängerin? Suchte ein Vöglein nicht zwitschernd sein Weibchen? Oder klagte ein Kind um entrissenen Tand? Etwas Fahriges, Flatterhaftes lag in diesem jähen Wechsel der Stimmungen; etwas Leichtsinniges, wie die Erregung einer glücklichen Frau bei der Heimkehr des Geliebten.

Plötzlich senkten sich düstere Schatten auf die Seele der Orgelspielerin nieder. Die Melodien, von Dur nach Moll geleitet, flossen nun ernst und langsam dahin, wie die schwermütige Klage einer kranken Seele. Und es war, als erzählte die Nonne von den trüben Stunden und Tagen, von den bitteren Monden und Jahren, die sie in diesen Mauern verbracht hatte. Wie sie sich allmählich von der Welt gelöst, wie sie Tag um Tag eine Erinnerung, Nacht um Nacht eine Sehnſucht aus ihrem Herzen verbannt hatte, bis es leer war und tot. Ganze Ströme von Tränen ergoſſen ſich in dieſe Harmonien ſchmerzlichſten Leides. Da, mit einemmale, drang aus den höheren Regiſtern der Orgel ein feierlicher Choral in die unendliche Trauer, als brächten Engel vom Himmel herab die Botſchaft, daß harmvollſter Liebe erſt vor dem Thron des Allmächtigen Heilung beſchieden ſei.

Es kam das „Amen“. Dieſe letzten ernſten, feierlichen Akkorde waren eine Rückkehr zu Gott. Nichts mehr von Freuden und Tränen, nichts mehr von Wonnen und Schmerzen! In dieſem Grollen der Bäſſe erſchloß ſich der Nonne die furchtbare Grabesnacht, der ihre Seele für eine kurze Weile entflohen war und in die ſie nunmehr, von aller Erdenſchwere befreit, für immer zurückſank. –

Der General war von dieſem Flug der Seele in die fernſten Regionen des Gefühls unbewußt mitgeriſſen worden. Und er begriff, daß ihm die Nonne mit ihrem ſymphoniſchen Gedichte Vergangenheit, Gegenwart und Zukunft enthüllte. Hat nicht Muſik ihre beſondere, nur empfindſamen Herzen verſtändliche Sprache? Und wenn es eines Dichterherzens bedarf, um Muſik zu ſchaffen, bedarf es nicht teilnehmender Liebe, um die großen muſikaliſchen Kunſtwerke zu verſtehen? Sind nicht Religion, Liebe, Muſik nur verſchiedene Ausdrucksformen ein- und desſelben Gefühls, *eines* Dranges nach Mitteilung, von dem jede edle Seele erfüllt iſt? Religion, Liebe, Muſik – ſie alle münden in Gott; ſie ſind des Menſchen heilige Dreifaltigkeit, ſind ſeines Daſeins Anfang und Ende.

Der General erriet, daß ſich die Nonne in ihrer meerumſpülten Einſamkeit ans Herz der Muſik geflüchtet hatte, um die verzehrende Glut ihrer Liebe zu lindern. Huldigte ſie Gott mit dieſer Liebe? Triumphierte ihre Liebe über Gott? Wer vermochte dies Rätſel zu löſen? Nur eines fühlte, wußte er: Hier ſchlug ein Herz dem ſeinigen in gleicher Liebe entgegen.

Nach der Veſper kehrte der General zum Ortsrichter zurück, bei dem er wohnte. Er empfand hier zunächst nur den unſäglichen Genuß, den die Erfüllung einer langgehegten, ſehnſüchtigen Hoffnung gewährt: er war noch immer geliebt. Die Schranken, die jene Frau zwiſchen ſich und ihm aufgetürmt hatte, begannen zu ſchwinden. Weiter dachte er nicht. Erſt als er ſich dieſem Genuß eine Zeitlang wunſchlos hingegeben hatte, erwachte in ihm das Verlangen, die Geliebte wiederzuſehen, ſie Gott ſtreitig zu machen.

Bald nach dem Abendeſſen zog er ſich zurück. Er wollte allein ſein, um läſtigen Fragen auszuweichen und ungeſtört ſeinen Gedanken nachhängen zu können. Als er ſich nach ſchlafloſer Nacht ſpät am Morgen erhob, ging er ſogleich in die Kirche. Er ſtellte ſich ſo nahe an das Gitter, daß ſeine Stirne den Vorhang berührte. Er hätte ihn zerreißen mögen — aber er war nicht allein; ſein Wirt, der ihn heute aus Höflichkeit begleitet hatte, ſtand neben ihm, und der General fürchtete, durch die geringſte Unvorſichtigkeit ſeine neuerwachten Hoffnungen aufs Spiel zu ſetzen.

Die Meſſe nahm ihren Anfang, und die Orgel ſetzte mit dem Vorſpiele ein. Doch ſchon nach den erſten Akkorden erkannte der Franzoſe, daß heute andre Hände die Taſten berührten als die der Geliebten. Mit einem Schlage ſtürzte die Welt ringsum zuſammen. Er fühlte, wie ſein Blut jäh nach dem Herzen zurück-

ſtrömte. Indes, während noch eine Flut wirrer Gedanken und quälender Fragen auf ihn einſtürmte, vernahm er plötzlich in ſeiner unmittelbaren Nähe die volle, weiche Stimme der Geliebten. Wie ein Goldfaden im dunklen Brokat, ſo leuchtete die holde Stimme in dem Chorgeſang der Nonnen hervor. Ja, er erkannte ſie wieder, dieſe Stimme, an dem leiſen Beben, das ihr den Reiz mädchenhafter Keuſchheit verlieh! Sie hatte nichts von ihrem ſüßen Schmelz verloren, ſeitdem die angebetete Frau nicht mehr ein funkelndes Brillantdiadem, ſondern das rauhe Stirnband der Karmeliterin trug. — „Ja, ich bin es!" ſchien ihm dieſe Stimme zuzurufen, „und ich liebe dich mit meiner ganzen Seele; liebe dich mehr, als ich dich je geliebt habe. Doch dieſe Liebe ſchützt mich auch vor dir: wohl darfſt du mich hören, meine Liebe darf dich immer umſchweben — nichts aber kann mich fortreißen von hier, nie wirſt du mich wiederſehen!"
Vergeblich mühte ſich der General, die Erregung zu unterdrücken, die gleich einem Orkan in ſeinem Innern tobte. Der Ortsrichter blickte erſtaunt auf den Mann an ſeiner Seite, der ſich verſtohlen helle Tränen aus den Augen rieb. Fürwahr, ſolch frommer Rührung hätte er ſich bei einem franzöſiſchen Offizier nicht verſehen. Nachher auf dem Heimweg von der Kirche erzählte er, daß er ſeinem Gaſte zu Ehren den greiſen Beichtvater des Kloſters zum Abendeſſen eingeladen habe, und er las aus ſeinen Mienen, welch große Freude er ihm damit bereitete. In dieſem Glauben wurde er noch beſtärkt, als er wahrnahm, mit welcher Aufmerkſamkeit, ja Ehrfurcht der Offizier dem Gottesmann entgegenkam. Es fiel ihm daher auch nicht ſonderlich auf, daß der General das Geſpräch immer wieder auf das Kloſter lenkte. Er hielt deſſen

angelegentliches Interesse an den Einkünften und Schätzen des Klosters und an der Zahl und Lebensweise der dort untergebrachten Nonnen für nichts andres als die Höflichkeit eines wohlerzogenen Mannes, der bestrebt ist, sich in der Unterhaltung dem Gesichtskreise seines Gastes anzupassen.

„In welcher Weise stehen die Nonnen mit der Außenwelt in Verbindung?“ fragte der General scheinbar unbefangen, „dürfen sie ausgehen? darf man sie besuchen?“

„Hoher Herr,“ erwiderte der ehrwürdige Greis, „die Ordenszucht ist sehr, sehr streng. ‚Die große Heilige‘, wie man die erlauchte Ordensstifterin nennt, hat zwar öfters ihre Zelle verlassen, die Karmeliterinnen aber gehen niemals aus. Und was den Besuch Fremder betrifft, so ist die Ordensregel nicht minder streng als jene der Klöster des heiligen Bruno. Im allgemeinen bedarf eine Frauensperson zum Besuch des Klosters der Erlaubnis des heiligen Vaters. Für einen Mann aber ist es fast unmöglich, in ein Kloster der Barfüßigen Karmeliterinnen einzudringen. Es sei denn, daß er als Priester mit dem klösterlichen Gottesdienste betraut ist. Nur in Ausnahmefällen, namentlich bei schweren Erkrankungen, gibt der Ordensgeneral die Erlaubnis zum Besuch einer Nonne. Die Äbtissin darf diese Erlaubnis nur mit besonderer Genehmigung des Erzbischofs erteilen.“

„Kommt die Äbtissin oft in die Lage, eine solche Erlaubnis zu verwehren?“

„Sehr selten. Dies hängt wohl mit der isolierten Lage unseres Klosters zusammen, die den Besuch von Verwandten recht umständlich und mühevoll macht. Stammen doch die Nonnen hier aus aller Herren Ländern. Schwester Therese zum Beispiel, deren schöne

Stimme Ihnen heute morgen ſicherlich auffiel, iſt Franzöſin . . .“

„Ah,“ unterbrach der General überraſcht, „Der Triumph der bourboniſchen Waffen dürfte ihr nicht geringe Freude bereitet haben!“

„Ich habe den Nonnen die Urſache des feierlichen Hochamts mitgeteilt. Sie ſind ſtets ein wenig neugierig“, erklärte der Geiſtliche mit gütigem Lächeln.

„Iſt es nicht möglich,“ begann der Offizier nach einer Pauſe etwas zögernd, „daß Schweſter Thereſe noch Beziehungen zu ihrer Heimat hat? Vielleicht wollte ſie über ihre Angehörigen etwas erfahren.“

„Das glaube ich nicht; ſie hätte ſich in dieſem Falle an mich gewandt.“

„In meiner Eigenſchaft als Landsmann wäre ich recht begierig, ſie zu ſehen. Wenn dies möglich iſt, wenn die Oberin einwilligt, wenn . . .“

„Wie ich ſchon ſagte, hoher Herr, iſt eine ſolche Unterredung ſelbſt im Beiſein der ehrwürdigen Äbtiſſin vollkommen ausgeſchloſſen. Ich meine indes, einem Befreier des katholiſchen Thrones und der heiligen Religion gegenüber könnte die Ordensregel, trotz den Geboten der Stifterin, für eine Weile ruhen. Ich werde darüber ſprechen“, fügte der Beichtvater mit gutmütigem Augenzwinkern hinzu.

„In welchem Alter ſteht Schweſter Thereſe?“ fragte der General, der ſich viel lieber nach der Schönheit der Nonne erkundigt hätte.

„Nonnen haben kein Alter mehr“, entgegnete der Greis mit eiſiger Ruhe. —

Am nächſten Vormittage erhielt der Franzoſe die Nachricht, daß Schweſter Thereſe die Erlaubnis erhalten habe, ihn zur Veſperzeit im Beiſein der Oberin zu empfangen. Nach der Mittagsruhe holte ihn der

Prieſter ab und begleitete ihn nach dem Kloſter. Er führte ihn den Friedhof entlang durch einen von hohen Bäumen beſchatteten Kreuzgang, deſſen Kühle ihn wohlig umfing. Nichts unterbrach das erhabene Schweigen als das eintönige Lied plätſchernder Springbrunnen. Am Ende des Kreuzgangs angelangt, ließ er den General in einen großen Raum eintreten, den er als Sprechzimmer bezeichnete und der durch ein hohes Gitter in zwei ungefähr gleich große Teile geſchieden war. Ein großer brauner Vorhang fiel längs des Gitters bis zum Fußboden nieder. Dort, wo der Beichtvater den Franzoſen eingelaſſen hatte, beſchränkte ſich die Einrichtung auf einige Holzſtühle und eine Holzbank an der dem Gitter gegenüberliegenden Wand. Grüngeſtrichene Eichenbalken bildeten die ſchmuckloſe Decke. Trotz der Sonnenglut, die über der Inſel brannte, war dieſer ausſchließlich den Beſuchern zugängliche Teil des Sprechzimmers finſter und kalt. Nur in dem den Nonnen vorbehaltenen Raume befanden ſich zwei niedrige Fenſter. Ihr ſpärliches Licht wurde von den dunkelbraunen Holzwänden ſo gierig eingeſogen, daß es kaum hinreichte, die Gemälde der Ordensſtifterin und der heiligen Jungfrau ſowie das einfache ſchwarze Kruzifix an der Wand zu erkennen.

Die freudige Erwartung des Generals wich unvermittelt einem frommen Schauer. Etwas Großes, Heiliges erfüllte ihn unter dieſem grabeskühlen Deckengebälke. Geheimnisvoll umgab ihn der tiefe Kloſterfrieden, der Gedanke an die ewige Ruhe, der wie eine Mahnung durch die Klöſter ſchleicht, Licht, Luft, Körper, Seele — alles durchdringt, alles durchtränkt und durch die vom Halbdunkel befruchtete Phantaſie ins Unermeßliche wächſt. Das erhabene Wort „Der

Friede ſei mit euch!“ birgt zwiſchen Kloſtermauern eine wunderbare Kraft, der ſich ſelbſt ein Ungläubiger nicht ganz entziehen kann. Daran liegt es wohl auch, daß die Welt dem Mönchsleben mit ſo geringem Verſtändnis gegenüberſteht. Der Mann iſt zur Tat geboren; entzieht er ſich ihr in der Enge der Kloſterzelle, ſo erſcheint er ſchwächlich, weibiſch gar. Wieviel männliche Lebenskraft liegt hingegen — bei all ihrer rührenden Schwäche — in der Nonne! Gefühle, Beweggründe vielfältigſter Art können den Mann zur Aufgabe des Daſeinskampfes zwingen. Dann flüchtet er nicht, nein, er ſtürzt ſich in das Kloſter wie in einen Abgrund hinein. Das Weib hingegen treibt nur ein Gefühl dorthin, und ſelbſt in dieſem Gefühle bleibt ſie ihrer inneren Natur noch treu: Sie vermählt ſich ihrem Gotte! Der Vorwurf „Warum kämpfeſt du nicht!“ mag dem Mönche, nicht aber der Nonne gegenüber gerechtfertigt ſein. Steht doch das Weib auch in der Zurückgezogenheit des Kloſters dauernd im Kampfe, in einem ſtillen, aber erhabenen Kampfe. Liebe ſteigt nur ſelten zur Erhabenheit empor. Aber liegt nicht etwas wahrhaft Erhabenes in einer Liebe, die noch im Schoße Gottes Treue hält? Hat ein Mann des neunzehnten Jahrhunderts das Recht, von den ſittlichen Anſchauungen ſeiner Zeit mehr zu erwarten, mehr zu erhoffen?
Der General war in tiefes Sinnen verſunken. Noch erfaßte er nicht die tiefe Tragik ſeines Geſchicks, das ihn auf einer weltfernen Felsbank im Meere mit der Geliebten vereinte und zugleich durch unüberwindliche Schranken für immer von ihr ſchied. Noch hoffte er, noch war er von der Gewißheit durchdrungen, in ihrem Herzen über Gott zu triumphieren.
Bei dem leiſen Geräuſch herannahender Schritte fuhr

er zuſammen. Der braune Vorhang wurde zur Seite gezogen. Hinter dem Gitter erblickte er im Halbdunkel eine dichtverſchleierte Frauengeſtalt in der Tracht der Karmeliterinnen. Das derbe, wallende Gewand floß über die nackten Füße hinunter und ließ ihn ahnen, wie ſehr Einſamkeit, Tränen, Gebete und Leidenſchaften an dem herrlichen, lebensfrohen Körper gezehrt hatten.

Die welke Hand einer zweiten Nonne — der Oberin, ohne Zweifel — hielt noch immer den Vorhang. Prüfend blickte der General nach dieſer unvermeidlichen Zeugin ſeiner Unterredung hinüber und ſah in zwei dunkle, jugendklare Augen, die das blaſſe, von unzähligen Runzeln durchfurchte Antlitz der Greiſin Lügen ſtraften.

„Frau Herzogin,“ hub er an, als es ihm ein wenig gelungen war, ſeiner Rührung Herr zu werden, „verſteht Ihre Begleiterin Franzöſiſch?“

„Hier gibt es keine Herzogin,“ entgegnete die Nonne ruhig, „Sie ſtehen vor Schweſter Thereſe! Und die Frau, die Sie meine Begleiterin nennen, iſt meine ehrwürdige Mutter in Gott — meine Oberin auf Erden.“

Der General war tief erſchüttert. Ach, wie demütig und gottergeben ſprach dieſer Mund, deſſen frivoler Spott einſt jedes Manneſherz betört hatte!

„Meine ehrwürdige Mutter ſpricht nur ſpaniſch und lateiniſch,“ fügte ſie nach kurzer Pauſe hinzu.

Er hatte ſeine Gründe, die Kenntnis dieſer Sprachen zu verleugnen:

„Mir ſind beide Sprachen gleich fremd,“ erwiderte er ausweichend, „wollen Sie die Güte haben, mich bei der Frau Äbtiſſin deshalb zu entſchuldigen, liebe Antoinette?“

Die ſchmerzliche Rührung, die ſie bei der Nennung ihres Vornamens empfand, äußerte ſich nur in einem kaum merkbaren Erzittern ihres Schleiers. Sie hatte wohl die Hand nach den Augen geführt, die voll Tränen ſtanden . . .

„Mein Bruder,“ ſagte ſie leiſe, „man nennt mich Schweſter Thereſe!“

Dann wandte ſie ſich an die Oberin und ſetzte in ſpaniſcher Sprache fort:

„Ehrwürdige Mutter, jener Edelmann entbietet Ihnen durch meinen Mund ſeinen ehrfurchtsvollſten Gruß. Er bedauert, daß er es nicht ſelbſt tun kann, da er weder ſpaniſch noch lateiniſch ſpricht, und er bittet Sie, dies zu entſchuldigen.“

Zum Zeichen des Einverſtändniſſes verneigte ſich die Alte; dann trat in das engelſanfte Antlitz ein herber Zug von Macht und Würde:

„Kennſt du den Edelmann?“ fragte ſie mit einem prüfenden Blick auf den Offizier.

„Ja, ehrwürdige Mutter!“

„Dann kehre in deine Zelle zurück, meine Tochter!“ gebot die Äbtiſſin in entſchiedenem Tone.

Der General drückte ſich ſchnell hinter den Vorhang, um die namenloſe Angſt zu verbergen, die ihn bei dieſen Worten befiel. Noch im Dunkel glaubte er den durchbohrenden Blick der Alten zu fühlen. Er bebte am ganzen Leibe. Wahrhaftig, derſelbe Mann, den die Feuerſchlünde dreier Batterien nicht erſchreckten, zitterte aus Furcht vor der Frau, die ſein ach ſo zerbrechliches Glück in Händen hielt!

Die Herzogin ging unverweilt zur Türe. Dort blieb ſie ſtehen und wandte ſich um:

„Ehrwürdige Mutter,“ ſagte ſie mit furchtbarer Ruhe, „der Franzoſe iſt mein Bruder!“

„Dann,“ gab die Äbtiſſin nach einer Pauſe zur Antwort, „dann bleibe!“
Oh holde Heuchelei der Liebe! Was ſind ihr Worte, Blicke, Geſten, wenn es gilt, Luchsaugen und Tigerkrallen zu entgehen? —
Schweſter Thereſe kam ans Gitter zurück:
„Sie ſehen, mein Bruder,“ begann ſie leiſe, „was ich zu tun wagte! Um Ihr Seelenheil beging ich eine Todſünde! Um Ihnen ſagen zu können, welch innige Gebete täglich für Sie zum Himmel ſteigen, habe ich gelogen! Doch was ich auch leiden muß, um dieſe Sünde zu büßen — ich leide gerne. Denn ich leide um Ihretwillen. Oh, mein Bruder, Sie wiſſen nicht, welch ein Glück es iſt, wenn man von Liebe ſprechen darf! Sie können nicht ermeſſen, was es bedeutet, wenn ſich unſer Herz, durch die Religion geläutert, in die höchſten Regionen des Gefühls erhebt, Sie ahnen nicht, was es heißt, nur noch mit der Seele zu ſchauen! Wäre ich von dem Geiſte der heiligen Stifterin dieſes Aſyls nicht durchdrungen, der mich all meinem irdiſchen Elend entriß: Wir hätten uns nicht wiedergeſehen! Aber er hob mich zu ſich empor — nein, nicht zu ſich: Nur von weitem, ganz von weitem darf ich in jene verklärten Sphären ſchauen! — und darum darf ich Sie ſehen, darf mit Ihnen ſprechen und kann ruhig bleiben ...“
„Ja, Antoinette,“ rief er begeiſtert aus, „machen Sie, daß ich Sie ſehe!“
„Nennen Sie mich nicht Antoinette, mein Bruder, ich beſchwöre Sie! Die Erinnerung an Vergangenes tut mir ſo wehe! Sie dürfen in mir nichts audres mehr ſehen als die Schweſter Thereſe; als ein armes Geſchöpf, das ſich Gottes ewiger Barmherzigkeit anvertraut hat! — Und,“ fügte ſie nach einer Pauſe hinzu,

„beherrschen Sie sich! Die ehrwürdige Mutter würde uns ohne Erbarmen trennen, wenn Ihr Blick weltliche Leidenschaft verriete, oder wenn Tränen ihn trübten."

Der General führte die Hand an die Stirne, als ob er sich sammeln müßte. Als er den Blick wieder erhob, sah er zwischen den Gitterstäben in das blasse, abgezehrte Antlitz der schönen Nonne. Ihre Wangen, auf denen einstmals alles Entzücken der Jugend erblühte, der Schnee junger Lilien mit dem Feuer bengalischer Rosen sich mischte, hatten nun jenen warmen Ton angenommen, der einer von innen schwach beleuchteten Schale aus feinem Porzellan eigen ist. Das schöne, reiche Haar, einst der Stolz dieser Frau, war abgeschnitten worden. Ein derbes Band umrahmte Stirne und Gesicht. Tiefumschattete Augen sprachen von den Qualen und Entbehrungen ihres jetzigen Daseins. Kurze Fieberblitze, die zuweilen aus ihnen hervorschossen, verrieten, daß ihre sonstige Ruhe nur ein Schleier war, hinter dem sich glühendste Leidenschaft barg.

„Sie müssen fort aus diesem Grabe!" entgegnete er flehend. „Sie waren mein Leben und sind es noch. Sie gehörten mir und hatten nicht das Recht, sich einem andern hinzugeben; auch Gott nicht! Versprachen Sie nicht, dem geringsten meiner Befehle alles zu opfern? Vielleicht werden Sie mich dieses Versprechens würdig finden, wenn Sie erfahren, was ich tat, um Sie zu finden. Seit fünf Jahren sind Sie mein einziger Gedanke, der einzige Sinn und Zweck meines Lebens. Ich suchte Sie in der ganzen Welt. Meine Freunde, und Sie wissen, es sind mächtige Freunde, halfen mir mit allen Kräften, die Klöster von Frankreich, Italien, Spanien, Sizilien, Amerika zu durchſuchen. Jeder Mißerfolg fachte meine Liebe nur noch höher an. Wie oft unternahm ich weite Reiſen auf einen ſchwachen Hoffnungsſchimmer hin! Wie oft ſchlich ich Nacht um Nacht an grauen Kloſtermauern entlang und ſetzte mein Leben aufs Spiel! Oh, laſſen Sie mich von der Verzweiflung ſchweigen, die mich erfaßte, wenn meine Hoffnung immer wieder trügeriſch zuſammenbrach! Was iſt Treue? Ein Nichts im Vergleich zu der grenzenloſen Sehnſucht meiner Liebe! Nein, Antoinette, wenn Sie ſich und mir gegenüber jemals wahr und ehrlich waren, dürfen Sie heute nicht zögern, mir zu folgen ...“

„Sie vergeſſen, daß ich nicht frei bin!“ unterbrach ſie ihn.

„Der Herzog iſt tot!“ verſetzte er lebhaft.

Die Nonne faltete die Hände:

„Möge der Himmel ihm gnädig ſein!“ flüſterte ſie inbrünſtig, „er hat ſich mir ſtets großmütig erwieſen. — Aber“, fuhr ſie dann fort, „nicht d i e ſ e Bande meinte ich. Ich habe ſie um Ihretwillen ohne Bedenken zerriſſen ...“

„Sie meinen alſo Ihr Gelübde?“ entgegnete er finſter. „Ich dachte nicht, daß Ihrem Herzen etwas näherſtünde als unſre Liebe. Aber fürchten Sie nichts: Ich werde vom Heiligen Vater ein Breve erbitten, das Sie Ihres Eides entbindet. Ich gehe nach Rom, ſetze alle Mächte der Erde in Bewegung, und wenn ich Gott ſelbſt ...“

„Läſtern Sie nicht Gott den Allmächtigen!“ warf ſie ein.

„Was ſorgen Sie ſich um Gott? Ich wüßte viel lieber, daß Sie es um mich täten! Daß Sie heute abend noch aus dieſen kalten Mauern in die Barke flüchteten, die Ihrer harrt! Dann zögen wir fort, um glücklich zu ſein, ich weiß nicht wohin, bis ans Ende der Welt! Mir nahe, erwachten Sie von neuem zu Leben und Geſundheit. Unter den Fittichen der Liebe . . .“

„Oh, ſprechen Sie nicht ſo!“ entgegnete ſie mit ſchmerzlichem Lächeln. „Sie ahnen nicht, was Sie mir geworden ſind, Armand! Ich liebe Sie inniger, als ich Sie je geliebt habe. Aber ich ſehe Sie nur noch mit den Augen der Seele! Ach, ahnten Sie die Seligkeit, ſich einer reinen Freundſchaft hingeben zu dürfen — einer Freundſchaft, die ohne Makel iſt, weil Gott ſie beſchützt! Ahnten Sie, wie glücklich ich bin, den Segen des Himmels auf Sie herabflehen zu können! Glauben Sie mir, ich bete nie für mich — Gott tue mit mir nach ſeinem Willen! Aber für Sie, Armand, bete ich mit aller Inbrunſt der Seele. Selbſt um den Preis meines ewigen Lebens wollte ich einige Gewißheit haben, daß Sie glücklich werden in dieſer Welt und — in der andern, für alle Ewigkeit! Mein ewiges Leben — das iſt alles, was mir das Glück übrig ließ. Die vielen Tränen haben mich alt gemacht. Ich bin weder ſchön noch jung. Und müßten Sie die Gattin nicht mißachten, die zuvor Nonne war? Glauben Sie mir, Armand: Keine Liebe kann dies verzeihen, ſelbſt Mutterliebe nicht! Doch was könnten Sie mir ſagen, das ich mir ſelbſt in dieſen langen fünf Jahren nicht ſchon geſagt hätte? In dieſen grauſamen Jahren, die mein Herz gewandelt, ausgehöhlt, zerbrochen haben? Fürwahr, ich hätte es Gott unverſehrter weihen ſollen!“

„Was ich ſagen könnte?“ rief er in leidenſchaftlicher Erregung aus. „Ach, Antoinette, ich ſage, daß ich dich liebe, daß wahre Liebe die Seligkeit iſt, in einem Herzen zu wohnen, das ſich uns rückhaltlos zu eigen gibt. Solcher Liebe begegnet man ſelten! Darum allein zweifelte ich an der deinigen, ſetzte ich dich harten Prüfungen aus! Heute aber liebe ich dich mit der ganzen Kraft meiner Seele. Folge mir, Geliebte, und ich ſchwöre dir, daß nichts auf Erden dich mir rauben kann!"

„Oh, ſchweigen Sie, Armand! Verkürzen Sie die einzige Stunde nicht, die uns das Schickſal noch gewährt!"

„Antoinette, willſt du mir folgen?"

„Ich bin immer bei Ihnen, Armand. Ich lebe in Ihrem Herzen, doch bleibe ich fern allen weltlichen Freuden, aller eitlen Genußſucht. Hier, in Gottes Schoße will ich für Sie leben. Und wenn er gerecht iſt, werden Sie glücklich ſein . . ."

„Warum dieſe Ausflüchte?" warf er in wachſender Erbitterung ein. „Ich kann nur glücklich ſein, wenn du mir angehörſt, ganz angehörſt! Gibt es Pflichten als ſolche dem Geliebten gegenüber? Steht er in deinem Herzen nicht voran? Ach nein, immer ſehe ich andres über mir: Früher war es ‚die Welt', heute iſt es Gott und mein ‚Seelenheil', und morgen vielleicht wieder etwas andres! Die Herzogin, die von Liebeswonnen nichts wiſſen wollte, iſt als Schweſter Thereſe die gleiche geblieben: ein fühlloſes Herz, das Gefühle erheuchelt! Nein, du liebſt mich nicht, du haſt mich nie geliebt!"

„Ach, mein Bruder . . ."

„Du willſt dieſem Grab nicht entweichen, du liebſt meine Seele, ſagſt du? Gut denn! Du ſollſt dieſe Seele für immer verlieren: Ich werde mich töten . . ."

„Ehrwürdige Mutter," unterbrach ſie ihn, indem ſie ſich in ſpaniſcher Sprache an die Äbtiſſin wandte, „ich habe Sie belogen, der Edelmann iſt mein Geliebter!" —

Sogleich fiel der Vorhang herab. Unmittelbar darauf hörte der General die innere Türe ins Schloß fallen. Er war allein.

„Und dennoch!“ murmelte er, „ſie liebt mich noch immer! Wie ſchaffe ich ſie fort von hier ...?“ — Noch am ſelben Tage verließ der General die Inſel. Im Hauptquartier angelangt, ſchob er Geſundheitsrückſichten vor, erbat einen Urlaub und kehrte unverweilt nach Frankreich zurück.

☆

WAS MAN IN FRANKREICH „FAUBOURG SAINT-Germain“ nennt, iſt weder ein Vorort (wie nach dem Worte „Faubourg“ anzunehmen wäre), noch eine Sekte, weder eine Inſtitution, noch ſonſt ein Begriff, der ſich durch Worte genau umgrenzen ließe. Auch die Place Royale, der Faubourg Saint-Honoré, die Chauſſee d'Antin ſind reich an Paläſten, in denen man die Luft des Faubourg Saint-Germain atmet. Umgekehrt iſt nicht alles „Faubourg Saint-Germain“, was zum Faubourg Saint-Germain gehört. Menſchen, die dort geboren ſind, können aus dieſem Bereiche für immer verſtoßen bleiben. Andre wieder, die fern von ihm das Licht der Welt erblickten, werden von ihm angezogen und bleiben für immer ſeinen Einflüſſen unterworfen. Die Manieren, die Denk- und Sprechweiſe, mit einem Worte die Tradition des Faubourg Saint-Germain hat ſeit etwa vierzig Jahren dieſelbe Bedeutung, die ehedem Paris zukam, als Frankreichs Könige dort reſidierten, und die im vierzehnten Jahrhundert auf das Hôtel Saint-Paul, im fünfzehnten auf den Louvre, im ſechzehnten auf das Hôtel Rambouillet und die Place Royale, endlich im ſiebzehnten und achtzehnten Jahrhundert auf Verſailles überging.

In allen Epochen der franzöſiſchen Geſchichte haben Adel und Bürgertum in Paris ihre beſonderen Mittelpunkte gehabt. Dieſe pariſeriſche Eigenart bietet dem Studium der verſchiedenen Geſellſchaftsſchichten ein weites Feld. Wer ſich dazu berufen fühlt, hätte die Pflicht, den letzten Urſachen dieſer Erſcheinung nachzuſpüren.

Wenn Erfahrung für unſre Jugend, für unſre Politiker kein leeres Wort iſt, würde ein ſolches Beginnen vielleicht nicht für die Gegenwart, wohl aber für die weit ernſteren Intereſſen der Zukunft von unabſehbarem Werte ſein.

Die Grandſeigneurs und die Reichgewordenen, die ſie ſtets nachäffen, weil ſie ihnen gleichen möchten, ſie alle ziehen ſich immer wieder aus dichtbevölkerten Gegenden zurück. Wenn der Herzog von Uzès zur Zeit Louis' XIV. das ſchöne Palais am Montmartre erbaute und deſſen Zufahrt mit einem prächtigen Springbrunnen ſchmückte – ein Wohltätigkeitsakt, der ihn, außer andern Tugenden, ſo volkstümlich machte, daß ihm ſpäter faſt die ganze Stadt das letzte Geleite gab —, ſo iſt dies darauf zurückzuführen, daß jener Winkel damals noch öde und unbewohnt war. Sobald jedoch die Feſtungsmauern geſchleift wurden und aus den Sümpfen jenſeits der Boulevards ein Wohnhaus neben dem andern emporſchoß, da zog die Familie Uzès fort und verkaufte das ſchöne Palais, das gegenwärtig von einem Bankier bewohnt wird. Und der Adel, der ſich inmitten der täglich zahlreicher werdenden Läden der Place Royale ohnehin nicht mehr wohlfühlte, ſiedelte über den Strom und genoß mit Behagen die friſchere Luft des Faubourg Saint-Germain. Dort, wo Louis XIV. dem Herzog von Maine, dem jüngſten ſeiner legitimen Kinder, ein ein-

ſames Schlößchen errichtet hatte, wuchſen ſozuſagen über Nacht die prächtigſten Paläſte aus dem Boden.
Für Menſchen, die an den Glanz des Lebens gewöhnt ſind, gibt es in der Tat nichts Niedrigeres, Gewöhnlicheres als das lärmende Haſten, die ſchlechte Luft und die ſchmutzige Enge dichtbewohnter Straßen. Steht ihre Lebensweiſe nicht in ewigem Mißklang zu der eines Geſchäfts- oder Proletarierviertels? Handel und Arbeit gehen zu Bett, wenn der Reichtum ans Diner denkt. Die einen ſind in geräuſchvoller Bewegung, während die andern ſchlafen wollen. Ihre Rechnungen ſtimmen gewiſſermaßen nicht überein, mögen ſie ſich am Ende auch ausgleichen. Sie verhalten ſich darin ähnlich wie die einzelnen Poſten auf zwei gegenüberliegenden Seiten eines Hauptbuchs. Iſt der Adel das Haupt der Geſellſchaft, ſo ſind Bürgertum und Proletariat ihre Glieder. Jener iſt der Gedanke, dieſe ſind die Tat. Daher ihre räumliche Trennung und der Gegenſatz ihrer Sitten. Nur ſo erklärt es ſich, daß dieſe ſcheinbar gegeneinander ſtrebenden Kräfte Bewegungen erzeugen, die bei all ihrer Eigenart dennoch in einem gemeinſamen Sinne wirken.
Dieſer Mangel an ſozialem Einklange haftet allen Verfaſſungen an, mögen ſie noch ſo „konſtitutionell" ſein. Der Liberale, der Aufgeklärte iſt vielleicht der allererſte, der ſich gegen dieſe Erſcheinung ſträubt. Denn er ſieht darin ein Attentat auf die erhabenen Ideen, hinter denen ein paar Ehrgeizige der untern Schichten ihre ſelbſtſüchtigen Abſichten verbergen. Und trotzdem fände er es ungeheuer lächerlich, wenn etwa Prinz Montmorency in der Straße wohnte, die ſeinen Namen trägt, oder wenn der Herzog von Fitz-

James, der Nachkomme des ſchottiſchen Königshauſes, ſein Palais an der Rue Maria Stuart erbaut hätte. „Sint ut sunt, aut non sint!“ — die ſchöne päpſtliche Deviſe könnte den Großen aller Länder als Wahlſpruch dienen. In dieſer Tatſache, die den Völkern zu allen Zeiten einleuchtete, liegt Urſache und Wirkung zugleich; ſie iſt ein Prinzip und ein Geſetz.

Die große Maſſe hat einen geſunden Menſchenverſtand. Sie verliert ihn nur dann, wenn ſie von Übelgeſinnten aufgehetzt wird. In normalen Zeitläuften aber iſt ſie von der Notwendigkeit einer allgemeinen Geſellſchaftsordnung durchdrungen. Dies gilt für Moskau und London ebenſo wie für Genf und Kalkutta. Überall, wo ſich Familien mit ungleich großen Vermögen zuſammenfinden, bilden ſich alsbald höhere und niedere Geſellſchaftsſchichten, erſte, zweite und dritte Kreiſe. „Gleichheit“ mag ein *Recht* ſein, keines Menschen Macht jedoch wird ſie zur *Tatſache* wandeln können. Es wäre für das Glück Frankreichs recht nützlich, wenn dieſe Wahrheit ins Volk dränge.

Die Wohltaten politiſcher Übereinſtimmung werden ſelbſt der unvernünftigſten Maſſe offenbar. Übereinſtimmung iſt die Grundlage jeder Ordnung — und die Völker haben ein unendliches Bedürfnis nach Ordnung. Iſt die Übereinſtimmung der einzelnen Dinge unter ſich, mit einem Worte die *Einigkeit*, nicht der einfachſte Ausdruck der Ordnung? Baukunſt, Muſik, Poeſie — alles ſtützt ſich auf dieſes Prinzip. Und in Frankreich mehr als anderswo. (Steht es doch ſeiner Sprache mitten ins Herz geſchrieben. Gerade die Sprache aber gibt immer und überall den unfehlbarſten Aufſchluß über den Charakter eines Volkes. In ihr ſingt es und dichtet es

und ſchließt darin den Schatz ſeiner Gedanken ein. Darum iſt Frankreich das einzige Land, wo Worte, Phraſen zu Revolutionen führen können.)
Die Maſſen empörten ſich hier ſtets nur aus dem Grunde, um Menſchen, Dinge, Grundſätze in Übereinſtimmung zu bringen. Und wenn ſie an der Einigkeit der Ariſtokratie nicht rüttelten, ſo geſchah dies, weil ſie, wie kein zweites Volk, die politiſchen Notwendigkeiten begriffen und überzeugt waren, daß der Adel niemals abſeits ſtand, wenn es das Wohl des Vaterlandes erheiſchte. Kein Wunder, daß ſich Frankreich immer wieder betrogen ſah. Aber es ließ ſich betrügen wie eine Frau: durch Gedanken und Gefühle, deren Tragweite nüchterner Berechnung entzogen bleibt. —
Der erſte charakteriſtiſche Zug des Faubourg Saint-Germain beſteht demnach in der Pracht ſeiner Paläſte, in der vornehmen Stille ſeiner herrlichen Parkanlagen. Erſcheint der Raum, den eine wenig zahlreiche Geſellſchaftsſchicht zwiſchen ſich und die Bevölkerung einer großen Hauptſtadt legt, nicht wie ein Symbol der Moral, die jene von dieſer ſcheidet? In jedem Organismus hat der Kopf ſeinen beſonderen Platz. Wenn ein Volk, aus welchem Grunde immer, ſein Haupt fällt, dann merkt es früher oder ſpäter, daß es ſich ſelbſt entleibte. Da Völker nicht ſterben wollen, gehen ſie raſch ans Werk, um ſich ein neues Haupt zu geben. Und hat ein Volk nicht mehr die Kraft dazu, dann geht es zugrunde, ſo wie Rom, Venedig und viele andre zugrunde gegangen ſind. —
Der Standesunterſchied, der durch den Unterſchied der Sitten herbeigeführt wird, ſetzt notwendigerweiſe eine entſchiedene Überlegenheit des erſten über die andern Stände voraus. Verſchwinden die Bedin-

gungen einer solchen Überlegenheit, so verliert jener die Kraft und diese reißen ihn von seiner Höhe herab. Jedes Volk will, in welchem Staate und unter welcher Regierungsform es auch lebt, daß seine Patrizier durch Reichtum und Ruhm, durch Macht und Mut, durch Geist und Güte glänzen. Es will sehen, daß sie ihm durch Hand, Herz und Hirn überlegen sind. Ohne diese dreifache Überlegenheit erlischt jedes Standesvorrecht. Völker sind wie Frauen: sie lieben nur den, der sie durch seine Kraft beherrscht; sie gehorchen nur dem, der ihnen imponiert. Eine Aristokratie, die sich nicht Achtung erzwingen kann, gleicht dem Pantoffelhelden: beide sind in ihrem Wirkungskreise ohne Bedeutung.

Auf diese Weise ist für die Aristokratie die Absonderung durch Raum und Sitte das Symbol ihrer tatsächlichen Macht und, wenn sie diese verliert, die Ursache ihres Untergangs. Der Faubourg Saint-Germain war nur deshalb so schnell zu bezwingen, weil er nicht einsehen wollte, welche Pflichten ihm das Dasein auferlegte. Es wäre für ihn so leicht gewesen, sich dauernd zu behaupten! Er hätte nur — wie die englische Aristokratie — beizeiten erkennen müssen, daß alle Institutionen ihre Zeit des Aufstiegs, des Höhepunkts und des Verfalls haben; daß in diesen verschiedenen Epochen gleichen Wörtern nicht die gleiche Bedeutung zukommt und daß, wie die Gedanken ein andres Gewand annehmen, auch die Bedingungen des politischen Lebens, — ohne ihre Grundlagen wesentlich zu erschüttern — ihre Form ändern.

Die Pracht der Schlösser und Paläste, der Luxus ihrer inneren Einrichtung, die wohltuende Ruhe ihrer Gärten; die freie Zeit, über die der Patrizier ver-

fügt; die Möglichkeit, in noch jungen Jahren eine umfassende Bildung zu erwerben; der Mangel an kleinlichen Alltagssorgen; die der „Tradition" innewohnende soziale Kraft, die des Niedrigergebornen zäher Wille und ausdauerndes Studium kaum ausgleichen kann — all dies sollte einem Manne, der solche Fülle von Privilegien schon besitzt, bevor er geboren wird, eine gewisse Ehrfurcht vor sich selber einflößen. Und diese Ehrfurcht sollte vor allem eine Wirkung haben: daß sich dem Adel des Namens der des Herzens zugesellt! Dies trifft jedoch nur bei wenigen Adelsfamilien zu. Selten begegnen einander im Faubourg Saint-Germain wahrhaft schöne, edle, starke Seelen. Sie bleiben Ausnahmen von der allgemeinen Selbstsucht, die zum Untergang jener kleinen großen Welt führen mußte.
Wie in allen andern Staatsgebilden, so stützt auch in Frankreich die Aristokratie ihre im Laufe einer längeren Entwicklung erworbenen Vorrechte auf ererbtes Vermögen, ererbten Grundbesitz — den einzigen gediegenen Grundlagen jeder Gesellschaftsordnung. Diese Vorrechte bestehen jedoch nur so lange, als der Adel an den Bedingungen festhält, unter denen das Volk sie ihm läßt. Sie sind eine Art moralisches Lehen. Der Souverän, der es verleiht und dem gegenüber sein Besitz verpflichtet, ist aber — heute wenigstens — unstreitig das Volk.
Die Zeiten haben sich geändert und mit ihnen die Waffen. Genügte es ehedem, wenn der Lehnsmann mit wehendem Banner und blinkender Rüstung seinen Turniermut bewies, so muß er heute Beweise seiner Intelligenz geben. Dort, wo früher ein großes Herz genügte, bedarf es heutzutage eines großen Hirnes. Kunst, Wissenschaft und Kapital bilden ein so-

ziales Dreieck, das alle Macht umſchließt. Die moderne Ariſtokratie ſollte erkennen, daß ein geiſtreiches Buch, ein neuer Lehrſatz, eine große Erfindung einen alten Namen aufwiegt. Die Rothſchilds, dieſe modernen Fugger, ſind Fürſten der Tat. Und iſt es der Künſtler nicht, der dem Jahrhundert, das er verkörpert, ſein Geſetz aufzwingt? Die Beredſamkeit des Politikers, das Genie des Dichters, die Energie des Kaufmanns, das Schwert des Generals, die Hochdruckmaſchine des Gelehrten, der Wille des Staatsmanns — all dieſe, den einzelnen über die Allgemeinheit emporhebenden perſönlichen Errungenſchaften müßte die Ariſtokratie für ſich allein zu beſitzen ſtreben, ſo wie ſie in früheren Zeiten die Kraft allein beſaß.
Muß man, um an der Spitze eines Landes zu ſtehen, nicht würdig ſein, es zu führen? Wie aber ſollte man es führen, wie ſeine Arme in Bewegung ſetzen, ohne ſein Geiſt, ſeine Seele zu ſein? Was iſt ein Marſchallſtab ohne die innere Kraft deſſen, der ihn in Händen hält? Der Faubourg Saint-Germain ſpielte mit ſolchen Marſchallſtäben und glaubte, ſie ſelbſt ſeien die Macht. Anſtatt die Inſignien wegzuwerfen, die den Bürger verdroſſen, und ſich insgeheim die Macht zu erhalten, ließ er ſich unſeligerweiſe dieſe vom Volke rauben und klammerte ſich krampfhaft an jene. Und er vergaß dabei immer wieder das Geſetz, das ihm ſeine numeriſche Schwäche vorſchrieb. Eine Ariſtokratie, deren Kopfzahl kaum den tauſendſten Teil des geſamten Volkes beträgt, muß die Mittel ihres Handelns vervielfachen, wenn ſie den Maſſen in kritiſchen Zeiten ein Gegengewicht bieten will. Heutzutage ſind dieſe Mittel reale Kräfte, nicht hiſtoriſche Erinnerungen. Zu ſeinem Unglück empfand

der Adel, von dem Glanz längst entschwundener Macht geblendet, solchen Mitteln gegenüber eine Art Dünkel, den er nicht überwinden konnte. Vielleicht ist dies ein Nationalfehler. Der Franzose kümmert sich viel weniger als andre Menschen um Dinge, die unter ihm stehen. Er blickt von der Stufe, die er erreicht hat, stets nur nach aufwärts. Die Unglücklichen, die er überflügelte, rühren ihn selten; immer jedoch seufzt er, daß noch so viele Glückliche vor ihm stehen. Obwohl er ein gutes Herz hat, zieht er es vor, auf seine Vernunft zu hören. Dieser absonderliche Trieb der Eitelkeit, der sein Glück zernagt und den Franzosen ebenso erfüllt wie der Sparsamkeitstrieb den Holländer, beherrschte seit drei Jahrhunderten auch den Adel, der — in dieser Beziehung — durchaus französisch war. Der Mensch des Faubourg Saint-Germein schloß stets von seiner materiellen auf seine intellektuelle Überlegenheit. Ganz Frankreich hat ihn darin bestärkt. Denn seit seiner Errichtung, die mit dem Tage begann, an dem die Monarchie Versailles verließ, stützte er sich ausschließlich auf die Macht, die in Frankreich mehr oder minder stets „Faubourg Saint-Germain" sein wird. Daher seine Niederlage im Jahre achtzehnhundertdreißig. In jener Epoche glich er einer Armee, die ohne Operationsbasis kämpft. Er hatte aus dem Frieden nichts gelernt und verstand nicht, sich im Herzen des Volkes einzunisten. Er sündigte aus Unwissenheit. Da ihm der Überblick auf die Gesamtheit seiner Interessen fehlte, vernichtete er eine sichere Zukunft um einer Gegenwart willen, die höchst unsicher war. Darin liegt vielleicht die Ursache seiner falschen Politik. Die räumliche und sittliche Absonderung der Aristokratie von dem Reste der Nation hatte somit seit vierzig Jahren nur ein Ergebnis: Der Egoismus des einzelnen tötete den Patriotismus der Kaste. Als der Adel noch groß, reich und mächtig war, wußte er in Zeiten der Gefahr ein Haupt zu wählen und ihm ohne Rückhalt zu gehorchen. Später jedoch, nachdem er an Größe, Reichtum und Macht bedeutend eingebüßt hatte, zeigte er sich undisziplinierbar. Jeder wollte — wie zur Zeit des Oströmischen Reiches — Kaiser sein. Weil sie in ihrer Schwäche alle gleich waren, hielt sich jeder für stark. Jede Familie, die während der Revolution infolge der Güterteilung verarmt war, dachte nur an sich, statt an die große Familie der französischen Aristokratie zu denken. Alle waren überzeugt, die Partei zu stärken, wenn sich der einzelne bereicherte. Welch ein Irrtum! Auch das Geld ist nur ein Zeichen der Macht!

Unstreitig besaßen diese Familien einen gewissen inneren Wert, solange die Tradition — Höflichkeit im wahren Sinne des Wortes, Eleganz, edle Sprache, stolze Zurückhaltung — nur das Beiwerk ihres Daseins bildete. Als aber solche Nichtigkeiten zum alleinigen Lebensinhalt heranwuchsen, welkte jener Wert im unbarmherzigen Licht des Alltags schnell dahin. Keiner hatte den Mut, die Frage aufzuwerfen: „Sind wir zur Ausübung der Macht auch stark genug?" Nein, der Faubourg Saint-Germain stützte sich auf die Macht wie eine Schar von Geiern. Anstatt ihr seinen ritterlichen Schutz zu leihen, gierte er nach ihr wie ein Parvenü. Der Tag, an dem das begabteste Volk der Welt die Überzeugung gewann, der restaurierte Adel richte des Staates Macht und Einkünfte zu eignem Vorteil ein — jener Tag besiegelte seinen Untergang.

Gewiß, die königliche Regierung war von den besten

Abſichten beſeelt. Allein ſie vergaß, das Volk in dem
Wahn zu laſſen, daß es ſelbſt ſein Schickſal ſchmie-
den, daß es, gleich einer launenhaften Frau, nach
eignem Gutdünken glücklich oder unglücklich ſein
wolle. Wäre jeder Herzog dieſes Titels ſo würdig
geweſen wie der Herzog von Laval, dann hätte ſich
der Thron der älteren Linie nicht minder gefeſtigt
als der des Hauſes Hannover. Im Jahre achtzehnhun-
dertvierzehn, mehr noch im Jahre achtzehnhundert-
zwanzig, hatte es der Faubourg Saint-Germain mit
der weitſichtigſten Epoche, mit dem ariſtokratiſchſten
Bürgertum, mit dem weichlichſten Lande der Welt
zu tun. Ein Durchſchnittsvolk, das ſich an Standes-
unterſchieden berauſcht und Kunſt und Wiſſenſchaft
für Zeitvertreib hält, hätte er vielleicht führen kön-
nen. Aber die unbedeutenden Lenker jener großen
geiſtigen Epoche haßten alle Kunſt und Wiſſenſchaft.
Ebenſo fehlte dem Adel jedes Verſtändnis für den
Wert der Religion, die den Maſſen das Daſein erſt
erträglich macht. Wie leicht wäre es geweſen, ihr
ein lockendes, farbenfrohes Gewand zu geben, um
das Volk zu gewinnen! Allein, als Lamartine, Lamen-
nais, Montalembert und andre hohe Geiſter die Re-
ligion durch neue Gedanken zu bereichern ſtrebten,
ſchloſſen die Regierungsſtümper das Himmelstor und
ließen nur die Hölle offen. Niemals war eine Nation
willfähriger; ſie glich in jener Zeit einer müden Frau,
die ſich in alles fügt. Niemals lag jedoch die Macht
in ungeſchickteren Händen.

Zu ſeiner Wiederherſtellung, zur Bildung einer ſtar-
ken oligarchiſchen Regierung hätte der Adel des Fau-
bourg Saint-Germain zunächſt ſich ſelbſt ehrlich und
rechtſchaffen erforſchen ſollen. Er hätte prüfen müſ-
ſen, ob nicht in ſeinen eigenen Taſchen das Geld

Napoleons aufzutreiben war; hätte ſich den Bauch aufſchlitzen müſſen, um in ſeinen Eingeweiden nach einem konſtitutionellen Richelieu zu ſuchen. Und fand er das Genie nicht bei ſich, dann mußte er es anderwärts ſuchen, mußte in feuchte Kellerlöcher kriechen, in kalte Dachſtuben klettern, wo es vielleicht gerade Hungers ſtarb. Und hatte er endlich gefunden, was ihm fehlte, dann mußte er dieſen Mann in ſeine Reihen nehmen, wie es die engliſche Kammer der Lords mit den Glücksrittern tat, und mußte ihm befehlen, die faulen Äſte des ariſtokratiſchen Baumes rückſichtslos abzuhacken. Aber das geniale Syſtem der Torys war für die kleinen Köpfe des Faubourg Saint-Germain zu groß. Auch erforderte ſeine Verpflanzung nach Frankreich zu viel Zeit, weil dem Franzoſen ein langſamer Erfolg gleich einem Mißerfolg erſcheint. Unfähig zu ſolch einer erlöſenden Politik, die ihre Kräfte dort ſucht, wo Gott ſie geſchaffen hat, haßten dieſe Tröpfe jede Kraft, die nicht aus ihrem Kreiſe kam. Kurz, der Faubourg Saint-Germain war gealtert, anſtatt ſich zu verjüngen.

Die Etikette, eine Einrichtung von untergeordneter Bedeutung, konnte beſtehen bleiben, wenn ſie ſich auf feierliche Gelegenheiten beſchränkte. Allein ſie wurde zur Urſache eines täglichen Kampfes. Lediglich eine Frage der Pracht, ſtempelte man die Etikette zu einer Frage der Macht. Der Adel ereiferte ſich über Talleyrands Vermählung und ſuchte damit einen Mann zu Fall zu bringen, der in ſeinem Eiſenſchädel ein ganzes politiſches Syſtem zuſammenſchweißte, um die Nation zu neuem Ruhm zu führen. Der Faubourg Saint-Germain ſpottete über die Miniſter, die nicht adlig waren, aber er gab niemanden her, der befähigt geweſen wäre, Miniſter zu ſein.

Und dennoch hätte er dem Lande unſchätzbare Dienſte leiſten können. Er hätte den Stand der Friedensrichter veredeln, Straßen und Kanäle bauen, die Fruchtbarkeit des Bodens heben können. Wie leicht konnte er die Anerkennung ſeiner Privilegien durchſetzen, wenn er den Geiſt des Jahrhunderts begriffen und ſeinen Einfluß, ſeine gewichtige Fürſprache zum Nutzen ländlicher Intereſſen aufgeboten hätte! Aber er zog es vor, ſeine Güter zu verkaufen und an der Börſe zu ſpielen. Anſtatt die Bürgerſchaft ihrer Talente zu entblößen, deren Tatendrang ſeine Macht täglich mehr untergrub, und dem bürgerlichen Ehrgeiz ſeine Reihen zu erſchließen, bekämpfte er ſie — ohne Waffen! Denn was er einſt wirklich beſeſſen hatte, beſaß er nur mehr als „Tradition“. Zum Unglück war ihm von ſeinen früheren Reichtümern gerade noch ſo viel geblieben, um ſeinen unſeligen Dünkel aufrechtzuerhalten. Die alten Ariſtokraten ſonnten ſich in ihren Erinnerungen, die jungen tanzten bei Madame, anſtatt in Paris, unter Führung gewiſſenhafter, aus Revolution und Kaiſerzeit gleich unverſehrt hervorgegangener Männer, das Werk erlauchter Ahnen fortzuſetzen oder die Waffen zu ergreifen, die ſeit dem Anbruch des neunzehnten Jahrhunderts auf derben Bürgerſchultern laſteten.

Auf dem Lande verſtreut, wäre der Adel unbeſiegbar geblieben. In die Enge des Faubourg Saint-Germain zuſammengedrängt, wo immer noch der Geiſt der feudalen Oppoſition umherſchlich, war er leicht zu ſchlagen. Ein einziger Streich genügte, den angefaulten Stamm zu fällen, und ſchon nahte das gemeine Geſicht eines kleinen Winkeladvokaten, der dieſen Streich führen ſollte. Vergebens waren die denkwürdigen Reden, mit denen ſich Royer-Collard für

die Erblichkeit der Pairswürde und des Majorats einſetzte: Ein Mann, der ſich brüſtete, dem Henker durch ſeine Geſchicklichkeit ein paar unbedeutende Köpfe abgejagt zu haben, war ungeſchickt genug, durch niedrige Schmähſchriften eine große, bedeutungsvolle Inſtitution zu morden.
So fehlte dem Sturze der franzöſiſchen Ariſtokratie alle Ritterlichkeit, aller Glanz. Hatte die Emigration des Jahres ſiebzehnhundertneunundachtzig noch eine gewiſſe Größe verraten, ſo verriet das Jahr achtzehnhundertdreißig nur mehr eigennützige Intereſſen.
Wenn Frankreichs Oligarchie keine Zukunft hätte, dann wäre es unerhört grauſam, ſie noch nach ihrem Tode zu martern. Man brauchte an nichts als an ihren Sarkophag zu denken. Mitunter aber hilft das Seziermeſſer des Chirurgen, mag es auch ſchmerzen, dem Sterbenden zu neuem Leben. --
In jedem Organismus herrſcht eine gewiſſe Harmonie. Iſt ein Menſch faul, ſo verrät ſich die Faulheit in allen ſeinen Handlungen. Ebenſo formt ſich auch die Phyſiognomie einer ganzen Geſellſchaftsſchicht nach dem allgemeinen Geiſt, der ihren Körper beſeelt. Daß die Frau ſich in der Natur des Mannes ſpiegelt, gilt immer und überall. Kein Wunder, wenn zur Zeit der Reſtauration die Frau des Faubourg Saint-Germain jenen kühnen Stolz vermiſſen ließ, den einſtmals die Damen des Hofes zur Schau trugen, wenn ſie auf Liebesabenteuer ausgingen. Fehlte ihr doch auch die beſcheidene Größe ſpätgereifter Tugend, durch die ſie im Alter ihre Jugendſünden abbüßte. Sie betrog ihren Gatten nicht, und dennoch war ſie ihm nicht treu. Ihre Leidenſchaft war, mit wenigen Ausnahmen, nur Heuchelei — ſozuſagen ein Sich-Abfinden mit dem Sinnenrauſch und ſeiner Befriedigung. Sie ſpottete

über das bürgerliche Familienleben der Herzogin von Orléans, deren Ehebett jedem Beſucher des Palais Royale mit einer gewiſſen Genugtuung gezeigt wurde. Geſchickter als die wenigen Frauen, die in ihrem Eheleben die Sitten der Regentſchaft bewahrten, empfand ſie eine Art Abneigung dagegen, die zuweilen bis zum Ekel wuchs.

Die neue Grandedame hatte keinerlei Einfluß auf die Sitten. Trotzdem, was hätte ſie erreichen können, wenn ſie, als letztes verzweifeltes Mittel, das erhebende Schauſpiel nachgeahmt hätte, das die Frauen der engliſchen Ariſtokratie ihr boten! Allein ſie ſchwankte unbeholfen zwiſchen alten Traditionen hin und her, verbarg ihre ſchlechten, und ſogar ihre guten Eigenſchaften, und endete früher oder ſpäter als Betſchweſter. Keine von ihnen war imſtande, in ihrem Salon den Spitzen der Geſellſchaft Eleganz und Geſchmack beizubringen. Keine von ihnen wies der Literatur, dieſem lebendigſten Ausdruck jeder Geſellſchaft, einen Weg, eine Richtung. Und da die Stimme ſchwieg, die früher den Ton angab, fehlte das Echo: Die Literatur verſchwand mit dem Jahrhundert, das ſie gebar.

Faſt überall, wo ſich inmitten einer Nation eine gleichartig zuſammengeſetzte Geſellſchaft abſondert, ſtößt der Geſchichtsforſcher auf eine Hauptgeſtalt, in der ſich ihre Tugenden und Laſter vereinigen: Coligny bei den Hugenotten, Richelieu unter Louis XV., Danton in der Schreckenszeit. Dieſe verblüffende Ähnlichkeit zwiſchen den Phyſiognomien des Führers und ſeines hiſtoriſchen Anhangs liegt in der Natur der Dinge. Wie könnte es auch anders ſein? Muß man nicht, um eine Partei zu führen, mit ihrem Ideal übereinſtimmen? Ein kluger politiſcher Kopf wird ſich dieſer Verpflichtung nie entziehen. Mag er drum noch ſo ſehr den Vorurteilen der dummen Maſſe nachgeben: Wenn er nur kühl die Leidenſchaften prüft, die zur Führung epochaler Parteikämpfe unumgänglich ſind. Was für die großen Zuſammenhänge der Weltgeſchichte gilt, gilt gleicherweiſe für den kleinſten Teil jenes Abſchnittes, den man „die Sitte“ nennt. —

Zu Beginn des kurzen Lebens, das dem Faubourg Saint-Germain während der Reſtauration beſchieden war, fand er in einer jungen Frau vorübergehend die vollendete Verkörperung ſeines zwieſpältigen Weſens. Dieſe Frau war ſcheinbar außerordentlich gebildet, in Wirklichkeit unwiſſend; reich an Schätzen der Seele, um ſie leichtfertig von ſich zu werfen, wenn Standesrückſichten auf dem Spiele ſtanden; mißtrauiſch und leichtgläubig zugleich; bereit, einer ganzen Welt zu trotzen und dennoch unſchlüſſig und zur Heuchelei geneigt; von einer Unvorſichtigkeit, die ans Phantaſtiſche grenzt; bezaubernd frech, aber im Grunde des Herzens erſtaunlich beſcheiden; für Heroismus ungemein empfänglich, und dabei imſtande, um einer kleinen Bosheit willen aller Größe zu vergeſſen. Pariſerin durch und durch, eine Meiſterin der Koketterie, jung und anmutig, ſchwärmte ſie für glänzende Feſte. Ihre Stärke glich der des Schilfrohrs: ſcheinbar unbeugſam, brach ſie unter der Hand eines Stärkeren zuſammen. Sie überlegte nicht, oder erſt dann, wenn es zu ſpät war, beſaß mehr Eigenſinn als Feſtigkeit, mehr Voreingenommenheit als Enthuſiasmus und begriff die egoiſtiſchen Anſchauungen ihrer Umgebung, ohne ſie jedoch für ſich anzuwenden. Frömmigkeit lag öfter auf ihren Lippen als in ihrem Herzen. Dabei verband ſie alle

Laſter des Verführers mit dem Adel eines jungfräulichen Weibes.

Allein, dies Frauenbildnis bliebe immer unvollkommen, wenn nicht ein jugendlicher Glanz, ein göttliches Licht das Farbenchaos der einander widerſprechenden Charakterzüge übergoſſen und zuſammengehalten hätte: die Grazie! Nichts an dieſer Frau war „gemacht". Ihre tiefen und ihre flüchtigen Leidenſchaften, ihr tatloſer Wille zur Größe und ihre tatſächliche Willenloſigkeit, ihre ſcheinbare Stärke und ihre wirkliche Schwäche, die Kühle ihres Herzens und das Feuer ihrer Begeiſterung — all dies war echt und ergab ſich mit zwingender Notwendigkeit aus der Eigenart ihrer Lage.

Die Herzogin von Langeais, ſo hieß dieſe Frau, war ſeit dem Jahre achtzehnhundertundſechzehn verheiratet. Sie entſtammte dem herzoglichen Hauſe Navarra, das ſeit Louis XIV. an dem Grundſatze feſthielt, daß die weiblichen Familienglieder bei ihrer Vermählung niemals auf die ererbten Titel zu verzichten brauchten. Auf dieſe Weiſe mußte den Töchtern früher oder ſpäter das Taburett bei Hofe zufallen, das ihre Mütter innehatten. Im Alter von achtzehn Jahren trat Antoinette von Navarra aus tiefſter Abgeſchiedenheit heraus, um ſich mit dem älteſten Sohne des Herzogs von Langeais zu vermählen. Die beiden Familien lebten damals völlig zurückgezogen. Als treue Royaliſten hatten die Herzoge von Langeais und Navarra allen Lockungen kaiſerlichen Ruhms widerſtanden und geduldig auf den Augenblick gewartet, der die Bourbonen, nach dem unglücklichen Ausgange des Krieges, auf den Thron ihrer Väter zurückführen mußte.

Antoinette von Navarra heiratete alſo, ſchön und

arm, den Marquis von Langeais, deſſen Vater einige Monate nach dieſer Vermählung ſtarb. Nach Rückkehr der Bourbonen wurden die beiden Familien durch die Gnade des Königs in Rang und Würden wiedereingeſetzt, und ſie bildeten alsbald die leuchtendſten Spitzen dieſer neuen politiſchen Welt. Sogar die öffentliche Meinung jener an Feigheit und Falſchheit wahrlich nicht armen Zeit zollte ihrer makelloſen Treue zum Königshauſe, ſowie der Harmonie ihres Privatlebens mit der politiſchen Geſinnung rückhaltloſe Anerkennung. Allein von einem in Zeiten politiſcher Umwälzungen ziemlich häufigen Mißgeſchick blieben auch ſie nicht verſchont. Die lauterſten Perſönlichkeiten, deren geiſtige Überlegenheit, deren Anſchauungen und Grundſätze den Glauben an eine neue großzügige Politik erweckt hätten, ſchloß man von allen Staatsgeſchäften ab und überließ dieſe Leuten, die ein Intereſſe daran hatten, die Grundſätze zum Beweiſe ihrer loyalen Geſinnung auf die Spitze zu treiben. So waren auch die beiden Herzogsfamilien dazu verurteilt, in den hohen Sphären des Hofes lediglich den Pflichten der Etikette zu obliegen und den hämiſchen Angriffen der Liberalen ſtandzuhalten, die ihnen vorwarfen, in Ehren und Reichtümern zu erſticken, während ſich ihr Vermögen in Wirklichkeit eher verminderte, denn vermehrte. Reichte doch die Zivilliſte bei aller Freigebigkeit kaum hin, um den Aufwand für die Repräſentation zu decken, die in jedem europäiſchen Staate unvermeidlich iſt, gleichgültig, ob es ſich um eine Monarchie oder um eine Republik handelt.
Im Jahre achtzehnhundertundachtzehn kommandierte der Herzog von Langeais eine Diviſion, die er nur verließ, wenn er, der neben ſeiner militäri-

ſchen eine Hofwürde bekleidete, mitunter an den Hof berufen wurde. Die Herzogin war Hofdame bei einer Prinzeſſin, was ihr ermöglichte, fern von ihrem Gatten in Paris zu bleiben, ohne Skandal zu erregen. Das Herzogspaar lebte demnach, ohne daß die Geſellſchaft dies ahnte, voneinander vollkommen getrennt.
Dieſe Konvenienzehe teilte das Schickſal, das faſt allen derartigen Familienpakten anhaftet. Zwei einander unſympathiſche Naturen waren zuſammengeſchmiedet worden, und als ſie ſich abgekühlt hatten, kam es unverſehens zu immer fühlbareren Kränkungen, die ſie endlich entzweiten. Man wahrte lediglich die Standesrückſichten, ging aber im übrigen ſeiner eigenen Wege. Der Herzog widmete ſich nur noch ſeinen Vergnügungen und Neigungen und ließ ſeiner Gemahlin die Freiheit, die ihren zu verfolgen, ſobald er ihre jugendliche Rechtſchaffenheit, ihren hochmütigen Stolz, ihr kaltes Herz, ihr Sich-Fügen in die geſellſchaftliche Sitte erkannt hatte und die Sicherheit beſaß, daß ſie im hellen Lichte eines prüden Hofes von ſcharfen, kritiſchen Augen beobachtet wurde. Er ſpielte daher ruhig den Grandſeigneur des achtzehnten Jahrhunderts und ließ die vierundzwanzigjährige Frau allein, ohne zu bedenken, daß die Schwergekränkte eine furchtbare Eigenſchaft hatte: Wer ihren Stolz, ihre Tugend, ihre frauliche Eitelkeit mißachtete und ſie dadurch insgeheim beleidigte, dem konnte ſie niemals verzeihen. Wird eine Frau vor aller Welt gekränkt, ſo vergißt ſie gerne die ihr angetane Schmach; ſie bleibt Weib in ihrer Milde und hat die Ausſicht, ins Heroiſche zu wachſen. Nie jedoch vergibt die Frau Beleidigungen, die geheim bleiben, weil ſie ihr ebenſo widerwärtig ſind wie

heimliche Feigheit, heimliche Tugenden und Liebeleien. —

Dies war die Lage der Herzogin von Langeais, als die Feſtlichkeiten herannahten, die gelegentlich der Vermählung des Herzogs von Berri veranſtaltet wurden. Erſt in dieſem Zeitpunkte traten Hof und Faubourg Saint-Germain aus der bisherigen Schlaffheit und Zurückhaltung heraus, und es begann die Entfaltung jenes unerhörten Glanzes, der die Epoche der Reſtauration verſchwenderiſch überſtrahlt. Von da ab erſchien die Herzogin von Langeais, ſei es aus Eitelkeit, ſei es aus Berechnung, nur mehr in Begleitung von drei bis vier, durch Namen und Reichtum gleicherweiſe ausgezeichneter Damen. Als Königin der Mode hatte ſie nun ihre Hofdamen, die den Geiſt und die Gewohnheiten der ſchönen Frau anderwärts nachahmten. Bei der Auswahl ihrer Umgebung hatte ſich die Herzogin geſchickt auf ſolche Perſonen beſchränkt, die weder dem Hofe, noch dem Faubourg Saint-Germain allzunahe ſtanden, die aber anſpruchsvoll genug waren, dort Fuß zu faſſen. Es waren Sterne ſechzehnter Größe am bourboniſchen Himmel, und ſie ſchätzten ſich glücklich, in die Strahlenpracht jener Sonne zu gelangen, die man „Le petit château" nannte.

Auf dieſe Weiſe fühlte ſich die Herzogin ſtärker und ſicherer. Ihr „Hof" ſchützte ſie vor Verleumdungen und half ihr, ungeniert die erbärmliche Rolle einer Modekönigin zu ſpielen. Nun erſt durfte ſie über die Männer und deren Leidenſchaften nach Herzensluſt ſpotten, durfte behaglich die Huldigungen ſchlürfen, von denen ſich die Natur aller Frauen nährt, und durfte dabei Herrin bleiben über ſich ſelbſt.

In Paris iſt die Frau ſelbſt in den höchſten Geſellſchaftsſchichten durchaus Weib. Sie lebt vom Weihrauch, von Komplimenten. Die wunderbarſte Schönheit iſt wertlos, wenn ſie nicht auch tatſächlich bewundert wird. Ein Verehrer, niedrige Schmeicheleien ſind die Beweiſe ihrer Macht. Was liegt ihr an einer Macht, die niemand kennt? Nichts! Die hübſcheſte Frau iſt traurig, wenn ſie im Winkel eines Salons allein bleibt. Befindet ſie ſich in Geſellſchaft, so will ſie über alle Herzen herrſchen, und nur aus Mangel an Macht begnügt sie ſich mit einem einzigen. —

All dieſer Aufwand an Toiletten, an Ziererei und Koketterie wurde für die armſeligſten Geſchöpfe vertan, die einander jemals begegneten. Alberne Gecken waren es, für die ſich die Frauen nutzlos kompromittierten; Männer, deren einziges Verdienſt in einem hübſchen Geſicht beſtand; vergoldete Holzgötzen, die weder an ihre Vorbilder aus der Zeit der Fronde, noch an die gediegeneren Heldengeſtalten des Empire oder gar an Geiſt und Sitte der Großväter heranreichten, und denen ſie, ohne ſich irgendwie anzuſtrengen, dennoch gleichen wollten; Jünglinge, die tapfer waren, wie es Frankreichs Jugend immer war, die ſich zweifellos bewährt hätten, wenn ſie auf die Probe geſtellt worden wären, und die alleſamt nichts taugten, weil verlebte Greiſe ſie dauernd am Gängelbande hielten. Es war eine kalte, häßliche, kleinliche Zeit ohne Schwung und Ziel. Aber vielleicht bedarf es einer längeren Epoche, bevor eine Reſtauration zur Monarchie wird . . .

Seit achtzehn Monaten ſchon führte die Herzogin von Langeais dieſes öde, hohle Leben: Bälle und wieder Bälle, Beſuche vor den Bällen, Beſuche nach den Bällen, nichtige Triumphe, Eintagsliebeleien, die in derſelben Stunde aufflammten und erloſchen. Wo immer ſie erſchien, richteten ſich aller Blicke auf ſie. Überall erntete ſie Schmeichelworte, Huldigungen einer flüchtigen Leidenſchaft, die ſie zuweilen durch Blicke und Geſten geradezu herausforderte, und die dennoch nicht weiter drangen als an die Oberfläche ihrer weißen Haut. Sie lebte in einer Art Eitelkeitsfieber, in einem Rauſch unerſättlicher Genußſucht. Ihre Geſpräche bewegten ſich ſtets hart an der Grenze des Erlaubten. Kam ſie dann heim, ſo ſchämte ſie ſich der Skandalgeſchichten, die ſie mit lüſternem Lächeln angehört hatte und deren Einzelheiten ihr geſtatteten, von den Theorien einer Liebe zu plaudern, die ſie in Wirklichkeit gar nicht kannte. Dann errötete ſie wohl auch über all die heiklen Unterſcheidungen moderner Leidenſchaften, die ihr von willfährigen Heuchlerinnen zugetragen und erklärt wurden. Die Frauen verſtehen es ja ſo trefflich, alles zu ſagen, wenn ſie unter ſich ſind, und werden von ihresgleichen mehr verdorben als von dem verderbteſten Manne.

Es kam ein Augenblick, da ſie verſtand, daß bei einer Frau Schönheit und Geiſt allein ausſchlaggebend ſind. Denn was beweiſt im Grunde genommen ein Gatte? Doch nur, daß ſeine Frau als Mädchen eine reiche Mitgift oder eine geſchickte Mutter hatte, daß ſie eine gute Erziehung genoß oder ſeinen Ehrgeiz befriedigte. Ein Verehrer hingegen iſt der lebendige Beweis ihrer perſönlichen Vorzüge. Die Herzogin begriff nur zu bald, daß ſich eine Frau vor aller Welt lieben laſſen könne, ohne daran mitſchuldig zu ſein, und daß der ihr dargebotene Gefühlsreichtum von ihrer Seite nicht mehr erheiſche als die kärglichſten Zinſen. Ihre in allen Liebeskünſten wohlerfahrenen Freundinnen ſparten nicht mit Andeutungen, welcher Mittel ſolch gefährliches Spiel bedurfte.

Die Herzogin von Langeais hatte alſo ihren Hof und betrachtete die große Anzahl ihrer Anbeter als eine Verſicherung ihrer Tugend. Sie war kokett, liebenswürdig, bezaubernd, ſolange ſie unter Menſchen weilte, an denen ihr gelegen war. Dies hinderte ſie nicht, ein paar junge Leute, die ſie wahrhaft liebten, erbarmungslos auszulachen. Ihr genügte die Gewißheit, geliebt zu werden. Mehr wollte ſie nicht. Wie der Geizige ſich ſagt: „Ich bin reich!“ ſo ſagte ſie ſich: „Ich bin geliebt!“ Weiter dachte, fühlte ſie nichts. Sie war zufrieden, daß man ihre Launen erfüllte, die ſich niemals bis zu dem Gefühl einer noch ſo geringen Sehnſucht ſteigerten. —

Eines Abends folgte ſie einer Einladung der Vicomteſſe de Fontaine, einer jener ſcheinbar ergebenen Freundinnen, die ſie von Herzen haßten und trotzdem oder gerade deshalb immer mit ihr beiſammen waren. Die beiden Frauen ſtanden ſomit zueinander in einem Verhältnis, das man „bewaffnete Freundſchaft“ nennen könnte. Nachdem die Herzogin mit der ganzen Unbefangenheit des Weibes, das den Wert ſeines Lächelns kennt, hier und da huldvolle, zärtliche, herablaſſende Grüße geſpendet hatte, blieb ihr Blick an einem Manne haften, der ihr völlig unbekannt war. Seine ernſten, edlen Züge überraſchten ſie. Während ſie ihn anſah, fühlte ſie etwas wie Furcht zu ihrem Herzen ſtrömen.

„Meine Liebe,“ fragte ſie Madame de Maufrigneuſe, „wer iſt der neue Stern an unſerm Himmel?“

„Einer, von dem Sie gewiß ſchon ſprechen hörten — der Marquis de Montriveau!“

„Ah, der iſt es?“

Sie nahm ihr Lorgnon und prüfte ihn ganz ungeniert, als hätte ſie ein Gemälde vor ſich, das dem kritiſchen Blick des Beſchauers wehrlos preisgegeben iſt.

„Stellen Sie ihn mir doch vor,“ fuhr die Herzogin dann fort, „er muß ganz amüſant ſein.“

„Sie irren, meine Liebe! Es gibt keinen ernſteren und langweiligeren Menſchen als ihn! Allein er iſt jetzt in Mode.“

Armand de Montriveau war zu jenem Zeitpunkte, ohne eine Ahnung davon zu haben, tatſächlich der Gegenſtand einer allgemeinen Neugierde. Und er verdiente dieſes Intereſſe weit mehr als all die Eintagsgötzen, die Paris braucht, und in die es ſich vorübergehend vernarrt, um von Zeit zu Zeit ſeinen krankhaften Trieb nach Begeiſterung zu befriedigen.

Armand de Montriveau war der einzige Sohn eines franzöſiſchen Generals, der ſich der Republik zur Verfügung geſtellt hatte und ihr als einer der „Cidevants“ — wie die Ariſtokraten nach Abſchaffung des Adels hießen — treu ergeben war, bis er bei Novi an Jouberts Seite ſein Leben verlor. Gleich den Söhnen andrer auf dem Schlachtfelde gefallener Generale wurde der Waiſenknabe unter den Schutz der Republik geſtellt und kam, dank Bonapartes Fürſorge, auf die Schule zu Châlons. Nach Beendigung der Schuljahre ging Armand völlig vermögenslos zur Artillerie und wurde gerade erſt zum Bataillonskommandeur ernannt, als das Unglück von Fontainebleau ſeiner Militärlaufbahn ein vorläufiges Ziel ſetzte. Die Waffe, der er angehörte, bot ihm nur geringe Ausſichten. Zunächſt war die Zahl der erforderlichen Offiziere dort viel geringer als bei andern Waffengattungen. Dann aber erweckten die liberalen, faſt republikaniſchen Anſchauungen der meiſten Artilleriſten ein gewiſſes Mißtrauen. Napoleon erkannte wohl, daß dieſe hochgebildeten Männer, die gewohnt waren zu denken, einen Fremdkörper der kaiſerlichen Armee bildeten und nur auf den Schlachtfeldern treu zu ihm hielten. Daher kam es, daß nicht die tüchtigſten, ſondern nur mittelmäßige Offiziere zur Generalswürde gelangten, weil dieſe weniger zu fürchten waren.

Zu dieſen allgemeinen Urſachen geſellten ſich andre, die mit der Perſon und dem Charakter Montriveaus unzertrennlich waren. Auf ſich allein angewieſen, wurde er ſeit ſeinem zwanzigſten Lebensjahre von den napoleoniſchen Stürmen hin- und hergeworſen, die ihn jederzeit fällen konnten. Das Bewußtſein erfüllter Pflicht galt ihm als einzig erſtrebenswertes Daſeinsziel. Er war, wie alle ſchüchternen Menſchen, für gewöhnlich ſchweigſam. Seine Schüchternheit rührte indes durchaus nicht von einem Mangel an Mut her; ſie war vielmehr eine Art Schamhaftigkeit, die ihm jede Äußerung ſelbſtgefälliger Ruhmſucht verbot. So fehlte auch ſeiner Unerſchrockenheit auf dem Schlachtfelde alles Prahleriſche. Er ging den feindlichen Kugeln kaltblütig entgegen, unterließ es jedoch nicht, ſich gelegentlich zu bücken, um ihnen auszuweichen. Seine Schweigſamkeit und Gemütsruhe bewirkte, daß man ihn für ſtreng und hochmütig hielt. In allen Dingen von geradezu peinlicher Genauigkeit, duldete er keinerlei heuchleriſchen Vergleich — weder mit den Pflichten einer Stellung, noch mit den Folgen einer Handlung oder den Wirkungen einer Tatſache. Niemals forderte er etwas für ſich ſelbſt, niemals gab er ſich für eine Schändlichkeit her. Kurz, er war einer jener großen, unbekannten Männer, die philoſophiſch genug ſind, um allen Ruhm zu verachten, und die ſich nicht ans Leben klammern, weil ſie wiſſen, daß ſich ihr Gefühl, ihre Kraft ja doch nicht voll entfalten kann. Er war geachtet, gefürchtet, aber wenig geliebt. Die Menſchen laſſen es wohl zu, daß wir uns über ſie erheben, allein niemals verzeihen ſie, wenn wir nicht ſo tief herabſinken, wie ſie ſelbſt. In der Zuneigung, die ſie großen Charakteren darbringen, liegt darum ſtets ein wenig Furcht und Haß. Zuviel der Ehre iſt für ſie ein ſtummer Tadel, den ſie noch über das Grab hinaus nachtragen. –

Nach dem denkwürdigen Tage von Fontainebleau wurde Montriveau, obgleich er adlig war, verabſchiedet und auf halben Sold geſetzt. Seine klaſſiſche Rechtſchaffenheit, die ihn bewog, an ſeinem, dem kaiſerlichen Adler geleiſteten Eide feſtzuhalten, jagte dem Kriegsminiſterium zu großen Schrecken ein. Während der Herrſchaft der Hundert Tage zum Gardeoberſten ernannt, wurde er in der Schlacht bei Waterloo verwundet und blieb zu ſeiner Wiederherſtellung in Belgien. Er befand ſich daher nicht bei der Loirearmee. Allein die königliche Regierung wollte die in den Hundert Tagen verliehenen Chargen nicht anerkennen, und Armand de Montriveau beſchloß, aus Frankreich zu ſcheiden. Von dem heiligen Drange erfüllt, zur Wohlfahrt der Menſchheit beizutragen, und getrieben von einem Unternehmungsgeiſt, der ſich bis dahin auf die Wechſelfälle des Kriegshandwerks beſchränken mußte, ſchiffte er ſich ein, um von Oberägypten aus die unbekannten Gegenden im Innern Afrikas zu erforſchen.

Dieſe wiſſenſchaftliche Expedition, die in der Gelehrtenwelt begreifliches Aufſehen erweckte, ſtand unter einem Unglücksſterne. Anfangs war es ihm allerdings gelungen, koſtbare, für die Löſung gewiſſer geographiſcher und wirtſchaftlicher Probleme ungemein wichtige Ergebnisse zu sammeln. Als er jedoch dann, unter Überwindung unsäglicher Hindernisse, nach dem Herzen Afrikas vorstieß, fiel er durch Verrat in die Hände eines wilden Negerstammes. Er wurde all seiner Habseligkeiten beraubt und als Sklave, stündlich den Tod vor Augen, zwei Jahre lang wie ein Lasttier durch die Wüste geschleppt. Dabei wurde er schlimmer mißhandelt als ein von unbarmherzigen Kinderhänden gequältes Insekt. Seine körperliche und seelische Widerstandskraft ließ ihn die Schrecken der Gefangenschaft geduldig ertragen, bis es ihm eines Tages gelang, mit Aufbietung seiner ganzen Energie auf eine ans Wunderbare grenzende Art zu entfliehen. Zu Tode erschöpft, zerlumpt und geistig zerrüttet, erreichte er endlich die französische Kolonie am Senegal. Von den Ereignissen der letzten Jahre hegte er nur eine blasse Erinnerung. Die unendlichen Strapazen der Expedition, das Studium mehrerer afrikanischer Dialekte, seine wertvollen Beobachtungen und Entdeckungen — alles war vergessen, verloren.

Um die Mitte des Jahres achtzehnhundertachtzehn kehrte Montriveau nach Paris zurück. Die Kosten seiner Afrikareise hatten seine ganzen Ersparnisse verschlungen, er war aller Mittel entblößt und hatte keinen Gönner. Er wollte auch keinen haben. Eher wäre er hundert Tode gestorben, als daß er etwas für sich erbeten hätte, und wäre es auch nur die Anerkennung wohlerworbener Rechte gewesen. Leid und Mißgeschick hatten seine Energie außerordentlich entwickelt, und die Gewohnheit, seine Manneswürde zu bewahren, gab den geringfügigsten Handlungen einen besonderen Wert. Indes, seine Beziehungen zu einigen gebildeten Offizieren und zu der

Pariſer Gelehrtenwelt führten unwillkürlich dazu, daß ſeine Abenteuer und Verdienſte um die Wiſſenſchaft bekannt wurden. Die Einzelheiten ſeiner Gefangenſchaft und Flucht bewieſen ſo viel Kaltblütigkeit, ſo viel Geiſt und Mut, daß er, ohne es zu wiſſen, jene vorübergehende Berühmtheit erwarb, an der Paris ſo fruchtbar iſt, die jedoch dauernd zu erhalten unerhörte Anſtrengungen fordert.

Gegen das Ende dieſes Jahres wandelte ſich plötzlich ſeine Lage. Der Arme wurde mit einem Schlage reich, oder genoß wenigſtens äußerlich alle Vorteile des Reichtums. Die königliche Regierung, die zur Stärkung der Armee nach verdienſtvollen Männern ſuchte, hielt es damals für zweckmäßig, ehemaligen Offizieren, deren Charakter und Loyalität eine gewiſſe Gewähr für die Zukunft boten, einige Konzeſſionen zu machen. In dieſem Zuſammenhange wurde Montriveau in Rang und Stand wieder eingeſetzt, er erhielt ſeinen rückſtändigen Sold und wurde als General in der königlichen Garde eingereiht.

Dieſe Begünſtigungen erreichte Marquis de Montriveau nach und nach, ohne ſein Hinzutun. Freunde erſparten ihm perſönliche Schritte, die zu unternehmen er rundweg abgelehnt hätte. Allmählich wandelten ſich ſeine Gewohnheiten. Er ging nunmehr öſters in Geſellſchaft, wo man ihn mit Beweiſen hoher Wertſchätzung empfing. Doch vermochte dies an ſeinem durchaus männlichen, aller Äußerlichkeit abholden Charakter nichts zu ändern. Immer trug er das gleiche ernſte, geſammelte, kalte Weſen zur Schau. Dies entſchied ſeinen geſellſchaftlichen Erfolg. Stach er doch ſo ſehr von all den Geſtalten ab, die gelangweilt in den Salons herumſtanden und Abend für Abend mit den gleichen geiſtloſen Unterhaltungen totſchlugen! Seine Redeweiſe war kurz, wortkarg, wie die Sprache von Wilden oder Einſiedlern. Er gefiel durch ſeine Schüchternheit, die der Geſellſchaft etwas Neues, Fremdes, Großes bedeutete. Die Frauen begeiſterten ſich für ſeine Eigenart um ſo mehr, als er ihren geſchickten Schlingen immer wieder entſchlüpfte.

Montriveau ſtand dieſem Treiben, das den Stärkſten, den Unbeugſamſten zu umgarnen ſucht, unwiſſend und gleichmütig gegenüber. Seine Seele regte ſich nur, wenn ſie der Widerhall edler Gefühle in Schwingungen verſetzte. Ohne die Romantik ſeines abenteuerlichen Lebens, ohne den Triumph der Eitelkeit, der die Frau erwartete, mit der er ſich beſchäftigen würde, hätte man es vielleicht bald aufgegeben, ſich mit ihm zu befaſſen. So aber war die weibliche Neugierde durchaus natürlich. Zufällig hatte die Herzogin von Langeais am Vorabend ein Reiſeerlebnis des Marquis de Montriveau vernommen, das nicht verfehlen konnte, in ihrer lebhaften Phantaſie einen unauslöſchlichen Eindruck hervorzurufen.

In der Abſicht, die Nilquellen zu erforſchen, war der Marquis vor der Aufgabe geſtanden, eine Wüſte zu durchqueren, die noch keines Europäers Fuß betreten hatte. Nach endloſen Mühen gelang es ihm, einen Führer zu finden, der ſich bereit erklärte, ihn zu begleiten, nachdem er im Verein mit den erfahrenſten Männern des Landes vergeblich verſucht hatte, den unerſchrockenen Offizier von ſeinem gefährlichen, ja ſchier unmöglichen Vorhaben abzubringen. Gewappnet mit jenem Mute, den ſchon die Ausſicht auf kaum überwindbare Schwierigkeiten zu höchſter Kraftleiſtung anſpornt, brach er endlich eines Morgens auf. Nachdem er in der unbarmherzigen, unerträglichen Glut der afrikaniſchen Sonne viele Stunden lang gewandert war, hatte er das Gefühl, als wiche der Sandboden unter jedem ſeiner Tritte mit teufliſcher Bosheit zurück. Eine nie gekannte, äußerſt ſchmerzhafte Müdigkeit überfiel ihn. Noch bevor es Abend ward, bettete er ſich in dem glühenden Sande zu kurzer Ruhe. Der Führer verſprach ihm, das Ziel der Reiſe um die Mittagsſtunde des nächſten Tages zu erreichen. Dieſe Ausſicht gab ihm friſchen Mut, und er erhob ſich ſchon vor Anbruch des Morgens, um trotz ſeiner Schmerzen die Wanderung fortzuſetzen. Die Sonne hatte kaum den dritten Teil ihrer Bahn zurückgelegt, als er ſpürte, daß ihn die Kräfte verließen. Seine Füße waren geſchwollen und blutunterlaufen und verurſachten ihm qualvolle Schmerzen. Zu ſtolz, darüber zu klagen, richtete er an den Führer nur kurz die Frage, ob ſie bald ankommen würden. „In einer Stunde!“ war die Antwort. Montriveau ſog aus ſeiner ſchier unerſchöpflichen Energie neue Kräfte und wanderte weiter. Doch die Stunde verrann, und immer noch zeigte ſich nichts von den Palmen und Bergen, deren Gipfel das Ende der Reiſe angekündigt hätten. Da packte ihn der Zorn. Er blieb ſtehen und überſchüttete den Führer mit Vorwürfen und Verwünſchungen. Stumm und reglos hörte der Wüſtenſohn die Klagen, indem er mit der ſcheinbaren Gleichgültigkeit des Orientalen die unmerklichen Farbenunterſchiede des goldbraunen Sandes ſtudierte. „Ich habe mich geirrt,“ ſagte er dann mit ſtoiſcher Ruhe, „es iſt ſchon zu lange her, daß ich hier gegangen bin. Der Weg iſt ſchon richtig, aber wir müſſen noch zwei Stunden gehen.“

Nur mit Aufbietung ſeiner ganzen Energie folgte

Montriveau dem unbarmherzigen Afrikaner, der ſtumm und gleichmäßig vor ihm herſchritt. Die Zunge klebte ihm am Gaumen, jeder Tritt bereitete ihm Qualen, als ſtächen glühende Stahlſpitzen in ſeine Sohlen. Wieder gehen zwei Stunden vorüber. Der verzweifelte Blick haftet am Horizonte: Keine Palmen, keine Berge — nichts; öde und unermeßlich liegt die Wüſte vor ihm, wie das weite Meer. Da wirft ſich der Verſchmachtende zu Boden und entringt den bebenden Lippen einen letzten Fluch. Sein zornfunkelnder Blick hätte den Unerſchrockenſten entſetzt. Doch das ruhige Auge des Afrikaners hält ihm ſtand.

„Haſt du nicht,“ ſagte er mit eiſernem Gleichmut, „entgegen unſerm Rate, den Weg gehen wollen, den ich dich führe? Du wirfſt mir vor, daß ich dich täuſchte. Hätte ich es nicht getan, ſo wäreſt du nicht bis hierher gekommen. Willſt du die Wahrheit wissen, ſo höre: Wir haben noch fünf Stunden zu gehen und können nicht mehr zurück. Prüfe dein Herz. Iſt es nicht ſtark genug — hier iſt mein Dolch!“

Der ganze Stolz des Europäers erwachte bei dieſen Worten. Wie, ſollte er ſchwächer, kleinmütiger erſcheinen als jener Barbar? Noch einmal raffte er ſich auf und folgte, ſeiner unſäglichen Schmerzen nicht achtend, dem Führer, der wieder mit ruhigen, gleichmäßigen Schritten vor ihm herging. Die fünf Stunden waren verſtrichen und immer noch ſah Montriveau, wohin der Blick auch ſchweifte, nichts als Wüſte. Wüſte, ſoweit das Auge reichte. Todesmatt vermochte er dem Führer kaum noch zu folgen, als dieſer ſich plötzlich umwandte und wartete, bis der andre ſich zu ihm herangeſchleppt hatte. Dann hob er ihn mit kräftigem Griff auf die Schultern und wies nach vorn. Da bot ſich dem Auge des Verſchmachtenden ein beſeligender, erquickender Anblick: In einer Entfernung von kaum hundert Schritten lag, tief eingebettet, ein ſpiegelglatter, dunkelblauer See, umkränzt von herrlichen Palmen, die im Abendrot purpurn leuchteten, als hätten die Feuerſtrahlen der untergehenden Sonne ſie entzündet. Eine mächtige, mehr als mannshohe Granitbank, die dieſer Talſenkung vorgelagert war, hatte den Wanderern das wunderbare Bild bisher entzogen. Der Afrikaner, ein Rieſe an Kraft und Zähigkeit, krönte ſein Werk der Hingebung und trug den Ermatteten über die Glut granitharter Saumpfade aus der Hölle des Wüſtenſandes in das Paradies der herrlichſten Oaſe. —

Dieſes Abenteuer hatte die Herzogin von Langeais bis in ihre Träume verfolgt. Kein Wunder, daß ſie der Anblick des romantiſchen Helden aufs tiefſte erregte. Im Traume war ſie an ſeiner Seite über den glühenden Sand der Wüſte gewandert. Nun ſtand der Traumgefährte leibhaftig vor ihr. Bot der Unerſättlichen dieſes ſeltſame Zuſammentreffen nicht neue Nahrung? Neugierig betrachtete ſie ihn. Sein mächtiger viereckiger Kopf mit dem reichen ſchwarzen Haare, die hohe Stirne, das ruhige Feuer der Augen, der edle Schwung ſeines Geſichtsſchnitts erinnerte auffallend an den General Kléber, dem er auch in manchen Zügen ſeines Charakters ziemlich ähnelte. Er war gedrungen, breitſchultrig und muskulös wie ein Löwe. Seine Haltung, ſein Gang, jede Geſte an ihm imponierte durch Kraft und Selbſtbewußtſein. Es ſchien, als wiſſe er, daß nichts ſich ſeinem Willen widerſetzen könne. Trotzdem war er, wie alle wahrhaft ſtarken Naturen, im allgemeinen ſanftmütig und gut. Ein feiner Beobachter hätte allerdings an der Ironie, die zuweilen ſeine Mundwinkel umſpielte, ſicherlich erkannt, daß alle jene ſchönen Charakterzüge verſchwanden, wenn ernſte Umſtände dies erforderten, und daß er ſich dann unverſöhnlich in ſeinen Gefühlen, unabänderlich in ſeinen Entſchlüſſen, furchtbar in ſeinen Handlungen erweiſen müſſe.

Obwohl die Herzogin von dem flüchtigen Wert der Eroberung eines ſolchen Mannes überzeugt war, entfaltete ſie ihre ganze Koketterie, um ihn an ſich zu feſſeln. Aus purer Laune beſchloß ſie, ihn in die Schar ihrer Anbeter aufzunehmen und ihm darin den erſten Platz einzuräumen. Sie wollte, daß er ihr angehöre, aber ſie dachte nicht daran, ihm anzugehören. Natur und Erziehung hatten ſie mit allen zu ſolch erbärmlichem Spiele erforderlichen Eigenſchaften ausgeſtattet. Die Frauen hatten recht, ſie zu beneiden, die Männer — ſie zu lieben. Es fehlte ihr nichts von allem, was Liebe einzuflößen vermag, was ſie rechtfertigt und befeſtigt. Ihre eigenartige Schönheit, ihre Haltung, die Art ihres Sprechens und Gebarens verbanden ſich zu einer natürlichen Koketterie, die für die Frau das Bewußtſein der Macht zu bilden ſcheint. Vielleicht lag in ihren anmutigen Bewegungen zu viel Selbſtgefälligkeit — die einzige Geziertheit, die ihr vorgeworfen werden könnte. Alles an ihr war harmoniſch, angefangen von der geringfügigſten Geſte bis zu der ſeltſamen Art, wie ſie um ſich blickte, wenn ſie mit jemandem ſprach. Der hervorſtechendſte Zug ihres Antlitzes war vornehmſter Adel, den ihre echt franzöſiſche Beweglichkeit keineswegs beeinträchtigte. Der unaufhörliche Wechſel ihres Verhaltens übte auf jedermann eine

wunderbare Anziehungskraft aus. In ihrer einſchmeichelnden Stimme, in der Grazie ihrer Sprache, in der Freiheit ihrer ausdrucksvollen Blicke schlummerte der Keim aller Liebeswonnen. Es hatte den Anſchein, als müßte ſie die edelſte, köſtlichſte Geliebte ſein, mochten dieser Anlage gelegentliche Ausbrüche einer oberflächlichen Frömmigkeit auch noch ſo ſehr widerſprechen. Wer ſich im Laufe eines Abends an ihrer Seite niederließ, fand ſie bald fröhlich, bald melancholiſch, ohne daß ſie den Eindruck machte, eine ihrer blitzſchnell wechſelnden Stimmungen ſei geſpielt. Sie konnte nach Belieben freundlich, hochmütig, vertrauensſelig, hinterhältig, zärtlich, rückſichtslos, liebenswürdig, herausfordernd ſein. Kurz, die Herzogin war zu allen Zeiten, was ſie ſein oder was ſie ſcheinen wollte. Das ſchmale, blaſſe Geſicht hatte etwas von der Feinheit mittelalterlicher Heiligenfiguren, wie überhaupt alles an ihr ſozuſagen an einem Übermaß von Zartheit krankte.
Armand de Montriveau folgte bereitwillig der an ihn ergangenen Aufforderung und ließ ſich der Herzogin vorſtellen. Nach der Gepflogenheit von Menſchen, deren Geſchmack vor Banalitäten ſchützt, überhäufte ſie ihn nicht mit allerlei Fragen und Komplimenten, ſondern empfing ihn mit jener reſpektvollen Anmut, die ſeiner männlichen Überlegenheit am meiſten ſchmeicheln mußte. Niemand verſtand beſſer zu ſchmeicheln als ſie. Aber ſie tat es mit ihrem Gebaren, mit Blicken und Geſten, nicht mit Worten. Was ſie ſprach, war wie ein Brief, der erſt im Poſtſkriptum ſeinen Sinn enthüllt. Nur wer erriet, was ſie nicht ſagte, konnte verſtehen, was ſie ſagte. Als ſich Montriveau nach einem halbſtündigen Geſpräche, in dem der Ton allein den Worten Wert verlieh, zur

Verabſchiedung erhob, hielt ihn die Herzogin mit einer ausdrucksvollen Geſte zurück.
„Mein lieber Marquis," ſagte ſie mit beſtrickender Liebenswürdigkeit, „ich weiß nicht, ob Ihnen die wenigen Augenblicke, die Sie mir ſchenkten, ſo verlockend erſcheinen, daß ich mir erlauben dürfte, Sie zu mir einzuladen. Ich fürchte, es liegt zu viel Selbſtſucht darin, wenn ich Sie für mich allein beſitzen will. Jedenfalls würde ich mich glücklich ſchätzen, wenn es Ihnen bei mir gefiele. Für Sie bin ich ſtets bis zehn Uhr abends zu Hauſe."
Dieſe Worte waren mit einer ſo anmutigen Koketterie geſprochen, daß es dem General ſchwer gefallen wäre, die Einladung abzulehnen. Als er ſich nachher wieder unter die Herren mengte, die in einiger Entfernung von den Damen beieinander ſtanden, wurde er halb im Ernſt, halb im Scherz zu dem außerordentlichen Empfang beglückwünſcht, den ihm die Herzogin bereitet hatte. Seine Freunde fanden, daß der Ruhm dieſer ſchwierigen und auszeichnenden Eroberung nicht auf Montriveau allein, ſondern auf die Geſamtheit der Gardeartillerie falle. Man kann ſich denken, zu welchen guten und ſchlechten Scherzen dieſes Thema führte, ſobald es einmal angeſponnen war. In den Pariſer Salons, wo man ſich ſo gut unterhält, weil der Spott hier beinahe keinen Stachel hat, läßt ſich niemand eine ſolche Gelegenheit entgehen.
Der General war weit entfernt, derlei Scherze übelzunehmen. Unwillkürlich ſchweiften ſeine Blicke immer wieder zu der Herzogin zurück, und er mußte ſich ſelbſt eingeſtehen, daß ſich von all den Frauen, deren Schönheit ihn bezaubert hatte, in ihr allein Vorzüge und Fehler zu jener köſtlichen Harmonie

verbanden, die in Frankreich männlich-jugendliche Phantaſie einer idealen Geliebten zuſchreibt. Welcher Mann empfand in ſeiner Seele nicht einen unbeſchreiblichen Genuß, wenn er in der Erwählten, vielleicht nur im Traume Erſehnten, die dreifache Erfüllung ſeiner ſeeliſchen, körperlichen und geſellſchaftlichen Wünſche erhoffen durfte? Mag ſein, daß dieſe glückliche Vereinigung nicht immer Liebe erweckt; ſicherlich aber iſt ſie eines ihrer weſentlichſten Stärkungsmittel. Ohne Eitelkeit, ſagte ein tiefgründiger Philoſoph des vorigen Jahrhunderts, gleicht die Liebe einem Menſchen, der ſich von einer ſchweren Krankheit nicht erholen kann. Die Überlegenheit des geliebten Weſens bietet in der Tat, für Mann und Weib, einen gleich unerſchöpflichen Hort der Freuden. Iſt es nicht mehr als angenehm, unſere Eigenliebe für alle Zukunſt vor Angriffen bewahrt zu wiſſen? Iſt es nicht unendlich beglückend, zu wiſſen, daß die geliebte Perſon ſo viel Adel und Geiſt beſitzt, um ſich durch einen abweiſenden Blick nicht gekränkt, durch ein Scherzwort nicht erniedrigt zu fühlen; daß ſie reich und ſchön genug iſt, um mit dem Glanz von Königen, um mit den körperlichen Vorzügen ihres ganzen Geſchlechts erfolgreich wetteifern zu können? Wenn aber ein Weib der plötzlich erwachten Leidenſchaft eines Mannes Gedanken ſolcher Art einflößt und gleichzeitig alle Wonnen ihrer Anmut, die Unberührtheit einer jungfräulichen Seele im faltenreichen Gewande beſtrickendſter Koketterie, kurz, die ganzen Gefahren der Liebe enthüllt — muß da nicht das kälteſte Herz ins Sieden geraten?

Juſt in einer ſolchen Lage befand ſich augenblicklich Armand de Montriveau. Seine ganze Vergangenheit bürgte dafür. Seit frühester Jugend hatte er faſt ausſchließlich auf Schlachtfeldern gelebt. Er kannte das Weib nur, wie der Reiſende, der in dringenden Geſchäften von Ort zu Ort fährt, die Gegenden kennenlernt, die er durcheilt. Vielleicht durfte er von ſeinem Leben das gleiche ſagen, was Voltaire im Alter von achtzig Jahren von dem ſeinigen geſagt haben ſoll. Hatte er etwa weniger als ſiebenunddreißig dumme Streiche auf ſeinem Gewiſſen? Und doch war er für ſein Alter in der Liebe kaum erfahrener als der Jüngling, der in tiefſter Verborgenheit ſeinen „Faublas" verſchlingt. Vom Weibe wußte er zwar viel, allein von der Liebe faſt nichts. In ſeiner Seele erwachte plötzlich nie gekannte Sehnſucht. Gar mancher, den Kunſt oder Wiſſenſchaft, Elend oder Ehrgeiz zu unabläſſiger Arbeit treibt, kennt derartige Gefühle, er geſteht ſie jedoch nur in den ſeltenſten Fällen ein. Denn in Paris muß jeder Mann geliebt haben. Keine Frau verlangt nach einem Manne, nach dem keine andre Verlangen trug. Und keinem Manne gelüſtet darnach, für einen Dummkopf gehalten zu werden, in einem Lande, wo jeder Dummkopf als Ausländer gilt. Was bleibt ihm da übrig, als Liebeserfolge zu erdichten, wenn es ihm verſagt blieb, ſie zu erleben? Armand war ſtark genug, die Gefühle ſeines Verlangens mannhaft zu unterdrücken. Aber während er ſcheinbar voll Intereſſe an der ſeichten Unterhaltung ſeiner Freunde teilnahm, ſchwor er in ſeinem Innern, jene Frau zu beſitzen. Sie zu beſitzen, war der einzige Gedanke, durch den er ſich das Reich der Liebe zu erſchließen vermochte. Und dieſer Gedanke wurde zum heiligen Eid, zu einem unverbrüchlichen Vertrage mit dem eigenen Schickſal nach Art der Orientalen, denen ſelbſt der Tod nur als ein Mittel zählt, um das durch den Eid geheiligte Unternehmen zum

Erfolg zu führen. Ein andrer an ſeiner Stelle hätte ſich vielleicht gedacht: „Ich hätte die Herzogin gerne zur Geliebten!“ oder „Wie beneidenswert iſt der Mann, den die Herzogin liebt!“ Der General hingegen dachte immer nur das eine: „Die Herzogin wird meine Geliebte!“ Wenn ſich ein Mann, in deſſen Herzen die Liebe zur Religion wird, einem ſolchen Gedanken hingibt, dann weiß er nicht, in welche Hölle er ſeine Füße ſetzt.

Von den erſten Anzeichen ſeines erſten Liebesfiebers geſchüttelt, kehrte der General heim. Wenn ein Mann noch in der Vollkraft ſeiner Jahre das Ungeſtüm, die Offenheit, den Glauben ſeiner Kindheit bewahrt, dann bleibt er Kind in ſeinem ganzen Gebaren. Immer noch ſtreckt er unwillkürlich die Hand aus nach dem Gegenſtande, den er verlangt. Und hat er die faſt unüberwindliche Entfernung erfühlt, die ihn davon trennt, ſo iſt er, je nach dem Wert des erſehnten Gegenſtandes, erſtaunt oder ungeduldig — er fürchtet ſich, oder er weint. Auch Montriveau befand ſich am nächſten Morgen unter dem drückenden Joch ſeiner Sinne. Jene Frau, die am Vorabend ſein Inneres gleich einem Orkane aufgewühlt hatte, erſchien im Licht der Morgenſonne wie eine Heilige, ſie war über Nacht ſein Leben, ſeine Welt geworden. Schon die bloße Erinnerung an die Gefühle, die ſie in ihm wachgerufen hatte, ließ all ſeine bisherigen Leiden und Freuden erblaſſen.

Auch die gewaltigſten politiſchen Umſtürze rühren nur an die Intereſſen des Mannes. Eine Leidenſchaft jedoch ſtürzt ſein ganzes Innenleben um. Bei jenen, die mehr Seele als Geiſt, mehr Gefühle als Intereſſen beſitzen, bewirkt wahre Liebe eine völlige Umwandlung des Daſeins. Ohne lange zu überlegen, ſtrich

Montriveau, ſozuſagen mit einem einzigen Federzuge, ſeine ganze Vergangenheit aus. Wohl an die zwanzig Male hatte er die Schickſalsfrage „Soll ich — ſoll ich nicht?“ nach Knabenart zu löſen verſucht. Und als es endlich Abend geworden war, kleidete er ſich um, ging nach dem Palais Langeais und ließ ſich der Herzogin melden. Harmlos kam er, um ſeine Liebe zu erklären. Worauf ſollte er auch warten? Hatte er jemals gewartet, wenn er in der Schlacht den erſten Kanonenſchuß löſte? Der Ärmſte! Geſtern war ihm ſein Idol im Lichterglanz, in Seide und Spitzen gekleidet, in roſig-mädchenhafter Friſche erſchienen. Heute fand er eine in ein kokettes braunes Hauskleid gehüllte Sylphide wieder, die ſtöhnend auf dem Diwan eines verdunkelten Boudoirs lag.

Bei ſeinem Eintreten nickte ſie nur unmerklich mit dem Kopfe, deſſen widerſpenſtige Lockenfülle ein langer Schleier zuſammenzuhalten ſuchte. Im Dämmerlicht einer armſeligen Kerze, die in einiger Entfernung auf dem Kaminſims flackerte, gewahrte er kaum mehr als eine marmorweiße Hand, die ihm ein Zeichen gab, ſich zu ſetzen.

„Wären nicht Sie es geweſen, Herr Marquis,“ begann ſie mit leiſer Stimme, „ſo hätte ich Sie nicht empfangen! Leute, die mir gleichgültig ſind, oder gute Freunde, mit denen ich keine Umſtände zu machen brauche, hätte ich beſtimmt abgewieſen. Sie ſehen ja, wie ich leide!“

Armand wollte ſich erheben, um fortzugehen. Da warf ſie ihm ſchnell einen glühenden Blick zu, den der Ahnungsloſe dem Feuer des Fiebers zuſchrieb.

„Merkwürdig!“ ſetzte ſie etwas lebhafter hinzu. „Iſt es Ihr lieber Beſuch oder iſt es der Eifer, mit dem Sie meiner Aufforderung folgten — ſeit einer

Weile fühle ich, wie die Schmerzen in meinem Kopfe allmählich ſchwinden!“

„Ich darf alſo bleiben?“ ſagte er voll freudiger Hoffnung.

„Oh, es würde mich ſehr verdrießen, wenn Sie fortgingen. Ich dachte mir ſchon heute morgens, daß ich wohl nicht den geringſten Eindruck auf Sie gemacht haben dürfte. Und ich fürchtete, Sie hielten meine Einladung für eine jener Redensarten, wie ſie die Pariſerin ſtändig im Munde führt. Ein Mann, der aus der Wüſte kommt, iſt nicht verpflichtet, zu wiſſen, mit welcher Vorſicht man im Faubourg Saint-Germain neue Freundſchaften anknüpft.“

Dieſe liebenswürdigen, zum Teil im Flüſterton geſprochenen Worte fielen wie Balſam auf ſeine Seele. Wie konnte der Argloſe das liſtige Spiel der Herzogin auch durchſchauen? Litt er die Schmerzen nicht wirklich, die ſie heuchelte? Wie Crillon bei der Erzählung der Paſſionsgeſchichte gegen die Häſcher des Heilands ergrimmte, ſo war auch Montriveau bereit, gegen die Schmerzen der Herzogin den Säbel zu zücken. Durfte er einer Kranken von Liebe ſprechen? Er ahnte, wie unzart und lächerlich ein ſolches Beginnen erſcheinen müßte. „Heißt lieben nicht warten und betteln? Heißt lieben nicht harren und flehen?“ raunte ihm das Mitleid zu. Seine Zunge war wie gelähmt. Die Macht ihrer Schmerzen und ſeiner Liebe, die Macht der vornehmen Sitten raubte dem Schüchternen die Sprache. Aber keine Macht der Erde war imſtande, die Glut ſeines Blickes zu löſchen. Wie liebte ſie dieſen Blick, wenn er liebend in den ihren tauchte! Wie liebte ſie dieſe großen ſtarren Pantheraugen, aus denen die Unermeßlichkeit der Wüſte hervorzuleuchten ſchien!

„Frau Herzogin," antwortete er bescheiden, „ich suche vergeblich nach Worten, um für Ihre unendliche Güte zu danken. Und ich wünsche im Augenblick nur eins: daß ich imstande wäre, die Leiden zu lindern, die Sie so quälen!"

„Mir wird mit einem Male so warm; erlauben Sie, daß ich mich dieses Kissens entledige." Und sie schob mit anmutiger Koketterie das lästige Kissen zur Seite und ließ zwei winzige Füße sehen, die in goldgestickten Samtpantöffelchen steckten.

„In Asien wären Ihre Füße fast zehntausend Zechinen wert, Frau Herzogin!"

„Das Kompliment eines Globetrotters", erwiderte sie lächelnd.

Die geistreiche Frau fand ein köstliches Vergnügen daran, den rauhen Marquis in ein lebhaftes Wortgefecht zu verwickeln, bei dem er sich ebenso ungeschickt benahm wie Erzherzog Karl im Kampf mit Napoleon. Mit geheimer Schadenfreude verfolgte sie das schnelle Wachstum seiner Leidenschaft. Immer tiefer lockte sie den vertrauensseligen Neuling in das Labyrinth der Liebe, wo sie ihn später einem schmählichen Schicksal zu überlassen gedachte. Die lange Dauer des ersten Besuches, die zuweilen als besondere Huldigung gilt, kam ihm gar nicht zum Bewußtsein. Seit einer Stunde schon hatte er über alles Erdenkliche geplaudert, von dem aber, woran er unaufhörlich dachte, noch nichts gesagt. War er doch nur ein Instrument, auf dem die Herzogin spielte, was ihr gefiel! Oder war es kein Spiel, wenn sie sich plötzlich in scheinbarer Verlegenheit aufrichtete, den Schleier vom Haare nahm und um den entblößten Hals wand? Wenn sie sich dann mit unnachahmlicher Anmut wieder auf den Arm zurücklehnte und zum Zeichen ihrer Genesung, die sie seiner Anwesenheit zu danken vorgab, alle Kerzen des Boudoirs anzünden ließ? War es kein Spiel, wenn sie ihm durch geschickte Fragen Geständnisse entlockte, an die sie dann nicht zu glauben schien?

„Sie wollen mir weismachen, daß Sie nie geliebt haben?" sagte sie ungläubig lächelnd, „das behaupten alle Männer uns gegenüber. Und wir sind höflich genug, ihnen zu glauben. Wissen wir doch genau, was wir davon zu halten haben! Wo ist der Mann, der in seinem Leben keine Gelegenheit fände, sich zu verlieben? Aber den Herren der Schöpfung beliebt es nun einmal, uns zu täuschen, und wir dummen Gänse sind noch stolz darauf, weil wir in der Lauterkeit unsres Herzens solchen Betrug für Schmeichelei ansehen!"

Montriveau war es bei diesen Worten, als sänke seine sündhafte Seele in die Tiefe der Hölle hinab, während die Herzogin als lichter Engel zum Himmel entschwebte.

„Verdammt nochmal!" dachte er verzweifelt, „wenn ich nur wüßte, wie ich es anstelle, ihr meine Liebe zu gestehen!"

Ach, er hatte ihr seine Liebe ja schon so oft gestanden! Besser gesagt, sie hatte dieses Geständnis so oft in seinen Augen gelesen, daß sie sich von der Leidenschaft ihres Anbeters, wenigstens für die nächste Zukunft, reichliche Kurzweil versprach. Und sie begann jetzt schon vor ihrem Herzen einige Schanzen aufzuwerfen, die er überwinden mußte, bevor es ihm gestattet sein sollte, darin einzudringen. War er nicht der Spielball ihrer Launen? Dennoch bereitete es ihr ein unaussprechliches Glücksgefühl, daß das Geständnis des Generals nicht erlogen war. Montriveau hatte tatſächlich noch nie geliebt. Unzufrieden mit ſich ſelbſt, mehr noch mit ihr, wollte er ſich zurückziehen. Sie lachte innerlich über ſeine Verſtimmung. Wußte ſie doch, daß ein Wort, ein Blick von ihr genügte, ihn wieder zu verſöhnen.

„Kommen Sie morgen wieder?“ ſagte ſie kokett, „ich gehe zum Ball und erwarte Sie bis zehn Uhr!“ —

Den nächſten Tag verbrachte Montriveau faſt ausſchließlich in ſeinem Arbeitszimmer. Er ſaß am Fenſter und beſchäftigte ſich damit, eine Unmenge Zigarren zu verqualmen. Nur auf dieſe Weiſe ſchien es ihm möglich, die Stunde zu erwarten, da er ſich umkleiden konnte, um nach dem Palais Langeais zu gehen. Wer den Wert dieſes prächtigen Mannes kannte, mußte aufs tiefſte beklagen, daß ein Geiſt, deſſen Lichtſtrahlen eine ganze Welt zu erhellen vermochten, in die Enge eines Boudoirs flüchtete und im Kampfe mit einer leichfertigen Frau jämmerlich verkümmerte. Und auch er ſelbſt fühlte ſich ſo elend, ſo erniedrigt, daß er ſich geſchämt hätte, ſeine Liebe dem intimſten Freunde anzuvertrauen. Solches Schamgefühl iſt dem Weibe im allgemeinen fremd. Ein ihrem ganzen Geſchlechte eigentümlicher Stolz verleitet ſie faſt immer, das Geheimnis ihrer Liebe preiszugeben — auch dann noch, wenn ſie dieſer Liebe ſchon überdrüſſig geworden iſt. —

„Herr General,“ meldete der Diener mit einer Verbeugung, „die Frau Herzogin bittet, ſie hier zu erwarten. Sie kleidet ſich für den Abend um.“

Montriveau trat in den Salon und wartete. Welch erleſenen Geſchmack verrieten dieſe Möbel, dieſe Gemälde, dieſe zahlloſen Kleinigkeiten, in denen er unwillkürlich die Herrin bewunderte, der ſie angehörten wie er ſelbſt! Nach etwa einer Stunde glitt die Herzogin geräuſchlos wie ein Schatten in den Salon. Als er ſich zufällig umwandte, ſtand ſie dicht vor ihm — ſtolz, ſiegesſicher, glücksbewußt. Er war wie geblendet von ihrer Schönheit. Sie hatte ſich in hellblaue Seide gekleidet, deren Stickereien mit dem Blumenſchmuck ihres Haares harmonierten. Um den ſchneeweißen Halsausſchnitt wand ſich ein weiter wallender Schleier, der bis zu den Füßen hinabfloß und ihren ohnehin zarten Formen etwas Ätheriſches verlieh.

„Ich habe Sie lange warten laſſen?" begann ſie, während ihr Blick zu ſagen ſchien: „Sieh mich an! Für dich allein habe ich mich ſo geſchmückt!"

„Fände ich eine Göttin, ſo ſchön wie Sie, dann würde ich ſelbſt eine Ewigkeit geduldig warten. Indes, wie dürfte ich wagen, von Ihrer Schönheit zu ſprechen. Nicht Worte, Anbetung allein geziemen ihr. Laſſen Sie mich daher wenigſtens den Saum Ihrer Schärpe küſſen, Herzogin!"

„Nicht doch!" entgegnete ſie ſchnell, „ich ſchätze Sie hoch genug, um Ihren Lippen etwas andres zu bieten als ein Stückchen Seide. Hier!"

Und ſie ſtreckte ihm mit huldvoller Gebärde ihre Rechte entgegen, auf die er einen langen Kuß drückte. Die Hand einer jungen Frau, die dem Bade entſtieg, bewahrt noch eine geraume Zeit jene ſamtweiche Zartheit, jene duftende Friſche, die von den Lippen ſchmeichelnd in die Seele zieht. Auch der keuſcheſte Kuß auf ſolch eine gefährliche Hand vermag bei einem Manne, deſſen Herz und Sinne von Liebe überquellen, einen verheerenden Sturm zu entfeſſeln.

„Werden Sie mich dieſe Hand immer ſo küſſen laſſen?" fragte er mit einem demütigen Blick.

„Ja, aber dabei ſoll es auch bleiben!" gab ſie lächelnd zur Antwort.
Sie ſetzten ſich nieder, und die Herzogin begann ihre Handſchuhe anzuziehen. Sonderbar, daß ſie heute damit nicht zu Ende kommen konnte! War es Ungeſchick oder Abſicht? Während ſie das enge Leder über die Finger ſtreifte, ſuchten ihre Blicke immer wieder den General, der ihr gegenüber in einem Lehnſtuhl ſaß.
„Sie waren pünklich, das freut mich!" begann ſie, „denn ich liebe die Pünktlichkeit. Seine Majeſtät ſagte, Pünklichkeit ſei die Höflichkeit der Könige. Nun, unter uns geſagt, halte ich ſie Damen gegenüber für die artigſte Schmeichelei des Mannes. Finden Sie nicht auch?"
Und wieder traf ihn ein Blick trügeriſcher Freundſchaft, der ihn ſtumm machte vor Glück. Ja, die Herzogin verſtand ſich auf ihr Handwerk! Erniedrigte er ſich, ſo erhöhte ſie ihn. Nichtsſagende Schmeicheleien waren ihr Lohn für jeden Schritt, den er tiefer hinabſank in den Sumpf törichter Liebe.
„Und Sie werden niemals vergeſſen, um neun Uhr zu mir zu kommen?"
„Niemals! Aber gehen Sie denn jeden Abend zu einem Balle?"
„Weiß ich das?" entgegnete ſie achſelzuckend, als wollte ſie zu erkennen geben, daß ſie unſagbar verwöhnt ſei, und daß ſich jedermann mit ihren Launen abfinden müſſe. „Übrigens, was liegt daran? Sie werden mich eben begleiten!"
„Heute abend wird dies leider nicht möglich ſein!"
„Warum nicht?"
„Weil ich nicht angezogen bin."
„Wenn jemand an Ihrer Kleidung etwas auszuſetzen hätte," erwiderte ſie hochfahrend, „ſo könnte nur ich

es tun. Aber Sie dürfen überzeugt ſein, Herr Afrikaforſcher, daß ein Mann, deſſen Arm ich annehme, über der Mode ſteht. Niemand wird es wagen, abfällig über ihn zu ſprechen. Sie kennen unſre Welt nicht, mein lieber General, und ich ſchätze Sie darum nur noch mehr."

Der Verſuch, den weltfremden Anbeter in die nichtigen Eitelkeiten einer Modedame einzuweihen, hatte den erwarteten Erfolg.

„Mir kann es nur recht ſein," dachte er im ſtillen, „wenn ſie ſich meinetwegen in Ungelegenheiten ſtürzt. Sie liebt mich ohne Zweifel und verachtet die Welt nicht minder als ich. Nun denn — auf zum Ball!"

Der Gedanke, daß dieſe Frau nicht davor zurückſchreckte, ſich für ihn bloßzuſtellen, beflügelte ſeinen Geiſt. Hatte ihn geſtern die Eigenart ihrer Unterhaltung bedrückt, heute gab ſie ſeinen Worten Feuer und Schwung und ermutigte ihn zu jenen erſten Vertraulichkeiten, die ſo unſagbar ſüß von einem Herzen in das andre ſtrömen.

Die Herzogin blickte verſtohlen nach der Kaminuhr, die eben zum Schlage ausholte. Es war Mitternacht.

„Großer Gott!" rief ſie beſtürzt, „da plaudern wir, und ich verſäume den Ball! Ich verſprach Madame de Beauſéant, beſtimmt zu kommen. Alle erwarten mich!"

„Alſo gehen Sie!" erwiderte er ernüchtert.

Sie lächelte ſchalkhaft.

„Nein, ich bleibe," ſagte ſie, „ſprechen Sie nur weiter! Ihre Abenteuer im Orient ſind entzückend. Sie müſſen mir alles erzählen, was Sie erlebten! Ich nehme ſo gerne teil an den Leiden eines ſo mutigen Mannes. Das iſt keine Redensart, lieber Marquis; meine Teilnahme iſt echt, iſt wirkliches Mitempfinden."

Während er ſich beſeligt der Freude über die unerwartete Änderung ihres Entſchluſſes hingab, ſpielte ſie mit ihrem Schleier, zupfte und riß ungeduldig an ihm, als ſei ſie in einer tiefinneren Unzufriedenheit befangen.

„Ach, wir andern taugen alle nichts“, fuhr ſie nach einer Weile fort. „Was ſind wir doch für erbärmliche, ſelbſtſüchtige, leichtſinnige Geſchöpfe! Wir leben nur, um die Zeit totzuſchlagen. Wir unterhalten uns, indem wir uns langweilen. Keine von uns weiß, was ſie mit dem Leben anfangen ſoll. Früher, da waren die Frauen in Frankreich Wohltäterinnen der Menſchheit. Sie halfen den Armen, ermutigten die Kranken, belohnten die Tugend. Ihre edlen Gedanken beſeelten die Kunſt. Wenn die Welt ſo klein geworden iſt, dann iſt es nicht zuletzt unſre Schuld! Oh, ich verſtehe Sie! Ich haſſe dieſe Geſellſchaften, dieſe Bälle, und es iſt wahrlich kein Opfer, wenn ich ihnen fernbleibe.“

Sie ließ ihren Abſcheu an dem Schleier aus, den ſie zerknüllte und zerpflückte, wie Kinder es mit Blumen tun. Dann warf ſie ihn fort, um ihren Schwanenhals zu zeigen, und klingelte.

„Ich gehe heute nicht mehr fort“, ſagte ſie dem Diener. Und wieder ſuchten ihre großen blauen Augen heuchleriſch den Blick des Generals, als ſeien dieſe Worte das ſchüchterne Geſtändnis einer erſten Gunſt.

„Sie haben viel durchgemacht!“ fuhr ſie nach einer gedankenſchweren Pauſe fort. Sie ſagte dies mit jener Rührung, die bei Frauen ſo oft nur in der Stimme, nicht im Herzen liegt.

„Nein, nicht viel — nicht alles!“ entgegnete er. „Bis heute wußte ich noch nicht, was Glück iſt!“

„Und jetzt wiſſen Sie es?“ fragte ſie lauernd.

„Ja — Glück, das heißt: Sie ſehen, Sie hören! Das

Schickſal ließ mich bisher nur leiden. Jetzt aber begreife ich, daß es mich auch unglücklich machen kann."

„Still, ſtill!" beſchwichtigte ſie ſeine auflodernde Leidenſchaft. „Gehen Sie jetzt. Es iſt Mitternacht. Wir müſſen den Anſtand wahren! Ich ging Ihretwegen nicht zum Balle und will nicht, daß die Leute über uns reden. Leben Sie wohl! Wenn ich nur wüßte, wie ich mich morgen ausreden soll? Nun, die Migräne iſt eine gutherzige Dame — ſie hat noch niemanden Lügen geſtraft."

„Iſt morgen wieder Ball?" fragte er, indem er ſich erhob.

„Ei, ich glaube, Sie werden ſich daran gewöhnen! Ja denn, morgen gehen wir wieder zum Ball!" — Armand ging fort. Er war der Glücklichſte der Sterblichen. Nach einer ſtillſchweigenden Übereinkunft kam er von nun an täglich zur gleichen Stunde in das Palais der Herzogin. Wer vermöchte all die Liſten und Ränke aufzuzählen, die ſie verwandte, um den Strom ſeiner Leidenſchaft nach Belieben zu lenken? Wie verſtand ſie es, ſeine Gefühle zu dämpfen, wenn ſie ungeſtüm aufloderten, oder ſie wieder anzufachen, wenn ſie nur noch glimmten! Immerhin hatte der dienſtbefliſſene General nach einigen Tagen in aller Form das Recht erworben, die unerſättlichen Hände ſeiner Angebeteten zu küſſen, ſo oft er wollte. Überall, wo die Herzogin erſchien, war von nun an auch Montriveau anzutreffen, den boshafte Freunde alsbald nur noch als „unvermeidlichen Schatten der Herzogin" bezeichneten. Kein Wunder, daß Eiferſucht ihm Neider und Feinde ſchuf. Allein die Herzogin erreichte damit ihren Zweck: Die Vorzugsſtellung, die ſie dem General unter ihren zahlreichen

Verehrern öffentlich einräumte, diente ihr dazu, jene zu verbergen, die ſich insgeheim ihrer Gnade rühmen durften.
„Montriveau iſt derjenige,“ erklärte eines Tages Madame de Sérizy, „den die Herzogin von Langeais entſchieden am meiſten auszeichnet!“
Wer weiß nicht, was es in Paris heißt, „von einer Dame ausgezeichnet“ zu werden? Was man ſonſt noch von Montriveau erzählte, war ſo furchtbar, daß einige junge Herren ihre kühnen Anſprüche auf die Herzogin fallen ließen und ſich kleineren Sternen zuwandten, die unſäglich entzückt waren, der verwöhnten Frau ein paar Anbeter abſpenſtig zu machen. Die Herzogin war wachſam genug, die Beziehungen ihrer Überläufer mit den feindlichen Mächten zu durchſchauen. Und da ſich ihr Stolz gegen ſolchen Verrat aufbäumte, nahm ſie, nach einem Ausſpruche des ihr ſehr zugetanen Prinzen von Talleyrand, „blühende Rache“ und machte ſich über die „morganatiſchen Ehen“ der Abtrünnigen luſtig, wo es ging. Ihre ſcharfe Zunge trug nicht wenig dazu bei, daß man ſie als ungemein geiſtreiche Frau ſchätzte und — fürchtete. Indem ſie offen über die Geheimniſſe andrer ſpottete, und ihnen zugleich den Einblick in die ihrigen ſorgſam verwehrte, ſchützte ſie den Ruf ihrer Tugend am allerbeſten. Trotzdem empfand ſie im Grunde ihrer Seele eine gewiſſe dunkle Angſt, als ſie nach zwei Monaten erkannte, daß Montriveau für die verfeinerte Liebeskunſt des Faubourg Saint-Germain noch immer kein Verſtändnis hatte.
„Meine liebe Herzogin,“ bemerkte der alte Vidame de Pamier, als er ſich eines Abends mit ihr über den Charakter Montriveaus unterhielt, „der iſt wie ein Adler. Sie werden ihn nicht zähmen können. Geben

Sie acht, ſonſt entführt er Sie noch eines Tages in die Lüfte!“

Hatten die Worte des ſchlauen Alten nicht wie eine Warnung, wie eine Prophezeiung geklungen? Sie nahm ſich vor, den General in der nächſten Zeit ſo ſchlecht zu behandeln, daß ſeine Liebe endlich in Haß umſchlagen müſſe. Als er am nächſten Abend bei ihr erſchien, war ſie ihm gegenüber unfreundlich, nervös, herausfordernd — kurz, abſcheulich. Vergeblich mühte er ſich, ſie durch engelgleiche Sanftmut zu entwaffnen. Sie blieb ſtandhaft. Ach, wie ſchlecht kannte ſie doch die allumfaſſende Güte großer Naturen! Ihre Klagen erwiderte er mit liebenswürdigen Scherzworten. Sie ſuchte Streit und fand Beweiſe unveränderlicher Zuneigung.

„Wie iſt es möglich,“ ſagte Armand betrübt, „daß Ihnen ein Mann mißfallen kann, der Sie vergöttert?“

„Sie mißfallen mir durchaus nicht, Armand!“ erwiderte ſie einlenkend, „aber warum wollen Sie mich kompromittieren? Sie dürfen mir nichts ſein als ein guter Freund! Wußten Sie dies nicht? Ich möchte ſehen, daß Sie zartfühlende, wahre Freundſchaft für mich hegen, damit ich Ihre Achtung nicht verliere und mich ſorgloſer Freude hingeben kann, wenn Sie bei mir ſind!“

„Ihr Freund ſoll ich nur ſein?“ rief Montriveau, den ihre Worte wie Keulenſchläge trafen. „Mit vertrauender Liebe im Herzen ſchlafe ich ein und erwache mit der Hoffnung auf die ſüßen Stunden, die Sie mir gewähren. Heute auf einmal beliebt es Ihnen, ganz ohne jeden Grund, alles zu töten, was mich am Leben erhält! Sie wiſſen, wie ſehr ich launenhafte Frauen verabſcheue, und wiſſen, daß Sie mir das Verſprechen abnahmen, ausdauernd und beſtändig zu ſein.

Wollen Sie mir jetzt zu verſtehen geben, daß Sie, wie die andern Pariſerinnen, nur Leidenſchaften haben und keine Liebe? Warum forderten Sie dann mein Leben, warum nahmen Sie es an?"
„Das war unrecht von mir, mein Freund. Ich weiß es. Eine Frau ſoll ſich nicht hinreißen laſſen, wenn ſie den Rauſch der Sinne nicht teilen kann, noch darf!"
„Ach, ich verſtehe," entgegnete er bitter, „Sie wollten nur ein wenig kokett ſein, und ..."
„Ich — kokett?" unterbrach ſie ihn, „ich haſſe alle Koketterie! Heißt Kokettſein nicht, ſich jedem Manne zu verſprechen und keinem anzugehören? Jede manzugehören iſt Ausſchweifung. Mindeſtens glaube ich. unſre Sitten ſo zu verſtehen. Indes, mit Offizieren über den Krieg, mit Ehrgeizigen über Politik, mit Philantropen über die Wohlfahrt des Staates zu plaudern, mit Sorgloſen vergnügt und mit Humoriſten melancholiſch zu ſein, Schwätzern mit andächtiger Bewunderung zuzuhören, jedermann den kleinen Anteil an Schmeichelei zu geben, den er erſehnt — all dies erſcheint mir ebenſo wichtig und notwendig, wie die Blumen im Haar, wie Diamanten, Handſchuhe und Toiletten. Die Konverſation iſt der geiſtige Teil der Kleidung. Mit dem Federgeſteck nimmt man ſie auf, mit ihm trennt man ſich von ihr. Nennen Sie dies Koketterie? Allein ich behandelte Sie nie ſo wie die andern Männer. Ihnen gegenüber bin ich ſtets aufrichtig geweſen, mein Freund, wenn ich zuweilen auch andrer Meinung war als Sie. Und gelang es Ihnen, im Lauf der Unterhaltung, mich zu überzeugen, ſo ſahen Sie mich ſtets reſtlos glücklich. Kurz — ich habe Sie ſehr lieb, Armand; jedoch nur ſo, wie dies einer frommen, ehrbaren Frau erlaubt

iſt. Ich habe über unſere Beziehungen eingehend nachgedacht. Sie wiſſen, daß ich verheiratet bin. Wenn ich auch durch die Art, wie ich mit meinem Gatten lebe, über mein Herz frei verfügen kann, ſo nahmen mir Anſtand und Geſetze das Recht, über meine Perſon zu verfügen. Eine Frau, die ſich entehrt, wird, wie hoch ſie auch ſtehen mag, von der Geſellſchaft verfemt. Ich kenne keinen Mann, der wüßte, welche Pflichten ihm aus unſerm Opfer erwachſen, und der danach handeln würde. Der vorausſichtliche Bruch zwiſchen Madame de Beauséant und Herrn d'Ajuda, der angeblich Mademoiſelle de Rochefide heiraten ſoll, iſt mir nur wieder ein Beweis, daß die Frau, die ſich für einen Mann opfert, zum Dank dafür von ihm vernachläſſigt wird. Wenn Sie mich aufrichtig lieben, ſo werden Sie mich eine Zeitlang nicht beſuchen! Ich hingegen verſpreche Ihnen, auf jede Koketterie zu verzichten. Iſt das nicht auch etwas? Was ſagt man nicht alles von einer Frau, die ohne Anbeter iſt? Sie hat kein Herz, keinen Geiſt, keine Seele, und, was die Hauptſache iſt, ſie hat keinen Charme. Oh, die Koketten werden nicht ſchlecht über mich herfallen und mir alle Eigenſchaften abſprechen, die ſie an mir finden! Aber was liegt mir daran, wenn dabei mein guter Ruf erhalten bleibt? Mögen ſie meine Vorzüge beſtreiten — erben können ſie ſie ja doch nicht! Alſo tun Sie mir auch einen Gefallen, lieber Freund, da ich ſo viel für Sie geopfert habe: Kommen Sie nicht ſo oft zu mir! Sie werden mir darum nicht weniger lieb ſein."

„Jetzt ſehe ich," entgegnete Armand mit bitterer Ironie, „daß die Romanſchreiber recht haben, wenn ſie ſagen, daß ſich die Liebe nur von Illuſionen nährt!

Ich muß mir in Hinkunft einbilden, geliebt zu werden. Aber glauben Sie mir, Herzogin, es gibt Gedanken, die wie Wunden ſind: Man kann von Ihnen nicht geneſen! Sie waren mein letzter Glaube, und ich ſehe nun mit Schmerzen, daß alles auf Erden Lug und Trug iſt."

Sie verſuchte zu lächeln.

„Ja — alles, alles iſt Lüge!" fuhr er immer erregter fort, „Ihr katholiſcher Glauben, zu dem Sie mich überzeugen wollen, iſt eine Lüge, die ſich die Menſchen zurechtlegten. Die Hoffnung iſt eine Lüge von der Zukunft. Der Stolz iſt eine Lüge von uns ſelbſt. Mitleid, Klugheit, Schrecken — lauter bewußte Lügen, lauter Schwindel! Warum ſollte es mit meinem Glücke anders ſein? Es iſt Zeit, daß ich dies einſehe und mich mit einem Taler beſcheide, wenn ich einen Louisdor hingebe. Da Sie ſo leichten Herzens auf meine Beſuche verzichten, lieben Sie mich nicht! Und ich armer Tropf, der ich mir das immer wieder ſage, liebe Sie dennoch!"

„Aber, lieber guter Armand, Sie regen ſich auf ..."

„Ich rege mich auf?"

„Ja natürlich! Sie glauben, es ſei alles in Frage geſtellt, weil ich von Vorſicht ſpreche!"

Im Grunde genommen entzückte ſie der Zorn, der aus den Augen ihres Anbeters ſprühte. Sie quälte und folterte ihn zwar in dieſem Augenblick. Zugleich aber prüfte ſie ihn und achtete auf jeden Wechſel ſeines Geſichtsausdrucks. Hätte der General das Unglück gehabt, aus Edelmut auf jeden Widerſpruch zu verzichten, ſo wäre das Urteil der geſtrengen Richterin nicht zweifelhaft geweſen: Lebenslängliche Verbannung wegen gänzlichen Mangels an Liebeserfahrung. Die Mehrzahl der Frauen will das Gefühl haben, daß ihre Sittlichkeit gegen ihren Willen verletzt wurde Es ſchmeichelt ihrer Eitelkeit, wenn ſie ſich ſagen können, daß ſie nur der Gewalt gewichen ſind. Allein Montriveau war zu unerfahren, um die Falle zu erkennen, die ihm die Herzogin gelegt hatte. Starke Männer haben eine ſo kindlich-reine Seele, wenn ſie lieben! —

„Wenn Sie nur den Anſtand wahren wollen, Herzogin," ſagte er unbefangen, „bin ich bereit . . ."

„Nur den Anſtand wahren?" unterbrach ſie ihn entrüſtet. „Aber was denken Sie denn von mir? Habe ich Ihnen je den geringſten Anlaß gegeben, zu glauben, daß ich Ihnen angehören könnte?"

„Ach, das iſt . . . Ja, wovon ſprechen Sie denn alſo?"

„Aber, Herr Marquis, ich bin entſetzt! . . . Nein, entſchuldigen Sie, ich d a n k e Ihnen!" fuhr ſie in eiſigem Tone fort. „Ich danke Ihnen, Armand! Sie machen mich noch beizeiten auf eine Unvorſichtigkeit aufmerkſam, die durchaus nicht in meiner Abſicht gelegen iſt. Sie ſagen, Sie verſtünden zu leiden. Ich auch, mein Freund! Auch ich werde zu leiden verſtehen. Wir wollen aufhören, uns zu ſehen. Und dann, wenn wir beide ein wenig ruhiger geworden ſind, gut — dann wollen wir beraten, wie wir zu einem Glücke kommen können, das der Welt genehm iſt. Ich bin jung, Armand. Ein Mann ohne Taktgefühl ließe eine Frau von vierundzwanzig Jahren zweifellos allerlei Torheiten begehen. Aber Sie, ich weiß, daß Sie mein Freund ſein werden, nicht wahr? Verſprechen Sie es mir, Armand!"

„Die Frau von vierundzwanzig Jahren iſt ungemein vernünftig!" entgegnete er bitter.

Er ſetzte ſich auf den Diwan und ſtützte ſeinen Kopf in die Hände.

„Lieben Sie mich, Herzogin?“ ſetzte er in entſchloſſenem Tone hinzu. „Sagen Sie kurz ‚Ja‘ oder ‚Nein!‘“
Die Androhung des Todes hätte die Herzogin weniger erſchreckt als dieſe Frage. (Seitdem der Mann nicht mehr den Degen an der Seite trägt, hat die alte Liſt, die Geliebte mit dem Tode zu ſchrecken, beinahe jede Wirkung verloren. Aber flößt ein zornfunkelnder Blick, das Beben der Lippen, die Verzerrung der Geſichtszüge nicht gleichen Schrecken ein?)
„Ach!“ gab ſie zögernd zur Antwort, „wenn ich frei wäre, wenn ...“
Der General ſprang in freudiger Erregung auf.
„So iſt es nur Ihr Gatte, der uns behindert?“ rief er aus, indem er das Boudoir mit großen Schritten durchmaß. „Meine liebe Antoinette, ich beſitze eine außerordentliche Macht — eine Macht, die gewaltiger iſt als die des Beherrſchers aller Reußen. Das Schickſal gehorcht mir. Ich kann es, bildlich geſprochen, nach Belieben beſchleunigen oder verzögern, wie den Gang einer Taſchenuhr. Um das Schickſal in unſerer politiſchen Maſchine zu lenken, braucht man nur ihr Getriebe zu kennen. Binnen kurzer Zeit werden Sie frei ſein, verlaſſen Sie ſich darauf! Erinnern Sie ſich dann Ihres Verſprechens, Herzogin!“
„Armand!“ ſchrie ſie auf, „um Gottes willen, was wollen Sie damit ſagen? Glauben Sie im Ernſte, ich könnte der Lohn für ein Verbrechen sein? Wollen Sie mich töten? Ich fürchte Gott, vergeſſen Sie das nicht! Und mag der Herzog von Langeais mir auch Grund gegeben haben, ihn zu haſſen, ſo wünſche ich ihm doch nichts Böſes!“
Montriveau trommelte auf der marmornen Kaminplatte mechaniſch mit den Fingern und beſchränkte ſich darauf, die Herzogin ruhig anzuſehen.

„Mein Freund, achten Sie ihn!“ fuhr ſie fort, „Ich weiß, er liebt mich nicht, er iſt nicht gut zu mir. Allein ich habe ihm gegenüber Pflichten. Was würde ich nicht alles tun, um das Unglück abzuwenden, mit dem Sie ihn bedrohen! . . . Hören Sie, Armand, ich will nicht mehr von Trennung ſprechen. Sie ſollen zu mir kommen, wie bisher, und ich werde Ihnen ſtets meine Stirne zum Kuſſe bieten. Wenn ich es bis jetzt zuweilen unterließ, ſo geſchah es wahrhaftig nur aus Koketterie!“

Er näherte ſich ihr mit glücklichem Lächeln.

„Aber wir müſſen uns verſtändigen, Armand! Sie werden mir erlauben, die Schar meiner Anbeter zu vermehren und am Vormittage öfters zu empfangen als bisher. Ich werde ſcheinbar meinen Leichtſinn verdoppeln, einen Bruch mit Ihnen vortäuſchen und Sie möglichſt ſchlecht behandeln. Sie werden etwas ſeltener kommen und dann, nachher . . .“

Während ſie ſo ſprach, ließ ſie ſich von ihm umfaſſen. Offenbar ſchwelgte ſie in dem außerordentlichen Genuß einer Umklammerung, die den meiſten Frauen wie ein ſüß-ſchmerzliches Verſprechen aller Liebeswonnen erſcheint. Dann hob ſie ſich auf die Fußſpitzen und bot die weiße Stirne ſeinen glühenden Lippen zum Kuß.

„. . . Nachher,“ ſetzte Montriveau fort, „nachher werden Sie nie mehr von Ihrem Gatten ſprechen. Sie ſollen gar nicht an ihn denken!“

Die Herzogin bewahrte eine Zeitlang nachdenkliches Schweigen.

„Mindeſtens,“ ſagte ſie dann, „werden Sie alles tun, was ich wünſche — ohne Murren, ohne Grollen, ja? Nicht wahr, mein Freund, Sie wollten mich vorhin nur erſchrecken? Geben Sie es nur zu! Sie ſind viel zu gut, als daß Sie einen verbrecheriſchen Gedanken faſſen könnten. Indes — ſollten Sie wirklich Geheimniſſe haben, von denen ich nichts weiß? Wie vermöchten Sie denn das Schickſal zu meiſtern?"

„Der Augenblick, der mir die Verſicherung gibt, daß Sie mir Ihr Herz ſchenkten, macht mich zu glücklich, als daß ich wüßte, was ich Ihnen antworten ſoll. Ich ſetze Vertrauen in Sie, Antoinette! Kein Verdacht, keine falſche Eiferſucht ſoll in mir aufkommen! Aber, wenn Sie der Zufall freimacht, ſind wir vereint ..."

„Der Zufall, Armand!" wiederholte ſie mit ausdrucksvollem Kopfnicken. „Der reine Zufall! Aber merken Sie wohl, was ich Ihnen ſage: Sollte dem Herzog von Langeais durch Ihre Schuld je ein Unglück widerfahren, dann würde ich Ihnen niemals angehören! Hören Sie, niemals!" —

Sie trennten ſich. Jeder war mit dem andern zufrieden. Die Herzogin hatte einen Pakt geſchloſſen, der ihr erlaubte, der Geſellſchaft durch Wort und Tat zu beweiſen, daß Montriveau nicht ihr Geliebter ſei. Sie nahm ſich ernſtlich vor, den Gang des bevorſtehenden Kleinkrieges ſo zu lenken, daß den General das Gelingen kleinerer Überfälle über den Ausfall entſcheidender Siege hinwegtäuſchen ſollte. Oh, die Schlaue verſtand es trefflich, Verſprechungen, zu denen ſie ſich im Laufe eines Abends herbeiließ, am nächſten Tage zu widerrufen! Feſt entſchloſſen, ihre Tugend in phyſiſcher Beziehung zu bewahren, erblickte ſie in den Präliminarien der Liebe, die nur temperamentvolleren Frauen furchtbar werden können, keine ſonderliche Gefahr. Es war alſo herzlich wenig, was ſie dem Liebesgotte bot, wenn ſie ihm ihre Ehe

opferte, die in Wirklichkeit schon lange nicht mehr bestand.
Montriveau hingegen pries sich glücklich, wieder ein wenig Boden gewonnen zu haben. Im Besitz eines mehr als fragwürdigen Versprechens hoffte er, die Einwände, die eine Gattin aus der ehelichen Treue herleitet, für immer zu beseitigen. Deshalb mißbrauchte er eine Zeitlang sein so mühevoll erworbenes Nutznießungsrecht. Er wurde wieder zum Kinde, wurde es mehr als je, und ließ sich zu all den kindischen Torheiten der Liebe verlocken, jener süßen ersten Liebe, die des Lebens schönste Blüte in sich schließt. Die Leidenschaft für diese Frau, deren Hände, deren blonde Lockenfülle, deren reine, mattglänzende Stirne er küssen durfte, raubte ihm Kraft und Seele. Überwältigt von dem magnetischen Fluidum seiner überströmenden Liebe, zögerte die Herzogin, den Streit von neuem zu beleben, als ahnte sie, daß er mit immerwährender Trennung enden würde. Das armselige Geschöpf war mehr Weib, als es zu sein glaubte, wenn es trachtete, die Forderungen der Religion mit den Regungen brennender Eitelkeit, mit dem Abglanz von Liebeswonnen zu versöhnen, von dem sich die Pariserin törichterweise blenden läßt. Jeden Sonntag ging sie zur Messe, sie fehlte bei keiner Andacht. Und kam der Abend, so stürzte sie sich in entnervende Wollust, die aus andauernd unterdrückter Sehnsucht erwächst. Die beiden glichen somit jenen indischen Fakiren, die in der Überwindung der Wollust, in dem zähen Widerstand gegen die Versuchungen ihrer Keuschheit die höchste innere Befriedigung, die höchste Wollust finden.
Vielleicht auch war die Herzogin entschlossen, die Liebe in brüderliche Zärtlichkeiten aufzulösen, die

aller Welt zweifellos unſchuldig und harmlos erſchienen wären, denen jedoch die Glut ihrer Gedanken unerhörte Verderbtheit lieh. Wie anders ließe ſich ihr fortwährendes Schwanken erklären? Täglich nahm ſie ſich vor, dem Marquis ihr Haus zu verſchließen. Und wenn er dann abends zur vereinbarten Stunde bei ihr erſchien, ließ ſie ſich immer wieder bezaubern und ſtreckte nach kurzer, ſchwacher Verteidigung die Waffen. Sie ſprach ſanft und ſalbungsvoll und entfaltete allmählich ihren ſprühendſten Geiſt, ihre hinreißendſte Koketterie. Wenn er ſie dann an ſich drückte, ließ ſie es gerne geſchehen. Allein das Höchſtmaß ihrer Leidenſchaft war ſtets bald erreicht, und ſie wurde ernſtlich böſe, ſobald er Miene machte, im Überſchwang der Gefühle die Schranken zu überſchreiten.
Keine Frau wagt es, ſich der Liebe grundlos zu verſagen. Das Nachgeben, das Sich-Fügen liegt ja in der weiblichen Natur. Die Herzogin umgab ſich daher alsbald mit einem zweiten Feſtungsring, der noch ſchwieriger zu nehmen war als der erſte: Sie beſchwor die Schrecken der Religion. Der beredſamſte Papſt kann die Sache Gottes nicht beſſer verfechten, als ſie es tat. Niemals klang des Allmächtigen Rache ergreifender, heiliger, weihevoller als im Munde der Herzogin. Sie bediente ſich dabei weder frommer Bibelſprüche, noch rhetoriſcher Bilder. Nein, ſie hatte ihr eigenes Pathos. Auf Montriveaus glühendſte Bitten erwiderte ſie mit einem tränenfeuchten Blick, mit einer aus unerhörtem Gefühlsüberfluß entfeſſelten Gebärde. Sie gebot ihm Schweigen, indem ſie um Gnade flehte: Er ſollte glauben, daß ſie ſterben würde, wenn er noch weiter in ſie dringe, daß ihr der Tod lieber ſei als ein ſträfliches Glück.

„Dem Gebote Gottes trotzen — iſt dies denn gar nichts?“ flüſterte die ſchöne Komödiantin leiſe, ſo leiſe, als fiele es ihr unendlich ſchwer, die Herrſchaft über ihre Stimme wiederzuerlangen. „Die Geſellſchaft, die ganze Erde bringe ich Ihnen herzlich gerne zum Opfer. Indes ich finde, Ihre Selbſtſucht geht zu weit, wenn Sie für den Genuß eines Augenblickes meine ganze Zukunft fordern. Seien Sie doch vernünftig! Sind Sie denn nicht glücklich?“

Sie reichte ihm verſöhnend die Hand und ließ ſich in ihrem entzückenden Negligé bewundern — ein Troſt, der ihn für ſeine Mißerfolge entſchädigen ſollte. Jedesmal, wenn Montriveaus glühende Leidenſchaft ungewohnte Gefühlsregungen in ihr wachrief, oder wenn es ihm gelang, ihr einen flüchtigen Kuß zu rauben, heuchelte ſie nunmehr Angſt und Furcht und verbannte den ſtürmiſchen Verehrer von ihrem Diwan, ſobald ihr dieſer gefährlich zu werden drohte.

„Ihre Freuden ſind Sünden, die *ich* büße, Armand!“ rief ſie aus, „Gewiſſensbiſſe, Reue, Buße — das iſt *mein* Teil daran!“

Als ſich der General zwiſchen zwei Stühle geſetzt ſah, begann er zu läſtern und Gott zu fluchen.

„Aber mein Freund,“ zürnte die Herzogin, „ich kann nicht begreifen, warum Sie an Gott nicht glauben wollen! Denn es iſt doch unmöglich, an die Menſchen zu glauben! Oh, Sie dürfen nicht ſo ſprechen! Sie haben eine zu große Seele, als daß Sie ſich die vermeſſenen, Gott verleugnenden Anſchauungen der Freidenker zu eigen machen könnten!“

Derlei theologiſche und politiſche Wortgefechte dienten der Herzogin gewiſſermaßen als Beruhigungsduſchen. Vergeblich ſann der General in ſolchen

Augenblicken auf Mittel, die Unterhaltung auf das Liebesthema zurückzuführen. War es ihr einmal gelungen, ſeine Gedanken meilenweit aus dem Boudoir zu verſcheuchen, ſo erging ſie ſich mit Wohlbehagen in den Theorien des Abſolutismus, den ſie vortrefflich verteidigte. Nur wenige Frauen ſind demokratisch geſinnt. Der Deſpotismus ihrer Gefühle ſtände mit ſolcher Anſchauung in allzu großem Widerſpruch. Zuweilen kam jedoch die Löwennatur Montriveaus zum Durchbruch. Dann ſchüttelte er ſeine Mähne, ſchlug ſich grollend in die Flanken und ſtürzte ſich, unfähig, ſeine Gedanken länger zu verbergen, liebestoll auf ſeine Beute. Und die Herzogin verließ in höchſter Angſt die ſehnſuchtsſchwangere Luft des Boudoirs und flüchtete in den Salon. Dort ſetzte ſie ſich ans Klavier, ſang entzückende moderne Lieder und betrog auf dieſe Weiſe ſeine rückſichtsloſe, unbarmherzige Sinnenliebe. In ſolchen Augenblicken erſchien ſie Armand bezaubernd: Sie heuchelte nicht, ſie war aufrichtig, und der arme Liebhaber glaubte dann ernſtlich, ſie liebe ihn. Ihren ſelbſtſüchtigen Widerſtand hielt er für einen Beweis ihrer heiligen Reinheit und Tugend, und er gab ſich zufrieden und ſprach — von platoniſcher Liebe. Der General der Artillerie ſprach von platoniſcher Liebe! Und hatte die herzogliche Kurtiſane in ihrem Intereſſe lange genug Religion geheuchelt, ſo tat ſie dies nachher in ſeinem Intereſſe. Um ihn zu chriſtlicher Denkungsart zu bekehren, legte ſie ſich eine Art „Geiſt des Chriſtentums für den militäriſchen Gebrauch" zurecht. Montriveau wurde ungeduldig, ſein Joch fing an zu drücken. Oh, dann machte ſie ihm, ſchon aus Widerſpruchsgeiſt, erſt recht die Hölle heiß, weil ſie ſehen wollte, ob ſie Gott von einem Manne befreien würde, der mit beängſtigender Ausdauer auf ſein Ziel losging. Und ſie legte es darauf an, jedes Wortgefecht hinauszuziehen, um den moraliſchen Kampf zu verewigen, als fühlte ſie, daß der materielle Kampf, der nachher folgen müſſe, ungleich größere Gefahren in ſich berge.

Wenn in dieſem Gefühlskriege der Widerſtand, den die Herzogin im Namen der Ehegeſetze leiſtete, die zivilrechtliche Phaſe darſtellte, ſo begann alsbald eine neue, kirchenrechtliche Phaſe, die genau ſo ihr Anſchwellen, ihre Kriſe, ihr Abflauen hatte wie jene. Als Montriveau eines Abends früher als gewöhnlich zur Herzogin kam, ſaß der Lenker ihres Gewiſſens, Herr Abbé Gondrand, behaglich im Lehnſtuhl der Kaminniſche und ſchien mit dem Diner zugleich die kleinen, niedlichen Sünden ſeines Beichtkindes zu verdauen. Mit ſeinen friſchen, roſigen Wangen, der hohen klaren Stirne, dem aſketiſchen Munde und dem boshaften, durchdringenden Blick verband der Abbé jene ruhige, vornehme Haltung, die den ekkleſiaſtiſchen Adel kennzeichnet — ein Eindruck, den das Biſchofsviolett ſeiner Kleidung noch verſtärkte. Bei dem Anblick dieſes Mannes verfinſterte ſich das Geſicht des Generals, der kaum grüßte und ſich, ohne ein Wort zu ſprechen, niederließ. War Montriveau nicht mit Liebesgedanken beſchäftigt, ſo fehlte es ihm keineswegs an Feingefühl: Der flüchtige Blick, den er mit dem zukünftigen Biſchof gewechſelt hatte, brachte ihn auf die Vermutung, daß er vor dem Anſtifter all der Widerſtände ſtehe, mit denen die Liebe der Herzogin ihm gegenüber gewappnet war. Daß ein ehrgeiziger Abbé allerlei unternehmen kann, um das Glück eines rettungslos verliebten Mannes zu hintertreiben — dieſer Gedanke fuhr ihm wie ein Blitz ins

Gehirn. Es zuckte in ſeinen Fingerſpitzen, er ſprang vom Lehnſtuhl auf und ging mit dröhnenden Schritten hin und her. Offenbar hegte er die Abſicht, einen Streit vom Zaune zu brechen. Allein ein einziger Blick der Herzogin genügte, ihn wieder zu beruhigen. Jede andre Frau an ihrer Stelle wäre durch das düſtere Gebaren ihres Verehrers unſicher geworden. Doch die Herzogin plauderte unbefangen weiter und erklärte dem Abbé in ihrer geiſtreichen Art, wie notwendig es ſei, die Religion wieder in alter Herrlichkeit erſtehen zu laſſen. Beſſer als es ihr Beichtvater vermocht hätte, ſetzte ſie die Gründe auseinander, weshalb die Kirche mit der geiſtigen eine weltliche Macht verbinden müſſe, und ſie bedauerte, daß die Pairskammer, im Gegenſatze zur engliſchen Lordskammer, immer noch keinen Biſchofsſitz aufwies. Trotz dem anregenden Geſpräche überließ Abbé Gondrand dem General alsbald ſeinen Platz. Wußte er doch, daß ihm die herannahende Faſtenzeit reichliche Gelegenheit bieten würde, Revanche zu nehmen. Die Herzogin war über Montriveaus ſeltſames Verhalten innerlich ſo beunruhigt, daß ſie ſich kaum erhob, um den Abſchiedsgruß ihres Beichtvaters mit einer ehrfürchtigen Verbeugung zu erwidern.

„Was haben Sie, mein Freund?“ begann ſie, als ſich die Türe hinter Gondrand geſchloſſen hatte.

„Ihr Abbé liegt mir im Magen!“ entgegnete er, ohne ſich darum zu bekümmern, ob der andre dieſe Worte hörte.

„Warum nehmen Sie kein Buch zur Hand?“ ſagte ſie zurechtweiſend.

„Meine liebe Antoinette,“ gab er nach längerem Schweigen zur Antwort, „ich danke Ihnen, daß Sie der Liebe den Vorzug vor der Kirche geben. Aber haben Sie die Gnade und gestatten Sie, daß ich eine Frage an Sie richte!"

„Eine Frage? Aber gerne! Sind Sie nicht mein Freund? Sie dürfen bis auf den Grund meiner Seele schauen! Sie werden nur ein Bild dort erblicken!"

„Sprechen Sie mit diesem Menschen von unserer Liebe?"

„Er ist mein Beichtvater!"

„Weiß er, daß ich Sie liebe?"

„Herr Marquis, Sie beanspruchen doch nicht etwa, in meine Beichtgeheimnisse einzudringen?"

„So kennt also der Mensch alle unsre Meinungsverschiedenheiten und weiß, daß ich Sie liebe?"

„Der Mensch? Sagen Sie Gott!"

„Gott! Gott!" wiederholte er ärgerlich. „Lassen Sie Gott ruhig dort, wo er ist — um seiner und meiner Liebe willen! Ich dächte, ich sei allein in Ihrem Herzen? Sie werden nicht mehr beichten gehen, Herzogin, oder ..."

„Oder?" sagte sie lächelnd.

„Oder ich komme nicht mehr zu Ihnen."

„Dann gehen Sie, Armand, gehen Sie nur! Und leben Sie wohl, für immer!"

Sie erhob sich und ging ins Boudoir, ohne den General auch nur eines Blickes zu würdigen. Montriveau blieb, die Hand auf die Stuhllehne gestützt, in düstere Gedanken versunken. Wie lange er so stand, wußte er nicht. Des Menschen Seele hat die wunderbare Fähigkeit, Zeiträume nach ihrem Willen auszudehnen oder zusammenzuziehen. Als er sich aufraffte, war es dunkle Nacht. Er tastete sich nach der Türe des Boudoirs und öffnete.

„Ich habe nicht geklingelt, Suzette!" begann sie mit

ſchwacher Stimme, „Sie wiſſen doch, daß Sie nicht hereinkommen dürfen, wenn ich es nicht befehle!"
Montriveau ſtürzte erregt zu dem Diwan, auf dem ſie lag:
„Du leideſt alſo?" rief er aus.
„Stehen Sie auf, Herr Marquis!" entgegnete ſie und zog die Klingel, „und gehen Sie hinaus! Wenigſtens für einen Augenblick!"
„Die Frau Herzogin verlangt Licht!" ſagte er dem eintretenden Diener.
Nachdem die Kerzen angezündet waren, blieb die Herzogin ſtumm und reglos auf dem Diwan liegen, als wäre ſie allein.
„Liebling!" flüſterte er in einem von Schmerz und erhabenſter Güte erfüllten Tone, „ich hatte unrecht. Selbſtverſtändlich will ich in dir die Religion nicht miſſen!"
„Ein Glück, daß Sie die Notwendigkeit des Gewiſſens einſehen!" entgegnete ſie ſchroff, ohne ihn anzuſehen.
„Ich danke Ihnen im Namen Gottes!"
Verzweifelt über das Gebaren dieſer Frau, die ſich ihm nach Gutdünken bald als Freundin, bald als Fremde erwies, wandte ſich der General gegen die Türe und war im Begriffe, die Herzogin, ohne ihr noch ein Wort zu ſagen, für immer zu verlaſſen. Sie empfand eine geheime Wolluſt, als ſie ſah, wie er litt. Wieviel grauſamer war dieſe ſeeliſche Folter im Vergleich zu den Martern der ehemaligen Inquiſition! Aber der General war nicht Herr über ſich. Er konnte nicht fortgehen. In jeder Kriſe ſpeichert das Weib eine gewiſſe Anzahl von Worten in ſich auf. Solange ſie ſich dieſer nicht entäußern kann, empfindet ſie etwas Ähnliches wie beim Anblick eines unfertigen

Gegenſtandes. Auch die Herzogin hatte noch nicht alles geſagt, was ihr am Herzen lag.

„Wir haben nicht die gleichen Anſchauungen, Marquis!“ fuhr ſie fort. „Das tut mir leid. Glauben Sie mir, es wäre für uns Frauen furchtbar, wenn wir keine Religion hätten. Sie allein erlaubt uns, über das Grab hinaus zu lieben. Ich laſſe chriſtliche Gefühle ganz beiſeite, denn Sie verſtehen ſie nicht. Ich beſchränke mich darauf, vom Standpunkt der Schicklichkeit zu ſprechen. Wollen Sie einer Frau, die bei Hofe verkehrt, das heilige Abendmahl verwehren, das zur Oſterzeit mit beſonderer Feierlichkeit anbefohlen wird? Nun, ich meine, man muß auch etwas für die Partei tun, der man angehört. Die Liberalen mögen ſich noch ſo ſehr anſtrengen — es wird ihnen nicht gelingen, das Gefühl für die Religion auszurotten. Religion gehört zu den politiſchen Notwendigkeiten, wird immer dazu gehören. Würden Sie es auf ſich nehmen, ein Volk von Ideologen zu regieren? Sogar Napoleon hat es nicht gewagt! Im Gegenteil, er verfolgte die Ideologen, wo er konnte. Um die Völker vom Politiſieren abzubringen, muß man ihnen Gefühle einflößen. Bekennen wir uns alſo zur katholiſchen Religion, nehmen wir ſie mit allen Folgen auf uns! Wenn wir wollen, daß Frankreich zur Meſſe geht, müſſen wir damit anfangen, ſelbſt hinzugehen. Die Religion iſt das ſicherſte Unterpfand ſtaatserhaltender Grundſätze, die dem Reichen erlauben, ruhig zu leben. Religion und Eigentum ſind innig miteinander verknüpft. Sie werden zugeben, Armand, daß es ſchöner iſt, die Völker durch ſittliche Ideen zu lenken als durch die Guillotine, wie zur Zeit der Schreckensherrſchaft. Dies war das einzige Mittel, das Ihre abſcheuliche Revolution erfand, um ſich Gehorſam zu erzwingen!

Der Priester und der König — mein Gott, das sind doch Sie, das bin ich, das ist die Prinzessin, meine Nachbarin. Das ist mit einem Worte die Verkörperung der Interessen aller anständigen Leute! Ich rate Ihnen, mein Freund, seien Sie vernünftig und halten Sie zu ihrer Partei! Sie könnten unser Sulla werden, wenn Sie nur ein bißchen Ehrgeiz besäßen! Ich verstehe nichts von Politik und urteile nur gefühlsmäßig darüber; aber so viel weiß ich, daß die Gesellschaft zusammenbrechen müßte, wenn ihre Grundlagen alle Augenblicke in Frage gestellt würden ..."

„Wenn Ihre Regierung so denkt wie Sie, dann tun Sie mir leid!" entgegnete Montriveau. „Als Katharina von Medici die Schlacht bei Dreux verloren gab, sagte sie ‚Gut! Also gehen wir zur Predigt!' Dies hätte sich auch die Restauration sagen sollen. Ihre Schlacht war das Jahr achtzehnhundertfünfzehn. Hier wie dort hatte man zwar den Thron der Tatsache nach gewonnen, jedoch von Rechts wegen verloren. Glauben Sie mir, der politische Protestantismus siegt bei allen Geistern. Wenn Sie kein Edikt von Nantes erlassen wollen oder wenn Sie eines erlassen und es zugleich widerrufen, und Sie kommen eines Tages zu der Überzeugung, daß die Verfassung des Jahres achtzehnhundertvierzehn nur der Erhaltung revolutionärer Interessen dient, dann wird sich die Revolution erheben und zu einem einzigen furchtbaren Schlage ausholen. Nicht *sie* wird es sein, die vom Boden Frankreichs weichen muß; sie ist hier der Boden selbst! Denn es lassen sich wohl Menschen töten, aber ihre Interessen nicht ... Doch was soll uns Frankreich, Thron, Gesetz? Was soll uns die ganze Welt? Eitle Hirngespinste im Vergleich zu meinem Glück! Man stürze die Herrſcher oder nicht — was liegt daran! ... Wo bin ich denn?"

„Mein Freund, Sie ſind im Boudoir der Herzogin von Langeais!"

„Nein, nein! Nicht mehr Herzogin, nicht mehr Langeais!" rief er leidenſchaftlich aus, „ich bin bei meiner ſüßen, teuren Antoinette!"

„Bitte, tun Sie mir den Gefallen und bleiben Sie, wo Sie ſind!" erwiderte ſie lächelnd, während ſie ihn mit ſanfter Entſchiedenheit abwehrte.

„Sie haben mich alſo nie geliebt?" verſetzte er mit zornfunkelnden Augen.

„Nein, mein Freund!"

Dieſes Nein galt für ein Ja.

„Ich bin ein großer Tor!" ſagte er glücklich und küßte die Hand ſeiner grauſamen Herzenskönigin, die plötzlich wieder Weib geworden war. Dann lehnte er den Kopf an ihre Füße und fuhr fort: „Antoinette, deine Liebe iſt zu keuſch, als daß du unſer Glück, wem immer auf Erden, verraten könnteſt."

„Ach ja, Sie ſind ein großer Tor!" entgegnete die Herzogin mit ſeltſamer Betonung.

Bei dieſen Worten erhob ſie ſich mit anmutiger Behendigkeit und eilte in den Salon.

„Was hat ſie denn nun wieder?" murmelte der Marquis vor ſich hin.

Ach ja, er war wirklich ein großer Tor. Sonſt wäre ihm die unvermutete Erregung der Geliebten nicht entgangen, und er hätte erraten, daß durch die Berührung ſeines Kopfes mit ihren Füßen ſeine glühende Leidenſchaft wie ein elektriſcher Strom von Herz zu Herzen gefloſſen war.

Als er in den Salon kam, empfingen ihn himmliſche Akkorde. Die Herzogin ſaß am Klavier und ſpielte.

Es gibt gebildete, kunstsinnige Menschen, die sich dem Genuß der Musik hingeben, ohne ihn durch kritische Überlegungen zu beeinträchtigen. Solche Menschen fühlen, daß Wort und Satz für den Musiker ebenso vertraute Instrumente sind wie die Holz- und Blechinstrumente für den Virtuosen. Die Musik, in der sich die Seele unseren Sinnen mitteilt, ist für sie eine Sprache, die einen eigenartigen Doppelsinn besitzt. Mit dem Liede „Andiamo mio ben" vermag die eine Sängerin Freudentränen zu entlocken, die andre hingegen schmerzlichstes Mitgefühl. Wie oft kommt es vor, daß ein leidverzehrtes junges Mädchen, ein von leidenschaftlicher Liebe gequälter Mann zu einem musikalischen Thema flüchtet, um sich mit dem Schicksal zu versöhnen oder um sich in sein Inneres zu versenken. Dann erklingen erhabene Melodien, in denen die Stimme der Seele wunderbare, nie vernommene Gedichte spricht. Solch ein Gedicht vernahm in diesem Augenblicke der General. Es klang wie die traurige Klage eines Vögleins, das im dichten Urwald einsam dahinstirbt.

„Allmächtiger, was spielen Sie da?" sagte er ergriffen.

„Das Vorspiel zu einer Romanze. Ich glaube, sie heißt ‚Fleuve du Tage'!"

„Bis heute wußte ich nicht, was Klavierspiel mir sein kann!"

Zum erstenmal leuchtete ein liebender Blick aus ihren feuchten Augen.

„Oh, mein Freund," versetzte sie, während sie weiterspielte, „Sie wissen auch nicht, daß ich Sie liebe, daß ich durch Sie unsagbar leide, und daß es mir wohltut, mich zu beklagen, ohne daß Sie mich zu sehr verstehen. Sonst würde ich Ihnen angehören — aber Sie sehen ja nichts!"

„Und Sie wollen mich nicht glücklich machen?“

„Armand, am nächſten Tage ſtürbe ich aus Schmerz!“

Montriveau ſtürmte fort. Auf der Straße füllten ſich ſeine Augen mit Tränen, die er bis dahin mit übermenſchlicher Kraft zurückgehalten hatte. —

Die Religion hielt drei Monate vor. Als dieſe Friſt verſtrichen war, hatte die Herzogin genug davon und überließ es fortan dem lieben Gott, den hartnäckigen Verehrer zu bekehren. Sie mochte auch fürchten, die Liebe des Generals pflanze ſich von dieſem in das jenſeitige Leben fort, wenn ſie immerzu von der Ewigkeit rede.

Nur e i n Umſtand rechtfertigt, wenigſtens zu einem Teile, das verabſcheuungswürdige Verhalten der Herzogin: Sie war bis dahin, auch im Herzen, jungfräulich geblieben. Noch ſtand ſie lange nicht in dem Alter, in welchem Mann und Weib keine Zeit mehr zu verlieren haben und einander darum jeden Genuß vergrämen. Noch ſtand ſie zwar nicht vor ihrer erſten Liebe, jedenfalls aber vor ihren erſten Liebesfreuden. Da ihr die Fähigkeit mangelte, Gut und Böſe zu unterſcheiden, da noch kein Leid, kein Kummer ſie über den Wert der Schätze aufgeklärt hatte, die ſie mit Füßen trat, ſpielte ſie mit ihnen. In Unkenntnis der ſtrahlenden Wonnen des Lichts begnügte ſie ſich mit dem matten Abglanz, der in ihre Finſternis leuchtete. Armand fing an, dieſe bizarre Situation zu durchſchauen, und hoffte auf den erſten Ruf der Natur. Allabendlich, wenn er von der Herzogin heimkehrte, redete er ſich ein, daß ein Weib unmöglich monatelang eines Mannes Ritterdienſte und zärtlichſte Liebesbeweiſe hinnehmen könne, mit der Abſicht, die oberflächlichen Forderungen ſolcher Leidenſchaft im gegebenen Augenblick zurückzuweiſen. Er wartete daher geduldig auf die Zeit der Sinne und zweifelte nicht, daß er dann die Früchte in ihrer herrlichſten Reife pflücken würde. Allmählich begriff er ihre religiöſen Bedenken, den Widerſtand, den ſie als verheiratete Frau leiſtete. Er freute ſich ſogar darüber und hätte die Herzogin gar nicht anders haben wollen. Denn er hielt ſie für ſchamhaft, wo ſie nur ſchamlos kokett war. Gerne ließ er ihr das Vergnügen, immer wieder neue Hinderniſſe aufzutürmen. Triumphierte er nicht nach und nach über ſie? Und vergrößerte nicht jeder Triumph den engen Kreis lang verbotener, ſüßer Vertraulichkeiten, die ihm anſcheinend aus ganzer Liebe gewährt wurden? Allein, er hatte die kleinen, fortſchreitenden Eroberungen ſo oft genoſſen, daß ſie ihm zur Gewohnheit wurden. Hinderniſſe erwuchſen ihm alſo nur mehr aus ſeiner eigenen Angſt. Denn er ſah für ſein Glück kein andres Hindernis mehr als die Launen jener Frau, die er Antoinette nennen durfte. Wie der verliebte Jüngling, der nicht zu glauben wagt, daß ſich ſein Ideal zu ihm herablaſſen könnte, ſo kannte auch er all die furchtbaren Reaktionen des Herzens, die den Willen durch ein Wort lähmen, all die feſten Entſchlüſſe, die an der Schwelle einer Türe verwehen. Er verachtete ſich, daß er nicht die Kraft beſaß, das erlöſende Wort zu ſprechen; immer wieder zögerte er. Endlich eines Abends leitete er die verhängnisvolle Frage nach ſeinen illegal-legitimen Rechten durch düſtere Trübſeligkeit ein. Die Herzogin brauchte nicht auf das mündliche Begehren ihres Sklaven zu warten, um ſeine heimlichen Wünſche zu erfahren. Iſt der Wunſch eines Mannes überhaupt je geheim? Haben die Frauen nicht einen angeborenen Inſtinkt für die verſchiedenen Wandlungen der Phyſiognomie?

„Wie denn?" unterbrach ſie ihn bei ſeinem erſten Worte, indem ſie ihm einen jener Blicke zuwarf, die jähes Erröten verſchönt. „Wollen Sie aufhören, mein Freund zu ſein? Aus Dank für meine Großmut wollen Sie mich entehren? Überlegen Sie doch ein wenig! Ich habe es reichlich getan. Ich denke immerzu an uns, an uns beide! Es gibt für uns Frauen eine Rechtſchaffenheit, die wir ebenſo hochhalten müſſen wie der Mann ſeine Ehre. Ich kann nicht heucheln, kann nicht betrügen. Wenn ich Ihnen angehörte, könnte ich unmöglich die Gattin des Herzogs von Langeais bleiben. Sie fordern alſo, daß ich Ihnen Namen, Rang, Stellung, kurz, mein ganzes Leben opfere — und all dies für eine mehr als fragwürdige Liebe, die nicht einmal imſtande war, ſich ſieben Monate lang mit Geduld zu wappnen. Wie, Sie wollen mir jetzt ſchon das Recht rauben, frei über mich verfügen zu können? Nein, nein, ſprechen Sie nicht mehr ſo zu mir! Nein, ſagen Sie mir nichts! Ich will und will Sie nicht anhören!"

Bei dieſen Worten griff ſich die Herzogin mit beiden Händen ins Haar, um die Locken wieder aufzuſtekken, die ihr in der Erregung über die Stirne gefallen waren.

„Nur Berechnung treibt Sie hierher zu mir!" fuhr ſie fort. „Sie kommen zu einem ſchwachen Weibe und denken: ‚Ach, eine Zeitlang wird ſie von ihrem Gatten reden, dann von Gott, dann von den unvermeidlichen Folgen der Liebe. Ich werde jedoch den Einfluß, den ich auf ſie gewann, gebrauchen — nein, mißbrauchen, und werde mich nützlich erweiſen, wo immer ich kann. Die Gewohnheit arbeitet für mich und die vermittelnden Maßnahmen der Geſellſchaft tun das übrige. Und wenn ſich endlich die Geſellſchaft mit unſerer Liaiſon abgefunden hat, dann bin ich Herr dieſer Frau!' — Seien Sie ehrlich, das ſind Ihre Gedanken! . . . Ach, Sie rechnen nur und behaupten zu lieben! Schämen Sie ſich! Wer ſoll glauben, daß Sie mich lieben? Sie verlangen nur nach mir und wollen mich zu Ihrer Geliebten machen — dies iſt alles. Nun denn, nein und dreimal nein. Die Herzogin von Langeais ſinkt nicht ſo weit hinab. Mögen ſich einfältige Bürgermädchen durch Ihre Falſchheit betören laſſen: ich — niemals! Sie reden ſtets von meiner Schönheit — als ob ich in ein paar Monaten nicht häßlich werden könnte wie die gute Prinzeſſin, die neben mir wohnt! Sie ſind entzückt von meinem Geiſt, von meiner Anmut — du lieber Gott, daran werden Sie ſich gewöhnen, wie man ſich an jede Annehmlichkeit gewöhnt! Haben Sie ſich nicht auch an die verſchiedenen Gunſtbezeigungen gewöhnt, die Ihnen meine Schwäche ſeit Wochen gewährt? Wenn ich mich wegwerfe, werden Sie Ihr Verhalten mir gegenüber allmählich ändern und eines Tages keinen andern Grund dafür angeben als die nüchterne Bemerkung: ‚Ich liebe eben nicht mehr!' — Rang, Vermögen, Ehre — die ganze Herzogin von Langeais wäre einer trügeriſchen Hoffnung zum Opfer gefallen! Als Beweis meiner Schande hätte ich Kinder, und . . . Doch was ſollen lange Auseinanderſetzungen bei Dingen, die Sie beſſer verſtehen als ich? Alſo laſſen wir das! Ich bin überglücklich, daß ich die Ketten noch zerbrechen kann, die Sie für ſo ſtark halten. Liegt denn etwas ſo Heroiſches darin, daß Sie allabendlich eine Weile bei einer Frau verbringen, deren Geplauder Ihnen gefällt und mit der Sie ſich wie mit einem Spielzeug unterhalten? Mein Gott, ein paar junge Herren kommen ebenſo

regelmäßig nachmittags zwischen drei und fünf zu mir, wie Sie abends! Die sind wirklich großmütig: Sie lassen es sich gefallen, daß ich mich über sie lustig mache, sie ertragen getrost meine Launen und Rücksichtslosigkeiten und tun alles, um mich zu erheitern. Und Sie dagegen, Sie, dem ich die kostbarsten Schätze meiner Seele anvertraue? Sie wollen mich zugrunderichten und bereiten mir unzähligen Ärger! Ach, schweigen Sie, genug, genug! Sie haben kein Zartgefühl, haben weder Herz noch Seele. Ich weiß schon, was Sie mir sagen wollen. Ja denn! Es ist mir lieber, wenn ich in Ihren Augen als kalte, gefühllose, herzlose Frau dastehe als in den Augen der Welt als gewöhnliches Weib. Soll ich zu ewiger Strafe verdammt werden, nachdem ich zu Ihrer vermeintlichen Seligkeit verdammt war? Einer Seligkeit, deren Sie sicherlich bald überdrüssig werden würden? Nein, Ihre selbstsüchtige Liebe ist solcher Opfer nicht wert ..."
Dieser Flut von Ironie und Verachtung setzte der arme Marquis eisiges Schweigen entgegen. Zum erstenmal durchschaute er ganz die Koketterie dieses Weibes, und er ahnte instinktiv, daß hingebungsvolle Liebe bei einer echten Frauennatur unmöglich so berechnend, so überlegt sein könne. Als er sich dann entsann, jene häßlichen Überlegungen, die sie ihm zum Vorwurf machte, wirklich angestellt zu haben, empfand er etwas wie Scham. Mit engelreinem Gewissen fing er an, sich genau zu prüfen, und er fand, daß sich seine Selbstsucht nur auf unwillkürliche Gedanken, auf vorbereitete, aber unausgesprochene Worte beschränkte. Trotzdem gab er sich unrecht und hatte gute Lust, sich aus dem Fenster zu stürzen. Das „Ich" brachte ihn zur Verzweiflung. In der Tat, was soll man einer Frau sagen, die an Liebe nicht

glaubt? „Ich will Ihnen beweiſen, wie ſehr ich Sie liebe?“ Immer „Ich“! Montriveau hatte keine Ahnung, wie ſich Boudoirhelden in derlei Fällen zu verhalten haben. So kühn er auch war, ihm fehlte die Kühnheit des Liebhabers, der die Formeln der Algebra des Weibes kennt. Wenn ſo zahlreiche und mitunter ſehr tugendhafte Frauen in die Hände gewiſſer Männer fallen, die der Pöbel mit einem häßlichen Namen bezeichnet, ſo rührt dies wohl daher, daß ſolche Männer eine umfangreiche Kenntnis jener Formeln beſitzen, die ſie befähigt, die Probleme der Liebe ohne Schwierigkeit zu löſen. Denn die Liebe enthält, trotz ihrer Gefühlspoeſie, mehr Geometrie, als man glaubt.

In dieſer Beziehung hatten die Herzogin und der General einander nichts vorzuwerfen: Sie waren gleich unerfahren. Die Herzogin hatte von der Theorie der Liebe nur geringe, von ihrer Praxis gar keine Kenntniſſe; ſie empfand nichts und überlegte alles. Montriveau hingegen kannte die Theorie nicht und die Praxis nur wenig; er empfand zuviel und überlegte daher nichts. So mußten beide unter dieſer unglücklichen Lage leiden. Die unzählbaren Gedanken, die auf den General einſtürmten, ließen ſich in dieſem feierlichen Augenblick auf einen einzigen zurückführen: „Laſſen Sie mich Sie beſitzen!“ — Welch grauſamer, abſcheulicher Egoismus einer Frau gegenüber, in der ſolche Worte keine Erinnerung, kein Bild wachrufen konnten!

Die nichtigen Einwände der Herzogin waren wie eiskalte, ſtahlharte Pfeilſpitzen in ſein wundes Herz gedrungen. Dennoch mußte er antworten und den durch ſie aufgepeitſchten Zorn bändigen, wenn er nicht alles aufs Spiel ſetzen wollte.

„Es tut mir unendlich leid, Herzogin," begann er, „daß Gott für das Weib keine Möglichkeit ſchuf, die Hingebung der Seele anders zu bezeugen als durch die des Leibes. Der hohe Wert, den Sie ſelbſt Ihren Gefühlen zulegen, beweiſt mir, daß ich ihnen keinen geringeren beimeſſen kann. Sie ſagten, Sie hätten mir Herz und Seele geopfert. Was liegt dann an dem Reſt? Indes, wenn Ihnen mein Glück ein ſo peinliches Opfer bedeutet, ſo wollen wir nicht mehr darüber ſprechen. Nur werden Sie es einem Manne, der das Herz auf dem rechten Flecke hat, nicht übelnehmen können, daß er ſich verletzt fühlt, wenn man ihn für zudringlich hält."

Andre Frauen hätte der eigentümliche Ton der letzten Worte vielleicht eingeſchüchtert. Die Herzogin aber ſetzte ſich in dem von der Schar ihrer Anbeter großgezogenen Hochmut über alle Bedenken hinweg. „Es tut mir unendlich leid, Marquis," entgegnete ſie mit beißendem Hohn, „daß Gott für den Mann keine Möglichkeit ſchuf, die Hingebung ſeines Herzens auf edlere Art zu bezeugen als durch die Äußerung eines ungeheuerlichen, erniedrigenden Verlangens. Durch unſre Hingabe werden wir Sklavinnen des Mannes. Fühlt er ſich uns deshalb etwa verpflichtet? Nicht im geringſten! Was gibt mir Gewähr, daß ich dauernd geliebt werde? Meine eigene Liebe? Ach, die Liebe, die ich immer wieder entfalten müßte, um Sie an mich zu feſſeln, wäre vermutlich gerade die Urſache, daß Sie mich eines Tages verließen! Ich will nicht eine zweite Madame de Beauséant werden. Weiß man denn je, was Euch Männer an uns kettet? Bei einigen liegt das Geheimnis Eurer Beſtändigkeit in unſrer Kälte, bei andern in ewiger Verhimmelung, in andauernder Hingebung. Sanftheit bei dieſen,

Grausamkeit bei jenen. Welche Frau wäre imstande, Euer Herz zu enträtseln? . . . Schließlich, mein Freund,“ schloß sie nach einer Pause in milderem Tone, „Sie können eine Frau nicht hindern, daß sie bei der Frage ‚Werde ich immer geliebt sein?‘ ein kalter Schauer überfällt. Wie hart meine Worte auch scheinen, sie entspringen nur der Angst, Sie zu verlieren. Mein Gott, glauben Sie mir doch! Nicht ich bin es, Liebster, die so spricht, es ist die Vernunft! Und was weiß eine Frau davon, die so töricht ist, wie ich? Rein gar nichts!“

Die Herzogin hatte ihre Erwiderung mit Mißklängen des Hochmuts und der Ironie begonnen und mit melodischen Schalmeien harmloser Liebe beendet. Montriveau war es, als käme er plötzlich aus Höllenqualen in paradiesische Gefilde. Totenblaß vor innerer Erregung fiel er, zum erstenmal in seinem Leben, einer Frau zu Füßen. Er küßte den Saum ihres Kleides, ihre Füße, ihre Knie. Allein wer dürfte es wagen, der Ehre des Faubourg Saint-Germain nahezutreten? Wer verriete die Mysterien eines herzoglichen Boudoirs, wo Liebe alles gewährte, nur das nicht, was sie bezeugen konnte!

Die Hingebung der Herzogin, die sich aus unersättlicher Gier nach Bewunderung großmütig erwies, versetzte den General in einen wahren Wahnsinnstaumel.

„Ja, du hast recht, süßeste Antoinette!“ rief er mit inniger Leidenschaft aus, „ich will nicht, daß der leiseste Zweifel dich noch quäle. In diesem Augenblick zittere auch ich bei dem Gedanken, daß mein Engel mich verlassen könnte. Ich wünschte, es gäbe unzerreißbare Ketten für uns, die . . .“

„Oh, siehst du, wie recht ich habe!“ warf sie leise ein.

„Laß mich ausreden!“ bat Armand, „ich will mit ein paar Worten alle deine Befürchtungen zerſtreuen. Alſo höre! Wenn ich dich je verließe, verdiente ich tauſendfachen Tod, nicht wahr? Nun denn, ſei mein, hörſt du, ganz mein, und ich gebe dir das Recht, mich zu töten, wenn ich dich verrate. Ich werde ein Schriftſtück aufſetzen, in dem ich erkläre, daß gewiſſe Umſtände mich zwängen, Selbſtmord zu begehen, und werde meine letzten Verfügungen darin treffen. Dieſes Schriftſtück, dieſes Teſtament, das meinen Tod in den Augen der Geſellſchaft rechtfertigen ſoll, lege ich alsbald in deine Hände, und du beſitzeſt damit die Gewißheit, dich an mir rächen zu können, ohne daß du dich vor Gott und Menſchen zu fürchten brauchteſt.“

„Was ſoll mir dieſes Schriftſtück? Wenn ich deine Liebe verlöre — was läge mir dann noch am Leben? Und ſuchteſt du den Tod — glaubſt du, ich fände den Weg nicht, dir zu folgen? Nein, nein, ich danke dir für deinen Vorſchlag, allein ich will dein Schriftſtück nicht! Würde ich, wenn ich es beſäße, nicht fürchten müſſen, daß du mir nur aus Angſt vor dem Tode die Treue hältſt? Oder könnte dich die Gefahr, das Leben aufs Spiel zu ſetzen, nicht vielleicht erſt recht zur Untreue reizen? Nein, Armand, was ich verlange, iſt ſchon ſchwer genug zu erfüllen.“

„Und was verlangſt du?“

„Deinen Gehorſam und meine Freiheit!“

Zärtlich barg er den Kopf in ihrem Schoße.

„Mein Gott, ich bin wie ein Kind zu dir!“

„Ja, ein großes, verwöhntes Kind!“ gab ſie zur Antwort, während ſie ſein dichtes Haar ſtreichelte. „Ein Kind, das mehr geliebt wird, als es glaubt, und dennoch recht unfolgſam iſt. — Warum nicht alles laſſen, wie es war? Warum nicht Wünſche aufgeben, die mich beleidigen? Warum nicht annehmen, was ich biete, wenn dies alles iſt, was ich anſtändigerweiſe bieten kann? Sind Sie denn nicht glücklich?"

„Ja, Antoinette, ich bin glücklich, wenn kein Zweifel mich quält. An der Liebe zweifeln — heißt das nicht ſterben?"

Und er zeigte ſich mit einem Male beredt, wie von jeher der Mann, wenn glühendes Verlangen ihn entflammt, und erſann für die Geliebte ungezählte Schmeichelworte. Für die Herzogin waren die kargen Freuden, die ihr jeſuitiſche Großmut heimlich zugeſtanden hatte, ein neuer Nervenreiz, an den ſie ſich bald ſo gewöhnte, daß ihr Montriveaus Liebe gleich unentbehrlich wurde wie Geſellſchaften und Bälle. Ahnte ſie, wie gefährlich es ſei, ſich von einem Manne bewundern zu laſſen, den eine faſt beängſtigende Überlegenheit und Entſchlußkraft beſeelte? wie gefährlich es ſei, mit ſolch einem Manne zu ſpielen wie mit einem Kinde? Wie viele Frauen — Neros Poppäa, die Gemahlinnen Heinrichs des Achten — hatten dies Glück mit ihrem Lebensblut bezahlt! Seltſam, während die kleine Hand des in jeder Beziehung großen Mannes in ihren blonden Locken wühlte, war es ihr, als ſpräche eine innere Stimme zu ihr: „Dieſer Mann iſt imſtande, dich zu töten, wenn er erkennt, daß du ihn zum beſten hältſt!"

Der General blieb bis zwei Uhr morgens bei ſeiner Geliebten, die ſich ihm von nun an nicht mehr als Herzogin zeigte, ſondern die Verſtellung ſo weit trieb, ihm als Weib zu erſcheinen. Trotz allen Ziererereien geſpielter Schamhaftigkeit war es ihm vergönnt, an dieſem wundervollen Abend in ihr den Inbegriff jugendlicher Schönheit zu genießen. Nie hat eine

Pariſerin zu dem Romane, den die Welt als „Fehltritt“ bezeichnet, ein ſüßeres Vorwort geſchrieben. Armand durfte mit einiger Berechtigung glauben, ihre zänkiſchen Launen ſeien gleichſam Schleier, in die ſich eine anbetungswürdige Liebe hüllte, und die man nur nach und nach lüften dürfe, wie jene, die ihren himmliſchen Körper verbargen. In ſeinen Augen war die Herzogin ein keuſches, harmloſes Kind, aus dem er das erleſenſte Weib zu machen gedachte. Überglücklich ging er fort. Hatte ſie ihm doch endlich, nach hartnäckigem Widerſtande, ſo viele Liebespfänder gegeben, daß es ihm unmöglich ſchien, ſie könne ihn fortan anders betrachten als ihren mit Gottes Einwilligung heimlich erwählten Gatten.

In Gedanken an all die Verpflichtungen, die dem Argloſen genoſſene Liebesfreuden auferlegen, ſchlenderte er heimwärts. Er ging den Kai entlang, um mit den Blicken einen möglichſt großen Teil des Himmels zu umfaſſen. Fühlte er ſein Herz von Liebe geſchwellt, ſo ſollte auch das Firmament, das ganze Weltall größer ſein. Es war ihm, als weitete ſich ſeine Bruſt beim Atmen mehr als je zuvor. Während er heimging, ſann er den letzten Stunden nach und nahm ſich ernſtlich vor, Antoinette ſo innig, ſo andächtig zu lieben, daß ſie für ihre vermeintlichen Sünden in der Beſtändigkeit ihres Glückes ſtets neue Vergebung finden ſollte. Für Männer, die ſtark genug ſind, ihre Seele in ein einziges Gefühl zu tauchen, liegt in der gelegentlichen Betrachtung eines vollen, unaufhörlich glühenden Lebens ein unermeßlicher Genuß, der den Ekſtaſen gewiſſer Mönche gleicht, wenn ſie in das ewige Licht ſtarren. Was wäre die Liebe ohne den Glauben an ihre Ewigkeit? Nur er allein macht

ſie groß. Montriveau begriff mit einem Male, was Leidenſchaft ſei.
„Wir ſind für immer vereint!“ dachte er, vom Glück überwältigt.
Dieſer Gedanke war ihm ein Talisman, mit deſſen Hilfe er alle Sehnſüchte ſeines Lebens zu verwirklichen hoffte. Er fragte ſich nicht, ob die Herzogin ſich wandeln, ob ihre Liebe von Dauer ſein würde. Nein, er glaubte an dieſe Liebe, ſo unerſchütterlich, ſo feſt, wie der Chriſt an ſein Seelenheil glaubt. Bedeutete ihm das Daſein bisher nur die höchſte Anſpannung menſchlicher Kräfte, die gewiſſermaßen rein körperliche Hingebung des Soldaten -- heute zum erſten Male begriff er es aus dem Gefühle.
Am nächſten Tage begab ſich Montriveau frühzeitig nach dem Faubourg Saint-Germain, wo er in einem Hauſe nächſt dem ſeiner Geliebten verabredet war. Als er dann, wie ein Mann, der nach getaner Arbeit nach Hauſe geht, auf das Palais Langeais zuſteuerte, traf er einen Bekannten, dem er, wenn ſie einander im Beiſein eines Dritten ſahen, mit ſeltſamer Zurückhaltung begegnete. Marquis de Ronquerolles genoß in den Pariſer Salons den Ruf eines galanten, geiſtreichen, außerordentlich mutigen Mannes, der um ſeine Erfahrungen und Erfolge gleicherweiſe beneidet wurde. Da ihm überdies weder Vermögen noch Namen fehlte, was hierzulande immer einen gewiſſen Zauber ausſtrahlt, galt er in der Pariſer Geſellſchaft als tonangebend.
„Wohin des Wegs?“ begrüßte er den General.
„Ich gehe zur Herzogin von Langeais.“
„Ach richtig! Ich vergaß, daß du ihr auf den Leim gehſt. Mein Lieber, du verſchwendeſt an ihr eine Liebe, die du anderwärts weiß Gott beſſer verwerten

könnteſt. Tatſächlich! Ich könnte dir auf der Stelle zehn Frauen nennen, die ungleich wertvoller ſind als dieſe adlige Dirne, die mit ihrem Kopfe tut, was die andern mit . . .“

„Was faſelſt du da!“ unterbrach ihn Montriveau, „die Herzogin iſt ein Engel an Unſchuld!“

Ronquerolles lachte hellaut auf.

„Wenn es ſo um dich ſteht,“ entgegnete er, „dann iſt es wohl nötig, daß ich dir die Augen öffne. Nur eine einzige Frage — unter uns beiden zieht ſie keine Folgen nach ſich, nicht wahr? Alſo: Gehört die Herzogin dir an? Wenn dies wirklich der Fall iſt, dann habe ich nichts einzuwenden. Alſo los, lieber Freund! Vertraue dich mir an! Es handelt ſich doch nur darum, daß du nicht deine Zeit verlierſt und dich der trügeriſchen Hoffnung hingibſt, du könnteſt ihre undankbare Seele durch die deinige veredeln!“

Als hierauf der General in ſeiner Harmloſigkeit eine Art Rechenſchaftsbericht erſtattete, in dem er ganz unverblümt alle ſeine ſo ſchwer errungenen Rechte aufzählte, brach Ronquerolles in ein grauſames Gelächter aus. Jeder andre hätte dafür mit ſeinem Leben büßen müſſen. Allein die Art, wie dieſe beiden Männer in einer Straßenecke miteinander ſprachen, als ſtänden ſie inmitten einer menſchenleeren Wüſte, ihr ganzes Gebaren ließ darauf ſchließen, daß eine grenzenloſe Freundſchaft ſie verband und daß nichts imſtande war, ſie jemals zu entzweien.

„Mein lieber Armand, warum ſagteſt du mir nicht ſchon früher, daß du dir dic Herzogin auf den Hals geladen haſt? Ich hätte dir für dieſe Liebesangelegenheit einige gute Ratſchläge geben können. Du mußt zunächſt wiſſen, daß die Frauen unſres Faubourg wie alle andern ſind und in Liebe ſchwelgen wollen.

Das heißt, ſie möchten den Mann beſitzen, der ihnen gefällt, ſie aber wollen ihm nicht angehören. Sie gleichen darin der Natur. Die Spitzfindigkeit der Pfaffen erlaubt ihnen, mit Ausnahme einer tatſächlichen Sünde, faſt alles zu tun. Das ſüße Naſchwerk, womit dich die Herzogin füttert, zählt zu den erläßlichen Sünden, und es genügen ein paar Tropfen Weihwaſſer, um ſie davon reinzuwaſchen. Aber wehe dir, wenn du die Frechheit hätteſt, allen Ernſtes auf der Todſünde zu beſtehen, der du naturgemäß die höchſte Wichtigkeit beilegſt! Du würdeſt ſtaunen, lieber Freund, mit welcher Verachtung ſie dir ihr Boudoir, nein, ihr ganzes Haus verſchließt! Deine zärtliche Antoinette hätte dich mit einem Schlage vollſtändig vergeſſen; du wärſt Luft für ſie! Deine Liebe würde ſie mit derſelben Gleichgültigkeit hehandeln wie irgendeinen Gegenſtand auf ihrer Friſiertoilette. Die Herzogin würde die Küſſe von ihren Wangen abwiſchen wie Schminke. Oh, wir kennen dieſe Art Frauen! Sie iſt die richtige Pariſerin. Haſt du niemals eine Griſette durch die Straßen trippeln ſehen? Ihr Kopf gleicht einem Gemälde: ein hübſches Käppchen, friſche Wangen, kokett friſiertes Haar, ein feines Lächeln um den roten Mund — der Reſt iſt recht ungepflegt. Da haſt du die Pariſerin, wie ſie leibt und lebt! Sie weiß genau, daß man nur ihren Kopf anſieht. An ihn verſchwendet ſie alle Sorgfalt, allen Schmuck, alle Eitelkeit. Nun — deine Herzogin iſt n u r Kopf: Ihr Herz iſt im Kopf, ſie fühlt nur durch den Kopf, ſie iſt lüſtern durch den Kopf. Wir nennen ſolch ein armſeliges Geſchöpf eine geiſtige Lais. Glaube mir, lieber Freund, ſie ſpielt mir dir wie mit einem Kinde! Wenn du daran zweifelſt, ſo kannſt du dir den Beweis dafür heute abend holen, oder wenn du willſt, jetzt gleich. Geh zu ihr hinauf und verſuche gebieteriſch zu bitten, zu fordern, was man dir bisher abſchlug! Und wenn du dich auch benähmeſt wie der ſelige Marſchall Richelieu — du wirſt abgewieſen werden!“

Montriveau war wie vor den Kopf geſchlagen.

„Biſt du denn ſo vernarrt in ſie?“ fragte der andre nach kurzem Schweigen.

„Sie muß mein werden, um jeden Preis!“ rief Armand verzweifelt aus.

„Alſo gut, dann höre! Sei ebenſo unbeugſam, wie ſie es iſt! Suche ſie zu demütigen, ihre Eitelkeit zu treffen. Nicht ihre Seele, ihr Herz — ihre Nerven ſuche zu reizen. Wenn es dir gelingt, ihre Sinnlichkeit zu wecken, biſt du gerettet. Aber deine holden Kinderträume laſſe fahren! Iſt ſie einmal in deinen Adlerklauen und du gibſt nach und weichſt zurück, und ſie merkt an dir die geringſte Unſicherheit und glaubt, dich immer noch beherrſchen zu können — dann wird ſie dir entſchlüpfen wie ein Fiſch und ſich nimmermehr fangen laſſen. Sei unbeugſam wie das Recht! Kein Mitleid als das des Henkers! Schlage! Und haſt du ſie geſchlagen, dann ſchlage ſie noch! Schlage ſie, ſchlage immerzu, als wollteſt du ihr die Knute geben! Herzoginnen ſind aus hartem Holze geſchnitzt, mein lieber Armand; und ſolche Frauennaturen werden nur unter Schlägen weich. Erſt das Leid gibt ihnen ein Herz. Es iſt daher nur ein Werk der Barmherzigkeit, ſie zu ſchlagen. Schlage alſo ohne Unterlaß. Wenn dann im Schmerz dieſe Ner ven erſchlaffen, die du für ſanft und weich hältſt; wenn das ſteinharte Herz wieder elaſtiſch und der halsſtarrige Kopf wieder nachgiebig wird; dann, dann vielleicht dringt Leidenſchaft in dieſe aus Launen zuſammengeſetzte Maſchine, die nichts als falſche Tränen, falſche Ohnmachtsanfälle, falſche Rührungen erzeugt! Wenn in dieſer Schmiede der Kamin nur einmal Feuer fängt, dann wirſt du den herrlichſten Funkenregen ſehen! Das ſtählerne Nervenſyſtem dieſes Weibes wird ſich bis zur Weißglut erhitzen, aus der vielleicht einmal Liebe wird. Trotzdem — ich zweifle daran. — Aber iſt die Herzogin ſo viel Mühe wert? Unter uns geſagt, ich glaube, ſie müßte zunächſt durch einen Mann, wie ich, erſt hergerichtet werden. Ich könnte die entzückendſte Frau aus ihr machen, denn ſie hat Raſſe. Jedoch ihr beide werdet wohl ewig beim Abc der Liebe ſtehen bleiben! Indes, du liebſt und dürfteſt daher meine Anſichten über dieſen Gegenſtand zur Zeit nicht teilen. — Nun, viel Vergnügen, Kinder!“ ſetzte er nach einer Weile lachend hinzu. „Ich für meinen Teil habe mich ſeit langem für weniger ſchwierige Frauen entſchieden. Die ſind wenigſtens zärtlich; ſie lieben natürlich und ohne geſellſchaftliche Bedenken. Armer Junge! Eine Frau mit verſchrobenen Ideen, die uns fortwährend ärgern? Nein, nein! Man muß ſich eine nehmen, wie man ein Luxuspferd hält! Der Kampf zwiſchen Beichtſtuhl und Diwan oder zwiſchen Schwarz und Weiß, der Kampf zwiſchen der Königin und dem Narren, zwiſchen Gewiſſen und Genuß iſt wie eine Schachpartie, die zu ſpielen ſehr unterhaltſam iſt. Ein Mann, der das Spiel kennt, ſetzt in drei Zügen matt, wenn er will. Ließe ich mich mit einer derartigen Frau ein, dann würde ich darauf ausgehen ...“

Er flüſterte Montriveau ein paar Worte ins Ohr und eilte davon, um einer Antwort zu entgehen. Der General blieb einen Augenblick verdutzt ſtehen, dann ſprang er mit ein paar Sätzen in das Palais der Herzogin und trat, ohne ſich anmelden zu laſſen, in ihr Schlafzimmer.

„Aber das tut man doch nicht!“ rief ſie ärgerlich und ſchlug das Morgenkleid haſtig über der Bruſt zuſammen. „Sie ſind wirklich abſcheulich, Armand! Gehen Sie, laſſen Sie mich! Ich bitte, gehen Sie fort! So gehen Sie doch! Erwarten Sie mich im Salon...“

„Mein Engel,“ verſetzte er ruhig, „habe ich denn nach dem geſtrigen Abend keinerlei Privilegium?“

„Ach was, ich finde es entſetzlich geſchmacklos, eine Frau in dieſer Weiſe zu überfallen!“

Er trat auf ſie zu und preßte ſie an ſich.

„Verzeih, liebſte Antoinette, aber unzählige Zweifel nagen mir am Herzen.“

„Zweifel? Pfui, o Pfui!“

„Ja, Zweifel, die beinahe gerechtfertigt ſind! Würdeſt du ſchelten, wenn du mich liebteſt? Wärſt du nicht froh, mich zu ſehen? Hätteſt du im Grunde deines Herzens nicht irgendein freudiges Gefühl empfunden? Ich bin kein Weib; dennoch ſpüre ich ſchon beim Klang deiner Stimme ein ſüßes Beben. Zuwei len hätte ich Luſt, dir inmitten eines Balles um den Hals zu fallen!“

„Oh, wenn Sie ſchon zweifeln, weil ich Ihnen nicht vor aller Welt um den Hals falle, dann fürchte ich, Sie werden von Zweifeln geplagt ſein, ſolange ich lebe! Im Vergleich zu Ihnen iſt Othello ein wahres Kind!“

„Ach, du liebſt mich nicht!“ rief er verzagend.

„Sie werden zugeben müſſen, daß Sie, mindeſtens im Augenblick, wenig liebenswert ſind!“

„Alſo kann ich dir doch noch gefallen?“

„Ach ja, das ſchon! Alſo, gehen Sie jetzt! Laſſen Sie

mich und gehen Sie! Ich bin anders als Sie: Ich will Ihnen immer gefallen!"
Nur die Herzogin vermochte Dreiſtigkeit mit ſolcher Anmut auszudrücken. Und heißt dies nicht, ihre Wirkung verdoppeln? den kälteſten Mann zum Wahnſinn treiben? Ihr Blick, der Klang ihrer Stimme, ihre ganze Haltung bezeugte in dieſem Augenblicke eine Ungezwungenheit, die dem Weibe in Gegenwart des Geliebten niemals eigen iſt. Bringt doch ſchon ſein Anblick allein ſie in Erregung! Aber Montriveau war durch die Ratſchläge Ronquerolles gewitzigt. Unterſtützt durch jenes raſche Auffaſſungsvermögen, mit dem ſtarke, jedoch in Dingen der Leidenſchaft unbeholfene Männer meiſt begabt ſind, ahnte er die grauſame Wirklichkeit, die ſich in Antoinettens Gebaren verriet, und ſein Herz ſchwoll an vor Zorn, wie ein vom Sturme gepeitſchtes Meer. „Wenn du geſtern die Wahrheit ſprachſt," rief er aus, „ſo ſei mein, Antoinette! Ich will . . ."
„Vor allem andern," entgegnete ſie, indem ſie ihn mit ruhiger Entſchiedenheit abwehrte, „kompromittieren Sie mich nicht! Meine Zofe könnte Sie hören. Nehmen Sie, bitte, Rückſicht auf mich! Abends, in meinem Boudoir iſt ja Ihre Vertraulichkeit ganz ſchön — hier aber nicht. Übrigens, was bedeutet Ihr ‚Ich will!'? — Ich will! So etwas hat mir noch niemand geſagt. Ein ſolches Wort erſcheint mir ganz lächerlich — im höchſten Grade lächerlich!"
„Sie wollen alſo in dieſem Punkte nicht nachgeben?"
„Ach ſo?" höhnte ſie, „das freie Verfügungsrecht über mich ſelbſt nennen Sie einen Punkt? Nun, ich finde, es iſt in der Tat ein ſehr wichtiger, ein Hauptpunkt! Sie werden mir ſchon erlauben müſſen, in dieſem einen Punkte meine eigene Herrin zu bleiben!"

„Und wenn ich mich an Ihr Verſprechen halte und fordere?“

„Oh — Sie würden mir damit nur den Beweis geben, daß es das größte Unrecht von mir war, Ihnen das allergeringſte Verſprechen zu machen. Ich wäre nicht ſo dumm, es zu halten, und würde Sie bitten, mich in Ruhe zu laſſen.“

Der General erblaßte und wollte ſich in ſeiner Erregung auf ſie ſtürzen. Antoinette klingelte. Als die Zofe eintrat, wandte ſich die Herzogin mit ſpöttiſchem Lächeln zu Armand:

„Haben Sie die Güte, wiederzukommen, bis ich empfange!“

Montriveau fühlte die ſchneidende, grauſame Kälte dieſer Frau. Ihre Verachtung zermalmte ihn. Mit einem Schlage ſprengte ſie die Ketten, die nur für ihn allein unlösbar waren. Schon bei ſeinem Eintritte hatte ſie ihm die Forderungen, die er vorbringen wollte, von der Stirne geleſen und insgeheim beſchloſſen, ſeinem Selbſtbewußtſein ein Ende zu machen. Er ſollte fühlen, daß Herzoginnen ſich zwar zur Liebe hergeben, aber nicht zwingen laſſen. Er ſollte erfahren, daß ſie ſchwieriger zu erobern ſei als ganz Europa.

„Frau Herzogin,“ wandte er ein, „ich habe keine Zeit zu warten. Ich bin ein verwöhntes Kind — Sie ſelbſt ſagten es. Wenn ich das, wovon wir gerade ſprachen, ganz ernſtlich haben will, ſo werde ich es haben!“

„Sie werden es haben?“ fragte ſie mit Hochmut, in den ſich einige Überraſchung mengte.

„Ja, ich werde es haben!“

„Ah — ich bin entzückt! Nur aus reiner Neugierde möchte ich wiſſen, wie Sie dies anſtellen wollen.“

„Und ich bin entzückt, in Ihr Daſein einiges Intereſſe zu bringen“, antwortete der General mit einem

Lachen, das die Herzogin entſetzte. „Erlauben Sie, daß ich Sie heute abend zum Ball abhole?"
„Vielen Dank, aber Herr de Marsay iſt Ihnen zuvorgekommen. Ich habe es ihm verſprochen." — Montriveau empfahl ſich förmlich und ging fort.
„Ronquerolles hat alſo doch recht!" dachte er auf dem Heimwege. „Nun — ſo wollen wir eine Schachpartie ſpielen!" —
Von nun an verbarg er ſeine Gefühle unter einer vollkommenen Ruhe. Welcher Mann ist ſtark genug, einen ſolchen Wechſel zu ertragen, der die Seele aus höchſtem Glück unvermutet in tiefſtes Elend ſtürzt? Es war ein furchtbarer Sturm. Erſt jetzt, nachdem er in der Ferne ein Leben des Glücks geſchaut hatte, konnte er die Leere ſeines früheren Daſeins ganz ermeſſen. Allein er verſtand zu leiden und widerſtand den Angriffen ſeiner Gedanken wie ein Granitfelſen den Sturzwellen des wütenden Ozeans.
„Ich konnte ihr nichts ſagen", überlegte er. „In ihrer Gegenwart flieht mich der Geiſt. Sie weiß gar nicht, wie häßlich und verachtenswert ſie iſt. Niemand hat bisher gewagt, ihr einen Spiegel vorzuhalten. Offenbar trieb ſie mit recht vielen Männern ihr Spiel. Nun — ich will ſie alle rächen!"
Wohl zum erſten Male miſchten ſich Liebe und Rachedurſt im Herzen eines Mannes mit ſolcher Innigkeit, daß Montriveau ſelbſt nicht wußte, von welchem dieſer Gefühle er fortgeriſſen wurde. Am ſelben Abend war er auf dem Ball, bei dem auch die Herzogin erſchien. Der Gedanke, dieſer Frau, die beinahe etwas Dämoniſches für ihn hatte, einen Schmerz zu bereiten, brachte ihn zur Verzweiflung. Die Herzogin begrüßte ihn lächelnd und entfaltete in der Unterhaltung mit ihm all ihre Anmut. Die Welt ſollte glauben, daß ſich

in ihren Beziehungen zu Armand nichts geändert hatte. Liebe verrät ſich durch wechſelſeitiges Schmollen. Da jedoch nur der General düſter und bekümmert ſchien, bewies er damit nichts andres, als daß er bei Antoinette immer noch nichts erreicht hatte. Denn die Welt weiß zwiſchen verſchmähter Liebe und geſpielter Abneigung, die nur das Einverſtändnis zweier Liebender verſchleiern ſoll, genau zu unterſcheiden. Hätte ſich der General weniger mit ſeinem Schmerze und mehr mit ſeiner Umgebung befaßt, ihm wären die ſpöttiſchen Mienen der Herren kaum entgangen. So aber blieb er in ſchwermütigen Träumen verſunken. Zu allem Überfluß war Ronquerolles, ſein liebeserfahrener Lehrmeiſter, nicht anweſend. Er hätte ihm ſicherlich geraten, die Falſchheit der Herzogin mit auffallender Liebenswürdigkeit und betonter Leidenſchaft zu erwidern.
Armand blieb nicht lange. Angeekelt von der Verderbtheit der Menſchennatur verließ er die Geſellſchaft und ging heim. Auf der Straße angelangt, warf er einen letzten Blick auf die hellerleuchteten Fenſter, hinter denen die entzückendſten Frauen von Paris tanzten und lachten, und es erfüllte ihn ein namenloſer Zorn: „Oh, daß es für ſolch unerhörtes Verbrechen keinen Henker gibt!" murrte er. „Frau Herzogin, gib acht! Ich werde dich beim Schopf nehmen und ein Eiſen fühlen laſſen, das ſchärfer iſt als die Guillotine! Stahl auf Stahl — wir wollen ſehen, wer von uns beiden beſſer ſchneidet!" —

☆

ETWA EINE WOCHE HOFFTE DIE HERZOGIN täglich, den General wiederzuſehen. Armand beſchränkte ſich jedoch darauf, jeden Morgen im Palais

Langeais ſeine Karte abgeben zu laſſen. Jedesmal, wenn ihr dieſe Karte überreicht wurde, überfiel ſie ein Zittern, deſſen ſie ſich nicht erwehren konnte. Düſtere Gedanken beſchlichen ſie, wie Vorahnungen eines entſetzlichen Unheils. Sein Name prophezeite ihr Rache, die ſich ihre lebhafte Phantaſie ſchauerlich ausmalte. Oh, ſie hatte dieſen Namen zu genau ſtudiert, als daß ſie ihn nicht fürchtete! Zuweilen glaubte ſie beim Leſen der Karte die ſtarke Hand des unbeugſamen Mannes in ihren Haaren zu verſpüren. Was hatte er vor? Sollte ſie gemordet werden? Beabſichtigte der Mann mit dem Stiernacken, ſie aufzuſpießen, hinter ſich zu werfen und dann mit den Füßen zu zerſtampfen? Wann, wo, wie wollte er ſie faſſen? Würde er ſie lange leiden laſſen? Und welcherlei Schmerzen gedachte er ihr aufzuerlegen?
Zu gewiſſen Stunden empfand ſie Reue. Wäre er dann zu ihr gekommen, ſie hätte ſich in zärtlichſter Hingebung in ſeine Arme geworfen. Wenn ſie am Abend einſchlief, ſtand alsbald ſein Angeſicht drohend vor ihr. Bald umſpielte ein bitteres Lächeln ſeinen Mund, bald runzelte er, dem zürnenden Jupiter gleich, die Stirne, bald marterte er ſie mit dem tiefverächtlichen Blick ſeiner Löwenaugen. Empfing ſie dann am Morgen ſeine Karte, ſo erſchien ſie ihr mit Blut befleckt. Sein Name, dieſer furchtbare Name hielt ſie in größerer Erregung als jene, die ſein ſtarrköpfiger Träger durch andauernde Schwärmerei und Begehrlichkeit ehemals in ihr wachgerufen hatte. Ihr hartes, ſtolzes Herz war für die Grauſamkeiten des Haſſes empfänglicher als für die Zärtlichkeiten der Liebe.
Die Unmöglichkeit, ſich mit irgend jemandem über das Verhalten Montriveaus auszuſprechen, vermehrte, vergrößerte noch ihre Angſtvorſtellungen. Sie war

gezwungen, ſich in tiefſtem Schweigen, ohne fremde Hilfe, auf einen furchtbaren Kampf vorzubereiten. Ach, wäre der General nur einmal in jenes Boudoir gekommen, wo er ſo köſtliche Wonnen ausgekoſtet hatte! Er hätte auf der Stirne der von bitteren Gedanken heimgeſuchten Geliebten tiefe Falten geſehen und vielleicht neuen Mut geſchöpft. Iſt der Stolz doch eines jener wenigen Gefühle, aus denen nur edle Taten hervorgehen können! Und liegt für den Mann nicht eine ungeheure Genugtuung in dem Bewußtſein, daß ſich eine Frau innerlich mit ihm unaufhörlich beschäftigt? Dies muß notwendigerweiſe, ſei es im guten, ſei es im ſchlechten Sinne, einen Fortſchritt herbeiführen: Ein Weib, das von einem wilden Tiere angefallen wird, oder vor die Hufe eines wütenden Pferdes gerät, ſinkt ohne Zweifel in die Knie, um den Tod zu erwarten. Wenn jedoch der Löwe, der Stier, das Pferd Gnade übt und die Hilfloſe verſchont, dann bleibt ſie ihm für ihr Leben in Liebe verbunden. Auch die Herzogin fühlte ſich in der Gewalt eines Löwen; ſie zitterte, allein ſie haßte nicht.

In jener Woche hatten ſich die beiden Menſchen, die einander unter ſo eigenartigen Umſtänden gegenüberſtanden, an drei Abenden in größerer Geſellſchaft getroffen. Wiederholt verſuchte die Herzogin, mit Montriveau eine Unterhaltung anzuknüpfen. Ihre koketten Fragen fanden keine andre Erwiderung als einen ehrfurchtsvollen Gruß und ein Lächeln, deſſen grauſame Ironie ſie in allen düſteren Ahnungen beſtärkte, die ſeine Karte am Morgen in ihrer Seele wachgerufen hatte. Das Leben iſt nur, was Gefühle aus ihm machen. Zwiſchen Armand und Antoinette hatten die Gefühle einen Abgrund aufgetan. —

Zu Beginn der folgenden Woche gab Gräfin Sérizy,

die Schweſter des Marquis de Ronquerolles, einen großen Ball, zu dem auch die Herzogin von Langeais geladen war. Der erſte, den ſie beim Eintreten erblickte, war Armand. Diesmal erwartete er ſie. Antoinette glaubte es wenigſtens. Doch was ſie in ſeinen Mienen las, trieb ihr den Angſtſchweiß aus den Poren. Die Augen des betrogenen Verehrers ſchleuderten feurige Blitze. Sein Antlitz ſtrahlte förmlich von glücklichem Haß. Kein Zweifel, die Rache, nach der er geſucht hatte, dieſe ihrem Range, ihrer Stellung angepaßte Rache war nunmehr gefunden! Ihr ſchauderte. Vergeblich mühte ſie ſich, unbefangen zu erſcheinen. Sie zitterte am ganzen Leibe und ſetzte ſich neben die Gräfin Sérizy auf das Sofa.

„Was haſt du denn, meine Liebe," ſagte die Gräfin beſorgt, „du ſiehſt aus, daß man Angſt bekommen könnte!"

„Ach, nichts von Bedeutung," erwiderte die Herzogin, „beim Tanzen werde ich mich gleich erholt haben." Und ſie erhob ſich und reichte einem jungen Herrn, der ſie zu einem Walzer aufgefordert hatte, anmutig die Hand.

Während ſie ſich mit einer Art wütender Wolluſt dem Tanze hingab, trat Montriveau auf eine Gruppe von Herren zu, die ſich damit unterhielten, den tanzenden Paaren zuzuſehen. Antoinette fühlte ſeinen drückenden Blick. Jedesmal, wenn ſie an ihm vorüberſchwebte, laſtete er auf ihrem wirbelnden Kopfe, wie der des Tigers auf ſeiner Beute. Als der Walzer zu Ende war, kehrte ſie zu ihrem Platze an der Seite der Gräfin Sérizy zurück. Der General hörte nicht auf, ſie anzuſtarren. Er ſtand in ihrer Nähe und unterhielt ſich mit einem ihr unbekannten Herrn.

„Was mich auf dieſer Reiſe am meiſten überraſchte ..." erzählte Armand, ſo laut, daß Antoinette ihn hören mußte, „das ſind die Worte des Wächters von Weſtminſter, wenn er das Beil zeigt, mit dem ein maskierter Mann Karl dem Erſten das Haupt abſchlug. Zum Gedächtnis an den König gebraucht er die gleichen Worte, die dieſer einſt geſprochen hatte, als er das Beil einem Kunſtkenner zeigte."

„Was ſagte er?" warf die Gräfin Sérizy ein.

„Rühren Sie das Beil nicht an!" antwortete der General.

Es klang wie eine Drohung.

„Ach, das iſt eine alte Geſchichte!" ſagte die Herzogin lachend, während ſie innerlich ſchauderte, „jeder kennt ſie, der nach London kommt. Aber Sie ſetzen dabei eine ſo tragiſche Miene auf, daß man meinen könnte, Sie hätten das Beil in der Hand."

„Aber zufällig iſt dieſe Geſchichte ganz aktuell!" entgegnete er.

„Wieſo denn, bitte? Haben Sie die Güte, mir zu ſagen, inwiefern?"

„Inſofern, Frau Herzogin, als Sie das Beil berührt haben!" flüſterte er ihr ganz leiſe zu.

„Welch entzückende Prophezeiung!" lachte ſie gekünſtelt. „Und wann ſoll mein Haupt fallen?"

„Es iſt durchaus nicht mein Wunſch, Ihr ſchönes Haupt fallen zu ſehen. Ich fürchte nur, daß Ihnen demnächſt irgendein großes Unglück widerfährt. Würden Sie ihren weichen, blonden Haaren, die Sie ſo trefflich zu verwenden wiſſen, nicht nachtrauern, wenn einer ſie Ihnen abſchnitte?"

Antoinette atmete erleichtert auf:

„Mein Gott, es gibt Männer, denen wir Frauen gerne ein Opfer bringen. Selbſt ſolchen Männern, die für unſre Launen kein Verſtändnis haben!"

„Zugegeben! Doch wenn plötzlich ein Spaßvogel käme und Ihnen durch einen chemischen Vorgang die Schönheit raubte, so daß Sie hundert Jahre alt schienen, während Sie in Wirklichkeit nur achtzehn sind . . .“

„Aber, Herr Marquis,“ unterbrach sie ihn, „die Blattern sind unsre Schlacht bei Waterloo! Tags darauf kennen wir diejenigen, die uns aufrichtig lieben.“

„Sie würden Ihr entzückendes Gesichtchen nicht vermissen?“

„Oh gewiß! Jedoch weniger meinetwegen als um der andern willen, die es erfreuen soll. Indes, wenn mich einer aufrichtig liebte, immer und ewig liebte — was läge mir daran, ob ich schön bin oder nicht? Was hältst du davon, Klara?“

„Das wäre ein recht gefährliches Wagnis!“ bemerkte Gräfin Sérizy nachdenklich.

„Dürfte ich Seine Majestät den König der Zauberer fragen,“ sagte Antoinette in herausforderndem Tone, „wann ich, die ich noch nie in London war, das Verbrechen begangen haben soll, jenes Beil zu berühren?“

„Weiß nicht!“ gab der General achselzuckend zur Antwort.

„Und wann soll die Hinrichtung beginnen?“

Er zog die Uhr und prüfte mit grausamer Gelassenheit das Zifferblatt:

„Wann? — Noch bevor der heutige Tag endet, wird Ihnen ein furchtbares Unglück widerfahren!“

„Ich bin kein Kind,“ entgegnete Antoinette mit gezwungenem Lächeln, „daß ich mich so leicht schrekken lasse. Oder vielmehr — ich bin ein Kind, das die Gefahr nicht kennt, und fürchte mich daher nicht, am Rande des Abgrunds zu tanzen.“

„Es freut mich ungemein, so viel Charakter in Ihnen

zu finden!“ verſetzte er, als ſie ſich erhob, um ſich in die beginnende Quadrille einzureihen.

Obwohl ſich Antoinette den Anſchein gab, Armands düſtere Prophezeiungen gering zu ſchätzen, war ſie die Beute eines namenloſen Entſetzens. Die ſeeliſche Bedrücktheit, die ſie beinahe wie einen körperlichen Druck empfand, wich auch dann nicht, als der General das Ballfeſt verließ. Und dennoch: Kaum hatte ſie ſich eine Weile dem Genuß hingegeben, etwas freier aufzuatmen, da vermißte ſie zu ihrer eigenen Überraſchung all die Angſtvorſtellungen, unter deren Bann ſie bisher geſtanden hatte. Seltſam, wie ſehr die Natur des Weibes nach Widerſprüchen dürſtet!

Das Gefühl, etwas Unangenehmes zu vermiſſen, iſt allerdings durchaus noch keine Liebe; aber es gehört zweifellos in die Reihe der Empfindungen, die der Liebe voranzugehen pflegen. Übrigens hielt dieſes Gefühl bei Antoinette nicht lange an. Immer wieder tauchte die Erinnerung an Armands entſchloſſene Miene auf, mit der er nach der Uhr geſehen hatte. Von Schauder erfüllt, zog ſie ſich, entgegen ihrer Abſicht, frühzeitig zurück.

Es war kurz vor Mitternacht. Einer ihrer Diener, der ſie an der Treppe erwartete, legte den Pelzmantel um ihre Schultern und eilte davon, um den Wagen vorfahren zu laſſen. Sowie ſie darin Platz nahm, verfiel ſie in trübſelige Träumereien, die aus naheliegenden Gründen ſtets zu der unſeligen Prophezeiung Montriveaus zurückführten. Nach kurzer Fahrt hielt der Wagen. Sie ſtieg aus und trat über den dunklen Hof in das Veſtibül. Da fuhr ſie, aufs höchſte überraſcht, zurück: Die Treppe zu den oberen Stockwerken, die ſie ſteigen ſollte, war ihr fremd! Sie blickte um ſich: alles war ihr fremd! Ratlos wollte ſie ſich nach ihrem Diener umwenden, da wurde ihr plötzlich von hinten ein Tuch über den Kopf geworfen, ſtarke flinke Hände feſſelten ſie blitzſchnell an Händen und Füßen und trugen ſie fort. Sie rief um Hilfe.

„Madame,“ flüſterte eine Männerſtimme in eindringlichem Tone, „wir haben Befehl, Sie zu töten, wenn Sie einen Laut von ſich geben!“

Die Herzogin war dermaßen entſetzt, daß ſie ſich auch ſpäter niemals erklären konnte, durch wen und auf welche Weiſe ſie weggeſchleppt worden war. Als ihr die Sinne wiederkehrten, lag ſie auf dem Diwan eines Herrenzimmers. Ihre Hände und Füße waren mit Seidenſchnüren gefeſſelt. Langſam glitt ihr Blick durch den Raum. Da ſtieß ſie mit einen Male einen Angſtſchrei aus: Sie hatte Montriveau erkannt, der ruhig in einem Lehnſtuhl ſaß und rauchte.

„Schreien Sie nicht, Frau Herzogin!“ ſagte er, während er die Zigarre weglegte, „ich habe Kopfſchmerzen. Übrigens will ich Sie ſofort losbinden. Doch hören Sie genau auf das, was ich Ihnen zu ſagen habe!“

Mit ſanften Händen löſte er die Feſſeln und fuhr fort: „Was hülfe Ihnen auch das Schreien? Niemand kann Sie hören. Und ich meine, Sie ſind zu wohlerzogen, um unnütz Lärm zu ſchlagen. Sollten Sie ſich jedoch nicht ruhig verhalten, ſo müßte ich Sie von neuem feſſeln. Ich glaube, bei ruhiger Überlegung werden Sie ſich ſelber ſagen, was Sie Ihrer Selbſtachtung ſchulden, und werden auf meinem Diwan liegenbleiben, als ob es der Ihrige wäre. Mit der gleichen Kälte, wenn Sie wollen! Ihretwegen habe ich manche heimliche Träne darauf vergoſſen!“

Während der General ſo zu ihr ſprach, ſchweiften ihre Augen mit jenem rätſelhaft-flüchtigen Blick umher, der leer und gleichgültig ſcheint und dabei alles umfaßt. Das Zimmer gefiel ihr, obwohl es eher einer Mönchsklauſe glich. Seele und Gedanken jenes Mannes ſchwebten durch den hohen Raum. Kein Zierat unterbrach den grauen Anſtrich der nackten Wände. Auf dem Boden lag ein grüner Teppich. Der dunkle Diwan, der mit Schriften und Büchern überhäufte Schreibtiſch, die beiden Lehnſtühle, der Schrank, auf dem eine Weckuhr ſtand, das niedrige Bett mit der roten, ſchwarzumſäumten Decke — all dies verriet die denkbar einfachſte Lebensweiſe des Mannes, der hier wohnte. Ein dreiarmiger Leuchter auf dem Kamin gemahnte in ſeinen ägyptiſchen Linien an die unermeßlichen Wüſten, die der General durchirrt hatte. Zwiſchen der Seitenwand und dem Fußende des auf mächtigen Sphinxfüßen ſtehenden Bettes befand ſich eine kleine Türe, die hinter einem ſchwarz und rot befranſten Vorhang verſchwand. An großen Ringen befeſtigt, die über einen Lanzenſchaft geſchoben waren, fiel dieſer Vorhang bis zum Boden herab, während ein ganz gleichartiger, an der Türe, durch die man die Herzogin hereingebracht hatte, mit grünen Seidenſchnüren hochgerafft war. Unwillkürlich wanderte Antoinettens Blick vergleichend von einem Vorhang zum andern. Da bemerkte ſie plötzlich, daß die Türe neben dem Bette offenſtand. Unter den Vorhangfranſen zeichnete ſich ein rötlicher, aus dem benachbarten Raume dringender Lichtſchein ab, deſſen Urſache ſie ſich nicht erklären konnte. Das trübſelige Licht, bei dem ſie kaum mehr als ein paar bizarre Formen unterſchied, reizte naturgemäß ihre Neugierde. Allein ſie dachte augenblicklich nicht daran, daß ihr von dorther Gefahr drohen könnte. Sie ſchickte ſich vielmehr an, ein brennenderes Intereſſe zu befriedigen.

„Mein Herr,“ begann ſie, „iſt es vermeſſen, wenn ich frage, was Sie hier mit mir anfangen wollen?“

In dem Ton dieſer Frage lag ſchneidendſter Hohn. Glaubte die Herzogin doch, Montriveaus Worte wären der Ausfluß ſeiner überſchwenglichen Liebe zu ihr! Übrigens hatte ſie Grund genug, dies zu glauben. Muß man eine Frau nicht anbeten, wenn man ſie entführt?

„Oh, durchaus nicht, Frau Herzogin!“ verſetzte er. „Sie bleiben nur für eine kleine Weile hier. Vorerſt will ich Ihnen auseinanderſetzen, wer *Sie* ſind und wer *ich* bin. Wenn Sie ſich in Ihrem Boudoir auf Ihrem Diwan hin- und herwinden, finde ich für das, was ich denke, nicht die rechten Worte. Ferner ziehen Sie, wenn Sie zu Hauſe ſind, ſowie Ihnen ein Wort von mir mißfällt, die Klingel, ſchreien mich an und ſetzen mich wie einen läſtigen Bittſteller vor die Türe. Hier aber iſt mein Geiſt frei! Hier kann mich niemand hinauswerfen. Hier ſind Sie, für eine Weile, mein Opfer. Haben Sie alſo die außerordentliche Gnade, mich ruhig anzuhören! Fürchten Sie nichts! Ich habe Sie keineswegs hierhergebracht, um Sie zu beleidigen oder um mit Gewalt zu erzwingen, was Sie mir gutwillig nicht geben wollten. Dies wäre meiner unwürdig. Sie erwarten vielleicht eine Vergewaltigung — nun, ich denke nicht daran!“

Er warf die Zigarre ins Feuer.

„Der Rauch iſt Ihnen offenbar läſtig?“ fügte er hinzu, während er ſich ſchnell erhob. Dann nahm er eine heiße Räucherpfanne vom Kamin und ſchüttete ein paar Tropfen einer wohlriechenden, luftreinigenden Flüſſigkeit hinein.

Die Herzogin war erſtaunt und gedemütigt zugleich. Der Mann, dem ſie ausgeliefert war, ſchien ſeine

Macht gar nicht mißbrauchen zu wollen! Seine Augen, die ihr ehemals in Liebe leuchteten, blickten ruhig und starr ins Leere, wie Fixsterne. Sie zitterte am ganzen Leibe. Die Angst, die ihr Armand einflößte, steigerte sich zu dem lähmenden Gefühl des Alpdrückens, als sie die Wahrnehmung machte, daß der Lichtschein hinter dem Vorhang unter der Einwirkung eines Blasebalgs an Helligkeit zunahm. Standen dort plötzlich nicht drei vermummte Gestalten? Der entsetzliche Anblick verschwand mit solcher Schnelligkeit, daß sie an eine optische Täuschung glaubte.

„Frau Herzogin," fuhr Montriveau fort, während er sie mit kalter Verachtung betrachtete, „eine einzige Minute genügt mir, um Sie für Ihr ganzes Leben zu strafen. Es ist die einzige Ewigkeit, über die ich verfügen kann; ich bin kein Gott. Hören Sie mich also wohl an!"

Um seiner Rede größeren Nachdruck zu verleihen, machte er eine kurze Pause und fuhr dann fort:

„Sie werden überall Liebe finden, wann immer Sie wollen. Ihre Macht über Männerherzen ist grenzenlos. Aber erinnern Sie sich daran, daß Sie die Liebe eines Tages selbst gerufen haben. Und sie kam: So rein und ohne Fehl, wie es auf Erden nur möglich ist; ehrfürchtig und stark, wie die Liebe eines hingebenden Weibes; zärtlich, wie die Liebe der Mutter für ihr einziges Kind — kurz, so unermeßlich, daß sie Torheit war. Mit dieser Liebe trieben Sie Ihr Spiel! Was Sie taten, war ein Verbrechen. Gewiß, es ist das Recht des Weibes, sich der Liebe zu versagen, wenn es fühlt, daß es diese Liebe nicht erwidern kann. Man braucht einen Mann, der liebt, ohne daß seine Gefühle geteilt werden, nicht zu bedauern. Er hat kein Recht, ſich zu beklagen. Wenn jedoch eine Frau, ohne Zuneigung zu empfinden, einen Unglücklichen an ſich feſſelt und Gefühle nur heuchelt, Frau Herzogin; wenn ſie ihm von ferne ein unermeßliches Glück nur zeigt, um es ihm vorzuenthalten; wenn ſie ihm ſeine künftige Seligkeit raubt und, nicht nur für ein paar Tage, nein, für ſein ganzes Leben alle ſeine Gedanken vergiftet: Sehen Sie, Frau Herzogin, dies nenne ich ein abſcheuliches Verbrechen!"

„Aber ..."

„Ich kann Ihnen noch nicht geſtatten, mir zu antworten. Hören Sie alſo weiter! Sie ſind in meiner Gewalt; ich will ſie aber nur inſoweit ausüben wie der Richter, der das Gewiſſen eines Verbrechers wiederzuerwecken ſucht. Hätten Sie kein Gewiſſen mehr, ſo würde ich Sie nicht tadeln. Aber Sie ſind ſo jung! Ich dächte, in Ihrem Herzen müßte noch Leben ſein. Sie mögen eines Verbrechens fähig ſein, das unſre Geſetze ſtraffrei läßt; doch für ſo verderbt will ich Sie nicht halten, daß Sie die Tragweite meiner Worte nicht ermeſſen könnten. Ich fahre alſo fort ..."

In dieſem Augenblick vernahm die Herzogin das dumpfe Pfeifen des Blaſebalgs im anſtoßenden Zimmer. Ohne Zweifel fachten die Männer, die ſie vorher flüchtig erblickt hatte, ein Feuer an, deſſen Widerſchein ſich auf dem Vorhang abzeichnete. Doch Armands funkelnder Blick hielt ſie ſo ſehr im Banne, daß ſie reglos vor ſich hinſtarrte.

„Frau Herzogin," begann er nach einer Weile, „wenn in Paris der Henker den armen Sünder auf das Brett zwingt, auf dem der Mörder nach dem Wortlaut des Geſetzes liegen muß, bevor er geköpft wird, dann benachrichtigen hiervon die Zeitungen Reich und Arm. Sie ſagen den Reichen, daß ſie ruhig ſchlafen, und den Armen, daß ſie ruhig wachen ſollen, wenn ſie leben wollen. Nun — Sie ſind fromm, vielleicht ſogar mehr als fromm; laſſen Sie für den Unglücklichen eine Meſſe leſen! Er gehört ja zu Ihrer Familie! Sie ſtammen nur von einem älteren Zweige ab. Dieſer Zweig kann ſorglos, in Glück und Frieden leben und herrſchen. Getrieben durch Not oder Zorn, hat Ihr Zuchthausbruder nur einen Menſchen getötet. Sie aber? Sie töteten das Glück eines Mannes, ſein ſchönſtes Leben, ſeine teuerſten Hoffnungen! Der andre hat ſein Opfer ohne Argliſt und Tücke, vielleicht wider ſeinen Willen oder aus Angſt vor dem Schafott getötet. Sie aber nahmen alle Tücke der Schwäche zuſammen und häuften ſie auf gegen argloſe Kraft! Sie wiegten Ihr Opfer in Vertrauensſeligkeit, um ihm das Herz nur noch beſſer zerfleiſchen zu können. Sie lockten, köderten ihn mit Liebkoſungen. Keine einzige ließen Sie aus, damit er um ſo ſicherer an all die Liebeswonnen glaube, die er erträumte, erſehnte! Sie forderten ungezählte Opfer, um ſie alle nachher abzulehnen! Sie ließen ihn die Sonne ſehen — und ſtachen ihm dann die Augen aus! Welch bewundernswerter Mut! Derartige Schändlichkeiten ſind ein Luxus, den die Bürgerfrauen, über die Sie ſich luſtig machen, nicht kennen. Die verſtehen nur eins: ſich hingeben und vergeben — zu lieben und zu leiden. Die machen uns klein durch die Größe ihrer Hingebung. Überall in der Geſellſchaft findet man den gleichen Schmutz. Er verhärtet, vergoldet ſich nur, je höher man hinaufſteigt. Will man den Gipfel der Erbärmlichkeit erreichen, ſo braucht man einen guten Namen, eine gute Erziehung, muß man eine ſchöne Frau, eine Herzogin ſein. Wer am tiefſten fallen will, muß am höchſten ſtehen. Ich weiß meine Gedanken nur ſchlecht in Worte zu faſſen; zu ſehr leide ich noch an den Wunden, die Sie mir ſchlugen! Glauben Sie jedoch nicht, daß ich mich beklage! Nein, durchaus nicht. Ich hege nicht die geringſte perſönliche Hoffnung oder irgendwelche Bitterkeit. Ich verzeihe Ihnen, ich verzeihe Ihnen alles! Sie können ſich demnach durchaus nicht beklagen, daß Sie, wenn auch gegen Ihren Willen, hierher gekommen ſind. Indes, Sie könnten mit andern Herzen Mißbrauch treiben, die ebenſo harmlos ſind wie das meinige. Und denen möchte ich Schmerzen erſparen. So gaben denn Sie mir einen Gedanken der Gerechtigkeit ein! Wenn Sie Ihre Schuld auf Erden ſühnen, wird Gott Ihnen vielleicht vergeben. Ich wünſche es Ihnen. Allein, ich fürchte, er iſt unverſöhnlich!“

Bei dieſen Worten füllten ſich die Augen des gepeinigten, tief gedemütigten Weibes mit Tränen.

„Warum weinen Sie? Bleiben Sie Ihrer Natur getreu! Haben Sie nicht auch die Qualen des Herzens, das Sie zerbrachen, ruhig mit angeſehen? Es iſt genug; beruhigen Sie ſich, Frau Herzogin! Ich kann nicht mehr leiden. Andre werden vielleicht im Überſchwang des Entzückens ſagen, daß Sie ihnen das Leben gaben. Ich aber ſage Ihnen: Mir gaben Sie das Nichts! Vielleicht erraten Sie, daß ich mir nicht mehr gehöre; daß ich fortan meinen Freunden leben und gemeinſam mit ihnen die Schmerzen des Lebens und die Kälte des Todes ertragen muß. Können Sie ſoviel Güte aufbringen? Wären Sie fähig, dem Tiger der Wüſten gleich, die Wunde zu ſchließen, die Sie ſchlugen?“

Die Herzogin zerfloß in Tränen.
„Sparen Sie doch diese Tränen, Frau Herzogin! Hielte ich sie für echt, dann würde ich mich erst recht davor hüten. Ist dies wieder einer Ihrer Kunstgriffe, oder ist es keiner? Wie soll ich Ihnen, nach all denen, die Sie anwandten, noch glauben, daß an Ihnen etwas echt sein soll! Nichts, was von Ihnen kommt, ist imstande, mich noch jemals zu rühren. — Nun habe ich alles gesagt."
Die Herzogin erhob sich, stolz und demütig zugleich.
„Sie haben recht, mich so zu behandeln. Ja, Ihre Worte sind noch nicht hart genug, und ich verdiene diese Strafe."
Sie streckte ihm die Hand entgegen, doch er nahm sie nicht.
„Ich — Sie strafen, Frau Herzogin? Nur wer liebt, der straft! Erwarten Sie nichts von mir, was einem Gefühle ähnelt! Ich hätte die Macht, in meiner eigenen Sache Ankläger, Richter und Henker zu sein. Doch nein — ich will eine Pflicht erfüllen, nicht Rache üben. Eine mögliche Rache zu verschmähen, dies ist, denke ich, die grausamste Rache. Wer weiß, vielleicht diene ich auch damit noch Ihren Gelüsten! Und vielleicht werden Sie, wenn Sie in Hinkunft das Mal tragen, mit dem die Gesellschaft den Verbrecher brandmarkt, auch dessen Redlichkeit erlangen! Und dann, dann erst werden Sie lieben!"
Die Unterwürfigkeit, mit der die Herzogin seinen Worten lauschte, war nicht gespielt. Erst nach einer Weile demütigen Schweigens nahm sie das Wort.
„Armand, wenn ich mich der Liebe widersetzte, so geschah es aus weiblichem Schamgefühl. Ich hätte deshalb gerade von Ihnen nicht solche Vorwürfe erwartet. Sie wappnen sich mit allen meinen Schwächen

und rechnen ſie mir als Verbrechen an. Warum nehmen Sie nicht an, daß mich die Sehnſucht nach Liebe über meine Pflichten hinaus mit ſich fortriß, und daß ich nachher immer wieder bei dem Gedanken verzweifelte, zu weit gegangen zu ſein? Ach, glauben Sie mir, es war Sünde aus Unwiſſenheit! Ich ſchwöre Ihnen, in meinen Vergehen lag derſelbe gute Glaube wie in meinen Gewiſſensbiſſen! Meine abweiſende Härte verriet mehr Liebe als mein ſanftes Entgegenkommen! Und worüber beklagen Sie ſich ſonſt noch? Die Hingabe meines Herzens allein genügte Ihnen nicht; Sie waren brutal und wollten mich ganz beſitzen!"

„Brutal!" rief Montriveau bitter aus.

Er wollte weiterſprechen, doch eine innere Stimme ſagte ihm, daß er verloren ſei, wenn er ſich in ein Wortgefecht einlaſſe.

„Ja, Sie kamen zu mir wie zu einer der verworfenen Frauen — ohne jede Achtung, ohne all die Rückſichten wahrer Liebe. Hatte ich nicht recht, zu überlegen? Und ich habe überlegt! Das Unſchickliche Ihres Betragens iſt entſchuldbar! Sie liebten! Laſſen Sie mir dieſen Glauben, er rechtfertigt Sie vor mir ſelbſt! Und in dem Augenblick, als Sie mir heute abend Unheil prophezeiten, Armand, da glaubte auch ich an unſer Glück. Ja, ich faßte ein unbegrenztes Vertrauen zu dieſem edlen, ſtolzen Charakter, der ſich ſo oft ſchon bewährt hatte ... Und ich gehörte dir ganz an!" flüſterte ſie leiſe, indem ſie ſich zu ihm herabneigte. „Mich ergriff eine namenloſe Sehnſucht, den Mann glücklich zu machen, den die Widerwärtigkeiten des Lebens nur ſtählen, nicht brechen konnten! Herrenſinn in dir und in mir! Je höher ich mich fühlte, deſto weniger wollte ich hinabſinken. Ich ſetzte Vertrauen in dich. Doch während ich ein ganzes Leben voll Liebe ſah, zeigteſt du mir den Tod! . . . Kraft und Güte gehören zuſammen. Du biſt zu ſtark, mein Freund, um ein armes Weib, das dich liebt, von dir zu ſtoßen. Wenn ich Unrecht tat — kannſt du mir denn nicht verzeihen? Kann ich mein Unrecht nicht gutmachen? Die Reue, ſagt man, ſei der Liebe Gnade; ich will ſo gerne gnädig ſein — für dich! Wie, ſollte von den Frauen nur ich allein das Gefühl der Ungewißheit nicht hegen dürfen, all die Befürchtungen und Ängſte, die ſo begreiflich ſind, wenn man ſich fürs Leben bindet und daran denken muß, wie leicht Ihr ſolche Ketten ſprengt? Die Bürgerfrauen, mit denen du mich vergleichſt, geben ſich hin; aber nicht ohne Kampf. Nun denn — auch ich habe gekämpft und nun bin ich da und . . . Herr des Himmels!“ rief ſie aus, „er hört mich nicht!“

Sie rang verzweifelt die Hände und warf ſich vor ihm nieder:

„Aber ich liebe dich! Dir gehöre ich an! Dein bin ich, du mein geliebter, du mein einziger Herr und Gebieter! Deine Antoinette . . .“

„Erheben Sie ſich!“ unterbrach er ſie mit eiſiger Ruhe, „Antoinette kann die Herzogin von Langeais nicht mehr retten. Ich glaube weder der einen, noch der andern. Heute geben Sie ſich mir, und vielleicht morgen ſchon verſagen Sie ſich mir wieder! Keine Macht des Himmels und der Erde bietet mir Gewähr für Ihre Treue. In der Vergangenheit war Ihre Liebe mir ein teures Pfand. Wir haben keine Vergangenheit mehr!“

In dieſem Augenblick flackerte der Feuerſchein im Nebenraum ſo hell auf, daß ſich die Herzogin unwillkürlich dem geheimnisvollen Vorhang zuwandte. Sie erkannte deutlich drei vermummte Männergestalten.

„Armand," ſagte ſie angſtbebend, „ich möchte die hohe Meinung, die ich für Sie hege, nicht einbüßen. Wie kommen dieſe Männer hierher? Was haben ſie gegen mich vor?"

„Dieſe Männer werden über das, was hier vorgehen ſoll, ebenſo verſchwiegen ſein, wie ich ſelbſt. Sehen Sie in ihnen nur meine Arme und mein Herz! Einer davon iſt Chirurg."

„Chirurg?" rief ſie betroffen. „Armand, mein lieber, lieber Freund, Ungewißheit iſt das grauſamſte aller Leiden. Sprechen Sie, ſagen Sie mir, ob Sie von mir das Leben wollen? Ich gebe es Ihnen; Sie brauchen es nicht zu nehmen ..."

„So haben Sie alſo noch immer nicht begriffen? Sprach ich nicht von Gerechtigkeit?"

Er nahm ein Stück Stahl vom Tiſche, das in einem Lothringerkreuz endete, und fuhr fort:

„Um Ihre Zweifel zu bannen, ſollen Sie nun erfahren, was über Sie beſchloſſen iſt. Zwei meiner Freunde bringen in jenem Raume ein Kreuz zum Glühen, deſſen Modell Sie hier ſehen. Wir werden es Ihnen auf die Stirne brennen — hier, zwiſchen die Augen, damit Sie es nicht etwa durch ein paar Juwelen verdecken und auf dieſe Weiſe peinlichen Fragen ausweichen können. So werden Sie für immer das Schandmal auf der Stirne tragen, das den Zuchthausſträflingen, Ihren Brüdern, zwiſchen die Schultern aufgebrannt wird! Der Schmerz iſt geringfügig; allein ich fürchtete einen Nervenchok oder Widerſtand, und ..."

„Widerſtand?" wiederholte ſie, voll Freude in die

Hände klatſchend, „nein, nein! Oh, ich wollte, alle Welt käme hierher und ſähe zu! Schnell, Armand, ſchnell! Zeichne dein Geſchöpf — es iſt ja dein! Es gehört dir, wie ein ganz armſeliges Ding. Du verlangteſt Beweiſe meiner Liebe: Hier haſt du ſie alle in einem einzigen vereint! Ach, Armand, ich ſehe nur Milde und Vergebung, nur ewiges Glück in deiner Rache. Bin ich erſt als d e i n Weib gekennzeichnet, trage ich, wie eine Leibeigene, dein Brandmal, dann kannſt du mich nicht mehr verlaſſen und wirſt mir für immer angehören! Du trennſt mich von der Welt und nimmſt alſo mein Glück auf dich, wenn du kein Feigling biſt — und ich weiß, du biſt edel und groß! — Aber ein Weib, das liebt, zeichnet ſich immer ſelbſt. Kommen Sie, meine Herren, treten Sie ein! Zeichnen Sie die Herzogin von Langeais! Sie gehört dem Marquis de Montriveau für alle Zeiten. Kommen Sie ſchnell! Meine Stirne glüht heftiger als Ihr Eiſen!"
Armand wandte ſich ab, um die Herzogin, die bebend zu ſeinen Füßen kniete, nicht zu ſehen. Er flüſterte den drei Männern ein paar Worte zu, worauf ſie verſchwanden.
Alle Frauen, die mit den Ränken des Salonlebens vertraut ſind, kennen das verräteriſche Spiel des Spiegels. Antoinette hatte deshalb, um im Herzen Armands zu leſen, ihre Augen überall. Als ſie nun bemerkte, daß er, des Spiegels, vor dem er ſtand, nicht achtend, verſtohlen zwei Tränen trocknete, da glaubte ſie ſich — trotz allem, was vorgefallen war — immer noch von ihm geliebt.
Montriveau kehrte zurück, um der Herzogin behilflich zu ſein. Doch ſie hatte ſich inzwiſchen allein erhoben und ſah ihn frohlockend an. Wie ſchnell aber wich ihre Zuverſicht jäher Enttäuſchung, als er nun-

mehr mit jener unbeugſamen Feſtigkeit, die ihr einſt ſo gefiel, das Wort an ſie richtete:
„Ich will Gnade walten laſſen, Frau Herzogin!“ begann er. „Seien Sie überzeugt, daß die Vorgänge dieſer Nacht ſtets ſo verſchwiegen bleiben, als ob ſie ſich nie ereignet hätten. Aber hier, an der Stätte dieſer Vorgänge, wollen wir uns gleich Lebewohl ſagen! Ich will gerne annehmen, daß Sie in Ihrem Boudoir, als Sie mit mir ſpielten, ebenſo aufrichtig waren wie hier in Ihrem Herzenserguß. Doch, leben Sie wohl! Ich habe kein Vertrauen mehr; mir fehlt die Kraft, zu glauben. Sie würden mich nur quälen, Sie wären immer die Herzogin, und . . . nein, leben Sie wohl; wir werden uns nie verſtehen!“
Er nahm die undurchdringliche Miene eines Zeremonienmeiſters an und ſetzte mit kalter Höflichkeit fort:
„Was wünſchen Sie nun? Wollen Sie nach Hauſe oder wünſchen Sie, zum Ball der Gräfin Sérizy zurückzukehren? Ich habe mit aller Macht dafür geſorgt, daß Ihr Ruf keinen Schaden leidet. Weder die Geſellſchaft noch Ihre Diener können auch nur ahnen, was ſich in der letzten Viertelſtunde zwiſchen uns zugetragen hat. Ihre Leute glauben, Sie ſeien auf dem Balle. Ihr Wagen hat den Hof des Hauſes Sérizy nicht verlaſſen. Der Wagen kann ſich auch im Hofe Ihres Palais befinden. Wo wollen Sie ſein?“
„Was meinen Sie, Armand?“
„Es gibt keinen Armand mehr, Frau Herzogin! Wir ſind einander fremd.“
„Führen Sie mich alſo zum Ball zurück!“ verſetzte ſie in der Abſicht, die Macht Armands nochmals auf die Probe zu ſtellen. „Werfen Sie mich armes Geſchöpf wieder in die Welt zurück; in jene Hölle, in

der ich litt und stets leiden werde, wenn es kein Glück mehr für mich gibt! Oh mein Freund, ich liebe Sie dennoch so, wie Ihre Bürgerfrauen lieben! Ich liebe Sie, daß ich Ihnen auf dem Ball vor aller Welt um den Hals fallen werde, wenn Sie es verlangen. Diese schreckliche Welt hat mich nicht verdorben. Komm, komm, ich bin jung; jetzt erst bin ich es wirklich! Ja, ich bin ein Kind, dein Kind, denn du hast mich erst geschaffen. Oh, verbanne mich nicht aus meinem Paradies!"

Montriveau machte eine abweisende Handbewegung.

„Ach, wenn ich denn fortgehen muß, so laß mich wenigstens etwas mitnehmen, das dir gehört — eine Kleinigkeit, ein Nichts!... Damit ich es heute nacht ans Herz drücken kann!"

Sie bemächtigte sich eines Handschuhs und rollte ihn in ihr Taschentuch.

„Nein, nein!" fuhr sie mit erhobener Stimme fort, „ich gehöre nicht zu den verderbten Frauen. Du kennst ihre Welt nicht, und kannst also auch mich nicht beurteilen! Glaube mir doch: Die einen geben sich für Geld hin, die andern für Geschenke! All dies ist niedrig, erbärmlich! Ich wollte, ich wäre eine Arbeiterin oder ein einfaches Bürgermädchen, wenn du eine Frau, die tief unter dir steht, lieber hast als eine, in der sich Hingebung mit aller Hoheit des Menschen vereint! Ach, Armand, es gibt unter uns edle, große, keusche, reine Frauen — Frauen, die wirklich liebenswert sind. Ich wollte, ich besäße all den Adel, um ihn dir opfern zu können. Das Unglück machte mich nur zur Herzogin. Ich wünschte, ich wäre nächst dem Throne geboren; dann fehlte mir nichts, das ich dir opfern könnte. Für dich wäre ich zärtliche Geliebte, und Königin für die andern!"

Montriveau hörte gleichgültig zu, während er das Deckblatt ſeiner Zigarre, das ſich losgelöſt hatte, vorſichtig mit den Lippen befeuchtete.

„Wenn Sie fortgehen wollen," ſagte er ruhig, „werden Sie es mich wiſſen laſſen."

„Aber — ich möchte bleiben!" entgegnete ſie.

„Ach ſo, das iſt etwas andres!"

„Warte!" rief ſie aus, und bemächtigte ſich ſeiner Zigarre, „ſie iſt nicht gut gewickelt!"

Und ſie führte die Zigarre zum Munde, um den kleinen Schaden zu heilen.

„Sie werden rauchen?" ſagte er ein wenig überraſcht.

„Oh, was täte ich nicht alles, um dir zu gefallen!"

„Nun denn, Frau Herzogin, dann gehen Sie, bitte!"

„Ich gehorche!" gab ſie, in bittere Tränen ausbrechend, zur Antwort.

„Ich muß Ihnen die Augen verbinden, damit Sie nicht ſehen, welchen Weg wir gehen!"

„Ich bin bereit, Armand!"

„Sehen Sie etwas?" fragte er, als er ihr ein Taſchentuch vor die Augen gebunden hatte.

„Nein!"

Er kniete leiſe vor ihr nieder.

„Ah, ich höre!" rief ſie in freudiger Überraſchung.

Immer noch hielt ſie ſeine Härte für ein Spiel, deſſen er nun endlich müde ſei. Als er ſich erhob und ganz nahe an ſie herantrat, glaubte ſie, er wolle ſie küſſen. Unwillkürlich bot ſie ihm ihre Lippen dar.

„Sie ſehen alſo, Frau Herzogin?"

„Oh — ich bin nur ein bißchen neugierig!"

„Sie betrügen mich alſo immer noch?"

„Ach," brauſte ſie zornig auf, „nehmen Sie mir das Taſchentuch wieder ab und führen Sie mich! Ich werde die Augen nicht mehr auftun."

Nach dieſem Zornausbruch zweifelte Montriveau nicht mehr an ihrer Aufrichtigkeit. Er löſte den Knoten des Taſchentuchs: Ihre Augen waren geſchloſſen und blieben es, getreu ihrem Worte, ſolange er ſie führte. Väterlich hielt er ſie bei der Hand, um ihr das Gehen zu erleichtern, und ſo ſchritten ſie treppauf, treppab und durch enge, winklige Gänge langſam weiter. Während er unbewegt dem wilden Pochen ihres Herzens lauſchte, das zum erſtenmal in ungeſtümer, *echter* Liebe entbrannte, gab ſich die Herzogin trügeriſchen Hoffnungen hin. Sie ſprach von ihrem Denken und Fühlen, von gemeinſamem Zukunftsglück und ſtellte an ihren Führer unzählige Fragen. Doch ſo oft auch ein zärtlicher Druck ihrer Hand fragend um Antwort warb — *ſeine* Hand blieb ſtumm . . .

Nachdem ſie eine Zeitlang nebeneinander gegangen waren, blieb Montriveau ſtehen und bat ſie, voranzugehen. Offenbar war der Weg an dieſer Stelle ſehr ſchmal. Denn ſie merkte, daß er das Streifen ihres Rockes an den Seitenwänden zu hindern ſuchte. Dieſe Sorgfalt rührte ſie. Verriet ſie ihr doch noch ein wenig Liebe. Allein es war der letzte Liebesbeweis, der ſtumme Abſchiedsgruß des Geliebten: Ein wärmerer Luftſtrom wehte ihr entgegen, ſie öffnete unwillkürlich die Augen und ſtand — vor dem Kamin im Boudoir der Gräfin Sérizy.

Sie war allein. Ihre erſte Sorge galt ihrem Haarſchmuck und ihrer Kleidung, die bei der Entführung nicht wenig gelitten hatten. Kaum hatte ſie beides in Ordnung gebracht, da öffnete ſich die Türe und Gräfin Sérizy trat ein.

„Ah, da biſt du ja, meine Liebe!“ rief ſie aus, „wir ſuchten dich überall!“

„Ich zog mich ein wenig zurück, um friſche Luft zu ſchöpfen," erwiderte Antoinette. „Im Salon herrſcht eine unerträgliche Hitze."

„Wir dachten ſchon, du ſeiſt fortgefahren. Doch mein Bruder erzählte, er habe deinen Diener auf dich warten ſehen."

„Ich bin wie zerſchlagen, liebe Klara; laß mich eine Weile hier ausruhen!"

Die Herzogin ſank auf den Diwan.

„Was fehlt dir denn?" rief die Gräfin erſchreckt, „du zitterſt ja am ganzen Leibe!"

In dieſem Augenblick trat Marquis de Ronquerolles in das Boudoir.

„Ich bin beſorgt, Frau Herzogin," begann er, „daß Ihnen irgendein Unfall zuſtößt: Soeben ſah ich Ihren Kutſcher mit einem Kanonenrauſch, der ſich gewaſchen hat!"

Die Herzogin antwortete nicht. Aufmerkſam betrachtete ſie den Kamin, die Spiegel und Wände und ſuchte nach einer Spur ihres geheimnisvollen Weges. Nach den entſetzlichen Ereigniſſen, die ihrem Leben vor wenigen Minuten eine andre Richtung gegeben hatten, erregte ſie die ausgelaſſene Ballſtimmung um ſo mehr. Sie zitterte heftig.

„Montriveau hat mit ſeiner Prophezeiung meine Nerven überreizt," gab ſie dem Geſchwiſterpaare zur Antwort, „es war zwar nur ein Scherz, doch will ich ſehen, ob mich das Londoner Beil bis in den Schlaf verfolgt. Auf Wiederſehen, meine Liebe! Leben Sie wohl, Herr Marquis!" —

Sie durchſchritt die Salons. Wie dauerten ſie all dieſe Schwätzer, die es für notwendig erachteten, ihr als Abſchiedsgruß ein paar alberne Liebenswürdigkeiten mitzugeben! Wie klein, wie unbedeutend erſchien ihr diese Welt mit einem Male! Wie klein, wie erniedrigt fühlte sie sich selbst — die Königin jener Welt! Wie klein war all dies im Vergleich zu dem Manne, den sie aufrichtig liebte, dessen Charakter vor ihrer Seele gigantische Formen annahm! —

Sie fand ihren Diener am Fuß der Treppe in tiefem Schlafe.

„Seid Ihr nicht fortgewesen?" fragte sie eindringlich.

„Nein, Euer Gnaden!"

Sie ließ den Wagen vorfahren. Ihr Kutscher befand sich tatsächlich in einem Zustand der Trunkenheit, der sie bei jeder andern Gelegenheit in maßlosen Schrecken versetzt hätte. Allein große seelische Erschütterungen entziehen der Furcht den gewöhnlichen Nährboden. Übrigens kam die Herzogin ohne Unfall nach Hause.

In Antoinettens Seele hatte sich eine völlige Wandlung vollzogen. Für sie gab es fortan nur einen einzigen Mann auf der Welt. Nur um seinetwillen ersehnte sie von einigem Werte zu sein. Für den Physiologen ist die Abgrenzung des Begriffes „Liebe" nicht schwer: Er braucht sich nur an die Naturgesetze zu halten. Der Psychologe dagegen glaubt, diesen Begriff unter dem Gesichtspunkte all der Entwicklungen betrachten zu müssen, die er durch die Gesellschaft erfuhr. Und dennoch besteht — trotz den unzähligen Irrlehren, die sich in die Religion der Liebe einschleichen — eine gerade, scharfe Grenzlinie, die aller Streit nicht krümmen noch brechen wird, und die allein den Zustand erklärt, in dem sich die Herzogin befand: Sie liebte noch nicht, sie hatte eine Leidenschaft!

Liebe und Leidenschaft sind zwei grundverschiedene Seelenzustände, die von Dichtern und Philosophen,

von Gebildeten und Dummköpfen immer wieder verwechſelt werden.
Die Liebe bedingt eine Wechſelſeitigkeit des Gefühls, eine Gewißheit des ungetrübten und beſtändigen Austauſches ihrer Wonnen, ein ſo inniges Verwachſenſein zweier Menſchenherzen, daß Eiferſucht gar nicht aufkommen kann. Der Beſitz iſt dann nicht Zweck, ſondern Mittel. Eine Untreue ſchmerzt wohl, allein ſie kann das ſüße Band nicht zerreißen. Die Seele iſt nicht mehr oder weniger erregt, nicht mehr oder weniger glühend — ſie iſt unaufhörlich glücklich. Ein göttlicher Odem weitet die Sehnſucht über die Unermeßlichkeiten von Raum und Zeit und taucht ſie in die gleiche Farbe: Das Leben iſt blau, wie der wolkenloſe Himmel.
Die Leidenſchaft iſt nur die Vorahnung der Liebe und ihrer Unendlichkeit, nach der die leidende Seele ſtrebt. Sie iſt eine Hoffnung und kann daher enttäuſcht werden wie jede andre Hoffnung auch. Leidenſchaft iſt etwas Vorübergehendes und Schmerzliches zugleich. Sie endet, wenn die Hoffnung, auf der ſie ruht, zuſammenbricht. Der Menſch kann mehrere Leidenſchaften gleichzeitig empfinden — er braucht ſich deſſen nicht zu ſchämen. Es iſt ja ſo menſchlich, dem Glück immer wieder nachzujagen! Aber es gibt in jedem Menſchenleben nur e i n e Liebe! Alle Erörterungen über Gefühle laſſen ſich demnach auf zwei Fragen zurückführen: Iſt es Leidenſchaft? Iſt es Liebe? — Da Liebe nicht beſtehen kann, wenn die nähere Kenntnis des Genuſſes fehlt, den ſie gewährt und durch den ſie ewig währt, ſo ſtand die Herzogin zunächſt nur unter dem Bann einer Leidenſchaft. Und ſie empfand daher auch die zermürbende Unruhe, die entnervende Sehnſucht, die quälende

Erwartung — kurz alles, was den Begriff „Leidenſchaft“ umfaßt: Sie litt.

Inmitten der Stürme, die ſie durchtoſten, rüttelten Eitelkeit, Eigenliebe, Stolz und Hochmut, all dieſe Abarten der Selbſtſucht, unaufhörlich an ihrer Seele. Sie hatte einem Manne ihre Liebe geſtanden! Sie, die Herzogin von Langeais, hatte ihm geſtanden, daß ſie ihm angehören wolle! Konnten ſolche Worte ohne Folgen bleiben? Nein — ſie mußte entweder wiedergeliebt werden oder aber auf ihre geſellſchaftliche Stellung für alle Zukunft verzichten. Wenn ſie ſich des Nachts grübelnd in ihrem Bette herumwarf, das, Wolluſt atmend, der Wolluſt brünſtigheißer Glieder dennoch nie als Lager gedient hatte, dann wiederholte ſie immer wieder ſehnſuchtsvoll die Worte: „Ich will geliebt ſein!“

Und der Glaube, den ſie noch beſaß, der Glaube an ſich ſelbſt, gab ihr die Hoffnung auf Erfolg. Mochte die Eitelkeit der Pariſerin gedemütigt, der Stolz der Herzogin erniedrigt worden ſein — das Weib in ihr ſah in der Ferne namenloſes Glück. Ihre Phantaſie, die Rächerin aller der Natur entzogenen Stunden, gaukelte ihr unabläſſig die lodernden Feuergluten des Sinnengenuſſes vor und ſchuf ihr Empfindungen, faſt jenen gleich, die Liebe allein gewährt. Wenn ſie auch Zweifel quälten, ob ſie geliebt werde, ſo machte der Gedanke ſie glücklich, daß ſie ſich ſagen durfte: Ich liebe ihn! Sie hätte nicht übel Luſt gehabt, Gott und Welt von ſich zu werfen. Denn ihr Leben, ihre Religion hieß: Montrivcau! —

Am Tage nach der ſchickſalsſchweren Ballnacht befand ſich Antoinette in einem Zuſtand körperlicher und ſeeliſcher Niedergeſchlagenheit, der ſich kaum beſchreiben läßt. Sie zerriß die Briefe, die ſie ſchrieb,

und ließ zahllose Pläne, kaum entworfen, wieder fallen. Als die Stunde herannahte, in der Armand einst täglich bei ihr war, zwang sie sich zu dem Glauben, daß er zu ihr kommen würde, und es bereitete ihr ein unnennbares Wohlgefühl, ihn zu erwarten. Sie lebte ausschließlich mit dem Gehöre, durch das Gehör. Zuweilen schloß sie die Augen und bemühte sich, durch die Räume des Hauses hindurch zu lauschen. Dann wünschte sie, es wäre ihr die Macht gegeben, zwischen sich und dem Geliebten alle Hindernisse zu beseitigen, jede Bewegung zu hemmen, damit jene vollkommene Ruhe eintrete, die das leiseste Geräusch weithin vernehmbar macht. Dieser Gedanke beschäftigte sie so sehr, daß ihr die Pendelschwingung der Kaminuhr als ein widerwärtiges, ja unheimliches Geschwätz erschien.
Im Salon nebenan schlug es Mitternacht.
„Mein Gott," flüsterte sie voll Sehnsucht, „ihn hierzusehen — welch ein Glück! Früher, da trieb das Verlangen ihn selbst hierher. Das Boudoir war erfüllt von dem trauten Klang seiner Stimme. Und jetzt? Nichts — nichts!"
Sie erinnerte sich ihres koketten Spiels in diesen Räumen, das ihr den angebeteten Mann geraubt hatte, und Verzweiflungstränen entströmten unaufhörlich ihren Augen. —
Leise öffnete sich die Türe, und die Zofe trat ein.
„Euer Gnaden," begann sie schüchtern, „Euer Gnaden wissen vielleicht gar nicht, daß es schon zwei Uhr morgens ist! Ich dachte, Euer Gnaden seien nicht wohl!"
„Ja — ich will zu Bett gehen. Aber vergessen Sie nicht, Suzette, daß Sie ohne Befehl nicht eintreten dürfen! Wie oft soll ich Ihnen das noch sagen?" —

Eine Woche lang ging die Herzogin überall hin, wo ſie hoffen durfte, Montriveau anzutreffen. Gegen ihre Gewohnheit erſchien ſie ſtets frühzeitig und ging erſt ſehr ſpät fort. Sie tanzte nicht mehr, ſie ſpielte. Vergebliches Bemühen! Es war ihr unmöglich, Armand zu ſehen, und nach ihm zu fragen getraute ſie ſich nicht. Indes, eines Abends wandte ſie ſich, von Verzweiflung übermannt, mit erheuchelter Unbefangenheit an Gräfin Sérizy.

„Biſt du denn mit Montriveau entzweit? Ich ſehe ihn nicht mehr bei dir!"

„Er kommt alſo auch nicht mehr zu dir?" entgegnete die Gräfin lachend. „Man ſieht ihn überhaupt nicht mehr! Anſcheinend iſt er mit irgendeiner Frau beſchäftigt!"

„Ich dachte, Marquis de Ronquerolles ſei einer ſeiner Freunde?"

„Mein Bruder? Ich hörte ihn niemals ſagen, daß er den General mehr als flüchtig kennt!" —

Antoinette gab keine Antwort. Gräfin Sérizy glaubte daher, eine heimliche Freundſchaft, die ſie lange genug verdroſſen hatte, ungeſtraft geißeln zu können, und fuhr fort:

„Dir liegt doch hoffentlich nichts an dieſem zuwideren Menſchen? Man erzählt ſich die ſchauerlichſten Dinge von ihm. Wird er verletzt, ſo kommt er nie wieder. Er kann nicht verzeihen. Wer ihn liebt, den legt er an die Kette. Ich kenne allerdings jemanden, der ihn in den Himmel hebt, was man auch dagegen einwendet. Immer heißt es nur: ‚Montriveau weiß zu lieben! Er würde für einen Freund alles opfern! Er hat eine unerhört große Seele!' — Ach was, die Geſellſchaft braucht keine ſo großen Seelen! Männer mit ſeinem Charakter ſind ſehr angenehm — bei ſich

zu Hauſe. Mögen ſie dort bleiben und uns leben laſſen, wie es uns gefällt! Meinſt du nicht auch, Antoinette?"
Das abfällige Urteil ihrer Freundin ſchmerzte die Herzogin tief. Bei ihrer Weltgewandtheit war ihr es jedoch nicht ſchwer, in ihre Antwort eine ſcheinbar ganz natürliche Unbefangenheit zu legen:
„Es verdrießt mich, ihn nicht mehr zu ſehen. Er intereſſierte mich ſehr, und ich widmete ihm eine aufrichtige Freundſchaft. Halte mich nicht für lächerlich, liebe Klara — allein ich liebe ſolche großen Seelen. Wer ſich einem Dummkopf hingibt, geſteht damit ein, daß er nur Sinn hat für Sinnlichkeit!"
Gräfin Klara, die ſich gegenwärtig von dem ſchönen Marquis d'Aiglemont den Hof machen ließ, wie ſie überhaupt nur ganz unbedeutende Männer ‚auszeichnete', fand es an der Zeit, ſchleunigſt aufzubrechen...
Antoinette ſah in der völligen Zurückgezogenheit Montriveaus eine neue Hoffnung winken. Sie ſchrieb ihm alsbald einen zärtlichen, demütigen Brief, der Armand zu ihr zurückführen ſollte, wenn er ſie noch liebte. Tags darauf ließ ſie dieſen Brief durch Julien, ihren Kammerdiener, nach ſeiner Wohnung tragen. Bei ſeiner Rückkehr fragte ſie ihren Diener, ob er dem General ihren Brief perſönlich eingehändigt habe. Als er bejahte, konnte ſie ſich einer freudigen Erregung nicht erwehren. Armand war in Paris! Er war daheim, lebte für ſich und mied die Geſellſchaft! Er liebte ſie alſo doch noch!
Den ganzen Tag erwartete ſie ſeine Antwort. Doch dieſe Antwort kam nicht. In der Ungeduld des Harrens ſuchte ſie dieſe Verzögerung vor ſich ſelbſt zu begründen: Armand war ſicherlich ſehr beſchäftigt und ſandte die Antwort durch die Poſt. Doch als der Abend kam, konnte ſie ſich nicht mehr belügen.

Oh, grauenvolle Stunden, wenn ihr Pendel zwischen Furcht und Hoffnung schwingt, wenn ihren Schlag des Herzens wildes Pochen übertönt!

Am nächsten Morgen sandte die Herzogin zu Montriveau um Antwort.

„Der Herr Marquis läßt sagen," meldete Julien, als er zurückkehrte, „er werde zu Euer Gnaden kommen."

Sie eilte fort, um von ihrer Erregung nichts merken zu lassen, und sank in überströmendem Glücksgefühl auf den Diwan ihres Boudoirs.

„Er kommt!"

Dieser Gedanke zerriß ihr die Seele. Konnte es anders sein? Wenn Erwartung nicht die schrecklichsten Stürme entfesselt, nicht die süßesten Freuden befruchtet, dann brennt in der Seele jene heilige Flamme nicht, die jedes Bild zur Wirklichkeit erhellt und, mächtiger als die Natur, sein Innerstes durchdringt. Erwartung in der Liebe — ist dies nicht sichre Hoffnung ohne Ende; Hoffnung, die der gleiche Augenblick vernichtet und wieder neu belebt? Welch grausames Glück, das Wahrheit nicht enttäuscht! Sollte Erwartung, dieses fortwährende Ausströmen von Sehnsucht und Kraft, für die menschliche Seele nicht dasselbe sein wie der Dufthauch gewisser Blumen? Wie schnell sehen wir uns an den leuchtenden Farben der Tulpe satt und kehren zu den Duftträumen der Orangenblüte zurück, die im Land ihrer Heimat unbewußt mit einer glücklich liebenden Braut verglichen wird!

Die Geißel der Liebe versetzte Antoinette in eine Art Rausch, der ihrem Leben neuen Sinn, neue Freude gab. Sie stürzte in ihr Ankleidezimmer und begriff mit einem Male, was der Schmuck einer Frau, die bis ins kleinſte gehende Sorgfalt für ihr Äußeres bedeutet, wenn ihr Beweggrund nicht Eitelkeit iſt, ſondern Liebe. Dieſe Vorbereitungen halfen ihr ein wenig über die Dauer des Wartens hinweg. Als jedoch ihre Toilette beendigt war, verfiel ſie neuerdings in heftigſte Gemütsbewegungen, die endlich, wie unter der zerſtörenden, zerſchmetternden Einwirkung einer furchtbaren Macht, jeden ihrer Gedanken lähmten. Die Herzogin war ſeit zwei Uhr nachmittags bereit — es ſchlug Mitternacht, und Montriveau war noch nicht erſchienen! Wem gelänge es, die bangen Ängſte dieſer Frau zu ſchildern, die als verwöhnteſtes Kind ihres Kreiſes galt? Wer kann erklären, wieviel Poeſie ein Menſchenherz in einen einzigen Gedanken zu faſſen vermag? Wer kann die Kraft wägen, die der Seele beim Schall einer Klingel entſtrömt? Wer kann den Schmerz meſſen, der in die Seele fließt, wenn ein Wagen durch die Straße rollt und, ohne zu halten, weiter, immer weiter rollt, bis das Geräuſch im Nichts verweht?

Warten, warten müſſen! Ach, Antoinette begriff mit einemmal das furchtbare Geſchick des Weibes: Aller Mittel zur Tat bar zu ſein, die dem Manne gegeben ſind; warten zu müſſen, wenn man liebt! Dem Geliebten zuvorzukommen iſt ein Vergehen, das nur wenige Männer verzeihen können. Die Mehrheit erblickt in ſolcher Schmeichelei nur eine Erniedrigung. Allein Armand hatte eine große Seele. Er mußte zu jener Minderheit gehören, die ſolches Übermaß an Liebe mit ewiger Liebe lohnt.

„Gut denn!“ ſagte ſie ſich, während ſie ſchlaflos im Bette lag, „ich will zu ihm gehen und ihm die Hand bieten! Und ich will nicht ermüden, ihm die Hand zu bieten! Ein erleſener Geiſt kann in dem Entgegenkommen einer Frau nichts andres ſehen als ein Gelöbnis ihrer Liebe und Beſtändigkeit. Ja, die Engel müſſen vom Himmel herniederſteigen, um zu den Menſchen zu kommen — ich will ſ e i n Engel ſein!" — Am nächſten Tag ſchrieb ſie einen kurzen Brief; einen jener Briefe, aus denen der Geiſt von zehntauſend Sévignés hervorleuchtet, die Paris gegenwärtig zählt. Man muß allerdings eine Herzogin von Langeais ſein, mußte die Erziehung einer Prinzeſſin Blamont-Chauvry genoſſen haben, um ſo bezaubernd zu ſchreiben. Grollen, ohne zu verletzen, klagen, ohne ſich zu erniedrigen, verzeihen, ohne der perſönlichen Würde das geringſte zu vergeben, ſich auflehnen, ohne der Anmut zu entſagen, mit ausgebreiteten Schwingen fliegen, ohne demütig, willfährig oder übereifrig zu ſcheinen — welcher andern Frau wäre dies gelungen? Julien, wie alle Kammerdiener, zum Opfer des Liebesgeplänkels ſeiner Herrin auserſehen, ging mit dem Briefe fort und kehrte, voll Ungeduld erwartet, bald zurück.

„Was gab Ihnen der Herr Marquis zur Antwort?" fragte die Herzogin mit möglichſter Gleichgültigkeit.

„Der Herr Marquis befahl mir, Euer Gnaden zu ſagen, es ſei gut!"

Welche Seelenpein, Herzensfragen aus dem Munde Unberufener vernehmen zu müſſen und zum Schweigen verurteilt zu ſein! Ach, ſie iſt nur eine von den ungezählten Qualen, die dem Reichtum beſchieden ſind!

Drei Wochen lang ſchrieb Antoinette täglich an den Geliebten, ohne jemals Antwort zu erhalten. Um allen geſellſchaftlichen Verpflichtungen auszuweichen, ſchützte ſie Krankheit vor und ließ ſich auch des Hofdienſtes bei der königlichen Prinzeſſin, der ſie zugeteilt war, für unbeſtimmte Zeit entbinden. Sie empfing nur ihre nächſten Verwandten: Den Herzog von Navarra, ihren Vater; die Prinzeſſin Blamont-Chauvry, ihre Tante; den alten Vidame de Pamiers, ihren Großonkel mütterlicherſeits; und den Herzog von Grandlieu, einen Onkel ihres Gatten. Dieſe Perſonen glaubten an die Erkrankung der jungen Verwandten um ſo feſter, als ſie Antoinette von Tag zu Tag bläſſer, abgezehrter, niedergeſchlagener fanden. Die heimliche Glut wirklicher Liebe, der ſchmerzhafte Reiz verletzten Stolzes, die andauernde Qual der einzigen Verachtung, die ſie treffen konnte, der Trieb nach abwechſelnd erſehnten und verſchmähten Liebeswonnen — all dieſe fruchtlos erregten Kräfte untergruben ihre widerſpruchsvolle Natur. Es war die Vergeltung für ihr betrogenes Leben.

Eines Tages endlich litt es ſie nicht länger bei ſich daheim. Sie fuhr aus, um einer Truppenparade beizuwohnen, an der Montriveau teilnehmen mußte. Es war eine jener Feſtlichkeiten, die ſich der Erinnerung unauslöſchlich einprägen. Die Herzogin ſaß mit der königlichen Familie auf dem Balkon der Tuilerien. Sie ſah in ihrer ſchmachtenden Bläſſe hinreißend aus. Die Sehnſucht nach dem Geliebten verſchönte ſie. Aller Augen wandten ſich ihr mit rückhaltloſer Bewunderung zu. Da erblickte ſie den Geliebten, den ſie ſeit zwei Monaten nicht mehr geſehen hatte. In der ganzen Pracht ſeiner Uniform, der auch die Einbildungskraft der ſprödeſten Frau nicht widerſtehen kann, defilierte er knapp unter dem Balkon an ihr vorbei. Ihre Blicke kreuzten ſich für einen Augenblick; einen jener flüchtigen Augenblicke, die den Traumbildern gleichen, wobei die Seele eine Landſchaft mit unermeßlichem Horizonte ſchaut. Nur

Frauen und Jünglinge kennen die rasende Gier, die aus den Augen der Herzogin starrte. Der Mann, mag er sie im Überschwang erster Leidenschaften auch am eigenen Leibe erfahren haben, vergißt ihrer im weiteren Leben. Ja, er gelangt dahin, solch üppigwuchernde Verzückung — sie ist die einzig mögliche Bezeichnung für derartige unsagbar prächtige Gefühlserkenntnisse — überhaupt zu leugnen. Religiöse Verzückung ist die Torheit des von seinen körperlichen Banden entfesselten Gedankens. In der Liebesverzückung hingegen vereinigen und umschlingen sich die Kräfte der menschlichen Doppelnatur. Gerät eine Frau unter die Tyrannei dieser rasenden Gewalten, dann folgen einander ihre Entschlüsse mit solcher Schnelligkeit, daß es ihr unmöglich wird, sich darüber Rechenschaft zu geben. Gedanken entstehen, einer den andern gebärend, und jagen in wilder Hast zur Seele, gleich den weißen Wölkchen auf dem grünlichgrauen Hintergrund des Gewitterhimmels, die der Sturmwind vor sich hertreibt.

Am Tage nach der Truppenparade befahl die Herzogin ihrem Kutscher und einem ihrer Lakaien, in voller Livree vor das Haus Montriveaus zu fahren und dort die Equipage von acht Uhr früh bis drei Uhr nachmittags halten zu lassen. Der General wohnte in der Rue de Tournon, nur ein paar Schritte von der Pairskammer entfernt, wo an jenem Tage eine Sitzung stattfinden sollte. Allein bevor sich noch die Pairs nach ihrem Sitzungspalast begaben, hatten schon mehrere Leute Wagen und Livree der Herzogin von Langeais erkannt. Der erste war Baron Maulincour, ein junger Offizier, den Antoinette sehr von oben herab zu behandeln pflegte. Er eilte schnurstracks zu der Gräfin Sérizy, die ihn sehr gut leiden mochte, und erzählte ihr, natürlich unter dem Siegel der Verschwiegenheit, was Absonderliches und Törichtes ihm begegnet war. Mit der Schnelligkeit eines Telegramms wurde diese Neuigkeit der klatschlüsternen Gesellschaft des Faubourg Saint-Germain zur Kenntnis gebracht. Sie drang in das königliche Schloß, flog in das Élysée-Bourbon und bot von Mittag bis Abend den ausschließlichen Gesprächsstoff. Die meisten Frauen leugneten die Tatsache, jedoch auf eine Art, daß man erst recht daran glauben mußte. Und die Männer glaubten daran, indem sie der Herzogin das nachsichtigste Interesse bezeugten.

„Dieser Barbar hat einen eisernen Charakter!" sagten die einen, um alle Schuld auf Montriveau zu wälzen, „ohne Zweifel hat er diesen Skandal herausgefordert!"

„Jedenfalls hat die Herzogin die edelste aller Unvorsichtigkeiten begangen!" sagten die andern. „Im Angesichte von ganz Paris eines Verehrers wegen auf Rang, Vermögen und Ansehen zu verzichten, ist ein echt weiblicher Staatsstreich. Jetzt kann sie nur noch Montriveau lieben. Liegt nicht eine gewisse Größe in der Frau, die offen zu verstehen gibt, daß sie nur noch einer Leidenschaft leben will?"

„Aber, aber meine Herren!" entgegnete Gräfin de Granville, „haben Sie denn keine Ehrfurcht vor der Tugend mehr? Was wird aus unserer Gesellschaft, wenn Sie das Laster in dieser Weise ehren?" — Während sich Schloß, Faubourg und Chaussée d'Antin über den Schiffbruch aristokratischer Tugend unterhielten, und während einige junge Herren eifrig zu Pferd stiegen, um sich durch persönlichen Augenschein zu vergewissern, ob sich der Wagen der Herzogin von Langeais tatsächlich vor dem Hause, und demnach ſie ſelbſt in der Wohnung des Marquis de Montriveau befinde, lag Antoinette bebend auf dem Diwan ihres Boudoirs. Armand aber hatte in der vorhergehenden Nacht gar nicht zu Hauſe geſchlafen und ging ſeit dem frühen Morgen mit Herrn de Marſay in den Tuilerien ſpazieren.

Inzwiſchen hatten die Verwandten der Herzogin einander beſucht und für den Nachmittag ein Stelldichein im Palais Langeais verabredet, um Antoinette wegen ihres unglaublichen Verhaltens zu tadeln und ihr die Mittel zu bezeichnen, die dieſem Skandal ſteuern ſollten. Gegen drei Uhr hatten ſich im Salon des Palais Langeais der Herzog von Navarra, der Vidame de Pamiers, die alte Prinzeſſin von Blamont-Chauvry und der Herzog von Grandlieu verſammelt und warteten auf Antoinette. Ihnen und einigen Neugierigen hatte die Dienerſchaft gemeldet, daß ihre Herrin ausgefahren ſei. An dieſem Beſcheide ſollte, nach Weiſung der Herzogin, bei allen Beſuchern ausnahmslos feſtgehalten werden. Dieſe vier Perſönlichkeiten genießen in den Kreiſen der Hochariſtokratie ein ſo hohes Anſehen, daß der Gothakalender ihren Familien alljährlich einen beſonderen Artikel widmet. Sie bedürfen daher einer kurzen Skizze, ohne die dieſes Geſellſchaftsbild unvollſtändig bliebe.

Prinzeſſin Blamont-Chauvry galt in der Frauenwelt als der letzte Reſt an Poeſie aus den Zeiten Louis' des Fünfzehnten, zu deſſen Beinamen ſie im Glanz ihrer Jugendſchönheit, wie man ſagt, ihren redlichen Anteil beigeſteuert hatte. Von ihren früheren Vorzügen war ihr nur eine angenehm auffallende ſchmale, wie ein Türkenſäbel gekrümmte Naſe übrig geblieben. Dies war die Hauptzier eines Geſichts, das eher einem alten weißen Handſchuh glich. Ferner beſaß ſie einige gekräuſelte und gepuderte Haare, Froſtbeulen an den Ferſen, ein Spitzenhäubchen mit Perlenſtickerei, ſchwarze Handſchuhe, an denen die Finger abgeſchnitten waren, und eine vollkommene Selbſtzufriedenheit. Indes, um ihr ganz gerecht zu werden, iſt es erforderlich, noch beizufügen, daß ſie eine überaus hohe Meinung von ihren Ruinen hatte und ſich daher abends dekolletierte und die Wangen mit dem klaſſiſchen Rouge von Martin ſchminkte. In ihren Runzeln lag eine gefürchtete Freundlichkeit, in ihren Augen ein erſtaunliches Feuer, in ihrem Auftreten eine vollendete Würde, auf ihrer Zunge ein Geiſt mit Stacheln und Widerhaken, in ihrem Schädel ein unfehlbares Gedächtnis — kurz, dieſes alte Weib war eine tatſächliche Macht. In ihren pergamentenen Gehirnwindungen waren alle Pergamente des Urkundenarchivs verwahrt. Sie kannte die Stammbäume der europäiſchen Fürſten-, Herzogs- und Grafengeſchlechter bis zu den letzten Zweigen der Zeit Karls des Großen, und ihr entging daher auch die geringfügigſte Titelanmaßung nicht. Junge Herren, die ſich beliebt machen wollten, und junge Frauen überboten einander in huldigenden Beſuchen. Ihr Salon war tonangebend für den ganzen Faubourg Saint-Germain. Die Worte dieſes weiblichen Talleyrand galten als richterliche Urteile. Gar viele erbaten ihre Anſichten und Ratſchläge in Etikettefragen und nahmen bei ihr Unterricht im guten Geſchmack. Gewiß, keine andre alte Dame konnte die Tabaksdoſe ſo in die Taſche ſtecken wie ſie, und wenn ſie ſich niederließ oder die Beine überkreuzte, bewegte ſich ihr Rock mit einer Beſtimmtheit und Anmut, die alle eleganten jungen Frauen zur Verzweiflung brachte. Die Stimme war ihr im letzten Drittel des Lebens in den Kopf gestiegen und, ohne daß sie es verhindern konnte, in die Nase herabgerutscht, was ihr einen merkwürdigen Charakter gab. Und da sie aus Waldungen, die ihr Napoleon zur Entschädigung für ihr einstiges ansehnliches Vermögen großmütig zugestanden hatte, eine Jahresrente von hundertfünfzigtausend Franken bezog, war alles an ihr — Gut und Blut — äußerst beachtenswert.

Im Augenblick saß diese verschrobene Antiquität in dem bequemen Lehnstuhle der Kaminecke und plauderte mit dem Vidame de Pamiers, einer andern zeitgenössischen Ruine. Der vormalige Komtur des Maltheserordens war ein großer, schmächtiger Mann, der den Hals derart einklemmte, daß die zusammengepreßten Wangen über die Halsbinde quollen — eine Haltung, in der sich bei gewissen Leuten eine anmaßende Selbstgefälligkeit verrät, wenn nicht der Geist eines Voltaire sie rechtfertigt. Seine Schlitzaugen schienen alles zu sehen. Sie hatten in der Tat auch alles gesehen. Er trug Watte in den Ohren — kurz, seine Person bot insgesamt ein vollendetes Muster aristokratischer Linien; zarter und feiner, geschmeidiger und angenehmer Linien, die starr oder beweglich sein und sich nach Belieben krümmen und strecken konnten wie eine Schlange.

Der Herzog von Navarra ging mit dem Herzog von Grandlieu im Salon auf und ab. Beide standen im Alter von etwa fünfundfünfzig Jahren, waren rüstig, dick und klein und hatten wohlgenährte, rosige Gesichter mit müden Augen und herabhängenden Unterlippen. Ohne den gewählten Ton ihrer Sprache, ohne die ritterliche Höflichkeit ihrer Manieren und ohne ihre Ungezwungenheit, die zuweilen ganz unvermutet in Grobheit umschlagen konnte, hätte sie ein oberflächlicher Beobachter für Bankiers halten können. Allein jeder Irrtum mußte schwinden, wenn man ſie ſprechen hörte. Bei jenen, die ſie fürchteten, wappneten ſie ſich mit größter Vorſicht und Zurückhaltung. Die Unterhaltung mit ihresgleichen war trocken und hohl. Sprachen ſie aber mit untergeordneten Perſonen, ſo geſchah dies mit der ganzen Hinterliſt der Hofleute und Staatsmänner, die ſich durch ſchwülſtige Liebenswürdigkeit Vertrauen zu erſchleichen und durch unerwartete Schroffheit zu verletzen wiſſen. Sie alle waren Repräſentanten jenes Hochadels, der für ſich leben oder ſterben wollte und ebenſoviel Lob verdient als Tadel. Er wird ſo lange falſch beurteilt werden, bis einſt ein Dichter kommt und ihn beſingt: Wie er, unter dem Beile Richelieus erſterbend, glücklich war, dem König zu gehorchen; wie er unter der Guillotine des Jahres neunundachtzig nichts empfand als die Verachtung vor gemeiner Rache.

Dieſe vier Perſonen zeichneten ſich durch eine hohe Stimme aus, die mit ihren Ideen und ihrem Gebaren in merkwürdiger Harmonie ſtand. Auch ſonſt herrſchte unter ihnen die vollkommenſte Gleichheit. Die bei Hofe erworbene Gewohnheit, jedes Gefühl zu unterdrücken, hinderte ſie ohne Zweifel, ihr Mißvergnügen über den Streich der jungen Verwandten zu äußern. Um zu vermeiden, daß die hier folgende Unterhaltung mißverſtanden werde, ſei daran erinnert, daß Locke ſich einſt in Geſellſchaft engliſcher Edelleute, die ihres Geiſtes, ihrer Manieren und ihrer politiſchen Haltung wegen hochangeſehen waren, boshafterweiſe damit unterhielt, ihre Unterhaltung zu ſtenographieren und ſie zum hellen Lachen brachte, als er ihnen nachher ſeine Aufzeichnungen vorlas und ſie fragte, was man daraus entnehmen könne. In der Tat, die höheren Klassen aller Länder führen eine Sprache, deren Flitterglanz im Schmelztiegel der Literatur oder der Philosophie verschwindend wenig echtes Gold ergibt. Mit Ausnahme einiger Pariser Salons findet der Beobachter in allen Gesellschaftsschichten die gleichen lächerlichen Menschen wieder, die sich ausschließlich durch den Grad der Durchsichtigkeit des äußern Anstrichs unterscheiden. Wahrhaft inhaltsreiche Gespräche bilden seltene Ausnahmen; gewöhnlich führt Beschränktheit das große Wort. So außerordentlich viel man in höheren Gesellschaftskreisen spricht, so wenig denkt man dort. Denken ist ermüdend — und die Reichen sehen das Leben gerne ohne besondere Anstrengung dahinfließen. Das gleiche gilt, wenn man auf der Stufenleiter vom Pariser Gassenjungen bis zum Pair von Frankreich hinaufsteigt und den inneren Kern ihres Humors vergleicht. Der Beobachter begreift dann erst Talleyrands Ausspruch: „Die Manieren sind alles!", der im Grunde genommen nichts andres ist als eine elegante Übersetzung des alten Rechtsgrundsatzes: „Die Form steht über dem Inhalt!" Für den Dichter fällt solcher Vergleich entschieden zum Vorteil der unteren Schichten aus, da diese niemals verfehlen, ihren Gedanken ein herbes, aber poetisches Gepräge zu geben. Dies erklärt vielleicht auch die Unfruchtbarkeit der Salons, ihre innere Leere, ihre Seichtheit, sowie das Widerstreben gebildeterer Leute, dort das Gold ihrer Gedanken gegen wertlose Plattheiten umzuwechseln. — Der Herzog blieb plötzlich stehen, als sei ihm ein glänzender Gedanke gekommen.

„Sie haben also Tornthon verkauft?" fragte er Antoinettens Onkel.

„Nein, er ist krank. Ich hatte Angst, daß er eingeht.

Ich wäre untröſtlich geweſen. So ein ausgezeichnetes Jagdpferd! Wiſſen Sie übrigens, wie es der Herzogin Marigny geht?"

„Nein, ich war heute morgen nicht dort. Ich wollte ſie gerade beſuchen, da kamen Sie und erzählten mir von Antoinette. Aber geſtern ging es ihr ſehr ſchlecht. Ihr Zuſtand iſt hoffnungslos. Man gab ihr ſchon die letzte Ölung."

„Durch ihren Tod werden ſich die Verhältniſſe ihres Vetters ändern?"

„Ach nein. Sie teilte ihr Vermögen ſchon bei Lebzeiten und hat ſich nur eine Jahresrente ausbedungen. Madame de Soulanger, ihre Nichte, der ſie den Fruchtgenuß ihrer Herrſchaft Guébriant ſchenkte, zahlt ſie aus."

„Das wird ein großer Verluſt für die Geſellſchaft ſein. Sie war eine herzensgute Frau. Ihrer Familie wird ſie fehlen; denn ihr Rat und ihre Erfahrung hatten eine gewiſſe Tragweite. Sie war, unter uns geſagt, das Familienoberhaupt. Ihr Sohn, Marigny, iſt ein ſehr netter Menſch. Er hat Witz und kann gut plaudern. Er iſt angenehm, ſehr angenehm. Oh, in dieſer Beziehung iſt gegen ihn nichts einzuwenden. Nur — er weiß ſich einfach nicht zu benehmen. Ja, das iſt ganz außergewöhnlich. Und ein Schlaukopf iſt er! Unlängſt ißt er im Klub mit den ganzen Millionären der Chauſſée d'Antin. Da erblickt ihn Ihr Onkel, der dort bei ſeinem Spielchen ſitzt. Er iſt erſtaunt, Marigny dort anzutreffen, und fragt ihn, ob er denn Mitglied ſei. Marigny antwortet: ‚Ja — ich gehe nicht mehr in Geſellſchaft; ich lebe jetzt mit den Bankiers.' — Und wiſſen Sie warum?" ſchloß er mit den Augen zwinkernd.

„Nein."

„Er hat ſich in eine junge Frau verliebt, in die kleine Keller, die Tochter der Gondrevilles. Sie iſt erſt jung verheiratet und iſt in der Geſellſchaft dort augenblicklich ſehr in Mode.“

„Aber Antoinette langweilt ſich anſcheinend nicht?“ bemerkte der alte Vidame.

„Meine Sympathie für dieſe kleine Frau gibt mir für eine Weile einen gewiſſen Zeitvertreib“, warf die Prinzeſſin ein, während ſie die Tabaksdoſe in die Taſche ſteckte.

„Meine liebe Prinzeſſin,“ entgegnete der Herzog ſtehenbleibend, „ich bin ehrlich verzweifelt. Nur ein Mann wie Napoleon iſt imſtande, von einer untadeligen Frau derartige Taktloſigkeiten zu fordern! Antoinette hätte, unter uns geſagt, auch Geſcheiteres tun können!“

„Mein Lieber,“ antwortete die Prinzeſſin, „die Montriveaus ſind eine alte Familie mit ſehr guten Beziehungen. Sie ſind mit dem ganzen Hochadel von Burgund verwandt. Wenn die Rivaudoults d'Arſchoot von der Linie Dulmen in Galizien ausſterben, dann ſind die Montriveaus die Erben des Titels und Vermögens der Arſchoots. Sie erben nach ihren Urgroßeltern.“

„Sind Sie deſſen ſicher?“

„Ich weiß es beſſer als der Vater von ihm, den ich oft ſah und dem ich es erzählt habe. Obwohl er Ordensritter war, lachte er darüber: Er war ein Enzyklopädiſt! Aber ſein Bruder hat während der Emigration großen Nutzen daraus gezogen. Ich hörte, daß ihm ſeine galiziſchen Verwandten ſehr geholfen haben ...“

„Ja, ſicher!“ verſetzte der Vidame. „Der Graf Montriveau iſt in Petersburg geſtorben. Ich traf dort mit ihm zuſammen. Er war ein dicker Menſch,

der eine ganz unglaubliche Vorliebe für Austern hatte."
„Wie viele aß er denn?" fragte der Herzog von Grandlieu.
„Zehn Dutzend täglich."
„Und ohne Magenbeschwerden zu bekommen?"
„Ja — nicht im geringsten!"
„So — das ist aber merkwürdig! Und Gallensteine, oder Gicht, oder sonst etwas, auch nicht?"
„Nein – es bekam ihm ausgezeichnet. Er starb nur durch Zufall."
„Durch Zufall! Die Natur hat ihm eben geraten, Austern zu essen. Sie waren für seine Gesundheit wahrscheinlich notwendig. Denn bis zu einem gewissen Grade gehört unser vorherrschender Geschmack zu unsern Lebensbedingungen."
„Ganz Ihrer Meinung!" sagte die Prinzessin lächelnd.
„Sie, Prinzessin, hören natürlich immer nur mit boshaften Ohren!"
„Ich will Ihnen nur begreiflich machen, daß derartige Reden von einer lebenslustigen jungen Frau leicht mißverstanden werden können!" versetzte sie.
„Ich kann noch immer nicht glauben, daß Antoinette zu Montriveau gegangen ist!" sagte der Herzog von Navarra.
„Hm!" machte die Prinzessin.
„Wie denken Sie darüber, Vidame?" fragte der Herzog von Grandlieu.
„Wenn die Herzogin einfältig wäre, dann würde ich annehmen . . ."
„Aber, mein guter Vidame, eine Frau, die liebt, ist immer einfältig! Sie werden alt, mein Lieber!"
„Schon recht — aber was tun?" rief der Herzog aus.
„Wenn meine liebe Nichte nicht auf den Kopf gefallen

ist," gab die Prinzessin zur Antwort, „dann erscheint sie heute abend bei Hofe. Da wir heute zum Glück Montag haben, ist Empfang. Ihr sollt sehen, wie schnell dieses lächerliche Gerücht von der Bildfläche verschwindet! Es gibt eine Unzahl von Mitteln, um eine Erklärung dafür zu geben. Und wenn Montriveau ein galanter Mann ist, hilft er uns dabei. Wir werden die Kinder schon zur Vernunft bringen ..."

„Aber es ist schwer, liebe Prinzessin, gegen Montriveau anzukämpfen. Er ist ein Schüler Bonapartes und hat eine Stellung. Und mehr noch: Er ist der Held des Tages, hat ein wichtiges Kommando bei der Garde, wo er sich sehr nützlich macht. Dabei hat er nicht den geringsten Ehrgeiz. Beim ersten Wort, das ihm mißfällt, ist er imstande und sagt dem König: „Hier mein Abschied, und nun lassen Sie mich in Ruhe! ..."

„Und seine Gesinnung?"

„Miserabel!"

„Ja, ja," bemerkte die Prinzessin, „der König bleibt, was er von Anfang an war: ein Jakobiner mit bourbonischen Lilien!"

„Aber ein gemäßigter!" fügte der Vidame hinzu.

„Nein, nein — ich kenne ihn schon lange. Sie wissen doch, was er sich leistete, als seine Frau der ersten Hoftafel beiwohnte. Er wies mit einer Handbewegung auf die Hofgesellschaft und sagte nur: ‚Das sind unsre Diener!' Ein Mann, der so etwas Unglaubliches zuwege bringt, kann nur ein ausgemachter Wüterich sein. Er ist unserm Monsieur aus dem Gesicht geschnitten. Mag sich der üble Bruder nun mit den Liberalen abfinden, nachdem er in der konstituierenden Versammlung so schlecht wählte! Mag er sie reden und sich herumstreiten lassen! Der scheinheilige Philosoph wird für seinen jüngern Bruder ebenso gefährlich werden, wie er es für den ältern war. Denn ich weiß nicht, ob es ſeinem Nachfolger gelingen wird, ſich aus all den Verlegenheiten zu ziehen, die ihm dieſer große Mann mit dem kleinen Gehirn jetzt einbrockt! Übrigens kann er ihn nicht ſchmecken und wird glücklich ſein, daß er ſich beim Sterben ſagen kann: ‚Du wirſt auch nicht lange regieren!' . . ."

„Es iſt unſer König, Prinzeſſin! Ich habe die Ehre, ihm zu dienen, und . . ."

„Aber, mein Lieber, das hat doch damit nichts zu tun! Sie ſind aus ebenſo gutem Hauſe wie die Bourbonen. Hätten die Guiſen nur ein bißchen mehr Entſchlußkraft beſeſſen, ſo wäre Seine Majeſtät heute ein armer Edelmann! Ein Glück, daß ich dieſe Welt beizeiten verlaſſe! Der Adel hat ausgelebt. Ja, für euch iſt alles verloren, Kinder!" ſeufzte ſie mit einem Blick auf de Pamiers. „Soll das Benehmen meiner Nichte die ganze Stadt beſchäftigen? Ich gebe zu, daß ſie im Unrecht iſt; ein unnützer Skandal iſt entſchieden ein Fehler. Aber ich zweifle immer noch, daß ſie ſo taktlos geweſen ſein könnte. Ich habe ſie erzogen, und ich weiß . . ."

Im dieſem Augenblick trat Antoinette aus ihrem Boudoir. Sie war im Morgenkleid. Gerade als ſie erſchien, machte der Herzog von Grandlieu, der gleichgültig zum Fenſter hinausſah, zu ſeiner größten Überraſchung die Wahrnehmung, daß der Wagen ſeiner Nichte, doch ohne Antoinette, in das Palais Langeais zurückkehrte.

„Mein liebes Kind," begrüßte ſie ihr Vater, indem er ihren Kopf zwiſchen die Hände nahm und ſie auf die Stirne küßte, „du weißt offenbar nicht, was vorgefallen iſt?"

„Was iſt denn vorgefallen, Vater?"

„Aber — ganz Paris glaubt, du ſeiſt bei dem Marquis de Montriveau!“

„Nicht wahr, mein liebes Kind, du warſt nicht dort?“ fiel die Prinzeſſin ein und ſtreckte ihr die Hand entgegen, die Antoinette mit zärtlicher Ehrfurcht küßte.

„Nein, liebſte Tante, ich war nicht dort!“ ſagte ſie lächelnd. Dann wandte ſie ſich grüßend zu den Herren und fuhr fort: „Allein, ich wollte, daß ganz Paris glaube, ich ſei zu Montriveau gegangen.“

Der Herzog hob verzweifelt die Hände zum Himmel: „Aber — du weißt alſo offenbar nicht, was aus dieſem unüberlegten Streich folgen wird?“

Die alte Prinzeſſin hatte ſich inzwiſchen ſo ſchnell, als es ihre Ferſen zuließen, erhoben und ſah ihre Nichte mit einem prüfenden Blick an. Antoinette ſchlug errötend die Augen nieder. Die Prinzeſſin zog ſie ſanft an ſich und ſagte:

„Laß mich dich küſſen, mein Engelchen!“

Sie gab ihr einen ſehr liebevollen Kuß auf die Stirne, drückte ihr die Hand und fuhr lächelnd fort:

„Wir ſind nicht mehr unter den Valois, mein liebes Kind! Du haſt dich und deinen Gatten kompromittiert. Nun — wir wollen beraten, um alles wieder gutzumachen!“

„Aber, liebſte Tante, ich will gar nichts gutmachen! Im Gegenteil: Ganz Paris ſoll wiſſen oder ſagen, daß ich heute morgen bei Montriveau war! Wer dieſen Glauben zerſtört, ſchadet mir über alle Maßen.“

„Willſt du dich denn zugrunde richten, Antoinette?“ verſetzte der Herzog von Navarra, „willſt du deine Familie betrüben?“

„Als mich die Familie ihren Intereſſen opferte, da hat ſie mich unbewußt zu einem Unglück verdammt, das nicht wieder gutzumachen iſt. Du darfſt mich schelten, Vater, daß ich es mir zu versüßen suche. Aber du wirst mich gewiß auch bedauern."

„Da gibt man sich nun unendliche Mühe, seine Tochter gut unterzubringen!" flüsterte er dem Vidame de Pamiers zu.

„Mein Kleinchen," entgegnete die Prinzessin, indem sie ein paar Tabakkrümel vom Rocke schüttelte, „sei glücklich, wenn du kannst! Es handelt sich nicht darum, dir dein Glück zu trüben, sondern darum, es mit den Sitten unsrer Kreise in Einklang zu bringen! Wir alle hier wissen, daß die Ehe eine mangelhafte Einrichtung ist und daß nur Liebe sie erträglich macht. Gut, nimm dir einen Geliebten! Aber es ist doch dann unnötig, dein Bett auf dem Marktplatz aufzuschlagen! Also, Spaß beiseite, du mußt ein bißchen vernünftig sein und auf uns hören!"

„Ich höre!"

„Liebe Herzogin," begann der Herzog von Grandlieu, „es wäre sehr schön, wenn alle Onkel verpflichtet wären, ihre Nichten zu behüten. Sie hätten dann einen Beruf, und die Gesellschaft würde sie mit Ehren, Gehältern und Geschenken überhäufen. Ich bin nicht hergekommen, um mit Ihnen von meinem Neffen zu sprechen, sondern von Ihren eigenen Interessen. Überlegen wir ein bißchen, liebe Herzogin! Wenn Sie es auf einen Skandal ankommen lassen — na, ich kenne Langeais und kann nicht behaupten, daß er mir besonders sympathisch ist! Mein Neffe ist geizig und selbstsüchtig wie der Teufel. Er läßt sich von Ihnen scheiden, behält Ihr Vermögen und Sie bleiben arm und verlieren alles Ansehen. Mit den hunderttausend Franken Rente, die Sie kürzlich von Ihrer Großtante mütterlicherseits geerbt haben, wird er seine Mätressen bezahlen, Ihnen dagegen sind durch das Geſetz die Hände gebunden, und Sie dürfen zu dem Vergleiche nichts als Ja und Amen ſagen. Und wenn Montriveau Sie ſitzen läßt? . . . Mein Gott, wir wollen darüber nicht in Hitze geraten, liebe Herzogin! Jung und ſchön, wie Sie ſind, läßt Sie kein Mann ſitzen. Aber wir haben ſchon ſo viel hübſche ſitzengelaſſene Frauen geſehen, ſogar Prinzeſſinnen, daß Sie mir dieſe Vorausſetzung ſchon geſtatten müſſen. Und was wird dann aus Ihnen — ohne Gatten? Erhalten Sie ſich alſo Ihren Gatten, wie Sie ſich Ihre Schönheit zu erhalten ſuchen, die ja ſchließlich für die Frau ebenſogut ein Fallſchirm iſt wie ein Gatte. Aber ich will nun annehmen, Sie ſeien glücklich geliebt, und es käme ein unglückliches Ereignis gar nicht in Betracht. Dabei werden Sie das Glück oder beſſer geſagt das Unglück haben, Kinder zu bekommen. Was ſoll aus ihnen werden? Kleine Montriveaus? Nun — das Vermögen ihres Vaters werden ſie jedenfalls nicht erben! Du lieber Gott, nichts iſt natürlicher, als daß Sie ihnen Ihr Vermögen hinterlaſſen möchten — und er ihnen auch. Aber Sie werden ſehen, daß Sie das Geſetz gegen ſich haben! Was habe ich an Prozeſſen rechtmäßiger Erben gegen Kinder der Liebe nicht ſchon alles mitgemacht! Die Gerichte der ganzen Welt ſind voll davon! Sie werden alſo verſuchen, zu irgend einem Fideikommiß Zuflucht zu nehmen. Gut! Doch wenn Sie die Perſon, die Sie ins Vertrauen ziehen, ſchamlos betrügt, ſchert ſich kein Richter drum, und Ihre Kinder ſind ruiniert! Überlegen Sie alſo gut! Sehen Sie nun, in welch peinliche Verlegenheiten Sie ſich ſtürzen wollen? So oder ſo: Ihre Kinder werden notwendig das Opfer Ihrer Herzenslaunen und bleiben von allen Standesvorrechten ausgeſchloſſen! Mein Gott, ſolange ſie klein ſind, iſt dies ja gleichgültig. Aber es kommt der Tag, an dem ſie Ihnen vorwerfen, mehr an ſich gedacht zu haben als an ſie. Wir kennen all dies, wir alten Herren. Aus Kindern werden Männer — und Männer ſind undankbar. Hörte ich doch mit meinen eigenen Ohren, wie der junge Horn eines abends in Deutſchland ſagte: ‚Wenn meine Mutter eine ehrbare Frau geblieben wäre, dann wäre ich heute regierender Fürſt!' — Ach, dieſes ‚Wenn!', das hörten wir unſer ganzes Leben lang zu Nichtadligen ſagen; dieſes ‚Wenn!' hat uns zur Revolution geführt! Kann der Menſch weder Vater noch Mutter anklagen, dann hadert er mit Gott über ſein verfehltes Geſchick. Wir kamen hierher, um Sie aufzuklären, mein liebes Kind. Nun denn, ich faſſe meine Worte in einen Spruch zuſammen, den Sie bedenken ſollten: ‚Die Frau darf dem Gatten nie recht geben!'"

„Lieber Onkel," entgegnete Antoinette, „ich habe ſo viel bedacht, daß ich zu lieben vergaß. Wie Sie, ſo ſah auch ich Intereſſen dort, wo es für mich nur mehr Gefühle gibt!"

„Aber, meine liebe Kleine," warf der Vidame ein, „das ganze Leben iſt nur eine Verquickung von Intereſſen und Gefühlen! Um glücklich zu ſein, muß man trachten, ſeine Gefühle mit ſeinen Intereſſen in Einklang zu bringen. Namentlich in deiner Lage! Mag ein Griſettchen ſich zur Liebe ſtellen, wie es wolle; das iſt begreiflich. Du aber haſt ein hübſches Vermögen, haſt eine Familie, einen Titel, eine Hofwürde — dies alles wirft man doch nicht zum Fenſter hinaus! Doch, um zu einem alle Teile befriedigenden Vergleich zu kommen: Was fordern wir denn Großes von dir? Die Geſetze der Schicklichkeit geſchickt zu drehen, anſtatt ſie ganz öffentlich zu ver-

letzen! Nichts weiter! Mein Gott, ich bin bald achtzig, aber ich entsinne mich nicht, jemals eine Liebe angetroffen zu haben, die den Preis wert ist, den du für diesen jungen Glückspilz zahlen willst!"
Antoinette gebot dem Vidame mit einen Blicke Schweigen. Hätte Montriveau sie in diesem Augenblicke sehen können, er hätte ihr alles verziehen...
„Das wäre ein schöner Knalleffekt!" bemerkte der Herzog von Grandlieu, „doch was bedeutet er, wenn es sich um Ihr persönliches Vermögen, um Ihre Stellung und Unabhängigkeit handelt! Sie sind nicht dankbar, liebe Nichte! Sie werden nicht viele Familien finden, in denen die Verwandten mutig genug sind, ihre Lebenserfahrung aufzubieten, um jungen verdrehten Köpfen Vernunft zu predigen. Verzichten Sie im Handumdrehen auf Ihr Seelenheil, wenn Ihnen die Hölle mehr Spaß macht! Ganz einverstanden! Aber überlegen Sie gut, wenn es sich um einen Verzicht auf die Rente handelt! Ich kenne keinen Beichtvater, der Sie von Armut losspricht. Ich darf wohl das Recht für mich beanspruchen, in dieser Art zu Ihnen zu sprechen. Denn wenn Sie sich ins Verderben stürzen, wäre ich der einzige, der Ihnen ein Asyl bieten könnte. Als Onkel von Langeais hätte ich allein das Recht, ihm unrecht zu geben."
„Liebe Antoinette," sagte der Herzog von Navarra, aus schmerzlichem Nachsinnen erwachend, „da du von Gefühlen sprichst, darf ich dich wohl darauf hinweisen, daß eine Frau, die deinen Namen trägt, sich andre Gefühle schuldig ist als die gewöhnlicher Leute. Willst du denn den Liberalen in die Hände spielen? Diesen Jesuiten Robespierres, die den Adel unablässig beschimpfen? Es gibt gewisse Dinge, die eine Navarra

nicht tut, ohne ſich gegen ihr ganzes Haus zu vergehen. Nicht dich allein träfe die Schmach!"

„Nun hört aber auf, Kinder!" unterbrach die Prinzeſſin. „Macht doch um Himmelswillen nicht ſoviel Aufhebens wegen der Spazierfahrt eines leeren Wagens und laßt mich mit Antoinette allein! Ihr kommt dann alle drei zu mir eſſen! Ich nehme es auf mich, die Sache einzurenken. Ihr Männer verſteht ja doch nichts davon. Ihr legt ſchon Bitterkeit in eure Worte, und ich will nicht, daß ihr euch mit meiner lieben Nichte verzankt. Tut mir alſo den Gefallen und laßt uns allein!"

Die Herren errieten offenbar die Abſichten der Prinzeſſin und verabſchiedeten ſich. Der Herzog küßte ſeine Tochter auf die Stirne und ſagte ihr:

„Geh, Kind, ſei klug! Es iſt noch Zeit dazu, wenn du nur willſt!"

„Könnten wir in unſrer Familie nicht irgendeinen guten Jungen finden, der mit Montriveau Streit ſucht?" ſagte der Vidame, als er mit den beiden Herzögen die Treppe hinunterging. —

„Mein Liebling," begann die Prinzeſſin, indem ſie Antoinette zu ſich heranwinkte und ſie einlud, ſich auf einen Schemel ihr zu Füßen niederzulaſſen, „ich weiß nicht, was auf dieſer Welt mehr verleumdet wird als Gott und das achtzehnte Jahrhundert. Denn laſſe ich meine Jugend an mir vorbeirollen, ſo erinnere ich mich nicht, daß auch nur e i n e Herzogin den Anſtand ſo mit Füßen getreten hätte, wie du es heute getan haſt. Die Romanſchreiber und Zeitungsſchmierer ſchimpfen auf Zeit und Regierung Louis' des Fünfzehnten. Laß dir doch, um Himmelswillen, nichts einreden! Mein liebes Kind, die Dubarry war eine gutherzige Perſon und hundertmal mehr wert als die Witwe Scarron! Zu meiner Zeit verſtanden es eben die Frauen, bei aller Galanterie ihre Würde zu wahren. Die Klatſchereien haben uns zugrunde gerichtet. Daher kommt das ganze Übel. Die Philoſophen, dieſes unanſtändige, undankbare Pack von Nichtstuern, hat zum Dank dafür, daß wir ſie in unſre Salons aufnahmen, jeden Winkel unſres Herzens durchſchnüffelt, um uns einzeln und zuſammen in Verruf zu bringen und gegen das ganze Zeitalter zu wettern. Das Volk, das weiß Gott nicht geeignet iſt, über irgend jemanden zu urteilen, ſah mit einemmal den Grund der Dinge, ohne die Form zu ſehen. Aber in jenen Zeiten, meine Liebe, waren Mann und Frau ſicherlich ebenſoviel wert wie in irgendeiner andern Epoche der Monarchie. Nicht einer eurer Werther, nicht einer eurer ſogenannten Honoratioren, nicht einer eurer Männer mit hellen Handſchuhen und mit langen Hoſen, hinter denen ſie ihre dürftigen Beine verbergen — nicht ein einziger würde, als Hauſierer verkleidet, Europa durchqueren, um ſich, mit eigener Lebensgefahr und ohne Furcht vor den Dolchen des Herzogs von Modena, im Ankleidezimmer der Tochter des Regenten einzuſchleichen! Nicht einer eurer kleinen, ſchwindſüchtigen Männer mit Schildpattbrillen würde ſich, wie Lauzun, ſechs Wochen lang in einen Schrank einſchließen laſſen, um ſeiner Geliebten während der Entbindung Mut zuſprechen zu können! De Jaucourt hatte im kleinen Finger mehr Leidenſchaft als die ganze Bande von rechthaberiſchen Zänkern, die um Geſetzreformen herumſtreiten und ihre Frauen ſich ſelbſt überlaſſen! Zeige mir doch einen Pagen, der ſich heute noch zerhacken und unter den Fußboden begraben ließe, weil er den behandſchuhten Finger einer Kö-

nigsmark küſſen will! Nein, wahrhaftig, mir ſcheint, die Rollen ſind heutzutage vertauſcht, und die Frauen müſſen ſich für die Männer opfern. Die Männer von heute ſind weniger wert und ſchätzen ſich höher ein! Glaube mir, mein Herz, früher wurden all die Abenteuer ſtreng geheimgehalten. Jetzt ſind ſie bekanntgeworden, und man ſchmiedet aus ihnen Waffen, um unſern guten Louis den Fünfzehnten noch nachträglich hinzumorden. Ohne den Haufen von Dichterlingen und Sittlichkeitsapoſteln, die unſre Kammerzofen aushielten und ihre Verleumdungen niederſchrieben, hätte unſre Zeit buchſtäblich Sitten. Möglich, daß zu meiner Zeit hundert Frauen unſres Standes entgleiſt ſind. Aber das Pack hat für die hundert Frauen Tauſende geſetzt; ſo wie die Zeitungen es machen, wenn ſie die Zahl der gefallenen Feinde angeben. Übrigens weiß ich wahrlich nicht, was uns Revolution und Kaiſerzeit vorwerfen könnten? Das waren wirklich liederliche, geiſtloſe, derbe Zeiten! Pfui, mein ganzes Inneres empört ſich dagegen. Sie ſind die Schandflecke unſerer Geſchichte!"
Die Prinzeſſin machte eine kurze Pauſe und fuhr dann fort:
„Nach dieſer Einleitung, mein liebes Kind, will ich dir nun ſagen, daß es dir frei ſteht, Montriveau zu lieben, wenn er dir gefällt, und ihn ſoviel zu lieben, wie du kannſt. Ich für meinen Teil weiß aus Erfahrung, daß du tun wirſt, was dir Spaß macht, und das hätte ich in deinem Alter auch getan. (Vorausgeſetzt nämlich, daß man dich nicht einſperrt; aber heutzutage ſperrt man nicht mehr ein.) Nur — mein Liebling, hätte ich nie und nimmer auf das Recht verzichtet, Herzoge von Langeais in die Welt zu ſetzen. Alſo benimm dich, wie es ſich gebührt! Der Vidame

hat ganz recht: Kein Mann ist auch nur eins der Opfer wert, die wir so dumm sind, für ihre Liebe zu zahlen. Stelle dich also auf den Machtstandpunkt, wenn du das Unglück hast, zu bereuen, daß du noch die Gemahlin des Herzogs von Langeais bist! Wenn du einmal alt bist, wirst du sehr zufrieden sein, daß du die Messe in der Hofkapelle hören kannst, anstatt in irgendeinem Provinzkloster. Zuguterletzt dreht sich's ja um nichts andres. Eine Unvorsichtigkeit von deiner Seite ist gleichbedeutend mit Kaltstellung, mit einem verpfuschten Leben. Das heißt, sich dem Geliebten auf Gnade und Ungnade ausliefern; das ist ewiger Verdruß mit Frauen, die nicht an dich heranreichen und dich trotzdem von oben herab ansehen, weil sie schlauer und durchtriebener waren als du. Es wäre tausendmal gescheiter, abends in einer Droschke maskiert zu Montriveau zu fahren, als deinen Wagen am hellichten Tage vor sein Haus zu schicken. Du bist ein kleines Dummchen, Liebling! Dein Wagen schmeichelt bloß seiner Eitelkeit — du selbst hättest sein Herz gewonnen. Ich sage dir nur, was wahr und richtig ist, aber ich bin dir durchaus nicht böse. Du kommst mit deiner Seelengröße um zweihundert Jahre zu spät. Geh, sei vernünftig und laß uns deine Angelegenheiten in Ordnung bringen! Wir werden einfach sagen, Montriveau habe deine Leute bestochen, um seiner Eitelkeit zu fröhnen und dich zu kompromittieren ..."

„Um Gotteswillen, Tante, verleumde ihn nicht!" rief die Herzogin erregt.

„Ach, mein liebes Kind," versetzte die Prinzessin, deren Blick sich neu belebte, „ich wünschte, die Illusionen, in denen du lebst, brächten dir keinen Schaden! Aber jede Illusion geht einmal zu Ende. Wäre ich jünger — du könntest mich weich machen. Geh, sei gescheit und mache uns keinen Kummer; nicht uns und nicht ihm! Ich nehme es auf mich, alle Welt zufriedenzustellen. Aber versprich mir, in Hinkunft keinen Schritt zu unternehmen, bevor du mich um Rat fragst! Erzähle mir alles; vielleicht kann ich es zum Guten wenden!"

„Liebe Tante, ich verspreche dir . . ."

„Mir alles zu sagen?"

„Ja — alles! . . . Alles, was sich sagen läßt."

„Aber liebstes Herzchen, gerade das, was sich nicht sagen läßt, will ich wissen! Versteh mich recht! Geh, laß mich meine welken Lippen auf deine schöne Stirne drücken! Nein, laß mich machen — ich verbiete dir, meine alten Knochen zu küssen. Alte Leute haben ihre eigene Höflichkeit . . . Komm und führe mich an meinen Wagen!" schloß die Prinzessin, nachdem sie ihre Nichte umarmt hatte.

„Also ich kann verkleidet zu ihm gehen, Tante?"

„Aber natürlich — so etwas läßt sich dann immer ableugnen," erwiderte die Alte. —

Dies war der einzige Gedanke, den Antoinette in der Predigt ihrer einstigen Erzieherin klar durchschaut hatte. Als die Prinzessin im Wagen saß, machte ihr Antoinette eine anmutige Verbeugung und ging ganz glücklich wieder in ihr Haus zurück.

„Ich hätte sein Herz gewonnen! . . . Sie hat ganz recht, die gute Tante! Ein Mann kann sich einer hübschen Frau unmöglich versagen; sie muß nur verstehen, sich richtig anzubieten!" —

Am gleichen Abend fanden sich die Herzöge von Navarra, von Grandlieu und von Maufrigneuse, sowie der Vidame de Pamiers im Kreise der Herzogin von Berri ein, und es gelang ihren vereinten Bemühungen, die beleidigenden Gerüchte, die über die Herzogin von Langeais umliefen, siegreich zu zerstreuen. Und da überdies mehrere Offiziere und andre Personen bezeugten, Montriveau im Laufe des Vormittags auf einem Spaziergang in den Tuilerien gesehen zu haben, so setzte man den unsinnigen Klatsch auf Rechnung des Zufalls, der ja alles auf sich nimmt, was man ihm anhängt. Mithin war der Ruf der Herzogin von Langeais, trotz dem befremdlichen Halteplatz ihrer Equipage, wieder so rein und unantastbar wie Mambrins Helm, nachdem ihn Sancho blankpoliert hatte. Nur — als am darauffolgenden Nachmittag Montriveau und de Ronquerolles einen Spazierritt durch die entlegenen Alleen des Bois de Boulogne unternahmen, da fragte dieser den General mit spöttischem Lächeln:

„Und deiner Herzogin geht es gut?"

„Noch und immer!" antwortete Montriveau und versetzte seiner Stute einen Hieb mit der Reitpeitsche, daß sie dahinflog wie eine Flintenkugel. —

Zwei Tage nach ihrem überflüssigen Skandal schrieb Antoinette an den Geliebten wieder einen Brief, der gleich den vorangegangenen unbeantwortet blieb. Diesmal hatte sie ihre Vorsichtsmaßregeln getroffen und August, Montriveaus Kammerdiener, bestochen. Dieser führte sie gegen acht Uhr abends in ein Zimmer seines Herrn, das jedoch ganz anders aussah als jenes, worin sich der geheimgebliebene Auftritt abgespielt hatte. Die Herzogin erfuhr, daß der General nicht nach Hause kommen würde. Hatte er etwa zwei Wohnungen? Der Diener wollte darauf nicht antworten. Die Herzogin hatte wohl den Schlüssel zu diesem Zimmer, nicht aber die ganze Rechtschaffenheit jenes Menschen erkaufen können.

Der Diener zog ſich zurück. Sie war allein. Da erblickte ſie plötzlich auf einem Ecktiſchchen die vierzehn Briefe, die ſie Armand geſchrieben hatte. Sie waren geſchloſſen, die Siegel nicht erbrochen. Er hatte ſie alſo gar nicht geleſen! Bei dieſer Wahrnehmung ſank Antoinette in einen Lehnſtuhl und verlor für geraume Zeit das Bewußtſein. Als ſie wieder zu ſich kam, ſtand Auguſt vor ihr und hielt ihr ein Riechfläſchchen unter die Naſe.

„Einen Wagen — ſchnell!" bat ſie.

Nach der Ankunft des Wagens ſtieg ſie mit krampfartiger Haſt die Treppen hinunter, kehrte heim, legte ſich zu Bett und befahl, niemanden bei ihr einzulaſſen. Sie blieb vierundzwanzig Stunden liegen und duldete auch ihre Zofe nur um ſich, wenn ſie nach einer Taſſe Orangenblütentee verlangte. Dann hörte Suzette die Herrin leiſe ſchluchzen und ſah wohl auch Tränen in ihren fieberglänzenden, blauumränderten Augen ſtehen.

Tags darauf hatte die Herzogin eine Beſprechung mit ihrem Anwalt, den ſie offenbar mit gewiſſen vorbereitenden Maßnahmen betraute. Dann ließ ſie den alten Vidame de Pamiers holen und ſchrieb, während ſie auf den Komtur wartete, nochmals an Montriveau. Als ihr Großonkel gegen zwei Uhr nachmittags bei ihr eintrat, fand er ſie ſehr blaß und traurig, aber gefaßt. Niemals war dieſes himmliſche Geſchöpf poetiſcher geweſen als in dieſer Stunde, da ſie vor Liebesſehnen zu verſchmachten ſchien.

„Mein lieber Onkel," begann ſie, „es ſind deine achtzig Jahre, die dir zu dieſem Stelldichein verhelfen! Oh, ich flehe dich an, lächle nicht über mich armes Weib, das am Gipfel ſeines Leides ſteht! Du biſt ein galanter Mann, und ich hoffe, die Abenteuer deiner

Jugend bewirken, daß du für die Frauen ein wenig Nachsicht empfindest!"

„Nicht die geringste!" entgegnete er.

„Wirklich?"

„Frauen sind mit allem glücklich."

„Ach — doch gleichviel: Du bist die Seele unsrer Familie und vielleicht der letzte Verwandte, der letzte Freund, dem ich die Hand drücke. Ich darf dich daher wohl um deine guten Dienste bitten. Es handelt sich um einen Gefallen, den du mir leisten sollst, und den ich weder von meinem Vater, noch von meinem Onkel Grandlieu, noch von irgendeiner Frau erbitten würde. Du dürftest mich verstehen. Ich beschwöre dich, hilf mir und vergiß, daß du mir geholfen hast, wie immer auch deine Bemühungen ausfallen mögen! Es handelt sich darum, daß du mit diesem Briefe hier zu Montriveau gehst, ihm den Brief zeigst und ihn bittest — so wie ein Mann den andern um etwas zu bitten weiß, denn Ihr habt, wenn Ihr unter Euch seid, eine Rechtschaffenheit und Offenheit, die Euch im Verkehr mit uns Frauen abgeht — daß er meinen Brief lese. Doch nicht in deinem Beisein! Männer verbergen einander gewisse Herzensregungen. Ich ermächtige dich ausdrücklich, ihn zu einer Entscheidung zu bringen und ihm, wenn du es für notwendig erachtest, zu erklären, daß es sich dabei für mich um Leben und Sterben handelt. Wenn er die Güte hat ..."

„Die Güte?" rief der Komtur verwundert.

„Wenn er die Güte hat, ihn zu lesen," fuhr die Herzogin unbeirrt fort, „dann sage ihm nur noch eines: Du wirst ihn um fünf Uhr besuchen. Er ist heute zu dieser Stunde bei sich zu Hause; ich weiß es. Also — statt aller Antwort soll er mich besuchen kommen!

Wenn er drei Stunden ſpäter, wenn er um acht Uhr noch nicht aus ſeiner Wohnung fortgegangen ſein ſollte, ist damit für mich alles geſagt. Dann verſchwindet die Herzogin von Langeais aus dieſer Welt. Nein, lieber Onkel, ich werde nicht tot ſein. Aber keine Macht der Erde findet mich dann jemals wieder. Komm zum Eſſen zu mir — dann habe ich wenigſtens einen Freund, der mir in meinen letzten Nöten beiſteht. Ja, lieber Onkel, heute abend entſcheidet ſich mein Leben. Und was auch geſchehe, es wird immer in hellen Flammen lodern und — ſchmerzen. Nun geh! Kein Wort mehr! Ich will nichts von Einwänden, nichts von Ratſchlägen hören."

Sie ſtreckte ihm zum Abſchied die Hand entgegen, die er feierlich küßte.

„Wenn du wiederkommſt, wollen wir plaudern und luſtig ſein wie zwei greiſe Philoſophen, die das Leben bis zu dem Augenblick des Todes genießen. Ich werde mich für dich ſchmücken und ſo kokett zu dir ſein, wie ich kann. Vielleicht biſt du der letzte Mann, der die Herzogin von Langeais geſehen haben wird!"

Ihr Großonkel nahm den Brief an ſich, verabſchiedete ſich mit ſtummem Gruß und entledigte ſich ſeines Auftrags. Als er um fünf Uhr wiederkam, war Antoinette wie zu einem Feſte gekleidet und ſah entzückend aus. Überall im Salon ſtanden Blumen, das Eſſen war vortrefflich, und die Herzogin ließ für ihren greiſen Gaſt allen Glanz ihres Geiſtes leuchten. Der Komtur hielt all dies zunächſt für einen Scherz der jungen Frau. Aber nach und nach verblaßte der falſche Zauber verführeriſcher Fröhlichkeit, und er ſah, wie Antoinette öfters unter einem jähen Schrekken zuſammenfuhr. Dann wieder ſchien ſie angeſtrengt in das abendliche Schweigen der Stadt hin-

auszulauſchen. Und fragte er ſie, was ſie habe, ſo antwortete ſie nur mit einem angſterfüllten Blick, der um Schweigen flehte. –
Um ſieben Uhr verließ die Herzogin den Alten und kehrte nach einer Weile in einem ganz einfachen Reiſekleid zu ihm zurück. Man hätte ſie für ein Kammermädchen halten können. Sie bat um den Arm ihres Gaſtes und beſtieg in ſeiner Begleitung eine Droſchke. Um dreiviertel acht langten ſie vor dem Haustore des Generals an, der in der Zwiſchenzeit über Antoinettens Brief nachgeſonnen hatte. Dieſer lautete:

Mein lieber Freund, ich weilte einige Augenblicke in Deiner Wohnung, ohne daß Du davon wußteſt. Dort nahm ich meine Briefe wieder an mich. Ach, Armand, zwiſchen uns beiden kann es keine Gleichgültigkeit geben. Und Haß? Der äußert ſich anders! Wenn Du mich liebſt, ſo mache dem grauſamen Spiel ein Ende! Du töteſt mich damit, und es würde Dich ſpäter gereuen, wenn Du erführeſt, wie ſehr Du geliebt wurdeſt! Doch habe ich Dich unſeligerweiſe recht verſtanden, und empfindeſt Du nur Abneigung für mich, dann gebe ich alle Hoffnung auf. Denn Abneigung führt zu Verachtung und zu Ekel, und kein Mann überwindet jemals derartige Gefühle. Wie furchtbar dieſer Gedanke für mich auch ſein mag, er bringt mir Troſt in endlos langem Leid. Denn er ſchützt Dich davor, daß Du eines Tages Reue empfinden könnteſt. Reue, Armand! Oh, daß ich ſie nicht kennen würde! Und wenn ich Urſache wäre, daß in Dir das leiſeſte Gefühl der Reue erwachen könnte ... Nein, Armand, ich kann es Dir nicht ſagen, welch ein Sturm ſich in meinem Herzen erhöbe! Ich würde leben und könnte doch Deine Frau nicht ſein.

Nachdem ich mich Dir, Armand, in Gedanken ganz hingegeben habe — wem ſollte ich mich nun noch hingeben? — Nur Gott allein! Ja, die Augen, die Du eine Zeitlang liebteſt, werden keines Mannes Antlitz mehr erblicken. Mögen ſie ſich dereinſt zu Gottes ewigem Ruhme ſchließen! Ich werde keines Mannes Stimme mehr hören, nachdem ich die Deinige vernahm, die einſt ſo ſüß und jüngſt ſo grauſam klang. Denn ich fliehe vor Deiner Rache, um fortan nur noch Gottes Wort zu hören, bis es mich von allem Erdenleid erlöſt. Zwiſchen der Rache des Allmächtigen und der Deinigen, mein Freund, gibt es für mich nur mehr Tränen und Gebete.

Du fragſt Dich wohl, warum ich Dir noch ſchreibe? Ach, ſei mir nicht böſe, daß ich mir einen Hoffnungsſtrahl erhalten, daß ich nur einmal noch wehmutsvoll auf das Glück meines Lebens zurückblikken will, bevor ich es für ewig verlaſſe! Der Zwieſpalt meiner Lage iſt grauenvoll. Empfinde ich die feierliche Ruhe, die jeder große Entſchluß unſrer Seele gewährt, ſo höre ich zugleich noch das letzte Rollen des Gewitterſturms.

In jenem furchtbaren Abenteuer, das mich einſtens ſo ſehr an Dich kettete, da gingſt Du, von einem barmherzigen Führer geleitet, aus der Wüſte in die Oaſe. Nun ſchleppe ich mich aus der Oaſe in die Wüſte. Du aber biſt mein mitleidloſer Führer! Und dennoch kannſt nur Du allein, mein Freund, die ganze Wehmut dieſes letzten Blickes faſſen, der entſchwindendem Glücke gilt. Du biſt der einzige, vor dem ich mich beklagen darf, ohne zu erröten. Wie glücklich wäre ich, wenn Du mich erhörteſt! Doch bleibſt Du unerbittlich, ſo will ich reuig mein Verfehlen ſühnen. Es iſt ja ſo natürlich, daß ſich eine Frau der Erinnerung des Geliebten im Gewande edler Gefühle erhalten will! Oh, mein einziger geliebter Freund, laß Dein Geſchöpf nicht in dem Glauben von hier ſcheiden, daß Du es für niedrig, für erbärmlich hältſt! Deine Härte brachte mich zum Nachdenken, und ſeit ich Dich wahrhaft liebe, erkannte ich, daß meine Schuld geringer iſt, als Du annimmſt. So höre meine Rechtfertigung! Ich ſchulde ſie Dir, und Du, Du mein alles in der Welt, Du ſchuldeſt mir wenigſtens einen Augenblick Gerechtigkeit.

Aus meinen eigenen Leiden weiß ich, wie ſehr Du unter dem Spiel meiner Eitelkeit gelitten haben mußt. Allein damals ſtand ich wahrer Liebe vollkommen unwiſſend gegenüber. Du aber, Du weißt um dieſe Qualen und legteſt ſie mir dennoch auf! In den erſten acht Monaten, die Du mir ſchenkteſt, gelang es Dir nicht, meine Liebe zu wecken. Warum, mein Freund? Ich vermag es Dir ebenſowenig zu ſagen, wie ich erklären kann, warum ich Dich jetzt liebe! Gewiß, es ſchmeichelte mir nicht wenig, daß der Feuerblick aus Deinen Augen, die Glut Deiner von Leidenſchaft ſprühenden Worte mir, mir allein galt! Aber Du liebteſt mich wunſchlos und kalt. Nein, ich war noch nicht zum Weib erwacht und empfand nichts von dem Glück der Hingebung, das meinem Geſchlechte beſchieden iſt. Wer iſt ſchuld daran? Hätteſt Du mich nicht verachten müſſen, wenn ich mich Dir ohne inneres Sehnen hingegeben hätte?

Vielleicht iſt gerade dies die Tragik meines Geſchlechts: ſich hinzugeben, ohne Wolluſt. Und vielleicht iſt es gar nicht verdienſtlich, ſich Wonnen hinzugeben, die man kennt und glühend erſehnt.

Ach, mein Freund, Dir darf ich es ſagen: All dieſe Gedanken kamen mir ſchon zu einer Zeit, da ich Dich noch nicht liebte! Allein ſchon damals ſtandeſt Du ſo groß vor meiner Seele, daß ich Dir nicht aus Mitleid angehören wollte. — — — Welch ein Wort ſchrieb ich hier nieder!

Die Briefe, die ich Dir ſchrieb, nahm ich wieder an mich. Nun warf ich ſie ins Feuer. Sie brennen! Niemals, Armand, wirſt Du erfahren, was ſie von törichter Liebe und Leidenſchaft verrieten! — — —

So mögen denn meine Gefühle ſchweigen! Wenn Du die Sehnſucht nicht hörſt, die von Herz zu Herzen ſpricht, dann hätte ich doch Deine Liebe auch nur dem Mitleid zu verdanken! Nein — ich will ſchrankenlos geliebt oder unbarmherzig verſtoßen ſein von Dir! Wenn Du es ablehnſt, dieſen Brief zu leſen, wird er verbrannt. Doch lieſt Du ihn und biſt drei Stunden ſpäter nicht für immer mein eigen, ſo werde ich mich durchaus nicht ſchämen, ihn in Deinen Händen zu wiſſen. Der Stolz meiner Verzweiflung ſchützt mein Gedächtnis vor aller Schmach. Mein Ende wird meiner Liebe würdig ſein. Du wirſt mir auf Erden nicht mehr begegnen. Ich werde aber leben, und Du wirſt nicht ohne Bangen einer Frau gedenken können, die in drei Stunden nur noch atmet, um Dich in Gedanken mit der ganzen Zärtlichkeit ihrer hoffnungsloſen Liebe zu überhäufen; einer Frau, die zwar Deine Wonnen nicht teilen konnte, aber ihren Gefühlen, die Du ſo verkannteſt, ſtets treu bleiben wird.

Die Herzogin von Lavallière vergoß Tränen um das entſchwundene Glück ihrer einſtigen Macht. Die Herzogin von Langeais dagegen iſt glücklich über ihre Tränen und weiß, daß die Macht, die ſie über Dich gewann, nie entſchwinden wird. Ja, Du wirſt um mich klagen und trauern. Ich fühle wohl, daß ich nicht für dieſe Welt geſchaffen war, und danke Dir, daß Du mir dies bewieſen haſt. Lebwohl! Mein Beil wirſt Du nicht berühren! Deines war das Beil des Henkers, meines iſt das Beil Gottes; Deines tötet, meines erlöſt! Deine Liebe war ſterblich — sie konnte weder Geringſchätzung noch Spott ertragen. Meine Liebe kann alles überdauern, ohne zu erlahmen — ſie iſt unſterblich!

Ach, ich fühle eine düſtere Luſt, Dich zu erniedrigen, der Du Dich ſo groß dünkſt! Sieh, ich ſtrafe Dich mit dem ruhigen, gütigen Lächeln der Engel, die Gott umſchweben und das Recht und die Macht empfingen, in ſeinem Namen über die Menſchen zu wachen! Du empfandeſt nur flüchtige Begierden — die armſelige Nonne aber wird Dich mit der Glut unausgeſetzter Gebete erleuchten und mit den Flügeln himmliſcher Liebe beſchützen, ohne Ende!

Armand, ich ahne Deine Antwort voraus und ſage Dir auf Wiederſehen — — im Himmel. Mein lieber Freund, dort gelten Kraft und Schwäche gleich; denn ſie bedeuten ja das gleiche: leiden! Dieſer Gedanke lindert die Unruhe vor meiner letzten Prüfung. Nun bin ich ruhig; ſo ruhig, daß ich fürchten würde, Dich nicht mehr zu lieben, wenn nicht Du es wärſt, nur Du allein, um den ich dieſe Welt verlaſſe.

Antoinette.

Als die Droſchke vor dem Hauſe Montriveaus hielt, bat die Herzogin ihren Begleiter, den Türſteher zu fragen, ob der General zu Hauſe ſei. Mit der galanten Höflichkeit eines Mannes aus dem achtzehnten Jahrhundert ſprang der Komtur aus dem Wagen und eilte in das Haus. Nach kurzer Friſt kehrte er zurück und flüſterte ein leiſes „Ja!" — Antoinette erbebte. Sie drückte die Hand ihres Onkels, bot ihm die beiden Wangen zum Kuſſe und beſchwor ihn, ſich zu entfernen, ohne ſich weiter um ſie zu bekümmern.

„Aber die Leute, die hier vorbeikommen?" wandte er ein.

„Niemand kann mir die ſchuldige Achtung verſagen!" entgegnete ſie hoheitsvoll.

Dies war das letzte Wort der Herzogin.

Der Vidame de Pamiers ging davon. Antoinette hüllte ſich in den Mantel und blieb an der Schwelle des Hausflurs ſtehen. Vom Turm der nahen Kirche dröhnten ernſte ſchickſalsſchwere Glockenſchläge. Es war acht Uhr. Das unglückliche Weib gab ſich noch eine letzte Friſt von zehn Minuten, von einer Viertelſtunde. Doch als auch dieſe verſtrichen war, vermutete ſie eine neue Demütigung, und ihr Glaube ſtürzte zuſammen.

„Oh, mein Gott!" ſchluchzte ſie auf, bevor ſie die unheilvolle Schwelle verließ.

Dies war das erſte Wort der Karmeliterin. —

Montriveau hatte inzwiſchen mit einigen Freunden eine wichtige Unterredung. Er drängte zum Schluß, aber ſeine Uhr ging nach, und als er ſich endlich aufmachte, um nach dem Palais Langeais zu kommen, irrte Antoinette, von kaltem Zorn getrieben, durch die Straßen. Weinend erreichte ſie den Boulevard d'Enfer. Zum letzten Male umfing ihr tränenfeuchter Blick dieſes lachende, lärmende, hellerleuchtete, von rötlichem Dunſt überlagerte Paris. Dann ſtieg ſie in eine

Droſchke und fuhr aus der Stadt, in die ſie niemals zurückkehren ſollte.

Als Montriveau in das Palais Langeais kam und Antoinette nicht vorfand, glaubte er, ſie habe ihn genarrt. Er eilte ſofort zu dem Vidame de Pamiers, der gerade ſeinen Hausrock anzog und lächelnd dem neu errungenen Glück ſeiner jugendſchönen Nichte nachzuſinnen ſchien. Der General begrüßte ihn mit einem vernichtenden Blick.

„Mein Herr," rief er bebend vor Zorn, „ſollten Sie ſich zu einem ſo grauſamen Scherze hergegeben haben? Ich komme ſoeben vom Palais Langeais, wo man mir ſagte, daß die Herzogin ausgegangen ſei!"

„Zweifellos iſt durch Ihre Schuld ein furchtbares Unglück geſchehen!" antwortete der Komtur, „ich verließ meine Nichte am Tor Ihres Hauſes ..."

„Um welche Zeit?"

„Wenige Minuten vor acht."

„Auf Wiederſehen!" verſetzte Armand haſtig und eilte nach Hauſe, um den Türſteher zu fragen, ob er nicht abends eine Dame vor dem Haustore ſtehen ſah.

„Ja, Euer Gnaden, eine ſchöne Frau. Sie ſchien großen Kummer zu haben. Mein Weib und ich, wir haben ſie geſehen, ohne daß ſie es bemerkte. Sie ſtand aufrecht wie ein Pfahl und ſchluchzte heftig. Ehe ſie wegging, rief ſie plötzlich ein ‚Oh, mein Gott!' und, mit Verlaub zu ſagen, Euer Gnaden, es zerſchnitt uns beiden das Herz, wie ſie dies ſagte."

Bei dieſen einfachen Worten erblaßte der General. Er ſtürzte in ſeine Wohnung, ſchrieb einige Zeilen und ſandte ſie unverzüglich an Ronquerolles. Es war Mitternacht, als dieſer bei ihm eintrat.

„Was gibt's, mein Beſter?" fragte er den General.

Statt aller Antwort reichte ihm Montriveau den Brief der Herzogin.
„Nun – und?“ versetzte Ronquerolles, nachdem er den Brief gelesen hatte.
„Sie war um acht Uhr an meinem Hause,“ erklärte der andre verzweifelt, „und eine Viertelstunde später ist sie verschwunden! Ich habe sie verloren und ich liebe sie! Ach, gehörte mein Leben mir allein, ich hätte mir längst schon eine Kugel durch den Kopf gejagt!“
„Ach was! Nur ruhig Blut! Herzoginnen fliegen nicht davon wie Bachstelzen. Sie kann nicht mehr als drei Meilen in der Stunde zurücklegen; morgen machen wir sechs, wir! – – – Ei verflucht, die Herzogin ist keine gewöhnliche Frau! Wir reiten ihr morgen alle nach. Bei Tage werden wir durch die Polizei erfahren, wohin sie sich wandte. Sie muß einen Wagen haben; solche Engel haben keine Flügel! Ob sie nun unterwegs ist oder sich in Paris versteckt hält – wir finden sie. Verlaß dich darauf! Können wir sie nicht durch den Telegraphen festhalten lassen, ohne ihr zu folgen? Du erringst dein Glück, Bruder! Aber ich kann dir nicht verhehlen, daß du einen groben Fehler begingst; einen Fehler, dessen sich Männer deiner Energie fast durchweg schuldig machen. Sie beurteilen die Seele der andern nach ihrer eigenen und wissen nicht, daß deren Saiten reißen, wenn sie allzu straff gespannt werden. Warum sagtest du mir nicht früher ein Wort davon? Ich hätte dir gesagt, wie weit deine Strenge gehen darf!“
Er drückte dem General, der in stummem Schweigen verharrte, zum Abschied die Hand.
„Auf morgen denn!“ schloß er, „und schlafe – wenn du kannst!“ –
Allein die umfangreichsten Hilfsmittel, die Staats-

männern, Herrſchern, Miniſtern, Bankiers — kurz, der geſamten Menſchenmacht jemals zur Verfügung ſtanden, waren fruchtlos aufgeboten. Weder Montriveau noch einer ſeiner Freunde konnten die Spur der Herzogin entdecken. Sie hatte ſich tatſächlich in ein Kloſter vergraben. Montriveau beſchloß, alle Klöſter der Erde zu durchſtöbern. Er mußte Antoinette finden, und hätte es das Leben einer ganzen Stadt gekoſtet! In dieſen Gedanken verbiß er ſich mit einer leidenſchaftlichen Wut, die fünf Jahre lang an jedem Tage von neuem emporloderte. Erſt im Jahre achtzehnhundertneunundzwanzig brachte der Herzog von Navarra durch Zufall in Erfahrung, in welcher Richtung ſeine Tochter entflohen war. Sie hatte eine Lady Julia Hopwood als Zofe nach Spanien begleitet und nach der Ankunft in Cadix verlaſſen. Wie hätte Lady Julia ahnen können, daß ihre Caroline die berühmte Herzogin war, deren rätſelhaftes Verſchwinden in den erſten Kreiſen der Pariſer Geſellſchaft ſolches Aufſehen erregt hatte!

☆

IM JAHRE ACHTZEHNHUNDERTDREIUNDzwanzig war der Herzog von Langeais geſtorben. Seine Gemahlin war frei. Von Liebe verzehrt, lebte ſie auf einer Inſel des Mittelmeers. Doch der Papſt konnte Schweſter Thereſe ihres Gelübdes entbinden. Dann erblühte ſolch unermeßlicher Liebe ein neues Glück! — Dieſe Überlegungen jagten den General in wilder Haſt von Cadix nach Marſeille, von Marſeille nach Paris.

Einige Monate ſpäter verließ eine bewaffnete Handelsbrigg den Hafen von Marſeille und ſtach nach Spanien in See. Dieſes Schiff hatten mehrere angeſehene Franzoſen gechartert, die für den Orient ſchwärmten und ihn beſuchen wollten. Sie baten Montriveau, deſſen umfangreiche Kenntnis der Sitten jener Länder ihn zu einem wertvollen Reiſegefährten machte, mit ihnen zu kommen, und er willigte ein. Der Kriegsminiſter ernannte ihn zum Generalleutnant und verſetzte ihn, um ihm die Vergnügungsreiſe zu erleichtern, in den Artillerieſtab. — Vierundzwanzig Stunden nach ihrem Auslaufen ſtoppte die Brigg im Nordweſten einer der ſpaniſchen Küſte gegenüberliegenden Inſel. Das Schiff war gewählt worden, weil es eine leichte Bemaſtung und einen ſehr ſchlanken Kiel beſaß, ſo daß es etwa eine halbe Meile von den Riffen entfernt, die auf dieſer Seite der Inſel jedes Anlegen verwehrten, ohne jede Gefahr vor Anker gehen konnte. Die Bewohner der Inſel beunruhigten ſich darüber um ſo weniger, als ſie über das Erſcheinen der Brigg alsbald hinreichende Aufklärung erhielten. Bevor noch die Inſel in Sicht gekommen war, hatte Montriveau die amerikaniſche Flagge hiſſen laſſen. Die Matroſen waren in der Tat Amerikaner und ſprachen nur engliſch. Nach dem Ankerwerfen ſchiffte ſie einer von Montriveaus Gefährten auf einer Schaluppe ein und führte ſie in ein kleines Wirtshaus des Inſelſtädtchens. Dort gab er ihnen ſo viel Wein zu trinken, daß ſie keines Wortes mehr mächtig waren. In der Zwiſchenzeit erzählte er dem Wirt, er ſei der Oberbootsmann der zechenden Seeleute und, gleich ihnen, von amerikaniſchen Schatzſuchern geheuert, um die Trümmer eines mit reichen Schätzen beladenen und im Jahre ſiebzehnhundertachtundſiebzig untergegangenen Dreimaſters aus Mexiko zu heben. Auch die Behörde der Inſel forderte keine weiteren Auskünfte. —

Montriveau und ſeine ergebenen Freunde, die ihm bei dem ſchwierigen Unternehmen beiſtanden, ſagten ſich ſogleich, daß weder Liſt noch Gewalt imſtande ſei, Schweſter Thereſe von der Stadtſeite aus zu befreien oder zu entführen. Sie beſchloſſen daher, den Stier bei den Hörnern zu faſſen und ſich gerade dort einen Weg in das Kloſter zu bahnen, wo jede Annäherung, jeder Zugang undurchführbar ſchien. Hier boten Liſt und Gewalt zwei Möglichkeiten. Bei Anwendung von Gewalt blieb ihnen nichts übrig, als Stadt und Kloſter regelrecht zu belagern und, nach Piratenart, nicht einen einzigen Zeugen ihres Sieges am Leben zu laſſen. Indes, eine Feuersbrunſt, eine Waffentat hätte ungeheures Aufſehen erweckt und ganz Europa in um ſo größeren Schrecken verſetzt, als die Urſachen des Verbrechens unaufgeklärt geblieben wären. So hatten ſich jene verwegenen Männer in dem geheimen, noch vor der Abreiſe von Paris abgehaltenen Rate zu der andern Möglichkeit entſchloſſen: zu einer geheimnisvollen Entführung durch die Lüfte, die in den Nonnen den Glauben hervorrufen ſollte, daß ihnen der leibhaftige Teufel einen Beſuch abgeſtattet habe. Ein ſolcher Plan war ganz nach dem Sinne jener durch die öden Vergnügungen der franzöſiſchen Hauptſtadt abgeſtumpften Männer. Verſprach er ihnen doch einen neuen, abwechslungsreichen Genuß.

Schon in Marſeille hatten ſie nach einem malaiſchen Modell eine Piroge von außerordentlicher Leichtigkeit bauen laſſen. Dieſe Barke ermöglichte ihnen, bis in die nächſte Nähe an die Klippen heranzurudern. Zur Verbindung der Riffe ſpannten ſie zwiſchen je zwei benachbarten Riffen ein paar Drahtſeile, die in geringer Entfernung voneinander, aber mit entgegengesetzter Neigung, angebracht wurden. Als Brücke diente, wie in China, ein aus Draht geflochtener Förderkorb, der die Seile entlangglitt wie eine Spinne, die sich auf ihren von Baum zu Baum gesponnenen Fäden fortbewegt. Die Chinesen waren die ersten, die dieses Werk der Natur nachgeahmt und dem Verkehr in zerklüfteten Gegenden dienstbar gemacht haben. Da die geringe Spannung der Seile dem Wüten der Wogen genügenden Spielraum bot, konnte keine Laune des Meeres dies spinnwebartige Gebilde zerstören. Auch das beste Fernrohr an Deck vorbeiziehender Schiffe hätte die durch die Klippen verdeckten Seile und die in den Felsen arbeitenden Männer nicht entdecken können.

Nach elftägiger Arbeit erreichten die dreizehn Dämonen in Menschengestalt den Fuß des Vorgebirges, dessen Plattform sich etwa dreißig Klafter über dem Meeresspiegel erhob. Es war jedoch ausgeschlossen, diese Plattform zu erklimmen. Eher hätte eine Maus den Bauch einer glatten Porzellanvase erklettert, als ein menschliches Wesen die schroff abfallenden, wie polierten Wände dieses ungeheuren Felsblocks. Glücklicherweise war er an einer Stelle von oben bis unten gespalten, und die scharfen, geradlinigen Spaltränder gestatteten, derbe Holzkeile, etwa eine Fußbreite voneinander entfernt, in den Spalt einzutreiben. In diese Keile wurden eiserne Winkelhaken eingelassen, die nach außen hin in eine durchlochte Platte endigten. Gegenüber dem Felsspalt und etwa eine Armlänge von ihm entfernt, rammten die wagemutigen Männer einen hohen Schiffsmast, dessen Spitze bis an das Felsplateau heranreichte, in den Strand. Armlange Tannenbalken, die sich einerseits auf die Verlängerung der Eisenhaken stützten, mit denen sie überdies verſchraubt waren, und die andrerſeits durch eine Holzverzahnung in den Maſt eingriffen, bildeten die Sproſſen dieſer kunſtvollen Leiter, an deren Herſtellung zweiundzwanzig Tage gearbeitet werden mußte. Trotz ihrer gediegenen Ausführung genügten ein Feuerzeug, eine Nacht und die Brandung des Meeres, um ihre Spur für immer auszulöſchen. Auf dieſe Weiſe blieb jedwede Nachforſchung nach den verwegenen Kloſterſchändern erfolglos.

Mit guten Ferngläſern ausgeſtattet, hatten ſich die dreizehn Unbekannten durch Beobachtungen vom Maſtkorbe ihres Schiffes aus vergewiſſert, daß es, trotz einigen Unebenheiten, nicht ſchwer ſein konnte, vom Plateaurande in den Kloſtergarten zu gelangen, da ſeine reichbelaubten Bäume hinreichend Schutz boten. Dort erſt mußte ſpäter entſchieden werden, durch welche Mittel ſich die Entführung der Nonne bewerkſtelligen ließe. Nach ſo großen Anſtrengungen wollten ſie nicht Gefahr laufen, entdeckt zu werden und damit den Erfolg ihres Unternehmens in Frage zu ſtellen; ſie waren daher gezwungen, auf die Dunkelheit der nächſten Neumondnacht zu warten.

Montriveau verbrachte die beiden nächſten Nächte, nur in ſeinen Mantel gehüllt, auf dem Felsplateau. Die Kloſtergeſänge am Morgen und Abend bereiteten ihm unausſprechliche Wonnen. Er ſchlich bis an die Mauer, um der Orgelmuſik zu lauſchen und mühte ſich vergeblich, aus der Menge der Stimmen eine, nur eine Stimme herauszuhören. Allein trotz der Stille, die ihn umgab, ließ das mächtige Mauergeſtein nur verſchwommene Klänge an ſein Ohr gelangen. Es waren ſüße, erhabene Harmonien. Frei von den unvermeidlichen Fehlern der Ausführung, ſchien es, als löſte ſich von ihnen die reine Kunſtidee ſelbſt los, um ſich unmittelbar der Seele mitzuteilen, ohne von ihr die ermüdende Aufmerkſamkeit des Zuhörers zu fordern. Furchtbare Erinnerungen tauchten in Armands Seele empor. Unter dem zarten Hauche dieſer Töne, die ihn wie ein fernes Glücksverſprechen umſchwebten, erblühte ſeine Liebe aufs neue.

Am dritten Morgen ſtieg Armand vor Sonnenaufgang zu den Klippen hinab. Er hatte vorher ſtundenlang auf das unvergitterte Fenſter einer Zelle geſtarrt. — Gitter waren über dieſen Abgründen nicht notwendig. — Dort hatte die ganze Nacht das Licht einer Kerze geflackert. Und der Inſtinkt des Herzens, der ebenſooft trügt, als er wahrſpricht, raunte ihm zu: „Dort iſt ſie!“

„Ja, dort iſt ſie! Und morgen iſt ſie mein!“ murmelte er, als er ſich zum Abſtieg anſchickte. Und in den traurigen, wehmütigen Klang der Kloſterglocken mengten ſich fröhliche, zuverſichtliche Gedanken . . .

Wie wunderlich iſt doch das Menſchenherz! Armand liebte die in qualvollen Liebesſchmerzen dahinſiechende, von ſchlafloſen Nächten, von Tränen, Gebeten und Kaſteiungen verzehrte Nonne, die ſchwer geprüfte Frau von neunundzwanzig Jahren mit größerer Leidenſchaft als einſt das junge leichtſinnige Mädchen, die vierundzwanzigjährige Sylphide! Gerade ſeelenſtarke Männer fühlen ſich zu dem erhabenen Ausdruck eines Frauenantlitzes hingezogen, in das zermürbende Gedanken und edles Unglück ihre Runen gruben! Iſt die Schönheit eines ſchwergeprüften, ſchmerzerfüllten Weibes nicht die anziehendſte von allen? Welches Manneherz ergöſſe ſeinen unerſchöpflichen Schatz von Tröſtungen und Zärtlichkeiten nicht beglückt auf ein Weſen, das ſo anmutig in ſeiner Schwäche, ſo ſtark in ſeinem Gefühle iſt? Die friſche, geſundheitsſtrotzende Schönheit, die „Hübſchheit“ mit einem Worte, iſt der gewöhnliche Reiz, in den ſich Mittelmäßigkeit verliebt. Ein Mann wie Montriveau hingegen konnte nur ein Antlitz lieben, worin aus den Ruinen, die Schmerz und Wehmut ſchufen, die Liebe neu erblüht. Quillt bei dem Rufe eines machtvollen Sehnens nicht zaubergleich ein ganz neues, junges, bebendes Weſen hervor? Und ſprengt es nicht die Hülle, die nur die Welt zerſtört, doch dem, der liebt, ſo ſchön erſcheint? Beſitzt er nicht zwei Frauen: Die eine, blaß, welk, traurig, die der Welt gehört; die andre, die niemand ſieht, nur er allein, ein holder Engel, der das Leben durch ſein Gefühl begreift und nur in den Weiheſtunden der Liebe ſeine ganze Pracht entfaltet? –

Während Armand hinabſtieg, vernahm er leiſe Akkorde, ſüße Stimmen voll ſanfter Zärtlichkeit, die aus jener Zelle tönten. Nach kurzer Zeit befand er ſich wieder am Fuße des Felsblocks, wo ihn ſeine Freunde erwarteten. Mit jener mitteilſamen und dennoch zurückhaltenden Leidenſchaft, deren Ausbruch verſtändnisvolle Männer ſtets achten, erzählte er ihnen, daß er niemals im Leben ſolch bezaubernde Glückſeligkeit empfunden habe wie in den letzten Stunden.

Am nächſten Abend ſchwangen ſich elf treue Gefährten unter dem Schutz des Schattens auf die Felſenplatte. Jeder trug einen Dolch und alle Werkzeuge, die zu dem Beruf des Einbrechers gehören. Eine mitgebrachte kleine Leiter ermöglichte ihnen, die Umfaſſungsmauer zu überklettern, und ſie befanden ſich im Kloſterfriedhof. Montriveau erkannte die Fenſter

des Sprechzimmers und den langen Kloſtergang, durch den er einſtens hingegangen war. Auf der Stelle war ſein Plan gefaßt und von den Gefährten auch gebilligt. Danach wollten ſie ſich durch jenes Fenſter, das nach dem den Karmeliterinnen vorbehaltenen Teil des Sprechzimmers ging, einen Weg bahnen, hierauf in die Zellengänge vordringen, um zu unterſuchen, ob an den Zellen die Namen ihrer Bewohnerinnen erſichtlich waren, und Schweſter Thereſe — wenn ſie ihre Zelle gefunden hatten — im Schlafe überfallen, ſchnell knebeln und feſſeln und entführen. Für Männer, denen es nicht darauf ankam, ſich mit einem Dolchſtoß Schweigen zu erkaufen, und die mit ihrer abenteuerlichen Verwegenheit die Geſchicklichkeit des Verbrechers und die Fähigkeiten und Kenntniſſe des Weltmannes verbanden, war es nicht ſchwer, dieſen Plan in allen ſeinen Teilen durchzuführen.
Das Gitter des Fenſters war in zwei Stunden durchgeſägt. Drei Männer blieben vor dem Fenſter, zwei im Sprechzimmer als Wache zurück. Die übrigen ſchlichen barfüßig weiter und blieben in gleichen Entfernungen voneinander ſtehen. Montriveau und der geſchickteſte ſeiner Gefährten, Henri de Marſay, der aus Vorſicht eine Karmeliterkutte übergeworfen hatte, waren die letzten.
Vom Kirchturm ſchlug die dritte Morgenſtunde, als Armand, dicht an die falſche Nonne gedrückt, den Zellengang erreichte. Nichts regte ſich. Mit unendlicher Behutſamkeit ſchlichen ſie von Türe zu Türe und laſen mit Hilfe einer Blendlaterne die Namen, die zu ihrem Glück auf einem Täfelchen ſtanden, das an jeder Türe angebracht war. Jedes Täfelchen enthielt unter dem Bild des Schutzheiligen einen

myſtiſchen Spruch, den die Nonnen bei ihrem Eintritt in das Kloſter als Motto wählen und in dem ſie ihre letzten weltlichen Gedanken offenbaren.

Vor der Zelle der Geliebten angelangt, las Montriveau folgende Inſchrift: „Sub invocatione sanctae matris Theresae.“ Das Motto lautete: „Adoremus in aeternum.“

Plötzlich legte ihm der Gefährte die Hand auf die Schulter. Er deutete auf einen Lichtſchimmer, der durch die Türſpalte auf die Steinflieſen fiel. Im gleichen Augenblick kam Ronquerolles heran.

„Alle Nonnen ſind in der Kirche,“ flüſterte er Montriveau ins Ohr, „man lieſt eine Totenmeſſe!“

„Ich bleibe“, gab Armand ebenſo leiſe zur Antwort. „Zieht euch ins Sprechzimmer zurück und ſchließt hinter mir die Türe!“

Die falſche Nonne ſchlug den Schleier nieder, öffnete die Türe und trat mit Montriveau in den Vorraum der Zelle.

Da lag die Herzogin, von zwei Wachskerzen beleuchtet, auf den bloßen Brettern ihres Bettes — tot.

Stumm und reglos blickten die beiden Männer einander in die Augen.

Nach einer Weile bedeutete Montriveau dem Gefährten, ihm beim Fortſchaffen der toten Herzogin behülflich zu ſein. In dieſem Augenblick eilte Ronquerolles herbei und rief:

„Schnell fort! Die Prozeſſion der Nonnen iſt auf dem Weg hierher!“ —

Mit jener magiſchen Schnelligkeit, zu der nur ganz außerordentliche Sehnſucht treibt, wurde die Tote nach dem Sprechzimmer getragen, durch das Fenſter gehoben und an den Fuß der Umfaſſungsmauer gebracht. Inzwiſchen langten die Nonnen, von der Äb-

tiſſin geführt, vor der Zelle der Schweſter Thereſe an, um den Leichnam einzuholen.
Die mit der Totenwache beauftragte Nonne hatte ſich während der ganzen Zeit damit eifrig beſchäftigt, in der an den Vorraum anſchließenden Zelle nach etwa vorhandenen Geheimniſſen der verſtorbenen Schweſter zu forſchen. Sie hatte von Montriveaus Eindringen nichts vernommen und war, als ſie, zugleich mit der Prozeſſion, den Vorraum betrat, aufs höchſte überraſcht, den Leichnam nicht mehr vorzufinden. Bevor noch die verblüfften Nonnen daran dachten, Nachforſchungen einzuleiten, war die tote Herzogin an einem Seile entlang der Felswand hinabgelaſſen worden und Montriveaus Gefährten hatten ihr mühevolles Werk zerſtört. Am nächſten Morgen war weder von der Leiter noch von den Seilbrücken auch nur eine Spur zu ſehen. Schweſter Thereſens Körper wurde an Bord gebracht. Die Brigg ſegelte in den Hafen, ſchiffte die Matroſen ein und ſtach noch im Laufe des Vormittags in See. —
Armand blieb in ſeiner Kajüte mit Antoinette, der einſtmaligen Herzogin von Navarra, allein. Noch einmal ſtrahlte das teure Antlitz all die erhabene Schönheit der feierlichen Ruhe wider, die der Tod unſrer irdiſchen Hülle verleiht. Es war ihr letzter Liebesgruß. Als Montriveau wieder an Deck kam, trat Ronquerolles auf ihn zu:
„Ja, ſo iſt es," begann er, „einſt war es ein Weib — und heute iſt es nichts! Und nichts bleibt übrig, als ſie mit einer Steinkugel beſchwert ins Meer zu verſenken. Dann magſt du an ſie denken wie an ein ſchönes Märchen aus deiner Kinderzeit!"
„Ja, ein Märchen!" nickte Armand, „auch ſie iſt nur noch ein Märchen!"

„Nun biſt du wieder vernünftig!“ verſetzte der andre, „und für die Zukunft begnüge dich mit Liebeleien – aber Liebe? . . . Mein Freund, man muß Liebe an die rechte Stelle zu ſetzen wiſſen: Nur des Weibes letzte Liebe iſt der erſten Liebe des Mannes wert.“

☆

DAS MÄDCHEN MIT DEN GOLDAUGEN

☆

EINES DER ERSCHRECKLICHSTEN SCHAUSPIEle ist ohne Zweifel der Gesamtanblick der Bevölkerung von Paris. Diese hohlwangigen, grünen, gegerbten Menschen sind entsetzlich anzusehen. Auf diesem weiten, durch einen Sturm von Interessen unaufhörlich bewegten Felde wächst eine dicht zusammengedrängte Menschensaat, die der Tod öfters und schneller fortmäht als anderwärts. Aus allen Poren dieser schiefen, verzerrten, verrenkten Gesichter dringt der Geist, dringen die Wünsche und Gifte, womit ihre Gehirne geschwängert sind. Nein, es sind nicht Gesichter, es sind häßliche Fratzen, es sind Masken der Schwäche, Masken der Stärke, Masken des Elends, Masken der Freude, Masken der Heuchelei — abgezehrte, mit dem unauslöschlichen Mal einer keuchenden Gier gebrandmarkte Masken. Was wollen sie? Gold oder Vergnügen.

Einige Bemerkungen über die Seele von Paris werden die Ursachen seiner Leichenphysiognomie erklären. Paris kennt nur zwei Alter: die Jugend und das Greisentum; eine greisenfahle Jugend und ein jugendlich geschminktes Greisentum. Der Fremde, der nicht gehalten ist, tiefgründige Überlegungen anzustellen, empfindet vor dieser exhumierten Menschenmenge zunächst ein Gefühl des Widerwillens. Doch nur zu bald läßt ihn die unermeßlich weite Stätte des Genusses nicht mehr los — er bleibt und formt sich selbst willfährig nach ihr um. Wenige

Worte werden genügen, die fast höllische Farbe der Pariser Gesichter physiologisch zu rechtfertigen. Denn es ist keineswegs nur ein Scherz, wenn man Paris eine Hölle nennt. Sie ist es im wahrsten Sinne des Wortes. Hier raucht es und glüht und brodelt und zischt und lodert und flammt und dampft und erlischt und entbrennt aufs neue und funkelt und schimmert und glänzt und flimmert, bis es sich endlich verzehrt. In keinem Lande war das Leben jemals glühender, siedender als hier, wo es in ewigem Fluß ist und nach jedem vollendeten Werke auszurufen scheint: „Nun auf, zum nächsten!“ — so, wie die Natur selbst es uns in jedem Augenblicke zuruft. Wie das Reich der Natur, so hat auch das der Gesellschaft seine Insekten und Eintagsblumen, sein Ungeziefer und Unkraut, und speit Feuer und Flammen aus seinen ewigen Kratern. —

Unter dem Zwange, sich für alles interessieren zu müssen, interessiert sich der Pariser am Ende für gar nichts. Da auf seinem vom Sturm des Lebens frühverbrauchten Antlitz kein einziges Gefühl vorherrscht, wird es grau wie der Mörtel von Häusern, an denen sich allerlei Staub und Rauch festsetzt. Heute völlig gleichgültig dem gegenüber, woran er sich morgen berauscht, lebt der Pariser, wie alt er auch sein mag, in der Tat wie ein Kind. Er murrt über alles, tröstet sich über alles, spottet über alles, vergißt alles, will alles, versucht alles, fängt alles mit Feuereifer an und gibt alles sorglos auf: Seine Könige, seine Eroberungen, seinen Ruhm, seine Ideale wirft er fort wie seine Strümpfe, seinen Hut, sein Vermögen. In Paris hält kein Gefühl den ersten Angriffen stand, und ihr Verlauf zwingt zu einem Kampfe, der die Leidenschaften erschlafft. Hier ist die Liebe ein Gelüſte, der Haß eine Laune; hier gibt es keinen näheren Verwandten als einen Tauſendfrankenſchein, keinen treueren Freund als das Pfandleihhaus. Sich von der allgemeinen Strömung treiben laſſen trägt ſeine Früchte. Im Salon und auf der Straße iſt keiner zu wenig und keiner zu viel, keiner abſolut nützlich oder ſchädlich — weder die Rechtſchaffenen und Geiſtreichen, noch die Schurken und Dummköpfe. Hier wird alles geduldet: die Regierung und die Guillotine, die Religion und die Cholera. Wer es auch ſei — in dieſer Geſellſchaft gefällt er immer und fehlt nimmer. Was alſo herrſcht in dieſem ſittenloſen, glaubenloſen, gefühlloſen Lande, worin dennoch alle Sitte, aller Glaube, alles Gefühl entſpringt und mündet? Gold und Vergnügen. Man halte dieſe beiden Begriffe gleich einer Fackel empor, eile in die dunklen Goſſen dieſes Raupenneſtes und durchleuchte damit den Schwarm der Gedanken, von denen es erregt, bewegt und aufgewiegelt wird. Man ſteige ganz tief hinab und forſche zunächſt in jener Welt, die nichts beſitzt.

Der Arbeiter, der Proletarier, der Mann, der ſeine Beine, ſeine Hände, ſeine Zunge, ſein Rückgrat, ſeinen rechten Arm, ſeine fünf Finger regt, um zu leben — gerade der alſo, der mit dem Gute des Lebens zu allererſt haushalten ſollte, überſpannt ſeine Kräfte und mißbraucht Weib und Kind, indem er ſie an das Räderwerk irgendeiner Maſchine kettet. Wer verſetzte dies Volk in Schwung, das mit ſeinen ſchmutzigen Händen Porzellanvaſen dreht und vergoldet, Kleider und Röcke näht, das Holz hobelt, das Eiſen ſtählt, den Draht zieht, das Garn ſpinnt, Erze ſchmilzt, Blumen nachmacht, Pferde zureitet, Wäſche ſtickt, Treſſen flicht, Wagen anſtreicht, Ulmenbäumchen zurechtſtutzt, Glas bläſt, Diamanten ſchleift, Kupfer hämmert, Marmor in Rankenwerk verwandelt, Pläne entwirft? Im Namen der Großſtadtlaunen oder auf Drängen des Ungeheuers, das ſich „Spekulation" nennt, kam der Fabrikherr daher und verſprach dieſer Welt von Geduld und Schweiß, von Wiſſen und Willenskraft einen übermäßigen Arbeitslohn. Einmal in Schwung geſetzt, begann das Volk zu wachen, zu arbeiten, ſeine Geſundheit zu ſchädigen, zu ſtöhnen, zu fluchen, zu faſten, zu haſten, um jenes Gold zu verdienen, von dem es geblendet iſt. Unbekümmert um die Zukunft und nach Genüſſen dürſtend, ſpielen dieſe Arbeitstiere dann für einen Tag den Grandſeigneur und tragen ihr Geld in die Kneipen, die dieſe Stadt gleich einem ſchmutzigen Walle, gleich dem Gürtel der ſchamloſeſten Venus umgeben. Auf ſeine ſtarken Arme bauend, wie der Maler auf ſeine Palette, verſpielt dieſes Volk, das ebenſo gierig auf Vergnügungen wie rührig bei der Arbeit iſt, in wenigen Stunden ſein periodiſches Vermögen! Fünf Tage lang kennt die werktätige Bevölkerung von Paris keine Raſt und Ruh. In zahlloſen Strahlen quillt ihr ſchöpferiſcher Wille hervor, der ihren Rücken krümmt und ihre Wangen bleicht. Ihre Raſt, ihre Zerſtreuung iſt eine erſchöpfende Ausſchweifung. Die Braunhäutigen, Schwarzhändigen werden fahl vor Trunkenheit oder grün vor Magenbeſchwerden. Dieſe Ausſchweifung währt nur zwei Tage, allein ſie raubt das künftige Brot, die Suppe für die Woche, die Kleider für das Weib, die Windel für das völlig vernachläſſigte Kind. All dieſe Menſchen, die ohne Zweifel zur Schönheit geboren ſind — denn jedes Geſchöpf hat ſeine relative Schönheit — ſtehen ſeit ihrer Kindheit unter dem Befehl des

Stärkeren, unter der Herrschaft des Hammers, der Blechschere, des Webstuhls. Sie haben sich rasch vulkanisiert.

Ist Vulkan mit seiner Stärke und Häßlichkeit nicht das Sinnbild dieser starken, häßlichen Nation? Groß, ja erhaben in ihrem technischen Scharfsinn, zu normalen Zeiten ausdauernd und fleißig, furchtbar für einen Tag im Jahrhundert, leicht entzündlich wie Pulver, durch den Alkohol zur Brandfackel des Aufruhrs gerüstet, ist diese Nation imstande, auf ein Schlagwort hin Feuer zu fangen. Mag dieses Schlagwort lauten wie immer, es hat im Grunde genommen stets dieselbe Bedeutung: Gold und Vergnügen!

Schließt man alle ein, die ihre Hand nach einem Almosen, nach dem fälligen Arbeitslohn oder nach den der Pariser Prostitution zustehenden fünf Franken ausstrecken — kurz, alle jene, die auf gute oder schlechte Weise ihr Brot verdienen, so zählt dieses Volk dreihunderttausend Seelen. Würde die Regierung nicht jeden Dienstag gestürzt werden, wenn es keine Schenken gäbe? Zum Glück für Frankreich ist das Volk am Dienstag wie betäubt. Es schläft seinen Rausch aus, besitzt keinen Sou mehr und kehrt, angeregt durch einen ihm zur Gewohnheit gewordenen Schaffensdrang, zur Arbeit und zu seinem trockenen Brot zurück.

Trotzdem hat dieses Volk seine Wunder an Tugend, Prachtmenschen, unbekannte Napoleons. Sie sind der Ausdruck einer zu höchster Entfaltung gelangten Stärke und fassen ihre soziale Bedeutung in einem Dasein zusammen, dessen Sinnen und Trachten weniger darauf ausgeht, Freude zu verbreiten, als die Wirkungen des Schmerzes zu lindern.

Der Zufall erzieht einen solchen Arbeiter ausnahms-

weiſe zur Sparſamkeit, beſchert ihm einen glücklichen Gedanken. Der Arbeiter kann den Blick in die Zukunft richten, er nimmt ein Weib und wird Vater. Nach jahrelanger harter Entbehrung gelingt es ihm, einen kleinen Kramladen zu pachten. Was geſchieht, wenn nicht Laſter oder Krankheit ihn zurückwerfen, wenn ſein Schaffen blüht und gedeiht? Dieſes aus Salpeter und Ammoniak zuſammengeſetzte Geſchöpf, das dem Staat in beſchwerlichen Nächten Kinder ſchenkt und ſich ſelbſt zum Wohl, Ruhm und Vergnügen ſeiner Mitbürger an jedem Tage vervielfältigt; dieſer König des Pariſer Lebens, der ſich Zeit und Raum untertan macht, dieſer vielſeitige, unantaſtbare Beamte hat das Problem gelöſt, gleichzeitig ſeiner Ehe, dem „Conſtitutionnel", der Kanzlei, der Nationalgarde, der Oper und Gott zu dienen und „Conſtitutionnel", Kanzlei, Nationalgarde, Oper, Weib und Gott in klingende Taler umzuwandeln.
Täglich um fünf Uhr morgens ſteht er auf und legt den Weg zwiſchen ſeiner Wohnung und der Rue Montmartre im Fluge zurück. Bei Wind und Wetter, Schnee und Regen wartet er vor dem „Conſtitutionnel" auf den Zeitungsſtoß, deſſen Verteilung ihm zugewieſen iſt. Heißhungrig nimmt er das politiſche Brot in Empfang und trägt es aus. Um neun Uhr kommt er für eine Weile nach Hauſe, trinkt eine Taſſe Kaffee, erzählt ſeiner Frau den neueſten Witz, raubt ihr mitunter einen derben Kuß und ſchilt die Kinder aus. Kurz vor zehn Uhr erſcheint er im Rathauſe. Hier ſitzt er auf dem hohen Schreibſtuhl wie ein Papagei auf der Stange und trägt die Sterbefälle und Geburten eines ganzen Arrondiſſements — ohne ihnen jemals eine Träne oder ein freudiges Lächeln zu weihen — in das Regiſter ein. Auf der Spitze ſeiner Fe-

der laſtet Glück und Unglück des Stadtteils, wie vordem der Geiſt des „Conſtitutionnel“ auf ſeinen Schultern. Dennoch wird ihm nichts zu ſchwer; nichts iſt ihm zuviel. Stets geht er ſeinen geraden Weg. Er bezieht ſeinen Patriotismus fix und fertig aus der Zeitung, ſtreitet nicht, ſchimpft und lobt mit der Allgemeinheit und lebt wie die Schwalbe auf dem Dache. Da die Pfarrkirche nur zwei Schritte entfernt iſt, kann er bei beſonderen Gelegenheiten ſeinen Platz leicht einem andern Beamten überlaſſen und im Kirchenchor ein „Requiem“ mitſingen. Denn er iſt Oratorienſänger, iſt mit ſeiner impoſanten Stimme an Sonn- und Feiertagen die ſchönſte Zierde des Hochamts und weiß den großen Mund gehörig aufzureißen, wenn er ein freudiges „Amen“ ſchmettert. Um vier Uhr iſt er ſeines Amtes ledig und erſcheint, um Freude und Frohſinn zu verbreiten, in ſeinem, dem berühmteſten Kramladen der Stadt. Seine Ehe iſt glücklich, er hat keine Zeit zur Eiferſucht und iſt eher ein Mann der Tat als des Gefühls. Daher neckt er die Kaſſiererin, deren feurige Augen die Kunden in Maſſen anlocken, und freut ſich an den Putzkragen, Halstüchern und all den hübſchen Dingen, zu denen geſchickte Arbeiterinnen ſeine Muſſeline verarbeiten. Noch öfters verdingt er ſich für die Zeit vor dem Abendeſſen einem Notar, wo er eine Seite des Tagebuchs ins reine ſchreibt, oder irgendeinen Wertgegenſtand in Empfang nimmt, um ihn rechtzeitig zum Gerichtsvollzieher zu bringen. Jeden zweiten Tag ſteht er von ſechs Uhr an treu auf ſeinem Poſten in der Oper als unabſetzbarer erſter Baß des Opernchores. Hier wird er Soldat, Araber, Gefangener, Wilder, Schatten, Kamelbein, Löwe, Teufel. Genius, Sklave, Eunuch, weiß ſachverſtändig Freude,

Schmerz, Mitleid, Erſtaunen zu verbreiten, „Rom“ oder „Ägypten“ zu verkörpern, zu jubeln, zu murren, zu ſchweigen, zu jagen, zu kämpfen und bleibt dennoch immer im ſtillen – der Krämer. Gegen Mitternacht wird er wieder zärtlicher Vater, Gatte, Menſch und ſchlüpft in ſein Ehebett. Noch halten die trügeriſchen Formen der Opernnymphen ſeine Einbildungskraft geſpannt, die auf dieſe Art die Verderbtheit der Welt und die wollüſtig runden Beine der Taglioni zum ſegensreichen Nutzen der ehelichen Liebe wandelt. Endlich ſchläft er ein. Sein Schlaf iſt kurz; er ſputet ſich mit ſeinem Schlummer, wie er ſich im Leben ſputet. In ihm iſt der Menſch zur Maſchine, der Raum zum Menſchen geworden. Er umfaßt alles in einer Perſon: Geſchichte, Literatur, Politik, Kriegswiſſenſchaft, Religion. Dieſe lebende Enzyklopädie, dieſer groteske Atlas, dieſer Proteus der Ziviliſation iſt immer auf den Beinen. Alles an ihm iſt Bewegung. Wie könnte ſich ein Antlitz bei ſolch raſtloſem Schaffensdrang rein und jung erhalten? Nach Anſicht gewiſſer Philoſophen, die ihr reichliches Auskommen haben, wird der früh gealterte Arbeiter, der mit dreißig Jahren ſtirbt, vielleicht für glücklicher gehalten werden als der Krämer. Der eine geht plötzlich, der andre nach und nach zugrunde. Was dem vielſeitigen Krämer ſeine Betriebſamkeit, ſeine Schultern, ſeine Kehle, ſeine Hände, ſein Weib, ſein Handel als Ertrag einbringt, ſind einige tauſend Franken, Kinder und das kümmerlichſte Glück, das je ein Menſchenherz ergötzte. Vermögen und Kinder, oder dieſe allein, wenn ſie ſein Alles ſind, ſie werden die Beute der überlegenen Geſellſchaftsſchichten. Ihnen bringt er ſeine Taler, ſeine Töchter, ihnen bringt er ſeinen Sohn, den er im

Gymnaſium erziehen ließ und der, gebildeter als der Vater, ſeinen ehrgeizigen Blick höher nach aufwärts richtet. Wie gerne möchte des kleinen Krämers Sohn ein großer Staatsmann ſein!

Dieſer Ehrgeiz lenkt die Gedanken in die zweite Geſellſchaftsſphäre von Paris. Man ſteige alſo vom Erdgeſchoß in den Zwiſchenſtock hinauf, oder vom Speicher in den vierten Stock hinab — kurz, man dringe ein in die Welt, die etwas beſitzt. Hier zeigt ſich das gleiche Ergebnis.

Die Händler und Kaufleute mit ihren Gehilfen, die Leute des kleinen Verdienſtes und der großen Redlichkeit, die Angeſtellten der Gerichtsvollzieher, Anwälte und Notare, mit andern Worten die rührigen, denkenden, ſpekulativen Glieder eines Kleinbürgertums, das raſtlos auf ſeiner Hut iſt, um in der Rieſenſchmiede Paris immer nur Hammer und niemals Amboß zu ſein; die Spitzbuben, Gauner und Schurken, die mit Lebensmitteln wuchern, die Fiſche aller Meere und den Wein eines jeden von der Sonne geſegneten Erdenfleckchens aufkaufen, die mit dem Schweiß des Proletariers erzeugten Waren zurückhalten, ihre gierigen Hände bis nach Indien und dem Orient ausſtrecken, um Südfrüchte und Getreide, Seidenſchals und Teppiche zu erraffen, auf den „Abſatz" warten, nach übermäßigem Gewinne trachten, dem Geſchmack der Kinder auflauern, die Launen und Laſter der Erwachſenen erſpähen und ſelbſt aus Krankheit und Siechtum ein einträgliches Geſchäft zu machen wiſſen — kurz, jene, die alles, was Wert beſitzt, ſo lange hin- und herwälzen, bis es in die eigene Taſche rollt: Sie alle überſpannen ihre Kräfte, ohne ſich im Sumpf der Feſtungsgräben zu berauſchen wie der Arbeiter! Körper und Geiſt, der eine durch den andern, verdorren in brennender Gier und haſten ſich zu Tode. Wird der Proletarier durch den Deſpotismus des herriſchen „Ich will!“ unabläſſig in die grauſame Tretmühle materieller Arbeit getrieben, hier vollzieht ſich die phyſiſche Spannung unter der Knute des Ehrgeizes und der Gewinnſucht, die den zweiten Kreis dieſer ungeheuerlichen Stadt jeden Tag aufs neue geißelt. Alſo auch hier gilt es, die Zeit zu erjagen, ſie zuſammenzudrängen, in Tag und Nacht mehr als vierundzwanzig Stunden zu finden, ſich zu zermürben und zu entnerven, zwei Jahre ſiecher Altersruhe mit einem ganzen Leben zu erkaufen. Auch hier heißt die Weltmacht, der ſich alles beugt, „Gold und Vergnügen“. Indes, während der Arbeiter, ſobald er zum Krüppel wird, im Krankenhauſe ſtirbt, verſteift ſich der Kleinbürger auf das Leben. Er lebt weiter, aber er verblödet. Mit glanzloſen Augen, verlebten, ſtumpfſinnigen Zügen, ſchlotternden Beinen ſchleppt er ſich mühſelig über die Boulevards der geliebten Stadt – dem traulichen Gürtel ſeiner Venus. Was erſehnt der Bürger? Den krummen Säbel der Nationalgarde, ein Stückchen Fleiſch im Topf, einen ehrlich erworbenen Spargroſchen für die alten Tage und ein beſcheidenes Plätzchen auf dem Père-Lachaiſe. Sein Montag iſt der Sonntag, ſeine Erholung eine Landpartie, auf der er mit Weib und Kindern vergnügt den Staub der Landſtraßen ſchluckt und ſich von der Sonne braten läßt, oder eine kurze Spazierfahrt in einer wackligen Mietdroſchke; ſein Feſtungsgraben iſt das kleine Gaſthaus, deſſen Schlangenfraß einen gewiſſen Ruf genießt, oder irgendein Familienball, bei dem man längſtens um Mitternacht erſtickt.

Gar mancher erſtaunt, wenn er den Wirbeltanz der Bakterien eines Waſſertropfens unter dem Mikroſkop betrachtet. Was aber würde der Rieſe Gargantua von Rabelais ſagen, wenn es ihm eines Tages gefiele, aus himmliſchen Höhen das Treiben dieſes zweiten Pariſer Geſellſchaftskreiſes zu betrachten? Unter dem weitbogigen Kupferdache, das die Markthallen krönt, ſteht eine jener kleinen Bretterbuden, die ſchon im Sommer kalt ſind und im Winter nicht anders geheizt werden können als mit Kohlenbecken. Hier ſitzt vom frühen Morgen an die Gemüſehändlerin und verdient angeblich zwölfhundert Franken im Jahr. Ihr Mann iſt inzwiſchen in einem dunklen Stübchen und verleiht an die Händler ſeines Viertels auf kurze Zeit zu Wucherzinſen Geld. Schon um neun Uhr geht er ins Paßamt, wo er Abteilungsvorſtand iſt. Am Abend iſt er Kaſſierer des Théâtre-Italien oder irgendeines andern Theaters. Die Kinder ſind in Pflege gegeben und kommen erſt nach Hauſe, wenn ſie das Gymnaſium oder ein Penſionat beſuchen ſollen. Mann und Frau leben im dritten Stockwerke, ſie haben nur eine Köchin und geben in ihrem zwölf Fuß langen, acht Fuß breiten, mit Quinquetlampen beleuchteten Salon zwei bis drei Bälle in jedem Winter. Aber ihre Tochter erhält eine Mitgift von hundertfünfzigtauſend Franken, und ſie ſetzen ſich mit fünfzig Jahren zur Ruhe. In dieſem Alter fangen ſie an, zuweilen in einer Loge des dritten Ranges der Oper zu erſcheinen, mit einem Fiaker nach Longchamp zu fahren oder ſich, wenn die Sonne ſcheint, in verſchoſſener Kleidung auf den Boulevards zu ergehen. Der Mann genießt in ſeinem Bezirk ein gewiſſes Anſehen. Er hat Beziehungen zu dem höheren Bürgertum, iſt bei der Regierung beliebt, erhält mit fünfundſechzig Jahren das Kreuz der Ehrenlegion, und der Vater ſeines Schwiegerſohns, der Kreisvorſteher iſt, lädt ihn zu ſeinen Abendunterhaltungen ein. Dieſes Kleinbürgertum erſchöpft ſein ganzes Leben in der unſeligen Anſtrengung, die Kinder zum höheren Bürgertum emporzuheben. Jede Geſellſchaftsſchicht legt ihre Brut in den Bereich der nächſt höheren. Der Sohn des reichgewordenen Krämers wird Notar, der des Holzhändlers Magiſtratsbeamter. Kein Zahn fehlt in dieſem Getriebe, alles fördert die aufſteigende Bewegung, den Auftrieb des Goldes.

Nun zum dritten Kreis dieſer Hölle, die eines Tages vielleicht ihren Dante finden wird! Dieſer dritte Geſellſchaftskreis iſt eine Art Bauch von Paris, der die Intereſſen der Stadt verdaut und in einer Form verdichtet, die man „Geſchäfte" nennt. In ſeinen gallebitteren Eingeweiden drängt und ſtößt ſich die Maſſe der Anwälte, Ärzte, Notare, Richter, Großkaufleute, Bankiers und Börſeaner. Hier treffen noch mehr Urſachen für den körperlichen und ſeeliſchen Verfall zuſammen als anderwärts. Faſt all dieſe Menſchen leben in ſtickigen Lehrſälen, in verpeſteten Empfangszimmern, in vergitterten Löchern, verbringen den Tag gebeugt von der Laſt der Geſchäfte. Sie erheben ſich mit der Morgenröte, um alles ſchaffen zu können, was ſie vorhaben, um ſich nicht ausplündern zu laſſen, um alles zu gewinnen oder nichts zu verlieren, um ſich eines Menſchen oder ſeines Geldes zu bemächtigen, um geſchäftliche Verbindungen anzuknüpfen oder zu löſen, um eine flüchtige Gelegenheit auszunützen, um einen Menſchen aufzuhängen oder freizuſprechen. Sogar auf die Pferde wirkt dies Jagen und Haſten zurück, das ſie überbürdet und zu Tode hetzt. Ihr Tyrann iſt die Zeit; ſie fehlt ihnen an allen Ecken und Enden, ſie eilt ihnen davon, ſie läßt ſich nicht ſtrecken, nicht zuſammendrängen. Welche Seele kann rein und groß,

welches Antlitz ſchön und edel bleiben in dieſer ver-
derblichen Ausübung eines Berufs, der dazu zwingt,
all das Elend des Volkes zu ertragen, zu analyſieren,
zu erwägen, zu ſchätzen und andauernd auszubeuten?
Dieſe Leute haben kein Herz, oder wenn ſie eines ha-
ben, legen ſie es ab, laſſen es irgendwo liegen, bevor
ſie am Morgen zur Tiefe der Menſchheitsſorgen hin-
abſteigen. Für ſie gibt es kein Geheimnis. Sie ſind die
Beichtväter der Geſellſchaft, die ſie verachten, weil
ſie ihre Kehrſeite ſehen. Mögen ſie die Sittenverderb-
nis, mit der ſie ſich meſſen müſſen, auch bedauern,
verabſcheuen oder ſich ihr aus Müdigkeit, aus inne-
rem Triebe angleichen — endlich ſtumpfen ſich not-
wendigerweiſe alle ihre Gefühle ab, und ſie ſtürzen
ſich auf Geſetze, Menſchen und Inſtitutionen, wie die
Dohlen auf den noch warmen Leichnam. Den ganzen
Tag prüft und ſchätzt der Kaufmann die Lebenden,
der Anwalt die Toten, der Richter die Gewiſſen. Un-
ter dem Zwange, fortwährend zu reden, erſetzen ſie
den Gedanken durch das Wort, das Gefühl durch die
Phraſe, und ihre Seele liegt im Kehlkopf. Sie ver-
brauchen ſich und ſinken moraliſch herab. Weder
der Großkaufmann, noch der Anwalt, noch der Rich-
ter behält ſeinen geraden Sinn. Sie empfinden nicht
mehr, ſie wenden allgemeine Regeln an, ob ſie nun
zutreffen oder nicht. Durch ihr wild dahinſtürmen-
des Daſein fortgeriſſen, ſind ſie nicht Gatte, nicht Va-
ter noch Liebhaber. Sie leben nur für ihre Geſchäfte
und gleiten über die andern Dinge des Lebens in ra-
ſendem Laufe hinweg. Kommen ſie abends totmüde
nach Hauſe, ſo müſſen ſie in die Oper, zum Ball oder
zu irgendeiner andern Feſtlichkeit, um Kunden zu fan-
gen, Bekanntſchaften anzuknüpfen, Gönner zu um-
werben. Alle eſſen unmäßig, ſpielen nächtelang und

ſchlafen nicht, und ihre Geſichter ſtrecken oder runden und röten ſich.
Solch furchtbarem Aufwand an Geiſteskräften, ſolch vielfältiger Seelenpein ſetzen ſie nicht etwa ruhige Erholung entgegen — der Gegenſatz wäre ihnen ja noch immer nicht grell genug! — ſondern Ausſchweifung, heimliche, unerſättliche Ausſchweifung. Denn ſie verfügen über alle und über alles und ſind die Träger der geſellſchaftlichen Moral. Hinter ihrem engbegrenzten Fachwiſſen verbirgt ſich völlige Unwiſſenheit. Sie verſtehen ihren Beruf, haben aber keine Ahnung von dem, was außer ihm liegt. Ihrer Eitelkeit willen ſtellen ſie daher alles in Frage. Sie geben ſich den Anſchein, Skeptiker zu ſein, und ſind in Wirklichkeit nichts als Dummköpfe, die ihren Geiſt in endloſen Auseinanderſetzungen ertränken. Aus Bequemlichkeit wappnen ſich die meiſten mit geſellſchaftlichen, literariſchen und politiſchen Vorurteilen und ſtellen ſich unter das ſchützende Dach des bürgerlichen und des Handelsgeſetzbuches. Sie machten ſich frühzeitig auf, um tüchtige Männer zu werden, und kriechen nun im Staube dahin auf den höchſten Gipfeln der Welt. Aus dieſen Gründen zeigt ihr Antlitz die krankhafte Bläſſe, die falſchen Farben, die glanzloſen, blauumränderten Augen, den ſchwatzhaften, ſinnlichen Mund, woran der ſcharfe Beobachter die ſittliche Entartung ihrer Gedanken erkennt. Indem ſie ſich immer nur im Kreiſe ihres Fachwiſſens drehen, ertöten ſie die ſchöpferiſchen Fähigkeiten ihres Hirns: Weitblick und logiſchen Scharfſinn. Sie ſchrumpfen faſt alle in den Hochöfen ihrer Geſchäfte zuſammen. Kein Mann kann jemals groß werden, der ſich von dem Triebwerk dieſer ungeheuren Maſchinen ergreifen und zermalmen läßt. Arbeitete Robespierre? Dan-

ton war ein Müßiggänger und wartete. Übrigens hat man weder dieſen noch jenen um ſein Geſicht, wie erhaben es auch ſein mag, jemals beneidet.
All dieſe Geſchäftsleute, dieſe im wahrſten Sinne des Wortes „Geſchäftigen" raffen Geld zuſammen und häufen es auf, um ſich mit der Ariſtokratie zu verbinden. Zielt der Ehrgeiz des Proletariers darauf ab, Kleinbürger zu werden, ſo ſind hier die gleichen Leidenſchaften rege. In Paris ſchließt die Eitelkeit alle Leidenſchaften in ſich. Sei es ein ehrgeiziger Bürger, der nach einem qualvollen, arbeitsreichen Leben in den Staatsrat gelangt, wie die Ameiſe durch die Ritze; ſei es irgendein Zeitungsredakteur, ein rückſichsloſer, gewiſſenloſer Streber, dem der König vielleicht nur deshalb die Pairswürde verleiht, um ſich an der Ariſtokratie zu rächen; ſei es irgendein Notar, der zum Kreisvorſteher ernannt wird: Sie alle erreichen, zermalmt, getötet von ihren Geſchäften, das Ziel. In Frankreich herrſcht der Zopf. Nur Napoleon, Louis der Vierzehnte, die großen Könige, umgaben ſich mit jungen Leuten, um ihre Abſichten auszuführen.
Oberhalb dieſer Sphäre lebt die Kunſtwelt. Indes, auch hier noch ſind die mit dem Siegel der Originalität geprägten Züge matt, zerfurcht und, wenn auch in edlerer Weiſe, unſchön und verzerrt. Überreizt durch das unerbittliche Gebot zu ſchaffen, erſchöpft durch ein zerſtörendes Genie, lechzend nach Vergnügungen und koſtſpieligen Liebhabereien, die zu den Einkünften in kraſſem Mißverhältnis ſtehen, will der Pariſer Künſtler durch Überanſpannung der Arbeit zurückgewinnen, was ſeine Trägheit verſchuldete. Vergeblich trachtet er, Geld und Kunſt, Geſellſchaft und Ruhm zu verſöhnen. Zu Beginn ſeiner Laufbahn ſtöhnt er andauernd unter ſeinen

Gläubigern. Seine Bedürfnisse gebären Schulden und diese fordern gebieterisch seine Nächte. Nach der Arbeit das Vergnügen. Der Schauspieler mimt bis Mitternacht, lernt am Morgen seine Rollen und steht mittags auf der Probe. Der Bildhauer meißelt an seiner Statue, bis ihn der Rücken schmerzt. Der Redakteur jagt bei Tag und Nacht Ereignissen, Gedanken und Einfällen nach, wie der Soldat dem Feinde. Der Maler, der im Augenblick als zugkräftig gilt, wird mit Arbeit überhäuft, und dem andern, der keinen Auftrag erhält, nagt der Kummer am Herzen, wenn er sich als Genie fühlt. Die Konkurrenz, Brotneid und Verleumdungen morden jede Begabung. Die einen rollen verzweifelt in den Abgrund des Lasters, die andern sterben jung und verkannt, weil sie auf eine glückliche Zukunft gebaut und in Saus und Braus gelebt hatten. Nur selten bewahrt ihr Antlitz die ursprüngliche Schönheit. Übrigens wird diese leuchtende, flammende Schönheit des Künstlerkopfes gar nicht verstanden. In den Zügen eines Künstlers liegt immer etwas Außerordentliches; sie halten sich stets über oder unter den herkömmlichen Linien dessen, was der Torheit als Schönheitsideal vorschwebt. Wie heißt die Macht, die den Künstler zerstört? – Leidenschaft! In Paris liegt alle Leidenschaft zwischen zwei Grenzen: Gold und Vergnügen.
Nun aber weht reinere Luft. Hoch und frei wölbt sich der Raum. Nicht Arbeit noch Sorgen beklemmen den Atem. Die aufsteigende Spirale des Goldes hat den Gipfel erreicht! Von der Sohle der Kellerlöcher, wo sein Rinnsal beginnt, vom Grunde der Kramladen, wo dürftige Dämme es stauen, vom Schoß der großen Fabriken, wo es sich in Barren umgießen läßt, sprudelt das Gold empor und wird der Aristokratie — in

der Gestalt von Mitgiften und Erbschaften — durch zarte Mädchenhände und knochige Greisenhände zugeführt. Dort hebt es an, von neuem zu leuchten, neuen Glanz zu entfalten und von neuem — zu verrieseln.

Vor dem Verlassen der vier Schichten, auf die sich der oberste Kreis der Pariser Gesellschaft stützt, ist es jedoch erforderlich, nach den moralischen auch die physischen Ursachen zu erwähnen, und auf eine schleichende Seuche hinzuweisen, die das Antlitz des Portiers, des Krämers, des Arbeiters verunstaltet. Ist doch ihre Wirkung nicht minder schädlich als die Korruption der Pariser Verwaltung, die sie willfährig unterstützt!

Wenn die Luft in den meisten Häusern der Bürgerschaft verpestet ist, wenn die Straße in die luftarmen Höfe und Hinterläden zahllose grausame Miasmen speit, so ist dies nur der geringere Teil des verheerenden Gifts. Die vierzigtausend Häuser dieser Riesenstadt baden ihre Füße in scheußlichstem Unrat. Jenen, in deren Händen die Macht liegt, fehlte bisher der ernstliche Wille, die Grundmauern mit Beton zu umgürten, der verhindert hätte, daß stinkender Schmutz durch den Boden sickert, die Brunnen vergiftet und Lutetia Parisiorum, den altberühmten Namen der Stadt, unterirdisch fortbestehen läßt. Die Hälfte von Paris schläft in den fauligen Ausdünstungen der Höfe, der Gassen und der Senkgruben.

Doch in den hohen, luftigen, vergoldeten Salons, in den parkumrahmten Palästen einer müßigen, glücklichen Welt, die ihr reichliches Auskommen besitzt? Ach, ihre bleichsüchtigen, hohlwangigen Gesichter zernagt die Eitelkeit! Nur zu bald erschlafft die Natur all dieſer Menſchen und wird zur Unnatur. Da ſie das Vergnügen ſuchen, müſſen ſie nicht Langeweile finden? Nur auf Genuß ſinnend, mißbrauchen ſie ihre Sinne, wie der Arbeiter ſeinen Branntwein mißbraucht. Das Vergnügen gleicht gewiſſen medizinischen Mitteln: Um fortgeſetzt die gleiche Wirkung zu erzielen, muß die Doſis vervielfacht werden — die letzte, die größte führt zum Wahnſinn oder in den Tod. Alle unteren Klaſſen erniedrigen ſich vor den Reichen und erſpähen ihre Lüſte, um daraus Laſter zu machen und ſie auszubeuten. Wie den Lockungen widerſtehen, die ſie in Verſuchung führen? Nun, auch Paris hat ſeine Univerſalheilmittel, ſeine Opiate: das Spiel, die Bauchdienerei und die Dirnen. Schon frühzeitig treten deshalb bei jenen Menſchen flüchtige Neigungen, romantiſche Launen und froſtige Liebeleien an die Stelle wahrer Leidenſchaft. Dort herrſcht das Unvermögen. Alle Energie, alle ſtarken Gedanken ſchmelzen in der weibiſchen, heuchleriſchen Geziertheit des Boudoirs dahin. Es gibt Grünſchnäbel von vierzig und pedantiſche Greiſe von ſechzehn Jahren. Die Pariſer Reichen finden durchgebildeten Geiſt, vorgekautes Wiſſen, feſtgefaßte Meinungen überall vor, was ſie enthebt, Geiſt, Wiſſen, Meinungen zu haben. Die Unvernunft dieſer Geſellſchaft gleicht ihrer Schwachheit und Ausſchweifung. Man geizt mit der Zeit, um ſie zu vergeuden. Niemand ſuche dort nach Gefühlen – ihrer ſind nicht mehr als Gedanken! Ungeſtüme Umarmungen verhüllen eine völlige Gleichgültigkeit, und Höflichkeit eine tiefe Verachtung. Man liebt dort ſeinen Nächſten nicht. Seichte Scherze, Indiskretionen, Klatſchereien, vor allem aber Gemeinplätze: dies iſt der Stoff ihrer Geſpräche! Allein dieſe unglücklichen Glückspilze geben vor, daß ſie nicht zuſammenkommen, um nach den Maximen des Larochefoucauld zu reden und zu handeln. Als gäbe es keine Mitte zwiſchen Geiſtesüberfülle und völliger Geiſtesleere!

Wenn wirklich ein paar geſunde, geiſtesfriſche Männer über einen leichten, feinen Spott verfügen, wird er gar nicht verſtanden. Und da ſie ſtets nur geben müſſen, ohne jemals zu empfangen, bleiben ſie bald daheim und überlaſſen den Dummköpfen das Feld. Dies hohle Leben, dieſe immerwährende Erwartung eines Vergnügens, das ſich nie einſtellt, dieſe ewige Langeweile, dieſe Leere des Herzens und Hirns, dieſe Stumpfſinnigkeit der höchſten Pariſer Geſellſchaft ſpiegelt ſich in ihren Zügen und erzeugt jene Fratze körperlichen und geiſtigen Unvermögens, jenes frühalte, runzlige Pappegeſicht, von dem das Gold ſeine gleißenden Strahlen zurückwirft.

Der Einblick in die Seele von Paris beweiſt, daß ſein Körper gar nicht anders ſein kann, als er iſt. Dieſe ſtrahlenumgürtete Königin unter den Städten iſt immer ſchwanger und hat unwiderſtehlich wilde Gelüſte. Paris iſt das Haupt des Erdballs, ein Gehirn, das von Genie ſtrotzt, ein ſchöpferiſcher Künſtler, ein weitſichtiger Staatsmann, der Größte unter den Großen, die der Ziviliſation der Menſchheit voranleuchten, und zeigt darum notwendigerweiſe auch die Falten des Gehirns, die Launen des Künſtlers, die Abgeſtumpftheit des Staatsmanns, die Laſter der Großen. In ſeinem Antlitz keimt das Gute wie das Böſe, Kampf und Sieg, die Geiſtesſchlacht des Jahres ſiebzehnhundertneunundachtzig, von deren Fanfaren heute noch die Welt erdröhnt, wie die Niederlage des Jahres achtzehnhundertvierzehn. Eine ſolche

Stadt kann in ihren Sitten, in ihrem Tun und Laſſen unmöglich ſauberer ſein als der Rieſenkeſſel eines Dampfſchiffes, das ſtolz die Fluten durchſchneidet. Iſt dies herrliche Schiff „Paris" nicht vollbeladen mit Geiſt? Wahrlich, ſein Wappen iſt eine Verheißung des Schickſals, die in Erfüllung ging. Auf ſeinem Hauptmaſt, der ganz aus Bronze iſt, ſind alle ſeine Siege eingraviert, und ſein Lotſe heißt Napoleon. Mag dies Schiff auch ſchlingern und ſtampfen, es zerteilt doch ſicher und ſtark die Wogen, ſchleudert aus dem hundertfältigen Munde ſeiner Lehrkanzeln Feuerbrände in die Welt, ſchwimmt mit vollen Segeln auf dem Meere der Wiſſenſchaft, und vom Maſtkorb her hallt der laute Ruf ſeiner Gelehrten und ſeiner Künſtler: „Vorwärts! Mir nach!" Seine ungeheuer zahlreiche Bemannung findet Gefallen daran, es immer wieder mit neuen Wimpeln zu behängen. Die Schiffsjungen oben im Takelwerk ſind ſorgloſe Schelme, die Matroſen beteerte Arbeiter, ſein Ballaſt ſchwerfällige Bürger. Die glücklichen Reiſenden bleiben in den Kajüten oder rauchen, an die Schiffsbrüſtung gelehnt, ihre Zigarre. Auf dem Oberdeck wimmelt es von Soldaten, Neuerungsſüchtigen und Ehrgeizigen, die jeden Strand anlaufen wollen. Sie möchten überall ihr Licht leuchten laſſen, überall um Ruhm und Liebe werben. Ruhm aber iſt ein Vergnügen, und die Liebe verlangt nach Gold.
Die übermäßige Kraftanſpannung des Proletariers, das verderbliche Streben, das die beiden Kreiſe des Bürgertums zermalmt, die grauſamen Wirkungen der künſtleriſchen Denkart, die unabläſſige Sucht des Reichtums nach Vergnügen und Ausſchweifung — all dies erklärt die beſtehende Häßlichkeit des Pariſer Antlitzes. Nur im Orient bietet der Menſch ein wahr-

haft prächtiges Bild. Dies ist ausschließlich die Wirkung der andauernden Ruhe, der sich die Orientalen hingeben. Die kurzbeinigen, gedrungenen Philosophen mit der langen Pfeife verachten, ja verabscheuen jede Bewegung, während in Paris Hoch und Niedrig rastlos durchs Leben hastet. Denn über allen schwingt die Geißel der unerbittlichen Göttin Notwendigkeit — Notwendigkeit des Geldes, des Ruhms und des Vergnügens.

Daher zählt in Paris ein frisches, anmutiges, wahrhaft jugendliches Antlitz zu den seltensten Ausnahmen. Findet man es einmal, so gehört es sicherlich einem jungen, sehr frommen Priester oder irgendeinem biederen, wohlbeleibten Abbé mit vierzig Jahren; einem sittenreinen jungen Mädchen, wie sie in manchen Bürgerfamilien aufwachsen; einer zwanzigjährigen Mutter, die in einem Paradies von Träumen lebt und ihren Erstgebornen stillt; einem frisch aus der Provinz gelandeten Jüngling, dem die fromme Erbtante, die ihn betreut, nicht einen Sou in die Hand gibt; vielleicht irgendeinem Ladenjungen, der sich, ermüdet von dem ewigen Auf- und Abwickeln der Stoffballen, gegen Mitternacht schlafen legt und um sieben Uhr aufsteht, weil er das Schaufenster dekorieren muß; einem vermögenden Mann der Kunst oder Wissenschaft, der in klösterlicher Abgeschiedenheit schönen Ideen lebt und dabei mäßig, geduldig und keusch bleibt; einem selbstzufriedenen Toren, der sich von seiner Dummheit nährt, vor Gesundheit strotzt und sich mit nichts andrem beschäftigt, als über sich selbst zu lachen; oder einem jener stillvergnügten Müßiggänger, die als die einzigen wirklich glücklichen Menschen zu jeder Stunde das poesievolle Treiben von Paris genießen.

Dennoch gibt es auch in Paris einen Kreis auserleſener Geſchöpfe, denen die übertriebene Regſamkeit der Arbeit, der Geſchäfte, der Kunſt und des Geldes zum Vorteil gereicht: die Frauen. Obwohl es nicht an unzähligen geheimen Urſachen gebricht, daß auch ihre Züge in Paris mehr als anderswo der Zerſtörung verfallen, gibt es in der Frauenwelt kleine, glückliche Volksraſſen, die nach Art der Orientalen leben und dadurch ihre Schönheit bewahren. Indes, ſolche Frauen ſind auf der Straße nur ſelten zu ſehen. Sie blühen im Verborgenen, wie jene exotiſchen Pflanzen, die ihren Blumenkelch nur zu gewiſſen Stunden erſchließen.

Dabei iſt Paris allerdings ganz entſchieden eine Stätte der Gegenſätze. Wenn echtes Gefühl nur ſpärlich vorhanden iſt, ſo trifft man doch auch dort, wie überall, auf unbegrenzte Hingebung und edelſte Freundſchaft. Wie bei den zur Schlacht ziehenden Heeren die Selbſtſucht triumphiert, weil es dem einzelnen obliegt, ſich ſelbſt zu wehren, ſo ſtreben auf dem Schlachtfelde der Intereſſen und Leidenſchaften die Gefühle nach Vollkommenheit, wo immer ſie ſich äußern und miteinander meſſen. Und ebenſo die Geſichtszüge. In der Pariſer Hochariſtokratie ſieht man zuweilen bei jungen Leuten ein hinreißendes Antlitz. Es iſt die Frucht einer ausgezeichneten Erziehung und ganz erleſener Sitten. Mit der Jugendſchönheit engliſchen Blutes verbinden ſie in ihren Zügen ſüdliche Entſchloſſenheit, franzöſiſchen Geiſt, Reinheit der Form. Das Feuer ihrer Augen, das friſche Rot der Lippen, der ſchwarze Glanz des Haares, der weiße Teint und der vornehme Geſichtsſchnitt ſchuf ſie zu menſchlichen Wunderblumen, die man nur mit höchſtem Entzücken betrachtet, wo ſie aus der

Maſſe der glanzloſen, zerfurchten, verzerrten Fratzen der übrigen emporragen. Deshalb bewundern die Frauen ſolch ein Jünglingsantlitz mit der Lüſternheit eines Mannes, der ſich erdreiſtet, ein hübſches, ehrbares, anmutiges Weib unverwandt anzuſehen, wenn es mit all jenen Reizen der Jungfräulichkeit ausgeſtattet iſt, womit unſre Vorſtellungskraft die Schönheit des vollkommenen Mädchens krönt.

Wenn dieſe flüchtige Skizze der Bevölkerung von Paris die Seltenheit eines raffaeliſchen Antlitzes erwies und auf die leidenſchaftliche Bewunderung ſchließen ließ, die es auf den erſten Blick einflößen muß, dann iſt der vornehmſte Zweck dieſer Geſchichte erreicht. „Quod erat demonſtrandum“, was zu beweiſen war — ſo es erlaubt iſt, die Formeln der Scholaſtik auf die Sittenlehre anzuwenden.

☆

ES WAR AN EINEM HERRLICHEN FRÜHLINGSmorgen. Die kaum entfalteten Knoſpen der Blätter grünten noch nicht. Aber der Himmel war blau, die Sonne glänzte auf jedem Dach und lockte die Pariſer Bevölkerung aus ihren Löchern hervor. Summend zog ſie über die Boulevards und kroch gleich einer in zahlloſen Farben ſchillernden Schlange von der Rue de la Paix nach den Tuilerien, um das Hochzeitsfeſt der wiedererwachten Natur zu begrüßen. An jenem fröhlichen Tage ging in der Hauptallee der Tuilerien ein junger Mann ſpazieren. Er war ſchön wie dieſer Frühlingsmorgen, geſchmackvoll gekleidet und hatte ein ſicheres, läſſiges Auftreten.

Dieſer Andonis hieß Henri de Marſay und war —

mag dies Geheimnis ſchon hier gelüftet ſein — ein Kind der Liebe, der natürliche Sohn des Lord Dudley und der berühmten Marquiſe de Vordac. Nach Henris Geburt kam Lord Dudley eilends nach Frankreich, um die junge Mutter an einen alten Edelmann, Herrn de Marſay, zu verheiraten. Dieſer, ein erſchlaffter, faſt verlöſchender Schmetterling, erkannte das Kind — dank einer jährlichen Leibrente von hunderttauſend Franken, die übrigens nach ſeinem Ableben an Henri fallen ſollte — als ſein eigenes an. Der Scherz koſtete Lord Dudley nicht allzuviel. Stand doch damals die franzöſiſche Staatsrente auf ſiebzehneinhalb Franken! Der Edelmann ſtarb, ohne ſeine Gemahlin gekannt zu haben, und Frau de Marſay vermählte ſich nachher mit dem Marquis de Vordac. Bevor ſie jedoch Marquiſe wurde, kümmerte ſie ſich um ihr Kind und Lord Dudley herzlich wenig. Zunächſt hatte die Kriegserklärung zwiſchen Frankreich und England das Liebespaar getrennt und die Treue „mit verſchärften Bedingungen" war und wird wohl in Paris nie Mode werden. Dann aber erſtickten die geſellſchaftlichen Erfolge der ſchönen, eleganten, von aller Welt angebeteten Frau in der Pariſerin jegliches Muttergefühl. Die Sorgfalt, die Lord Dudley ſeiner Nachkommenſchaft zuwandte, war nicht größer als die der Mutter. Die jähe Untreue eines glühend geliebten Mädchens flößte ihm vielleicht eine Art Abneigung gegen alles ein, was vom Weibe herrührte. Mag ſein, daß Väter überhaupt nur ſolche Kinder lieben, mit denen ſie eine umfaſſende Bekanntſchaft geſchloſſen haben. An dieſe für den Frieden der Familien hochbedeutſame Lehre ſollten ſich alle Junggeſellen halten, denn ſie beweiſt, daß die Vaterſchaft lediglich ein durch das Weib,

die Sitten und Geſetze im Treibhaus gezogenes Gefühl iſt.
Auf dieſe Weiſe ſah der arme Henri den Vater nur in demjenigen von beiden, der nicht verpflichtet war, es zu ſein. Die Vaterſchaft des Herrn de Marſay war begreiflicherweiſe recht mangelhaft. Nach den Naturgeſetzen hat das Kind nur in äußerſt wenigen Augenblicken einen Vater; und der Edelmann hielt ſich in dieſer Beziehung an die Natur. Es wäre dieſem Biedermann nie eingefallen, ſeinen Namen zu verkaufen, wenn er keine Laſter gehabt hätte. Er aß ohne Bedenken in Spielhöllen, vertrank dort die kärglichen Halbjahrszahlungen, womit der Staatsſchatz die Rentner abfindet, und überließ das Kind der Obhut ſeiner alten Schweſter. Fräulein de Marſay betreute es mit mütterlicher Sorgfalt. Für das von ihrem Bruder gewährte magere Koſtgeld nahm ſie einen Hauslehrer, einen Abbé, der nichts zu beißen und zu brechen hatte, der jedoch des Knaben Zukunft nüchtern erwog und beſchloß, ſich für die Sorgfalt, die er ſeinem lieben Mündel angedeihen ließ, aus deſſen Hunderttauſendfrankenrente ſpäter einmal bezahlt zu machen. Der Zufall fügte es, daß der Hauslehrer ein wirklicher Prieſter war — einer jener Geiſtlichen, die geboren ſind, Kardinäle von Frankreich oder Borgias unter der Tiara zu werden. In einem Zeitraum von drei Jahren lehrte er den Knaben, was man ihm auf dem Gymnaſium kaum in zehn Jahren beigebracht hätte. Abbé de Maronis, dies der Name des großen Mannes, krönte die Erziehung ſeines Zöglings, indem er ihn die Ziviliſation von all ihren Seiten ſtudieren ließ: Er ſpeiſte ihn mit ſeiner großen Erfahrung, führte ihn nur wenig in die damals geſchloſſenen Kirchen, dafür aber um ſo

häufiger hinter die Kuliſſen und in Dirnengeſellſchaft. Er machte ihm nach und nach jedes menſchliche Gefühl zuſchanden; er weckte ſein Verſtändnis für Politik, die damals in den Salons der Vornehmen gärte; er ſetzte ihm das Triebwerk der Regierungsmaſchine auseinander — kurz, er verſuchte, aus Freundſchaft für eine ſchöne, hoffnungsreiche, aber hilfloſe Natur, dem ihm anvertrauten Kinde die Mutter zu erſetzen. Iſt die Kirche nicht die Mutter der Waiſen?
Sein Zögling entſprach ſolcher großen Sorgfalt. Als der Ehrwürdige im Jahre achtzehnhundertzwölf als Biſchof ſtarb, geſchah es mit der Genugtuung, auf Erden ein Kind zurückzulaſſen, deſſen Herz und Geiſt ſchon mit ſechzehn Jahren ſo geſtaltet war, daß es einen Vierzigjährigen leicht übers Ohr hauen konnte. Wer vermutet hinter dem verführeriſcheſten Äußern gleich jenem, womit die alten, ſo naiv empfindenden Meiſter die Schlange des Paradieſes bedachten, ein ehernes Herz, ein vom Alkohol vergiftetes Hirn? Allein dies iſt nicht alles. Darüber hinaus hatte der violette Teufel ſeinem Schoßkind in der vornehmen Geſellſchaft gewiſſe Bekanntſchaften vermittelt, die in Händen des jungen Mannes dem Ertrag einer weiteren Rente von hunderttauſend Franken gleichkamen. Mit andern Worten, dieſer laſterhafte aber ſchlaue, glaubensloſe aber gelehrte, hinterliſtige aber liebenswürdige Gottesmann war ſeinem Zögling ſo nützlich, deſſen Laſtern ſo gefällig; der ſcheinbar ſchwächliche, in Wirklichkeit an Körper und Geiſt gleich ſtarke Prieſter wußte die Gewalt in allen ihren Formen ſo kühl zu erwägen, mit der Schuld des Nächſten ſo eingehend abzurechnen; er war ſo luſtig bei Tiſch, bei Frascati, bei . . . weiß der Himmel, wo ſonſt noch: daß ſein dankbarer Zögling nicht ſonder-

liche Rührung empfand, wenn er im Jahre achtzehnhundertvierzehn das Bild des lieben Biſchofs betrachtete, das ihm dieſer als einzigen Wertgegenſtand hinterlaſſen hatte. Gleichviel, nur dieſer geniale Menſchentypus wird die apoſtoliſche, römiſch-katholiſche Kirche retten – vorausgeſetzt, daß ſie, die ſich gegenwärtig durch die Schwäche ihres Nachwuchſes und durch das Greiſentum ihres Hoheprieſters ſo viel vergibt, überhaupt gerettet ſein will.
Der Kontinentalkrieg verhinderte Henri de Marſay, ſeinen wirklichen Vater kennenzulernen, und es iſt fraglich, ob er ihn mehr als dem Namen nach kannte. Auch ſeine Mutter kannte er nicht. Naturgemäß betrauerte er ſeinen vermeintlichen Vater nur ſehr wenig. Dagegen ließ er Fräulein de Marſay, ſeiner wahren Mutter, gleich nach ihrem Tode eine ſehr ſchöne kleine Gruft auf dem Père-Lachaiſe errichten. Monſeigneur de Maronis hatte der alten Jungfer mit dem Perlenhäubchen einen der beſten Plätze im Himmel zugeſichert, ſo daß ihr Henri, als er ſie glücklich ſterben ſah, ſelbſtſüchtige Tränen nachweinte und begann, ſie um ſeinetwillen zu betrauern. Als der Abbé dies wahrnahm, trocknete er die Schmerzenstränen ſeines Zöglings und gab ihm zu verſtehen, daß die gute alte Dame auf recht widerwärtige Art geſchnupft hatte und dabei ſo häßlich, taub und langweilig geworden war, daß er ihrem Tode eher zu Dank verpflichtet ſei.
Im Jahre achtzehnhundertelf hatte der Biſchof ſein Mündel großjährig erklären laſſen. Dann, als ſich Henris Mutter wieder verheiratete, ſetzte er im Familienrat durch, daß einer jener ehrlichen Dummköpfe, die er hinter dem Gitterfenſter des Beichtſtuhls auserſehen hatte, den Auftrag erhielt, Henris Vermögen zu verwalten, deſſen Ertrag zum Wohl

der Gemeinde verwendet werden, deſſen Höhe hingegen unvermindert erhalten bleiben ſollte.
Gegen das Jahresende achtzehnhundertvierzehn hatte demnach Henri de Marſay keinerlei irdiſche Verpflichtungen und fühlte ſich frei, wie der Vogel in der Luft. Obzwar er das zweiundzwanzigſte Lebensjahr vollendet hatte, ſchien er kaum ſiebzehn zu zählen. Dabei hielten ihn auch die kritiſchſten ſeiner Rivalen für den hübſcheſten Jungen von Paris. Von ſeinem Vater, Lord Dudley, hatte er die trügeriſchſten, ſchmachtendſten Blauaugen, von ſeiner Mutter das dichteſte, lockigſte Schwarzhaar — von beiden zuſammen reines, geſundes Blut, eine Mädchenhaut, ein ſanftes, beſcheidenes Weſen, eine ſchlanke, ariſtokratiſche Geſtalt und ſehr ſchöne Hände. Ihn ſehen, hieß für jedes Weib, ſich närriſch in ihn verlieben — von einer jener Sehnſüchte befruchtet werden, die ans Herz greifen, und dennoch bald in Vergeſſenheit geraten, weil es unmöglich iſt, ſie zu befriedigen. Denn der Pariſerin fehlt im allgemeinen jede Zähigkeit. Nur wenige von ihnen bekennen ſich zu dem „ICH HALTE FEST" des Hauſes Oranien. Unter Henris Lebensfriſche barg ſich, trotz ſeiner waſſerhellen Augen, der Mut des Löwen und die Geſchicklichkeit des Affen. Er traf mit der Kugel eine zehn Schritte entfernte Meſſerklinge, ritt in einer Art, als gelte es, die Fabel der Zentauren zu verwirklichen, und lenkte einen Viererzug mit höchſter Anmut. Er war flink wie ein Engel und ſanft wie ein Lamm; er wußte die Leute aus der Vorſtadt in den grauſamen Spielen des Beinſtoßens und Stockfechtens zu ſchlagen; er ſpielte Klavier mit einer Kunſt, die er hätte ausüben können, wäre er je ins Unglück geraten; und er beſaß eine Stimme, die ihm bei Bar-

baja für jede Spielzeit fünfzigtausend Franken eingebracht hätte. Leider waren all diese guten Eigenschaften und hübschen Fehler von einem entsetzlichen Laster umgürtet: er traute weder Männern noch Frauen, glaubte weder an Gott noch an Teufel! Das Werk, das eine spielerische Natur so liebreich begonnen hatte, ward durch das erbärmliche Spiel eines Priesters grausam vollendet.

Zum Verständnis dieser Geschichte ist es nötig, hier einzufügen, daß Lord Dudley begreiflicherweise gar viele Frauen fand, die geneigt waren, dieser prächtigen Blume einige Schößlinge zu entlocken. Sein zweites Meisterwerk dieser Art, ein Mädchen namens Euphémie, war einer spanischen Dame entsprossen, in Havanna erzogen und dann mit einer jungen Kreolin der Antillen und allerlei verderbten Gelüsten der Kolonien wieder nach Madrid zurückgebracht worden. Zum Glück hatte sie einen alten, außerordentlich reichen spanischen Edelmann, Don Hijos Marquis de San-Réal, geheiratet, der seit der Okkupation Spaniens durch die französischen Truppen in Paris, Rue Saint-Lazare, wohnte. Aus Sorglosigkeit, wie auch aus Ehrfurcht vor der Unschuld der Jugend, gab Lord Dudley seinen Kindern hinsichtlich der verwandtschaftlichen Bande, die er ihnen allerorts schuf, nicht den leisesten Wink. Dies ist ein leichter Nachteil der Zivilisation. Allein sie hat so viele Vorteile, daß man ihre gelegentlichen Härten um ihrer Wohltaten willen nachsehen muß. Lord Dudley kam, nebenbei bemerkt, im Jahre achtzehnhundersechzehn auf der Flucht nach Paris, um den Verfolgungen der englischen Gerichtsbarkeit zu entgehen, die von allen Einrichtungen des Orients nichts schützt als den Warenhandel.

Als der Lord eines Tages Henri auf einem Spaziergange begegnete und ihm auf die Frage, wer der hübſche junge Mann ſei, deſſen Name genannt wurde, rief er aus:
„Ah, das iſt mein Sohn . . . welch ein Unglück!“

☆

DIES IST DIE GESCHICHTE DES JUNGEN MANNes, der Mitte April achtzehnhundertfünfzehn in der Art all der Tiere, die ſich ihrer Kraft bewußt ſind und in majeſtätiſcher Ruhe einherſchreiten, durch die Hauptallee der Tuilerien ſchlenderte. Die Bürgersfrauen blieben ſtehen und kehrten ſich, um ihn möglichſt lange zu ſehen, unbefangen nach ihm um. Die andern, die vornehmen Damen, taten dies nicht, ſondern warteten auf ſeine Wiederkehr und prägten inzwiſchen ſein liebliches Angeſicht, das auch die ſchönſte unter ihnen nicht verunſtaltet hätte, ihrem Gedächtniſſe ein, um ſich ſeiner rechtzeitig zu erinnern.
„Was machſt du denn hier — heute, am Sonntag?“ ſagte Marquis de Ronquerolles im Vorbeigehen zu Henri.
„Es zappelt ein Fiſch im Netz!“ erwiderte der junge Mann.
Dieſer Gedankenaustauſch vollzog ſich mittels zweier bezeichnender Blicke, ohne daß ſich Ronquerolles und Henri de Marſay den Anſchein gaben, einander zu kennen. Der junge Mann beobachtete die Spaziergänger mit jener raſchen Auffaſſungsgabe, die dem Pariſer eigentümlich iſt und ihn befähigt, im Augenblick alles zu ſehen und zu hören, während er ſcheinbar nicht hört und nicht ſieht.

Unmittelbar darauf trat ein junger Mann auf ihn zu, nahm ihn vertraulich am Arm und ſagte:
„Wie geht's, mein Lieber?"
„Aber ganz vortrefflich!" antwortete Henri mit jener Liebenswürdigkeit, die unter der Pariſer Jugend für Gegenwart und Zukunft nicht das geringſte beweiſt. In der Tat, die jungen Leute in Paris ſind mit jenen einer andern Stadt nicht zu vergleichen. Sie teilen ſich in zwei Klaſſen: In ſolche, die etwas, und in ſolche, die nichts haben; die einen denken, die andern verſchwenden. Dies trifft, wohlgemerkt, nur auf jene Eingeborenen zu, die ſich der köſtlichen Läſſigkeit vornehmer Lebensführung erfreuen. Es gibt allerdings noch andre junge Leute in Paris. Jene aber ſind große Kinder, die das Pariſer Daſein ſehr ſpät erfaſſen und zuletzt ſtets die Geprellten ſind. Sie ſpekulieren nicht, ſie ſtudieren — ſie „büffeln", ſagen die andern. Endlich begegnet man dort noch mancherlei jungen Leuten, reichen und armen, die eine Laufbahn vor Augen haben und feſt und unbeirrt auf ihr Lebensziel zuſteuern. Sie ſind aus dem Holz des biederen Bürgers geſchnitzt, haben etwas von Rouſſeaus Emile in ſich und erſcheinen nie in Geſellſchaft. Die Schlauköpfe nennen ſie unhöflicherweiſe Idioten. Idioten oder nicht — jedenfalls vermehren ſie die Zahl der Mittelmäßigen, unter deren Bürde Frankreich zuſammenzubrechen droht. Sie ſind immer da, immer bereit, wenn es gilt, öffentliche oder private Angelegenheiten zu verpfuſchen, und berufen ſich dabei auf ihre Unfähigkeit, die ſie Moral und Rechtſchaffenheit nennen. Sie gehören zur Gattung der preisgekrönten Muſterſchüler, die alle Verwaltungszweige, Heer- und Gerichtsweſen, Hof und Kammer unſicher machen. Sie erniedrigen, verflachen das Reich und führen dem

Staatskörper gewissermaßen ein Gift zu, das ihn erschlafft und ihm den Magen verdirbt. Diese Biedermänner nennen den Befähigsten Spitzbuben oder Schurken. Indes, wenn sich die Spitzbuben und Schurken ihre Dienste bezahlen lassen, so sind es doch wenigstens Dienste, die sie leisten; während die andern nichts als Schaden verursachen und dafür noch allgemeine Achtung genießen. Aber zum Glück hat die vornehme Jugend Frankreichs nur e i n e n Namen für sie: Schafsköpfe.

So wäre es denn, auf den ersten Anschein hin, nur natürlich, die beiden Gattungen der liebenswürdigen Körperschaft, der auch Henri de Marsay angehörte, für deutlich unterscheidbar zu halten. Allein der Beobachter, der nicht an der Oberfläche der Dinge haften bleibt, wird gar bald überzeugt, daß die Unterschiede rein geistiger Natur sind, und daß nichts so sehr täuscht, wie dieser holde Schein.

Gewiß, sie alle machen einander den Vorrang streitig. Sie alle sprechen unbesonnen über Dinge und Menschen, über Kunst und Literatur, und führen den jeweiligen Pitt und Koburg des Jahres im Munde. Sie alle unterbrechen ein geistreiches Gespräch durch ein albernes Wortspiel und ziehen die Wissenschaft und deren Jünger ins Lächerliche. Sie verachten alles, was sie nicht kennen oder wovor sie sich fürchten. Sie setzen sich rücksichtslos über alles hinweg und maßen sich an, über alle und überall Richter zu sein. Keiner von ihnen würde sich scheuen, seinen Vater zu hintergehen, im Schoß der Mutter Krokodilstränen zu vergießen. Aber im allgemeinen glauben sie an nichts und machen die Frauen schlecht; oder sie heucheln Sittsamkeit und sind in Wirklichkeit einer lasterhaften Dirne oder irgendeinem alten Weibe untertan. Sie alle ſind durch und durch berechnend und verderbt, von einem rohen Trieb nach ſichtbaren Erfolgen bis auf die Knochen angefreſſen. Suchte jemand nach einem Steine, er fände ihn ſicherlich in ihrem Herzen, mögen ſie auch bei jeder ſich bietenden Gelegenheit immer wieder ihre Freundſchaftsgefühle ins Treffen führen. Sie alle zeichnen ſich durch die angenehmſten Umgangsformen aus und ſind zumeiſt ganz hinreißend. Ihre nach Zeit und Umgebung wechſelnde Ausdrucksweiſe beherrſcht der gleiche Spott. Ihre Art, ſich zu kleiden, iſt auf Verſchrobenheiten abgeſehen, und jeder von ihnen ſetzt ſeinen höchſten Ehrgeiz darein, die Torheiten dieſes oder jenes gerade beliebten Schauſpielers nachzuäffen. Knüpfen ſie neue Beziehungen an, ſo eröffnen ſie dieſe, wem immer ſie gelten mögen, mit Geringſchätzung oder Unverſchämtheit, um bei dieſem Spiele gewiſſermaßen die Vorhand zu haben. Aber wehe dem, der nicht verſteht, jeden ihrer Backenſtreiche doppelt heimzuzahlen! Mit andern Worten, ſie alle gleichen dem hübſchen, weißen Schaum, der die ſtürmiſche Woge krönt. Den Nöten und Plagen des Vaterlands ſtehen ſie völlig gleichgültig gegenüber. Sie praſſen und tanzen, ſie putzen und beluſtigen ſich am Tage einer Schlacht bei Waterloo, bei Ausbruch einer Cholera, im Sturm einer Revolution. Kurz, ſie treiben alle den gleichen Aufwand; dann aber trennen ſich ihre Wege: Die einen *beſitzen* das Vermögen, das ſie leichtfertig verſchleudern, die andern *erwarten* es. Sie laſſen bei dem gleichen Schneider arbeiten, aber die Rechnungen dieſer andern bleiben offenſtehen. Wenn jene, gleich einem Siebe, allerlei Gedanken empfangen, ohne einen einzigen zu behalten — dieſe erwägen ſie und eignen ſich die guten an. Wenn jene etwas zu wiſſen glauben und nichts wiſſen, wenn ſie dem, der nichts braucht, alles leihen und dem, der nichts hat, alles abſchlagen — dieſe ſtudieren insgeheim die Gedanken ihres Nächſten und wiſſen aus allem, ſelbſt aus ihren Torheiten, hohe Zinſen herauszuſchlagen. Die einen empfangen keinen getreulichen Eindruck mehr, weil ihre Seele, gleich einem durch den Gebrauch mattgewordenen Spiegel, keinerlei Bild zurückwirft — die andern ſparen mit dem Gute ihres Lebens und ihrer Sinne, obwohl ſie ſich den Anſchein geben, es zum Fenſter hinauszuwerfen. Die erſten ergeben ſich ohne innere Überzeugung, auf eine bloße Hoffnung hin, einer politiſchen Anſchauung, wenn ihr nur Wind und Strömung günſtig ſind; aber ſie ſpringen auf ein andres Schiff, ſobald das erſte von der richtigen Fahrt abgetrieben wird — die zweiten erwägen die Zukunft genau und ſehen in der politiſchen Treue das, was der Engländer in der kaufmänniſchen Redlichkeit erblickt: ein Element des Erfolgs. Während der junge Mann, der etwas hat, mit einem Scherz, mit einem Wortſpiel über den Thronumſturz hinweggeht, ſtellt der andre, der nichts hat, vor aller Welt Berechnungen über die künftigen Folgen an, oder er ſinnt insgeheim auf eine Schändlichkeit und erreicht, was er will, indem er ſeinen Freunden die Hand drückt. Die einen glauben niemals an anderer Fähigkeiten, ſie halten ihre Ideen für neu, als wäre die Welt erſt tags zuvor geſchaffen worden; ſie ſetzen ein unbegrenztes Vertrauen in ſich und haben dabei keinen ſchlimmern Feind als ſich ſelbſt. Die andern hingegen ſchätzen die Menſchen nach ihrem wahren Werte ein und ſind ihnen gegenüber mit nie erlahmendem Mißtrauen gewappnet; ſie ſind verſchlagen und haben vor ihren Freunden, die ſie ausbeuten, ſtets einen Gedanken voraus. Wenn ſie dann abends zu Bett gehen, wägen ſie die Menſchen, wie der Geizige die Goldſtücke. Die einen halten ſich über die geringfügigſte Taktloſigkeit auf, laſſen ſich aber willig von den Schlauen nasführen, die ihnen zu Anſehen verhelfen, indem ſie den Hauptfaden jener Hampelmänner ziehen: die Eigenliebe. Die andern aber erwerben Achtung und wählen geſchickt ihre Opfer und Gönner. Dann haben eines Tages jene etwas, die nichts, und jene nichts, die etwas hatten. Dieſe betrachten ihre zu Anſehen gelangten Kameraden als Schleicher und Streber, als rückſichtsloſe aber ſtarke Naturen. „Der iſt ſtark!" – ſo lautet das ungeheure Lob, das nur denen gezollt wird, die quibuscumque viis eine politiſche Stellung, eine Frau, ein Vermögen errungen haben. Darunter trifft man gewiſſe junge Leute, die ihre Rolle zu ſpielen beginnen, indem ſie Schulden machen. Sie ſind natürlich ungleich gefährlicher als jene, die ihre Rolle ſpielen, ohne einen Groſchen zu beſitzen.

Der junge Mann, der ſich den Titel eines Freundes von Henri de Marſay beilegte, war ein Leichtfuß aus der Provinz, und die elegante Pariſer Jugend lehrte ihn die Kunſt, glatt eine Erbſchaft zu verjubeln. Allerdings blieb ihm in der Provinz ein gewiſſes Unternehmen als letzter Kuchen zu verzehren. Der junge Erbe hatte ſich ſo lange mit einem monatlichen Taſchengelde von hundert Franken beſcheiden müſſen, bis ihm eines Tages unvermittelt das ganze väterliche Vermögen in die Hände fiel. Und wenn ihm auch der Scharfſinn fehlte, um zu erkennen, daß man ihn zum beſten hielt, ſo war er dennoch ein guter Rechner, der haltzumachen verſtand, als er bei dem letzten

Drittel der Erbſchaft angelangt war. Dank einigen Tauſendfrankenſcheinen hatte er in Paris gar bald den Wert der verſchiedenartigen Zaumzeuge entdeckt und die ſchwierige Kunſt erlernt, ſeine Handſchuhe nicht allzuſehr zu ſchonen. Auch hörte er geiſtreiche Betrachtungen über die Verdingung der Dienerſchaft und über die Art, wie man bei ihrer Entlohnung am vorteilhafteſten wegkomme. Es lag ihm viel daran, ein guter Écartéſpieler zu ſein, in Fachausdrücken von ſeinem pyrenäiſchen Hund und ſeinen Pferden ſprechen zu können, ſeinem Gedächtnis einige Modeworte einzuprägen und nach Schuhwerk, Tracht und Gang eines Weibes zu erkennen, welcher beſonderen Gattung es angehöre. Kurz, er hoffte, durch ſeine Beziehungen zu der Pariſer Geſellſchaft das erforderliche Anſehen zu erringen, um ſpäter, in der Provinz, die Vorliebe für Tee und engliſchgeformtes Silberbeſteck einzuführen und ſolcherart für den Reſt des Lebens das Recht zur Mißachtung ſeiner Umgebung zu erwerben. De Marſay hatte ihn freundſchaftlich aufgenommen, um ſich ſeiner in Geſellſchaft zu bedienen, wie ſich ein kühner Börſenſpekulant eines Vertrauensmannes bedient. Dieſe falſche oder echte Freundſchaft gab Paul de Manerville eine geſellſchaftliche Stellung, und auch er hielt ſich für „ſtark“, weil er den intimen Freund auf ſeine Art nach Kräften ausnützte. Er ſonnte ſich beglückt im Strahlenglanze ſeines Freundes und war der eifrigſte Nachbeter ſeiner Anſchauungen. Stand er in ſeiner Nähe oder ging er gar an ſeiner Seite, dann ſchien es, als drohte er: „Fordert uns nicht heraus! Wir beide ſind wahre Tiger!“ — Mitunter brüſtete er ſich dieſer Freundſchaft und ſprach: „Henri iſt mir freundſchaftlich ſo ſehr ergeben, daß er mir dies

oder jenes ſicherlich nicht abſchlüge, wenn ich ihn darum bäte!“ — Indes, er hütete ſich, auch nur das geringſte von ihm zu erbitten. Er fürchtete ihn, und dieſe insgeheime Furcht, die ſich auch auf die andern übertrug, nützte de Marſay für ſeine eigenen Zwecke aus. „Dieſer Marſay iſt ein gar ſtolzer Mann!“ pflegte Paul zu ſagen, „paßt auf, der wird, was er werden will! Jedenfalls würde ich mich nicht wundern, ihn eines Tages als Miniſter des Äußern wiederzuſehen! Es gibt kein Hindernis für ihn!“ — Oft machte er aus de Marſay, was Korporal Trim aus ſeiner Mütze gemacht hat — einen immerwährenden Spieleinſatz: „Fragt de Marſay, ihr werdet ja ſehen!“ oder: „Unlängſt machten wir, de Marſay und ich, einen Jagdritt. Ihr werdet es mir ja nicht glauben, aber ich nahm ein Gebüſch, ohne mich vom Sattel zu rühren!“ oder auch: „Wir, de Marſay und ich, waren bei Weibern. Da habe ich, auf mein Ehrenwort . . .“
Paul de Manerville konnte daher nur in die große, berühmte, mächtige Familie der Dummköpfe eingereiht werden, die ihr Glück machen. Er ſollte eines Tages Abgeordneter werden — für den Augenblick war er nicht einmal ein junger Mann . . .
Sein Freund Henri de Marſay definierte ihn ſo: „Ihr fragt mich, wer Paul iſt? Paul? . . . Hm, Paul iſt . . . nun, Paul de Manerville!“ —
„Ich wundere mich, mein Beſter,“ ſagte Paul zu Henri, „daß du heute, am Sonntag, da biſt?“
„Ich wollte dich das gleiche fragen!“
„Ein Abenteuer?“
„Ein Abenteuer!“
„Ach, was!“
„Dir kann ich es ja ſagen, ohne meine Leidenſchaft bloßzuſtellen! Übrigens hat eine Frau, die Sonntags

nach den Tuilerien kommt, ariſtokratiſch geſprochen, keinen Wert!"

„Oho!"

„Schweig, oder ich erzähle dir nichts weiter! Du lachſt zu laut, mein Lieber, und erweckſt den Glauben, wir hätten zu ſtark gefrühſtückt. Und nun höre! Letzten Donnerstag ging ich hier auf der Terraſſe der Feuillants ſpazieren, ohne an etwas zu denken. Als ich an das Gitter der Rue de Caſtiglione kam, durch das ich fortgehen wollte, ſtand ich plötzlich Aug in Auge einer Frau oder vielmehr einem jungen Mädchen gegenüber. Wenn ſie mir nicht gleich um den Hals fiel, ſo hielt ſie, glaube ich, weniger menſchliche Ehrfurcht davon ab, ſondern jenes tiefe Staunen, das Arm und Beine lähmt, entlang des Rückgrats bis zur Fußſohle hinabgleitet und uns an den Erdboden feſtnagelt. Ich habe ſchon öfters dergleichen Wirkungen hervorgerufen. Es iſt eine Art tieriſcher Magnetismus, der ſehr ſtark wird, wenn die Beziehungen wechſelſeitig ineinander eingreifen. Jedenfalls, mein Lieber, war es weder eine gewöhnliche Betäubung, noch ein gewöhnliches Mädchen. Nun, moraliſch geſprochen, ſchien ihr Geſicht mich zu fragen: „Wie? du — hier? du — mein Ideal, der Inhalt meiner Gedanken und Träume bei Tag und Nacht! Wieſo biſt du hier? Und warum heute? Warum nicht geſtern? Nimm mich hin, ich bin dein!" Und ſo weiter und ſo weiter. — Gut, dachte ich mir, wieder eine! Ich ſehe mir ſie alſo an. Ach, mein Lieber, die Unbekannte iſt, phyſiſch geſprochen, die bezauberndſte Frau, der ich jemals begegnet bin! Sie gehört zu jener Spielart des Weibes, die von den Römern „fulva flava", Feuerweib, genannt wurde. Was mir jedoch vor allem andern auffiel und was mich noch immer reizt, das ſind zwei gelbe Augen, gelb wie Tigeraugen; ein Goldgelb, das glänzt wie leibhaftiges Gold — Gold, das denkt, Gold, das liebt, Gold, das durchaus in deinen Geldbeutel kommen will."

„Wir denken immer nur an Gold!" rief Paul aus. „Sie kommt öfters hierher. Es iſt das Mädchen mit den Goldaugen. Dieſen Namen haben wir ihr gegeben. Sie iſt ungefähr zweiundzwanzig Jahre alt. Ich ſah ſie ſchon, als die Bourbonen noch hier waren — aber mit einer Frau, die ihr himmelweit überlegen iſt."

„Schweige, Paul! Keiner einzigen Frau iſt es möglich, jenes Mädchen zu übertreffen, das ſich, gleich einer Katze, ſchmeichelnd an deine Beine ſchmiegen zu wollen ſcheint. Dieſe lilienweiße Stirne, dies aſchblonde Haar, dieſe zarte Geſtalt! Dabei ein lichter Flaum auf den Wangen, deſſen Seidenſchimmer bei den Ohren beginnt und ſich am Halſe verliert!"

„Ach, die andre erſt, mein lieber Henri! Ich ſage dir, die hat zwei ſchwarze Augen, deren Glut noch von keiner Träne gelöſcht ward. Die ſchwarzen, zuſammenſtoßenden Augenbrauen geben ihr den Anſchein einer Härte, die der ſchwellende Mund ſchnell Lügen ſtraft: Ein Kuß, der ſich ins bebende Netz ihrer jugendheißen Lippen verirrt, bleibt ſicher nicht lange allein. An ihrem warmen mauriſchen Teint erhitzt ſich der Mann wie an der Sonne ... Ja, aber ... ſie ähnelt dir — auf Ehrenwort!"

„Du ſchmeichelſt ihr!" warf de Marſay ein.

„Sie iſt ſchlank gebaut, wie ein Rennboot, das mit echt franzöſiſchem Ungeſtüm über ein Handelsſchiff herfällt und es mit Blitzesſchnelle in den Grund bohrt."

„Das iſt ja alles recht ſchön und gut, mein Lieber; indes, was liegt mir an einer Frau, die ich nie geſehen habe? Seitdem ich die Weiber ſtudiere, iſt meine Unbekannte die einzige, deren jungfräulicher Buſen, deren glühende, ſüß-wollüſtige Formen meinen Traum vom Weibe in die Wirklichkeit umſetzten. Sie ſtellt die Verkörperung des phantaſtiſchen Freskogemäldes dar, das den Titel trägt: ‚Das Weib, ſeinen Sehnſuchtstraum liebkoſend'. Es iſt die loderndſte, die teufliſchſte Eingebung des antiken Genius — eine heilige Offenbarung, die jeder entweiht, der ſie in Moſaik- oder Freskotechnik zu kopieren wagt. Ein Häuflein beſchränkter Bürger ſieht darin allerdings nichts anderes als ein hübſches Uhranhängſel. In Wirklichkeit aber iſt dies das ganze Weib — ein unabſehbarer Abgrund der Wolluſt, in dem man rettungslos verſinkt, das Ideal des Weibes, das man zuweilen in Spanien und Italien, faſt niemals aber in Frankreich antrifft. Nun denn, ich habe dieſes Mädchen mit den Goldaugen geſehen. Ich ſah das ſeinen Sehnſuchtstraum liebkoſende Weib hier, an dieſer Stelle, letzten Freitag wieder! Ich ahnte, daß ſie tags darauf zur gleichen Stunde abermals erſcheinen würde. Ich täuſchte mich nicht. Es machte mir Vergnügen, ihr zu folgen, ohne daß ſie mich bemerkte, und den läſſigen Gang einer Frau zu ſtudieren, die nichts zu tun hat, aus deren Bewegungen ſich aber die in ihr ſchlummernde Wolluſt ahnen läßt. Als ſie ſich umwandte, ſah ſie mich an. Wieder bewunderte ſie mich, wiederum ſchauderte ſie. Dann gewahrte ich die echt ſpaniſche Duenna, die das liebliche Geſchöpf behütet und bewacht. Sie iſt eine Hyäne, die ein Eiferſüchtiger in Frauenkleider ſteckte, eine gutbezahlte Teufelin. Oh, dieſe Duenna machte mich mehr als verliebt: ich wurde neugierig! — Geſtern, Sonnabend, war nichts. Nun bin ich heute wieder da, warte auf dieſes Weib, deſſen Sehnſuchtstraum ich bin, und wünſchte nichts ſehnlicher, als die Stelle des Ungeheuers auf dem Freskogemälde einzunehmen.“

„Da iſt ſie!“ rief Paul leiſe, „alles dreht ſich nach ihr um . . .“

Als die Unbekannte Henri erblickte, errötete ſie und ihre Augen funkelten. Dann ſenkte ſie die Lider und ging weiter.

„Du glaubſt, daß du ihr auffällſt?“ ſcherzte Paul de Manerville.

Die Duenna ſtarrte die beiden Herren mit größter Aufmerkſamkeit an. Als die beiden Paare einander zum zweitenmal begegneten, ſtreifte die ſchöne Unbekannte Henris Ellenbogen und drückte ihm im Vorbeigehen ſchnell die Hand. Dann wandte ſie ſich nach ihm um und lächelte mit verhaltener Leidenſchaft. Aber die Duenna zog ſie haſtig in der Richtung des Gitters der Rue de Caſtiglione mit ſich fort. Die beiden Freunde folgten dem jungen Weibe und bewunderten dabei den prächtigen Hals, an dem dort, wo er ſich in kraftvoll geſchwungenen Linien mit dem Köpfchen vereinigte, ein paar Blondlocken eigenſinnig emporſtrebten. Das Mädchen mit den Goldaugen beſaß jenen winzigen, ſchlanken, gutgefeſſelten Fuß, der einem lüſternen Vorſtellungsvermögen ſo unſagbaren Reiz bietet; auch trug ſie einen kurzen Rock, der elegante Schuhe und Strümpfe ſehen ließ. Während ſie weiterging, wandte ſie ſich alle Augenblicke nach Henri um. Offenbar folgte ſie nur mit Bedauern ihrer Beſchützerin, deren Herrin und Sklavin zugleich ſie zu ſein ſchien: Sie konnte die Alte grün und blau prügeln, durfte ſie aber nicht wegſchikken. All dies war ohne weiteres zu erkennen.

Als die beiden Freunde bei dem Gitter anlangten, ließen zwei livrierte Diener das Trittbrett einer wappengezierten, ſehr eleganten Equipage herab. Das Mädchen mit den Goldaugen ſtieg als erſte ein und ſetzte ſich ſo, daß ſie, nach dem Wenden des Wagens, geſehen werden mußte. Dann legte ſie die Hand auf den Wagenſchlag und bewegte, ohne daß die Duenna dies wahrnahm, ihr Taſchentuch. Gleichgültig ſetzte ſie ſich über die Klatſchſucht der Spaziergänger hinweg und gab Henri mit dem Winken des Taſchentuchs vor aller Welt zu verſtehen, was ſie erſehnte: „Folge mir nach!"

„Sahſt du jemals das Taſchentuch beſſer werfen?" ſagte er mit ſiegesbewußtem Lächeln zu Paul de Manerville.

Er ſah eine Droſchke, die ein paar Fahrgäſte abgeſetzt hatte und im Begriffe war, fortzufahren. Er gab dem Kutſcher ein Zeichen, zu halten:

„Folgen Sie jenem Wagen und geben Sie acht, in welche Straße und vor welches Haus er fährt! Sie bekommen zehn Franken dafür ... Auf Wiederſehen, Paul!" –

Die Droſchke fuhr der Equipage nach, die alsbald die Rue Saint-Lazare erreichte und in eines der ſchönſten und vornehmſten Häuſer dieſes Stadtteils einbog. Henri de Marſay war keineswegs unbeſonnen. Jeder andre junge Mann hätte dem Verlangen, über dies Mädchen auf der Stelle einige Aufklärungen zu erlangen, ſicherlich nicht widerſtanden. Verwirklichte ſie doch die glänzendſten Gedanken orientaliſcher Dichtkunſt über Frauenſchönheit! Allein, er war zu gewandt, auf dieſe Weiſe die Zukunft ſeines unverhofften Glücks zu gefährden. Daher befahl er dem Kutſcher, die Rue Saint-Lazare

weiterzufahren und ihn bei ſeinem Hauſe abzuſetzen. –
Tags darauf wartete ſein Kammerdiener Laurent, gleich dem Frontin des altfranzöſiſchen Luſtſpiels ein ſchlauer, geriebener Burſche, in der Nähe des von der Unbekannten bewohnten Hauſes auf den Zeitpunkt, wo die Briefpoſt ausgetragen wurde. Um nach Belieben ſpionieren und das Haus umſchleichen zu können, hatte er – nach Art von Polizeileuten, die ſich verkleiden wollen – an Ort und Stelle den Plunder eines Auvergnaten erſtanden und verſuchte nun, deſſen Haltung und Gebaren anzunehmen. Als der Briefträger, der an dieſem Morgen in der Rue Saint-Lazare den Dienſt verſah, an Laurent vorbeikam, täuſchte dieſer einen Dienſtmann vor, dem es Mühe machte, ſich des Namens einer Perſon zu entſinnen, der er ein Paket überbringen ſollte. Er befragte den Briefträger. Im guten Glauben, mit einem wirklichen Dienſtmann zu ſprechen, gab dieſe inmitten der Pariſer Bevölkerung ſo überaus maleriſche Figur die Auskunft, daß das Haus, worin das Mädchen mit den Goldaugen wohnte, dem ſpaniſchen Granden Don Hijos, Marcheſe de San-Réal, gehöre. Selbſtverſtändlich hatte der Auvergnat mit dem Marcheſe nichts zu ſchaffen:
„Mein Paket“, ſagte er, „iſt für die Marcheſa.“
„Die iſt verreiſt!“ entgegnete der Briefträger, „ihre Briefe ſind nach London zu ſenden.“
„Die Marcheſa iſt alſo nicht ein Mädchen, das . . .“
„Ah!“ unterbrach ihn der andre und ſah ihn durchdringend an, „mein Guter, Ihr ſeid geradeſo Dienſtmann, wie ich Seiltänzer bin!“
Laurent ließ einige Goldſtücke ſehen, und der würdige Mann mit dem Poſthörnchen fing an zu lachen.

„Wartet einmal!... Hier habt Ihr den Namen jener Dame, der Ihr nachläuft!“ ſagte er und zog dabei aus ſeiner Ledertaſche einen Brief hervor, der den Stempel London trug. Darauf ſtand, in der kleinen, ſchlanken Handſchrift einer Frau, die Adreſſe:

Mademoiſelle

Paquita Valdès

Paris

Rue Saint-Lazare, Palais San-Réal.

„Hättet Ihr gegen eine Flaſche Chablis in Begleitung eines Schmorbratens mit Champignons und, vorher als Unterlage, gegen einige Dutzend Auſtern etwas einzuwenden?“ ſagte Laurent vertraulich, der damit die wertvolle Freundſchaft des Briefträgers erobern wollte.

„Um halb zehn – nach meinem Dienſt ... aber wo?“

„An der Ecke der Rue de la Chaussée-d'Antin und der Rue Neuve-des-Mathurins,“ ſchlug Laurent vor, „im ‚Puits sans vin‘.“

☆

„HÖRT MICH AN, FREUNDCHEN!“ SAGTE DER Briefträger, als er eine Stunde ſpäter wieder mit dem Kammerdiener zuſammenkam. „Wenn Euer Herr in das Mädchen verliebt iſt, halſt er ſich eine ſaure Arbeit auf! Ich glaube kaum, daß es ihm glücken wird, ſie nur zu ſehen. Ich bin ſeit zwei Jahren Briefträger in Paris und habe, weiß Gott, mancherlei Formen des Einlaſſes kennengelernt, wenn ich die Klingel zog. Aber ich kann wohl ſagen, und keiner meiner Kameraden wird mir unrecht geben, daß es an keiner Haustür ſo geheimnisvoll zugeht wie an der des Herrn Marchese. Ohne, ich weiß nicht, welches Losungswort kommt in dieses Haus kein Mensch hinein. Ihr werdet vielleicht bemerkt haben, daß es zwischen Hof und Garten liegt und vermutlich in der Absicht gewählt wurde, jedwede Verbindung mit andern Häusern zu verhindern. Der Portier ist ein alter Spanier, der nicht ein Wort Französisch spricht. Er sieht sich jeden Fremden genau an, ob er es nicht etwa mit einem Spitzbuben zu tun hat — geradeso wie der Polizeipräsident Vidocq, der alle ihre Schliche noch aus eigener Erfahrung her kennt. Und wenn sich dieser erste Gefängniswärter von einem Liebhaber, von einem Dieb oder, ohne Euch nahetreten zu wollen, von Euch dennoch hinters Licht führen ließe, dann stößt Ihr in dem ersten Saale, der durch eine Glastüre verschlossen ist, auf einige Lakaien und den Haushofmeister. Der alte Narr ist noch bösartiger und mürrischer als der Portier. Wenn jemand die Schwelle der Haustüre überschreitet, kommt mein lieber Haushofmeister sogleich herab, erwartet Euch unter dem Säulengang und unterzieht Euch einem Verhör wie einen Verbrecher. Das ist sogar mir, einem einfachen Briefträger, einmal geschehen! Er hätte mich für eine verkleidete Halbkugel gehalten, sagte er mir und grinste über seinen albernen Scherz. Und was die Dienerschaft betrifft, so glaubt ja nicht, daß Ihr aus diesen Leuten etwas herausziehen könnt! Ich halte sie für stumm. Keiner in dem Viertel kennt auch nur den Klang ihrer Stimme. Ich weiß nicht, was man ihnen zahlt, da sie weder sprechen noch trinken. Tatsache ist, daß sie unnahbar sind — vielleicht, weil sie Angst haben, erschossen zu werden oder eine Riesensumme zu verlieren, falls sie etwas ausplaudern. Ist die Liebe Eures

Herrn zu Paquita Valdès groß genug, all diese Hindernisse zu überwinden, so wird er endlich an der Wachsamkeit der Concha Marialva scheitern. Das ist die Duenna, die sie immer begleitet und die sie eher unter die Röcke verstecken als einen Augenblick lang alleinlassen würde. Die beiden machen den Eindruck, als seien sie aneinandergenäht."

„Was Ihr mir da erzählt, mein Bester," versetzte Laurent, nachdem er vom Wein genippt hatte, „bestätigt mir nur, was ich soeben erfuhr. Auf Ehre, ich glaubte, man hielte mich zum Narren! Die Obsthändlerin drüben sagte mir, daß zur Nachtzeit die Hunde im Garten losgelassen werden, und daß man ihr Futter an Pfählen aufhängt, so daß sie es nicht erreichen können. Sobald sich einer verdächtig macht und näher herankommt, glauben die vom Hunger zu Tode gepeinigten Tiere, es sei auf ihr Futter abgesehen, und reißen den Eindringling in Stücke. Ihr werdet vielleicht einwenden, daß man den Hunden ein Stückchen Fleisch als Köder hinwerfen könnte; aber es hat den Anschein, als seien sie dressiert, nur aus der Hand des Portiers zu fressen."

„Ja, tatsächlich, das hat mir der Portier des Herrn Barons von Nucingen auch erzählt!" versetzte der Briefträger. „Und der muß es doch wissen, da der Garten des Barons an den des Palais San-Réal angrenzt."

„Na, schön, mein Herr kennt ihn und weiß Bescheid!" dachte sich Laurent ... „Hört mich an!" fuhr er laut fort, indem er seinen Gast verstohlen anblickte. „Der Herr, dem ich angehöre, ist ein gar kühner Mann, und wenn er sich in den Kopf setzte, die Fußsohlen einer Kaiserin zu küssen, müßte sie sich's gefallen lassen! Ich wünschte nur, daß er Eurer Dienste bedürfte, denn er ist sehr großmütig. Könnte man dann auf Euch zählen, lieber Herr . . . Herr . . ."

„Moinot," ergänzte der andre, „M-o-i-n-o-t schreibe ich mich und wohne Rue des Trois-Frères Nummer elf, fünf Treppen. Ich habe ein Weib und vier Kinder, und wenn das, was Ihr von mir wollt, nicht gegen meine Dienstpflicht oder mein Gewissen verstößt, bin ich jederzeit gerne der Eure!"

„Ihr seid ein wackerer Mann!" versetzte der Kammerdiener und drückte ihm anerkennend die Hand.

☆

„OFFENBAR IST PAQUITA DIE GELIEBTE DES Marchese de San-Réal, der mit König Ferdinand befreundet ist", sagte Henri de Marsay, als ihm sein Kammerdiener das Ergebnis seiner Nachforschungen berichtete. „Nur solch ein achtzigjähriger wandelnder Leichnam ist imstande, derartige Vorsichtsmaßregeln zu ersinnen."

„Gnädiger Herr," ereiferte sich Laurent, „anders als mit einem Luftballon kommt in das Haus dort keiner hinein!"

„Rindvieh! Braucht man denn dort einzudringen, um Paquita zu haben, wenn sie das Haus allein verlassen kann?"

„Aber die Duenna, gnädiger Herr!"

„Man wird sie für ein paar Tage absondern, deine Duenna."

„Also," rief Laurent und rieb sich vergnügt die Hände, „dann werden wir Paquita ja dennoch haben!"

„Kerl, ich verurteile dich auf ein Jahr zur Concha," entgegnete Henri, „wenn du dich noch einmal unterſtehſt, in ſolcher Weiſe von einer Frau zu ſprechen, bevor ſie mein war! . . . Denk' lieber daran, mich anzuziehen — ich will ausgehen!“

De Marſay blieb eine Weile in freudige Betrachtungen verſunken. Zum Lob der Frauen ſei es geſagt: Alle wurden ſein, die er zu erſehnen würdigte! Und was ſollte man von einer ungeliebten Frau auch denken, die ihm widerſtanden hätte? Strotzte er nicht von Schönheit, die der Geiſt des Körpers, und von Geiſt, der die Anmut der Seele iſt? War er nicht gewappnet mit Charakterſtärke und Vermögen, den beiden einzigen wirklichen Mächten? Aber ſeine Triumphe wurden ihm ſo leicht gemacht, daß ſie ihn langweilen mußten. Deshalb langweilte er ſich ſeit zwei Jahren recht häufig. Bis auf den Grund der Wolluſt hinabtauchend, fiſchte er ſtatt Perlen zumeiſt Sand . . .

Er war darum, gleich manchen Monarchen, auf den Gedanken verfallen, vom Schickſal ein Hindernis, einen zu überwindenden Widerſtand — kurz, irgendein Unternehmen zu erflehen, das ihn zu der Entfaltung ſeiner brachliegenden geiſtigen und körperlichen Kräfte anſpornte. Obwohl ihm Paquita Valdès eine ganz wunderbare Vereinigung weiblicher Vorzüge darbot, die er bisher nur einzeln genoſſen hatte, ſtand der Trieb der Leidenſchaft in ihm faſt auf dem Nullpunkt. Andauernde Überſättigung hatte in ſeinem Herzen das Gefühl der Liebe gänzlich erſchlafft. Gleich Greiſen und blaſierten Lebemännern beſaß er nur noch abſonderliche Launen, verderbte Sehnſüchte, deren Befriedigung keinerlei angenehme Erinnerung in ihm hinterließ. Bei Jünglingen iſt die Liebe das ſchönſte der Gefühle; ſie läßt Leben in der Seele erblühen, und ihre Sonnenkraft bringt große

Gedanken, edle Begeiſterung zu höchſter Entfaltung: Erſte Genüſſe beſitzen allüberall einen gar köſtlichen Geſchmack. Bei reifen Männern wird die Liebe zur Leidenſchaft: Kraft führt zu ihrem Mißbrauch. Bei Greiſen ſinkt ſie zum Laſter hinab: Unvermögen führt in die Irre.
Henri war gleichzeitig Jüngling, Mann und Greis. Um Gefühlserregungen wirklicher, echter Liebe in ihm hervorzurufen, hätte er, wie Lovelace, einer Clariſſe Harlowe bedurft. Ohne den Zauberglanz dieſer für ihn unauffindbaren Perle blieb ihm nur wenig übrig: Entweder Leidenſchaften, die durch irgendeine der Pariſer Eitelkeiten aufgeſtachelt waren, oder der in ſeinem Hirne ausgeklügelte Entſchluß, ein beſtimmtes Weib zu einem beſtimmten Grad der Verderbtheit hinabzuziehen, oder endlich irgendein Abenteuer, das ſeine Neugierde reizte.
Der Bericht ſeines Kammerdieners machte ihm das Mädchen mit den Goldaugen ſehr begehrenswert. Galt es doch, einem unſichtbaren Feinde, der ebenſo gefährlich wie geſchickt zu ſein ſchien, eine Schlacht zu liefern. Gelang es, ihn zu beſiegen, ſo waren all die Kräfte, worüber Henri verfügte, nicht unnütz vertan. Er ging daran, jene alte, ewig neue Komödie zu ſpielen, deren Perſonen ein Greis, ein junges Mädchen, ein Liebhaber ſind — Don Hijos, Paquita, Henri. Und wenn Laurent als Figaro gelten konnte, die Duenna war allem Anſcheine nach unbeſtechlich. Solcherart knüpfte der Zufall dieſe lebende Komödie viel ſtärker zuſammen, als es ein Dramendichter je vermocht hätte. Indes, iſt nicht auch der Zufall ein Genie?
„Er wird recht vorſichtig ſpielen müſſen!“ dachte Henri.

„Nun, wie weit ſind wir?“ fragte Paul de Manerville, als er bei Henri eintrat, „ich möchte mit dir eſſen gehen!“

„Meinetwegen!“ erwiderte de Marſay. „Es ſtört dich doch nicht, wenn ich mich vor dir umkleide?“

„Du ſcherzeſt wohl?“

„Durchaus nicht. Wir nehmen gegenwärtig von den Engländern ſo vieles an, daß wir ſcheinheilig und prüde werden könnten wie ſie.“ —

Laurent hatte inzwiſchen allerlei Geräte, ſoviel verſchiedene zierliche Kleinigkeiten vor ſeinen Herrn hingeſtellt, daß ſich Paul nicht enthalten konnte, auszurufen:

„Allmächtiger, du ſcheinſt dich ja für zwei Stunden einzurichten?“

„Nein,“ entgegnete Henri ruhig, „für zweieinhalb Stunden!“

„Wir ſind ja unter uns und können einander alles ſagen, Henri! Nun erkläre mir, weshalb ein ſo überlegener Mann wie du — denn du biſt überlegen — die Geckenhaftigkeit, die dir unmöglich angeboren ſein kann, ſo ſehr übertreibt! Warum ſich ſtundenlang ſtriegeln und bügeln, wenn zum Baden, Kämmen und Ankleiden eine Viertelſtunde ausreicht? Kannſt du mir dein Syſtem auseinanderſetzen?“

„Mir ſcheint, ich muß dich wirklich gerne haben, Dicker, daß ich dir ſolch hohe Gedanken anvertraue!“ erwiderte Henri, der ſich inzwiſchen die Füße mit engliſcher Seife und einer weichen Bürſte abreiben ließ.

„Du genießeſt dafür meine aufrichtige Zuneigung!“ gab Paul de Manerville zur Antwort. „Ich verehre dich, weil ich finde, daß du mir überlegen biſt ...“

„Du dürfteſt beobachtet haben – vorausgeſetzt, daß du

überhaupt imſtande biſt, eine rein geiſtige Tatſache zu beobachten — daß das Weib die Gecken liebt!" verſetzte de Marſay, ohne auf Pauls Erklärung einzugehen. „Und weißt du, warum? Weil die Gecken die einzigen Männer ſind, die ſich ſorgfältig pflegen. Was bedeutet dies anders, als daß man in ſeiner Perſon das Gut des Nächſten pflegt? Der Mann, der nicht ſich angehört, das iſt juſt der Mann, nach dem die Weiber lüſtern ſind. Denn die Liebe iſt im Grunde genommen diebiſch veranlagt. Ich rede nicht von jenem Übermaß an Sauberkeit, in das ſich die Weiber vergaffen. Zeige mir doch eine, die ſich für einen Schmutzfink erwärmt, mag er auch ſonſt ein hervorragender Charakter ſein! Wenn es überhaupt je der Fall war, dann muß es auf Rechnung der verſchrobenen Gelüſte einer Schwangeren geſetzt werden. Ich ſah im Gegenteil ſehr bedeutende Männer, die lediglich wegen ihrer Fahrläſſigkeit, wegen ihres Mangels an Sorgfalt ſitzen blieben. – Ein Geck, der ſich mit ſeiner Perſon beſchäftigt, befaßt ſich mit Albernheiten, mit Nichtigkeiten. Und was iſt das Weib? Ein Nichts, eine Summe von Albernheiten! Gibt man ihr mit zwei gedankenlos ins Blaue geſprochenen Worten nicht Arbeit für vier Stunden? Sie iſt überzeugt, daß ſich der Geck mit ihr befaßt, weil er an große Dinge nicht denkt. Sie wird wegen Ruhm, Ehrgeiz, Politik, Kunſt — dieſen großen Dirnen, die ihre Nebenbuhlerinnen ſind — niemals vernachläſſigt werden. Außerdem bringt der Geck den Mut auf, ſich lächerlich zu machen, um einer Frau zu gefallen; und dieſe iſt voll Dankbarkeit einem Manne gegenüber, der ſich aus Liebe zu ihr auslachen läßt. Endlich kann ein Mann nur dann zum Gecken werden, wenn er ein Recht hat, es zu ſein. Die Frauen ſind es, die uns dieſen Würdentitel verleihen. Der Geck iſt der Oberſt der Liebe: Ein Liebling der Frauen, hat er deren ein ganzes Regiment zu kommandieren! In Paris erfährt man alles, mein Beſter, und kein Mann kann hier, mir nichts, dir nichts, den Gecken ſpielen. Du, der du nur eine Frau liebſt und vielleicht im Rechte biſt, daß es nur eine iſt: Verſuche du doch einmal, hier den Gecken zu ſpielen! Du würdeſt dadurch nicht einmal lächerlich, du wäreſt einfach tot. Du wäreſt das auf zwei Beinen wandelnde Vorurteil — einer jener Männer, die unvermeidlich dazu verurteilt ſind, ſtets ein und dasſelbe zu tun. Du wäreſt gleichbedeutend mit dem Begriff der Torheit, ſo wie La Fayette Amerika, Talleyrand Diplomatie, Désaugiers Geſang, Ségur Romanze bedeutet. Gehen ſie aus ihrer Eigenart heraus, ſo glaubt man nicht mehr an den Wert deſſen, was ſie tun. So ſind wir Franzoſen nun einmal — ungerecht über alle Maßen! .. Talleyrand iſt vielleicht ein ausgezeichneter Finanzmann, La Fayette ein Tyrann und Désaugiers ein Beamter. Magſt du im nächſten Jahre auch vierzig Frauen beſitzen — die Öffentlichkeit wird dir nicht eine einzige zugeſtehen! Auf dieſe Weiſe, mein Lieber, wird die Geckenhaftigkeit zum Zeichen einer über das Weibervolk unbeſtreitbar errungenen Macht. Ein Mann, der von mehreren Frauen geliebt wird, gilt als höheres Weſen, und ſie machen ihn einander um die Wette ſtreitig — den Unglücklichen! Aber glaubſt du denn, es ſei nichts, in einen Salon eintreten und alle Leute durch das Lorgnon muſtern zu dürfen? Glaubſt du, man habe umſonſt das Recht, den überlegenſten Mann von oben herab anzuſehen, weil er eine unmoderne Weſte trägt? . . . Au, du tuſt mir weh, Laurent! . . . Nach dem Eſſen, Paul, gehen wir in die Tuilerien und ſehen uns das entzückende Mädchen mit den Goldaugen an!" —

Als die beiden Jünglinge nach einer ausgezeichneten Mahlzeit die Terraſſe der Feuillants und die Hauptallee der Tuilerien durcheilten, fanden ſie von der herrlichen Paquita Valdès nicht eine Spur. Ihr zuliebe hatten ſich an die fünfzig Vertreter der eleganteſten Pariſer Jugend geſtiefelt und geſpornt, parfümiert, mit Reitpeitſche und hoher Halsbinde dort eingefunden, die plaudernd und lachend auf und ab gingen und einander zu allen Teufeln wünſchten.

„Weiße Meſſe!" bemerkte Henri zu ſeinem Begleiter. „Aber da iſt mir ein glänzender Gedanke gekommen. Dieſes Mädchen bekommt Briefe aus London. Alſo muß man den Briefträger beſtechen oder betrunken machen, einen dieſer Briefe entſiegeln und ſelbſtverſtändlich leſen, ein Liebesbriefchen dazu ſchmuggeln und ihn wieder verſiegeln. Der alte Tyrann, Paquitas crudel tiranno, dürfte die Perſon, die aus London ſchreibt, ohne Zweifel genau kennen und daher ihren Briefen nicht mehr mißtrauen." —

Am nächſten Tage luſtwandelte de Marſay abermals auf der ſonnigen Terraſſe der Feuillants und erblickte Paquita Valdès endlich wieder. Schon hatte ſie die Leidenſchaft, die ſie für ihn empfand, in ſeinen Augen verſchönert. Er verliebte ſich ernſtlich in ihren gleich der Sonne ſtrahlenden Blick, deſſen Gluten ihres Leibes ganze Wolluſt widerſpiegelte. Er lechzte danach, das Kleid des verführeriſchen Mädchens zu ſtreifen, als ſie aneinander vorbeigingen. Allein ſeine Verſuche waren vergeblich. In der Abſicht, die beiden Frauen zu überholen, beſchleunigte er ſeine Schritte, um ſich nachher, wenn Paquita und deren Begleiterin wieder wendeten, an

der Seite des Mädchens mit den Goldaugen zu befinden. Doch Paquita, nicht minder ungeduldig als er, ging gleichfalls ſchneller, und plötzlich fühlte er ſeine Hand mit einer ſo bedeutſamen Leidenſchaftlichkeit gedrückt, daß er wähnte, einen elektriſchen Schlag erhalten zu haben. Jählings wallte alles Jugendfeuer wieder in ihm auf. Als dann die beiden Liebenden einander wieder begegneten, ſchlug Paquita verſchämt die Augen zu Boden. Indem ſie ſolcherart dem Blicke Henris auswich, glitt der ihrige unter den Lidern hervor und weidete ſich an der Geſtalt und den Beinen eines Mannes, den die Frauen, vor der Revolution, ihren „Eroberer" zu nennen pflegten.
„Dies Mädchen wird ganz beſtimmt meine Geliebte!" dachte Henri im ſtillen.
Als er ihr, auf der Seite, wo ſich die Place Louis XV. befindet, bis ans Ende der Terraſſe folgte, gewahrte er den alten Marcheſe de San-Réal, der dort, auf den Arm ſeines Kammerdieners geſtützt, mit der ganzen Vorſicht eines griesgrämigen, ſauertöpfiſchen Gichtkranken ſpazieren ging. Die mißtrauiſche Duenna nahm Paquita zwiſchen den Greis und ſich in die Mitte.
„Oh, du ..." dachte de Marſay, während er einen verachtenden Blick auf Concha warf. „Gelingt es nicht, dich zur Übergabe zu zwingen, ſo wird man dich ein bißchen mit Opium einſchläfern. Wir wiſſen in der Mythologie Beſcheid und kennen die Geſchichte des Argus ..."—
Bevor das Mädchen mit den Goldaugen in den Wagen ſtieg, wechſelte es mit dem Geliebten einige Blicke, deren Ausdruck nicht mißverſtanden werden konnte. Henri war hingeriſſen. Allein die Duenna ließ ſich ſo leicht nicht hinters Licht führen. Als ſie

einen dieſer Blicke auffing, ſprach ſie einige haſtige Worte und Paquita warf ſich mit verzweifelter Miene in den Wagen.
Während der nächſten Tage erſchien das Mädchen mit den Goldaugen nicht mehr in den Tuilerien. Laurent, der auf Befehl ſeines Herrn in der Umgebung des Palais San-Réal auf der Lauer ſtand, erfuhr von den Nachbarn, daß ſeit dem Tage, an dem die Duenna einen Blick zwiſchen Henri und dem ihrer Obhut anvertrauten Mädchen aufgefangen hatte, weder die zwei Frauen noch der Marcheſe ausgegangen waren. Das ſo zarte, ſchwache Band, das die Liebenden vereinte, war alſo ſchon zerriſſen. —
Einige Tage darauf hatte Henri de Marſay ſein Ziel erreicht, ohne daß irgend jemand erfuhr, wodurch. Er beſaß Petſchaft und Siegellack ganz genau gleich denen, womit die an Paquita Valdès gerichteten Briefe verſchloſſen waren, ferner dasſelbe Briefpapier, deſſen man ſich in London bedient hatte, und endlich alle notwendigen Stempel und ſonſtigen Hilfsmittel zum Aufdruck der engliſchen und franzöſiſchen Poſtſtempel. Er hatte folgenden Brief geſchrieben und ihm ganz das Ausſehen eines von London geſandten gegeben:

Teuerſte Paquita!

Es iſt nicht meine Abſicht, die Leidenſchaft zu ſchildern, die Sie mir einflößten. Sollten Sie, zu meinem Glück, dieſe Leidenſchaft teilen, ſo mögen Sie wiſſen, daß ich Mittel und Wege fand, mit Ihnen zu korreſpondieren.

Ich heiße Adolphe Gouges und wohne Rue de l'Univerſité Nr. 54. — Wenn Sie zu ſehr überwacht wären, um mir zu ſchreiben, und wenn

Sie weder Papier noch Feder hätten, dann erführe ich dies aus Ihrem Stillschweigen. Sollten Sie daher morgen zwischen acht Uhr früh und zehn Uhr abends keinen Brief über die Mauer Ihres Gartens in den des Barons von Nucingen geworfen haben (man erwartet ihn dort den ganzen Tag), so wird Ihnen übermorgen um zehn Uhr vormittags ein mir völlig ergebener Mann zwei Fläschchen an einer Schnur über die Gartenmauer gleiten lassen. Trachten Sie also, um diese Zeit dort spazieren zu gehen! Eines der beiden Fläschchen enthält Opium und dient dazu, Ihren Argus einzuschläfern. Sechs Tropfen genügen. Das andre Fläschchen enthält Tinte. Die beiden Fläschchen sind so flach, daß Sie imstande sind, sie in Ihrem Schnürleib zu verbergen. Das Tintenfläschchen ist geschliffen, das andre ist glatt.

Alles, was ich schon tat, um mit Ihnen korrespondieren zu können, soll Ihnen sagen, wie sehr ich Sie liebe. Zweifeln Sie daran, so gestehe ich, daß ich für ein Stelldichein mit Ihnen, und währte es nur eine Stunde, gerne mein Leben dahingebe.

„Sie glauben das wirklich, diese armen Geschöpfe!" sagte sich Henri, als er den Brief vor dem Versiegeln noch einmal überlas. „Aber sie haben recht. Was dächten wir von einer Frau, wenn sie sich durch einen Liebesbrief, der von so beweiskräftigen Umständen begleitet ist, nicht verführen ließe!" —

Dieser Brief wurde dem Portier des Palais San-Réal tags darauf, gegen acht Uhr morgens, von dem Briefträger Moinot eingehändigt.

Um dem Schlachtfelde möglichst nahe zu sein, hatte sich de Marsay an diesem Tage bei Paul de Manerville, der an der Rue de la Pépinière wohnte, zum Frühſtück eingeladen. Gegen zwei Uhr – gerade, als ſich die beiden Freunde über den Zuſammenbruch eines ihrer Bekannten unterhielten, der ohne feſtes Einkommen ein elegantes Leben führen wollte, und ſie mit übermütigem Gelächter nach einem paſſenden Ende für den Unglücklichen ſuchten –– meldete der Diener, daß Henris Kutſcher in Begleitung zweier merkwürdiger Perſonen hierher gekommen ſei, die dringend verlangt hätten, mit Herrn de Marſay ſelbſt zu ſprechen.

Die eine dieſer Perſonen war ein Mulatte, der Talma, wäre er ihm je begegnet, ohne Zweifel zu der Rolle des „Othello" inſpiriert hätte. Keines Afrikaners Antlitz vermochte der überragenden Größe im Augenblick der Rache, dem jähen Erwachen eines Verdachts, der glühenden Energie in der Ausführung eines Gedankens, der ſehnigen Kraft des Mauren und ſeiner kindlichen Unüberlegtheit beredteren Ausdruck zu geben. Die ſchwarzen, wimperloſen Augen hatten den ſtarren Blick des Raubvogels und waren, wie bei einem Geier, von einer bläulichen Haut umringt. Die kleine, niedrige Stirne hatte etwas Drohendes. Offenbar ſtand dieſer Mann unter dem Druck eines einzigen Gedankens. Sein ſtarker Arm gehörte nicht ihm . . .

Dem Mulatten folgte ein Weſen, das alle Phantaſie, von Grönland angefangen, wo ſie mit den Zähnen klappert, bis hinunter nach Neu-England, wo ſie ſich in Schweiß badet, nach dem Satze formt, der da heißt: „Dies iſt ein Unglücksmenſch!" – Danach wird ſich jedermann, je nach der Eigenart der Gedankenwelt ſeines Landes, von dieſem Weſen eine Vorſtellung machen können. Wer aber vermöchte ſich dies blaſſe Runzelgeſicht mit dem langen Barte richtig vorzuſtellen? Wer ſähe ſeine ſchmutzig-gelbe, fadenſcheinige Halsbinde, den ſpeckigen Kragen, den zerſchliſſenen Hut, den altersgrünen Überrock, die jämmerlichen Beinkleider, die zuſammengeſchrumpfte Weſte, die Buſennadel aus falſchem Gold, die kotbeſpritzten Schuhe, deren Bänder durch den Straßenſchmutz geſchleift waren? Wer erfaßt dieſes Weſen in der Unermeßlichkeit all ſeines gegenwärtigen und vergangenen Elends? Wer? Der Pariſer allein! Der Pariſer Unglücksmenſch iſt der vollſtändig unglückliche Menſch, denn er findet noch Gefallen daran, zu wiſſen, wie ſehr er unglücklich iſt. Der Mulatte ſah aus wie zur Zeit Louis' XI. ein Henker, der einen Verurteilten aufhängen ſoll. —

„Wo hat man denn dieſe beiden Kerle eingefangen?" rief Henri aus.

„Donnerwetter!" ſagte Paul de Manerville, „vor dem einen gruſelt's mich ordentlich!"

„Wer biſt du?" fuhr Henri fort, indem er ſich an den Unglücksmenſchen wandte. „Ja — du, der du ausſiehſt, als ſeiſt du der chriſtlichere von euch beiden?" Der Mulatte heftete ſeine Blicke abwechſelnd auf die beiden Freunde, wie eben ein Menſch es tut, der nicht verſteht, was ein andrer ſpricht, und es dennoch wenigſtens aus deſſen Geſten und Lippenbewegungen zu erraten ſucht.

„Ich bin Amtsſchreiber und Dolmetſcher. Ich heiße Poincet und wohne im Gerichtsgebäude."

„Gut — und der da?" verſetzte Henri und deutete auf den Mulatten.

„Ich weiß nicht," gab der Unglücksmenſch zur Antwort. „Er ſpricht nur ein ſpaniſches Kauderwelſch und brachte mich hierher, damit er ſich mit Ihnen verſtändigen könne."

Da zog der Mulatte den Brief aus der Taſche, den Henri an Paquita geſchrieben hatte, und überreichte ihn, ohne ein Wort zu ſprechen.

„Ah — jetzt beginnt es zu tagen!" dachte Henri und warf den Brief ins Feuer. Dann wandte er ſich zu ſeinem Freunde und ſagte:

„Bitte, laß uns eine Weile allein!" —

„Ich mußte ihm den Brief überſetzen," begann der Dolmetſcher, nachdem Paul das Zimmer verlaſſen hatte; „und kaum war dies geſchehen, da lief der Mann auf und davon. Nach einiger Zeit kam er wieder und holte mich ab. Ich ſollte ihn hierherführen, wofür er mir zwei Louisdor verſprach."

„Was haſt du mir mitzuteilen, du Kaffer?" fragte de Marſay.

„Ich ſagte nicht ‚Kaffer' zu ihm!" bemerkte der Dolmetſcher, während er den Worten des Mulatten aufmerkſam folgte. Als dieſer verſtummte, fuhr er fort: „Er ſagt, mein Herr, Sie möchten ſich morgen abend um halbzehn auf dem Boulevard Montmartre in der Nähe des Kaffeehauſes einfinden. Dort würden Sie einen Wagen ſtehen ſehen, in dem Sie Platz nehmen ſollen. Doch müßten Sie dem, der ſich bereithalten wird, den Wagenſchlag zu öffnen, das Wort ‚cortejo' zurufen. — Dieſes Wort iſt ſpaniſch und bedeutet ‚Liebhaber'," fügte Poincet mit einem beglückwünſchenden Blick auf Henri hinzu.

„Gut!"

Der Mulatte wollte dem Dolmetſcher die zwei Louisdor geben. Allein Henri litt es nicht und entlohnte ihn ſelbſt. Während Poincet das Gold in Empfang nahm, ſprach der Mulatte einige Worte.

„Was ſagt er?"
„Er warnt mich," antwortete der Unglücksmenſch, „und droht mir, er wolle mich erdroſſeln, wenn ich auch nur das geringſte verriete. Er iſt ein Heide und macht ganz den Eindruck, als wäre er deſſen fähig."
„Ohne allen Zweifel," beſtätigte Henri, „der tut wirklich, was er ſagt!"
„Er fügt noch hinzu," fuhr der Dolmetſcher fort, „daß die Perſon, die ihn herſandte, Sie nicht nur im eigenen, ſondern auch in Ihrem Intereſſe beſchwört, bei jeder Ihrer Handlungen die allergrößte Vorſicht walten zu laſſen. Sonſt könnten die Dolche, die über ihren beiden Häuptern ſchweben, in ihre Herzen ſinken, ohne daß irgendeine Macht imſtande wäre, ſie davor zu ſchützen."
„Das ſagte er? Um ſo beſſer – es wird wenigſtens unterhaltender ſein! . . . Paul, du kannſt ſchon wieder hereinkommen!" rief Henri ins Nachbarzimmer. Und der Mulatte, der Paquitas Geliebten während der ganzen Zeit mit ſtarren, faſt magnetiſchen Blikken beobachtet hatte, zog mit dem Dolmetſcher von dannen. –
„Endlich!" rief de Marſay ſeinem Freunde entgegen, „endlich einmal ein romantiſches Abenteuer! Lange genug nahm ich gezwungen an einigen teil. Endlich ſtoße ich in dieſem langweiligen Paris auf ein Abenteuer, das ernſte Nebenumſtände und größere Gefahren begleiten! Ah, verteufelt, wie macht Gefahr die Weiber kühn! Gibt ein Mann, der ſeine Frau quält und ihr Gewalt antun will, dieſer Frau damit nicht ein Recht und den Mut zugleich, Schranken mit einem Satze zu überſpringen, zu deren Überwindung ſie ſonſt langer Jahre bedurfte? Geh und ſpring', mein Täubchen! Sterben? Armes Kind! –

Dolche? Weibergrillen! — Sie alle haben das Bedürfnis, ihren kleinen Scherzen Wichtigkeit beizulegen. Übrigens wird man daran denken, Paquita! Man wird daran denken, mein Kind! . . . Hol' mich der Teufel, jetzt, wo ich weiß, daß das ſchöne Mädchen, dieſes Meiſterwerk der Natur, mir angehört, hat das Abenteuer ſeinen ganzen Reiz für mich verloren!" —

Trotz dieſer leichtfertigen Rede kamen die beiden Freunde am Abend wieder zuſammen. Um ſchmerzlos auf den nächſten Tag zu warten, nahm Henri zu ausſchweifenden Genüſſen Zuflucht: Er ſpielte mit ſeinen Freunden und gewann ihnen zehn- bis zwölftauſend Franken ab, er trank wie ein Droſchkenkutſcher und fraß wie ein Deutſcher. Um zwei Uhr nachts kam er vom Rocher de Cancale heim, legte ſich nieder und ſchlief wie erſchlagen. Als er am Morgen erwachte, war er friſch und roſig wie ein Kind und kleidete ſich an. Er wollte nach den Tuilerien gehen und nahm ſich vor, ſein Pferd zu reiten, wenn er Paquita geſehen haben würde, damit er Appetit bekomme und ſo imſtande ſei, ſich durch ein üppiges Diner die Zeit bis zum Abend beſſer zu vertreiben.

Zur feſtgeſetzten Stunde war er auf dem Boulevard Montmartre. Er ſah den Wagen und gab einem Manne, den er für den Mulatten hielt, das genannte Loſungswort. Im Augenblick öffnete der Mann den Wagenſchlag und ließ das Trittbrett herab. Kaum war Henri eingeſtiegen, da ſetzte ſich der Wagen in Bewegung und trug ihn ſehr ſchnell davon. Eine Gedankenflut raubte dem jungen Manne die Fähigkeit, auf die Straßen zu achten, durch die er fuhr, ſo daß er nicht wußte, wo er ſich befand, als der Wagen hielt. Der Mulatte führte ihn in ein Haus, dessen Treppe nächst dem Haustor lag. Die Treppe war dunkel, gleich dem Flur, in den sie mündete und wo Henri eine Zeitlang warten mußte, bis der Mulatte die Türe zu einer feuchten, muffligen, stockfinstern Wohnung aufgeschlossen hatte. Bei dem Schein einer Kerze, die sein Führer im Vorzimmer fand, schienen ihm die Wohnräume mangelhaft eingerichtet und leer, ähnlich denen, deren Bewohner auf Reisen sind. Unwillkürlich erwachten in seinem Innern Empfindungen wieder, die ihn einst erregt hatten, als er einen von Anne Radcliffes Romanen las, worin der Held kalte, finstere, unbewohnte Säle in irgendeiner öden, traurigen Gegend durchwandert.

Endlich öffnete der Mulatte die Tür eines Salons. Der Zustand der alten Möbel und die zerschlissenen Vorhänge gaben diesem Raume das Aussehen eines Salons in einem verrufenen Hause. Es war die gleiche anmaßende Eleganz, der gleiche Staub und starrende Schmutz, die gleiche Anhäufung von Dingen schlechten Geschmacks. Im Winkel eines qualmenden Kamins, dessen Glut in der Asche erstickte, saß auf einem schäbigen roten Plüschdiwan ein altes schlechtgekleidetes Weib. Den Kopf bedeckte ein Turban, wie ihn Engländerinnen tragen, wenn sie ein gewisses Alter erreichen, und mit dem sie in China, wo des Künstlers Schönheitsideal in der Ungeheuerlichkeit besteht, sicherlich unendlichen Erfolg errängen.

Dieser verwahrloste Salon, dieses alte Weib, dieser kalte Herd — Henris Liebe wäre erfroren, hätte sie der Anblick Paquitas nicht neu entfacht. In einem duftigen Morgenkleid, frei von allem Zwange, frei in ihren goldflammenden Blicken, frei im Spiel ihres

feingefesselten Fußes, ihrer wollüstigen Bewegungen, erwartete das Mädchen mit den Goldaugen, auf einem Kanapee sitzend, den Geliebten.
Dieses Stelldichein war, was alle ersten Zusammenkünfte temperamentvoller Personen sind, die einander noch nicht kennen und dennoch glühend ersehnen. Es ist ausgeschlossen, daß in einer solchen Situation, bei der jähen Überbrückung des gegenseitigen Abstandes, anfangs nicht mancherlei quälende Unstimmigkeiten vorkommen, bis die Seelen auf den gleichen Ton abgestimmt sind. Die Begierde treibt den liebenden Mann zur Verwegenheit und macht ihn geneigt, schonungslos vorzugehen. Die Geliebte hingegen müßte kein Weib sein, wenn sie nicht, angesichts des so schnell erreichten Ziels und der Notwendigkeit, sich hinzugeben, schaudernd zurückschreckte. Wie groß ihre Liebe auch sein mag, sie hat die Empfindung, als stürze sie in einen Abgrund, ohne zu wissen, was sie an dessen Sohle erwartet. Die unwillkürliche Kühle solch einer Frau steht im vollen Gegensatz zu der eingestandenen Leidenschaft und wirkt notwendigerweise auf den verliebtesten Liebhaber zurück.
Diese Gedanken, die oft gleich Nebeln die Seele umschweben, bewirken dort eine Art vorübergehender Krankheit. Auf der süßen Reise, die zwei Menschenkinder in die seligen Gefilde der Liebe unternehmen, gleicht dieser mehr oder minder lange Zeitraum einer öden, abwechselnd heißen und feuchten, von glühendem Sand überdeckten und von Morästen durchschnittenen Steppe, die zu lachenden Rosenhainen führt, wo Amor und sein Gefolge auf weichen Matten ihr wonniges Spiel entfalten. Oft findet der geistreichste Mann nichts als ein albernes Grinsen,

das ihm für alles zur Antwort dient. Sein Geiſt iſt wie erſtarrt unter dem Eiſesdruck ſeiner Sehnſucht. Es wäre nicht unmöglich, daß ſich zwei ſchöne, kluge, leidenſchaftliche Weſen anfangs in den einfältigſten Gemeinplätzen unterhielten, bis ihnen endlich der Zufall, ein Wort, ein Blick, ein von Herz zu Herzen ſpringender Funken den glücklichen Übergang zeigt, der ſie auf den lauſchigen Blumenpfad führt, wo man nicht mehr wandert, ſondern ſanft herabgleitet, ohne ſelbſt herabzuſteigen. Dieſer Seelenzuſtand ſetzt jedoch eine beſondere Heftigkeit der Gefühle voraus. Zwei Weſen, die einander nur ſchwach lieben, erfahren nichts Ähnliches. Die Wirkung einer ſolchen Kriſe läßt ſich vielleicht mit jener vergleichen, die ein vollkommen klarer Himmel auf das Auge hervorruft. Die Natur macht den Eindruck, als ſei ſie mit einem feinen Schleier bedeckt. Der Azur des Himmels erſcheint dunkel. Die ſtärkſte Helligkeit ähnelt der Finſternis. —

Sowohl Henri als auch Paquita waren von dem gleichen Ungeſtüm erfüllt. Und das Geſetz der Statik, wonach ſich zwei gleichgroße Kräfte aufheben, die einander begegnen, dürfte auch im Reich der Seele Geltung haben.

Die Verlegenheit dieſes erſten Augenblicks wurde durch die Anweſenheit der alten Mumie nur noch vermehrt. Die Liebe erſchrickt oder freut ſich über alles. Nichts iſt ihr gleichgültig. Für ſie hat alles einen Sinn. Alles gilt ihr als glückliche oder unheilvolle Vorbedeutung. Das ſteinalte Weib erſchien hier wie die menſchgewordene Löſung des Knotens dieſes Liebesdramas und ſtellte den abſcheulichen Fiſchſchwanz dar, womit der ſymboliſche Sinn der alten Griechen die Sirenen verſah, deren Oberleib ſo trügeriſch, ſo verführeriſch war, wie es die Leidenſchaft im Anfang immer und überall iſt.

Obwohl Henri durchaus nicht das war, was man mit einigem Hohne einen ſtarken Geiſt nennt, ſondern ein Mann von außerordentlicher Macht, ein Mann von Größe — ſoweit dies ohne Glauben möglich iſt — fühlte er ſich all dieſen Umſtänden gegenüber aufs höchſte betroffen. Übrigens ſind die ſtärkſten Männer von Natur aus die empfänglichſten und folglich auch die abergläubiſchſten, wenn überhaupt das Vorurteil des erſten Eindrucks als Aberglauben bezeichnet werden kann. Jedenfalls gewähren beide, Vorurteil und Aberglauben, in dem Zuſammenhang zwiſchen Urſache und Wirkung einen rätſelhaften Einblick, der andern Augen als den ihrigen verſchloſſen bleibt.

Die ſchöne Spanierin benutzte dieſen Augenblick der Betroffenheit, um ſich jener Ekſtaſe hinzugeben, die das Herz einer wahrhaft liebenden Frau erfaßt, wenn ſie ſich endlich in Gegenwart ihres lange vergeblich erſehnten Idols befindet. Sie ſtand völlig unter ſeinem Zauber und berauſchte ſich furchtlos an einer längſterträumten Seligkeit.

Mit einem Male erſchien ſie Henri ſo wunderbar ſchön, daß all der Spuk von Lumpen und Greiſentum, die zerſchliſſenen roten Vorhänge, die grünen Strohmatten vor den ſchäbigen Lehnſtühlen, die rötlichen ungeſcheuerten Steinflieſen — kurz, der ganze ſieche, armſelige Luxus ſofort verſchwand. Der Salon wurde heller, und nur noch wie durch einen Nebelſchleier ſah Henri die furchtbare Harpyie ſtarr und ſtumm auf ihrem Diwan ſitzen. Die häßlichgelben Augen verrieten ſklaviſche Gefühle, die das Unglück einflößt — wenn es nicht vom Laſter herrührt, unter dessen tyrannischer Geißel der Mensch zum Tier herabsinkt. Diese Augen hatten den kalten Glanz der Augen eines im Käfig eingeschlossenen Tigers, der seine Ohnmacht kennt und sich gezwungen sieht, seinen Vernichtungstrieb hinunterzuwürgen. —

„Wer ist dieses Weib?" fragte Henri.

Aber Paquita antwortete nicht. Sie bedeutete ihm, daß sie nicht französisch verstünde, und fragte dann, ob er englisch spreche, worauf er seine Frage englisch wiederholte.

„Es ist die einzige Frau, der ich mich anvertrauen darf, obgleich sie mich einst verkauft hat," sagte Paquita ruhig. „Es ist meine Mutter, lieber Adolphe, eine Sklavin aus Georgien, die nur ihre Muttersprache kennt und vor Jahren wegen ihrer hervorragenden Schönheit gekauft wurde. Heute ist freilich nur wenig davon übriggeblieben."

Das Gebaren der Alten und ihre Gier, aus den Gesten Henris und ihrer Tochter zu erraten, was zwischen den beiden vorging, wurde dem jungen Manne plötzlich klar. Die Erklärung des schönen Mädchens gab ihm seine Ungezwungenheit zurück.

„Wir werden also niemals frei sein, Paquita?" entgegnete er nach einer Weile.

„Niemals!" sagte sie traurig. „Es bleiben uns überhaupt nur wenige Tage!"

Sie senkte die Augen nieder, betrachtete ihre Hand und begann, mit der Rechten an den Fingern der Linken zu zählen. Dabei zeigte sie Hände, wie sie Henri schöner niemals gesehen hatte.

„Eins, zwei, drei . . ."

Sie zählte bis zwölf.

„Ja," sagte sie hierauf, „wir haben zwölf Tage!"

„Und dann?"

„Dann?“ wiederholte ſie und knickte zuſammen wie im Angeſichte des Henkers ein Weib, das der Todesangſt erliegt, bevor noch ſein Beil es erreicht. Im Bann ihrer Furcht war ſie bar der prächtigen Energie, die ihr die Natur nur deshalb verliehen zu haben ſchien, um die Wollüſte ihres Leibes zu vermehren und die grobſinnigſten Wonnen in Gedichte ohne Ende umzuwandeln.
„Dann ...“ wiederholte ſie nochmals. Ihre Augen wurden ſtarr. Sie ſchien einen in der Ferne drohenden Gegenſtand zu betrachten.
„... Ich weiß nicht!“ ſagte ſie endlich leiſe vor ſich hin.
„Dieſes Weib iſt verrückt!“ dachte Henri im ſtillen und verſank nun gleichfalls in ſeltſame Betrachtungen.
Ohne Zweifel war Paquita in Gedanken mit irgend etwas beſchäftigt, das nicht e r war. Sie machte ihm den Eindruck, als ſei ſie gleicherweiſe von Gewiſſensbiſſen und Leidenſchaften bedrückt. Ob ſie eine andre Liebe im Herzen trug, derer ſie abwechſelnd gedachte und wieder vergaß? Eine Zeitlang ſtürmte auf Henri eine Unzahl der widerſpruchsvollſten Gedanken ein. Das Mädchen mit den Goldaugen wurde für ihn zu einem Geheimnis. Aufmerkſam betrachtete er Paquita — mit dem wiſſenden Blick des Blaſierten, mit dem unſtillbaren Durſt nach unbekannten Wonnen, jenem furchtbaren Durſte, von dem große Seelen ſo häufig befallen werden und den einſt ein König des Orients empfunden hatte, als er ſeinen Miniſtern empfahl, ihm täglich eine neue Wolluſt zu verſchaffen. Da erkannte Henri, welch unſagbaren Reichtum dieſes Wunderweſen in ſich berge, das zur Liebe zu erſchaffen der Natur ſelbſt Wohlgefallen

bereitet haben mußte. Jeden andern hätte das widerliche Spiel, das ſie, allem Anſcheine nach, mit ihm trieb, alsbald abgeſtoßen. Er jedoch war wie geblendet von der reichen Ernte an Wonnen, die ihm in Ausſicht ſtand, von der beſtändigen Abwechſlung im Glück, die jeder Mann, jedes Weib erträumt und erſtrebt. Es betörte ihn die gleichſam mit Händen greifbare Unendlichkeit der Natur, die ſich hier in den unermeßlichen Wonnen eines einzigen ihrer Geſchöpfe offenbarte. All dies ſah er auf einmal viel deutlicher als je zuvor. Denn Paquita ließ ſich nur zu gerne ſehen und war glücklich, bewundert zu werden.

Henris Bewunderung wuchs ſchnell zu heftigſter Leidenſchaft. Es trieb ihn, die Spanierin gänzlich zu durchſchauen. Er warf ihr einen Blick zu, den ſie verſtand, als ſei ſie gewohnt, ähnliche zu empfangen.

„Wenn du nicht mir allein angehören ſollteſt,“ drohte er, „würde ich dich töten!“

Als Paquita dieſe Worte vernahm, barg ſie ihr Geſicht in den Händen und rief:

„Heilige Jungfrau! Was habe ich da angeſtellt!“

Sie erhob ſich, ſtürzte nach dem roten Diwan, verſank mit dem Köpfchen in die Lumpen, die den Buſen ihrer Mutter verhüllten, und weinte. Die Alte nahm ſie an ſich, ohne ihre Haltung zu ändern oder irgendwelche Teilnahme zu äußern. Sie beſaß in hohem Maße den Ernſt der Wilden, jene ſtatuenhafte Ruhe, an der jeder Verſuch der Erforſchung ſcheitert. Liebte ſie ihre Tochter oder nicht? Wer vermöchte dies zu ſagen? Hinter dieſer Steinmaske glommen alle menſchlichen Gefühle, die guten und die böſen — das alte Weib ließ alles erwarten. Langſam ſchweifte ihr Blick von dem ſchönen Haare, das ihre Tochter wie ein Mantel einhüllte, zu Henris Antlitz. Sie beobachtete ihn mit unausſprechlicher Neugier und ſchien ſich zu fragen, welcher Zauber ihn hierhergeführt und aus welcher Laune ihn die Natur ſo verführeriſch geſchaffen hatte.

„Dieſe Weiber wollen mich zum beſten halten!“ ſagte ſich Henri.

In dieſem Augenblick erhob Paquita den Kopf und warf ihm einen jener Blicke zu, deren Flammenglut bis in die Seele dringt. Sie ſchien ihm ſo unſagbar ſchön, daß er ſich in ſeinem Innern ſchwor, dieſen köſtlichen Schatz um jeden Preis zu beſitzen.

„Oh, Paquita, ſei mein!“

„Willſt du mich töten?“ verſetzte ſie furchtſam, bebend, ſchaudernd und dennoch durch eine unerklärliche Kraft zu ihm hingezogen.

„Dich töten? — Ich?“ ſagte er lächelnd.

Da ſtieß Paquita einen Schreckensſchrei aus und raunte ihrer Mutter einige unverſtändliche Worte zu. Mit gebieteriſcher Gebärde ergriff die Alte Henris und ihrer Tochter rechte Hand, betrachtete ſie lange und gab ſie dann mit einer grauſam bezeichnenden Kopfbewegung wieder frei.

„Sei mein, Paquita! Heute abend — gleich jetzt! Folge mir, verlaſſe mich nicht! Ich will es, Paquita! Liebſt du mich, ſo komm!“

Und er flüſterte ihr haſtig ungezählte törichte Worte zu. Es war wie ein Sturm, der zwiſchen Klippen einherjagt und den gleichen Ton, jedoch in der verſchiedenartigſten Weiſe, immer wiederholt.

„Die gleiche Stimme!“ ſagte Paquita melancholiſch, ohne daß Henri es hörte, „. . . und die gleiche Glut!“ fügte ſie hinzu. —

„Ja denn!“ rief ſie nach kurzem Schweigen in leidenſchaftlichſter Hingebung aus, „ja — aber nicht heute abend, Adolphe! Heute gab ich Concha zu wenig Opium. Wenn ſie erwachte, wäre ich verloren. Das ganze Haus glaubt, ich ſei gegenwärtig in meinem Zimmer und ſchlafe. Komm in zwei Tagen zur gleichen Stunde an den gleichen Ort! Der Mann, der dich am Wagenſchlag erwarten wird, iſt wiederum Chriſtemio. Er iſt mein Nährvater und betet mich an. Eher ſtürbe er auf der Folter, als daß man ihm ein Wort entriſſe, das mir ſchaden könnte. — Und nun, lebwohl!“

Sie preßte den Geliebten an ſich, umwand ihn wie eine Schlange, glitt mit ihrem Kopf unter den ſeinigen und bot ihm die bebenden Lippen. Der glühende Kuß verſetzte die beiden Liebenden in namenloſen, nie geahnten Taumel. Henri glaubte, es öffne ſich die Erde unter ſeinen Füßen. Paquita aber rief immer wieder: „Geh fort! Geh fort!“ und der verſchleierte Klang ihrer Stimme bewies zur Genüge, wie wenig ſie Herrin war über ſich ſelbſt. Dabei ſchmiegte ſie ſich, trotz ihrem wiederholten Ausruf, mit leidenſchaftlicher Zärtlichkeit an den Geliebten und geleitete ihn ſo langſam bis zur Treppe.

Dort angekommen, nahm der Mulatte, deſſen helle Augen bei dem Anblick Paquitas aufleuchteten, die Kerze aus den Händen ſeines Abgotts und führte de Marſay durch den gewölbten Gang, wo er den Leuchter ſtehen ließ, nach der Straße zurück. Er öffnete den Wagenſchlag, half Henri beim Einſteigen und ſetzte ihn alsbald auf dem Boulevard des Italiens ab. Dieſe Fahrt ging mit ſo wunderbarer Schnelligkeit vor ſich, daß es ihm ſchien, als hätten die Pferde die Hölle im Leib.

Das eben erlebte Stelldichein war für de Marſay wie ein Traum. Allein es war einer jener Träume, die in der Seele eines Mannes im Augenblick ihres Entſchwindens ein Gefühl übernatürlicher Wolluſt zurücklaſſen, hinter der er für den Reſt ſeines Lebens raſtlos einherjagt. Ein Kuß, ein einziger Kuß hatte genügt. Niemals war ein Stelldichein in einer züchtigeren, keuſcheren, vielleicht kälteren Weiſe, an einem abſtoßenderen Orte, in Gegenwart einer ſcheußlicheren Gottheit vor ſich gegangen. Denn dieſe Mutter war in Henris Vorſtellungskraft etwas Teufliſches, Lauerndes, Laſterhaftes, Grauſamwildes, Verweſtes, wie es noch keines Dichters und Malers Phantaſie geſchaut hatte. In der Tat, nie noch hatte ein Stelldichein ſeine Sinne mehr erregt, nie hatte es glühendere Wolluſt enthüllt, nie hatte es ſein Innerſtes ſo entflammt, daß ihn die Liebe wie eine ſüße, köſtliche Dufthülle rings umgab! Es war etwas Dunkles, Geheimnisvolles, Sanftes, Zartes, etwas Bedrückendes und Befreiendes zugleich, eine Paarung von Glanz und Scheußlichkeit, von Paradies und Hölle, die de Marſay wie trunken machte. Er glaubte, nicht mehr er ſelbſt zu ſein, und war dennoch groß genug, dem Rauſch der Luſt zu widerſtehen.

Zum richtigen Verſtändnis ſeines Verhaltens am Ende dieſer Geſchichte bedarf es der Erklärung, wie es kam, daß ſich ſeine Seele ſchon in einem Alter vertiefte, in dem die jungen Herren durch allzu regen Umgang mit Frauen zumeiſt verflachen. Er war durch eine Reihe merkwürdiger Umſtände, die ihn mit einer ungeheuren geheimnisvollen Macht belehnten, über ſeine Altersgenoſſen herausgewachſen. Der Jüngling hielt ein mächtigeres Szepter in Händen als das eines modernen Königs, der in ſeinen geringfügigſten Willensäußerungen durch Geſetze gebunden iſt. De Marſay beſaß die ſelbſtherrliche Macht eines orientaliſchen Deſpoten. Aber dieſe in Aſien von vertierten Menſchen ſo ſtumpfſinnig ausgeübte Macht war verzehnfacht durch europäiſche Intelligenz und franzöſiſchen Geiſt — dem empfindlichſten, geſchärfteſten aller geiſtigen Inſtrumente. Henri konnte tun, was er im Intereſſe ſeines Vergnügens und ſeiner Eitelkeit tun wollte. Dieſe unſichtbare Herrſchaft über die menſchliche Geſellſchaft bekleidete ihn mit einer königlichen aber geheimen Majeſtät, mit einer von ihm ausſtrahlenden ſelbſtverſtändlichen Würde. Er hatte von ſeiner Perſon nicht etwa jene Meinung, die Louis XIV. von ſich haben durfte, ſondern die ſtolzere Meinung der Kalifen, der Pharaonen, der beiden Xerxes, die ſich für göttlich hielten, wenn ſie Gott nachahmten und ihr Antlitz, unter dem Vorwand, daß ihr ſtrahlender Blick totbringend ſei, vor den Untertanen verhüllten. So empfand auch de Marſay durchaus keine Gewiſſensbiſſe, in eigener Sache gleichzeitig Kläger und Richter zu ſein. Kaltblütig verurteilte er jedermann, der ihn ernſtlich beleidigte, zum Tode. Und obwohl dieſes Urteil mitunter recht leichtfertig ausgeſprochen wurde, blieb es unwiderruflich. Ein Irrtum war eben ein Unglück — ähnlich dem, das der Blitz verurſacht, wenn er auf eine in irgendeiner Droſchke glückliche Pariſerin niederfährt, anſtatt den alten Kutſcher zu treffen, der ſie zum Stelldichein bringt. Deshalb erzeugte der bittere, beißende Scherz, der Henris Unterhaltung auszeichnete, ziemlich allgemeines Grauſen. Niemand fühlte Luſt, ihn zu verletzen. Seltſamerweiſe lieben die Frauen gerade ſolche Männer, die ſich ſelbſt als Paſcha bezeichnen und die, von Henkern und Löwen begleitet, in einer Rüſtung des Schreckens einherzugehen ſcheinen. Dies gibt derartigen Männern jenes Machtbewußtſein, jene Sicherheit des Handelns, jenen ſtolzen Blick, jenen Löwenmut, worin ſich für alle Frauen der von ihnen erträumte Typus männlicher Kraft verkörpert. Und ein ſolcher Mann war auch Henri de Marſay.

Im Glauben an eine glückliche Zukunft wurde er wieder jung und geſchmeidig und dachte nur an Liebe, als er ſchlafen ging. Er träumte von dem Mädchen mit den Goldaugen, wie temperamentvolle junge Leute träumen. Ungeheuerliche Bilder, reich an Licht und unfaßlichen Wunderlichkeiten, enthüllten ihm ferne, ungeahnte Welten. Indes, es geſchah auf eine unvollſtändige Art und Weiſe, wie immer, wenn durch einen zwiſchen Bild und Auge ſtehenden Schleier die optiſchen Verhältniſſe geändert ſind.

Am nächſten und übernächſten Tage blieb Henri verſchwunden, ohne daß jemand wußte, wohin er gegangen war. Seine Macht gehörte ihm nur unter gewiſſen Bedingungen an und, zum Glück für ihn, war er während dieſer beiden Tage im Dienſt jenes Dämons, dem er ſein zaubriſch wirkendes Daſein verdankte, nur ein einfacher Soldat. Aber am Abend des zweiten Tages erwartete er auf dem Boulevard, zur feſtgeſetzten Stunde, den Wagen. Er ließ nicht lange auf ſich warten. Alsbald kam der Mulatte heran und ſagte Henri einen Satz in franzöſiſcher Sprache, den er offenbar auswendig gelernt hatte:

„Wenn Sie wollen kommen, ſie hat zu mich geſagt, dann Sie müſſen ſein einverſtanden, zu verbinden laſſen Ihre Augen!“

Und Chriſtemio deutete dabei auf ein weißſeidenes Tuch in ſeiner Hand.
„Nein!“ entgegnete Henri, deſſen Machtbewußtſein ſich plötzlich empörte.
Er wollte einſteigen. Der Mulatte gab jedoch ein Zeichen, und der Wagen fuhr davon.
„Ja!“ rief da Henri aus. Es verdroß ihn, daß er ein ihm zugeſagtes Glück einbüßen ſollte. Auch ſah er die Unmöglichkeit ein, mit einem Sklaven zu verhandeln, deſſen Gehorſam ebenſo blind war wie der eines Henkers. Durfte er ſeinen Zorn über dies hilfloſe Werkzeug ergießen?
Chriſtemio pfiff, und der Wagen kam zurück. Henri ſtieg ſchnell ein, denn ſchon drängten ſich einige Spaziergänger neugierig heran. De Marſay war ſehr kräftig. Er wollte dem Mulatten einen Streich ſpielen. Als der Wagen in ſchnellſtem Trab davonfuhr, packte er Chriſtemio bei den Händen und wollte ſich ſeines Wächters bemächtigen. Auf dieſe Weiſe hoffte er, die Herrſchaft über ſein Geſicht wiederzuerlangen und zu erfahren, wohin es ging. Allein der Verſuch war fruchtlos. Die Augen des Mulatten funkelten im Dunkeln. In ſeiner Kehle erſtickte ein heiſerer Wutſchrei, er befreite ſich, ſtieß Henri zurück und nagelte ihn förmlich an das Rückenkiſſen feſt. Dann zog er mit der freien Hand einen dreikantig geſchliffenen Dolch hervor und pfiff. Der Kutſcher hörte es und hielt an. De Marſay war waffenlos und mußte ſich beugen. Ohne Widerſtand hielt er den Kopf gegen das Seidentuch. Dieſe Geſte der Unterwerfung beruhigte Chriſtemio, und er verband Henri mit einer Ehrfurcht und Behutſamkeit, die eine Art Verehrung für die Perſon des von ſeinem Abgott geliebten Mannes bewies. Indes, bevor er dieſe Sorgfalt walten ließ,

hatte er ſeinen Dolch mißtrauiſch in die Seitentaſche geſteckt und ſich bis ans Kinn zugeknöpft . . .

„Er hätte mich umgebracht, dieſer Kaffer!“ ſagte ſich Henri. —

Der Wagen rollte ſchnell dahin. Einem jungen Manne, der ſich in Paris ſo gut auskannte wie Henri, ſtand ein einfaches Hilfsmittel zur Verfügung, um zu wiſſen, wohin die Fahrt ging. Er brauchte nur achtzugeben und, ſolange der Wagen geradeaus fuhr, nach der Anzahl der überquerten Rinnſteine die auf den Boulevards einmündenden Straßenzüge zu zählen. Auf dieſe Weiſe konnte er erkennen, durch welche Seitenſtraße der Wagen die Boulevards verließ, und aus der Weiterfahrt, entweder in der Richtung zur Seine oder auf die Höhen des Montmartre, ohne Schwierigkeit auf Namen oder Lage jener Straße ſchließen, wo ſein Führer halten laſſen würde. Indes, die aus ſeinem Ringkampf herrührende heftige Erregung, der Zorn über die erlittene Bloßſtellung ſeiner perſönlichen Würde, die in ihm aufſteigenden Vermutungen über die peinliche Sorgfalt, die das geheimnisvolle Mädchen aufwandte, um ihn zu ſich kommen zu laſſen: All dies hinderte ihn, jene Aufmerkſamkeit des Blinden zu entwickeln, die durch vollſtändige Sammlung der Geiſteskräfte zu der erforderlichen Anſchaulichkeit des Gedächtniſſes führt. Die Fahrt währte ungefähr eine halbe Stunde. Als der Wagen hielt, befand er ſich nicht mehr auf dem Straßenpflaſter. Der Mulatte und der Kutſcher nahmen Henri mitten um den Leib, hoben ihn auf, legten ihn auf eine Art Tragbahre und trugen ihn durch einen nach Laub und Blumen duftenden Garten. Das hier herrſchende Schweigen war ſo tief, daß Henri das eigenartige Geräuſch der von Blatt zu Blatt fallenden Regentropfen wahrnehmen konnte. Die beiden Männer hoben ihn auf einer Treppe empor, ließen ihn dann aufſtehen und führten ihn durch mehrere Räume, bis er endlich in einem mit Wohlgerüchen geſchwängerten Zimmer ſtand und unter den Füßen einen weichen Teppich fühlte. Eine Frauenhand drückte ihn auf einen Diwan nieder und löſte den Knoten der Seidenbinde. Er blickte auf: Da ſtand Paquita vor ihm — aber Paquita in der ganzen Pracht des wolluſtatmenden Weibes!

Die eine Hälfte des Boudoirs, worin Henri ſaß, beſchrieb einen weichen, anmutigen Kreisbogen, während an der Stirnwand der andern, vollkommen rechtwinklig ausgeſtalteten Hälfte ein weiß und goldener Kamin glänzte. An der einen Seitenwand befand ſich ein Fenſter, und dieſem gegenüber, hinter einem reichgeſtickten Vorhang verborgen, die Türe, durch die er eingetreten war. Dieſen hufeiſenförmigen Raum ſchmückte ein echter türkiſcher Diwan, das heißt eine auf die Erde gelegte Matratze — aber eine Matratze von fünfzig Fuß Umfang und hoch wie ein Bett! Der weiße Kaſchmir des Diwans war ſtellenweiſe mittels rautenförmig angeordneter, ſchwarzer und mohnroter Quaſten hochgerafft. Die Rückwand dieſes Rieſenbettes reichte einige Zoll über zahlreiche Kiſſen empor, deren geſchmackvoller Zierat es nur noch verſchönerte. Die Wände waren mit rotem Stoff beſpannt, und darauf lag indiſcher Muſſelin in Form dicht aneinanderſtehender halber Hohlröhren geſpannt, ähnlich den Auskehlungen der korinthiſchen Säule. Der obere und untere Rand beſtand aus einem mohnfarbigen, mit ſchwarzen Arabesken bemalten Stoffband. Unter der lichtbrechenden Wirkung der durchſcheinenden Muſſelinröhren erſchien der Tapetenſtoff nicht mehr mohnrot, ſondern ſchillerte, je nach der Richtung des Blicks, bald roſenfarben, bald weiß. Die Farbe der Liebe ſchimmerte auch aus den Fenſtervorhängen wieder, deren indiſcher Muſſelin mit roſafarbener Seide gefüttert und mit ſchwarzen und mohnroten Franſen verziert war. Zur Beleuchtung des Diwans dienten ſechs vergoldete, je zwei Kerzen tragende Wandarme. Die Decke, in deren Mitte ein mattvergoldeter Lüſter herabhing, erglänzte in leuchtendem Weiß, und die Geſimſe waren vergoldet. Der Teppich war einem orientaliſchen Schal nachgebildet und erinnerte an die Lieder der perſiſchen Sklaven, die ihn gewirkt hatten. Die Stühle waren mit weißem Kaſchmir bezogen und mit ſchwarzen und mohnfarbigen Schnüren und Quaſten verziert. Die Standuhr, die Kandelaber — alles war weißer Marmor und Gold. Auf dem Tiſche, dem einzigen dieſes Raumes, lag eine Kaſchmirdecke. Prächtige Jardinièren enthielten allerlei Roſen, weiße und rote Blumen. Kurz, ſelbſt die geringfügigſte Einzelheit tat liebevollſte Sorgfalt kund. Niemals hatte ſich Reichtum ſo kokett den Blicken entzogen wie hier, wo er, zu anmutvoller Eleganz gewandelt, köſtlichſte Wolluſt einflößte. Hier mußte das kälteſte Weſen entflammen. Die Seele hat eine ſeltſame Vorliebe für Weiß, die Liebe für Rot, und das Gold ergötzt die Leidenſchaften, denn es hat die Macht, ihre Launen zu verwirklichen. All die ſeltſamen, unerklärlichen, geheimnisvollen Neigungen, die der Menſch in ſich trägt, fühlten ſich hier geſchmeichelt. Die vollendet ſchöne Farbenharmonie rief in der Seele unwillkürlich wollüſtige, in fernen Welten umherſchweifende Gedanken wach.

Inmitten der mit wunderſamen Düften geſchwängerten Nebelſphäre leuchtete Paquita. Mit einem ſchneeweißen Morgengewand bekleidet, Orangenblüten im aſchblonden Haar, kniete ſie barfüßig vor Henri, als bete ſie den Gott an, der ihr die Gnade erwieſen hatte, dieſen Tempel zu betreten. Obwohl de Marſay gewohnt war, das Geſuchte des Pariſer Luxus zu ſehen, überraſchte ihn der Anblick dieſer Liebesmuſchel. Venus ſelbſt ward in keiner ſchöneren geboren. War es eine Wirkung des Kontraſtes zwiſchen der Dunkelheit, aus der er kam, und dem Licht, worin ſeine Seele nun badete, war es der blitzſchnell angeſtellte Vergleich zwiſchen dieſem und dem Orte des erſten Stelldicheins — er empfand eine jener ſüßen Erregungen, die wahrer Poeſie allein entſpringen. Als er inmitten dieſes köſtlichen, unter dem Zauberſchlag einer gütigen Fee ihm erſchloſſenen Schlupfwinkels das Mädchen mit den Goldaugen erblickte — dieſes Meiſterwerk der Schöpfung, deſſen zarte Haut durch den roſigen Widerſchein und die Ausſtrahlung unſagbar ſüßer Liebesdünſte in warmen, wie vergoldeten Farben ſchimmerte — da war ſein Zorn, ſein Rachedurſt, ſeine verletzte Eitelkeit mit einem Schlage verſunken. Wie ein Adler auf ſeine Beute, ſo ſtürzte er ſich auf ſie, zog ſie ungeſtüm an ſich und gab ſich in einem Rauſch unbeſchreiblicher Wonne der wollüſtigen Umarmung dieſes Mädchens hin, deſſen ſo üppig entfaltete Schönheit ihn ſanft umwob.

„Komm, Paquita!" ſagte er leiſe.

„Sprich laut!" verſetzte ſie, „ſprich ohne Furcht! Dieſer Schlupfwinkel wurde für dic Liebe geſchaffen. Er hält die Muſik der geliebten Stimmen mit ſolchem Ehrgeiz gefangen, daß kein Laut aus ihm entflieht. Wie ſtark ein Schrei auch ſei, er kann in der Umgebung nicht vernommen werden. Und wenn man hier jemanden töten wollte, es wäre zwecklos, um Hilfe zu rufen. Seine Klagen würden verhallen, als befände er ſich inmitten der großen Wüſte."

„Wer verſtand es denn, der Eiferſucht und ihren Bedürfniſſen ſo trefflich gerecht zu werden?"

„Frage mich nie danach!" antwortete ſie und löſte dabei mit unnachahmlicher Anmut ſeine Halsbinde; offenbar wollte ſie ſeinen Hals ſehen.

„Ja, — dies iſt der Hals, den ich ſo liebe!" fuhr ſie fort; „willſt du mir eine Freude bereiten?"

Dieſe Frage, die der Tonfall beinahe unzüchtig machte, entriß de Marſay ſeinem düſteren Brüten über Paquitas deſpotiſche Antwort. Was bedeutete das ſeltſame Verbot, dem unbekannten Weſen, das wie ein Schatten über ihnen ſchwebte, jemals nachzuforſchen?

„Und wenn ich trotzdem wiſſen möchte, wer hier herrſcht?" entgegnete er.

Paquita ſah ihn bebend an.

„Nicht ich bin es alſo?" fuhr er fort. Er erhob ſich und löſte ſich ſo ſchnell aus ihrer Umarmung, daß ihr Kopf hintenüber fiel. „Ich will allein ſein, wo ich bin!"

„Auffallend! . . . Auffallend!" flüſterte ſie entſetzt.

„Für wen hältſt du mich denn? . . . Willſt du mir antworten?"

Paquita erhob ſich ſachte. In ihren Augen ſtanden Tränen. Sie holte aus einem der beiden Ebenholzſchränkchen einen Dolch und überreichte ihn Henri mit einer Gebärde der Unterwürfigkeit, die jeden Tiger erweicht hätte.

„Gib mir ein Feſt," bat ſie, „wie Männer es geben, wenn ſie lieben! Und töte mich, während ich ſchlafe, denn ich kann dir nicht antworten. Sieh, ich bin wie ein armseliges Tier an einen Pfahl gebunden. Noch immer staune ich, daß ich über den Abgrund, der uns trennt, eine Brücke schlagen konnte. Berausche mich, und nachher töte mich! . . . Nein, nein!" rief sie mit gefalteten Händen, „töte mich nicht! Ich lebe ja so gerne! Das Leben ist so schön für mich! Sklavin bin ich, doch auch Königin! Ich könnte dich mit Worten täuschen, könnte dir sagen, dir beweisen, daß ich nur dich liebe, könnte meine augenblickliche Herrschaft über dich ausnützen und sagen: ‚Nimm mich hin, wie man den Duft der Rose im Garten eines Königs genießt!' Hätte ich so die listige Beredsamkeit des Weibes aufgeboten und die Schwingen der Lust entfaltet, um meinen Durst zu stillen, dann könnte ich dich in einen Brunnen werfen, wo niemand dich fände. Dieser Brunnen wurde geschaffen, die Rache des Herzens zu kühlen, ohne jene des Gesetzes nach sich zu ziehen. Er ist voll Ätzkalk, der dich verbrennen und vollkommen verzehren würde, so daß sich auch nicht das kleinste Teilchen deines Körpers wiederfände. Du bliebest in meinem Herzen, gehörtest mir — für immer!"

Henri sah Paquita an, ohne zu zittern. Sein furchtloser Blick erfüllte sie mit jäher Freude:

„Nein!" fuhr sie fort, „ich tue es nicht! Du bist hier nicht in eine Falle geraten, sondern an das Herz einer Frau, die dich vergöttert. Nicht dich, *mich* wird man in den Brunnen werfen!"

„Dies alles erscheint mir ganz komisch und seltsam!" bemerkte Henri mit einem durchdringenden Blick auf Paquita. „Ich halte dich für ein gutes Mädchen, du hast ein phantastisches Wesen. Wahrhaftig, du bist ein lebendes Rätsel, dessen Schlüssel nur schwer zu finden ist."

Paquita begriff nicht, was Henri ihr ſagte. Sie ſah ihn mit ihrem ſanften Blicke an, aus dem zuviel Sinnlichkeit ſprach, als daß er jemals einfältig ſcheinen konnte.
„Höre, Geliebter!" begann ſie, auf ihre frühere Abſicht zurückkommend, „willſt du mir eine Freude bereiten?"
„Ich will alles tun, was du willſt . . . ſogar das, was du nicht willſt!" gab Henri lachend zur Antwort. Er hatte ſeine frühere Ungezwungenheit wiedergefunden und beſchloß, ſich von ſeinem glücklichen Geſchick treiben zu laſſen, ohne vor- noch rückwärts zu blicken. Vielleicht auch baute er auf ſeine Macht, auf ſeine Gewandtheit als Mann der Frauengunſt, wenn er hoffte, dieſes Mädchen nach einigen Stunden zähmen zu können und alle ihre Geheimniſſe zu erfahren.
„Wohlan!" rief ſie fröhlich, „laß mich dich nach meinem Geſchmack herrichten!"
Lachend entnahm ſie einem der beiden Schränkchen ein rotſeidenes Frauengewand und zog es Henri an. Dann ſetzte ſie ihm ein Spitzenhäubchen auf und umwand ihn mit einem prächtigen Schal. Mit kindlicher Unſchuld gab ſie ſich all dieſen Torheiten hin. Indes, ihr Lachen hatte dabei etwas Krampfhaftes. Sie glich einem geängſtigten Vogel, der mit den Flügeln um ſich ſchlägt.
Unmöglich wäre es, die unerhörten Wonnen zu ſchildern, die dieſes, vom Himmel in einem ſeligen Augenblick der Freude geſchaffene Menſchenpaar jauchzend genoß. Es dürfte darum notwendig ſein, wenigſtens die ganz außerordentlichen, faſt phantaſtiſchen Eindrücke des jungen Mannes in Worte zu faſſen.
Was Leute vom Schlage Henri de Marſays, die eine

geſellſchaftliche Stellung einnehmen und ſo leben, wie er lebte, am allerbeſten zu erkennen wiſſen, iſt die Unſchuld eines Weibes. Aber ſeltſam, mochte Paquita auch Jungfrau ſein — unſchuldig war ſie gewiß nicht! In ihrem zugleich launenhaften und erhabenen Weſen ſpiegelte ſich dies ganze Abenteuer wider, das Geheimnis und Wirklichkeit, Licht und Schatten, Schönheit und Abſcheulichkeit, Freude und Gefahr, Hölle und Paradies in ſo bizarrer Weiſe miteinander verband. Alles, was raffinierteſte Wolluſt je erſann, alles, was Henri von jener Poeſie der Sinne, die man Liebe nennt, je erfahren hatte, überboten die wunderbaren Schätze dieſes Mädchens, deſſen Funkelaugen niemals verleugneten, was ſie einmal verſprochen hatten. Es war ein orientaliſches Märchen, ein Gedicht von Saadi oder Hafis, aus deſſen leichtbeſchwingten Strophen die Sonne des Morgenlandes ſtrahlt. Allein weder Saadis noch Pindars Verſe hätten die von Erſtaunen und Verwirrung erfüllte Verzückung zum Ausdruck bringen können, von der Paquita ergriffen ward, als der trügeriſche Wahn zerriß, in dem ſie, unter dem Druck einer eiſernen Fauſt, bisher gelebt hatte.

„Tot!“ flüſterte ſie, „ich bin tot, Adolphe! Führe mich doch ans Ende der Welt, auf eine Inſel, wo keine Menſchenſeele uns vermutet! Unſere Flucht darf keine Spur hinterlaſſen! Man würde uns bis in die Hölle verfolgen ... Allmächtiger, es graut der Tag! Flieh, rette dich! Seh' ich dich jemals wieder? Ja, morgen will ich dich wiederſehen — müßtc ich auch um dieſes Glückes willen alle meine Wächter töten! ... Auf morgen denn!“

Bebend vor Todesgrauen, ſchloß ſie ihn feſt in ihre Arme. Dann drückte ſie auf eine Feder, die mit einer

Glocke in Verbindung zu ſein ſchien, und beſchwor den Geliebten, ſich die Augen verbinden zu laſſen. „Du würdeſt nur meinen Tod beſchleunigen!“ ſetzte ſie hinzu, „denn jetzt w e i ß ich, daß ich für dich ſterben werde!“ —

Henri ließ alles mit ſich geſchehen. Jeder Mann, der ſich an Liebeswonnen geſättigt hat, empfindet unmittelbar darauf den Wunſch, zu vergeſſen, eine eigenartige Neigung zur Undankbarkeit, eine Sehnſucht nach Freiheit, eine Luſt, ſpazierenzugehen, einen Anflug von Geringſchätzung oder gar Widerwillen ſeinem Idol gegenüber. Mit einem Worte, es kommt zu unerklärlichen Gefühlen, die ihn erniedrigen. Die Gewißheit dieſes wirren, aber wirklichen Leidenszuſtandes einer Seele, der die Beſtändigkeit, die Hartnäckigkeit des Gefühls fehlt, weil ſie des erleuchtenden Himmelslichtes, weil ſie des heiligen Balſams enträt, der es ſtärkt — dieſe Gewißheit gab Jean Jacques Rouſſeau ohne Zweifel die Idee zu den Abenteuern des Mylord Edouard, womit die Briefe der ‚Nouvelle Héloïſe‘ ſchließen. Wenn Rouſſeau tatſächlich von Richardſons Werken inſpiriert iſt, ſo weicht er in ſo zahlloſen Einzelheiten davon ab, daß dieſes Meiſterwerk unſtreitig originale Geltung beſitzt. Die großen, weitblickenden Gedanken, wodurch es ſich der Nachwelt empfiehlt, erſchließen ſich der Analyſe allerdings nur ſchwer, wenn man es, in der Jugend, mit der Abſicht lieſt, nichts als das heißblütige Gemälde des körperlichſten unſrer Gefühle darin zu finden. Selbſt ernſthafte philoſophiſche Schriftſteller verwenden nur die Bilder davon, die ſie für die Darſtellung eines umfaſſenden Gedankens brauchen. Dabei enthalten die Abenteuer des Mylord Edouard, vom europäiſchen Standpunkt aus betrachtet, die ſcharfſinnigſten Gedanken des ganzen Werkes.

Henri befand ſich alſo im Banne einer Gefühlszerfahrenheit, die echter Liebe fremd iſt. Um ihn zu einer Frau zurückzuführen, bedurfte es gewiſſermaßen eines überzeugenden Vergleichsurteils, bedurfte es des unwiderſtehlichen Zaubers der Erinnerung. Wahre Liebe herrſcht hauptſächlich durch Erinnerung. Kann eine Frau, die ſich weder durch ein Übermaß an Wonnen, noch durch die Stärke des Gefühls in des Mannes Seele einzugraben vermochte, jemals wahrhaft geliebt ſein? Paquita hatte sich durch diese zwei Mittel, ohne daß Henri es ahnte, in ſeiner Seele verankert. Allein jetzt, ermattet vom Glück, im Augenblick einer ſüßen Melancholie des Körpers, vermochte er ſein Herz ſelbſt dann nicht zu erforſchen, wenn er von den Lippen die köſtliche Frucht höchſter Wolluſt ſchlürfte, die ſie kurz zuvor geerntet hatten.

Bei Tagesanbruch befand er ſich auf dem Boulevard Montmartre und ſah ſtumpfſinnig der enteilenden Equipage nach, die ihn hier abgeſetzt hatte. Er zog zwei Zigarren aus der Taſche und ſteckte eine davon an der Laterne einer biedern Frau in Brand, die für Arbeiter, Zeitungsausträger, Gemüſegärtner — kurz, für jenen Teil der Bevölkerung, deſſen Tagwerk vor dem Tag beginnt — Kaffee und Schnaps feilhielt. Dann ſteckte Henri mit einer wahrhaft beſchämenden Ungezwungenheit ſeine Hände in die Hoſentaſchen und ging rauchend davon.

„Solch eine Zigarre iſt doch ein gutes Ding!“ ſagte er vor ſich hin, „*ihrer* wird kein Mann überdrüſſig!“ — An das Mädchen mit den Goldaugen, für das die elegante Jugend von ganz Paris ſo ſehr ſchwärmte, dachte er kaum. Wenn dieſes herrliche Geſchöpf, das durch ſeine Mutter an den Huris Aſiens, durch die Erziehung an Europa, durch die Geburt an den Tropen hing, inmitten höchſter Liebesluſt ernſte Todesgedanken geäußert, wenn Todesfurcht Paquitas reine Stirne wiederholt verdüſtert hatte, ſo hielt er dies lediglich für eine jener Täuſchungen, wodurch alle Frauen verſuchen, ſich intereſſant zu machen.

„Sie ſtammt aus Havanna, aus dem ſpaniſchſten Land der Neuen Welt. Daher ſpielt ſie lieber die Entſetzte als die Duldende oder die Kokette, die einem andauernd ihre Pflichten an den Kopf wirft, wie die Pariſerin dies tut. Bei ihren Goldaugen! ich habe große Luſt, zu ſchlafen!“

An der Ecke des Café Frascati ſtand eine Mietsdroſchke und wartete auf einige Spieler. Er weckte den Kutſcher auf, ließ ſich nach Hauſe fahren, legte ſich nieder und ſchlief den Schlaf der Ungerechten, der ebenſo tief iſt wie der Schlaf der Gerechten. Merkwürdigerweiſe ließen ſich die Volksſänger dieſe Tatſache bisher entgehen, die eine Wirkung des lehrreichen Sprichworts ſein dürfte, das da heißt: Die Extreme berühren ſich.

Gegen Mittag reckte Henri de Marſay erwachend ſeine Glieder. Er verſpürte einen Heißhunger wie ein Soldat am Tage nach ſiegreicher Schlacht und war daher ſehr froh, daß er Paul de Manerville an ſeinem Bette ſtehen ſah. Denn nichts iſt angenehmer, als in Geſellſchaft zu eſſen.

„Nun?“ begann ſein Freund, „wir dachten ſchon, das Mädchen mit den Goldaugen hielte dich ſeit zehn Tagen gefangen?“

„Das Mädchen mit den Goldaugen? Ich denke nicht mehr daran! Auf Ehre, ich habe andre Eiſen im Feuer.“

„Ah, du ſpielſt den Diskreten!"
„Warum nicht?" lachte de Marſay, „lieber Freund, Diskretion iſt die geſchickteſte Rechnung. Höre, ich will dir etwas ſagen . . . aber nein, ich tue es nicht. Von dir lerne ich ja auch nichts. Fällt mir nicht ein, dir aus den Schätzen meiner Politik etwas abzugeben! Es wäre für mich glatter Verluſt. Das Leben iſt ein Fluß, der dazu dient, Handel zu treiben. Bei allem Heiligen auf Erden, zum Beiſpiel bei dieſer Zigarre, ich bin nicht Profeſſor der Volkswirtſchaft für den Horizont von Dummköpfen. Gehen wir zum Frühſtück! Es iſt weniger koſtſpielig, dir eine Thunfiſchomelette zu geben, als mein Hirn an dich zu verſchwenden."
„Du führſt Rechnung im Verkehr mit deinen Freunden?"
„Mein Lieber," verſetzte Henri, der ſich ſelten einen Spott verſagte, „wie einem andern, könnte es auch dir geſchehen, daß du meiner Diskretion bedarfſt. Und da ich dich gerne habe . . . ja, ich habe dich wirklich gerne, mein Ehrenwort! Wenn es nur eines Tauſendfrankenſcheins bedürfen ſollte, zu verhindern, daß du dir eine Kugel durch den Kopf ſchießeſt, wirſt du ihn jederzeit bei mir finden — wir haben ja hienieden noch nichts verpfändet, nicht wahr, Paul? Und wenn du dich morgen ſchlagen müßteſt, hielte ich mich bereit, die Diſtanz zu meſſen und die Piſtolen zu laden, damit du nach Vorſchrift getötet wirſt. Kurz, wenn ſich, außer mir, jemand unterfinge, dir in deiner Abweſenheit etwas Übles nachzuſagen, dann müßte er ſich mit dem unangenehmen Ehrenmann meſſen, der in meiner Haut ſteckt. Siehſt du, dies heiße ich ‚bewährte Freundſchaft'. Nun, mein Kleiner, bedarfſt du der Diskre-

tion, ſo erfahre, daß es zweierlei Arten gibt: aktive und paſſive Diskretion. Die paſſive Diskretion iſt die der Dummköpfe; ſie verwendet das Schweigen, die Verneinung, das Stirnrunzeln, die Verſchwiegenheit der verſchloſſenen Türen und iſt demnach gänzlich ohnmächtig. Die aktive Diskretion hingegen geht mittels Bejahung vor. Sieh mal, wenn ich heute abend im Klub ſagte: ‚Auf Ehrenwort, das Mädchen mit den Goldaugen iſt nicht wert, was ſie mich gekoſtet hat!‘ ſo würde jedermann nach meinem Weggehen ausrufen: ‚Habt ihr dieſen Gecken gehört? Er will uns weismachen, daß er das Mädchen mit den Goldaugen ſchon beſaß! Auf dieſe Art möchte er ſich ſeiner Nebenbuhler entledigen. Er iſt gar nicht ſo ungeſchickt!‘ — Aber dieſe Liſt iſt gemein und außerdem gefährlich. Wie derb eine Dummheit, die uns entſchlüpft, auch ſein mag, ſie findet immer noch Dummköpfe, die daran glauben. Die beſte Diskretion iſt jene, deren ſich ſchlaue Weiber bedienen, ſobald ſie ihren Mann hinters Licht führen wollen. Sie beſteht darin, irgendeine Frau, an der uns nichts liegt, oder die wir nicht lieben, oder die wir nicht beſitzen, rückſichtslos bloßzuſtellen, um die Ehre jener andern zu ſchützen, die wir lieben und achten. Die erſtere iſt das, was ich meinen ‚Wandſchirm‘ nenne ... Ah, da kommt Laurent! Was bringſt du uns?“

„Oſtende-Auſtern, Herr Graf!“

„Eines Tages wirſt du erkennen, mein lieber Paul, wie unterhaltſam es iſt, die Welt dadurch am Narrenſeil zu führen, daß man ihr das Geheimnis unſrer Neigungen vorenthält. Es macht mir ungeheuren Spaß, dem blöden Urteil der Maſſen zu entwiſchen, die niemals wiſſen, was ſie wollen und was man von ihnen will; die das Mittel für den Erfolg halten und nacheinander vergöttern und verfluchen, aufbauen und zerſtören. Welch ein Glück, ihnen Anregungen aufzudrängen, anſtatt welche von ihnen zu empfangen; ſie zu beherrſchen und ihnen nie zu gehorchen! Wenn man auf etwas ſtolz ſein kann, ſo iſt es die aus eigenem errungene Macht, deren Urſache und Wirkung, deren Grundlage und Ergebnis zugleich wir ſind! Was nun mich betrifft, ſo weiß kein Menſch, wen ich liebe, noch auch, was ich will. Möglich, daß man eines Tages weiß, wen ich geliebt, was ich gewollt habe. Am Ende eines Dramas weiß man ja auch, wie es verlaufen iſt. Aber jemanden in meine Karten ſehen laſſen? . . . Schwachheit, Blödſinn! Mir erſcheint nichts verächtlicher als eine Kraft, die ſich durch Gewandtheit übertölpeln läßt. Ich führe mich lachend in das Handwerk des Geſandten ein, wenn überhaupt die Diplomatie ſo ſchwer zu erlernen ſein ſollte wie das Leben. Ich bezweifle es ſtark. Biſt du ehrgeizig? Willſt du etwas werden?"

„Mir ſcheint, Henri, du machſt dich über mich luſtig? Als wäre ich nicht mittelmäßig genug, um alles zu erreichen!"

„Sehr gut, Paul! Wenn du fortfährſt, dich über dich ſelbſt luſtig zu machen, wirſt du bald imſtande ſein, dies über die ganze Welt zu tun." —

Als ſich de Marſay nach dem Eſſen anſchickte, eine Zigarre zu rauchen, ſah er allmählich die Ereigniſſe der verfloſſenen Nacht in einem ganz eigenartigen Lichte. Gleich ſo vielen großen Geiſtern fehlte ſeinem Scharfſinn das Spontane: Er drang nicht ſofort auf den Grund der Dinge. Wie bei allen Naturen, die ſtark in der Gegenwart leben und die Gabe haben, ſozuſagen ihren Saft auszudrücken und zu ſchlürfen, brauchte ſein zweites Geſicht eine Art Schlaf, um wirkſam zu werden und ſich in die Urſachen einer Erſcheinung hineinzudenken. Kardinal Richelieu war ebenſo veranlagt — was nicht ausſchloß, daß bei ihm in allen wirklich großen Staatsangelegenheiten ſchon der erſte geiſtige Entwurf die erforderliche Vorausſicht bewies. De Marſay verfügte über dieſelben Geiſteswaffen; er gebrauchte ſie jedoch zunächſt nur zum Nutzen ſeiner Vergnügungen. Erſt als er ſich an den Freuden geſättigt hatte, an die ein junger Mann, wenn er Gold und Macht beſitzt, vor allem andern denkt, wurde er einer der tiefgründigſten Politiker der Gegenwart. Der Mann ſtählt ſich ſo: Er verdirbt das Weib, damit es nicht ihn verderben kann.

Als nun de Marſay die verfloſſene Nacht in ihrer Geſamtheit überblickte und feſtſtellte, daß ihre Wonnen zuerſt nur ſpärlich gerieſelt hatten, um ſich am Ende reißend zu ergießen, da erkannte er, daß Paquita ihr Spiel mit ihm getrieben hatte. Er konnte demnach jetzt in dieſen ſo effektvollen Blättern ſeines Liebesromans leſen und ihren tieferen Sinn erraten. Die rein phyſiſche Unſchuld Paquitas, ihr entzücktes Erſtaunen, einige dunkle, inmitten ihrer Freude entſchlüpfte Worte, die ihm nunmehr ſo klar erſchienen – alles bewies ihm, daß er für eine andre Perſon genommen worden war. Da er die Verderbtheit der Geſellſchaft nur zu gut kannte, jeder ihrer Launen gegenüber völlige Gleichgültigkeit an den Tag legte, und dieſe Launen durch die nackte Tatſache, daß ſie Befriedigung fanden, für gerechtfertigt hielt, erſchreckte ihn das Laſter nicht. Er kannte es, wie man einen Freund kennt. Aber es verletzte ihn, ihm zum Fraß gedient zu haben. Trafen ſeine Vermutungen zu, ſo hatte man ihn im Innerſten ſeines Weſens beſchimpft. Schon der Verdacht allein brachte ihn in Raſerei. Er ließ das Gebrüll eines Tigers hören, den eine Gazelle verhöhnte — das Gebrüll eines Tigers, der tierische Kraft mit dämonischer Intelligenz verband.

„Oho, was hast du denn?“ fragte Paul.

„Nichts!“

„Ich möchte nicht, daß du, wenn dich jemand fragte, ob du etwas gegen mich hast, ein ähnliches ‚Nichts‘ zur Antwort gibst. Wir müßten uns am Tage darauf unbedingt schlagen!“

„Ich schlage mich nicht mehr!“ entgegnete de Marsay.

„Das erscheint mir noch tragischer. Du mordest also?“

„Du verdrehst die Worte. Ich vollstrecke!“

„Lieber Freund,“ versetzte Paul, „du machst heute morgen recht grimmige Scherze!“

„Je nun, Wollust führt zur Wildheit. Warum, weiß ich nicht und bin auch nicht neugierig genug, nach den Ursachen zu forschen. Diese Zigarren sind ausgezeichnet. Gib deinem Freund eine Tasse Tee! . . . Weißt du, Paul, daß ich ein ganz brutales Leben führe? Es wäre an der Zeit, sich eine Bestimmung zu erwählen, seine Kräfte irgendwie zu verwenden, damit sich die Mühe lohnt, zu leben. Das Leben ist eine merkwürdige Komödie. Ich bin entsetzt und lache dabei über den Widersinn unsrer Gesellschaftsordnung. Die Regierung läßt einem armen Teufel, der einen Menschen tötet, den Kopf abschlagen und überhäuft einen andern, der in jedem Winter eine Handvoll junger Leute, bildlich gesprochen, auf die große Reise schickt, mit Amt und Würden. Die Moral ist ohnmächtig gegenüber einem Dutzend von Lastern, die ungestraft die Gesellschaft zerstörten . . . Noch eine Tasse, Paul! . . . Mein Ehrenwort, der Mensch ist ein Narr, der über einem Abgrund tanzt. Man redet uns von der Unsittlichkeit der ‚Liaisons dangereuses‘ und ich weiß nicht, welchen Hintertreppenromans. Aber es gibt ein Buch, abſcheulich, ſchmutzig, entſetzlich, ſchlüpfrig, das für jederman offenliegt und nie geſchloſſen wird: das große Buch der Welt — ganz zu ſchweigen von dem andern, ungleich gefährlicheren Buch, das ſich aus all dem zuſammenſetzt, was abends auf dem Balle die Herren einander ins Ohr tuſcheln und was die Damen hinter ihren Fächern flüſtern."

„Kein Zweifel, Henri, in dir geht etwas Seltſames, Außergewöhnliches vor. Das erkennt man trotz deiner aktiven Diskretion."

„Ja! — Höre mal, ich muß die Zeit bis zum Abend totſchlagen. Gehen wir ſpielen! Vielleicht habe ich Glück und verliere."

De Marſay erhob ſich, nahm eine Handvoll Banknoten, ſchob ſie in ſeine Zigarrentaſche, zog den Frack an und fuhr in dem Wagen ſeines Freundes Paul nach dem Salon des Étrangers. Hier verbrachte er die Zeit bis zum Diner mit den Erregungen abwechſelnden Gewinnens und Verlierens — der letzten Zuflucht ſtarker Naturen, die gezwungen ſind, ſich in Hohlheit zu üben. Abends kam er zum Stelldichein und ließ ſich willig die Augen verbinden. Dann, mit jenem feſten Willen, den nur wahrhaft ſtarke Menſchen entwickeln können, verwandte er ſeine ganze Aufmerkſamkeit und Intelligenz, um zu erraten, durch welche Straßen der Wagen fuhr. Er empfand eine Art Gewißheit, nach der Rue Saint-Lazare gefahren zu ſein und dort an der Gartentür des Palais San-Réal zu halten. Wie tags vorher, wurde er nach dem Überſchreiten der Schwelle dieſer Türe wieder auf eine Tragbahre gelegt, die ohne allen Zweifel von dem Mulatten und dem Kutſcher fortbewegt wurde. Als er den Sand unter ihren Füßen knirſchen hörte, begriff er den Zweck dieſer ſo peinlichen Vorſichtsmaßregeln. Frei und aufrechtgehend, hätte er den Zweig eines Strauches pflücken, die Natur des an ſeinem Schuhwerk haftenden Sandes unterſuchen können. So hingegen, gewiſſermaßen auf dem Luftweg in ein unzugängliches Haus getragen, ſollte die ihm beſchiedene Liebesgunſt bleiben, was ſie ihm bisher geweſen war: ein Traum.

Indes, der Menſch vermag zu ſeiner Verzweiflung nur Stückwerk zu ſchaffen — im Guten wie im Böſen. Alle ſeine geiſtigen und körperlichen Werke tragen von Anfang an das Mal der Vernichtung. — Es hatte leicht geregnet, die Erde war feucht. Zur Nachtzeit duften gewiſſe Pflanzen ſtärker als bei Tage. Henri ſpürte daher den Duft der Reſeden entlang der Allee, durch die er getragen wurde. Dieſer Fingerzeig ſollte ihm bei den Nachforſchungen dienen, die anzuſtellen er ſich vornahm, um das Palais, worin ſich Paquitas Boudoir befand, wieder zu erkennen. Ebenſo achtete er auf die Kreuz- und Querwege ſeiner Träger im Innern des Gebäudes und war überzeugt, ſich ihrer im gegebenen Augenblick erinnern zu können. Wie am Vorabend befand er ſich endlich wieder, auf dem Diwan ſitzend, vor Paquita, die ihm die Binde von den Augen nahm. Aber ſie ſah blaß und verändert aus. Sie hatte geweint. Kniend wie ein betender Engel, jedoch wie ein trauernder, tieftrauriger Engel, glich das arme Geſchöpf nicht mehr dem neugierigen, ungeduldigen, überſprudelnden Weſen, das den Geliebten auf ſeinen Flügeln in den ſiebenten Himmel der Liebe entführt hatte. Es lag etwas ſo Echtes, Wahres in dieſer durch die Freude des Wiederſehens gedämpften Verzweiflung, daß in Henris Bruſt die Grauſamkeit einer tiefen Bewunderung für dieſes neue Meiſterwerk der Natur wich und er das Hauptintereſſe dieſes Stelldicheins für eine Weile ganz vergaß.

„Was haſt du denn, Paquita?“

„Ach, mein Freund,“ verſetzte ſie, „nimm mich mit dir, noch dieſe Nacht! Führe mich an irgendeinen Ort, wo niemand, der mich ſieht, ſagen kann: ‚Da iſt Paquita!‘ und keiner antwortet: ‚Ein Mädchen mit Goldaugen und langem Haar!‘ — Dort will ich dir Wonnen bereiten, ſo viel du von mir empfangen willſt. Und dann, wenn du mich nicht mehr liebſt, wirſt du mich verlaſſen. Ich werde mich nicht beklagen, werde nichts ſagen. Auch brauchſt du dir meiner Verlaſſenheit wegen keinerlei Gewiſſensbiſſe zu machen. Denn ein Tag bei dir, ein einziger Tag, an dem ich dich anſehen darf, wird mir ein ganzes Leben entgelten. Wenn ich dagegen hierbleibe, bin ich verloren!“

„Ich kann Paris nicht verlaſſen, liebe Kleine!“ gab Henri zur Antwort. „Ich gehöre mir nicht an. Ein heiliger Eid bindet mich an das Geſchick mehrerer Menſchen, die mir ebenſo angehören, wie ich ihnen. Allein, ich kann dir in Paris ein Aſyl bereiten, wo keines Menſchen Macht hingelangt.“

„Nein,“ entgegnete ſie, „du vergißt die Macht des Weibes!“

Niemals fand Entſetzen in einer Menſchenſtimme vollendeteren Ausdruck.

„Wer könnte denn zu dir gelangen, wenn ich mich zwiſchen dich und die Welt ſtellte?“

„Das Gift!“ verſetzte ſie ſchaudernd, während glänzende Tränen über ihre Wangen rollten. „Schon mißtraut dir Duenna Concha . . . Es iſt ja auch ſo leicht zu erkennen, daß ich nicht mehr dieſelbe bin!

Nun denn, willſt du mich dem Zorn dieſes Ungeheuers überlaſſen, das mich verſchlingen will, ſo möge dein heiliger Wille geſchehen! Aber komm und mache, daß alles Lebens Wolluſt in unſrer Liebe ſei! Übrigens werde ich flehen, weinen, ſchreien, werde mich verteidigen und ſo vielleicht retten."
„Wem gegenüber wirſt du denn flehen?"
„O ſchweige!" rief Paquita, „wenn mir vielleicht Gnade wird, erlange ich ſie nur wegen meiner Verſchwiegenheit."
„Gib mir dein Gewand!" ſagte Henri argliſtig.
„Nein, nein," erwiderte ſie lebhaft, „bleibe, was du biſt — einer von den Engeln, die man mich als abſcheuliche Ungeheuer haſſen lehrte . . . während ihr das Schönſte, Herrlichſte unter der Sonne ſeid!" fügte ſie ſanft hinzu, indem ſie Henris Haar ſtreichelte.
„Du ahnſt nicht, wie töricht ich bin. Ich habe nichts gelernt. Seit meinem zwölften Jahre war ich eingeſperrt, ohne jemanden zu ſehen. Ich kann weder leſen noch ſchreiben, ſpreche nur engliſch und ſpaniſch."
„Wie iſt es dann möglich, daß du aus London Briefe bekommſt?"
„Meine Briefe? . . . Sieh her, da ſind ſie!" ſagte ſie und holte aus einer hohen Japanvaſe einige Papiere hervor.
Erſtaunt, befremdet erblickte Henri in dieſen Briefen nichts als eine Unzahl wunderlicher Figuren ähnlich Bilderrätſeln, die mit Blut gezeichnet waren und Gedanken voller Leidenſchaft zum Ausdruck brachten.
„Aber," rief er aus, während er dieſe Hieroglyphen einer höchſt findigen Eiferſucht unwillkürlich bewunderte, „du ſtehſt in der Macht eines genialen Teufels!"

„Ja, eines Teufels!" wiederholte ſie.
„Wie gelang es dir denn, auszugehen?"
„Ach, daher kommt ja mein Untergang. Ich ließ der Duenna die Wahl zwiſchen der Furcht vor einem ſofortigen Tode und jener vor einem künftigen Zorne. Ich hatte eine dämoniſche Neugier und wollte die Mauer durchbrechen, die man zwiſchen der Schöpfung und mir errichtet hatte. Ich wollte ſehen, was das ſind, junge Männer. Denn bis dahin kannte ich von Männern nur den Marcheſe und Chriſtemio. Unſer Kutſcher und der Diener, der uns begleitet, ſind Greiſe ..."
„Aber du warſt doch nicht immer eingeſperrt. Deine Geſundheit erheiſchte ..."
„Ja," unterbrach ſie ihn, „wir gingen wohl ſpazieren — aber in der Nacht und auf dem Lande, an den Ufern der Seine, fern der Welt."
„Biſt du nicht ſtolz, ſo geliebt zu werden?"
„Nein," erwiderte ſie, „nicht mehr! Dieſes Leben in der Verborgenheit iſt, wenn auch abwechſlungsreich, ſo doch ein Schatten im Vergleich zum Licht."
„Was nennſt du Licht?"
„Dich, mein Schönſter! Dich, Adolphe, für den ich gern mein Leben dahingebe! Alles, was ich an Leidenſchaft einflöße, fühle ich für dich allein! In manchen Augenblicken wurde ich aus dem Leben nicht klug. Jetzt aber weiß ich, wie wir lieben. Früher ward ich nur geliebt — allein ich liebte nicht! Ich verließe alles um dich. O führe mich hinweg! Nimm mich als ein Spielzeug, wenn du willſt, doch laß mich bei dir ſein, bis du mich zerbrichſt!"
„Würdeſt du es nicht bedauern?"
„Niemals!" ſagte ſie, indem ſie ihn in ihren rein und klar ſchimmernden Goldaugen leſen ließ. —

„Bin ich der Bevorzugte?“ fragte ſich Henri. „Nun — wir werden ja ſehen!“
Angeſichts der Tatſachen fühlte er ſich nunmehr geneigt, die ihm angetane Schmach um einer ſo unbefangenen Liebe willen zu vergeben. Wenn ihm Paquita auch keinerlei Rechenſchaft wegen ihrer Vergangenheit ſchuldete, ſo war doch die geringſte Erinnerung daran in ſeinen Augen ein Verbrechen. Er brachte wirklich die klägliche Kraft auf, einen Gedanken für ſich zu behalten, die Geliebte zu ſtudieren und zu beurteilen, während er ſich den berükkendſten Wonnen überließ, die jemals ein vom Himmel herabgeſtiegenes Engelsweſen für den Geliebten erfand!
Paquita ſchien durch eine beſondere Sorgfalt der Natur für die Liebe eigens geſchaffen zu ſein. Von einer Nacht zur andern hatte das Weib in ihr unerhört ſchnelle Fortſchritte gemacht. De Marſay fand, trotz ſeiner Gleichgültigkeit gegenüber den Wonnen der Liebe und trotz ſeiner Überſättigung am Vorabend, in dem Mädchen mit den Goldaugen jenes Serail, das ein liebendes Weib zu ſchaffen weiß. Welcher Mann könnte ſolchem Weibe jemals entſagen? Paquita entſprach der Leidenſchaft, die alle wahrhaft großen Männer hegen — jenem im Fauſt ſo dramatiſch, im Manfred ſo poetiſch ausgedrückten inneren Drang nach Unendlichkeit, der Don Juan trieb, in den Herzen der Frauen zu wühlen. Sie alle ſehnen ſich nach dem unermeßlichen, grenzenloſen Reich der Gedanken, das die vielen Geſpenſterjäger entdecken möchten, das die Gelehrten in der Wiſſenſchaft erblicken und das die Myſtiker in Gott allein finden.
Die Hoffnung, endlich das ideale Weſen zu beſitzen,

das ewigen Kampf ohne Ermattung verhieß, begei
ſterte de Marſay. Zum erſtenmal ſeit langer Zeit er-
ſchloß ſich ſein Herz. Seine Nerven entſpannten ſich,
ſeine Kälte zerſchmolz in der Atmoſphäre dieſer glü-
henden Seele, ſeine Grundſätze flatterten davon und
das Glück färbte ſein Daſein ſo bunt wie Paquitas
weiß- und roſenfarbenes Boudoir. Von überlegener
Wolluſt aufgeſtachelt, wurde er weit über die Gren-
zen hinaus mitgeriſſen, in denen er bis dahin ſeine
Leidenſchaft eingeſchloſſen hatte. Er wollte von die-
ſem Mädchen nicht übertroffen werden. Hatte ſie
eine, in gewiſſem Sinne künſtliche Liebe von vorn-
herein für die Bedürfniſſe ſeiner Seele geſchaffen, ſo
verlieh ihm jene Eitelkeit, die den Mann treibt, in
allem und jedem Sieger zu bleiben, hinreichende
Kräfte, Paquita zu beherrſchen. Hinausgeſchleudert
aus dem Bereich, wo die Seele Herrin iſt über ſich
ſelbſt, verlor er ſich in jenen köſtlichen Vorhimmel,
den das Volk töricht genug den „imaginären Raum"
nennt. Er wurde zärtlich, gütig und mitteilſam und
machte Paquita nahezu toll.

„Warum ſollten wir nicht nach Nizza, Sorrent, Chi-
avari gehen? Warum ſollten wir nicht unſer ganzes
Leben auf Reiſen verbringen? Willſt du?" ſagte er
eindringlich.

„Brauchſt du mir jemals zu ſagen: ‚Willſt du?' —
Habe ich denn einen Willen? Ich bin dein, bin nur
nicht ganz du ſelbſt, damit ich dir ein bißchen Freude
bereiten kann. Willſt du einen Zufluchtsort wählen,
der unſer würdig ſei, dann iſt Aſien das einzige Land,
wo die Liebe ihre Fittiche entfalten kann . . ."

„Du haſt recht!" verſetzte Henri. „Gehen wir nach
Indien, wo die Erde im bunten Blumenſchmuck ei-
nes ewigen Frühlings prangt, und wo der Menſch

die ganze Pracht eines gekrönten Fürſten entfalten kann, ohne daß man darüber ſpöttelt wie in den albernen Ländern Europas, die das blöde Hirngeſpinſt der Gleichheit verwirklichen wollen. Gehen wir in das Land, wo man inmitten eines Volkes von Sklaven wie ein König lebt, wo im Sonnenſchein die blendend weißen Marmorpaläſte leuchten. Gehen wir dahin, wo man ſüße Düfte in die Luft ſäet, wo die Vögel von Liebe ſingen, und wo man ſtirbt, wenn man nicht mehr lieben kann!“

„Und wo man gemeinſam ſtirbt!“ warf Paquita ein; „. . . aber nicht erſt morgen, ſogleich wollen wir abreiſen! Chriſtemio nehmen wir mit!“

„Vergnügen iſt, weiß Gott, des Daſeins ſchönſter Sinn. Gehen wir alſo nach Aſien! Indes, mein Kind, zum Reiſen braucht man Gold, viel Gold! Und um Gold zu haben, muß man ſeine Angelegenheiten in Ordnung bringen.“

Paquita begriff derartige Überlegungen nicht:

„Gold gibt's dort — ſo hoch!“ entgegnete ſie und ſtreckte dabei die Hand empor, ſo hoch ſie konnte.

„Das iſt nicht mein!“

„Was liegt daran?“ verſetzte ſie ruhig; „wenn wir es brauchen, nehmen wir es!“

„Es gehört nicht dir!“

„Gehören?“ rief ſie erſtaunt. „Haſt nicht du mich auch genommen? Wenn wir uns das Gold genommen haben werden, gehört es uns!“

Er fing an zu lachen und erwiderte:

„Armes Dummchen! Du weißt nichts von den Rechtsbegriffen dieſer Welt.“

„Nein — das aber weiß ich!“ rief ſie aus, indem ſie Henri zärtlich umſchlang.

Sein ganzer Argwohn verſank, er vergaß alles und

faßte den feſten Entſchluß, ſich dieſes wunderbare Geſchöpf für immer zuzueignen. Da empfing er inmitten ſeines Entzückens einen Dolchſtoß, der ihm, zum erſtenmal in ſeinem Leben, wirklich ins Herz drang. Paquita war, während ſie den Geliebten, wie um ihn zu betrachten, mit kraftvollem Schwunge in die Luft gehoben hatte, der Ausruf entſchlüpft: „Oh, Mariquita!“

„Mariquita?“ ſchrie er auf, „ha, nun weiß ich, woran ich noch zweifeln wollte!“

Er ſtürzte an den Schrank, aus dem Paquita tags vorher den Dolch geholt hatte. Zu ihrem Glück war dieſer Schrank verſchloſſen. Sein raſender Zorn wuchs bei dieſem Hindernis noch mehr. Aber alsbald fand er ſeine Ruhe wieder. Er nahm ſeine Halsbinde ab und trat mit einer ſo bezeichnend grimmigen Gebärde auf ſie zu, daß Paquita klar erkannte, es handle ſich um ihren Tod, obwohl ſie nicht begriff, welchen Verbrechens ſie ſich ſchuldig gemacht hatte. Sie ſprang mit einem Satz bis ans andre Ende des Zimmers, um dem würgeriſchen Knoten zu entgehen, den ihr de Marſay um den Hals ſchlingen wollte. Zwiſchen den beiden entſpann ſich ein furchtbares Ringen. Kraft und Geſchmeidigkeit waren auf beiden Seiten gleich groß. Um den Kampf zu beenden, warf Paquita dem Geliebten ein Kiſſen zwiſchen die Beine, das ihn zu Fall brachte. Die kurze Friſt, die ſie auf dieſe Weiſe gewann, benutzte ſie dazu, die Feder neben der Türe zum Abzug zu bringen, worauf eine Klingel ertönte. Der Mulatte eilte blitzſchnell herbei. Er ſprang auf Henri, ſchleuderte ihn zu Boden und ſetzte ihm den Fuß auf die Bruſt, den Abſatz gegen die Kehle gerichtet. De Marſay begriff, daß ihn Chriſtemio, auf einen einzigen Wink Paquitas hin, im Augenblick zermalmen würde, wenn er verſuchen wollte, ſich zu wehren.

„Warum wollteſt du mich töten, Geliebter?“ begann das junge Mädchen verwundert. „Sag' es mir! Komm, ſprechen wir uns darüber aus!“

Henri bewahrte die gleichgültige Haltung des Starken, der ſich geſchlagen weiß. Es war die kalte, ſtumme, durchaus engliſche Art der Selbſtbeherrſchung, die das Bewußtſein der eigenen Würde durch vorübergehende Reſignation zu erkennen gibt. Trotz der Aufwallung ſeines Zorns hatte er überdies auch ſchon bedacht, daß es recht unvorſichtig wäre, dieſes Mädchen kurzerhand zu töten und ſich mit den Gerichten einzulaſſen, ſtatt den Mord in geeigneter Weiſe vorzubereiten, um ſich Strafloſigkeit zu ſichern.

„Geliebter,“ fuhr Paquita fort, „ſprich mit mir! Laß mich nicht ohne einen letzten Liebesgruß! Ich möchte nicht das furchtbare Entſetzen hüten, das du vorhin in mein Herz legteſt ... Wirſt du endlich ſprechen?“ rief ſie zornig aufſtampfend.

De Marſay warf ihr als Antwort nur einen Blick zu: „Du wirſt ſterben!“ ſagte dieſer Blick ſo deutlich, daß Paquita zu ihm ſtürzte.

„Du willſt mich alſo töten? Kann dir mein Tod ein Vergnügen bereiten, ſo töte mich!“

Sie gab Chriſtemio ein Zeichen. Er zog den Fuß von der Bruſt des jungen Mannes zurück und ging davon, ohne auf ſeinem Geſichte merken zu laſſen, ob er über ſeine Herrin eine gute oder eine ſchlechte Meinung mit ſich nahm.

„Das iſt ein Mann!“ bemerkte Henri mit einer unbeſtimmten Handbewegung nach dem Mulatten hin. „Es gibt nur eine Hingebung: Jene, die der Freundſchaft dient, ohne ſie zu richten. Du haſt an dem Mulatten einen wahren Freund!"

„Ich gebe ihn dir, wenn du willſt!" antwortete ſie. „Er wird dir mit der gleichen Hingebung dienen, die er für mich hegt, wenn ich es ihm befehle."

Sie wartete auf ein Wort der Erwiderung, doch er ſchwieg.

„Adolphe," fuhr ſie mit dem Ausdruck unendlicher Zärtlichkeit fort, „ſage mir ein einziges gutes Wort... Bald dämmert der neue Tag!"

Henri gab keine Antwort. Sein Charakter hatte einen traurigen Vorzug — denn die Menſchen halten alles, was der Kraft ähnelt, für etwas gar Großartiges und verhimmeln die überſpannteſten Torheiten —: Henri konnte nicht verzeihen. Das Einlenkenwiſſen, ſicherlich eine der anmutigſten Zierden der Seele, war in ſeinen Augen nur ein Unſinn. Die rauhe Unbändigkeit des vollblütigen Nordländers hatte er von ſeinem Vater her. Er war unbeugſam in ſeinen guten wie in ſeinen böſen Gefühlsregungen. Paquitas unwillkürlicher Ausruf entſetzte ihn um ſo mehr, als er ſich von dem ſüßeſten Triumph ſeiner Manneseitelkeit entthront fühlte. Die Hoffnung, die Liebe, jedes Gefühl war in ſeiner Bruſt erglüht und hatte ihm Herz und Vernunft entflammt. Dann aber waren dieſe Fackeln, die ſein Leben erleuchten ſollten, durch einen kalten Windſtoß ausgelöſcht worden.

Vom Schmerz wie betäubt, hatte Paquita nur die Kraft, das Zeichen zum Scheiden zu geben.

„Dies iſt überflüſſig!" rief ſie aus und warf die Augenbinde fort, „wenn er mich nicht mehr liebt, wenn er mich haßt, iſt ohnehin alles zu Ende!"

Sie wartete auf einen Blick aus Henris Augen. Allein er tat, als ſehe er ſie nicht. Da fiel ſie ohnmächtig zu

Boden. Der Mulatte ſchleuderte dem jungen Manne einen ſo vielſagenden, ſo furchtbaren Blick zu, daß Henri, dem niemand die Gabe einer ganz außerordentlichen Unerſchrockenheit abſprach, zum erſtenmal in ſeinem Leben ſchaudernd erbebte. „Wenn du ſie nicht gehörig liebſt und ihr nur das geringſte zuleide tuſt, dann töte ich dich!“ — Dies war der Sinn jenes flüchtigen Blicks.

De Marſay wurde mit faſt untertäniger Sorgfalt durch einen langen Gang geführt, der ſein Licht aus den anſtoßenden Wohnräumen empfing. Am Ende des Ganges ſchritt er über die Schwelle einer Geheimtüre und kam an eine verborgene Treppe, die in den Garten des Palais San-Réal ging. Dort geleitete ihn der Mulatte vorſichtig eine Lindenallee entlang bis zu einer kleinen Türe und ſchloß ſie auf. Henri trat hinaus und befand ſich auf der um dieſe Stunde völlig menſchenleeren Straße, wo ihn Paquitas Wagen erwartete. Diesmal begleitete ihn der Mulatte nicht mehr. Als er aber ſein Geſicht an das Wagenfenſter lehnte, um Palais und Garten noch ein letztes Mal zu ſehen, kreuzte ſich ſein Blick mit dem aus Chriſtemios hellen Augen.

Dieſer Blick war, von beiden Seiten, eine Herausforderung, ein Fehdebrief, eine Kriegserklärung zweier wilder Stämme, ein Duell, wobei die üblichen Geſetze ſchweigen und Treuloſigkeit und Verrat erlaubte Mittel ſind. Chriſtemio wußte, daß Henri ſeiner Herrin den Tod geſchworen hatte. Und Henri wußte, daß Chriſtemio ihn töten wollte, bevor er Paquita tötete. Die beiden verſtanden einander aufs allerbeſte . . .

„Das Abenteuer verwickelt ſich auf eine recht intereſſante Art!“ flüſterte Henri vor ſich hin.

„Wohin, gnädiger Herr?“ fragte der Kutſcher.
Er ließ ſich zu ſeinem Freunde Paul de Manerville fahren. —
Während mehr als einer Woche blieb de Marſay ſeinem Hauſe fern, ohne daß jemand wußte, wo er weilte und was er tat. Dieſe Zurückgezogenheit rettete ihn vor dem Zorn des Mulatten und verurſachte zugleich den Untergang des armen Geſchöpfes, das all ſeine Hoffnung auf ihn geſetzt und ihn geliebt hatte, wie kein Geſchöpf auf Erden jemals liebte.
Am letzten Tag der folgenden Woche kam Henri gegen elf Uhr nachts in einem Wagen an die kleine Gartentüre des Palais San-Réal. Vier Männer begleiteten ihn. Der Kutſcher war unſtreitig einer ſeiner Freunde; denn er richtete ſich fortwährend vom Kutſchbock auf, wie eine aufmerkſame Schildwache, um ſich auch das geringſte Geräuſch nicht entgehen zu laſſen. Von den drei andern blieb einer jenſeits der Türe auf der Straße, der zweite, an die Mauer gedrückt, im Garten ſtehen, und der letzte, der einen Schlüſſelbund in der Hand hielt, begleitete de Marſay.
„Henri,“ ſagte dieſer, „wir ſind verraten!“
„Wieſo, mein guter Ferragus?“
„Es ſchlafen nicht alle,“ erklärte das Haupt der Zerſtörer; „ohne Zweifel iſt einer im Hauſe, der weder gegeſſen noch getrunken hat! . . . Siehſt du dort das Licht?“
„Wir haben ja den Plan des Hauſes. Woher kommt es?“
„Um das zu wiſſen, brauche ich den Plan nicht,“ entgegnete Ferragus; „das Licht kommt aus dem Zimmer der Marcheſa!“
„Ah,“ rief de Marſay leiſe, „offenbar iſt ſie heute von London angekommen. Dieſes Weib will mich

ſogar um meine Rache bringen! Aber wenn ſie mir zuvorkommt, werden wir ſie den Gerichten ausliefern, mein guter Gratien!“

„Horch! . . . Es iſt geſchehen!“ ſagte Ferragus.

Die beiden Freunde lauſchten und hörten Klagerufe, die einen Stein erweicht hätten.

„Deine Marcheſa hat nicht bedacht, daß das Geräuſch durch den Schornſtein dringt!“ bemerkte das Haupt der Zerſtörer mit dem Lächeln des Kritikers, der ſich freut, in einem Kunſtwerk einen Fehler zu entdecken.

„Ja — wir,“ verſetzte Henri, „wir allein verſtehen es, alles vorauszuſehen . . . Erwarte mich hier! Ich will ſehen, was da oben vorgeht, und möchte wiſſen, auf welche Art und Weiſe ſie ihre ehelichen Zwiſtigkeiten behandeln . . . Herr des Himmels, ich glaube, ſie läßt das Mädchen bei kleinem Feuer langſam ſchmoren!“

De Marſay erklomm behutſam die verborgene Treppe und ſchlich durch den langen Gang nach dem Boudoir. Als er deſſen Türe öffnete, packte ihn jener unwillkürliche Schauder, der ſelbſt den entſchloſſenſten Mann beim Anblick vergoſſenen Blutes ergreift. Das Schauſpiel, das ſich ihm darbót, gab ihm übrigens mehr als einen Grund zum Erſtaunen. Die Marcheſa war Weib: Sie hatte ihre Rache mit der vollendeten Hinterhältigkeit ſchwacher Tiere berechnet und ihren Zorn abſichtlich verhehlt, um ſich des begangenen Verbrechens zu vergewiſſern, bevor ſie es beſtrafte.

„Zu ſpät, du mein Vielgeliebter!“ flüſterte Paquita mit einem verlöſchenden Blick auf Henri.

Das Mädchen mit den Goldaugen verſchied in Blut gebadet. Die feſtliche Beleuchtung, ein deutlich wahr-

nehmbarer köſtlicher Duft, eine gewiſſe Unordnung, woran ein Mann, der Glück bei Frauen hat, unwillkürlich die allen Leidenſchaften gemeinſamen Torheiten erkennen muß: All dies bewies, daß die Marcheſa bei dem Verhör der Schuldigen ſehr geſchickt vorgegangen war. Dieſer weiße Raum, aus dem das rote Blut ſo grell hervorſtach, verriet einen erbitterten Kampf. Paquitas Hände waren in die Kiſſen eingekrallt. Überall hatte ſie ſich ans Leben gehängt, überall hatte ſie ſich gewehrt, und überall war ſie geſchlagen worden. Ihre blutigen Hände hatten ganze Streifen des Tapetenſtoffes herabgeriſſen. Sie mußte wohl verſucht haben, die Zimmerdecke zu erklimmen: Ihre nackten Füße zeichneten ſich längs des Diwanrückens ab, auf dem ſie offenbar gelaufen war. Ihr von mörderiſchen Dolchſtichen zerfleiſchter Leib zeugte für die Erbitterung, mit der ſie ihrer grauſamen Henkerin ein Leben, das ihr durch Henri ſo teuer geworden war, ſtreitig gemacht hatte. Noch im Sterben hatte ſie, auf dem Boden liegend, der Marcheſa die Muskeln des Spanns durchbiſſen!
Manche Tiere ſtürzen ſich wutentbrannt auf ihren Feind, geben ihm den Tod und ſcheinen hernach, im ruhigen Bewußtſein ihres Sieges, alles vergeſſen zu haben. Andre dagegen umſchleichen und bewachen ihr Opfer voller Angſt, daß man es ihnen raube. Sie ähneln dem Achilles Homers, ſie ſchleifen den beſiegten Gegner an den Füßen neunmal um die Ringmauern Trojas. So war auch die Marcheſa. Das Haar zerrauft, mit blutenden Bißwunden bedeckt, halbnackt in ihrem völlig zerfetzten Gewand, das den mit Schrammen überſäten Buſen freiließ, den blutrünſtigen Dolch noch in der Hand, war ſie furcht-

bar und erhaben anzusehen. Dem lüsternen, zornbebenden Antlitz entströmte Blutgeruch. Ihr keuchender Mund stand halb offen, die Nase genügte nicht, Atem zu holen.
Sie wußte nicht, daß de Marsay eingetreten war. Sie sah ihn nicht. Zunächst war sie zu sehr überzeugt, allein zu sein, als daß sie einen Zeugen fürchtete. Dann aber war sie von dem vorangegangenen Kampfe so erregt, von dem dampfenden Blut so berauscht, daß es ihr auch entgangen wäre, wenn ganz Paris einen Zirkus rings um sie gebildet hätte. Und wäre ein Blitzstrahl auf sie herabgefahren, sie hätte ihn gar nicht gefühlt. Sie hatte nicht einmal Paquitas Sterbeseufzer hernommen und glaubte, noch von ihrem Opfer gevört zu werden.
„Stirb ohne Beichte!" rief sie aus. „Fahre zur Hölle, du undankbares Ungeheuer! Du wirst keinem andern mehr angehören als dem Teufel! Für das Blut, mit dem du dich ihm verschriebst, schuldest du mir das deinige. Stirb, stirb, Schamlose, und erleide tausendfachen Tod! Ich war zu gut zu dir. Nur einen Augenblick verwandte ich dazu, dich zu töten. Ich hätte dich all die Schmerzen erleiden lassen sollen, die du mir hinterläßt! Ich — ich werde ja leben . . . unglücklich leben. Fortan bin ich gezwungen, nur mehr Gott zu lieben!"
Sie betrachtete die Hingeschiedene.
„Sie ist tot!" fuhr sie nach einer Weile fort, „tot! Ach, ich sterbe vor Schmerz!"
Überwältigt von einer Verzweiflung, die ihr die Stimme raubte, wollte sie sich auf den Diwan werfen. Da erblickte sie Henri.
„Wer bist du?" herrschte sie ihn an, indem sie mit gezücktem Dolch auf ihn zueilte.

De Marſay fiel ihr in den Arm. Aug' in Auge ſtanden ſie einander gegenüber. Da befiel die beiden eine entſetzliche Überraſchung. Das Blut erſtarrte in ihren Adern, und ſie zitterten in den Beinen, wie zwei erſchreckte Pferde.

„Lord Dudley muß dein Vater ſein!" riefen ſie wie aus einem Munde.

Zuſtimmend ſenkten ſie beide langſam ihr Haupt.

„Sie iſt dem Blute treu geblieben!" bemerkte Henri, auf Paquita weiſend.

„Ihre Schuld iſt ſo klein wie nur möglich!" erwiderte Margarita-Euphémia Porrabéril. Sie warf ſich mit einem Verzweiflungsſchrei über den Leichnam.

„Mein armes Mädchen! Oh, ich wollte, ich könnte dich wieder zum Leben erwecken. Ich hatte unrecht — verzeihe mir, Paquita . . .! Du biſt tot, und ich — ich lebe! Ich bin die Unglücklichere von uns beiden!"

In dieſem Augenblick erſchien das abſtoßende Geſicht der Mutter Paquitas im Rahmen der Tür.

„Ah," rief die Marcheſa, „ich weiß, warum du aus deiner Höhle kommſt! Du willſt mir ſagen, daß du ſie nicht verkauft haſt, damit ich ſie töte. Nun — ich werde ſie dir zweimal bezahlen. Schweig!"

Sie holte aus dem Ebenholzſchrank einen Beutel mit Goldſtücken und warf ihn dem alten Weib verächtlich vor die Füße. Der Klang des Goldes zauberte ein ſchwaches Lächeln auf das unbewegliche Antlitz der Georgierin. —

„Ich kam gerade noch recht, um dir zu helfen, Schweſter!" ſagte Henri. „Bald ruft die Gerechtigkeit nach dir . . ."

„Nichts da!" entgegnete die Marcheſa, „nur eine einzige Perſon könnte mich dieſes Mädchens wegen zur Rechenſchaft ziehen. Chriſtemio iſt tot!"

„Und die Mutter?“ ſagte Henri, indem er auf die Alte deutete, „wird ſie dich nicht andauernd erpreſſen?“

„Sie ſtammt aus einem Lande, wo die Frauen keine Menſchen ſind, ſondern Dinge, womit man tut, was man will; die man kauft und verkauft, die man tötet — kurz, die der Laune dienen, wie hierzulande ein Möbelſtück. Übrigens hat ſie eine Leidenſchaft, die alle andern unterjocht und auch ihre Mutterliebe erſticken würde, wenn ſie ihre Tochter überhaupt jemals geliebt hätte. Eine Leidenſchaft . . .“

„Welche?“ unterbrach haſtig de Marſay.

„Das Spiel — wovor Gott dich beſchützen möge!“

„Aber von wem willſt du dir helfen laſſen, um die Spuren dieſer Laune zu verwiſchen, die dir das Gericht unmöglich nachſehen kann?“

„Ich habe ihre Mutter!“ antwortete die Marcheſa und gab der Georgierin ein Zeichen, zu bleiben.

„Nun — wir ſehen uns wieder!“ bemerkte Henri, der an die Beunruhigung ſeiner Freunde dachte und die Notwendigkeit empfand, fortzugehen.

„Nein, mein Bruder, wir ſehen uns niemals wieder! Ich kehre nach Spanien zurück und gehe ins Kloſter ‚Los Dolores‘.“

Er ſchloß ſie in ſeine Arme, küßte ſie und ſagte: „Du biſt noch zu jung — und zu ſchön!“

„Leb' wohl!“ verſetzte ſie ernſt. „Nichts tröſtet über den Verluſt deſſen, was uns ewig ſchien!“ —

☆

ACHT TAGE SPÄTER TRAF PAUL DE MANERville ſeinen Freund Henri de Marſay in den Tuilerien, auf der Terraſſe der Feuillants.

„Nun, du Wüſtling, was iſt denn aus unſerm ſchönen Mädchen mit den Goldaugen geworden?“ fragte er ihn.

„Sie iſt geſtorben.“

„Geſtorben? Ja, woran denn?“

„An der Bruſt.“

☆

Pierrette
Erzählungen. detebe 130/XV
Junggesellenwirtschaft
Roman. detebe 130/XVI
Nebenbuhler
Erzählungen. detebe 130/XVII
Verlorene Illusionen
Roman. detebe 130/XVIII
Geschichte der Dreizehn
Erzählungen. detebe 130/XIX
Cäsar Birotteaus Größe und Niedergang
Roman. detebe 130/XX
Das Bankhaus Nucingen
Erzählungen. detebe 130/XXI
Glanz und Elend der Kurtisanen
Roman in zwei Bänden. detebe 130/XXII–XXIII
Die Geheimnisse derFürstin von Cadignan
Erzählungen. detebe 130/XXIV
Tante Lisbeth
Roman. detebe 130/XXV
Vetter Pons
Roman. detebe 130/XXVI
Volksvertreter
Erzählungen. detebe 130/XXVII
Die Kleinbürger
Roman. detebe 130/XXVIII
Eine dunkle Geschichte
Erzählungen. detebe 130/XXIX
Die Königstreuen
Roman. detebe 130/XXX
Die Bauern
Roman. detebe 130/XXXI
Der Landarzt
Roman. detebe 130/XXXII
Der Landpfarrer
Roman. detebe 130/XXXIII
Die Lilie im Tal
Roman. detebe 130/XXXIV

Die tödlichen Wünsche
Roman. detebe 130/XXXV

Buch der Mystik
Erzählungen. detebe 130/XXXVI

Das ungekannte Meisterwerk
Erzählungen. detebe 130/XXXVII

Der Alchimist
Roman. detebe 130/XXXVIII

Der verstoßene Sohn
Erzählungen. detebe 130/XXXIX

Katharina von Medici
Roman. detebe 130/XL

Diogenes Taschenbücher

Alphabetisches Verzeichnis

Aiken, *Die Kristallkrähe** 76
o Amalrik, *Kann die Sowjetunion das Jahr 1984 erleben?** 5
Ambler, *Die Maske des Dimitrios* 75/I
Ambler, *Der Fall Deltschev* 75/II
Ambler, *Eine Art von Zorn** 75/III
Ambler, *Schirmers Erbschaft* 75/IV
Ambler, *Die Angst reist mit** 75/V
Ambler, *Der Levantiner* 75/VI
Ambler, *Waffenschmuggel* 75/VII
o Andersch, *Die Kirschen der Freiheit* 1/I
o Andersch, *Sansibar oder der letzte Grund* 1/II
o Andersch, *Hörspiele* 1/III
o Andersch, *Geister und Leute* 1/IV
o Andersch, *Die Rote* 1/V
o Andersch, *Ein Liebhaber des Halbschattens* 1/VI
o Andersch, *Efraim* 1/VII
o Andersch, *Winterspelt* 1/IX
o Andersch, *Öffentlicher Brief an einen sowjetischen Schriftsteller** 1/XIII
o Andersch, *Einige Zeichnungen** 151
o *Über Alfred Andersch** 53
Armstrong, *Mein Leben in New Orleans* 133
o Balzac, *Die Menschliche Komödie* 130/I–XL
o *Über Balzac** 152
o Baudelaire, *Die Tänzerin Fanfarlo* 144
Becker, *Russisch Roulette** 104
Bellairs, *Das Haus, das tickte** 131
Belloc Lowndes, *Jack the Ripper** 68
o Benn, *Ausgewählte Gedichte* 56
Bierce, *Die Spottdrossel* 106
Bosc, *Love and Order* 44
Bradbury, *Der illustrierte Mann* 127
o Braun/Iden, *Neues deutsches Theater** 18
Brechbühl, *Der geschlagene Hund** 24
Buchan, *Die neununddreißig Stufen* 93/I
o Busch, *Gedichte* 60/I
o Busch, *Max und Moritz* 60/II
o Busch, *Die fromme Helene* 60/III
o Busch, *Tobias Knopp* 60/IV
o Busch, *Hans Huckebein / Fipps der Affe / Plisch und Plum* 60/V
o Busch, *Balduin Bählamm / Maler Klecksel* 60/VI
o Busch, *Prosa* 60/VII
o Čechov, *Die Möwe* 50/I
o Čechov, *Der Waldschrat* 50/II
o Čechov, *Der Kirschgarten* 50/III
o Čechov, *Onkel Vanja* 50/IV
o Čechov, *Ivanov* 50/V
o Čechov, *Drei Schwestern* 50/VI
o Čechov, *Platonov** 50/VII
o Čechov, *Ein unbedeutender Mensch* 50/XI
o Čechov, *Gespräch eines Betrunkenen* 50/XII

o Čechov, *Die Steppe* 50/XIII
o Čechov, *Flattergeist* 50/XIV
o Čechov, *Rothschilds Geige* 50/XV
o Čechov, *Die Dame mit dem Hündchen* 50/XVI
o Čechov, *Eine langweilige Geschichte* 50/XVII
o Čechov, *Krankenzimmer Nr. 6* 50/XVIII
o Čechov, *Drei Jahre* 50/XIX
o Čechov, *Die Insel Sachalin* 50/XX
Chandler, *Der große Schlaf* 70/I
Chandler, *Die kleine Schwester* 70/II
Chandler, *Das hohe Fenster* 70/III
Chandler, *Der lange Abschied* 70/IV
o Chandler, *Die simple Kunst des Mordes* 70/V
Chandler, *Die Tote im See* 70/VI
Chandler, *Lebwohl, mein Liebling* 70/VII
Chandler, *Playback* 70/VIII
Chandler, *Mord im Regen* 70/IX
Chaval, *Zum Lachen* 80/I
Chaval, *Zum Heulen* 80/II
Chaval, *Hochbegabter Mann* 80/III
Childers, *Das Rätsel der Sandbank* * 92
Christie, *Villa Nachtigall* 71
o Conrad, *Lord Jim* 66/I
o Conrad, *Der Geheimagent* 66/II
o Conrad, *Herz der Finsternis* 66/III
Cullingford, *Post mortem* * 132
o *Das Diogenes Lesebuch* * 58
o *Das Diogenes Lesebuch amerikanischer Erzähler* * 117
o *Das Diogenes Lesebuch englischer Erzähler* * 118
o *Das Diogenes Lesebuch irischer Erzähler* * 119
Dolly Dolittle's Crime Club I 120/I
Dolly Dolittle's Crime Club II 120/II
Dumas, *Horror in Fontenay* * 129
o Einstein/Freud, *Warum Krieg?* 28
Ely, *Aus!* * 32
o Erckmann/Chatrian, *Der Rekrut* 12
o Faulkner, *Brandstifter* 30/I
o Faulkner, *Eine Rose für Emily* 30/II
o Faulkner, *Rotes Laub* 30/III
o Faulkner, *Sieg im Gebirge* 30/IV
o Faulkner, *Schwarze Musik* 30/V
o Faulkner, *Die Unbesiegten* 30/VI
o Faulkner, *Sartoris* 30/VII
o Faulkner, *Als ich im Sterben lag* 30/VIII
o Faulkner, *Schall und Wahn* 30/IX
o Faulkner, *Absalom, Absalom!* 30/X
o Faulkner, *Go down, Moses* 30/XI
o Faulkner, *Der große Wald* 30/XII
o Faulkner, *Griff in den Staub* 30/XIII
o Faulkner, *Der Springer greift an* 30/XIV
o *Über William Faulkner* * 54
Fellini, *Roma* * 55/I
Fellini, *Das süße Leben* * 55/II
Fellini, *8½* 55/III
Fellini, *Julia und die Geister* 55/IV

Fellini, *Amarcord* * 55/v
Fellini, *Aufsätze und Notizen* * 55/vi
Fellini, *Casanova* * 55/vii
Fellini, *La Strada* * 55/viii
Fellini, *Die Nächte der Cabiria* * 55/ix
Fellini, *I Vitelloni* * 55/x
o Ferlinghetti, *Ausgewählte Gedichte* * 41
o Fischer, *Überlegungen zur Situation der Kunst* * 15
o Fitzgerald, *Der große Gatsby* 97/i
o Fitzgerald, *Der letzte Taikun* 97/ii
o Flaubert, *Briefe* 143
o Flora, *Premiere* * 0
Flora, *Trauerflora* 52/i
Flora, *Vivat Vamp!* 52/ii
o Friedell, *Konversationslexikon* * 59
Friedell, *Die Rückkehr der Zeitmaschine* 81
Geen, *Tolstoi wohnt in 12N B9* * 89
o Gogol, *Die toten Seelen* 141
Gorey, *Balaclava* * 27
Gorey/Phypps, *Das jüngst entjungferte Mädchen* 101
Goya, *Caprichos* 33/i
Goya, *Desastres de la Guerra* 33/ii
Haggard, *Sie* 108/i
Hammett, *Der Malteser Falke* 69/i
Hammett, *Rote Ernte* 69/ii
Hammett, *Der Fluch des Hauses Dain* 69/iii
Hammett, *Der gläserne Schlüssel* 69/iv
Hammett, *Der dünne Mann* 69/v
Hare, *Mörderglück* 88
Hearson, *Euer Gnaden haben geschossen?* 111
Heine, *Gedichte* 139
Heller, *Herrn Collins Abenteuer* 110/i
o Henkel, *Eisenwichser* * 7
O. Henry, *Glück, Geld und Gauner* 107
Hensel, *Wider die Theaterverhunzer* * 31
o Hesse, *Die Fremdenstadt im Süden* 134
Highsmith, *Der Stümper* 74/i
Highsmith, *Zwei Fremde im Zug* 74/ii
Highsmith, *Der Geschichtenerzähler* 74/iii
Highsmith, *Der süße Wahn* 74/iv
Highsmith, *Die zwei Gesichter des Januars* 74/v
Highsmith, *Der Schrei der Eule* 74/vi
Highsmith, *Tiefe Wasser* 74/vii
Highsmith, *Die gläserne Zelle* 74/viii
Highsmith, *Das Zittern des Fälschers* 74/ix
Highsmith, *Lösegeld für einen Hund* 74/x
Hornung, *Raffles – Der Dieb in der Nacht* 109
Hottinger, *Mord · Mehr Morde · Noch mehr Morde* 25/i–iii
Hottinger, *Geschichten für den Connaisseur* 145/i–vi
Jägersberg, *Cosa Nostra* * 22/i
o Jägersberg, *Weihrauch und Pumpernickel* 22/ii
Jägersberg, *Nette Leute* 22/iii
o Jewtuschenko, *Ausgewählte Gedichte* * 42
o Jiménez, *Herz, stirb oder singe* 146
o *Kann man noch beten?* * 47
Kersh, *Mann ohne Gesicht* * 128

o Lardner, *Geschichten aus dem Jazz-Zeitalter* 78
o D. H. Lawrence, *Pornographie und Obszönität** 11
o D. H. Lawrence, *Der preußische Offizier** 90/I
o D. H. Lawrence, *England, mein England** 90/II
o D. H. Lawrence, *Die Frau, die davonritt** 90/III
o D. H. Lawrence, *Der Mann, der Inseln liebte** 90/IV
o D. H. Lawrence, *Der Fremdenlegionär** 90/V
o D. H. Lawrence, *Der Fuchs* 90/VI
o D. H. Lawrence, *Der Hengst St. Mawr* 90/VII
o D. H. Lawrence, *Liebe im Heu** 90/VIII
o D. H. Lawrence, *John Thomas & Lady Jane* 147
Leblanc, *Arsène Lupin – Der Gentleman-Gauner* 65/I
Leblanc, *Die hohle Nadel* 65/II
o Lessing, *Hunger** 115
Lodemann, *Anita Drögemöller* 121
Loriot, *Kleine Prosa** 13
Loriot, *Tagebuch** 61
Loriot, *Kleiner Ratgeber* 82
Macdonald, *Dornröschen war ein schönes Kind** 99/I
Macdonald, *Unter Wasser stirbt man nicht* 99/II
Macdonald, *Ein Grinsen aus Elfenbein* 99/III
Macdonald, *Die Küste der Barbaren* 99/IV
Macdonald, *Der Fall Galton* 99/V
Macdonald, *Gänsehaut* 99/VI
o H. Mann, *Liebesspiele* 57
o L. Marcuse, *Philosophie des Glücks* 21/I
o L. Marcuse, *Sigmund Freud* 21/II
o L. Marcuse, *Argumente und Rezepte* 21/III
o L. Marcuse, *Richard Wagner* 21/IV
o L. Marcuse, *Ignatius von Loyola* 21/V
o L. Marcuse, *Mein zwanzigstes Jahrhundert* 21/VI
o L. Marcuse, *Nachruf auf Ludwig Marcuse* 21/VII
o L. Marcuse, *Ludwig Börne* 21/VIII
o L. Marcuse, *Heinrich Heine* 21/IX
o Maugham, *Honolulu* 125/I
o Maugham, *Das glückliche Paar* 125/II
o Maugham, *Vor der Party* 125/III
o Maugham, *Die Macht der Umstände* 125/IV
o Maugham, *Lord Mountdrago* 125/V
o Maugham, *Fußspuren im Dschungel* 125/VI
o Maugham, *Ashenden oder Der britische Geheimagent* 125/VII
o Maugham, *Entlegene Welten* 125/VIII
o Maugham, *Winter-Kreuzfahrt* 125/IX
o Maugham, *Fata Morgana* 125/X
Maugham, *Rosie und die Künstler* 35/V
Maugham, *Silbermond und Kupfermünze* 35/VI
Maugham, *Auf Messers Schneide* 35/VII
Maugham, *Theater* 35/VIII
Maugham, *Damals und heute* 35/IX
Maugham, *Der Magier* 35/X
Maugham, *Oben in der Villa* 35/XI
Maugham, *Mrs. Craddock* 35/XII
o Maugham, *Der Menschen Hörigkeit* 35/XIII–XIV
o McCullers, *Wunderkind* 20/I
o McCullers, *Madame Zilensky und der König von Finnland* 20/II
o McCullers, *Die Ballade vom traurigen Café* 20/III

o McCullers, *Das Herz ist ein einsamer Jäger* 20/IV
o McCullers, *Spiegelbild im goldnen Auge* 20/V
o McCullers, *Frankie* 20/VI
o McCullers, *Uhr ohne Zeiger* 20/VII
o *Über Carson McCullers** 20/VIII
o Melville, *Moby-Dick* 142
Mercer, *Flint** 9
Millar, *Liebe Mutter, es geht mir gut* 98/I
Millar, *Die Feindin* 98/II
o Molière, *Komödien in 7 Bänden** 95/I–VII
o *Über Molière** 37
Monterroso, *Das gesamte Werk und andere Fabeln** 51
Moss/Gorey, *Augenblicke aus dem Leben großer Geister** 124
o O'Casey, *Purpurstaub** 2/I
o O'Casey, *Dubliner Trilogie** 2/II
o O'Casey, *Ich klopfe an* 150/I
o O'Connor, *Und freitags Fisch* 85/I
o O'Connor, *Mein Ödipus-Komplex** 85/II
o O'Connor, *Don Juans Versuchung** 85/III
o O'Connor, *Eine unmögliche Ehe** 85/IV
o O'Connor, *Eine selbständige Frau** 85/V
o O'Connor, *Brautnacht** 85/VI
o O'Faolain, *Sünder und Sänger* 102/I
O'Flaherty, *Ich ging nach Rußland* 16
o O'Flaherty, *Armut und Reichtum* 103/I
o Orwell, *Farm der Tiere* 63/I
o Orwell, *Im Innern des Wals** 63/II
o Orwell, *Rache ist sauer** 63/III
o Orwell, *Mein Katalonien* 63/IV
o Poe, *Der Untergang des Hauses Usher* 105
o Plomer, *Turbott Wolfe* 114
Price, *Der kleine Psychologe* 91
Quentin, *Bächleins Rauschen tönt so bang* 87
Richartz, *Tod den Ärtzten* 26
Richartz, *Das Leben als Umweg** 116
o Richartz/Widmer, *Shakespeares Geschichten** 138
Rosendorfer, *Über das Küssen der Erde** 10/I
o Rosendorfer, *Der Ruinenbaumeister* 10/II
Rosendorfer, *Skaumo** 10/III
o Sacharow, *Wie ich mir die Zukunft vorstelle* 79
o Saki, *Die offene Tür* 62
(Samisdat), *Unruhen aus neuester Zeit** 36
o Schnitzler, *Spiel im Morgengrauen* 96
o Schopenhauer, *Die Welt als Wille und Vorstellung I/II* 140/I–IV
o Schopenhauer, *Kleinere Schriften* 140/V–VI
o Schopenhauer, *Parerga und Paralipomena I/II* 140/VII–X
o *Über Schopenhauer** 153
Searle, *Weil noch das Lämpchen glüht* 14
Sempé, *Konsumgesellschaft** 38
Sempé, *Volltreffer* 84
o Shakespeare/Kraus, *Sonette* 137
o Sillitoe, *Guzman, Go Home** 4/I
o Sillitoe, *Die Einsamkeit des Langstreckenläufers* 4/II
o Sillitoe, *Samstagnacht und Sonntagmorgen* 4/III
Simenon, *Die Glocken von Bicêtre* 72

Simenon, *Brief an meinen Richter* 135/I
Simenon, *Der Schnee war schmutzig* 135/II
Simenon, *Die grünen Fensterläden* 135/III
Simenon, *Im Falle eines Unfalls* 135/IV
Simenon, *Sonntag* 135/V
Simenon, *Bellas Tod* 135/VI
Simenon, *Der Mann mit dem kleinen Hund* 135/VII
Simenon, *Drei Zimmer in Manhattan* 135/VIII
Simenon, *Die Großmutter* 135/IX
Siné, *Katzenjammer* 94
Slesar, *Das graue distinguierte Leichentuch* 77/I
Slesar, *Vorhang auf, wir spielen Mord!** 77/II
Slesar, *Erlesene Verbrechen* 77/III
Slesar, *Ein Bündel Geschichten* 77/IV
Spark, *Memento Mori* 29/I
Spark, *Die Ballade von Peckham Rye* 29/II
Stoker, *Draculas Gast* 73
o Thoreau, *Walden oder Leben in den Wäldern* 19/I
o Thoreau, *Über die Pflicht zum Ungehorsam** 19/II
o *Das Tintenfaß, Nr. 24** 83
o *Das Tintenfaß, Nr. 25** 100
o *Das Tintenfaß, Nr. 26** 122
o *Das deutsche Tintenfaß, Nr. 27** 136
Topor, *Tragödien** 23
Topor, *Der Mieter** 126
Tschukowskaja, *Ein leeres Haus* 8
Tschukowskaja, *Untertauchen* 148
o *Über Gott und die Welt** 46
Ungerer, *Der Sexmaniak* 6
Ungerer, *Fornicon* 17
Ungerer, *Spiegelmensch** 49
Ungerer, *Der erfolgreiche Geschäftsmann* 123
Verne, *Reise um die Erde in 80 Tagen* 64/I
Verne, *Fünf Wochen im Ballon* 64/II
Verne, *Von der Erde zum Mond* 64/III
Verne, *Reise um den Mond* 64/IV
Verne, *20 000 Meilen unter Meer* 64/V–VI
Verne, *Reise zum Mittelpunkt der Erde* 64/VII
Verne, *Der Kurier des Zaren* 64/VIII–IX
Verne, *Die fünfhundert Millionen der Begum* 64/X
Verne, *Die Kinder des Kapitäns Grant* 64/XI–XII
Verne, *Die Erfindung des Verderbens* 64/XIII
Verne, *Die Leiden eines Chinesen in China* 64/XIV
Verne, *Das Karpathenschloß* 64/XV
Verne, *Die Gestrandeten* 64/XVI–XVII
Verne, *Der ewige Adam* 64/XVIII
Verne, *Robur der Eroberer* 64/XIX
o R. Walser, *Der Spaziergang* 43
Wells, *Der Unsichtbare* 67/I
Wells, *Der Krieg der Welten* 67/II
o Wells, *Die Zeitmaschine* 67/III
o Wells, *Die Geschichte unserer Welt* 67/IV
Wells, *Das Land der Blinden* 67/V
West, *Schreiben Sie Miss Lonelyhearts* 40/I
West, *Tag der Heuschrecke* 40/II

West, *Eine glatte Million* 40/III
Whistler, *Die vornehme Kunst sich Feinde zu machen* * 34
Widmer, *Das Normale und die Sehnsucht* * 39/I
Widmer, *Die lange Nacht der Detektive* * 39/II
Widmer, *Die Forschungsreise* 39/III
Widmer, *Schweizer Geschichten* 39/IV
Widmer, *Nepal* 39/V
o Wilde, *Der Sozialismus und die Seele des Menschen* 3
o Wollschläger, *Die bewaffneten Wallfahrten* * 48
o Wollschläger, *Karl May* 112
o Wollschläger, *Die Gegenwart einer Illusion* * 113

detebe-Kassetten

o Balzac, *Die Menschliche Komödie in 40 Bänden* K 10
o Busch, *Studienausgabe in 7 Bänden* K 13
o Chandler, *Sämtliche Romane und mehr in 9 Bänden* K 4
o Čechov, *Das erzählende Werk in 10 Bänden* K 2
Chaval, *Gesammelte Cartoons in 3 Bänden* K 9
o Faulkner, *Gesammelte Erzählungen in 5 Bänden* K 16
o Hammett, *Sämtliche Romane in 5 Bänden* K 3
o Hottinger, *Morde in 3 Bänden* K 1
Hottinger, *Geschichten für den Connaisseur in 6 Bänden* K 14
o D. H. Lawrence, *Sämtliche Erzählungen und Kurzromane in 8 Bänden* K 6
o McCullers, *Werke in 8 Bänden* K 11
o Maugham, *Gesammelte Erzählungen in 10 Bänden* K 5
o Maugham, *Der Menschen Hörigkeit in 2 Bänden* K 15
o Molière, *Komödien und Materialien in 8 Bänden* K 7
o O'Connor, *Gesammelte Erzählungen in 6 Bänden* K 8
o Schopenhauer, *Zürcher Ausgabe in 10 Bänden* K 12

Titel mit * sind Erstausgaben oder deutsche Erstausgaben.
Titel mit o sind auch als Studienausgaben empfohlen.

Diogenes Kinder Taschenbücher

Alphabetisches Verzeichnis

Brunhoff, *Die Geschichte von Babar* 5
Busch, *Max und Moritz* 2
Carroll, *Die kleine Alice* * 3
Gorey/Levin, *Er war da und saß im Garten* 8
Hoffmann, *Der Struwwelpeter* 1
Leaf, *Ferdinand der Stier* 4
Murschetz, *Der Maulwurf Grabowski* 10
Sendak, *Hühnersuppe mit Reis* 6
Ungerer, *Die drei Räuber* 7
Zimnik/Axmann, *Die Geschichte vom Käuzchen* 9